퇴마록

퇴마록

국내편 2

이우혁

VANTA

공통 일러두기

- 도서는 『 』, 단편이나 서사시 등은 「 」, 그림, 글씨, 영화, 오페라, 음악, 필담 등은 〈 〉, 전화, 방송, 라디오 등은 [ ]로 구분했습니다.
- 각주는 모두 저자 주입니다(엘릭시르 판본에서 용어 해설로 처리된 부분 중 가감된 내용의 일부가 이에 해당).
- 영의 목소리(빙의됐을 경우 제외)와 전음이나 복화술 등 육성으로 하지 않는 말은 등장인물과의 구분을 위해 고딕체로 표기했습니다.
- 피시(PC) 통신에서 사용하는 메시지는 별도의 서체로 구분했습니다.
- 본문의 ( )는 편집자 주이며, ─는 저자가 보충하려 덧붙인 이야기를 구분한 것입니다.

차례

생명의 나무 • 7

영을 부르는 아이들 • 69

낙엽이 지는 날이면 • 95

귀화(鬼火) • 107

아무도 없는 밤 • 139

초치검의 비밀 • 193

밤은 그들만의 시간 • 459

쌀 • 507

그네 • 525

退魔錄　　　　　　　　Exorcism Chronicles

생명의
나무

초혼

"이걸 어떻게 하지? 그 대사제라는 자, 가장 중요한 것은 가르쳐 주지 않고 죽어 버리다니……."

박 신부가 한참 만에 입을 열었다. 나머지 사람들도 아직 멍한 얼굴이었다.

"의식 장소가 혹시 사교의 총단이 아닐까요?"

승희가 조심스레 말을 꺼내는데 현암이 부정했다.

"아니, 총단은 사람들이 자주 드나드는 도심이라 아닐 거야."

"하지만 꽤 큰 건물이던데? 지하실이나 밀실이 있을 수 있잖아."

박 신부가 둘의 대화를 중단시켰다.

"시간이 없네. 지금 만약 잘못된 결정을 내리게 되면, 브리트라가 소생하는 걸 막을 길이 없어져. 바로 내일인데……."

"그 유서를 제게 줘요. 투시해 볼게요."

준후가 나섰다. 준후가 눈을 감은 채 종이를 손에 들고 땀을 뻘 뻘 흘리며 투시를 행하자, 셋은 마른침을 삼키며 준후의 얼굴만 바라보고 있었다. 얼마의 시간이 지났을까? 준후가 한숨을 쉬며 종이를 내려놓았다. 승희가 다급하게 물었다.

"어때? 뭐가 보여?"

"아뇨. 이것저것 쓸데없는 것만 보이고……."

박 신부가 빠른 걸음으로 서재를 향해 가더니 책들을 뒤지기 시작했다. 바빌론이나 그 주변의 종교 관습들을 조사해 보려는 모양이었다. 현암은 자리에 누워 유서를 뚫어져라 살피고 있었고, 승희는 나름대로 생각을 하느라 얼이 빠진 모습이었다. 준후의 뇌리에 얼핏 한 가지 생각이 떠올랐다.

"현암 형?"

"왜?"

"대사제의 혼을 불러 볼까요? 죽은 지 얼마 안 됐으니까요."

"초혼을 해 보자고?"

"예. 그렇게 해서 물어보지 않으면 찾지 못할 것 같아요."

박 신부가 그 말을 듣고는 얼굴을 찌푸렸다.

"꼭 그래야 할까? 그런 걸 자꾸 하면 준후 네게……."

"괜찮을 거예요. 부르기만 하는 건데요, 뭐."

열심히 준비해 신필을 매달고 초혼에 들어갔으나 이상하게도 잘되지 않았다. 신필은 부르르 떨다가도 글자를 쓰지 못하고 다시 눕기를 몇 차례나 반복하고 있었다. 현암은 의아한 생각이 들었다. 자기가 해도 그다지 어렵지 않은 일인데, 술법에 능한 준후가 왜 이리 힘들어하는지 이해되지 않았다.

"준후야, 왜 그러지?"

준후가 땀을 흘리면서 대답했다.

"모르겠어요. 분명히 불러내기는 했는데, 아무 응답이 없어요."

승희가 답답한 듯 말했다.

"왜 응답이 없지? 자기가 이 일을 꼭 막아 달라고 해 놓고선……."

"무엇인가에 금제를 당하나 봐요! 승희 누나, 금줄을 쳐 줘요!"

승희가 서둘러 준후의 금줄을 풀어서 주변에 쳤다. 박 신부도 내키지는 않았으나, 어쩔 수 없다는 듯 기도를 읊으며 준후를 도우려고 했다. 현암도 몸을 일으키더니 가부좌를 틀고 앉았다.

"이상하군. 왜 아무 말이 없지?"

갑자기 천장에 달아 놓은 신필이 격렬하게 떨리기 시작했다. 그러나 그것은 알아볼 수 있는 모양을 그리는 것이 아니라 그냥 떠는 것에 불과했다. 넷은 긴장하며 붓 끝을 주시했다. 신필이 우지직하며 갈라졌다. 하마터면 붓 조각에 맞을 뻔한 박 신부가 고개를 흔들며 외쳤다.

"이게 어떻게 된 거지?"

승희가 멍하니 말했다.

"분노……."

현암이 미간을 찡그리며 승희를 쳐다보았다. 승희가 농담하고 있는 줄 알았으나 그것은 아니었다. 승희의 얼굴은 놀라운 것을 갑자기 보았을 때처럼 찡그린 표정을 짓고 있었다.

"분노…… 알아낸 사실에 대한 큰 분노, 그리고 복수……."

"뭐? 무슨 소리야, 승희?"

"복수…… 그는 지금 몸을 원해요……. 피를 보기 위해서요……. 그건 슬픔 같기도 하고 복수심 같기도 해요."

승희의 눈동자는 무엇에 홀린 것처럼 보였다. 그녀의 입에서는 멍한 목소리가 흘러나오고 있었으나 어조는 심각했다. 현암이 몸을 일으켜 승희에게 다가가려는 것을 박 신부가 제지하고 조심스럽게 승희의 옆으로 다가갔다.

"자기의 손으로 결말을……. 아니, 이건!"

승희가 갑자기 비명을 지르며 손가락으로 박 신부의 등 뒤를 가리켰다. 놀란 박 신부와 현암이 그쪽을 쳐다보았다. 준후가 땀을 흠뻑 흘리면서 고통스러운 듯 몸을 숙이고 있었다. 안색이 몹시 파리했다. 준후의 얼굴 위에 무언가 아롱거리면서 다른 얼굴이 겹쳐 희미해졌다가 또렷해지기를 반복하고 있었다. 바로 대사제의 분노로 일그러진 얼굴이었다.

"준후야!"

승희가 공포로 고함을 질렀고, 현암이 몸을 번쩍 일으켜서 월향을 불러 손에 쥐었다. 박 신부도 십자가를 꺼내 드는 데 분노로 안광이 형형했다.

"시, 신부님! 혀, 현암 형!"

"나는 참을 수 없다. 몸, 몸을……."

준후의 입에서는 서로 다른 두 가지의 음성이 섞여서 나오고 있었다. 준후의 얼굴에 대사제의 얼굴이 번득거리는 속도가 점점 빨라졌다.

"대사제, 이 망할 녀석! 무슨 짓이냐!"

현암이 버럭 소리를 질렀다.

"혀, 형! 이자는 내, 내 몸을……."

"그렇다! 엔키두, 그는 이미, 이미 지독한……. 용서할 수 없……."

박 신부가 기도력을 발하기 시작했다.

"하늘에 계신 거룩하신 하느님……."

"으아!"

준후가 고통스러운 비명을 지르며 데굴데굴 굴렀다. 대사제의 목소리가 터져 나왔다.

"빌려줘! 하루…… 하루만! 내 손으로 직접!"

박 신부는 입술을 깨물며 계속 기도력을 발출하고, 현암은 옆에서 소리를 질렀다.

"허튼수작 부리지 마라! 도대체 왜 이러는 거냐?"

"엔키두 그자는…… 빌어먹을! 으으……."

"말해! 괜히 아이를 괴롭히지 마라! 우리에게 맡겨!"

"으, 안 돼! 그는……."

"도대체 무슨 일이야? 그가 뭘 어쨌다는 거야?"

"주술사의 간…… 그걸 얻기 위해…… 으아!"

현암이 준후의, 아니 대사제의 멱살을 움켜쥐고 소리를 질렀다.

"똑똑히 들어! 무슨 수작을 꾸미는 건지는 모르겠지만, 당장 이 아이의 몸에서 떠나라!"

승희가 정신을 차리고 뒤에서 소리쳤다.

"대사제는 지금 제정신이 아녜요! 분노로 정신이 없어요!"

현암이 다시 소리를 쳤다.

"정신 차리고 우리에게 말해, 어서! 무슨 일이야?"

"에, 엔키두가 소미, 소미를…… 으…….."

현암은 그 뜻을 깨달을 수 있었다. 엔키두는 미처 주술사의 간을 구하지 못한 채 상처만 입고 달아났다. 주술사의 간이 없으면 의식을 치를 수가 없다. 그렇다면 대사제가 말했던 소미라는 여자는? 결국 엔키두는 주술사의 간을 얻기 위해 자기편인 소미를 희생시키려 하는 것이다.

"엔키두가 소미를 죽였나, 엉?"

"소미…… 그녀는 이제 사람이 아니라…… 이미 바, 반은 브리트라의 화신……."

준후의 몸은 박 신부의 기도력으로 파르르 떨면서 힘이 빠져나가고 있었다. 박 신부의 강한 기도력에도 불구하고 준후의 몸을 움켜쥐고 놓지 않다니, 지독한 집념이었다.

"신부님, 잠시 기도력을 멈춰 주세요!"

"안 돼! 준후는 어떻게 하란 말이냐!"

"제 말을 들으세요, 어서요!"

박 신부가 마지못해 기도력을 멈추었다. 현암이 대사제에게 물었다.

"차근차근 말해 보라. 하지만 그런 뒤에는 이 아이의 몸에서 물러나야 해. 알았나?"

"내 손으로…… 내 손으로 막아야……."

현암은 짐작할 수 있었다. 대사제는 죽은 뒤에 엔키두가 의식을 강행하기 위해 소미를 죽이려 한다는 사실을 알고 충격을 받은 것이 분명했다. 자신도 당할 뻔한 일이 아니었던가?

"그놈은 이미 소미를 반쯤…… 고통 속에 죽게 하기 위해……. 그놈의 힘이 소미의 힘을 빼앗아……."

"고통? 소미의 힘? 그게 뭐지?"

"소미의 주술은 고통을 받을 때 나타난다. 그 힘을 조금씩 엔키두가 빼앗아……."

"빨리 말해! 의식을 치르는 장소는? 엔키두가 숨어 있는 곳 말이야! 그곳이 어디지?"

"그 전에 약속을……."

"뭐지?"

"내 시체를 그리로…… 이건 중요한 일이다……. 그리고 꼭 그자를 막아 다오……. 자네 손으로…… 그 냉정한 머리로……."

"왜 그러는 거지?"

"하여간 부탁이다……. 꼭 그리로…… 힘이 없다……. 설명할 시간이 없다……. 제발 약속을……."

현암은 어이가 없었다. 왜 자신의 시체를 옮겨 달라고 하는 걸까? 어쨌든 지금은 그에게서 비밀의 장소를 알아내는 것이 시급했기에 고개를 끄덕이자, 준후의 얼굴에 겹쳐 있는 대사제의 얼굴에 희미한 미소가 어렸다.

"고맙다……. 너를 믿는다……. 그 장소는……."
"어디지?"
"옛날 내 별장이 있던…… 기억나겠지? 그곳 뒷산에 있는 동굴……."

이후 대사제의 영은 준후의 몸을 떠나 사라졌다. 둘의 대화를 숨을 죽인 채 지켜보던 박 신부와 승희는 늘어진 준후의 몸을 받아 주무르기 시작했다. 박 신부가 손을 놀리며 말했다.

"대사제의 별장이라…… 거긴 다 타 버렸을 텐데? 경찰들이 조사하느라 분주할 거고……."

승희가 말했다.

"가 보면 알겠죠. 어쨌든 엔키두라는 자, 정말 악랄하군요."

현암이 느리게 몸을 일으키자 박 신부가 서둘러 만류했다.

"왜 또 일어나는 건가? 그 몸을 해 가지고!"
"갈 준비를 해야죠."
"뭐? 자넨 지금 그럴 상태가 아니야! 아무리 기공술이 뛰어나도 철인은 아니라고! 그 몸으로 또 싸우겠다는 건가?"
"약속은 지켜야 합니다. 대사제가 꼭 내 손과 냉정한 머리로 엔키두를 막아 달라고 했어요."

"그건 자네에게만 한 이야기가 아닐 거야!"

"아뇨. 뭔가 이유가 있을 겁니다. 그리고 대사제의 시체도 가지고 가야 해요."

승희가 기겁했다.

"뭐? 저 시체를 가지고 간다고?"

"그가 다 설명하지는 못했지만, 뭔가 이유가 있을 겁니다."

"그자의 말을 믿어? 헛소리일지도 몰라!"

"난 믿어."

"그런 악당의 말을?"

"아무리 악당이어도 그 사람 자체가 악은 아냐."

"그러나 자네는 몸이 엉망일세. 싸우게 둘 수는 없어!"

"저도 압니다. 직접 나서지는 않겠습니다. 지금 몸으론 그럴 수도 없고요. 하지만 최소한 월향을 조종할 순 있을 겁니다."

준후가 정신이 드는지 한숨을 토하는 바람에 대화가 중단되었다. 또 한차례 가겠다, 안 된다는 실랑이를 벌이다가, 넷은 결국 함께 사교와의 마지막 결전을 치르기로 하고 준비에 열중하기 시작했다.

부동심결

오전인데도 하늘이 먹장같이 어두워지면서 뇌성벽력이 울렸다.

이윽고 굵은 빗방울이 후두둑 떨어졌다. 박 신부는 묵묵히 운전대를 잡고 있었고, 현암은 옆에 앉아 조용히 운기를 하고 있었으며, 준후와 승희는 뒷자리에 앉아 있었다. 승희는 뒤 트렁크에 실린 대사제의 시체가 무척 꺼림칙한지 자꾸 뒤를 돌아보았다.

차는 본격적으로 쏟아져 내리는 빗속을 뚫고 세 번째로 대사제의 집터를 향해 달리고 있었다. 불쑥 준후가 승희에게 말을 걸었다.

"누나, 아까 말이에요."

"응, 뭐?"

"아까 대사제의 영이 제 몸에 들어왔을 때, 그 영의 생각을 읽었죠?"

"어떻게 알지? 넌 그때……."

"아, 저도 그때까지는 아직 정신이 있었어요. 근데 누나, 그거 혹시 독심술 같은 거 아녜요?"

앞자리에서 현암이 눈을 뜨며 숨을 내뱉었다. 운기가 끝날 때쯤 준후의 이야기를 무의식중에 들은 것이다. 현암이 입을 열었다.

"전에 대사제의 집에 처음 쳐들어갈 때도 그랬고, 우리 은신처에서 대사제와 엔키두하고 싸울 때도 그 능력이 나왔었지."

승희가 부끄러워하며 얼버무리려 했다.

"나도 몰라. 그냥 마음속에 떠오른 것뿐이야……. 여기 다른 사람들에 비하면 능력이라고 할 것도 없지, 뭐."

"아니, 그건 중요한 거야."

박 신부가 기어를 바꾸며 끼어들었다.

"승희가 그 능력을 제대로 발휘할 수 있게 된다면, 큰 도움이 될 수 있어. 적의 사악한 의도를 간파할 수도 있고, 감춰진 비밀을 알아낼 수도 있으니까."

"하지만 제 맘대로 나타나는 게 아녜요."

"수련하면 할 수 있을 거야."

"오늘이나 무사히 넘긴다면 그러죠."

찬물을 끼얹는 말이었다. 사교의 총단에는 사백 년 묵은 엔키두 말고도 그런 강한 능력을 지닌 주술사들이 더 있을지도 모르고, 사교의 광신도들이 무더기로 있을 것이 뻔했다. 더군다나 어려운 점은 그들이 모두 악귀나 마물이 아닌 숨 쉬는 인간이라는 사실이었다. 악인이라 해도 인간을 심판하거나 해칠 수는 없었다. 넷은 다시 입을 다물었다. 어려운 싸움일 것이 분명했다. 한참이 지난 뒤 승희가 입을 열었다.

"경찰을 부르면 어떨까요? 놈들은 살인, 시체 유기 등 갖가지 죄를……."

현암이 말했다.

"그걸 말이라고 해? 사교도들뿐이라면 모르겠지만, 만약 브리트라가 깨어나기라도 하는 판에는 경찰이 힘이나 쓸 수 있을 것 같아? 경찰이 그런 악신을 체포할 수 있겠어? 더구나 누가 이런 일을 믿기나 하겠니?"

"쳇, 결국 우리밖에 없다는 소린가? 다른 주술사나 고수들도 많을 텐데……."

"물론 여러 사람이 있지만 그들에게 도움을 청하기엔 시간이 없어. 그리고 우리가 이런 일을 알고 끼어들게 된 건, 우리의 운명이 그렇게 가리키고 있기 때문이야."

"현암 군은 나만 미워해, 칫!"

"뭐, 현암 군? 어이구! 관두자, 관둬. 지금은 너랑 농담할 때가 아니니."

"그런데 저 시체는 왜 가지고 가? 어휴, 생각만 해도 끔찍해."

준후가 입을 열었다.

"지금 대사제의 영도 우리를 따라오고 있어요."

"뭐, 뭐라고? 어머, 이를 어째!"

"놀랄 것 없어요. 저하고 이미 몇 번 이야기를 나누었는데, 대사제는 우리를 돕기 위해 최후의 주술을 쓸 것 같아요."

"최후의 주술?"

"거기 설치되어 있는 봉인이 있다는데, 그건 자신의 흑마술력으로 봉인된 것이나 마찬가지라 자신의 흑마술이 아니면 풀지 못한대요. 그래서 대사제는 결정적인 순간이 오면 흑마술로 자신의 죽은 몸을 조종해서 봉인을 풀어 줄 거래요."

"으, 완전 좀비 아냐."

"모르겠어요. 좀 찜찜한 건 사실이지만, 믿어야지 어쩌겠어요? 대사제도 마음을 많이 고쳐먹은 것 같고요. 그에겐 정말 소미 씨 생각밖에 없거든요."

현암이 중얼거렸다.

"소미, 소미라……."

현암은 석연치 않은 기분을 느꼈다. 왜 대사제가 마음을 바꾸었는지 납득이 가긴 하지만, 그래도 개운하지 않았다. 소미가 대사제의 아내이니 그럴 수도 있겠다고 생각하며 현암은 일단 그 생각을 접어 두기로 했다.

차는 어느덧 모퉁이를 돌아 거의 목적지에 다다르고 있었다. 비가 억수같이 쏟아져 대낮인데도 사방이 컴컴했다. 박 신부는 대사제의 집이 있던 터에 차를 세웠다. 그 집은 불에 완전히 타서 지금은 아예 무너져 가고 있었다. 넷은 쏟아지는 비를 맞으면서 차에서 내렸다. 준후가 현암에게 우산을 받쳐 주려 했으나, 현암은 가볍게 웃으며 고개를 저었다. 준후는 입맛을 다시며 우산을 차에 집어넣었다. 박 신부가 타 버린 집터를 보면서 중얼거렸다.

"허무하다, 바빌론의 옛 성이여…… 이렇게 종말이 오고야 말 것을."

준후가 사방을 살피더니 박 신부의 옆구리를 찔렀다.

"신부님!"

"왜 그러니, 준후?"

"사교의 일당이 자꾸 여기에 모이는 이유를 알겠어요."

"왜지?"

"산세가 그렇게 되어 있어요. 돌에 머리를 부딪친 뱀의 형상이에요. 약이 올라 고개를 하늘로 처들고 있는 뱀이요."

현암이 후줄근하게 젖은 머리칼을 쓸어 올리며 물었다.

"준후, 풍수도 볼 줄 아니?"

"헤헤…… 전에 약간 배웠죠."

"자, 이러고 있을 시간이 없다. 어서 뒷산을 뒤져 보자."

마치 사냥개처럼 영기를 감지한 준후가 앞장을 섰다. 박 신부는 사제복이 젖어 물을 뚝뚝 떨어뜨리면서도 대사제의 시체가 든 가방을 끌면서 뒤를 따랐고, 벌써부터 오들오들 떨고 있는 승희가 현암을 부축하며 걸음을 옮겼다. 현암은 오른손에 월향을 굳게 쥐고 있었다.

한참을 가던 준후가 걸음을 멈췄다. 뭔가 잡히는 모양이었다.

"저기…… 아마 저기가 틀림없을 것 같아요."

과연 준후가 가리키는 방향에서 이상한 기운이 배어 나오고 있었다.

"기운이 그다지 강하지 않은 걸로 봐서 브리트라가 아직 부활하지는 못한 것 같군요."

일행은 그쪽으로 접근해 갔다. 억수같이 내리는 비 때문에 자세히는 보이지 않았지만, 기운이 느껴지는 건 분명했다. 돌연 승희가 발에 뭐가 걸렸는지 털썩 넘어졌다.

"어이쿠!"

발밑을 보니 전선이 길게 늘어져 있었다. 박 신부가 승희를 일으켜 세우면서 그 선을 보았다.

"이건 전원 케이블인데…… 이 산 어딘가에 전기를 공급하고 있나 보군. 이걸 따라가면 녀석들의 은신처가 나올지도 모르겠다."

"그러면 이 기운은 뭐죠?"

박 신부가 잠시 생각에 잠겼다.

"별로 강한 기운이 아니라면, 어쩌면 함정인지도 몰라. 엔키두는 우리에게 호되게 당했는지라, 우리가 찾아온다는 사실을 예상하고 있을 거야. 그러니 분명 어떤 대비를 해 두었을 테지."

"그럼 이 기운이 함정이란 말인가요?"

"그거야 알 수 없지만, 늙은 주술사인 엔키두가 이렇게 기운을 노출시키지는 않을 거야. 하여튼 전선을 따라가 보자."

일행은 걸음을 돌려 발밑에 깔린 전선을 따라가기 시작했다. 전선은 영기가 느껴지는 장소와는 거의 반대로 나 있었으나, 한참을 따라가자 굽이를 돌아 기운이 흘러나오는 곳의 뒤쪽으로 닿았다. 거기에는 잘 은폐된 입구와 함께, 보초로 보이는 초라한 사내 몇 명이 비를 맞으며 어슬렁거리고 있었다. 넷은 덤불 속에 숨어 얼굴만 내밀고 잠시 상황을 엿보았다. 현암이 웃으며 말했다.

"축복이 있으라! 행운의 발이여! 하하하……."

박 신부도 기분이 좋아 보였다.

"녀석들의 의식장은 산속의 굴이었나 보군! 아까 그 기운은 의식장을 가린 벽 중에서 얇은 부분으로 새어 나온 걸 거야. 뜻밖에 시간을 많이 절약했군. 승희의 행운의 발 덕분에……."

"놀리지 마세요. 쓰려 죽겠는데!"

"하여간 입구는 발견했고, 이젠 어떻게 한다?"

박 신부가 전선을 들어 보이며 미소를 지었다.

"난 이래 봬도 군에 있을 때 장교였다고. 혼란시킨 뒤 기습하는 게 최고야. 인명 피해를 줄이려면…….."

현암은 박 신부의 말뜻을 알아듣고는 월향으로 전선을 가차 없이 잘라 버렸다. 잠시 후 안에서 소리가 들리자, 보초를 서고 있던 사람들이 떠들며 안으로 들어갔다. 의식장에 전기가 나간 게 분명했다.

"자, 가자!"

말은 박 신부가 먼저 했지만 앞서 뛰어나간 것은 현암이었다. 준후는 뒤따라가면서 현암을 보고는 고개를 저었다.

"아이고, 정말 철골이야."

어둠 속에서 준후가 주술로 불러낸 희미한 빛만을 받으면서, 현암은 다친 몸에도 불구하고 사교도들을 하나씩 쓰러뜨리며 길을 열고 나갔다. 부상 때문에 약해지긴 했지만, 기공이 살짝 실린 주먹을 한 대만 맞아도 사교도들은 말없이 쭉쭉 뻗어 버렸다. 정통으로 맞지 않고 팔로 막거나 해도 결과는 마찬가지였다. 현암이 '투(透)'자 결을 운용하고 있어서 주먹을 막더라도 기공력이 몸을 직격하기 때문이었다. 절룩거리면서도 벌써 십여 명의 사교도들을 여유 있게 넘어뜨리는 모습을 본 승희는 현암이 권투 선수가 됐으면 천하무적이었겠다는 생각을 했다.

쓰러진 졸개들의 몸을 넘고 바위를 뚫어서 꼬불꼬불한 좁은 길을 백 미터가량 전진하자, 눈앞에 빛이 새어 나오는 문이 있었다. 안이 아직 조용한 걸로 봐서는 눈치채지 못한 것 같았다.

"여기가 의식장인가 보군. 현암 군, 준후, 승희, 모두 조심해라."

넷은 긴장하며 부적과 무기를 다시 한번 정비했다. 박 신부는 대사제의 시체를 내려놓으며 허리를 폈고, 특별한 싸움 기술이 없는 승희는 안절부절못하고 있었다. 준후가 부적 몇 장을 꺼내 그들이 들어온 길에 놓고 주문을 외웠다.

"화염진이에요. 웬만한 사람은 뜨거워서 이쪽으로 올 수 없을 테니 안심하세요."

박 신부도 승희를 보며 미소를 지었다.

"그래. 안에서 치열하게 싸움이 벌어질지도 모르니 승희는 여기서 힘을 발해 우리를 도와 다오. 그게 더 나을 것 같다. 저쪽에서는 들어올 수 없고, 앞에는 우리가 있을 테니 안심해도 될 거야."

승희가 할 수 있는 일은 세 명의 힘을 증폭시켜 주는 것뿐이고 그러려면 차분히 앉아 있어야 했다. 괜히 싸움터에 나서 보아야 방해만 될 것 같다는 생각이 들어서 승희는 고개를 끄덕였다.

"자, 그러면 준비됐겠지?"

현암과 준후가 고개를 끄덕였다. 박 신부가 눈짓을 하자 승희가 힘을 보내는 동작을 취하고, 현암은 기를 오른손에 끌어모으기 시작했다. 현암의 이마에 땀방울이 맺히고, 오른손이 어둠 속에서 푸르게 빛나기 시작했다.

쾅!

현암이 발출한 기공에 문짝이 그대로 떨어져 나갔다. 문이 부서지자마자 셋은 날렵하게 안으로 몸을 날려 세 방향으로 흩어졌다.

현암이 인상을 찌푸렸다.

"으앗!"

박 신부도 신음성을 냈다.

"아니!"

준후가 말을 더듬거렸다.

"브, 브리트라!"

방 안은 꽤 넓었다. 거기에는 환영같이 반투명한 거대한 뱀의 형상이 불타는 두 눈으로 웅크리고 있었다. 한 삼십 평은 됨 직한 방을 가득 채운, 어마어마한 크기였다. 그리고 그 앞에는 반투명한, 검은 후드를 쓴 한 사람이 있었다. 엔키두였다.

"벌써, 벌써 부활했다는 말인가? 이, 이런!"

박 신부가 신음을 흘렸다. 엔키두가 입을 열었다. 이상하게도 능숙한 한국말이었다.

"ㅎㅎㅎ…… 이미 늦었다. 브리트라님은 여기 현신하셨다. 이제 브리트라님은 이 세상에 모습을 드러내실 것이고, 이 세상을 다스리실 것이다. 브리트라님은 형체 없는 지혜, 고민 없는 힘으로 보이지 않게 세상에 군림하실 것이다."

준후가 성을 내며 인드라의 뇌전을 쏘았으나, 번개는 허무하게 브리트라의 형상을 통과해 뒤쪽 벽에 맞고 쓰러져 버렸다. 박 신부도 기도력을 집중시켰지만, 아무 소용이 없었다. 셋은 당황해 서로의 얼굴을 쳐다보았다. 여태껏 많은 악령과 싸워 왔지만, 이렇게 막강한 놈은 처음이었다. 엔키두는 눈썹 하나 까딱하지 않고 말을 이어 갔다.

"그대들의 힘으로는 브리트라님을 이길 수 없다. 아니, 털끝 하나 건드리지 못한다. 그대들이 어떤 수를 써도, 이미 불멸의 힘이 된 브리트라님을……."

현암은 이상한 점을 느꼈다. 전에 승희의 몸에서 나온 애염명왕과 대적할 때도 분명 위력은 상대가 되지 않았지만, 주술이 통하기는 했었다. 그런데 이렇게 허망하게 빗나가다니…….

"이건 속임수다!"

"애송이! 당해 볼 텐가?"

거대한 뱀의 형상이 꿈틀거리며 움직이기 시작했다. 뱀의 사발만 한 눈이 이글거리며 광채를 쏘고, 지름만 해도 사람 키가 훨씬 넘는 거대한 몸뚱이가 미끄러지듯 꿈틀댔다. 셋은 흠칫 뒤로 물러섰다. 뱀이 아가리를 벌렸다. 거대한 이빨들이 날카롭게 번쩍이고 있었다.

"현암 군, 속임수라니? 무슨 말인가?"

박 신부가 땀을 흘리며 외쳤다. 현암이 대답했다.

"이건 환영입니다! 맞아요, 틀림없어요! 의식은 아직 완성되지 못했어요! 놈은 시간을 벌려는 겁니다!"

"시간을 번다고? 그러면……."

"우리가 온 것을 놈은 알고 있어요. 그러나 의식은 아직 완성되지 못했습니다. 놈은 의식을 마저 진행시키려고 환영을 띄운 것입니다. 아니면 주술이 통과할 리가 없어요!"

엔키두가 눈썹을 치켜올렸고, 뱀은 성난 듯 똬리를 풀며 쉭쉭거리기 시작했다.

"하지만……."

"놈이 미리 준비해 둔 것이 틀림없어요! 보세요, 놈의 말이 너무 유창하잖아요. 어제까지 엔키두는 우리말을 잘하지 못했어요. 미리 할 말을 준비한 겁니다!"

뱀이 입을 벌리고 현암을 향해 돌진해 왔다.

"앗, 현암 형!"

"현암 군!"

박 신부와 준후가 소리쳤다. 순간적으로 시간이 정지한 것처럼 주위의 모든 것이 현암에게는 슬로 모션으로 보이기 시작했다. 뱀의 커다란 입이 코앞에 들이닥치고 있었다. 갑자기 마음속에서 한 구절이 떠올랐다.

— 일체가 무상이고 영원은 없는 것…… 나도 없고 남도 없고 색(色)도 없고 공(空)도 없는 것…… 아무것도 없는 속에 움직이지 않는 하나의 마음이 있으니 그것이 부동심이라…….

"부동심결!"

오래전 파사신검, 사자후와 함께 배운 심결, 아직 한 번도 사용해 본 일이 없던 무공이 현암의 뇌리에 떠올랐다. 현암은 마음이 바다 밑으로 가라앉는 느낌을 받으며, 번쩍이며 다가오는 거대한 이빨들 앞에서 조용히 눈을 감았다.

"현암 군!"

"현암 형!"

박 신부와 준후가 외치는 사이에 뱀의 거대한 아가리가 그대로 현암에게 덮쳐들었다. 그 순간 현암의 몸에서 카메라의 플래시 같은 광채가 터졌다. 주변의 모든 것을 무(無)로 바꾸어 버리는 듯한 밝음 속에서 닥쳐들던 뱀이 순식간에 사라져 버렸다.

"아!"

박 신부가 감탄의 소리를 내고, 준후가 멍한 표정으로 중얼거렸다.

"물(物)의 힘이 강해 세상을 휘젓고 뒤엎어도 심(心)을 이기지 못한다더니, 과연……."

엔키두의 환영이 순간적으로 뻗어 나온 광채에 의해 사라져 버렸고 그 자리에 현암만이 고요한 자세로 서 있었다. 뱀의 환영이 겹쳐 있던 뒤로 아까는 보이지 않던 철문 하나가 모습을 드러냈다. 주술로 감추어져 있던 것이 부동심결 앞에서 정체를 드러낸 것이다.

현암이 눈을 뜨더니 울컥 피를 토했다.

"현암 군, 괜찮은가!"

박 신부와 준후가 달려오려는 것을 현암이 손을 들어 저지했다. 힘에 겨워 말은 하지 못했으나 그 의도는 분명했다. 박 신부와 준후가 무겁게 고개를 끄덕였다. 그리고 둘은 문을 서서히 밀어젖히기 시작했다.

승희는 고요히 앉아 최선을 다해 힘을 발출하고 있었다. 그런데 어느 순간, 엄청난 기운이 몸에서 빠져나가는 느낌이 들면서 가슴이 답답해졌다. 현암이 부동심결을 썼기 때문이라는 것을 승희는 알지 못했다. 힘이 연기 빠지듯 풀어지면서 승희는 앞으로 고꾸라졌다.

한참 기운을 차리지 못하고 엎드려 있는데, 부스럭거리는 소리가 들렸다. 대사제의 시체가 든 가방에서 나는 소리였다. 승희는 전신에 소름이 쭉 끼쳤으나 아직은 몸을 움직일 수가 없었다. 가방 지퍼가 후드득 뜯어져 벌어지더니 대사제의 검게 탄 얼굴과 잘린 팔이 딸려 나왔다. 승희는 눈을 질끈 감아 버리고 싶었으나 공포에 질려 그럴 수도 없었다. 욕지기가 나왔다.

'으, 저 흉한 모습…… 왜 하필 이럴 때…….'

대사제의 시체가 뻣뻣한 동작으로 천천히 몸을 일으켰다. 눈은 감겨 있었다.

'봉인을 풀러 가는구나. 그래그래, 어서 가라.'

그런데 대사제의 시체는 안으로 들어가지 않고, 승희가 있는 쪽으로 몸을 돌리더니 한 발짝 다가왔다.

'어라? 왜 나한테 오는 거야? 저리 가! 저리!'

조금씩 몸에 힘이 돌고는 있었으나 아직 움직일 수는 없었다. 승희는 두려움에 떨면서도 침착하려 애썼다. 그리고 힘을 한꺼번에 빌려 가는 바람에 자기를 이 지경으로 만든 셋 중의 누군가를 향해 마음속으로 욕을 퍼부었다. 대사제의 시체가 서서히 승희 앞으로 다가오더니 우뚝 섰다.

'이게 왜 나한테 와, 징그럽게!'

시체가 입을 열었다. 억양 없이 단조로운, 마치 기계 같은 목소리였다.

"네가 필요하다……. 소미를 살리려면……."

'뭐, 뭐라고?'

"미안하다……. 그러나 의식을 진행시키기 위해서는…… 너를 희생시켜야……."

'으악!'

승희는 갑자기 머리에 둔탁한 충격을 느끼고는 정신을 잃었다.

엔키두의 죽음

박 신부와 준후는 무겁고 빡빡한 문을 혼신의 힘을 다해 밀었다. 끼이익 하는 소리를 내면서 문이 서서히 열렸다. 안은 어두침침했고, 한복판에 몇 개의 촛불들이 춤을 추고 있었다. 문이 열리자 고함이 들려왔다. 엔키두가 틀림없었다.

"준후야, 엎드려!"

고함이 들리자마자 박 신부는 본능적으로 준후에게 소리치면서 몸을 뒤로 날렸다. 준후가 엎드리자 안쪽에서 시뻘건 불덩이가 수십 가닥 날아와 문과 그 주변의 벽에 작렬했다. 박 신부가 재빨리 오라를 일으켜 방어했다. 준후는 몸을 굴려 두 가닥의 불덩이를 피한 뒤, 주문을 외우며 일어섰다. 안에는 얼굴빛이 싯누런, 열 명도 더 되는 후드를 걸친 자들이 서로 어깨를 맞대고 서 있었다. 중간 사제쯤 되어 보였다. 그 너머에는 놀란 얼굴을 한 엔키두가 서 있고, 그 앞에는 한 여자가 무릎을 꿇고 앉아 있었다. 소미라는 여자가 분명했다.

"놈들의 수가 많아요!"

준후가 말을 끝내기도 전에 강한 바람이 밀어닥쳤다. 바람은 오라에 부딪혀 두 갈래로 갈라지면서 박 신부의 몸을 몇 발짝 뒤로 물러나게 만들었다. 준후가 소리를 질렀다.

"사대력이에요! 이건 아리엘의 기운……."

"시간이 없다. 놈이 우리를 없애고 계속 의식을 진행하려는 모양이다!"

박 신부가 오라를 몸 주위에 한껏 펼치면서 거센 바람을 뚫고 한 발짝씩 앞으로 전진하고 있었다. 반쯤 닫힌 문의 안쪽에서 기합과 고함이 터지면서 바람의 기운이 더욱 거세졌다. 엉겁결에 준후가 뒤로 두 발짝 물러서면서 외쳤다.

"신부님, 놈들이 힘을 증가시키고 있어요!"

박 신부는 대답하지 않았다. 입을 굳게 다물고 앞으로 한 걸음 한 걸음 나아가고 있을 뿐이었다. 박 신부의 얼굴이 붉게 물들어 가고, 머리카락이 꼿꼿이 일어서기 시작했다. 비록 일급 주술사가 아니더라도 십여 명이나 되는 적들이 필생의 힘을 다하자, 그 위력이 대단했다.

"신부님, 무리예요!"

그러나 박 신부는 나직이 기도를 읊으며 계속 앞으로 전진했다.

"나는 야훼를 찬양하련다. 그지없이 높으신 분. 기마와 기병을 바다에 처넣으셨다."

사제들이 주술로 발악을 하자, 꽤 넓은 지하실 바닥에 흩어져 있던 물건들이 바람에 휩쓸려 뒤로 날리기 시작했다. 놈들의 괴상한 고함과 혼을 빼는 듯한 주문 소리가 준후의 귀에 들려왔다. 준후는 어떻게 해야 박 신부를 도울 수 있을지 생각나지 않았다. 전에 대사제와 싸울 때도 바람의 힘에 어떻게 대처해야 할지 몰라서 아버지의 법기를 사용하긴 했지만, 그때보다 더한 지금의 바람 앞에서는 몸을 가누기조차 어려웠다. 안간힘을 다해 버티고 있는 발이 땅을 긁으면서 뒤로 밀려 나고 있었다. 그러나 박 신부는 여전히, 느리지만 조금씩 조금씩 전진했다. 중얼거리듯 『성경』 구절을 읊으면서…… 갑자기 박 신부가 고개를 하늘로 쳐들고 고함을 쳤다.

"야훼여! 당신의 오른손이 원수를 짓부수었습니다."

반쯤 열려 있던 문이 폭발하듯이 산산이 부서지며 바람에 휩쓸려 날아갔다. 부서진 문 조각들이 날아오자, 준후는 문득 쓰러져 있던 현암을 생각해 냈다. 얼른 현암에게로 뛰어가려 했지만, 바람 때문에 몸을 날릴 수가 없었다. 안쪽에서 막 단검을 내리치려던 엔키두가 성난 모습으로 박 신부를 향해 고개를 돌렸다.

"이 망할 놈의 바람!"

박 신부가 힘겨운 걸음을 옮기면서 다시 고함쳤다.

"무서운 힘으로 당신은 적수를 꺾으셨습니다."

안에서 알아들을 수 없는 고함이 들렸다. 엔키두의 목소리였다. 사제들이 박 신부를 막지 못하자 그도 주술에 합세한 듯, 바람의 힘이 배로 늘어나면서 문을 통해 쏟아져 나왔다. 방 안에 있던 모든 물건이 순간적으로 공중에 뜨면서 뒤쪽 벽에 부딪혀 박살이 났다. 의식을 잃은 현암의 몸도 허공에 떠오르며 날아가려고 했다. 준후는 힘껏 몸을 날려 현암의 몸을 붙들고 이를 악물면서 버텼다. 박 신부의 사제복이 찢어질 듯 뒤로 휘날리고 있었다. 박 신부는 잠시 주춤하더니, 이내 온 힘을 다해 한 발을 내디디며 벽력같은 고함을 질렀다.

"불타는 분노로 당신의 원수를……!"

그와 동시에 요란한 폭발음이 들리며 사제들이 뒤로 어지럽게 튕겨져 날아갔다. 사제들은 벽에 부딪혀 늘어지기도 했고, 선반이며 제단에 처박히기도 했다. 몰아치던 바람이 순식간에 멈추고, 박 신부의 오라만이 푸르게 빛났다. 그러나 여전히 뻣뻣하게 버티고 서 있는 자가 있었다. 사백 살이나 되었다는, 바빌론의 바루 엔키두였다. 그의 눈은 분노로 이글거리고 있었다. 박 신부는 전력을 쏟은 다음이라 다리의 힘이 풀렸지만, 지지 않고 엔키두의 눈을 쏘아보았다. 폭풍같이 몰아치던 바람이 잠잠해지자 준후는 의식을 잃은 현암을 내려놓고 부적을 한 움큼 꺼내 쥐고는 의식이 행해지려는 방으로 뛰어들었다. 현암이 눈을 떴다. 그리고 힘겹게 몸을 꿈틀거리기 시작했다.

승희의 몸은 아직도 잘 움직여지지 않았다. 대사제의 시체가 머뭇거리며 행동을 취할지 말지 망설이는 듯 보였다.

"미안하다…… 그러나…… 의식은…… 행해져야……."

'이놈, 의식을 막아 달라고 할 때는 언제고 이제 와선…….'

"새로운 비밀을…… 알게 되었다……. 할 말이 있으면…… 해라……."

'입이 떨어져야 말을 하지!'

돌연 승희의 입이 열리며 말을 할 수 있을 것 같았다. 승희는 놀라서 음음 하는 소리를 내 보았다. 말이 흘러나왔다.

"너, 너 무슨 짓을 하려는 거야? 아직도 마음을 고치지 못했단 말이야?"

"엔키두는, 아무도 이길 수 없어……. 소미를 살리려면……."

"바보 같은 소리! 아무리 사백 년 묵은 괴물이라 해도 신부님이나 현암, 준후를 이기진 못해!"

"그, 그럴까……."

승희는 순간적으로 대사제의 마음을 읽을 수 있었다. 그는 번민하고 있었다. 만에 하나 퇴마사 일행이 엔키두를 이기지 못하더라도 소미를 살리려는 것이 그의 본심이었다. 전에 부리던 호기에 비하면 지금 그의 마음은 여리기 그지없었다. 승희는 이제 눈앞의 시체가 무섭다기보다는 초라하다고 여겨졌다.

"흥! 그렇게 그 여자가 걱정되면 네 간을 꺼내 주지그래? 넌 어차피 죽었으니까……."

"그건 안 돼……. 의식을 위해서…… 죽임을 당해야만…… 제물로 소용이…….."

"그건 그렇다 치자. 그런데 왜 의식을 치러야 한다는 거지? 도대체 왜?"

"브리트라를…… 없애기 위해…… 이미 의식은…… 아홉 단계까지 진행되었을 거야……. 브리트라가 진실로 원한다면…… 그는 스스로의 힘으로도 부활할 수……."

"뭐라고?"

대사제의 시체가 하는 말은 잘 알아들을 수가 없었다. 답답해진 승희는 대사제의 마음을 읽기 시작했다.

브리트라는 이미 치러진 의식에 만족하지 못하고 있다. 분노하고 있다. 그 이유는!

승희는 놀라움에 눈을 부릅떴다. 대사제의 말에 의하면 의식은 잘못된 것이었고, 그의 예측이 맞다면 악의 사신(蛇神) 브리트라는 스스로 쳐들어오게 된다는 것이었다. 그때 갑자기 우당탕거리는 소리가 나면서 의식장의 문이 조각조각 부서졌다. 노도와 같은 바람이 승희와 대사제의 시체에게까지 밀어닥쳤다. 안에서는 큰 싸움이 벌어지고 있는 모양이었다. 대사제의 시체가 바람으로 인해 잠시 균형을 잃고 주춤거리자, 승희는 기회를 놓치지 않고 기합을 발했다. 수련하거나 그에 관한 지도를 받은 적도 없었지만, 거의 본능적으로 지른 소리였다. 승희는 몸 안에서 폭발할 것 같은 힘이 솟구쳐 올랐다. 그 힘은 승희의 몸을 구속하고 있던 결박을 한꺼번에 풀어 버렸다.

대사제의 시체가 뒤로 자빠지는 것을 보면서 승희는 벌떡 몸을 일으켰다. 그러고는 뒤도 돌아보지 않고 방 안으로 뛰어들었다. 박 신부와 일행에게 그 사실을 알려야 했기 때문이다. 만약 대사제의 말이 사실이라면 의식은 치러져야만 했다. 그것이 유일한 방법이었다.

박 신부는 꼼짝하지 않고 엔키두를 노려보고 있었다. 엔키두 앞에는 아무 표정도 없는 소미가 석상처럼 무릎을 꿇고 앉아 있었고, 그녀의 앞에는 커다란 수정구 하나가 놓여 있었다. 수정구에서는 색색의 빛이 물결치면서 음산한 빛을 사방에 뿌리고 있었다. 박 신부와 엔키두는 아무 말이 없었다. 그러나 준후는 둘 사이에 끼어들 수가 없었다. 너무도 팽팽한 긴장이 둘의 눈빛 사이에 오가고 있기 때문이었다. 그 눈빛들은 수천 년 전부터 내려오는 각자의 신앙에 대한 믿음과 의지를 담고 있는 것인지도 몰랐다. 몹시 강렬한 그들의 눈빛 속에서 준후는 두 사람이 눈으로 행하고 있는 말들, 마음속에 담고 있는 소리들이 마치 옆에서 듣는 것처럼 또박또박 들려오는 것을 느꼈다.

신부, 그대는 왜 진실을 외면하는가?

나는 진실을 외면한 적이 없다. 이 세상은 지켜져야 한다는 생각이 나의 진실이다.

이 세상? 이 세상이 그대는 옳다고 보는가? 추악한 인간들, 허황된 종교, 이기주의…… 세상을 씻어 내야 한다. 옛날 우트나피쉬팀의 시대에서처럼…… 그 일을 할 수 있는 것은 바로 브리트라님뿐이다.

허황된 소리! 악마를 불러내 세상을 맡기려는가? 그런 짓은 결단코 용납할 수 없다. 하느님이 용서하시지 않는다.

하느님이라고? 우주의 위대한 힘은 하나뿐이다. 너는 그 힘을 신으로 믿고 있는 모양이지만, 그 힘은 공정하다. 인간을 특별히 위해 주지 않는다.

요망한 소리 하지 마라, 엔키두!

인간이 이제껏 해 온 일이 무엇인가? 위대한 자연력에 순응한 일이 무엇인가? 이 평화롭던 세상을 악과 고난만이 들끓는 지옥으로 바꾸어 놓은 것이 누구인가?

네 말에 대한 답은 네 스스로 찾아라! 오만한 자신의 이성과 자만심과 아집으로 똘똘 뭉친 사악한 자여, 가련하구나!

뭐라고? 감히 내게 가련하다는 소리를 하는가?

진실로 가련한 자…… 그 오랜 기간 동안 증오와 악만을 쌓아 왔구나. 회개하라!

엔키두는 대답하지 않았다. 그의 부릅뜬 두 눈이 황금색의 찬란한 광채를 띠기 시작했다.

"샤마시의 광채[1]! 신부님, 눈을 감으세요!"

뒤에서 현암이 외치는 소리가 들렸다. 멍하니 엔키두와 박 신부

---

[1] 바빌로니아의 태양신이다. 일곱 가지의 광채를 뿜어 산을 지키는 괴물 훔바바에게 죽을 뻔한 길가메시를 구했다.

의 대결을 주시하고 있던 준후는 엉겁결에 뒤를 돌아보았다. 현암이 어느새 방 안으로 기어 들어와 있었다. 현암의 손에서 월향이 날아올랐다. 뒤를 보고 있던 준후의 뒷머리에 화끈한 것이 느껴지면서 주위가 황금색의 빛과 열기로 가득했고, 준후의 손에 들려 있던 부적들이 불에 붙어 타오르기 시작했다.

승희는 현암이 기어가는 것을 보고 막 방 안으로 뛰어들려다가 천둥같이 덮쳐 오는 황금색 광채에 튕겨지듯 뒤로 날아가 떨어졌다. 전에 한번 당한 적이 있던 수법이었으나, 이번 것은 위력이 전에 비할 바가 아니었다. 승희는 머리카락이 바지직 소리를 내면서 그슬리는 것을 느꼈다. 눈앞이 멍해졌다.

현암이 쏘아 보낸 월향조차 엔키두가 발한 샤마시의 광채를 뚫지 못하고 있었다. 공중에 떠서 안간힘을 쓰고 있었으나 정지한 채 꼼짝을 못 했다. 그러나 다행히도 현암의 눈이 빛에 직접 닿는 것을 월향이 막아 주어서, 현암은 희미한 정신임에도 앞을 볼 수가 있었다. 이글이글 타오르는 강한 빛을 온몸에 받으며, 박 신부는 앞으로 걸음을 옮기고 있었다. 현암은 박 신부가 왜 물러서지 않고 전진하는지 이유를 알 수 없었다. 엔키두의 힘은 엄청났다. 아무리 박 신부라 해도 그 힘 앞에서 얼마나 버틸 수 있을지 자신할 수가 없었다. 박 신부의 검은 사제복은 이미 불이 군데군데 붙어 타오르고 있었으나, 박 신부는 개의치 않았다. 오로지 무거운 걸음을 앞으로 옮기고 있을 따름이었다. 엔키두는 놀란 듯 외국어로 소리를 질렀다. 그러나 응답이 없자 이번엔 서툰 한국말로 다시 소리를 질렀다.

"다가오지 마라!"

엔키두의 눈에 다가오는 박 신부의 얼굴이 보였다. 박 신부는 눈물을 흘리고 있었다. 저것이 과연 누구를 위한 눈물인가? 엔키두는 의아했다. 아무도 짐작하지 못했지만, 지금 박 신부가 앞으로 다가서는 것은 그 강한 빛으로부터 다른 자들을 가리기 위한 것이었다. 박 신부가 다시 한 걸음을 내디뎠다. 그는 아까 사방에 나뒹굴던 사제들까지도 빛에서 보호하려고 했다. 박 신부는 신을 사랑하는 것이 아니었다. 다만 인간을 사랑할 뿐이었다.

"으으, 너, 너는 대체……."

엔키두가 소리를 지르면서 혼신의 힘을 기울였다. 그에게서 뻗어 나오는 빛이 주황색을 띠면서 엄청난 열기를 뿜어 댔다. 뒤쪽에서는 승희가 옷에 불이 붙어 데굴데굴 구르고 있었고, 현암도 더 이상 눈을 뜨고 있을 수가 없었다. 준후가 삼매신수의 수를 발해 검은 물기운을 일으켜서 박 신부를 보호하려 했으나, 검은 물기운은 박 신부가 있는 곳까지 가지도 못하고 증발하듯이 사라져 버렸다. 박 신부가 휘청거리기 시작했다. 현암이 소리를 질렀다.

"승희, 준후, 정신 차려! 신부님이 위험해!"

현암의 외침에 준후가 먼저 정신을 차리고는 부적을 꺼내 들었다. 옷에 붙은 불을 끄던 승희도 현암의 외침을 듣자 정신이 번쩍 솟았다. 지금 작은 불같은 것은 신경 쓸 때가 아니었다. 승희가 급히 좌정하자 현암에게 약간 기가 들어오기 시작했다. 현암은 눈을 감고 월향을 회수했다. 그러고는 준후에게 소리쳤다.

"준후, 금(金)! 금의 부적을!"

준후는 병원에서 대사제와 싸울 때의 일을 기억해 냈다. 현암도 같은 생각을 한 것이 분명했다. 준후는 실눈을 뜨고 오행의 부적 중 금의 부적을 손에 잡았다. 이것이 맞나? 분간하기가 힘들었다. 현암은 눈을 감고서 힘을 모았다. 대사제의 총을 맞은 이후 벌써 몇 번이나 무리를 했는지 모른다. 몸이 움직인다는 사실 자체가 믿어지지 않았다. 그러나 어쨌든 움직여야 했다. 주변의 열기조차 잘 느껴지지 않았다. 몽롱해지는 정신…… 자고 싶지만 깨어야 한다. 현암의 입에서 노성이 터져 나왔다.

"야아앗!"

그에 화답이라도 하듯이 월향이 귀곡성을 내면서 날았고, 월향을 향해 준후의 손에서 금빛 기류가 뻗어 나갔다. 월향은 화살처럼 날아가다가 곧 속도가 떨어지더니 박 신부의 머리 위에서 정지했다. 그 순간 준후가 쏜 금의 기운이 월향에 엉키면서 삽시간에 박 신부의 머리께부터 반원형의 막을 씌웠다. 그러자 엔키두가 발하는 샤마시의 태양광이 그 기운에 부딪혀서 마치 렌즈처럼 집중되더니 반대로 엔키두에게로 덮쳐들었다.

"크아악!"

그 뜨거운 빛줄기 속에서 한 줄기 섬광이 번뜩이는가 싶더니 사방을 메우고 있던 빛줄기가 삽시간에 사라져 버렸다. 일행은 갑자기 앞이 캄캄해지면서 주위가 시원해지는 것을 느꼈다. 준후가 눈을 비비며 명경부를 갖다 댔다. 박 신부는 여전히 그 자리에 서 있었는데, 사제복에 붙은 불이 타들어 가고 있었다. 승희가 절룩거리며 박 신부에게 다가가고 있었고, 현암은 고요히 앉아 있었다. 엔키두는 오른쪽 귀 언저리부터 시작해서 우반신이 완전히 타 버린 채 땅바닥에 뒹굴고 있었고, 너무 오래 묵은 그의 영은 이미 육신을 떠나고 없었다. 승희와 준후가 박 신부의 몸에 붙은 불을 끄고 있는데, 박 신부가 입을 열었다.

"가련한 자들이여."

아직까지 무릎을 꿇은 채 미동도 하지 않고 있던 소미가 꿈틀하면서 몸을 일으켰다.

"너, 너희들은 누구냐? 무슨 짓들을 한 거냐?"

준후가 허탈하게 웃었다. 하긴 제정신이 아니었을 테니…… 소미는 주위를 둘러보며 영문을 모르겠다는 표정을 했다. 그러더니 박 신부 일행을 돌아보고는 앙칼진 소리를 질렀다.

"우리들의 의식을 방해하러 온 자들이구나! 엔키두, 엔키두 님을 너희들이 저, 저렇게?"

준후가 더 참지 못하고 깔깔 웃었다. 현암은 여전히 무표정하게 가부좌를 틀고 앉아 있었고, 박 신부도 말이 없었다. 승희만이 눈썹을 치켜올리면서 대꾸했다.

"뭐? 죽을 걸 살려 줬더니 뭐가 어째?"

"뭐라고?"

"흥! 네가 찾는 그 사백 년 묵은 괴물이 널 산 채로 해부하려 했다, 이 말이야! 그런데도 뭐? 엔키두 님?"

소미의 얼굴이 하얗게 질렸다.

"뭐, 뭐라고? 믿을 수 없다!"

박 신부가 승희와 준후에게 나직한 목소리로 말했다.

"나는 괜찮으니, 저기 쓰러져 있는 사람들을 돌봐 주렴. 그리고 현암 군도……."

승희가 눈을 크게 떴다.

"예? 저 악당들을요? 저놈들 땜에 우리가 죽을 뻔했는데도요?"

박 신부의 눈매가 날카로워졌다.

"승희야!"

준후는 군소리하지 않고 여기저기 널브러져 있는 사제들에게 다가가 옷에 붙어 있는 불을 꺼 주었다. 승희는 그 모습을 보고는 입을 삐죽거리더니 몸을 돌려 준후 쪽으로 향했다.

"암, 그래야지."

박 신부는 빙그레 미소를 짓더니 큰 고목이 쓰러지듯 쿵 소리를 내며 뒤로 넘어졌다. 승희와 준후가 달려와서 박 신부를 부축했다. 소미는 어안이 벙벙해서 서 있더니, 이윽고 눈을 감고 양손의 집게손가락을 이마에 갖다 댔다. 준후가 힐끗 그녀를 보더니 승희에게 작은 목소리로 말했다.

"저 여자, 굉장히 당황하는 것 같아요. 아니, 지금 무슨 투시를 행하는 모양인데? 제법 영력이 세군요."

투시를 행하던 소미의 얼굴이 차츰 하얗게 질려 갔다. 그러더니 비명을 지르면서 눈을 크게 뜨고는 털썩 주저앉았다. 승희가 그녀의 마음속을 읽었다. 소미는 자기가 희생 제물이 될 뻔했다는 사실에 무척 경악하고, 또 대사제가 죽었다는 사실에도 충격을 받은 듯했다.

승희가 빈정거리는 투로 말했다.

"흥! 수많은 사람을 이용해 먹고 죽이고 할 때는 눈 하나 깜짝하지 않았으면서, 자기가 죽을 뻔하고 자기와 가까운 사람이 죽은 것엔 왜 그렇게 놀라신담? 자기 아이까지 팔아먹은 여자가······."

소미의 눈빛이 매섭게 바뀌었다.

"너, 너······ 지금 뭐라고 했지? 아이? 아이라고?"

승희는 살기를 띤 그녀의 눈과 마주치자 가슴이 철렁 내려앉았다.

브리트라

"내, 내 아기······ 내 아기를 어쨌다고? 내 아기가 어디에 갔지?"

소미는 눈을 부릅뜨면서 자기의 양손을 살피고는 허공을 우러러 외쳤다. 그리고 갑자기 성큼성큼 승희 앞으로 걸어왔다. 준후는 어안이 벙벙한 채 두 여자를 쳐다보고 있었다. 승희가 뒤로 주춤하다가 다시 똑바로 섰다.

"알고 싶어?"

승희는 째진 눈을 위로 치켜올리면서 소미에게 소리를 질렀다.

승희의 마음도 근원을 알 수 없는 노여움으로 떨리고 있었다. 물론 자신과 상관이 없는 일이었지만 어린아이를, 그것도 갓 태어난 생명을 희생시켰다는 생각이 치를 떨리게 했다.

"네가 한 짓을 네가 몰라? 너는 네 아이를 그 잘난 브리트라에게 바쳤어! 첫 번째 제물로!"

소미가 얼굴이 하얗게 질리더니 연녹색으로 변했다. 준후는 어떻게 사람의 얼굴이 저런 색을 띨 수 있을까 궁금해졌다.

"내, 내가…… 내 아이를……."

소미의 입술이 부들부들 떨리면서 신음이 새어 나왔다. 소미는 비틀거리더니 그 자리에 허물어지듯이 주저앉았다. 승희는 그러는 그녀의 마음을 다시 읽기 시작했다.

"거, 거짓말이야!"

갑자기 땅 밑이 요란스럽게 흔들렸다. 지진이 일어난 것 같았다. 문득 승희는 아까 대사제의 마음을 읽었던 것을 기억했다.

"큰일이다! 내 정신 좀 봐! 브리트라가 부활해요!"

준후가 승희의 고함에 놀라 고개를 들었다. 박 신부도 힘겹게 고개를 들었고, 현암도 운기하다 말고 눈을 뜨고는 소리를 쳤.

"무슨 말이야, 승희?"

다시 한번 지진 같은 파동이 엄습해 왔다. 서 있던 승희가 비틀거렸다. 그러면서 빠른 속도로 말하기 시작했다.

"브리트라가 분노해 있어요! 의식은 처음부터 잘못되었어요! 제물, 제물의 선택이요! 그래서 의식이 중단돼도 브리트라는 스스

로의 힘으로 부활을…….″

박 신부가 황급히 비뚤어진 안경을 고쳐 쓰면서 물었다.

"제물? 제물이 왜?"

승희는 거의 넋이 나간 듯했다. 그녀의 말은 더욱 빨라져 거의 알아듣기가 힘들 정도였다.

"제물 말이에요. 그 제물은 생명나무의 도안을 만든 세 개 종파와 상관없는 제물을 바쳐야 한다고 되어 있어요! 그래서 그들은 우리나라를 택했지만, 우리나라는 바빌론과 관계가 아주 없는 게 아녜요! 고대의 기원을 따지자면 그들과 우리의 피는 섞여 있어요!"

준후의 눈이 휘둥그레졌고, 현암의 머릿속에 어떤 생각이 스치고 지나갔다.

바빌론의 원형은 수메르다. 그런데 일설에는 고대에 수메르가 우리나라 쪽과 소통을 했다는 주장도 있었다. 수밀이국이라고도 전해지는 그 나라는, 환국 시대의 열두 연방 중 하나였다고 하지만, 실제로는 지리적인 차이로 보아 그 설이 맞다 해도 연방국이라기보다는 서로 드나들며 약간씩이나마 소통했던 나라였을 가능성이 높았다. 어쨌거나 단순히 지리적으로 멀다 해서 관련없다고 치부할 수만은 없었.

"맞아요! 우리는 그쪽과 상관이 없지 않았어요! 그래서 의례 과정에 쓰인 아홉 명의 희생은 도리어 브리트라의 분노를 일으키게 되었고, 마지막 대주술사의 희생을 치르지 않으면 브리트라는 분노한 채로 세상에 출현하게 될지도 몰라요!"

박 신부가 멍하니 읊었다.

"아멘……."

"그래서 대사제는 오히려 브리트라를 막기 위해서는 의식을 끝까지 진행해야 한다고 했어요! 분노의 상태가 아닌 브리트라를 현신케 해서, 마지막으로 모두가 힘을 합하면 일말의 희망이 있다고…… 그러나 분노한 브리트라가 세상에 나오게 된다면 그건 아무도 막을 수 없다고 했어요!"

뒤에서 누가 들어오는 듯한 소리가 들렸다. 바로 주술에 의해 움직이는 대사제의 시체였다. 아까 엔키두의 바람과 태양광을 몸에 쏘여서, 시체는 눈을 똑바로 뜨고 쳐다볼 수 없을 만큼 망가져 있었고, 몸에서 몇 가닥의 가는 연기마저 솟고 있었다. 시체의 입이 열리면서 제대로 알아듣기 힘든 말이 흘러나왔다.

"소 소 소 미…… 무 사…… 무 사 했 구 나……."

소미가 놀라면서 벌떡 일어났다. 그녀의 고운 얼굴은 반가움과 놀라움, 두려움과 슬픔이 뒤섞인 착잡한 모습이었다. 대사제의 엉망진창이 된 몸이 풀썩 무릎을 꿇었다.

"그 그 래…… 너 너 만 무 사 하 면…… 나 나 는……."

"안 돼!"

소미가 자지러지듯 외치면서 그쪽으로 달려가려 하자 대사제의 시체가 한쪽 팔을 들어 제지했다. 들어 올린 팔이 부스러져 땅에 떨어졌다.

"오 지 마……. 나 나…… 너 무…… 추 해……."

"바보!"

소미가 울먹이며 소리를 질렀다. 대사제의 얼굴은 이목구비를 제대로 분간할 수 없었지만, 그의 입가 부근에 희미한 미소가 떠오르는 듯했다.

"너 널 위 해⋯⋯ 너 에 게 영 생 을⋯⋯ 주 기 위 해⋯⋯ 이 모 든 것 을⋯⋯."

"이 바보야! 나도 너를 위해 이 모든 일을 했어! 이 모든 악행을 말이야⋯⋯."

그들을 지켜보고 있던 네 사람은 진실을 깨달을 수 있었다. 그들은 잘못된 사랑에 빠져 있었던 것이다. 상대만을 위하고 극도의 봉사를 하는 것만이 최선의 길이라고 생각했던 것이다. 그들은 자기를 희생시키며 최고의 선물을 안겨 주는 것이 사랑인 줄 알고 있었다. 그러나 그것은 자기만족에 불과했다. 둘은 그 사실을 깨닫지 못하고 잘못된 사랑의 고삐에 매여 엄청난 일을 꾸며 왔다. 거기에 그릇된 신앙을 가진 엔키두가 얽히면서 이미 돌이킬 수 없는 지경에까지 이르고 말았던 것이다. 그러나 지금의 대사제에게는 브리트라나 자신, 혹은 다른 사람이 문제가 아니었다. 소미의 안위만이 최고의 가치일 뿐이었다.

"최 후 의⋯⋯ 방 법 은⋯⋯."

대사제의 시체는 이제 하나밖에 남지 않은 팔로 간신히 몸을 지탱하면서 입을 열었다. 소미가 정신을 잃고 뒤로 넘어졌다.

"브 리 트 라 를⋯⋯ 진 정 시 켜 서⋯⋯ 형 체 를 드 러 나 게 하는 방법은······."

　대사제의 흉한 얼굴에서 숯처럼 까맣게 탄 살점이 후드득 떨어져 나가며 백골이 드러났다. 현암은 입을 열 수가 없었다. 사랑? 숭고함? 고귀함? 그는 자신의 행동을 알고 있을까? 그는 지금 자신의 행동에서 가치를 느끼고 있고, 그것이 소미에 대한 사랑 때문인 것으로 깨달아 만족하고 있을 것이다. 그러나 그건 정말 사랑일까?

　"주술사······ 열 명의 주술사의 간을······ 저기 쓰러져 있는 자들······ 열두 사제의 것으로······ 잔인하다 생각 말고······ 세상을 구하기 위해······ 소미가 있는 세상을······."

　현암은 깨달았다. 대사제 자신은 모르고 있지만, 그의 사랑은 진실했다. 하지만 그것만으로는 모자랐다. 대사제의 시체가 털썩 소리를 내면서 땅바닥에 떨어졌다. 먼지와 연기를 남기면서 조용한 침묵만이 방 안에 가득 메우고 있었다.

　승희가 입술을 덜덜 떨며 박 신부를 돌아보았다. 박 신부의 눈에는 눈물이 고여 있었다. 준후도 훌쩍이고 있었다. 승희는 문득 준후가 애처롭다는 생각이 들었다. 저 어린 나이에 못 볼 것을 많이도 보는구나······ 그때 문득 엔키두 앞에 놓여 있던 수정구가 승희의 눈에 들어왔다. 수정구 속이 핏빛 불길로 가득 차 있었다. 그리고 무엇인지 꿈틀거리는 형상이 비쳤다. 승희는 온몸에 소름이 돋았다.

　"브리트라가 움직여요! 신부님, 현암 씨, 서둘러야 해요!"

생명의 나무　49

현암이 고개를 돌렸다.

"뭐?"

"브, 브리트라의 부활을 막아야 할 거 아녜요?"

박 신부가 안경을 올리며 약간 떨리는 목소리로 말했다.

"어떻게?"

승희는 답답했다. 분명히 이야기를 다 들어 놓고서는…….

"저 사제들…… 저 사제들의…….."

현암이 눈을 부릅떴다.

"너, 승희 네가 하겠니? 그렇게 할 수 있어?"

"예?"

박 신부가 승희의 어깨를 툭 치고는 뒤돌며 한마디 했다.

"우리는 그러지 못한다. 이대로 브리트라와 상대한다."

"예? 뭐라고요?"

승희는 자기가 잘못 들은 건 아닌지 귀를 의심했다. 분명 대사제는 방법을 가르쳐 주었다. 그런데 어째서…… 멍해 있는 승희의 귀에 현암의 음성이 들려왔다.

"세상을 위해서라고 말하고 싶어? 수십억 명의 사람을 위해서 저 악인들 따위는 희생해 버리자고 말하고 싶은 건가? 아냐, 생명은 숫자로 따질 수 없어. 세상의 진리는 간단한 데 있는 거야. 생명을 구하기 위해 생명을 희생시킨다는 것은 말이 안 돼."

고통에 치여 쥐어짜듯 나오는 현암의 목소리가 계속 이어지고 있었다.

"우리에겐 우리의 길이 있어. 우리의 방법이 있고…… 승희야, 생명의 비밀은 영생에 있는 게 아냐. 생명이 영원히 이어진다는 것을 믿고, 자신의 그 믿음을 펼치고, 자신의 존재를 진정한 것으로 만드는 데 생명의 신비가, 생명의 비밀이 있는 거야. 생명을 구하기 위해 생명을 버릴 수도 있는 것, 그것은 진정한 생명을 가진 자 외에는 절대로 할 수 없는 행위야. 승희, 너도 대사제의 모습에서 거룩함을 보았지. 그것이 어디서 나온 것인 줄 알겠니? 소미에 대한 사랑…… 과연 그것뿐일까?"

박 신부가 한숨을 내쉬며 말했다. 박 신부의 얼굴은 무표정했다. 다만 평상시에 보이던 옅은 미소만이 감돌고 있을 뿐이었다.

"현암 군, 말을 해서 무엇 하겠나. 힘을 아끼게나……."

승희의 얼굴은 거의 울음이 터질 것 같았다. 승희는 큰 소리로 울부짖듯이 외쳤다.

"바보들! 다들 바보들이야!"

준후도 웃고 있었다. 얼굴에 검댕이 잔뜩 묻은 준후가 웃음을 띠면서 승희에게 물었다.

"누나, 누나는 바보 아니야?"

돌연 땅이 우르르 떨렸다. 다시 지진과 같은 울림이 시작되고 있었다. 수정구 안의 붉은빛이 순식간에 강해지면서 번쩍거리는 빛을 사방에 뿌리고 있었다. 악신 브리트라가 부활하려 하고 있었다. 네 사람은 아무 말도, 꼼짝도 하지 않았다. 이제 싸울 힘은 거의 남아 있지 않았다. 아니, 있다 해도 상대가 될 수 없었다. 그러나 그들은 그 자리에 있었다. 자신들의 믿음을, 자신들의 세상을, 그리고 진정한 의미에서의 생명을 지키기 위해…… 수정구가 산산조각이 나면서 흩어졌다. 파편들이 튀어 오르면서 붉은빛이 사방을 가득 메웠다. 그러나 그들은 꼼짝도 하지 않았다.

시험

눈앞이 조금씩 밝아졌다. 이상했다. 분명 자신은 현암과 준후, 승희와 소미라는 여자와 함께 사교의 지하실에 있었는데…….

박 신부는 눈을 몇 번 깜박거렸다. 주변은 온통 붉은색으로 가득한, 드넓은 광야 같았다. 그러나 아무것도 없었다. 오직 자신밖에는. 박 신부는 지금 꿈을 꾸는 것이 아닐까, 아니 자신이 이미 죽은 건 아닐까 생각했다. 박 신부는 몇 걸음을 옮겨 보았다. 지쳤다고 생각했는데 발걸음이 의외로 가벼웠다. 박 신부는 들뜬 마음이 되었다. 마치 자신이 수십 년의 세월을 거슬러 올라가 다시 어린아이가 된 듯한 기분이었다. 박 신부는 한 발로 깡충깡충 뛰어 보았다. 재미있었다. 이런 장난을 한 것이 언제였더라…… 히죽 웃으며 주위에 누가 있나 둘러보았다. 처음에는 늙은 나이에 주책이라는 생각도 들었으나, 누구라도 곁에 있으면 같이 놀고 싶었다. 문득 눈앞에 흰옷을 입은 한 소녀의 모습이 보였다. 박 신부는 반가운 마음이 들어 저절로 미소를 머금었다. 그 소녀의 뒤를 따라갔다. 뒷모습만 보이지만, 참 예쁜 소녀인 것 같았다. 막 그 소녀의 어깨를 두드리려는데 소녀가 고개를 돌렸다.

"아니, 너, 너는!"

미라였다. 오래전 박 신부가 의사였을 때 그의 이름을 간절히 부르다가 스스로 목숨을 끊은 아이…… 소녀의 눈은 검은자위가 없이 희게 빛나고 있었고, 두 줄기의 피가 흘러내리고 있었다. 박 신부는 놀라서 뒤로 주춤 물러섰다. 갑자기 소녀의 등 뒤에서 세 사람의 모습이 나타났다.

"헉, 현암 군, 준후, 승희!"

현암의 얼굴이 반쯤 뭉개져 있었고, 준후의 얼굴은 하얗다 못해 은색으로 비치고 있었다. 승희의 눈은 더욱 찢어져 올라가 있었고, 머리카락이 사방으로 꼿꼿이 서 있었다. 그들 역시 눈동자가 희게 뒤집히고 역시 피가 흘러내리고 있었다.

"너, 너희들, 어 어쩌다가!"

현암이 입을 열었다.

"당신이……."

준후가 합창을 하듯이 높낮이가 없는 소리로 말했다.

"우리를…… 우리 모두를……."

승희의 입에서 날카로운 소리가 새어 나왔다.

"브리트라의 앞잡이가 되어 우리 모두를……."

박 신부는 놀라움에 휘청 무릎을 꿇었다. 그리고 자신의 두 손을 보았다. 손이 피로 물들어 있었다. 박 신부의 눈앞이 소용돌이

치듯 흔들렸다. 가슴이 쿵쾅거리며 두방망이질을 했다. 네 명이 소리를 모아 말했다. 그 소리가 벼락처럼 박 신부의 귀를 때렸다.

"죽였어!"

"아, 아냐! 아냐!"

박 신부는 뒤로 넘어지면서 기어갔다. 네 명의 원혼들이 서서히 다가오고 있었다.

"너도…… 너도…… 너도…… 너도!"

"신부님, 현암 형! 대체 어디에 있어요? 대답해요!"

준후는 달렸다. 여기가 어디일까 하는 생각도 이미 없었다. 단지 달리고만 있었다. 아무리 달려도 길은 또 다른 길로 이어지고 있었다. 길이 꿈틀거리며 움직이고 있었다. 분명 한 지점을 향해 달려가고 있는데, 가다 보면 굉음과 함께 보이던 길이 막히고 다른 길이 열렸다. 홧김에 벽을 두드려도 보았지만, 벽은 뭘로 만들었는지 꿈쩍도 하지 않았다.

'이게 대체 어떻게 된 거지? 꿈을 꾸고 있나? 아니, 내가 죽었나?'

준후는 부적들을 꺼내어 자신이 꿈을 꾸는 건지 주술로 확인해 보았다. 절대 꿈은 아니었다.

'그렇다면 이게 뭐지? 어째서…….'

갑자기 준후의 뒤에서 괴성과 아우성이 들려왔다. 돌아본 준후는 오금이 저리는 것을 느꼈다. 수천, 수만을 헤아리는 요괴와 귀신, 망령과 마물들이 한데 엉켜 소리를 지르며 준후를 쫓아오고 있었다. 준후는 주술을 몇 방 쏘아 보냈지만 어림도 없었다. 한 놈이 쓰러지면 열 놈이, 세 놈이 쓰러지면 백 놈이 쓰러진 놈의 시체를 밟고 달려오는 것이었다. 아니, 따로따로 달려오는 게 아니라, 아예 서로 엉킨 거대한 덩어리가 되어 천장까지 가득 메우며 굴러 오고 있었다. 준후는 뒤돌아 달리기 시작했다. 사방에서 길이 쾅쾅 소리를 내면서 닫혔다. 준후는 벽에 부딪혀 뒤로 벌렁 자빠졌다. 아픈 것을 따질 여유가 없었다. 얼른 몸을 일으킨 준후의 앞에 길이 두 갈래로 갈라져 있었다. 한쪽에서는 박 신부가 다급한 표정으로 어서 오라는 손짓을 하고 있었고, 다른 쪽에서는 현암이 목청이 터져라 준후를 불러 대고 있었다. 수없이 많은 악귀의 무더기가 이제 준후의 바로 뒤에까지 몰려와 있었다. 준후는 두 다리가 후들후들 떨리는 것을 느꼈다.

현암은 깊은 물속에 목만 내놓고 있는 자신의 모습을 발견했다.
'이게 어떻게 된 일이지?'
의아했다. 분명 브리트라와 최후의 일전을 벌이려 하고 있었는데…… 물은 깊지는 않았으나 넓었다. 끝이 보이지 않을 정도로 넓은 호수 위로 먹장같이 어두운 하늘이 보였다. 현암은 물을 헤치면서 앞으로 나아가기 시작했다. 갑자기 현암의 눈앞에서 어떤 물체가 떠올랐다. 현아. 물귀신에게 당했던 여동생 현아였다. 현아의 뒤에서 물귀신들의 머리가 불쑥불쑥 솟아오르기 시작했다. 현아가 울부짖고 있었다.

"오빠! 오빠! 구해 줘, 어서!"

"기다려! 잠깐만! 잠깐만 참아, 현아야!"

현암은 목청껏 대답하면서 현아가 있는 쪽으로 헤엄쳐 가려고 했다. 그러나 발이 움직이지 않았다. 그리고 몸도 꼼짝할 수가 없었다. 누군가 자신을 붙들고 있었다. 뒤를 돌아보니 그건 박 신부와 준후였다.

"가서는 안 돼! 현아는 이미 브리트라의 혼령이 씐 몸이야! 자네를 유인하기 위해서 저러는 거야!"

"절대 안 돼요, 형! 죽어도 놓을 수 없어요!"

"사, 살려 줘! 오빠, 오빠!"

물귀신들은 현아 뒤로 바싹 다가들고 있었다. 현아는 가련하게도 허우적거리며 현암에게 오려고 애쓰고 있었으나 무엇이 잡아당기는 듯, 자꾸 물속으로 빠져 들었다가 나오기를 반복하고 있었다. 뒤에서 준후가 물귀신들에게 불길을 내쏘고 있었지만, 놈들은 물속으로 재빠르게 움직이면서 준후의 불길을 피해 현아에게 다가가고 있었다.

"놔요! 놔줘요! 브리트라의 노예면 어떻고, 아니면 어떻단 말이에요! 놔요! 이 손 놓으라니까!"

현암은 있는 힘을 다해 몸부림을 쳤으나, 박 신부는 완강했다. 그의 깍지 낀 팔은 조금도 풀어지지 않고 오히려 점점 조여져 왔다.

"안 돼! 자네를 잃을 순 없어!"

현아는 힘이 빠진 듯 구슬픈 신음을 내며 물속으로 가라앉았다.

박 신부는 무릎을 꿇었다. 그의 앞에는 네 명의 원혼이 눈을 형형히 빛내며 서 있었다. 박 신부는 다시 한번, 자신의 피로 물든 두 손을 쳐다보면서 오열했다. 기억이 났다. 그렇다. 자신이 그렇게 했었다. 자신의 손에 의해 벽에 처박힌 준후, 거꾸로 쥔 십자가에 머리가 박살이 난 현암, 오라의 힘에 튕겨 날아간 승희…… 내가 왜 그랬던가. 그리고 구해 달라고 작은 손을 휘젓다가, 구해 줄 수 없다면 차라리 죽여 달라고 호소하던 미라…….

"내 목숨을 너희들 손에, 아니 하느님의 손에 맡기나이다."

박 신부는 무릎을 꿇은 채 기도하듯이 두 손을 감아쥐었다. 현암의 분노에 찬 목소리가 들려왔다.

"가증스러운 자! 하느님이라는 허황된 이름을 읊조리면 살아날 듯싶으냐?"

승희가 외쳤다.

"갈기갈기 찢어 죽여 버리겠다!"

준후의 소리도 들렸다.

"십자가에 거꾸로 매달아 주지!"

미라의 작은 소리가 셋의 소리를 누르고 들려왔다.

"구원은 없다, 신부!"

박 신부는 눈물을 폭포같이 쏟으면서 기도만 하고 있었다. 목이 자꾸 메었다.

"제 더러운 영을 하느님 손에 맡기나이다. 구원을, 아니 유황불에 사르실 수 있다면, 그러나 전에 예수께 그러했듯이 이 잔을 거두실 수 없다면 그대로 하소서…… 야훼의 뜻대로 하소서."

굉음과 함께 박 신부의 눈앞이 하얗게 빛나더니 아득해졌다.

준후는 양쪽을 돌아보았다. 박 신부는 다급하게 준후에게 손짓했다. 그 인자한 얼굴이 하얗게 질려 있었다. 현암은 절규하듯이 준후를 부르고 있었다.

'어떻게 된 거지? 어디로 가지?'

악귀들이 준후의 바로 등 뒤에까지 접근하고 있었다. 순간 준후의 머릿속에 한 가지 생각이 떠올랐다.

"허중유실(虛中有實), 사중유생(死中有生)…… 빈 속에 실제가 있고, 죽음 속에 삶이 있다."

준후는 방향을 돌려 악귀가 들끓고 있는 속으로 돌진했다. 악귀들의 아우성과 그 느글느글한 살갗의 감촉과 역겨운 냄새가 났다. 준후의 눈앞이 노래지며, 아무런 감각도 느낌도 없이, 아득한 공간 속으로 하염없이 떨어져 갔다.

"놔, 놔! 이 손을 놓으란 말이야!"

"내 말을 듣게, 현암 군! 평소 냉정한 사고를 지녔던 자네가 아닌가! 현아는 이미 죽은 사람이야! 죽은 현아가 어떻게 우리의 눈앞에 나타날 수가 있겠나! 정신을 차려! 정신을 차리란 말이야!"

"놔, 놔! 저게 죽은 현아건, 산 현아건 상관없어! 난 동생을 구해야 해! 백 번, 천 번이라도 구해야 한단 말이야!"

현암이 기합 소리를 내면서 엄청난 힘으로 박 신부의 깍지 낀 팔을 뿌리쳤다. 무리하게 힘을 써서인지, 상처가 터지며 피가 분수같이 뿜어져 나왔다. 그러나 현암은 아랑곳없이 앞으로 몸을 날렸다. 팔을 놀리기가 힘들었다. 다리도 마음대로 움직여지지 않았다. 아, 내 몸이 왜 이리 느린가…… 현암이 팔을 저을 때마다 주변의 물들이 삽시간에 붉게 물들고 있었다. 피의 궤적을 그리면서, 현암은 조금씩 현아를 향해 다가가고 있었다.

'조금만, 현아야, 조금만 버텨 다오.'

물 밑에서 어떤 놈이 현암의 발을 잡고 끌어당겼다. 현암은 마치 무거운 추를 단 것처럼 힘겹게 헤엄을 쳤다. 현암의 눈에서 피눈물이 쏟아지고 있었다.

'현아야, 곧 간다. 조금만 더…….'

누군가에게 등을 깨물린 듯, 날카로운 통증이 엄습해 왔다. 그러나 저항할 시간이 없었다. 지금은 오직 현아에게 가까이 가는 것만이 중요했다. 현암은 얼굴까지 물속에 잠긴 채, 손을 허우적거리며 조금씩 나아가고 있었다.

'아, 현아야…….'

현암이 마지막 힘을 다해 수면을 쳤다. 그 반동으로 순간 물 위에 떠오른 현암의 눈에, 정신을 잃고 막 물에 잠기려는 현아의 감은 눈이 보였다.

'현아야, 내가 왔다! 현아야!'

현암은 온 기력을 짜내 현아에게 손을 뻗었다. 현암의 손끝이 현아의 손에 닿는 순간, 폭발 소리와 함께 푸른 광채가 눈앞을 가리며 모든 것이 아득해졌다.

생명의 힘

승희는 간신히 서 있었다. 무엇 때문인지는 모르지만, 아득해지는 느낌이 들다가 다시 몸속에서 폭발하는 듯한 기운이 몰아쳤다. 그녀는 우두커니 서 있었지만, 몸을 움직일 수가 없었다. 바로 앞에서 박 신부가 무릎을 꿇었다. 현암은 공중에 떠서 허우적거리고 있었고, 준후는 땅에 누워 급하게 뛰는 것처럼 발을 움직이고 있었다. 소미가 허공에 뜬 채 서서히 위아래로 오르내리고 있는 모습도 보였다.

'이게 어떻게 된 일이지?'

승희는 지금 이 상황이 어떻게 된 것인지 기억나지 않았다. 아까 그들은 분노한 브리트라와 대적하기 위해 나란히 서 있었다.

'그렇다. 브리트라! 간교한 지혜의 화신인 뱀, 브리트라!'

그리고 깨달을 수 있었다. 그것은 마치 자신과의 대화 같은 것이었다. 승희가 생각을 하기만 하면, 마음속에서 곧 답이 떠오른다. 지금 일행은 그렇게 시험을 당하는 중이었다. 악신 브리트라는 폭력을 쓰거나 직접 모습을 드러내는 단순한 수단이 아닌, 사람의 마음속에 파고들려 하고 있었다. 제아무리 막강한 주술사라도 그러한 힘을 막아 낼 수는 없었다. 그들은 평소에 가장 두려워했던 일, 자신이 가장 믿는 것에 대한 시험을 받고 있었다. 만일 신념이 꺾이거나 그릇된 판단을 할 경우에는 상상도 할 수 없는 파국이 기다리고 있었다.

'그런데 나는? 어째서 나는?'

승희는 몸 안에서 폭발하듯 들고 있는 기운을 생각해 냈다. 애염명왕…… 그렇다. 승희에게 답하고 있는 것은 승희 자신이 아니라 애염명왕이었던 것이다. 승희의 몸에 잠들어 있다는 애염명왕의 힘이 승희가 브리트라의 시험에 빠지지 않도록 막은 것이다. 그러나 몸 안에 봉인된 처지에서는 아무리 신일지라도 외부에 직접 힘을 행사하지는 못한다. 승희의 몸은 밖에서는 브리트라의 힘이, 안에서는 애염명왕의 힘이 서로 밀고 있는 풍선과도 같았다.

'만약 누구 하나가 시험에 진다면…….'

그 결과는 뻔했다. 시험에 지는 자는 영원히 브리트라의 노예가 되고 마는 것이다.

'그래선 절대로 안 돼!'

승희는 비명을 지르고 싶었으나 아무 소리도 낼 수 없었다. 승희는 지금 마음속의 애염명왕과 교신하는 것 외에는 아무런 힘을 쓸 수가 없었다. 승희는 안타까운 마음으로 세 사람을 지켜볼 뿐이었다.

갑자기 박 신부의 몸이 하얗게 빛나면서 눈부신 광채를 발하기 시작했다. 준후의 몸에서는 노란 광채가, 현암에게서는 푸른 광채가 솟아오르면서 세 사람의 몸이 털썩 땅에 처박혔다. 승희의 마음속에서 기쁨이 솟구쳐 올라왔다. 애염명왕의 목소리였다.

그들은 브리트라가 낸 속죄의 시험, 지혜의 시험, 의지의 시험을 각각 통과했다. 마음의 시험을 이겨 냈다.

승희의 몸도 마비에서 풀렸다. 승희는 달려가서 셋을 부둥켜안았다. 박 신부와 현암은 아직까지 눈물을 흘리고 있었고, 준후가 제일 먼저 눈을 떴다. 이윽고 현암과 박 신부도 정신이 들었다. 셋은 모두 어안이 벙벙해 있었다. 승희가 기쁨에 겨워 외쳤다.

"축하해요, 축하해! 세 사람 모두! 너무너무 기뻐요!"

박 신부와 현암, 준후는 어이없다는 듯이 승희를 쳐다보았다. 승희는 머쓱해져서 입을 다물었다. 박 신부가 말했다.

"아니, 브리트라는 어디 있지? 어떻게 된 거야?"

현암도 중얼거렸다.

"내가 정신을 잃었던가?"

승희는 어이없었다. 그러나 이해할 수는 있었다. 그들은 시험에 대해서 하나도 기억하지 못하는 것이었다.

갑자기 준후가 소리쳤다.

"저, 저것!"

일행은 놀라서 옆을 쳐다보았다. 소미의 몸이 허공에 뜬 채 서서히 모습이 변하고 있었다. 몸이 안쪽에서 울퉁불퉁 치솟고, 얼굴이며 손등에 비늘이 돋아나기 시작했다. 허공에서 괴이한 음성이 울렸다. 그 음성은 귀에 들리는 게 아니라 각자의 마음속에서 울리고 있었다.

나 브리트라의 시험을 통과한 자들이여, 기뻐하지 말라. 그 능력이 합당해 나의 시험에 의해 나 브리트라를 받아들이게 된 자가 있으니 그를 경배하라. 나는 그의 몸을 통해 세상을 다스리겠노라.

현암이 고함을 쳤다.

"천만에, 그렇게는 안 된다!"

박 신부도 분노에 찬 소리를 질렀다.

"악마여, 썩 그 여인의 몸에서 떠나라!"

준후는 말 대신 양손에 각각 번개와 불을 담고, 막 브리트라의 화신이 되어 가려는 소미를 향해 쏘려 하다가 멈칫했다. 승희가 외쳤다.

"준후야, 왜 쏘지 않아? 왜?"

준후가 멍하니 대답했다.

"저 아줌마도 착한 사람이에요. 그런데……."

"바보! 저 여잔 이제 사람이 아냐! 브리트라의 화신일 뿐이라고!"

현암이 승희에게 말했다.

"승희야, 그럼 너는 라가라쟈의 화신일 뿐 승희가 아니란 거니?"

승희는 멈칫했다. 그렇다. 그녀 또한 하나의 생명이자 인생을 사는 인간이었다. 승희가 눈을 감고 자리에 앉으면서 날카롭게 외쳤다.

"어떻게든 해 봐요! 힘을 다해서! 여러분을 믿어요!"

박 신부가 기다란 고함을 발하면서 십자가를 쳐들었다. 십자가에서 솟아 나오는 성령의 불길이 사방으로 퍼지면서 허공에 커다란 십자가를 그리기 시작했다. 현암이 이를 악물고 두 주먹을 앞으로 뻗자 몸에 두른 붕대를 뚫고 피가 분수처럼 솟았다. 섬광 같은 기류가 박 신부의 등에 모이면서 십자가가 더욱 커졌다.

"신들이여! 힘을 베푸소서!"

준후가 찢어지는 고함을 지르며 왼손 집게손가락을 깨물고 오른손으로 한 무더기의 부적을 뿌렸다. 부적들은 허공에 둥글게 구형을 그리더니 무서운 속도로 돌기 시작했고, 거기에 준후가 식지 끝에서 나온 피를 뿜어내자 구형이 핏빛으로 변하며 현암의 등에 부딪쳤다. 그러자 현암의 손끝에서 뻗어져 나오던 기류가 주변을 가득 채우고, 박 신부의 십자가가 천장에 닿을 듯 불어나기 시작했다. 승희가 입술을 깨물었다. 그녀의 몸 안에서 폭풍우와 같은 기운이 빠져나가 셋의 기운을 밀어붙였다.

소미가 눈을 떴다. 그 눈은 이미 뱀 눈동자가 되어 불길이 이글거렸다. 소미의 눈이 눈앞의 거대한 십자가를 보고 크게 벌어지면서 다급한 신음이 새어 나왔다.

엄청나게 큰 십자가의 불길이 뱀으로 변한 소미에게 날아갔다.

"저 생명을 구원하시어 다만 악과 멀어지게 해 주소서."

뱀의 검은 기류가 박 신부가 쏜 성령의 십자가를 통과하면서 넷을 향해 덮쳐들었다. 그리고 박 신부의 십자가도 그대로 소미에게 날아갔다. 소미의 입에서 굵은 목소리가 흘러나왔다.

"너희들은 이 여자를 해치려 한 것이 아니라······."

박 신부는 소미를 해치려 한 것이 아니었다. 다만 소미의 몸을 지배하고 있는 사악한 기운을 없애려는 것일 뿐이었다. 현암이 몸을 날려 박 신부와 준후를 양손으로 밀어 내고는 승희를 발로 걷어찼다. 소미의 입에서 나온 검은 기류가 아슬아슬하게 현암과 승희를 비켜 벽을 뚫고 사라졌다. 소미, 아니 브리트라의 어깨에 박 신부의 십자가가 정통으로 작렬했다. 순간 소미의 몸이 자지러지듯 뒤로 꺾이면서 처절한 비명이 새어 나왔다.

"아아악!"

박 신부가 벽에 머리를 부딪치면서 땅바닥에 쓰러졌다. 그럼에도 박 신부는 계속 기도하고 있었다. 의식을 잃을 때까지…….

"세상에 악이 창궐하지 말게 하옵시고 가련한 생명들을……."

박 신부의 십자가에서 나온 푸른 불길이 점차 소미의 몸 안으로 들어가고 있었다. 소미는 이를 악물고 이글이글 타오르는 뱀 눈동자를 한 채 몸을 뒤틀었다. 현암은 입에서 한 움큼의 피를 토하며 주술을 쓰던 자세 그대로 땅에 쓰러졌다. 승희도 모든 힘을 소모한 듯, 기력을 잃어 갔다. 준후 혼자만이 자꾸만 아득해지는 정신을 가다듬으려 애쓰며 눈을 뜨고 있었다.

갑자기 소미가 기합성을 발하자 섬광이 그녀의 온몸에서 번쩍이면서 그녀의 눈이 번쩍 뜨였다. 그녀의 입에서도 선혈이 흘러내리고 있었다. 브리트라가 인간의 목소리로 말했다.

"이런 고약한…… 하찮은 인간의 몸으로 생명의 비밀을 아는 신, 나 브리트라의 힘에 대적하려 하다니……."

소미의 몸이 스르르 다가왔다. 그녀의 하반신은 거의 뱀으로 변해 있었다. 준후는 더 이상 저항할 수가 없다는 것을 느꼈다. 이 모든 것은 인간의 죄에서 비롯된 것이었고, 그 대가는 인간이 치러야 했다.

"으윽!"

별안간 브리트라가 몸을 뒤틀었다. 왜 저럴까? 준후는 이상하게 생각했다.

"으으윽! 아니. 이, 이것이……."

소미의 몸이 다시 한번 뒤틀리면서 중심을 잃고 땅에 풀썩 쓰러졌다. 준후의 눈이 크게 떠졌다. 누가 돕는 것일까? 준후는 마지막 힘을 모아 투시를 행했다. 브리트라의 화신이 된 소미에게…….

"으으윽! 아, 안 돼!"

브리트라의 비명과 함께 소미의 몸에서 사악한 기운이 밀려 나가고 있었다. 아무리 퇴마사들과의 싸움으로 힘을 소모한 브리트라일지라도 감히 누가 저렇게 대적을 한단 말인가.

순간 준후의 입에서 아! 하는 탄성이 터져 나왔다. 겨우 손가락만 한 크기지만, 소미의 몸속에는 새 생명이 숨 쉬고 있었다. 아기였다. 아무 힘도 없고, 이목구비도 제대로 갖추어지지 않은 아기…… 그러한 아기가 저항하고 있었다. 본능적으로. 브리트라가 안심하고 들어간 바로 그 몸속에서, 자신이 살아갈 자리를 빼앗기지 않기 위해, 자신이 살 권리를 지키기 위해 대항하고 있었다.

준후의 눈에 눈물이 핑그르르 돌았다. 브리트라가 생명의 비밀을 안다고? 그 비밀을 남에게 가르쳐 줄 수 있다고? 눈에 맺히는 눈물과 어울리지 않게, 준후의 입에서는 맑은 웃음소리가 번져 나왔다. 웃음소리는 아이들만이 알아들을 수 있는 천진함으로 사방을 메웠다.

지금 이 순간, 대악신 브리트라는 그 작디작은, 어린 생명의 힘에 밀려 소미의 몸을 떠나고 있었다. 다시 그 차갑고 어두운 세계로…….

준후의 웃음소리가 울리는 가운데, 소미의 모습이 서서히 원래의 형체를 되찾아 가고 있었다. 또 하나의 새 생명을 안고서.

영을 부르는
아이들

일러두기
- '국민학교'는 현재 '초등학교'로 명칭이 바뀌었으나 작품의 시대 배경에 맞춰 '국민학교'로 표기했습니다.

"어어! 이것 봐! 된다, 된다!"

"와, 정말 움직인다!"

"무서워."

"조용히 해! 떠들다가 영이 떠나면 어쩌려고 그래?"

"난 무서워! 집에 갈래!"

"손 떼면 안 돼! 너 혼날래?"

국민학교 오 학년인 동훈과 진기, 그리고 세희는 세 명의 손가락으로 만든 원 안에서 볼펜이 꿈틀거리며 움직이기 시작하자 무서움을 느꼈다. 그러나 무서움보다는 신기함이 그들을 더 자극했다. 정말 말로만 듣던 영응반(靈應盤)[1]이라는 방법과 주문이 실제

---

1 옛날부터 영을 불러내 영과 대화하는 주술적 의례는 어떤 민족에게서나 찾아볼 수 있다. 그 예로 우리나라에는 무당, 시베리아 지방에는 샤먼이 있다. 하지만 이런 종

로 효과를 발휘하리라고는 미처 생각하지 못했기 때문이다.

"진기야, 뭐라고 좀 물어봐!"

"뭘 물어보라는 거야?"

"아무거나!"

"난 무섭단 말이야, 이잉."

"세희, 너 뚝 그치지 못할래? 진기야, 뭘 좀 물어보라니까!"

"귀신, 아니 영혼아. 아니 영혼님! 진짜 볼펜으로 대답해 줄 수 있어요?"

갑자기 셋의 손아귀 안에서 볼펜이 가늘게 떨더니 천천히 동그라미를 그렸다.

"정말이래! 그렇게 한대!"

"신기하다, 정말! 그럼 내 이름을 맞혀 봐요!"

"그런 건 무리야. 동그라미하고 가위표밖에 못 쓴대."

류의 일들은 단순한 호기심으로 접하기에 위험천만한 일이다. 실제로 영이 소환되지 않아도 이를 행한 사람들은 혹시나 그때의 일이 탈이 난 것은 아닐까 하는 불안감과 긴장 증세에서 벗어나기 어렵게 되고, 심하면 정신병에 이르게 될 수도 있기 때문이다. 다만 그것이 실제 빙의가 이뤄져서 그런 것인지, 본인의 불안감 때문에 그렇게 된 것인지는 분명치 않다. 한때 학생들에게 유행처럼 퍼졌던 분신사바와 같은 소환 주문이나 태을주, 운장주 등 몇몇 주문은 본래 기원이 되는 유파나 종교에서조차 함부로 쓰다가는 재앙을 입는다고 경고한다. 진위는 차치하고 궁금증 때문에 이 주문을 사용해 본다는 것은 방법도 모르면서 폭발물을 분해해 보는 것이나 다름이 없다. 볼펜이나 연필을 이용한 영계 통신이나 위저 보드 등의 기원조차 분명하지 않은 것들이 유포되면서 터무니없이 변조되고 확대, 왜곡되는 행위는 이후에 닥칠 수 있는 정신적인 불안이나, 심리적 상태 등으로 화를 입게 된다는 것을 이 기회에 밝혀 두고 싶다.

"어? 아닌데? 어어?"

볼펜이 아까보다 좀 더 강하게 떨리면서 종이에 엉성한 기호를 만들고 있었다. 얼핏 보아선 무엇인지 알아볼 수 없는 모양을……

"이게 뭐지?"

"가만…… 아, 이건 내 이름 같다! 최, 준, 아니 진, 기…… 맞아. 글씨는 왕 못 쓰네."

"너만큼 못 쓰는구나!"

"아냐, 아직 미숙해서 그런가 봐! 그나저나 진짜 신기하다! 이 주문을 가르쳐 준 형의 말로는 동그라미랑 가위표밖에 못 그린다고 하던데."

"영도 영 나름이지! 우리가 부른 영은 굉장히 센가 봐! 신난다!"

세희가 아직 겁먹은 눈으로 동훈을 쳐다보았다.

"뭐가 신나? 난 무서워. 그리고 너무 추위!"

"춥기는? 밤이니까 썰렁한 거지."

"아냐, 추위. 소름이 막 끼치고……"

진기는 다시 조심스럽게 이름 모를 영에게 말을 걸기 시작했다.

"혹시 남자분이세요?"

볼펜이 이번에는 좀 더 원활하게 가위표를 그렸다. 이제 영도 조금씩 숙달되어 가는 듯했다.

"그럼 여자세요?"

볼펜이 다시 가위표를 그렸다. 진기는 어리둥절했다.

"그럼 뭐야? 여자도 남자도 아니면……."

"동물인가? 으악! 호랑이나 여우 아냐?"

볼펜이 다시 떨리면서 화난 듯이 가위표를 크게 그렸다. 그러고는 힘겹게 뭔가를 쓰기 시작했다.

"음? 여, 러…… 아하! 여러 영들이 있는 모양이야. 몇 명이죠?"

볼펜이 엉성한 '3' 자를 만들어 냈다.

"와, 셋이래! 우리랑 같다. 정말 재미있다! 우리 친구 해요!"

"뭐, 친구?"

"으앙…… 난 싫어!"

"아냐, 아냐! 재미있을 거야! 누가 알아? 우릴 도와줄지?"

"재미? 이게 뭐가 재미있다는 거니? 난 무서워!"

"그런 소리 마. 이런 게 아무 데서나 되는 줄 아니? 잔말 말고 해 보는 거야. 영혼님, 아니 영혼님들! 그렇게 해 주는 거죠?"

볼펜이 익살맞은 동그라미를 그렸다.

"그럼 우리 차례대로 자주 만나요!"

진기는 겁이 났지만, 세희와 동훈의 앞이라 빼지 못하고 위세를 부릴 수밖에 없었다.

볼펜이 커다란 동그라미를 그리더니 힘없이 옆으로 누웠다. 이제 끝난 모양이다.

"오늘 일은 절대 비밀이다. 알았지? 이 일을 입 밖에 내면……."

왠지 매서워진 듯한 동훈의 눈초리에 진기와 세희는 소름이 끼쳤다. 셋은 말없이 헤어졌다. 그러나 가슴은 한없이 두근거리며 쿵쾅대고 있었다.

며칠이 지났다.

동훈은 거의 매일 집에 숨어서 방문을 잠그고 밤이면 그 영들을 불러내기 시작했다. 진기는 막상 큰소리를 치기는 했지만, 켕기는 기분이 들어서 혼자서는 해 볼 엄두가 나지 않았고, 세희는 무섭다고 며칠 동안 잠도 제대로 자지 못하고 영을 부를 생각은 아예 하지도 않았다.

그런데 어느 날, 동훈이 맨날 70점을 넘지 못하던 국어 시험에서 만점을 맞고 의기양양하는 것이 보였다. 동훈의 얼굴은 파리하고 피곤해 보였는데, 처음에 세희는 동훈이 너무 공부를 열심히 해서 그런 줄 알았다. 그런데 쉬는 시간에 동훈은 세희와 진기를 밖으로 데리고 나가 화장실 뒤의 으슥한 곳에서 둘에게 자랑하며 털어놓았다.

"와, 정말이더라! 국어책을 펴 놓고 영을 불렀더니 볼펜이 시험 나올 페이지만 끄적거리며 줄을 쳐 주더라고! 정말 기가 막혀!"

그날 밤, 세희도 마음을 단단히 먹고 책을 펴 놓은 다음 영을 불렀으나 영은 오지 않았다.

'왜 그럴까?'

의아하게 여기는 세희의 눈에, 어머니가 방문 위에 붙여 놓은 부적이 들어왔다.

'아하! 저것 때문에 못 들어오나 보다!'

세희는 의자를 놓고 올라서서 부적을 떼어 내고는 다시 볼펜을 손에 들고 집중하기 시작했다.

같은 시간, 진기도 방에 있던 성모상과 묵주를 감추고 있었다.

세희는 울상이 된 채로 학교에 나왔다. 영을 부른 지난밤에 꾼 꿈이 너무 무서웠기 때문이었다. 진기가 옆에 다가오면서 나직한 목소리로 말했다.

"세희야, 왜 그래?"

"응, 나 너무 무서운 꿈을 꾸었어."

"무슨 꿈?"

"이상한 할아버지랑 또 다른 몇 사람이 나와서 날 막 야단치는 거야, 글쎄. 그리고 수염을 기른 할아버지가 담뱃대로 날 때리는 바람에 깼는데……."

"그게 뭐 어때서? 별거 아니잖아?"

"아냐, 글쎄 깨어 보니 종아리에 멍이 들어 있었어."

진기는 잠시 충격을 받았으나, 이내 별일 아니라는 듯이 웃어넘기려 했다.

"야, 야, 그런 거 신경 쓸 필요 없어. 자다가 어디 부딪혔겠지, 뭐. 근데 세희야, 나도 어제 됐다."

"뭐가?"

"그, 영 뭐라던가 하는 거 있잖아? 정말 신기하더라고. 나 혼자 하는데도 볼펜이 까닥거리면서……."

"그래서?"

"그래서 나도 시험 문제 같은 거 물어보려고 했는데, 그런 건 묻지 말래."

"왜?"

"그건 몰라. 그러면서 글쎄 그 귀, 아니 영이 뭐라는지 아니?"

"뭐랬는데?"

"자기 얘기는 통 안 하지만, 내가 뭐 자기의 아들을 닮았다나? 그래서 내가 좋대."

"아들?"

"응, 웃기지?"

세희는 심각한 얼굴이 되었다. 저쪽 좀 떨어진 곳에서는 동훈이 아무 말 없이 앉아 있었다. 얼굴은 파리했고, 잠을 제대로 자지 못해서 그런지 얼굴빛이 퍽 안돼 보였다. 세희는 동훈의 옆으로 갔다.

"동훈아, 너 왜 그래?"

동훈이 세희를 힐끗 올려다보았다. 그 눈매가 몹시 안쓰러워 보였다. 괴로워하는 눈빛이었다.

"세희야. 너, 너도 그거 해 봤니?"

"뭘?"

"그, 그전에 우리가 하던 그거, 집에서도 해 봤어?"

"응? 응."

동훈의 얼굴이 더욱 흐려졌다.

"그거 하지 마."

"왜?"

"아무튼 하지 마."

동훈은 입을 다물고 더 이상 말을 하지 않았다. 세희는 영문을 모른 채 다시 제자리로 돌아갔다.

동네 놀이터의 그네가 삐걱거리는 소리를 내고 있었다. 바로 학교 정문에서 얼마 떨어지지 않은 곳의 놀이터였다. 수업이 끝나고 학교에서 집으로 돌아가던 세희는 문득 그 그네에 앉아 있는 사람이 자기를 쳐다보고 있다는 느낌을 받고 고개를 돌렸다.

눈이 좀 작고, 하얗고 예쁘장하게 생긴 사내아이가 요즘 보기 드문 흰 한복을 입고 자기를 빤히 쳐다보고 있었다. 눈빛이 무섭거나 하지는 않았으나, 묘한 분위기를 풍기고 있었다. 세희는 그쪽으로 걸어갔다. 학교에서 청소까지 끝낸 시간이라 그런지 다른 아이들은 별로 없었다.

"왜 쳐다보니?"

그 아이는 세희가 다가오자 대답은 하지 않고 갑자기 눈을 감았다. 깊은 생각에 잠긴 얼굴이었다. 세희는 어이가 없어서 잠시 그 아이를 쳐다보다가 그냥 돌아가려고 발걸음을 옮겼다. 그런데 뒤에서 부르는 소리가 들렸다.

"네 이름이 세희니?"

세희는 놀라서 홱 돌아섰다. 그 아이가 다시 눈을 뜨고 있었는데 얼굴에는 아직도 아무 표정이 없었다.

"내 이름을 어떻게 알지? 난 널 처음 보는데?"

"너희 할아버님이 얘기해 줬어. 너 어젯밤에 무슨 짓 했지?"

"뭐?"

"너 어제 방문 위에 붙어 있던 부적을 뜯어냈지? 그건 너희 할아버님이 손수 만드셨던 거야. 그런데 그러고는 영까지 부르다니……."

세희의 얼굴이 붉어졌다.

"네, 네가 그걸 어떻게 알지?"

아이가 그네에서 몸을 일으켜 다가오고 있었다. 아무리 봐도 자기보다 키도 별로 크지 않고, 얼굴도 자기 또래밖에 안 되는 아이 같은데 말하는 투는 어른 같았다.

"아까 말했잖아, 너희 할아버님에게 들었다고."

"거짓말 마! 우리 할아버진 내가 두 살 때 돌아가셨댔어! 나도 본 적이 없는데 네가 어떻게 알아?"

아이는 세희의 말에 아랑곳하지 않고 말을 이어 갔다.

"다행이야……. 내일이 할아버님 제삿날이지?"

세희가 주춤거리며 뒤로 물러섰다. 이 아이는 정말 이상했다.

"그런가? 그런데 넌 어떻게 알지? 수상하네!"

"그래서 너희 할아버님이 네가 좋지 않은 일을 한 걸 아신 거야. 너 어제 꿈에 뵙지 않았니? 지금도 네 옆에 계셔."

세희는 다리가 와들와들 떨렸다. 어제 꿈 이야기는 아직 진기에게밖에 하지 않았다. 그런데 자기가 두 살 때 돌아가신 할아버지가 어제 오셨다니, 그리고 지금 자신의 옆에 있다니!

"으악! 귀, 귀신!"

"그게 무슨 말버릇이니? 널 수호해 주시는 조상님에게…… 하여간 너, 그런 짓 다신 하지 마!"

아이가 너무 엄하게 이야기하는 바람에 세희는 마음을 가라앉혔다. 할아버지가 세희를 퍽 예뻐했다는 말을 들은 적이 있었다. 어차피 영을 불러내 대화까지 한 마당에 조상님이야 뭐, 무서워할 필요가 있나. 이런 생각이 들자 세희는 왠지 마음이 가벼워지는 것을 느꼈다.

"무, 무슨 짓?"

"쓸데없이 영을 불러내서 부탁하고 하는 짓 말이야."

"너, 너 귀신이니? 어, 어떻게 그런 걸 다…….."

아이가 귀찮다는 듯 다시 내뱉었다.

"너희 할아버님이 방금 말해 줬대도! 안 그러면 내가 어떻게 알겠니?"

세희는 놀랍기도 하고 무섭기도 하고 신기하기도 해서 말을 더듬었다.

"그, 그러면 너, 너도 귀신? 아니, 하여간…… 너는 돌아가신 분들과 말할 수 있단 거야? 볼펜도 안 쓰고?"

아이가 슬픈 듯 고개를 끄덕였다.

"그래."

아이는 학교 쪽을 부러운 눈초리로 쳐다보았다.

"차라리 그런 걸 몰랐더라면 나도 너희처럼 학교도 다니고 맨날 죽을 고비를 넘기지 않아도 됐을지도…….."

아이의 눈매는 무척 서글퍼 보였다. 세희는 아까의 무서움은 잊고 불현듯 그 아이가 불쌍하다는 생각이 들기 시작했다.

"넌 학교 안 다니니?"

아이가 고개를 저었다.

"그럴 시간이 없어."

"너 같은 아이가 뭐가 그리 바빠서?"

"할 일이 많아, 시간은 없고……."

"시간이 없어?"

"없어. 이승에서 내 시간은 이제……."

아이가 고개를 저었다. 그러더니 갑자기 말을 빠르게 이었다.

"이승과 저승은 원래 분리된 세상이고 그 사이에서는 원칙적으로 소통이 있어서는 안 돼. 그 원칙을 깨고 영에게 뭔가를 얻으려면 역시 뭔가를 주어야 한다고. 영에게 지식을 얻으려 해도 그들도 특별히 대단한 지식은 없어. 하지만 그 영이 지독한 것을 요구할 수도 있단 말이야. 대부분 선한 영이 많지만, 사람에도 악인이 있듯이 악령들도 있는 거야. 더구나 빙의까지 될 수 있으니 그런 건……."

세희는 무슨 소리인지 알 수가 없었다. 그냥 멍하니 아이를 보면서 대꾸했다.

"야, 너 똑똑하다."

아이는 잠시 말을 멈추더니 다시 처연한 표정으로 말을 이었다.

"이런 건 알 필요도 없고, 모르고 사는 게 제일 좋긴 하지만. 귀신을 섬기되 멀리하라, 괴력난신에 대해서는 논하지 말라…… 이

걸 명심하는 게 좋은 거야."

"그게 무슨 말이야?"

"하여간 넌 정말 다행으로 생각해야 돼. 우연히 만나기는 했지만, 다시는 그러면 안 돼. 알았지? 나 며칠 후에 다시 올 거야."

세희가 멍하니 있는 사이에 아이는 휘적휘적 사라지고 말았다.

"나, 참…… 미친 아이인가 봐."

그러고 보니 이름도 물어보지 못했다.

다시 밤이 되었다. 세희는 책상 앞에 앉아 볼펜을 손에 들고 골똘히 생각에 잠겨 있었다. 어제 영을 불렀을 때 오늘 또 불러 주기로 약속했던 것이다.

"다시 해 봐?"

그러나 낮에 이름 모르는 아이가 한 말들이 자꾸 생각났다.

"그만둘까?"

사실 무섭기는 했지만 또 신기하고 재미있기도 했다. 세희는 아직 혼자서 영을 부르는 것은 한 번밖에 성공해 보지 못했고 별다른 이야기는 하지 않았지만, 자신에 대한 것들을 척척 맞히는 게 너무 신기했다. 그리고 어제 약속까지 했으니…….

"마지막으로 한 번만 해 보자."

동훈은 얼굴에 땀을 줄줄 흘리면서 촛불을 바라보고 있었다. 촛불이 길어지면서 그 남자의 얼굴이 희미하게 촛불 속에 나타나기 시작했다.

"꼭, 꼭 그래야 하나요?"

동훈의 말은 왠지 억양이 단조롭고 이상하게 울렸다. 눈과 얼굴도 일그러져 있었다.

동훈의 마음속에서 목소리가 울려왔다.

원수, 내 원수를 갚아 줘. 내 철천지원수를……

동훈은 점차 의식이 희미해져 가는 것을 느꼈다. 말로 표현할 수 없을 정도로 무서웠으나, 왠지 저항할 수가 없었다. 동훈은 이건 꿈이라고 생각했다. 악몽일 뿐이라고 믿으려 했다.

"내, 내가 어, 어떻게……."

빌려줘, 네 몸을…… 잠시만, 아주 잠시만…….

"그, 그건……."

동훈은 굳어져 가는 혀로 말을 하려 했지만, 말은 입속에서만 맴돌고 있었다.

볼펜을 들고 정신을 모으고 있던 세희는 짜증을 냈다. 잘되지 않았기 때문이다. 문 위에 부적을 다시 붙인 것도 아닌데…… 갑자기 창문을 두드리는 소리가 났다. 세희는 기겁하며 창문 쪽을 쳐다보았다. 낮에 보았던 그 아이가 창을 두드리고 있었다.

"간 떨어질 뻔했네. 너 어떻게 우리 집을 알았어?"

세희가 일단 귀신이 아닌 것을 마음속으로 기뻐하면서 창을 열어 주었다. 아이는 세희의 문 위에 붙어 있던 것과 비슷한 부적을 하나 흔들면서 빙그레 웃고 있었다.

"너 또 영을 불러냈지?"

"응? 아냐, 내가 언제!"

"그럴 줄 알았지. 그래서 내가 이 근처에서 기다리다가 그놈을 잡아 버렸지."

세희가 얼굴이 해쓱해져서 되물었다.

"잡아?"

"응, 이 부적에 일단 가둬 놨어. 적당한 때에 승천하게 해 줘야지. 혼 좀 내 준 다음에……."

"호, 혼을 낸다고?"

"그래. 이놈도 별로 좋은 영은 아니야. 부유령이나 지박령은 보통 그리 질이 좋지 않아. 틈만 나면 사람의 육신을 가지려 들지."

세희는 다리가 덜덜 떨리는 걸 느꼈다. 아이가 얼굴에서 웃음기를 거두고는 세희에게 말했다.

"넌 참 운이 좋은 아이야. 이 어지러운 세상에 누가 영을 부르는지 뭐 하는지 알기 어려운데, 너는 수호령이 강해서 문득 내가 느낄 수 있었지."

"저리 가! 무서워!"

아이가 금세 울적한 얼굴이 되었다. 세희는 또 그걸 보니 아이가 가엾어졌다. 그러고 보니 저 아이는 자길 도와주려고 한 것 아닌가? 귀신을 잡고 어쩌고 했다는 것을 믿기 힘들지만…….

"아니, 미안해……. 그리고 고마워."

아이의 얼굴이 금세 환하게 밝아지더니 이내 붉어졌다.

"뭘…… 앞으로 다시는 그런 거 하지 마. 좋을 거 하나도 없어."

세희의 머릿속에 갑자기 동훈이의 생각이 났다. 혹시…….

"얘! 근데 이를 어쩌지?"

"뭘?"

"나하고 이 장난을 같이했던 애가 둘이나 더 있어."

"……뭐? 저런!"

"그중에서도 동훈이는 오늘 퍽 얼굴이 안 좋아 보였는데……."

아이가 심각한 얼굴이 되더니 물었다.

"지금 한번 전화해 봐. 아니, 그것보다 그 동훈이라는 애에 대해 설명 좀 해 줘. 투시를 해 봐야겠어."

세희는 뭣에 씐 듯한 기분으로 그 아이에게 동훈에 대해 이것저것을 설명해 주었다. 아이는 그 소리를 들으면서 눈을 감고 양 손가락을 옆 이마에 대고 생각하는 듯하더니 갑자기 외쳤다.

"이게 어찌 된 거지? 그 아이가 보이질 않아!"

"안 보이다니?"

"그 아이, 지금…… 지금…….."

말도 다 잇지 않고서 아이가 달려가기 시작했다. 세희는 왈칵 겁이 났다. 동훈에게 좋지 않은 일이 생긴 걸까?

세희는 전화를 들고 동훈이네에 전화를 걸었다. 동훈이 어머니가 받았다.

"아, 안녕하세요? 동훈이 있나요?"

[세희구나. 그래, 있지. 잠깐만 기다려.]

세희는 안심했다. 그 아이가 헛소리한 것이 틀림없었다. 그것도 모르고 나는 괜히······.

[아니, 얘가 어딜 갔지? 세상에! 얘가 창문으로 빠져나갔나 봐!]

수화기에서 들려오는 동훈 어머니의 목소리가 세희에게 천둥같이 울렸다. 세희는 급히 전화를 끊고 밖으로 달려 나갔다. 저만치 어둠 속에서도 달려가는 아이의 흰 한복이 희미하게 보였다. 세희는 반에서 여자 중에 일등인 달리기 실력을 발휘해 그 뒤를 이를 악물고 따라갔으나 거리는 좀처럼 좁혀지지 않았다.

"기다려! 좀 기다려 봐!"

세희는 더 이상 뛰기가 힘들어지자 앞에서 달려가고 있는 아이를 불렀다. 아이가 잠시 멈칫하는가 싶더니 뒤를 보고 소리쳤다.

"시간이 없어, 잘못하면!"

세희는 그 틈을 놓치지 않고 아이에게로 달려가 어깨를 잡았다.

"기다려! 그리고 설명을 좀 해 봐! 뭐가 어떻게 된 거야?"

아이도 숨이 찬 듯 가쁜 숨을 몰아쉬며 재빨리 대답했다.

"동훈이라는 아이가 위험해! 그 애에게 원한령이······."

"원한령?"

"이러고 있을 시간이 없어! 어디로 가는지 알 것 같아! 얼른 가야 돼!"

"어디로 갔는지 어떻게 알고?"

세희가 아이를 잡고 놓아주지 않자 아이는 울상이 되어서 막 떠들어 댔다.

"아까 투시를 했는데 동훈의 몸에 떠돌던 원한령이 빙의가 됐다고! 그 영은 동훈의 몸을 이용해 자신의 복수를 하려는 거야!"

"빙의?"

"씌었단 말이야! 제발 잡지 마! 만약 늦으면, 동훈이가 살인자가 될지도 몰라!"

"동훈이가 어떻게 그런 짓을 할 수 있단 말이야?"

"지금 동훈이는 동훈이가 아냐! 다른 녀석이 몸을 차지해서 들어앉았다고! 무슨 짓이든 할 수 있단 말이야! 그리고 죄는 동훈이가 다 뒤집어쓰게 돼!"

아이는 세희를 뿌리치고 다시 쏜살같이 달려갔다. 세희는 숨을 가다듬으려 했으나, 이미 자신도 인적이 드문 어느 공사장 같은 곳에 있다는 것을 깨닫자 겁이 왈칵 났다.

"같이 가!"

세희는 아이의 뒤를 쫓아 있는 힘을 다해 달렸다. 이상하게 지나가는 사람들조차 보이질 않았다. 어느덧 큰길이 다시 보이기 시작하는 데까지 달려왔는데 갑자기 눈앞이 번쩍하면서 뜨거운 열기가 밀려왔다. 정신없이 달려가던 세희와 아이가 충격으로 땅에 뒹굴었다. 그 앞은 주유소였다. 주유소가 폭발한 것이다.

"이런, 너무 늦었어!"

아이가 소리치면서 다시 일어나 달려갔다. 불이 사방에 퍼지면서 여기저기로 삽시간에 번져 나갔다.

"안 돼, 위험해!"

세희는 목청껏 소리를 쳤다. 지나가던 차들이 하나둘씩 멈추어 서서 사람들이 내리기 시작했으나, 워낙 열기가 지독하고 또 폭발이 있을지 몰라 아무도 행동을 취하지 못하고 있었다.

"돌아와, 어서!"

사람들이 아우성을 쳤으나 아이는 그대로 불길 속으로 뛰어들었다. 그 아이가 품에서 뭔가를 꺼내자 이상한 불빛이 몸을 둘러싸는 듯했다. 그러나 그런 것은 신경 쓸 계제도 아니었다.

"이런 망할!"

준후는 피화부(避火符)²와 주문을 있는 대로 발휘해 몸을 보호하려 했지만 얼마 못 버틸 것 같았다. 기름이 이글이글 타오르는 그 안은 정말 생지옥이었다. 준후는 앞의 건물에 문이 있는 것을 보고는 안으로 뛰어들어 갔다. 다행히 안에는 불길이 침투하지 않아 연기와 열기만이 심할 뿐이었다. 그러나 안에서 펼쳐진 광경에 준후는 뒤로 주춤 물러섰다.

한 아이, 분명 동훈이일 것이 틀림없는 아이가 땅바닥에 뒹굴고 있는 두 사람의 몸에 석유를 붓고 있었다. 두 사람은 예리한 것에 찔린 듯 바닥에 피가 흥건했고, 눈을 크게 뜬 채 죽어 있었다. 동훈은 동작이 뻣뻣한 것이 꼭 기계 같았다.

"멈춰!"

---

2 불길로부터 보호해 주는 부적을 말한다.

준후가 소리치자 동훈, 아니 동훈의 몸을 차지한 원한령이 고개를 돌렸다. 눈이 희게 뒤집어져 있었다.

"이 고약한 놈, 아이를 이용해 이런 짓을 하다니!"

동훈의 입에서 굵직한 남자 목소리가 흘러나왔다.

"뭐라고 욕을 해도 좋다. 하여간 나는 원수를 갚았다. 내 손, 내 손으로, 흐흐흐……."

"이런 짓을 하고도 무사할 줄 아느냐? 지옥에 처박아 주지!"

준후의 몸에서 강한 기운이 풍기자 동훈이 뒤로 조금 물러섰다.

"애당초 각오했던 일이었다. 그러나 나는 원한을 갚았다. 흐흐흐……."

"썩 그 아이의 몸에서 나오지 않으면 내가 직접 꺼내 주겠다!"

"너무 심하게 굴지 마라. 이 아이에게 죄를 씌우진 않을 테니. 증거를 없애려고 이렇게 불까지 낸 것 아니냐."

"닥쳐!"

준후가 이를 갈면서 수인을 맺고 주문을 외웠다. 동훈의 몸이 경련을 일으키며 남자의 목소리가 비명을 질렀다. 준후는 주문을 외운 후 힘을 모으면서 외쳤다.

"사악한 놈, 이 아이가 어떻게 불길 속을 빠져나간다는 거냐? 앞뒤 가릴 줄 모르는 철면피! 지옥으로 떨어져라!"

준후가 일갈하자 허공에서 커다란 비명이 들리면서 동훈의 몸이 풀썩 땅에 쓰러졌다. 준후가 한숨을 쉬며 동훈에게 다가서려는데 주유소의 석유 탱크가 폭발했는지 엄청난 소리와 함께 불길이

영을 부르는 아이들 89

밀려들었다. 준후와 동훈은 불길의 압력 때문에 건물의 안쪽에 처박혔다.

"으음······."

머리를 부딪친 동훈이 의식을 차리는 듯했으나 아직 깨어나려면 한참 먼 것 같았다. 이제 모조리 깨진 창문과 열린 문으로 불길이 밀려들고 있었고, 아까 동훈이 뿌린 기름통에도 불이 붙었다.

준후는 기름통에 불이 옮는 것을 보고는 반사적으로 동훈을 끌고 구석으로 향했다. 등 뒤로 서늘한 쇠의 느낌이 전해져 왔다. 뒷문이었다.

"살았다!"

열기와 연기가 엄청나게 밀려들고 있었다. 기름통이 터지지 않더라도 얼마 견디기가 어려운 판이었다. 준후는 다급하게 문을 열려 했으나 하필 그 철문은 잠겨 있었다.

"이걸 어째!"

기름통에서 불길이 솟아올랐다. 조금만 더 있으면 그 불길은 구석에 쌓인 윤활유 통에까지 번질 것이다. 그렇게 되면······.

"할 수 없다!"

준후는 인드라의 뇌전을 양손에 일으켜서 문고리에 대고 쏘았다. 그러나 단단하게 쇠로 만들어진 문고리는 조금씩 흔들리면서도 좀체 떨어져 나가지는 않았다.

두 번, 세 번······.

준후는 이를 악물고 계속 문을 강타했다. 불은 준후의 바로 등 뒤에서 혀를 날름대고 있었다.

"됐다!"

준후가 여섯 번째로 내 쏜 번개가 문고리를 부수는 순간, 쌓여 있던 기름통들이 일제히 폭발하면서 준후와 동훈의 몸을 바깥으로 날려 버렸다. 준후와 동훈은 뒷마당인 듯한 공터 위를 데굴데굴 굴렀다.

준후는 사람들이 멀리서 달려오는 소리를 들었다. 자신의 몸을 보니 별로 상처는 없어서 걸을 만했다.

'어떻게 하지?'

이런 일은 알려지지 않는 게 제일이었다. 두 사람의 죽음은 동훈의 잘못이 아니고, 또 그것을 은폐하기 위해서라도 사람들을 피하는 것이 최상이었다.

준후는 쓰러진 동훈을 놔두고 절룩거리며 길옆의 쓰레기통 뒤로 몸을 숨겼다. 주유소는 연달아 폭발하고 있었다. 아마 시체가 나오더라도 알아볼 수 없을 것이다. 준후는 달려온 사람들이 동훈을 데려가는 것을 보고는 주유소 안에서 죽은 두 사람들의 영이 안식하기를 빌었다.

세희는 동훈의 병문안을 다녀오면서 내내 착잡한 마음을 감출 수 없었다. 동훈은 의식을 잃은 채 주유소의 뒤뜰에서 발견되었고, 사람들은 동훈이 지나가다가 불에 휩싸인 걸로 알고 있다. 주유소 안에서 두 구의 시체가 발견되었지만, 그 아이의 시체는 나오지 않았다. 그 아이는 귀신이었을까? 동훈이 그 시간에 아무 기억도 없이 주유소 근처를 방황한 것은 또 무슨 까닭이었을까? 그 아이는 대체 어디로 사라져 버린 것일까?

의문이 꼬리를 물었다. 그러나 세희는 하나도 짐작이 가지 않았다. 동훈의 상태는 많이 회복되어 가고 있었다. 그런데 동훈은 멀쩡하다가도 잠만 들면 자신이 어떤 남자 두 명을 처참하게 죽이는 악몽에 시달려서 정신과 치료를 받고 있다는 이야기도 얼핏 들었다. 대체 동훈에게 무슨 일이 있었던 것일까? 또 그 아이는?

"세희야, 엄마 일 좀 거들어 줄래?"

"예? 예, 엄마……."

"오늘이 할머니 제사란다. 너도 좀 도와주렴."

아, 그렇지. 세희는 복잡한 생각은 그만하자고 마음먹었다. 그리고 감추어 두었던 부적을 꺼내 방문 위에 붙였다.

밖으로 나가자 제사상 위에 놓인, 할머니와 같이 찍은 할아버지의 사진이 보였다. 젊으셨을 때 찍은 것 같은 사진…… 세희는 이제 다시 보니 그 사진이 꿈에 나왔던 무서운 할아버지의 얼굴과 정말 닮았다고 느껴졌다. 세희는 마음속으로 중얼거렸다.

'앞으로는 그런 짓 안 할 게요, 할아버지…….'

진기는 오늘도 자기와 친해진 영을 불러내고 있었다. 전부터 그 영은 자기와 같이 가자고 했었다. 자기가 아들처럼 느껴진다고…… 처음엔 무섭고 어이도 없었지만, 어쨌든 가련하지 않은가?

진기는 오늘만 허락해 주고 어떻게 하는지 볼 심산이었다. 자기를 따라가면 아주 잘해 준다고 했었다.

볼펜이 움직이고 있었다. 왠지 졸립다. 의식이 점점 가물거리기 시작했다. 지금 내가 이 사람을 따라가고 있는 건가?

진기의 몸이 식어 가고 있었다.

낙엽이 지는
날이면

벌써 가을 냄새가 짙어 오고 있다. 가을, 나를 우울하게 만드는 가을의 저 푸른 하늘이여. 음악이 흐른다. 내 주변에는 항상 음악이 흐르고 있다. 그 음악들은 내 우울을 더욱 짙게 만들어 주기 때문에, 나는 그 음악들을 떼어 버릴 수가 없다.

언제부터였던가? 내가 브람스의 음악에 심취하게 된 것은…….

그래, 사강의 『브람스를 좋아하세요』를 읽은 다음부터였던 것 같다. 거기에 나오는 음악 이야기가 너무도 멋져서 그다음부터 나는 브람스의 음악을 듣게 되었다. 사실 음악이 좋은지 어떤지는 잘 모른다. 남이 물으면 그냥 "저도 브람스의 팬입니다, 물론요!"라고 말한다. 내가 그의 음악을 듣는 이유는 다만 그 음악을 들으면 더 우울해지기 때문이다. 다른 이유는 없다.

우울해지는 게 좋으냐고? 글쎄, 내 이성은 그러지 말라고 한다. 그러나 내 마음속 깊은 곳, 그 어딘가에서는 우울해져라, 더 우울해지라고 말한다. 내 과거 때문에? 아니다. 내 기억에 남아 있는 과거는 찬란하고 밝기만 한 것이었다. 하지만 이젠 더 생각하기도 싫다. 그래도 아주 가끔 나는 되까려 본다. 왜 이렇게 되었을까? 내가 왜 이렇게 되었을까? 하면서 그 원인을 생각하려 할 때도 있다. 그러나 그것뿐이다. 아무 이유도 없다는 것이 나를 허탈하게 만들면서 더더욱 우울감에 빠지게 한다. 우울감은 수렁과도 같다. 그리고 빌어먹을 브람스…… 인간 세상을 우울하게 만들려고 작정한 듯한 그의 음악이 나를 더 우울하게 한다. 아니, 그러면 또 어떠랴? 이미 수렁에 깊숙이 들어와 있는 나인데.

이길 수 없거든 그것과 친해지라는 말을 들은 적이 있다. 브람스가 꼭 그랬던 사람인 것 같다. 우울과 현학으로 온몸을 도배하고 내 귓가에 나타나는 그는 마치…… 아니, 이런 생각도 귀찮다.

아르바이트를 그만둔 지도 오래되었다. 고향에 계신 부모님들은 아직 내가 휴학했다는 사실을 모르실 것이고, 전에 보내 주신 등록금과 생활비를 모두 술 마시고 레코드판 사는 데 썼다는 것도 모르실 것이다. 그러나 알리기도 귀찮다. 그저 만사가 피곤할 따름이다.

베르테르의 시에 나오는 젊은 해골처럼 거리를 걷는다. 하지만 차마 길바닥에 눕지는 않는다. 그래도 약간의 수치심이 아직 남아 있는 모양이다. 판이나 사러 갈까? 내가 잘 들리는 레코드 가게의 주인은 지독하게 말이 없어서 맘에 든다. 다른 손님에게 뭐라고 하는 걸 여태껏 한 번도 본 적이 없다. 그는 내가 갈 때마다 판을 골라 준다. 물론 말은 하지 않는다. 그가 판을 내밀면, 나는 만사가 귀찮아서 그냥 사고 만다. 좀 이상하긴 하지만 도리어 나는 아주 작은 재미를 느낄 수 있어서 좋다. 그가 어울리지 않게 꿰뚫는 듯한 눈으로 나를 포함한 사람들을 쳐다보는 게 좀 마음에 걸릴 뿐…….

낙엽이 벌써 하나둘씩 떨어지고 있다. 문득 생각이 떠오른다. 이것은 시체다. 여름에 덧없이 푸름을 자랑했던 것들이 이제는 죽어 쓰러지고 있다……. 바로 내 발 앞에 낙엽 한 장이 떨어져 뒹군다. 나는 귀찮아 죽겠다는 근육에게 명령을 내려 방금 떨어진 낙엽을 지그시 밟아 본다.

감각 무(無). 반응 무(無).

흥, 생명이란 없는 거나 마찬가지다.

흠칫 놀랐다. 어디서 들려오는 소리일까? 나도 모르게 사방을 둘러본다. 피곤한 시신경, 그러나 아직은 쓸 만한 시신경에도 인간의 반응은 탐지되지 않는다. 청각 신경의 착각으로 단정 짓는다.

다시 걸음을 옮긴다. 오랜만에 머릿속에 주제가 있는 생각이라는 게 돌아간다. 낙엽, 낙엽, 그리고 생명…….

나도 낙엽과 마찬가지겠지?

삼십 년? 오십 년? 백 년이면 무엇하랴? 이렇게 떨어져서 누군가의 발에 짓밟혀 버리는 게 끝이겠지? 그래, 분명 끝이다. 죽어 흙이 되면 그만이 아닌가? 분해되고 나면 다시 분자 상태, 아니 원자 상태로의 분열…… 그다음의 조합은?

너는 아냐. 아무 쓸 데도 없지. 영생, 윤회? 다 헛것이야.

어디선가 소리가 들려온다. 이번엔 좀 더 분명하게 들린다. 목소리도 파악 가능. 정말 좋은 음성이다. 좀 딱딱하지만, 마음에 든다. 레코드 가게 주인과 음성이 흡사한 듯하다. 물론 주인의 목소리를 들은 적은 없었지만…… 누구의 목소리일까? 뒤를 돌아보니 웬 남자 하나가 따라오는 듯하다. 저 사람이 말한 것 같지는 않은데…… 왜 날 쳐다보지? 깡패? 뭐, 맘대로 하라지. 우선은 귀에 들려오는 소리가 더 듣고 싶다. 아주 매력적인 소리가 들린다.

죽는 게 정해진 이치라면 죽어 보고 싶지 않아?

그것도 그럴듯하다. 이렇게 사는 게 너무 귀찮다. 죽음?

꼭 무서운 것만은 아냐! 아프지도 않아! 지겨운 귀찮음을 반복하는 데서 벗어나 보고 싶지 않아?

대화를 시도해 온다. 아주 오래간만에 재미를 느낀다. 물론 우울감은 벗어지지 않지만, 아니 벗어날 생각도 하기 싫지만…….

매력적인 제안이다. 누군지 알고 싶지는 않다. 아마 뒤에 따라오는 녀석이 말하는 걸지도…… 아니, 그건 아닌 것 같고, 어디에서 오는 소리인지 알 수 없지만 그냥 대답해 버린다.

"맘대로 해!"

문득 눈을 돌려 보니 단골로 다녔던 레코드 가게다. 아무런 생각도 없이 나는 그 안으로 들어간다. 안엔 그 이상한 주인밖에 없다. 어쩐지 좀 어두운 감이 든다. 나가려는 생각과는 반대로 내 몸은 주인이 있는 카운터로 향해 가고 있다. 아직 한 번도 주인이 의

자에서 일어나는 걸 보지 못했는데, 가게 주인이 이를 드러내며 웃는다. 유별나게 희고 이가 크다. 그리고 뾰족하다.

가게의 문이 저절로 쾅 소리를 내며 닫힌다. 그러고 보니 창문도 모두 닫혀 있고 셔터도 내려져 있다. 전등 하나만이 가게 주인의 머리 위에서 건들거리고 있다.

뒤로 돌아서고 싶지만 이상하게도 내 몸은 말을 듣지 않고 몇 걸음 더 가게 주인에게로 가더니 그 앞에 멈추어 선다. 이게 아닌데? 뭔가 잘못되어 가고 있다. 가게 주인이 일어섰다. 아니, 일어선 것처럼 보인다. 가게 주인은 다리가 없다. 몸이 공중에 떠 있다. 아무리 눈을 감으려 해도 감아지질 않는다. 몸이 조금도 움직여지지 않는다.

"잘 왔네. 처음부터 자네를 지켜보고 있었지. 오래 기다려 왔네."

꿈이라 믿고 싶다. 빌어먹을 몸은 떨리지도 않는다. 주인의 눈이 노란색으로 빛나기 시작한다.

"이제 내 몸을 다 이룰 수 있게 되었군. 다리만, 다리만 내게 주게. 그러면 내 그 대가로 자네를 그 끝없는 권태에서 해방시켜 주지. <u>흐흐흐</u>……."

권태라고? 해방이라고? 하지만 이런 식의 해방은 싫다.

주인이 짧은 메스 하나를 건네준다. 내 손이, 빌어먹을 내 손이 그걸 선뜻 받는다. 으…… 내가 왜? 내 다리로 손이 간다. 저 짧은 칼날로 다리를 잘라 내려면 퍽이나 오래 걸리겠다. 이게 아니었다! 내가 바라던 건 이게 아니었다.

"자신이 가진 것을 무의미하게 포기하는 인간들 덕분에 나는 하나씩 하나씩 내 몸을 모을 수 있었지. 이제 마지막이네. 그 다리만 붙이면 말일세. 흐흐흐…… 좀 빈약하긴 하지만, 나는 부유하는 신세에서 벗어난다네. 어떤 인간보다도 강한 육신으로……."

으악! 고통! 몸이 말을 듣지 않는데도 고통은 느껴진다! 다리에서 피가 줄줄 흘러내리는 것이 보인다.

갑자기 가게 문이 와장창 부서져 나가면서 무언가가 날아들었다. 나는 정신이 없어서 잘 보이지도 않는다. 다리에는 피가 철철 흐르기 시작한다.

내 오른손은 아직도 사정없이 다리를 후벼 대고 있다. 날아온 은빛의 작은 물체가 이상한 소리를 내며 가게 주인 주변을 날아다니고 있다. 가게 주인은 몸을 허공에 띄운 채 노란 눈깔을 뒤집으며 마구 허공을 쥐어뜯고 있다.

등에 강한 충격이 느껴진다. 갑자기 온몸에 전기가 도는 듯 힘이 빠지더니, 다시 몸이 움직였다. 다리에 꽂힌 메스, 누군가가 메스를 거침없이 쑥 빼낸다. 너무 아파 까무러칠 것 같다.

"잠시 기다려!"

누군가 했더니 아까 내 뒤를 따라오던 청년이다. 눈앞에서는 노란 눈깔을 한 주인이 허공을 나르며 작은 은빛 물체, 아, 저건 칼이었군. 칼과 싸우고 있는 믿을 수 없는 일이 벌어지고 있는 판인데 이 청년은 눈 하나 깜짝하지 않는다.

"더러운 것! 내 너를 벌써 오랫동안 쫓았다. 회생마(回生魔) 놈…… 벌써 여덟 사람이나 해쳐 몸을 빼앗다니!"

청년의 입에서 기합 소리가 나오자 작은 칼이 그 청년의 손으로 비명 같은 것을 지르며 날아온다. 이건 정말 꿈인가 보다. 갑자기 작은 칼에서 기다란 빛줄기가 맺힌다. 꼭 〈스타워즈〉에 나오는 광선검 같다……. 하여간 다리의 통증이 무진장 심하다…….

가게 주인, 아니 회생마라고 했던가? 그놈의 모습이 정말 흉악해졌다. 눈은 싯누렇게 변했고 이마며 목에 빨간 실핏줄들이 번지고 손톱이 엄청나게 길어졌다. 몸은 여전히 둥둥 떠 있다.

"케케켁! 방해할 셈이냐? 대신 네놈의 다리를 잘라 주마! 네놈 다리가 저 빈약한 놈보단 나을 것 같구나!"

갑자기 사방에서 레코드판들이 붕 뜨기 시작한다. 청년이 갑자기 나의 멱살을 왼손으로 잡고 들어 올리더니ㅡ그렇게 안 생겼는데 힘이 되게 좋다ㅡ 구석으로 집어 던지며 자기도 허공으로 솟는다.

아이쿠! 날 죽일 작정인가 보다! 벽에 부딪히니 정말 오래간만에 별이 다 보인다. 아까 내가 있던 자리엔 레코드판들이 날아와 콘크리트를 뚫고 빽빽이 박히는 게 보인다. 이건 아무래도 이 세상의 일이 아니야……. 으아아……!

"야압!"

청년의 기합 소리를 들으며 나는 정신을 잃었다.

누가 나를 일으키는 바람에 다리가 너무 아파 정신을 차렸다.

"으윽!"

"그래도 이만하기 다행이군. 내가 아까부터 자네가 심마(心魔)가 들린 것 같아 보여 따라왔지. 덕분에 숨어 버렸던 회생마를 잡을 수 있었어. 괜찮은가? 다리는?"

으, 괜찮을 리가 있나? 제발 도로 눕혀라, 세워 놓지 말고!

"예, 괜찮습니다……. 으윽!"

청년의 얼굴이 씩 웃는다. 그러고 보니 이 청년이 그 무시무시한 회생마인가 뭔가를 이겼나 보다. 가게 한쪽이 뭉그러져 있고 피와 살 조각 같은 것이 사방에 널려 있다. 으윽! 욕지기가 난다.

"자신이 자신에게 저지를 수 있는 가장 큰 죄가 뭔지 아나?"

아이고, 속이 뒤집히려는데 뭘 묻는 거야?

"욱, 그, 글쎄요."

"스스로의 인생을 낭비하는 것, 아니 포기하는 걸세."

"예, 욱…… 고, 고맙……."

"그런 소리 말게. 난 자네 같은 사람 싫어! 그래도 생명이 사라지는 걸 볼 수 없어서 구한 것일 뿐……."

그래, 너 잘났다! 으아아, 갑자기 손을 놓으면 쓰러질 수밖에 없잖아!

"다리는 내가 대강 손봤으니 병원에 가 보게. 난 소란스러워지기 전에 떠나야겠어."

그러고 보니 다친 다리가 대강이나마 묶여 있다. 청년이 자신의 옷을 찢어 응급 처치를 한 것 같다. 아까 말과는 딴판으로 그 사람에게 고맙다는 마음이 든다.

"자, 잠깐! 성함이라도!"

떠나려던 청년이 뒤를 돌아보며 씩 웃는다. 웃는 모습이 퍽 마음에 든다.

"알 것 없어! 열심히 살기나 하게."

병원에서의 며칠 동안, 나는 곰곰이 생각해 보았다. 경찰이 귀찮게 굴었지만, 그냥 가스 폭발 사고로 처리하는 듯했다. 나는 내내 입을 다물고 모르겠다고만 했으니까.

창밖으로 낙엽이 진다. 전에 거리를 걸으면서 본 것보다 더 많이 진다. 픽 웃음이 나왔다. 그렇다. 산다는 건 내가 전에 생각했던 것처럼 쉬운 것만은 아닐 것 같다. 죽음 앞에 다다르다 보니 이제는 그 청년이 한 말의 뜻을 알 것 같기도 하다.

할 일이 많다. 다리가 낫는 대로 복학도 해야겠고…… 판? 그 집에서 산 판은 다 버릴 거다! 특히 브람스 것은 모조리 버릴 거다! 그리고 병원비 내면 거지나 다름없으니 아르바이트도 다시 해야겠지. 등록금은 어떻게 마련한다? 아무리 몸으로 때운다 해도 제대로 마련할 수 있을까? 아이고, 귀찮다. 아니, 아니지…….

낙엽들이 참 많이도 진다. 그러나 이젠 별 감정이 일어나지 않는다. 하지만 낙엽이 지는 날이면 항상 그날의 기억이 떠오를 듯하다. 그것을 악몽 같은 기억이라 해야 하나, 좋은 기억이라 해야 하나?

귀화
(鬼火)

"불이야!"

"불났다, 불!"

사람들의 시끄러운 고함이 곳곳에 메아리치는 가운데, 불길은 이미 해가 져서 어두워진 밤하늘을 다시 붉게 물들이면서 작은 불똥들을 하늘 높이 휘날리고 있었다.

요란한 사이렌 소리와 소방차가 달려오고, 소방 호스들이 급히 연결되어 물보라를 뿜어 댔다. 많은 사람들, 지나가던 행인과 근처에서 술을 마시던 사람들까지 몰려와서는 저마다 붉은빛을 얼굴에 쏘이면서 불구경을 하느라 정신이 없었다. 대부분은 말이 없었으나, 몇몇은 사람이 없는 사무실이었을 테니 다행이었을 것이라든지, 아마 소방대도 불을 끄기는 힘들 거라는 말들을 나누기도 했다. 모두 어쨌거나 불이 나서 멀쩡한 건물이 타 버리는 것은 퍽 안된 일이라고 생각하면서도, 활활 타올라 모든 것을 삼켜 버리고 있는 불길을, 이유 모를 동경 어린 눈으로 바라보고 있었다.

동준이 자기가 근무하던 송림 산업의 작전동 지부 사무실에 불이 났다는 내용의 전화를 받은 것은 이미 다 타고 나서 불길이 어느 정도 잡혀 가고 있던 쯤의 시각이었다. 가족과 함께 저녁상을 앞에 놓고 있던 동준은 소스라치게 놀라면서 자리를 박차고 뛰어나갔다. 동준의 가족은 그 화재가 또 동준과 무슨 관계가 있어서 벌어진 일이 아닐까 하여 근심 서린 표정들을 짓고 있었다.

차를 제때 정비해 두지 않아서 그런지 시동이 잘 걸리지 않았다. 동준은 애꿎은 계기판을 주먹으로 치며 서너 번 키를 돌렸다. 간신히 기침하는 듯한 소리를 내면서 시동이 걸리자, 동준은 지체 없이 액셀러레이터를 밟았다.

'벌써 몇 번짼가?'

처음에는 우연의 일치인 줄 알았다. 갓 수습 딱지를 뗀 동준이 발령받아 연구부에 배치되었을 때만 해도 그랬다. 애인이었던 은엽과의 비극적인 추억을 오랜 시간 동안 묵혀 두고 이 년이나 정처 없이 방황하고 있다가 마침내 털어 버리고는, 원래 목적을 두었던 대학원을 포기하고 회사 생활로 진로를 돌린 그때는 물론 이런 생각을 한 적이 없었다. 그러나 야간에 그가 새로 맡았던 7호

공실에 화재가 일어나고 그 광경을 옆에서 목격했던 잔업자의 말을 들었을 때, 다른 사람들은 다 별것 아니라고 무시했지만 동준은 스산한 생각을 떨쳐 버릴 수가 없었다.

"전혀 불이 날 일이 없었어요! 화기를 가까이 한 적도 없고, 전기 콘센트도 그 근방에는 없었지요. 하지만 저는 분명히 보았어요. 나무로 된 작업대가, 분명 그 위에는 아무것도 없었는데, 그 작업대가 갑자기 검게 타들어 가더니 불이 붙는 거예요."

작업자의 말을 토대로, 조사팀이 화재가 일어난 시점을 조사한 결과 보고서를 동준도 보았다. 발화점은 분명히 아무것도 없던 빈 테이블이었다.

"이상한 일은, 거기에는 분명 아무것도 없었는데 후끈한, 아니 펄펄 끓는 듯한 열기가 느껴졌어요. 그 작업대에 불이 붙은 건 그 다음이었고요. 아니, 분명하다니까요! 저도 안 믿어지지만 분명히 그랬어요!"

보름 후, 동준이 근무하는 사무실에 불이 났다. 멀쩡하게 닫혀 있던 캐비닛 안쪽에서부터 불이 일어난 것이다. 안의 서류들이 한순간에 타오르며 공기를 덥히고, 팽창 압력을 이기지 못해 잠긴 캐비닛 문이 열리면서 사무실에 불붙은 종잇조각을 토해 냈다. 다행이 늦게까지 근무하던 여직원은 기겁하며 대피해서 인명 피해는 없었지만, 불이 난 원인은 밝혀낼 수 없었다. 멀쩡한 서류들만 보관되어 있던 캐비닛 안에서부터 불이 붙은 이유를 도대체 해석할 수 없었기 때문이다.

귀화(鬼火) 111

한 달이 지나갈 무렵 경비원과 같이 야간 숙직을 돌던 동준의 눈앞에서 아세톤 탱크가 폭발하는 큰 사고가 일어났다. 둘은 다행히 큰 부상은 입지 않았으나, 그때부터 동준에 대해 알 수 없는 수군거림이 사방에서 들려오기 시작했다.

공장 내에서 동준이 불의 원인이라는 소문이 퍼져 나간 것이다. 물론 공식적인 자리에서 그런 이야기가 언급된 것은 아니었지만, 동준이 병원에서 나오자 그의 자리가 자재과로 바뀐 것을 보면 그냥 흐지부지 사라질 성질의 소문은 아니었던 듯싶었다.

망연히 옛 생각을 하던 동준의 눈앞에 불덩어리 같은 것이 휙 지나갔다. 놀란 동준은 급브레이크를 밟았다. 몸이 왈칵 쏠리고 나서 동준은 서둘러 주변을 둘러보았으나, 아무것도 보이지 않았다. 뒤에서 따라오던 차에서, 머리가 벗겨진 중년의 남자가 고개를 창밖으로 내밀며 욕을 퍼붓고 있을 따름이었다.

"야, 이 미친놈아! 뭐가 있다고 갑자기 급브레이크를 밟아? 죽으려고 환장했냐?"

동준은 대꾸도 하지 않은 채 잠시 눈을 감고 고개를 흔들었다. 마치 보이지 않는 불의 인연을 털어 내려는 듯이…… 그러고는 다시 차를 몰기 시작했다.

현장에 도착하고 보니, 이미 사무실의 불길은 다 잡혀서 흰 연기만이 모락모락 일어나고 있었다. 지점장을 비롯한 직원들이 여럿 도착해 현장을 수습하고 있는 모습이 보였다. 과장이 소방대원과 무슨 이야기를 하고 있었다. 사무실에 일어난 화재의 원인을 도대체 알 수 없다는 이야기 같았다. 사무실에 별다른 인화 물질이나 전열 기구가 있는 것도 아니었고, 전열선은 사무실이 다 타버린 지금까지도 거의 상하지 않은 채로 있었다. 발화 시점은 확실하지는 않지만, 한쪽 벽에 서 있던 큰 책꽂이에서부터 시작된 것 같다고 말하고 있었다. 동준은 자기를 쳐다보는 사람들의 눈초리가 낯 뜨겁게 느껴졌다. 동준은 자신이 담배를 피우지 않는 것을 얼마나 다행스럽게 생각했는지 모른다. 불의 원인이 자신이라는 소문에서 벗어나고 싶었다. 나는 모르는 일이라고, 전혀 무관한 일이라고 외치고 싶었다. 그러나 그럴 수도 없었다. 동준은 묵묵히 다른 동료들 사이에 끼어 잔해를 수습하기 시작했다.

 자재과로 옮긴 지 두 달 동안은 무사했다. 동준은 발목을 잡힌 듯한 부담감에서 풀려나 이제야 좀 살 것 같은 생각이 들었다. 그도 그럴 것이, 이 공장에서 불이 난 적은 십 년 이래 네 번밖에 없었는데 그중 세 번이 동준과 연관된—아니 적어도 남들이 그렇게 의심하고 있는— 화재였기 때문이다.

 두 달이 지나자, 다시 자재과 사무실에 화재가 일어났다. 플라스틱 쓰레기통이 갑자기 우그러들고 녹으면서 그 안에 든 종잇조각들에 불이 붙었다는 목격자들의 증언이 있었다. 그러나 그 쓰레기통 안에는 인화 물질—담배나 성냥 따위—의 흔적은 아예 없었다. 그것이 자리를 잠시 비웠던 동준의 쓰레기통이었다는 점만 빼면.

귀화(鬼火) 113

사무실의 분위기가 냉랭해졌다. 여직원들은 동준과 눈을 마주치지 않으려고 애썼고, 동료들 사이에서도 대화가 점점 줄어들었다. 이후 다시 한번 사무실에 불이 났다. 동준이 출근하려고 방에 들어서는 순간의 일이었다. 이틀 뒤 자재과 창고의 화재로 이어졌다. 동준이 숙직을 서게 된 날, 동준이 순찰을 돌기 직전의 일이었다.

동준은 괴로웠다. 어째서 자신의 자리, 자신의 사무실, 자신이 속한 부서에서 계속 불이 나는지를 알 수 없었다. 내가 뭘 잘못했기에…… 원래 동준은 종교 같은 것을 믿지 않았으나, 이런 원인을 알 수 없는 불에 직면하자 공포스러운 마음이 드는 걸 가누기 어려웠다. 특별히 원수를 지거나 악행을 한 기억은 없었다.

그의 마음속에 여태껏 평생을 살면서 앙금으로 남아 있는 것이 있다면 그것은 단 하나, 그의 생명처럼 사랑했던 은엽의 정체 모를 실종뿐이었다. 그 밖에 다른 것은 생각조차 나지 않았다. 불, 불과 연관 있었던 일이 있었던가?

결국 동준은 괴로워하다가 마음을 굳게 먹고는 사표를 제출하러 갔다. 그러나 사표는 수리되지 않았다. 회사의 입장에서는 그러한 이유로 사원을 내쫓는다는 것이 영 탐탁하지 않았던 모양이다. 동준은 사직 대신 인천의 한 지점으로 파견 근무를 나가게 되었다. 공장 사람들이 남모르게 안도의 한숨을 쉬었을 거라고 생각하면서 동준은 길을 떠났다. 그런데 근무처를 옮긴 지 한 달밖에 되지 않은 지금, 다시 불이 난 것이다.

커다란 책장은 반쯤 타 버린 채 엎어져 있었다. 동준과 권호범 대리가 힘을 합해 책장을 일으켜 세웠다. 책들이 탄 재며 숯 검댕 같은 것들이 와르르 쏟아져 내렸다. 그 바람에 둘은 시커먼 굴뚝 청소부처럼 되었다. 권 대리가 재와 타다 남은 종이 부스러기 더미로 변한 책들을 뒤적이며 중얼거렸다.

"다 타 버렸군, 제기랄. 이럴 줄 알았으면 집에 있는 책들을 여기 갖다 놓지 않는 건데…… 자네도 책 많이 갖다 놓았었지?"

지금은 책이 문제가 아닌데…… 동준은 무겁게 고개를 끄덕이면서 책 더미를 발로 툭 쳤다. 재가 흩어지며 불그레한 책 표지 하나가 보였다. 옛날에 동준의 것이었던 책, 지금은 거의 재가 되다시피 한 책이었다.

그 책은 은엽이가 선물했던 시집이었다. 어떻게 이 시집이 여기에 끼워져 있었을까? 아마도 책을 무더기로 직장으로 옮길 때 끼어든 것이리라. 잊어버린 줄 알았는데, 이미 잊었다고 생각했는데…… 은엽이, 오래전에 잊기로 맹세했던 은엽이 불쑥 떠올랐다. 왜 이제 와서…… 대체 그녀는 어디로 사라져 버린 걸까? 혹시 그녀에게 무슨 일이 생긴 것은 아닐까?

권 대리는 다시 저쪽 구석으로 가서 캐비닛을 조사하기 시작했다. 동준은 자꾸만 떠오르는 옛날의 해묵은 기억들을 억누르면서, 시집의 타다 남은 조각을 무심코 집어 들었다. 그런데 모양이 이상했다. 신기하게도 시집은 사방으로부터 작은 직사각형의 모양을 이루면서 타들어 간 듯했다. 그 잔해가 거의 완벽하게 작은 직사각형을 이루고 있었다. 동준은 어떻게 종이가 그렇게 탈 수 있는지 의아했다. 그 모양을 관찰하려고 책을 들추었는데, 갈피에 무엇이 끼워져 있었는지 페이지가 저절로 열렸다.

"이건?"

그 안에는 은엽의 사진이 있었다. 원래 시를 좋아하지 않던 동준은 시집을 선물로 받고도 몇 페이지, 정확히 말하면 표지에 썼던 은엽의 말만 읽고 두어 페이지를 뒤적거리다가 말았다. 그런데 그 안에 사진이 끼워져 있었던 것이다. 단풍에 붉게 물든 가을 산을 배경으로 머리를 휘날리며 은엽이 서 있었다. 시집은 정확히 사진의 크기만큼 남아 있었고, 사진은 한 군데도 상한 곳이 없었다. 그는 이미 오래전에 은엽의 기억이 남아 있던 사진들을 모조리 찢어서 태워 버렸다. 그 후로 얼마나 오랜만에 보는 은엽인가. 동준은 이상하다는 생각은 전혀 없이, 눈물이 핑 도는 것을 느꼈다. 내가 왜 이러지? 벌써 잊기로 한 여잔데…… 나를 버리고 매정하게 사라져 버린 여자 때문에 내가 왜…….

"공동준 씨! 이리 와서 좀 도와줘!"

권 대리가 부르는 소리에 동준은 정신이 번쩍 들었다. 그는 시집의 잔해를 바지 주머니에 대강 욱여넣고 돌아섰다. 그의 눈에는 아직도 물기가 있었으나, 그것을 눈치채는 사람은 없었다.

사무실은 대강이나마 수습되었지만, 거기서 일을 할 수는 없었다. 지점장이 임시 사무실을 알아보는 동안에는 할 일이 없었다.

동준은 잠들어 있었다. 어제 거나하게 마신 술이 깨지 않아서였다. 동준은 회사 사람들과 폭음하고 돌아온 뒤에도 집에서 또 몇 병의 술을 비웠다. 어머니가 조심스레 부르는 소리가 귓가에 들려왔다. 동준은 부스스 눈을 떴다. 흐릿한 눈 속에 머리맡에 너저분하게 놓인 술병들이 들어왔다. 어제 늦게 들어와서는 시집을 꺼내 놓고 그대로 퍽 오래 앉아 있었다. 계속 술을 들이키면서…… 동준의 눈에 타고 남은 시집의 모습이 들어왔다. 동준은 보고 싶지 않았으나, 이미 눈에 들어온 시집의 잔해에서 눈을 뗄 수가 없었다.

동준은 떨리는 손을 시집으로 뻗었다. 만약, 만약 이제껏 있던 일들이 은엽과 관계가 있는 것이라면…… 이 시집의 잔해는 은엽에게 무슨 일이 생겼다는 증거일까? 혹시 은엽이 죽은 것은 아닐까? 아니야, 그렇다 해도 왜 내게……. 하지만 정말로 은엽에게 변고가 생긴 것이라면…….

동준은 쿵쿵거리는 가슴을 애써 진정시키면서 시집의 겉장을 넘겼다. 거기에는 예전부터 낯이 익은 은엽의 둥근 글씨가 소담하게 들어 있었다.

생일을 축하하며…… 은엽

은엽의 글씨는 하나도 상하지 않았다. 동준이 발작적으로 시집을 털자, 어제 보았던 은엽의 사진이 팔랑거리며 떨어졌다. 동준은 코끝이 시려지는 것을 느꼈다.

동준은 고개를 하늘로 젖히고 눈물을 흘렸다. 정말 눈물이란 것을 잊은 지 얼마나 되었던가. 그동안의 일을 보상이라도 하려는 듯, 눈물이 하염없이 흘러내렸다. 그리고 그의 뇌리에는 잊었던, 아니 억지로 잊은 척했던 지난날의 기억들이 흐르고 있었다.

— 어이쿠, 정말 차다! 이리 와 봐, 물이 정말 시원해!

— 아니, 됐어. 후후후……

— 덥지 않아? 아직 정상까지는 한참 남았다고! 으와, 동상 걸릴 지경이야!

— 난 괜찮아, 보기만 해도 시원해.

은엽은 항상 그런 식이었다. 늘 따뜻하고, 진지하고, 그러나 항상 뒤로 한발 물러서 있었다.

— 너, 너한테 할 말이 있어, 흠흠…….

— …….

— 술 더 안 마실래?

— 아냐, 됐어. 그런데 할 말이라던 게 그거야?

— 아니, 그건 아니고…… 아이고…….

— 왜 그래? 어디 아파?

— 아니, 별, 별건 아니고…….

— 뭔데?

— 응, 그러니까…… 와, 죽겠네. 에라, 모르겠다. 널 사랑한다고! 됐어?

— 뭐야? 후후후…….

— 아니, 웃어? 야 이거, 아이고. 얼마나 힘들게 한 말인데…….

— 아냐, 고마워…….

— 정말이야? 으와, 신난다!

그날 나는 미친 듯이 웃으며 거리로 뛰어나가서 사람들이 쳐다보는 것도 아랑곳하지 않고 계속 소리를 질러 댔다. 그런 나를 보며 은엽은 저만치 떨어져서 따라오고 있었다. 조용히 미소만 머금은 채…….

— 나 말이야.

— 응. 뭔데?

— 나 원래 말재주 없는 것 알지? 내가 만약…….

— 말해 봐.

— 어휴, 완전 얼음덩어리로구먼. 표정 좀 바꿔 봐라. 도대체 화도 낼 줄 모르고, 놀라는 법도 없고…….

— 할 말이 그거였어?

— 응? 아니, 아니 그건 아니고…… 음…….

— 후후훗……. 길어지는 걸 보니 또 심각한 얘기구나?

— 아냐! 뭐가! 하나도 심각한 거 아니야.

— 그럼 시원하게 말해 봐.

— 너, 너 말이야, 나랑…….

— 여행 가자고? 싫어, 나 피곤해.

— 아니, 그런 게 아니고…… 너, 나랑…….

— 술 마시러 가자고?

— 아냐, 아냐! 아이고, 이거 원······.

— 그러면 뭐지?

— 너······. 나랑 결혼 안 할래?

— 어머머?

— 왜, 싫어?

— 세상에 멋없어라, 흥!

— 나 분위기 없는 거 이제 알았어? 하여간 싫다 이거야?

— 글쎄······.

— 으악! 글쎄라니? 싫다 이거야?

— 좀 분위기를 잘 잡았으면 성공할 수도 있었을 텐데······.

— 그, 그럼 실패냐?

— 아니, 아직은······ 한 번 더 말해 볼래?

— 나의 사랑, 나의 은엽 씨, 저 비록 미천하고 힘없는 남자에 불과하오나 제게 일생을 옆에서 함께할 수 있는 영광을 베풀어 주실 수 있겠나이까!

— 후후훗······ 그만, 그만. 간지러워.

— 이것도 불합격이야?

— 후후훗······ 일생을 옆에서? 그것만 합격이야. 정말 그래 줄 수 있어?

— 와, 만세!

그러나 은엽은 내 곁을 떠났다. 은엽은 과연 나를 사랑하고 있었던 걸까? 항상 앞서 뛰어가던 것은 나였고, 은엽은 내 뒤를 바라만 보고 있었다.

    동준에게
    급한 일이 생겼어. 잠시 못 보게 될 것 같아.
    어쩌면 좀 길어질지도 몰라.
    하여간 또 연락할게.

    은엽.

은엽이 보내온 마지막 편지. 긴 시간을 기다려도 은엽으로부터 연락은 오지 않았다. 한 달, 두 달, 세 달을 기다리다가 나는 은엽의 하숙집으로 찾아갔다. 그러나 이미 석 달 전에 방을 빼 이사 갔다는 주인아주머니의 말뿐이었다.

은엽은 원래 외동딸이어서, 삼 년 전 부모님을 사고로 여읜 후로는 다 큰 고아가 되었다. 그리고 친구도 많지 않았다. 그나마 내가 알고 연락을 취한 은엽의 친구 중 그녀의 근황을 아는 사람은 아무도 없었다. 혹자는 유학을 갔을지 모른다고 했고, 시집을 간 것 아니냐는 말을 한 사람도 있었다. 더더욱 놀란 사실은 그녀의 친구들이 나라는 존재에 대해 전혀 알지 못하고 있다는 사실이었다. 왜 그랬을까?

나는 오랜 기간 번민했다. 그녀가 나를 버린 것일까? 죽고만 싶었다. 더 이상 살고 싶은 마음이 없었다. 그러나 죽을 수도 없었다.

언젠가 단 한 번이라도 만나고 싶은 생각 때문인지, 아니면 미련이 남아서였는지…….

동준은 갑자기 자기의 손에서 불길이 일어나는 것을 보고는 소스라치게 놀라 회상에서 벗어났다. 손에 들고 있던 은엽의 시집이 불타고 있었다. 사방이 참을 수 없는 열기로 가득 찼다. 동준의 눈앞에 희미하게 어떤 사람의 모습이 비치고 있었다.

오, 하느님, 저 모습은…….

동준의 어머니는 부엌에서 일을 하다가 뜨거운 것이 등 뒤를 휙 스쳐 지나가는 듯한 느낌에 몸을 돌렸다. 마치 무언가가 뒤에서 등을 두드린 것 같았다. 뭐가 타나? 연기가 나는 냄새는 없었으나, 동준의 방 쪽이 이상하게도 무척 더운 것처럼 느껴졌다.

동준의 어머니가 문을 열었을 때, 동준의 방 안은 온통 시커멓게 타들어 가고 있었다. 아무런 불기도 보이지 않고 연기나 냄새도 없건만, 방 안은 강한 열기로 가득 차 있었고 그 안에 의식을 잃은 동준이 쓰러져 있었다.

"동준아, 동준아!"

뜨거운 열기를 뚫고 동준의 어머니는 동준을 일단 방 밖으로 끌어냈다. 그러고는 떨리는 손가락으로 병원 응급실의 번호를 눌렀다.

병원은 항상 붐비는 곳이다. 그중 특히 응급실은 사고를 당해

실려 오는 사람들과 그 가족들로 웅성거리는, 항상 절박한 분위기를 풍기는 곳이다. 동준 어머니의 심경도 다른 가족들과 별로 다를 것이 없었다. 초조하게 여기저기서 들려오는 신음과 비명, 통곡을 듣고 있던 동준 어머니의 눈에 흰 커튼을 들치며 담당 의사가 나오는 것이 보였다. 동준은 다행히 이불을 덮고 있어서 허리 아랫부분은 화상을 입지 않아 생명에는 지장이 없다고 했고, 나머지 화상도 대수롭지 않다는 말에 동준의 어머니는 한숨을 쉬었다. 의사가 물었다.

"그런데 아드님이 무엇에 덴 거죠?"

"글쎄요, 방이 온통 타 버렸는데……."

"불이 났었나요?"

"아뇨, 불은 안 났어요."

"예? 이상하군요. 그럼 뭐죠?"

"글쎄요, 저도 모르겠어요. 통 대답을 안 하니……."

"이상하군요. 방사선도 아니고, 굉장히 높은 열에 아주 잠깐 입은 화상인 것 같은데……."

뭐라고 이야기해 보았자 동준의 어머니가 알아들을 수 있을 이야기는 없다고 판단한 의사는 휘적휘적 다음 환자에게로 갔다. 동준의 어머니는 조심스레 커튼을 들치고 동준이 누워 있는 침대를 들여다보았다. 동준은 아무 말 없이 잠든 듯 누워 있었다. 얼굴과 피부에 약이 발라져 있었고, 얼굴은 무표정하게 눈을 감고 있었다. 동준의 어머니는 잠시 망설이다가 한숨을 쉬면서 커튼을 젖히고 나가려 했다. 그런데 갑자기 동준의 비명이 들려왔다.

"은엽아! 은엽아!"

동준의 어머니는 기겁을 해서 몸을 돌렸다. 동준은 눈을 감은 채 손을 휘저으며 소리를 지르고 있었다. 아마 꿈을 꾸는 모양이었다. 동준의 어머니에게 은엽은 귀에 익은 이름이었다. 전에 동준이 데리고 와서 인사까지 시켰던 참한 아가씨가 아니었던가. 그 후 동준이 버림받았다면서 괴로워할 적에는 자신도 얼마나 욕을 많이 했는지 모른다. 동준의 어머니가 아들의 허리를 붙들고 진정시키려 했으나, 동준은 계속 그녀의 이름만을 부르고 있었다.

"얘, 얘! 왜 이러니? 왜 이러는 거야?"

"으, 은엽이가…… 어, 어머니, 은엽이가 나타났었어요……. 분명히 은엽이가요."

"헛것을 본 게야! 정신 차려! 얘, 동준아!"

"은엽이가 죽었어요, 틀림없어요……. 그녀가 나타나서는 뜨거워지고…… 안 돼, 죽었다니 그럴 리가 없어!"

"간호사, 간호사! 의사 선생님!"

간호사 한 명이 달려와서는 동준을 눕히려다가 어렵사리 진정제 주사를 놓았다. 동준은 은엽의 이름을 부르면서 서서히 의식을 잃었다. 사람들은 잠시 벌어진 장면을 쳐다보며 웅성거리다가 다시 각자의 일로 돌아갔다. 그러나 아직도 커튼이 열린 응급실을, 상반신에 온통 붕대를 감은 한 남자가 형형한 눈빛으로 계속 바라보고 있는 것은 아무도 눈치채지 못했다.

밤이 되도록 동준은 헛소리를 하고 있었다. 환자가 밀어닥치자 동준은 응급실에서 일반 병실로 배정되었고, 며칠이 지나자 차차 화상의 상처는 아물었다. 비록 넓은 부위에 화상을 입었으나 1도 정도의 경미한 화상이었고, 또 동준의 건강 상태가 좋아서 회복이 빨랐기 때문에 곧 퇴원해 집에서 정양을 하면 될 것이라는 담당 의사의 말을 듣고, 동준의 어머니도 며칠 동안의 밤샘에서 벗어나 집을 정리하러 귀가했다. 동준이 의식을 찾은 후로 동준의 어머니는 몇 번이나 동준에게 은엽의 일을 물어보았으나, 동준은 입을 굳게 다물고 있을 따름이었다. 동준의 어머니는 그냥 과거의 기억이었겠거니 하고 일단 집으로 떠났다. 그러나 동준은 잊고 있지 않았다.

누군가 병실 문을 슬그머니 열고 들어오는 것이 보였다. 그러나 동준은 꼼짝하기가 싫었다. 들어온 사람이 동준의 머리맡에 섰다. 힐끗 보니 한 건장한 청년이었다. 가슴이며 배 주위에 온통 붕대를 두툼하게 감고 있는 걸로 보아 상당한 중환자 같은데 태연히 걸어 다니는 것을 보니 좀 수상하기도 했다. 동준은 귀찮은 듯, 까딱도 하지 않고 입을 열었다.

"무슨 일입니까?"

청년의 그리 크지 않지만, 우렁찬 울림을 지닌 목소리가 대답했다.

"도움이 될 수 있을 것 같아 왔소. 몹시 고통스러워하는 것 같은데……."

"고통이요? 난 이제 아프지 않습니다. 다 나았어요. 내일은 퇴원을······."

"몸의 고통이 아니오. 마음의 고통 때문이지."

청년은 잠시 고개를 돌리며 놀라운 말을 했다.

"은엽 씨, 오은엽 씨 아시죠?"

동준이 벌떡 자리에서 몸을 일으켰다. 그의 눈은 놀라서 부릅떠져 있었다.

"어떻게! 당신이 어떻게 은엽이의 이름을 압니까?"

"당신이 계속 내 옆자리에서 그 이름을 부르고 고통스러워했었소. 응급실에 있었을 때 말이요."

동준은 마음속에 다시 옛날의 기억이 떠오르기 시작했다. 동준은 밀려오는 기억을 누르려 애썼으나, 눈앞에 다시 은엽의 얼굴이 어른거리는 것을 참을 수 없었다. 그 알 수 없는 청년은 동준에게 계속 말을 했다.

"보시다시피 나도 누워 있는 처지라서 쓸데없이 당신의 일에 참견하게 되었는지도 모르오. 허나, 아마 내가 도움을 줄 수도 있을 거요······. 그런데 하나 물어봅시다. 당신은 은엽 씨를 원망하고 있습니까?"

"뭐라고요?"

"아니면 아직도 은엽 씨를 못 잊고 있습니까?"

"갑자기 그게 무슨 말이오?"

"나는 당신의 생각이 어떻든, 그것에 대해 뭐라고 말하고 싶지는 않소. 이런 문제야말로 가장 미묘한 것일지도 모르고······ 또

솔직하게 말해서 나는 이런 남녀 간의 문제에 대해서는 잘 알지 못하기 때문에 뭐라고 할 말이 없습니다. 그러나 숨기지 말고 이야기해 주세요. 은엽 씨에 대해 어떻게 생각하고 계시죠?"

동준은 어이가 없었다. 이 사람은 은엽을 어떻게 아는 걸까? 혹시, 이 사람이 은엽을 빼앗아 간 장본인일까? 그렇지 않고서야 밑도 끝도 없이 내게 이런 것을 물을 이유가 없다.

"당신, 어떻게 은엽이를 알죠? 왜 나와 은엽의 관계를 알려고 하는 겁니까? 당신은 지금 은엽이 어디에 있는지 알고 있습니까?"

청년은 잠시 주춤하더니 동준의 눈을 한번 쳐다보고는 묵묵히 고개를 끄덕였다. 동준은 무거운 망치 같은 것으로 머리를 얻어맞은 듯한 충격이 온몸으로 번져 나가는 것을 느꼈다. 자신도 이유는 알 수 없었으나, 전율이 온몸을 차갑게 훑고 지나갔다.

"어디에, 어디에 있소? 도대체 어디에 있소? 만나 볼 수 있게 해 주시오! 단 한 번만이라도 좋소! 그녀에게 말할 수 있게 해 주시오! 아니, 먼발치에서 그저 보기만 해도 좋소! 제발 그녀를…… 흑흑……."

동준은 청년의 옷깃을 부여잡고 목멘 소리를 질렀다. 마치 연극 무대에 선 배우의 행동을 지켜보듯이, 우스꽝스럽게도 동준의 의식에는 스스로의 행동이 그대로 비쳐 들어왔다. 내가 왜 그 독한 여자를? 나를 속이고, 소중한 약속을 배반하고, 갈가리 찢겨 텅 비어 버린 마음속에서 허우적거리게 했던 그 여자를 내가 왜 다시 찾는 것일까?

그러나 동준은 어쩔 수 없었다. 이상하게도 청년이 원망스럽다기보다는, 그에게 털어놓아 호소하고 싶은 기분이 들었다. 은엽을 잊을 수 없는 자기 자신에 대한 원망과 마음속 깊이 억눌려 있다가 갑자기 모든 것을 박차고 튀어나온, 단 하나, 은엽을 보고 싶다는 생각이 넘쳐 나면서 동준은 오열하고 있었다. 얼마나 오래 참았던가. 모든 것을 잊었다고 생각한 것이 언제의 일이었던가.

청년은 묵묵히 서서 오열하고 있는 동준을 내려다보았다. 청년의 사나워 보이는 눈매도 축축해져 있었다.

얼마의 시간이 지났을까? 동준의 눈물이 조금씩 수그러지자 청년이 입을 열었다.

"아직, 잊지 못하고 계시군요."

동준의 눈매가 가늘어지면서 다시 몇 방울의 눈물이 흘러나왔다. 동준은 고개를 끄덕였다. 청년도 입술을 깨물며 고개를 끄덕이더니 말했다.

"은엽 씨가 원망스러우시죠?"

동준은 아무 말도 하지 않았다.

"제가 모든 것을, 아니 아는 대로만 가르쳐 드리죠. 어째서 이 모든 일이 일어나게 됐는지…… 아마 당신이 은엽 씨에게서 온 편지를 받았을 때의 일이었을 겁니다. 그때 은엽 씨는 정말 마음이 들떠 있었지요. 공동준 씨, 은엽 씨의 하숙집에 찾아가신 적이 있었죠? 아마도 가 보셨을 거라 생각합니다만……"

"예, 있습니다……. 그랬었죠."

"그 편지를 보낸 날짜와 은엽 씨가 방을 비운 날짜가 비슷하다고 생각하셨을 겁니다. 그렇죠?"

"예."

"은엽 씨는 방을 옮기려고 한 겁니다. 좀 더 시내에 위치한 쪽으로요. 이사가 뭐 대수로운 일도 아니고, 원래 은엽 씨는 자신의 생활 주변의 자잘한 일들을 먼저 얘기하는 성격이 아니었을 겁니다. 누가 물어보면 숨기지는 않았을 테지만…… 그렇지 않습니까?"

"예, 그랬습니다. 그런데 왜 내게는 새 주소를?"

"차근차근 들으세요. 은엽 씨는 정신이 없었습니다. 혼자인 여자의 몸으로 이사를 가는 일은, 아무리 방 하나에 불과하다고는 하지만 쉬운 일은 아니었습니다. 이것저것 처리할 일이 많죠. 그래서 잠깐 틈을 내어 그렇게 간결한 편지만 보낼 수밖에 없었던 겁니다."

"그런데 이사했다면 왜 내게 도와 달라고 하지 않았죠? 내게 미리 말했으면……."

"그때는 동준 씨의 시험 기간이 아니었습니까?"

맞다. 사실이 그랬다. 은엽은 자신이 이사 가는 사실을 말했다면 내가 분명히 만사 제치고 달려올 것도 알고 있었을 것이다. 그래서 혼자 힘으로 이사를 가려고 했을 것이다.

"은엽 씨는 혼자서 방을 옮겼습니다. 이사가 끝난 게 아마 10월 13일쯤 되었을 겁니다……. 공동준 씨, 생일이 어떻게 되죠?"

"제…… 생일 말입니까?"

"예."

"10월 15일······."

동준은 알 수 있을 것 같았다. 물론 막연한 느낌이었지만······.

"침착하세요. 옛일은 돌이킬 수 없는 겁니다."

청년의 조용한 목소리가 동준의 귓가에는 마치 대포 소리처럼 들려왔다.

"으, 은엽이는 어떻게 된 겁니까? 예? 말해 주세요! 어떤 일이 생긴 겁니까?"

"은엽 씨는 당신의 생일 선물을 준비하기 위해서 시내로 나갔습니다. 당신의 마음에 들 것을 사기 위해 이곳저곳을 다녔죠. 아, 간략히 말하겠습니다. 그녀가 찾아갔던 어느 곳에서 갑자기 폭발 사고가 나면서 불이 난 겁니다. 그래서 은엽 씨는······."

"뭐, 뭐라고요?"

"기억하실 겁니다. 그즈음에 보도된 백화점의 화재 사건······ 보수 공사를 위해 쌓아 두었던 페인트에 연쇄적으로 불이 붙어 폭발하면서, 안에 갇혀 있던 수십 명의 사람들이 빠져나오지 못하고 변을 당했죠. 열기가 너무 심해서 신원이나 그 수조차도 정확히 파악되지 못한 사고였습니다."

동준은 다리에서 힘이 빠져나가는 것을 느꼈다. 아아, 역시······ 그는 지금까지 은엽을 원망해 오면서도 그런 생각은 해 보지 못했다. 문득문득 불안감이 들기는 했다. 하지만 은엽이 그러한 일을 당했으리라고는 상상하지도 못했다. 차라리 배신을 당했다고 생각할

지언정, 그녀에게 무슨 일이 생겼다고는 믿고 싶지 않았던 것이다.

"아냐, 거짓말, 거짓말이야! 그럴 리가 없어! 당신은 어떻게 알지? 은엽이 정말로 그렇게 죽었다면, 당신은 도대체 그런 일들을 어떻게 알 수 있지? 거짓말! 은엽은 어딘가에 있지? 당신과, 당신과 같이 있는 거지? 대답해 봐!"

"제가 한 말에 거짓은 없습니다. 그리고 저도 그런 걸 알 수는 없지요. 그러나 저에게 문병을 오는 사람 중에는 그런 능력을 지닌 사람이 있습니다."

"뭐, 능력? 그러면 죽은 사람과 이야기할 수가 있단 말이야? 거짓말!"

"믿고 안 믿으시고는 자유입니다. 그러나 현실은 현실로 인정하셔야 합니다. 공동준 씨, 어째서 당신의 주변에 그렇게 불이 자주 났는지 아십니까?"

"그, 그걸 어떻게……."

"수도 없었을 겁니다. 왜 그런 일들이 일어났는지 아십니까?"

"그, 그게 은엽이 때문이라는 거야? 믿을 수 없어! 그녀가 왜 내게 원한을 품는단 말이야?"

"원한 때문이 아닙니다. 은엽 씨는 너무도 강한 불 속에서 오로지 당신을 생각하면서 숨을 거두었습니다."

"그, 그만! 그만해! 으흐흑……."

"은엽 씨의 영은 해결하지 못했던 당신과의 일 때문에, 말하지 못했던 당신을 향한 사랑 때문에, 숨을 거둘 때의 열기를 그대로 담은 채 부유령이 되었던 겁니다. 그리고 당신을 찾아간 겁니다."

"차, 찾아왔다고? 어, 어째서?"

"당신은 그 이유가 어디 있다고 보십니까? 은엽 씨는 당신을 보고 싶어 한 겁니다. 그래서 회사로 찾아간 거지요. 처음에는 당신의 뒷모습을 바라보려 했었죠. 따라가려 했는지도 모르고요. 그런데 은엽 씨의 몸에서는 영적인 열기가 마구 솟고 있었어요. 그래서 공실에 이유 없는 불이 난 겁니다. 은엽 씨의 몸을 태우던 그 불의 열기로 인해!"

"그, 그러면 그 후의 불들도?"

"그렇습니다. 은엽 씨는 비록 영의 상태였지만, 몹시 놀랐을 겁니다. 그래서 다음엔 조심스럽게 당신의 사무실을 찾아갔습니다. 그런데 역시 그녀의 주위에 있는 것은 다 타 버렸습니다. 캐비닛이 불타올랐다죠?"

"그, 그랬소."

"은엽 씨는 스스로 나타나면 좋지 않을 거라 느끼고 당신에게는 가지 않으려 했습니다. 그러나 참을 수가 없었던 겁니다. 바깥, 바깥이라면 괜찮을 것이라 생각했죠. 당신이 숙직을 돌 때, 공동준 씨, 숙직을 돌다가 앞에 있던 화학 탱크가 터진 일이 있었죠?"

"마, 맞아요. 흐흑······."

동준은 알 수 있었다. 은엽, 그 가련한 은엽의 영은 아직도 타오르는 불에서 벗어나지 못하고 있었다. 그리고 자신을, 아무것도 모르고 원망에 차 있는 자신을 보고 싶은 생각에······ 아아, 그러나 그것도 마음대로 될 수 없었던 것이다. 은엽의 하얀 몸을 갉아 먹은 그 망할 놈의 불, 그 열기가 자신을 곤란하게 하자 은엽은 또 얼마나 놀랐을까! 나를 찾아오지 않으려 했는지도 모른다. 그러나 자신도 모르게…… 얼마나 번민을 했을까! 가지 않아야 한다고, 가서는 안 된다고…… 은엽은 자신을, 이 보잘것없고 속 좁은 자신을 보기 위해서…….

동준은 침대에 엎드려 흐느끼고 있었다. 청년은 그러나 묵묵히, 같은 속도로 이야기하고 있었다.

"공동준 씨가 불에 탄 사무실에서 시집을 발견했을 때, 그리고 집에서 은엽 씨에 대한 회상에 잠겼을 때, 은엽 씨의 영은 더 이상 참지 못하고 동준 씨의 앞에 나타났습니다. 그러나 은엽 씨의 몸에서 나오는 열로 인해 동준 씨가 쓰러지는 것을 보고는, 아마 이제 더 이상 은엽 씨는 동준 씨를 찾지 않을 겁니다."

"안 돼요, 그럴 순 없어요!"

동준이 얼굴을 쳐들었다. 청년, 아니 현암은 맑은 눈을 동준에게 돌렸다. 그의 얼굴은 누구도 꺾을 수 없을 듯한 의지로 가득했으나, 그런 그의 눈도 젖어서 빛나고 있었다.

"만나게 해 줘요, 제발, 제발. 단 한 번이라도 좋아요. 만날 수 있게 해 줘요. 흐흐흑…… 제발요."

동준은 현암의 앞에 무릎을 꿇고 있었다. 현암은 아무 말도 할 수 없었다. 지금 이 남자에게 무슨 깨우침이며 가르침이 필요하겠는가. 모든 것은 소멸하기 마련이라고? 만난 자는 모두 헤어지게 되는 법이라고? 모두가 신의 뜻이라고? 현암은 잠시 생각에 잠겼다. 아니, 생각하는 척했는지도 모른다. 현암의 입에서 나직한 음성이 울렸다.

"같이 갑시다. 지금 당장…… 시간이 없어요."

악령과의 싸움에서 상처를 입고 병원에 입원한 현암이 동준의 일을 알게 된 것은 우연이었다. 현암의 이야기를 듣고 은엽의 마음과 그간의 사정들을 읽어 낸 것은 승희였다. 은엽이 살던 곳을 투시한 것은 준후였다. 그리고 지금, 이미 귀화를 사방에 뿌려서 사람들에게 해를 입힐 여지가 있고, 또 안식을 취하지 못하는 은엽의 영을 천국으로 보낼 준비를 하는 것은 박 신부였다. 장소는 은엽이 새로 옮긴, 지금은 텅 비어 있는 은엽의 방이었다.

병원에서 동준을 설득하기로 한 현암이 갑자기 문을 열고 동준을 데리고 들어왔을 때, 세 명은 깜짝 놀랐다. 마침 의식이 한창 진행되는 중이어서 은엽의 영이 허공에 떠 있었다. 그 모습이 동준에게는 보이지 않았으나, 그녀의 느낌은 분명히 있었다. 방 안은 타는 듯이 더웠다. 준후가 열심히 승희와 함께 수를 발휘해서 열기를 식히려 하고 있었으나, 그 강렬한 열기는 그래도 방 안을 가득 메우고 있었다. 동준이 성큼 앞으로 나아갔다. 마를 줄 모르는 듯, 그의 눈에서는 하염없이 눈물이 솟아나고 있었다.

"여, 여기…… 그래, 여기 있지? 은엽아!"

현암은 눈짓하려고 했으나, 이미 세 명은 동준의 표정만을 보고 모든 것을 알아챈 듯싶었다. 그들의 얼굴에도 미소가 돌고, 눈에는 눈물이 고이고 있었다.

동준의 얼굴이 따갑게 쏘아져 오는 열기의 근원을 찾아 이리저리 돌아가다가, 한 점에 멎었다. 동준의 입에 미소가 번졌다.

"드디어, 드디어…… 다시 보게 되는구나."

준후가 눈물을 뚝 떨어뜨리면서 슬며시 동준의 손에 부적 한 장을 쥐어 주었다. 그리고 뭐라 중얼거리자, 갑자기 동준의 앞에 환한 빛과 이글이글 타고 있는 불길의 덩어리가 보였다. 그 중앙에 미소를 짓고 있는 은엽의 모습이 보였다. 불길은 마치 공작새인 양, 저녁노을인 양, 은엽의 주위를 붉게 물들이고 있었고, 은엽은 생시와 다를 바 없는 안온한 미소를 떠올리고 있었다. 동준은 계속 눈물을 흘리며 중얼거렸다.

"오, 하느님, 감사합니다…… 감사합니다……."

은엽이 밝은 미소를 지으며 손을 내밀었다. 동준이 한 발짝 나가려는 것을 박 신부가 제지했다. 너무나 뜨거운 열기가 그녀의 주변에 이글거렸기 때문이다. 대신 현암이 힘을 가하자, 뭔가 조그마한 것이 은엽의 손에서 날아올라 동준의 손 위에 가볍게 얹혔다. 동준은 목이 콱 막혀 오는 것을 느꼈다.

그것은 불에 타서 반쯤 녹아 버리고 검게 그을린 자국이 아직 그대로 있는 넥타이핀, 바로 은엽의 생일 선물이었다. 미처 동준에게 전해 주지 못했던…….

"오오, 은엽, 은엽!"

박 신부의 눈도 붉게 충혈되었다. 박 신부는 몸을 돌리며 낮은 목소리로 말했다.

"이제 시간이 되었네. 은엽 씨는 가야 할 곳이 있어."

"뭐라고요? 안 돼요!"

동준이 목이 메어 외쳤다.

"안 돼! 이제야, 지금에서야 보게 되었는데…… 은엽, 가지 마!"

은엽의 얼굴은 슬픈 듯, 그러나 잔잔한 미소를 잃지 않은 채 서서히 뒤로 물러섰다. 동준은 뜨거운 열기를 무릅쓰고 앞으로 나아가려 했으나 현암이 동준의 팔을 잡았다.

"안 돼, 그래선 안 돼."

"아냐, 아냐. 나도 가야 돼!"

동준은 어디서 그런 힘이 솟아올랐는지 현암의 팔을 뿌리치며 앞으로 달려 나갔다. 순간적으로 벌어진 일에 네 명은 놀라 어찌할 바를 몰랐다. 동준은 죽기를 각오한 것 같았다.

"동준, 안 돼! 그랬다간 죽어!"

'오랫동안, 이미 넘치도록 오랫동안 기다려 왔다. 원망도 많이 했고, 오해도 많았지. 그러나 너는 알 거라 믿는다. 너와 다시, 다시 한번만이라도 이렇게 가까이 있을 수 있다면…….'

이글이글 타오르고 있는 무서운 열기를 뚫고 동준은 은엽을 껴안았다. 은엽의 뜨거운 팔도 동준의 머리를 안았고, 둘은 서로 아무 말도 없이 다만 그대로 있을 뿐이었다. 그 무서운 열기도 둘을 막을 수는 없었다.

마치 벼락이 떨어진 듯, 앞을 볼 수 없는 광휘가 사방을 비춰서 모든 것이 현란한 빛 속에 가려진 듯했다. 그러나 열기는, 은엽의 몸을 끝없이 태우고 있던 열기는 이제 서서히 사그라지고 있었다.

네 명이 다시 정신을 차리고 사방을 둘러보았을 때는, 이미 은엽의 영의 모습도, 동준의 모습도 보이지 않았다. 다만 반짝거리는 빛을 내며 그슬린 넥타이핀 하나만이 동그마니 방바닥에 놓여 있었다.

아무도 입을 열지 않았다. 승희는 울음을 터뜨리고 있었고, 준후도 흐느끼고 있었다. 박 신부가 말없이 준후를 안고 등을 다독거리기 시작했다.

"구원을, 이젠 구원받았을 거야."

현암은 이를 악물고 아무 생각도 하지 않으려 애썼다. 잘된 일이라고 해야 하는 건지, 아니면 그 반대인지 아무 생각도 할 수 없었다. 현암은 고개를 돌려 창밖을 바라보았다. 막 하늘이 어두워지며 뇌성이 들려오는 것이 비가 한바탕 쏟아질 것 같았다. 비라도 막 퍼부어 버렸으면 좋겠다고 생각했다. 그래야 조금이나마 시원해질 것 같았다.

아무도 없는 밤

일러두기
- 이 작품은 웹이 활성화되기 전인 1990년대 대형 PC 통신망이었던 하이텔(Hitel)을 배경으로 하고 있습니다.
- '국민학생'은 현재 '초등학생'으로 명칭이 바뀌었으나 작품의 시대 배경에 맞춰 '국민학생'으로 표기했습니다.

비디오가 끝났다. 동민은 다 본 비디오테이프를 감을까 하다가 마음을 바꾸고는 리모컨을 소파 위에다 던져 놓았다. 어차피 재미없는 영화였는데 뭐…… 동민은 창밖으로 저물어 가는 해를 힐끗 쳐다보면서 냉장고로 향했다. 이제 해는 서산 너머로 저물어 저녁 하늘에 붉은 자국을 천천히 물들이며 어두운 장막을 끌어 내리고 있었다. 곧 밤이 될 것이다. 아무도 없는 밤이…….

요즘 부모님은 신혼 기분을 내는 모양이다. 외아들인 동민이 귀여운 맛도 없어졌을 만큼 성큼 자라 버리고, 머리가 희끗희끗하게 변해 가기 시작하는 지금도 두 분은 사이가 퍽 좋았다. 두 분은 오늘처럼 날씨가 좋은 토요일 밤에는 같이 외출하시는 일이 다반사였다. 물론 동민이 어렸을 때도 그랬던 건 아니다. 그러나 동민이 어느 정도 자라고 난 후에는 한 달에 한 번 정도는 동민을 남겨 두고 외출하셨다. 그럴 때면 동민은 왠지 외로운 기분도 들었지만, 자신이 다 컸다고 생각하며 씩씩하게 고개를 끄덕이곤 했다. 부모님이 외출하면서 은근히 동민을 걱정스러운 눈으로 보며 말을 꺼내실 때면 씩씩하게 고개를 끄덕거렸다.

그런데 오늘은 여느 때와는 좀 달랐다. 결혼 십오 주년이 되는 날이었고, 공교롭게도 아버지께서 직장에서 생각도 하지 않았던 특별 휴가까지 얻어 오신 것이다. 특별 여행. 동민의 어머니가 들뜬 마음을 숨기지 않고―동민의 어머니는 그럴 때는 꼭 아이 같았다― 아버지에게 여행을 제안하는 소리가 들렸다. 물론 부모님끼리의 여행은 분명 좋은 일이며 동민이 참견할 일은 아니었지만, 까닭 없이 울적한 마음이 들었다. 무서워서 그럴까? 아니지, 좀 있으면 중학생이 되려는 차에 무섭기는 뭘! 아마도 섭섭해서 그런 것이리라. 방문 틈으로 가늘게 들려오는, 기뻐하는 부모님의 목소리를 들으면서 동민은 왠지 시큰해지는 것을 느끼고 손등으로 코끝을 문지르고 있었다. 그러나 잠시 후, 아버지가 "동민이가 혼자 집을 볼 수 있겠니? 내일까지……" 하시는 말에는 평상시보다 더 활기찬 목소리로 대답하고 씩 웃어 보였다.

냉장고 안은 꽉 차 있었다. 동민이 좋아하는 소시지가 한 줄 그대로 들어 있었고, 샌드위치 빵과 버터와 콜라와 차갑게 식은 삶은 고구마까지 한 그릇 담겨 있었다. 토마토도 몇 개 있었다. 동민은 언제나 그런 것들을 잘 먹었다. 밥보다 빵을 더 좋아하는 동민의 식성에 어머니는 항상 웃음으로 대했고, 선선히 밥상을 치우고 햄버거며 샌드위치를 만들어 주시곤 했다. 지금 동민은 배가 고프기는 했지만, 눈앞에 있는 먹을거리들이 별로 실감이 나 보이지 않았다. 식당 진열대에 가지런히 누워 있는 밀랍으로 만든 음식들, 먹음직스럽게 생겼지만 먹을 수 없는 음식들 같았다. 동민은 냉장고 안의 음식들에서 양초 냄새가 난다는 생각이 들었다. 동민은 다시 냉장고 문을 닫았다.

'난 오늘 혼자야. 엄마도 아빠도 다 나갔어, 나만 두고……'

평소에 잘 먹던 것들이 갑자기 역겹게 느껴지는 것은 혼자 남았다는 생각 때문일까? 밤이 오고 있었다. 밤이 되면 무서워질 테고, 그보다 더 싫은 건 쓸데없는 생각이 든다는 것이었다.

'엄마하고 아빠가 돌아오시지 않는 건 아닐까?'

얼토당토않은 생각이 한번 머리에 떠오르자, 자꾸만 무서운 공상이 머릿속을 지배하기 시작했다. 자동차가 출동하고, 기차가 뒤집히고, 배가 가라앉고, 비행기가 곤두박질치고, 거기에 우주인이 나타나서 지구를 점령해 버리고, 식인 식물이 갑자기 무성해지고, 그리고…….

'내가 미쳤나? 말도 안 되는 생각을……'

말도 안 되는 소리지. 하지만 정말로 어머니와 아버지는 내가 귀찮을지도 모른다. 항상 웃는 얼굴을 보이시긴 하지만, 공부도 제대로 못하고 장난이 심하고 말썽만 피우는 나를…… 나라고 해도 나 같은 자식이 귀여울 리가 없을 것 같다. 그래서 두 분은 나 같은 귀찮은 애물단지가 없는 좋은 곳으로 가 버리신 건 아닐까?

동민은 아버지의 방으로 발걸음을 돌렸다.

컴퓨터…… 동민은 몰래몰래 아버지의 컴퓨터에서 오락도 많이 했다. 아버지는 컴퓨터를 사 놓고는 별로 쓰시는 일이 없었다. 처음엔 통신하신다고 삐익 하면서 가래 끓는 것 같은 소리도 자주 내시더니만, 요즘은 그것마저도 별로 안 하시는 것 같았다. 한참 고생해서야 통신망에 접촉이 됐다.

동민은 백 개나 되는 대화실 하나하나 스크롤 하면서 뒤지기 시작했다. 여전히 대화실은 만원이었고 자기처럼 열세 살밖에 안 된 어린이가 낄 곳은 좀처럼 눈에 띄지 않았다.

14. 직장인 방

'쳇!'

37. 별이 지는 것을 보면서

'여기 갔다간 완전히 영계 취급받겠지? 그래도 괜찮을까?'

55. 게임에 도 튼 사람들

'그래, 여기라면…… 어휴, 열두 명이 다 차 버린 지[1] 벌써 옛날이군.'

99. 비방. 혼자뿐인 사람들

'어? 그렇지 나도 혼잔데, 혼자니까 한번…….'

st 99.[2]

'응? 휴, 열한 명이네…… 장준후, Indra81…… 이 사람이 방장이구나.'

기회는 찬스다!

j 99.[3]

김일환(spinoza) 님이 입장했습니다.

송하윤(library) 아 열받어!

조준기(Tiki) 왜여?

---

[1] 하이텔의 한 개 대화방에서는 동시에 최고 열두 명까지 이야기를 나눌 수 있다.
[2] 99번 방의 상황을 보는 명령어를 의미한다.
[3] 99번 방으로 들어가는 명령어를 의미한다.

(!)[4]김일환(spinoza) 안녕하세여?

임화섭(solatido) 하윤님 왜요?

송하윤(library) 아 글쎄 오늘 소개팅하는디…….

장준후(Indra81) [승희] 안녕하세요?

정복민(9159068) 우흐흐흐…….

정희연(minerva7) 솟아라! 곰 같은 힘이여!

윤정열(wamozart) 우히히히……. 희윤이 열받음?

박제성(pachmann) 키키키. 소개팅 뻔함.

김유미(cindee) 어쏴여.

박제성(pachmann) 안 봐도 본 듯함.

박제성(pachmann) 어섭쇼.

송하윤(library) 아 글쎄, 돼지 대가리가 나옴…….

윤정열(wamozart) 어쏴요.

윤정열(wamozart) 도망가야짓.

윤정열(wamozart) 님이 퇴장했습니다.

'음…… 이 방 사람들은 인사도 제대로 안 하는군.'

(!)김일환(spinoza) [동민] 안녕들하세요.

---

4   하이텔에서는 본인이 하는 말 앞에 (!)가 붙는다.

김유미(cindee) 예, 안녕하시와요.

송하윤(library) 으…… 꿈에 나타날까 두렵다.

송하윤(library) 안녕하십니까?

정희연(minerva7) 아 반가와요 일, 아니 동민님.

조준기(Tiki) %$'%'^$&$"^가가가띵가삥펑노, 가아퓨, 가%"%

박제성(pachmann) 우하하 준기 노이즈.

조준기(Tiki) ,하파가가라가으.

정희연(minerva7) 정열이 잡으러 감.

정희연(miverva7) 여러분 안녕히|…….

정희연(minerva7) 님이 퇴장했습니다.
조준기(Tiki) 님이 퇴장했습니다.

임화섭(solatido) 앗 희연이 갔다! 배신녀!

임화섭(solatido) 님이 퇴장했습니다.

박제성(pachmann) 아 하윤형 그래서?

송하윤(library) 글쎄 그 와중에 내가 채였단 거 아니냐.

장준후(Indra81) [승희] 아…… 동민님 혹시 13살??

송하윤(library) 내가 그거밖에 안되나 흑흑.

동민은 묘한 기분이 들었다. 저 장준후, 아니 승희라는 사람, 나는 기억에 없는데 나를 어떻게 알까? pf[5] 해 봐도 아버지 것밖에 안 나올 텐데…….

김유미(cindee) 와 영계.

정복민(9159068) 와 유미님 좋아하는 영계.

김유미(cindee) 아이고 그래도 너무 어림. 키키키(죄송 동민님).

장준후(Indra81) [승희] 반가워요~ 하하하. 아버님 아이디 쓰시죠?

정복민(9159068) 음 종혀기가 부르넹. 참 저 연습 못 나가용.

정복민(9159068) 나 잠시…….

정복민(9159068) 님이 퇴장했습니다.

(!)김일환(spinoza) [동민] 승희님 저 아세요? 전 기억 안 나는데요…….

송하윤(library) 아이고 난 죽어야 돼.

박제성(pachmann) 죽을려면 광고하지 말고 곱게 가여.

송하윤(library) 빠마 너 주글려?

장준후(Indra81) [승희] 아…… 아뇨…….

김유미(cindee) 동민님 넘 귀여울 것 같당.

---

5 하이텔에서 어떤 사람의 프로필을 알고자 할 때 쓰는 명령어를 의미한다.

김유미(cindee) 님이 퇴장했습니다.

박제성(pachmann) 우하하하 유미님 짤림[6].

송하윤(library) 하하하.

(!)김일환(spinoza) [동민] 그러면 어떻게 아셨어여?

박제성(pachmann) 우악 엄니가 밥먹으라시네.

장준후(Indra81) [승희] 호호호.

송하윤(library) 아니, 또 먹어? 배 터져 죽겠다.

박제성(pachmann) 아 난 원래

(!)김일환(spinoza) [동민] 저 아시는 거 아녜요?

박제성(pachmann) 하루에 12끼는 먹음.

송하윤(library) 꽥.

박제성(pachmann) 님이 퇴장했습니다.

(!)김일환(spinoza) [동민] 이잉…… 가르쳐 줘묘잉.

송하윤(library) 음 나도 이만.

송하윤(library) 여러분 안녕히.

---

6 하이텔은 전화 인터넷 접속을 이용해 사용했기 때문에, 전화의 노이즈 때문에 사용자가 원치 않게 접속이 끊어지는 경우가 있었다. 이를 '짤렸다'라고 한다.

송하윤(library) 님이 퇴장했습니다.

(!)김일환(spinoza) [동민] 음 다 가시네.

장준후(Indra81) [승희] 아 미안…… 동민님,

(!)김일환(spinoza) [동민] 예? 뭘요…….

장준후(Indra81) [승희] 궁금하게 해 드린 것 같아서.

  동민은 이상하다고 생각했다. 도대체 승희라는 사람은 나에 대해 어떻게 알고 있는 것일까? 물론 글을 올리거나 한 적도 없고, 신상 명세에 대해 소개한 적도 없었다. 또 대화방에 가서도 잘 적응을 하지 못하고 구경만 하다가 나오는 게 보통이어서 친구라 할 만한 사람을 사귀어 본 적도 없었는데…… 동민은 pf 명령어를 쳐 보았다.

```
/pf Indra81
```

Indra81 (장준후) *신념을 가지세요.*

```
/st 99
```

대화실 '99 공개 (4 명) 혼자뿐인 사람들.

—

  장준후(Indra81) 김규만(violino) 이선우(yison) 김일환(spinoza)

—

【귓속말】장준후(Indra81) 【승희】 아, 두 분은 잠수 중이니 st 하실 필요 없어요. 그리고 "신념을 가지세요."

귓속말이 갑자기 들어오자 동민은 기겁을 하고는 자신도 귓속말을 켰다.

【귓속말】(!)김일환(spinoza) 【동민】 으악!
【귓속말】장준후(Indra81) 【승희】 왜요?
【귓속말】(!)김일환(spinoza) 【동민】 제가 st한 거 어떻게 아셨어요?
【귓속말】장준후(Indra81) 【승희】 음…… 그냥 추측이에요.

동민은 정말 신기하다고 생각했다. 저 승희라는 사람은 어떻게 그런 걸 다 알 수 있는 걸까? 저 승희라는 사람, 혹시 괴물이나 귀신이 아닐까? 그래, 통신 동호회 내에 귀신이 있다고들 난리치던데 혹시…….

【귓속말】장준후(Indra81) 【승희】 호호호. 제가 무슨 귀신이에요? 그리고 통신 동호회에 어떻게 귀신 같은 게 나와요? 호호호!

동민은 놀라서 몸을 뒤로 젖히다가 살짝 정신을 잃고 뒤로 자빠져 버렸다. 이건 도대체 자신이 이상하게 된 건지 어떤 건지 알 수가 없었다. 그런데 몸을 일으키려던 동민은 화면에 올라와 있는 글을 보고는 더욱 놀랐다.

[귓속말]장준후(Indra81) [승희] 동민님, 안 다쳤어요? 놀라서 넘어지기까지…….

'귀신에게 홀린 게 분명해! 원 세상에…… 나가야겠다.'
막 접속을 끊으려던 동민의 손이 멎었다.

[귓속말]장준후(Indra81) [승희] 동민님! 나가시지 마세요. 미안해요……. 제가 설명을 할게요…….
[귓속말](?)김일환(spinoza) [동민] 저 무서워요…….
[귓속말]장준후(Indra81) [승희] 아. 무서워하지 말아요. 제가 할 이야기가 있어서 그래요.

할 이야기라고? 도대체 내게 무슨 이야기가 있다고 그러는 걸까? 막 동민이 키보드로 몸을 돌리려 하는데 밖에서 쿵! 하고 뭔가 떨어지는 소리가 들려왔다. 동민은 잠시 섬뜩한 느낌이 들었으나 별 신경은 쓰지 않았다. '별것 아니겠지' 하고 생각한 동민은 다시 키보드를 치기 시작했다.

[귓속말](?)김일환(spinoza) [동민] 무슨 이야기 하시려고요?
[귓속말]장준후(Indra81) [승희] 아. 동민님 지금 혼자 계시죠?

혹시 피에로 인형 같은…… 그런 이야기의 주인공이 되고 싶지는 않은데…….

[귓속말]장준후(Indra81) [승희] 호호호 저도 혼자 있어요. 그래서 그냥 이야기하고 싶어서요…….
[귓속말](!)김일환(spinoza) [동민] 그래도 어떻게 제 생각을 아세요? 우리 집에 카메라 붙여 놓고 감시하나요?
[귓속말]장준후(Indra81) [승희] 그럴 리가요……. 동민님, 어떤 사람에게는 희한한 능력이 있다는 이야기를 책이나 다른 사람에게서 들으신 적 있죠?
[귓속말](!)김일환(spinoza) [동민] 희한한 능력요?

동민의 머리에 기억이 떠올랐다. 예전에 읽은 어떤 소년 잡지에 나온 이야기였다. ESP라는 것에 대한 내용이었는데, 그중에는 멀리 떨어진 다른 사람의 마음이나 생각을 읽을 수 있는 사람들에 대한 이야기가 있었다.

[귓속말](!)김일환(spinoza) [동민] 우와 그럼 ESP 할 줄 아세요?
[귓속말]장준후(Indra81) [승희] ESP요? 호호호 그건 서양 사람들이 그냥 붙인 이름이에요.
[귓속말](!)김일환(spinoza) [동민] 그럼 ESP의 진짜 이름은 뭔데요?
[귓속말]장준후(Indra81) [승희] 그냥 좀 특이한 능력이죠……. 별건 아

네요……. 우리나라에도 많은 일을 왜 영어 이름으로만 해야 돼요?

【귓속말】(!)김일환(spinoza) 【동민】 와 진짜 놀랐어요. 월요일에 학교 가서 자랑해야지.

【귓속말】장준후(Indra81) 【승희】 앗! 그러심 안 돼요, 동민님.

【귓속말】(!)김일환(spinoza) 【동민】 예? 왜요?

【귓속말】장준후(Indra81) 【승희】 아. 그러면 제가 곤란해져요.

【귓속말】(!)김일환(spinoza) 【동민】 왜요?

【귓속말】장준후(Indra81) 【승희】 그러면 혼나요……. 신부님하고. 현암 군하고.

【귓속말】(!)김일환(spinoza) 【동민】 예? 그게 누군데요?

【귓속말】장준후(Indra81) 【승희】 아…… 저랑 같이 일하는 사람들이요. 하여간 부탁해요.

【귓속말】장준후(Indra81) 【승희】 저 수련하다가 지겨워져서 들어온 거 거든요.

【귓속말】(!)김일환(spinoza) 【동민】 네.

【귓속말】장준후(Indra81) 【승희】 하나씩 마음을 보고 있는데 동민님이 제일 착하신 거 같아서…….

【귓속말】(!)김일환(spinoza) 【동민】 프헤헤. 뭘요.

【귓속말】장준후(Indra81) 【승희】 아녜요. 그리고 혼자 너무 심심해하는 것 같아서요…….

【귓속말】장준후(Indra81) 【승희】 그래서 말 건 거예요…….

그랬다. 동민은 심심했다. 지금 집에는 아무도 없고, 자신은 혼자만 있었다. 동민은 모니터 아래쪽에서 깜박거리는 시계를 들여다보았다. 어느새 아홉 시가 넘어가고 있었다.

갑자기 마루에서 다시 쿵 하는 소리가 들려왔다. 아까와 같은 소리였다. 동민은 잠시 멈칫했지만 '별것 아니겠지' 하는 생각으로 마음을 달래고 다시 모니터로 눈을 돌렸다. 승희라는 여자가 정말 신기했다.

[귓속말](!)김일환(spinoza) [동민] 승희님?

[귓속말]장준후(Indra81) [승희] 예? 동민님?

[귓속말](!)김일환(spinoza) [동민] 지금도 내 생각 알 수 있어요?

[귓속말]장준후(Indra81) [승희] 아뇨. 지금은 안 읽고 있어요. 안 할래요.

[귓속말](!)김일환(spinoza) [동민] 왜요? 신기하잖아요?

[귓속말]장준후(Indra81) [승희] 미안해요. 남의 마음을 멋대로 읽어서는 안 되는 건데…… 죄송했어요. 저 이만 갈게요…….

[귓속말](!)김일환(spinoza) [동민] 으앙!

[귓속말]장준후(Indra81) [승희] 예?

[귓속말](!)김일환(spinoza) [동민] 으앙! 가지마여.

[귓속말]장준후(Indra81) [승희] 왜요?

[귓속말](!)김일환(spinoza) [동민] 심심해요……. 무섭기도 하구…….

[귓속말]장준후(Indra81) [승희] 혼자 있죠? 부모님은…….

[귓속말](♱)김일환(spinoza) [동민] 뭐하러 물어봐요. 그냥 읽으면 되지.

[귓속말]장준후(Indra81) [승희] 아니, 안 읽을래요. 생각해 보니 그런 걸 함부로 쓰면 안될 것 같아요…….

[귓속말](♱)김일환(spinoza) [동민] 흠…… 하여간 가지마여…….

[귓속말](♱)김일환(spinoza) [동민] 학교에 가도

[귓속말](♱)김일환(spinoza) [동민] 애들한테 얘기 안 할게요…….

[귓속말](♱)김일환(spinoza) [동민] 그리고…….

[귓속말]장준후(Indra81) [승희] 예…… 동민님. 안 갈게요.

[귓속말](♱)김일환(spinoza) [동민] 와!

[귓속말]장준후(Indra81) [승희] 저도 절대 마음대로 동민님 생각 읽고 하지 않을게요. 그러니 뚝~~~ㄱ!

[귓속말](♱)김일환(spinoza) [동민] 뚝!

다시 마루에서 쿵쿵하고 같은 소리가 두 번이나 울려왔다. 동민은 소름이 쭈뼛하게 끼쳐 올라오는 것을 느꼈다. 왜 이런 소리가 들리는 거지?

동민의 집은 길에서 조금 떨어진 외딴곳에 있는 이 층 양옥집이었다. 워낙 아버지가 조용한 것을 좋아하는 분이어서 호젓한 축대 위에 집을 세웠던 것이다. 그러니 옆집에서 들리는 소리일 리가 없었다. 동민은 무서운 생각이 들었다. 이미 창밖은 캄캄해진 지 오래였고, 외진 곳이어서 그런지 사람들이 지나가는 소리나 차 지나가는 소리도 들리지 않았다. 창밖으로 내다보이는 하늘은 아

까지는 딴판으로 구름이 잔뜩 끼어 별 하나 보이지 않고, 안개가 자욱이 드리워져 있었다. 분명 일기 예보는 맑을 것이라고 했는데…… 하지만 일기 예보는 워낙 잘 틀리니까…….

[귓속말]장준후(Indra81) [승희] 동민님? 뭐해요?
[귓속말](!)김일환(spinoza) [동민] 아. 아뇨.
[귓속말]장준후(Indra81) [승희] 어디 다녀왔어요?
[귓속말](!)김일환(spinoza) [동민] 아녜요.
[귓속말]장준후(Indra81) [승희] 호호호 동민님 쉬하러 갔었나 보다.
[귓속말](!)김일환(spinoza) [동민] 아녜요! 씨…….
[귓속말]장준후(Indra81) [승희] 호호호. 농담이에요.

이 여자는 왜 이러는지 모르겠다. 어리다고 날 갖고 노는 건가? 좀 기분이 나빴다. 그래, 내가 어리다고, 혼자 무서워하고 있다고 놀리는 건지도 몰라. 지금 들린 소리는 아무것도 아닐 거야. 그리고 아까처럼 저 여자는 내 생각을 다 읽고 있는 게 분명해. 그래서 놀리고 있는 거야…….

[귓속말]장준후(Indra81) [승희] 동민님?
[귓속말](!)김일환(spinoza) [동민] 예?
[귓속말]장준후(Indra81) [승희] 왜 말을 안 해요?
[귓속말](!)김일환(spinoza) [동민] 아무것도 아녜요.

[귓속말]장준후(Indra81) [승희] 화났어요?

[귓속말](†)김일환(spinoza) [동민] 다 알면서 왜 그래요??????????????

동민은 자기도 모르게 물음표 키를 계속 누르고는 엔터 키를 쾅 쳤다. 승희라는 여자는 한동안 대답이 없었다. 꽤 타자가 빠른 여자던데…… 동민은 잠시 기다리다가 말을 걸었다.

[귓속말](†)김일환(spinoza) [동민] 승희님?

[귓속말](†)김일환(spinoza) [동민] 승희님?

[귓속말](†)김일환(spinoza) [동민] 왜 그러세요?

[귓속말](†)김일환(spinoza) [동민] 미안해요……. 화나셨어여?

[귓속말]장준후(Indra81) [승희] 아뇨.

[귓속말](†)김일환(spinoza) [동민] 왜 말이 없으세요?

[귓속말]장준후(Indra81) [승희] 동민님 저 의심했죠?

[귓속말](†)김일환(spinoza) [동민] 예?

[귓속말]장준후(Indra81) [승희] 내가 또 동민님 마음 읽는다고 생각한 거예요?

[귓속말](†)김일환(spinoza) [동민] 음…… 또 읽었어요?

[귓속말]장준후(Indra81) [승희] 아녜요. 진짜 짐작한 거예요.

[귓속말]장준후(Indra81) [승희] 저도 기분이 안 좋아요.

[귓속말](†)김일환(spinoza) [동민] 왜요?

[귓속말]장준후(Indra81) [승희] 다른 사람들도 그래요……. 신기한 장

난감을 보듯…….

[귓속말](!)김일환(spinoza) [동민] 예?

[귓속말]장준후(Indra81) [승희] 처음엔 신기해하고 그러지만…….

[귓속말]장준후(Indra81) [승희] 조금만 지나면 되레 싫어하고

[귓속말]장준후(Indra81) [승희] 무서워하고…….

동민은 무슨 말인지 잘 알 수는 없었지만, 왠지 그 승희라는 여자가 불쌍하다는 생각이 들었다.

[귓속말](!)김일환(spinoza) [동민] 미안해요, 누나…….

[귓속말](!)김일환(spinoza) [동민] 아 참,

[귓속말](!)김일환(spinoza) [동민] 누나 맞죠?

[귓속말]장준후(Indra81) [승희] 어떻게 알았어요?

[귓속말](!)김일환(spinoza) [동민] 짐작이요.

[귓속말]장준후(Indra81) [승희] 호호호.

[귓속말]장준후(Indra81) [승희] 그래요 맞아요. 동민님 나보다 딱 10살 아래에요.

[귓속말](!)김일환(spinoza) [동민] 헤헤헤.

동민은 다시 기분이 좋아졌다. 승희라는 누나도 기분이 풀린 듯했다. 둘은 한참 동안 얘기를 나누었다. 승희 누나는 이것저것 잘 대답해 주었고, 비밀이라면서 자신의 일이 귀신을 쫓는 것이라는

사실까지 말해 주었다. 동민은 신기해서 무당이냐고 했지만 승희 누나는 아니라고 하면서, 퇴마사(?)라는 생소한 말을 했다. 동민은 신기해서 시간 가는 줄도 모르고 승희에게 여러 가지를 물어보았고, 승희도 지루해하지 않고 잘 대답해 주었다. 자연스럽게 둘은 누나, 동생 하며 말을 놓기로 했다.

갑자기 동민은 추운 느낌에 고개를 돌렸다. 창문이 열려 있지 않은가 해서였다. 그러나 창문은 닫혀 있었고, 안개가 짙게 깔려서 다른 집의 불빛이 하나도 보이지 않았다. 안개는 마치 연기같이 꿈틀대며 커튼을 친 것처럼 창문을 가리고 있었다. 쿵 하는 소리가 다시 들려왔다. 이번에는 아래층에서 들렸다.

[귓속말](!)김일환(spinoza) [동민] 무슨 소리가 나네요?

[귓속말]장준후(Indra81) [승희] 응? 소리?

[귓속말](!)김일환(spinoza) [동민] 예. 아래층에서.

[귓속말]장준후(Indra81) [승희] 누가 온 것 아냐? 가 보렴. 기다릴게.

사실 내려가 볼 생각은 없었는데…… 하여간 승희 누나가 내 마음을 읽지 않고 있다는 것만은 확실했다.

내친김에 한번 내려가 봐야겠다고 생각하면서 동민은 몸을 일으켰다. 아까부터 들리던 소리가 아무래도 좀 이상하기는 했다. 도둑인가? 그러면 내 태권도 실력으로…… '용감한 국민학생, 집에 들어온 도둑을 혼자 잡다!', '한국판 〈나 홀로 집에〉!' <u>ㅎㅎㅎ</u>…….

동민은 옆에 굴러다니는 알루미늄 방망이를 들고 조심스럽게 방문을 열었다. 동민의 집은 그다지 넓지 않았으며 특히 이 층은 일 층의 반 정도밖에 안 되는 넓이였다. 이 층 마루에는 아무것도 없었다. 막 방을 나서는데 아래층에서 다시 쿵쿵하는 소리가 들려왔다. 이번엔 방문을 열고서 들리는 소리여서 그런지 소리가 한층 크게 울렸다. 마치 무거운 것이 땅에 떨어지는 것 같은 소리였다. 동민은 소름이 끼쳤다. 동민은 뒤를 돌아보았다. 모니터는 여전히 파랗게 빛나고 있었고, 다른 사람들이 이야기하는지 흰 줄들이 조금씩 올라가고 있었다. 그걸 보니까 승희 누나가 그 모니터에 있는 것 같은 생각이 들어서 조금은 마음이 편해졌다. 동민은 심호흡을 하고는 다시 방망이를 손에 단단히 쥐고, 천천히 발걸음을 옮겼다. 계단께로 가니 이마에서 땀이 흘러내리는 것을 느꼈다. 가슴은 콩닥거리며 뛰고 있었다. 계단 입구에서도 아래층은 보이지 않았다. 반쯤 내려가서 굽이를 한 번 돌아야 아래층이 보이는 것이다. 계단을 막 내려가려는데 다시 한번 쿵 소리가 들렸다. 동민은 몸을 움찔하면서 하마터면 야구 방망이를 떨어뜨릴 뻔했다. 동민의 귀에 나직이 무언가 질질 끄는 듯한 소리가 들렸다. 대체 무슨 소리일까? 또다시 땀방울이 이마에서부터 뺨으로 흘러내려 축축한 자취를 남겼다.

동민은 이제 막 구부러지기 시작하는 계단으로 발을 내디뎠다.

계단의 굽이를 돌아 동민은 아래를 내려다보았다. 불이 꺼진 채 음울하게 그림자를 드리우고 있는 마루의 풍경이 동민의 눈에 들어왔다. 소파, 그 앞의 테이블, 아버지가 즐겨 피우는 파이프와 재떨이, 쿠션, 텔레비전……. 이상한 것은 아무것도 보이지 않았다.

동민은 한숨을 내쉬고는 계단 위로 몸을 돌렸다. 손에 든 야구 방망이가 괜히 무겁게 느껴져 방망이를 어깨에 둘러메고는 막 걸음을 옮기려는 찰나였다.

갑자기 동민의 머리에 한 가지 생각이 떠올랐다.

'불도 꺼져 있고 창밖은 안개가 가득 끼어 있는데…… 왜 그림자가 생기지? 그것도 길게…….'

동민의 등골에서부터 오싹한 기운이 올라오면서 온몸이 학질에 걸린 것처럼 덜덜 떨리기 시작했다.

길게 늘어진 그림자…….

과학 시간에 배웠다. 해가 높이 떴을 때 그림자는 짧아진다. 석양이나 아침처럼 해가 낮게 떴을 때 그림자는 길게 드리운다. 그렇다면 지금 뭔가 빛을 내는 것이 낮게 웅크리고 있는 셈이 된다.

동민은 이가 딱딱 소리를 낼 만큼 자신이 떨고 있음을 느끼고는 본능적으로 입술을 깨물었다. 뺨이 파들파들 떨리고 있었다. 동민은 그 자리에 선 채, 필사적으로 생각해 보았다. 책상 밑이나 테이블 밑에 있으면서, 빛을 내어 마루를 환하게, 길게 그림자가 드리워질 만큼 환하게, 그것도 특별히 한군데를 비추는 것이 아니라 온 마루에 은은한 빛을 채울 수 있을 만한 것이 뭐 있을까?

하지만 그럴 만한 것은 없었다.

야구 방망이가 동민이 떠는 것에 맞추어 동민의 어깨에 달린 쇠

장식에 부딪히며 딸각딸각 소리를 냈다. 다시 한번 쿵 하면서 무언가 부딪치는 소리가 났다. 찬장, 틀림없이 찬장 쪽에서 난 소리였다. 그렇다면 부엌이다. 지금 동민이 서 있는 위치에서는 부엌 쪽이 보이지 않았다. 뒤를 이어, 희미하게 들리지만 분명히 동민의 귓가를 긁는 듯이 들려오는 질질 끄는 쇳소리…….

마루에 드리운 가구들의 그림자가 서서히 한쪽으로 움직이기 시작했다. 희미한 빛을 내는 물체가 조금씩 움직이고 있는 것이다. 동민의 귀와 눈은 터질 듯 부풀어 오르며 예민해졌다.

지익, 지익…… 무언가 끌리는 소리…… 쇠사슬, 분명히 쇠사슬을 끄는 소리였다. 다시 한번 쿵 하며 부딪치는 소리가 났다. 그 소리에 뒤이어 딸각거리는 소리도 들려왔다. 유리가 부딪히는 소리 같았다. 어떤 물체가 이번에는 찬장 옆에 있는 장식장에 부딪친 것이리라.

동민은 갑자기 눈앞의 모든 것들이 또렷해지는 것을 느끼고 소스라쳤다. 그랬다. 눈앞에 보이는 가구들의 형상들이 점차 또렷해지고 있었다. 그림자도 점점 짙어지고 있었다. 놈, 아직 뭐라 말할 순 없지만, 하여간 그놈이 이제 부엌을 나오고 있었다. 그러면 그놈도 동민의 모습을 보게 될 것이다.

동민은 몸을 날려 계단을 네 개씩 뛰어 올라갔다. 어깨에 메고 있던 야구 방망이가 굴러떨어지면서 요란한 소리를 냈다. 몇 개 안 되던 계단이 왜 이리도 많은 것일까? 동민은 평소에 계단을 세 개 이상 오르지 못했었다. 그러나 지금은 달랐다. 갑자기 동민은 눈앞이 밝아지면서 자신의 그림자가 앞에서 허우적거리고 있는 것이 보였다. 놈이 따라오고 있다!

동민은 뒤를 돌아보았다. 잘 보이지는 않았지만 계단의 굽이에 파란빛을 내는 커다란 것이 막 올라서고 있었다. 언뜻 보아 그 빛을 내는 것은 늑대나 표범과 같은 형상을 하고 있었다. 동민은 자기도 모르게 비명을 지르면서 다시 고개를 돌리고 넘어지려는 몸을 간신히 바로잡고는 다섯 개의 계단을 한꺼번에 뛰어 올라갔다.

문이 보였다. 방금 자신이 나왔던, 아버지가 컴퓨터를 설치한 방의 문이었다. 동민은 생각할 겨를도 없이, 방으로 들어섰다. 그러고는 얼른 손잡이를 잠갔다.

모니터가 보였다. 파란빛을 뿜어내고 있는 모니터에는 아직도 흰 줄들이 올라가고 있었다. 막 동민이 모니터 쪽으로 가려고 하는데, 문에 뭔가 부딪치는 소리가 요란하게 들렸다.

쾅!

"으악! 저리 가!"

문을 긁는 소리가 들렸다. 놈은 문을 박박 할퀴고 있었다. 바닥에 주저앉은 동민은 한쪽 구석으로 기어갔다. 문이 버텨 줄 수 있을까? 다시 한번 쿵 소리가 났다. 사실 별로 크지는 않았지만, 그 소리가 한번 들려올 때마다 동민은 심장이 멈출 것 같았다.

"저리 가! 엄마, 엄마!"

결국 동민은 울음을 터뜨리고 말았다. 힐끗 쳐다본 모니터에 막 스크롤 되어 올라가고 있는 말 한마디가 비쳤다.

장준후(Indra81) [승희] 아, 그러세요? 호호호…….

동민은 아무 생각도 나지 않았다. 다만 턱을 덜덜 떨면서 희게 칠해진 문만 쳐다보고 있을 따름이었다. 잠시 문을 긁는 소리가 계속되더니 다시 쿵 하는 소리가 들렸다. 문에 부딪히는 소리는 아니었다. 놈이 포기한 것일까? 다시 한번 그 소리가 들렸다. 아, 이번에 들린 소리는 훨씬 작았다. 그것은 계단에서 들려오는 소리였다. 놈은 문이 잠긴 것을 알고 포기하고는 계단으로 내려간 것이 분명했다. 문을 열고 나갈까? 아래층으로 내려가 현관으로 도망칠 수 있을까?

그럴 수 없었다. 동민은 아래층으로 내려갈 엄두가 나지 않았.

'아 참, 전화를 하자.'

그러나 전화는 아래층에 있었다. 창문으로 뛰어내리면? 동민은 창문 쪽으로 다가갔다. 다시 쳐다본 모니터에는 승희 누나의 글이 또 한 줄 올라가고 있었다. 승희 누나…… 그 누나는 귀신을 잡는 사람이라 했다. 혹시…… 아니다, 저건 아무 도움도 안 될 것이다. 제아무리 초능력을 가졌다 해도 사람이 모니터에서 뛰어나올 수는 없는 노릇이었다. 동민은 다시 창문 쪽으로 고개를 돌렸다.

창문 밖은 잿빛 안개로 가득 차 있었다. 저 안개는 왜 낀 것일까? 오늘 밤은, 아니 내일까지도 분명히 맑은 날씨일 거라는 일기예보를 본 기억이 났다. 그리고 여기는 이 층이었다. 잘못 뛰어내려 발목이 부러지고, 그놈이 뒤를 따라온다면…… 생각만 해도 소름이 끼쳤다.

동민의 눈에서 다시 눈물이 흘러나오고, 목구멍에서 뜨거운 것이 치밀어 올랐다. 동민은 흑흑거리며 중얼거렸다.

"엄마, 무서워, 엄마……."

아래층에서 쿵쿵하는 소리가 들렸다. 창문틀을 잡은 손이 떨리고 다리가 지푸라기처럼 풀어지면서 동민은 그 자리에 쓰러졌다. 다리에 힘을 줄 수가 없었다. 동민은 애써 울음을 삼키면서 키보드로 손을 뻗쳤다. 그것만이 지금 자기가 어떤 일에 처했는지 알릴 수 있는 단 하나의 방법이었다.

장준후(Indra81) [승희] 아, 그러세요……. 호호호.
[귓속말](↑)김일환(spinoza) [동민] 싶휴 가가가가가가가9가가,

동민은 손에 힘을 줄 수 없었다. 자꾸 손가락이 미끄러져서 그냥 키보드를 긁어 댈 뿐이었다.

[귓속말]장준후(Indra81) [승희] 음? 동민이 장난하니?
[귓속말](↑)김일환(spinoza) [동민] *%가가가987가가 7가가가가가가

동민은 이를 악물고, 부들부들 떨려서 잘 움직여지지 않는 손에 힘을 모았다.

[귓속말](!)김일환(spinoza) [동민] 도와줘묘가가

[귓속말]장준후(Indra81) [승희] 얘, 너 왜 그래?

동민은 흐느낌을 참으려 왼손으로 입을 막고 손등을 깨물었다. 그러면서 마구 흔들리는 손가락을 똑바로 세우려 애썼다.

[귓속말](!)김일환(spinoza) [동민] 괴괴물띵띵띵띵귀신나나나나

[귓속말]장준후(Indra81) [승희] 동민아! 동민아!

[귓속말](!)김일환(spinoza) [동민] 슬수가업서묘가가가가마음을띵띵띵띵내마가가가가가

다시 한번 쿵 소리가 들리면서 아래층에서 무언가가 와장창 부서지는 소리가 들렸다. 동민은 마치 자신의 몸이 부서진 듯 덜컥 책상 밑에 처박혔다. 놈은 화가 난 것이 분명했다. 아마도 동민을 잡지 못해서 그러는 것이라고 여겨졌다. 이제 놈은 아래층에서 화를 푸려고 막 물건들을 부수고 있는 것이 틀림없었다.

'승희 누나. 제, 제발 내 생각을 읽고 도, 도와줘요.'

아래층이 잠잠해졌다. 동민의 귀에는 나직한 컴퓨터의 팬이 돌아가는 소리와 자신의 쿵쾅거리는 박동 소리만이 들려오고 있었다. 승희 누나가 내 말을 알아들었을까? 아니, 아까 누나는 마음을 읽지 않겠다고 했었다. 그렇다면 내가 장난치는 걸로 알고 그냥 넘어가 버리는 것은 아닐까? 동민의 눈에서 안타까운 눈물이 샘

솟듯이 흘러내리고 있었다.

[귓속말]장준후(Indra81) [승희] 동민아! 동민아! 진정해! 진정!

동민은 간신히 고개를 돌려 모니터를 쳐다보았다.

[귓속말]장준후(Indra81) [승희] 동민아! 자, 우선 마음을 침착하게 가져. 내가 도와줄게…….

승희 누나가 내 마음을 읽기 시작한 것이 틀림없었다. 다행이었다. 이렇게 구석에 웅크리고 앉아 몸도 제대로 움직이지 못해서 키보드마저도 두드릴 수가 없는데, 내 마음을 속속들이 읽고 답해 주다니…… 동민은 어떻게든 도와 달라고 마음속으로 외쳤다.
'누나! 도와줘요! 이리 와 줘요!'
모니터에서 흰 글자들이 올라갔다. 갑자기 승희가 잠수를 시작하자 다른 사람들이 투덜대는 것 같았지만, 승희는 신경 쓰지 않고 계속 타이핑하고 있었다.

[귓속말]장준후(Indra81) [승희] 갈 수 있지만, 여긴 너무 멀어. 그사이에 혼자 버틸 수 있겠어?

'아니, 혼자는 너무 싫어요.'

[귓속말]장준후(Indra81) [승희] 동민아, 우선 진정해. 그리고 다시 생각해 봐. 잘못 본 것이 아닌지.

'잘못 보다뇨! 틀림없이 봤어요! 파란빛이 돌고 쇠사슬 소리가 났어요.'

[귓속말]장준후(Indra81) [승희] 아 잠깐만! 차근차근 생각해 봐. 난 아직 미숙해서, 너무 한꺼번에 많은 생각을 떠올리면 다 읽을 수가 없어.
[귓속말]장준후(Indra81) [승희] 동민아? 차근차근.
[귓속말]장준후(Indra81) [승희] 자…… 심호흡을 해 봐.
[귓속말]장준후(Indra81) [승희] 깊숙이.

동민은 승희가 시키는 대로 깊숙이 숨을 들이쉬었다. 기분이 좀 안정되는 듯했으나, 다시 아래층에서 와장창 부서지는 소리가 들리자 움찔했다. 그러나 이번에는 아까만큼은 겁나지 않았다. 적어도 누군가 옆에 있는 것이나 마찬가지가 아닌가.

[귓속말]장준후(Indra81) [승희] 동민아? 괜찮아?
[귓속말]장준후(Indra81) [승희] 아 저런.
[귓속말]장준후(Indra81) [승희] 동민아.

'예? 누나?'

[귓속말]장준후(Indra81) [승희] 나도 알겠어. 정말 뭔가 나타났구나.

'누나, 도와줘요. 귀신 잡는 사람이라면서요? 저걸 없애 줘요, 제발……'

[귓속말]장준후(Indra81) [승희] 여기서 힘을 쓸 방법은 없어. 그리고 나는 원래 그런 힘이 없고.
[귓속말]장준후(Indra81) [승희] 신부님이나 준후가 있었으면 도움이 되련만.

또다시 쿵 소리가 들리더니 유리판에 쇠사슬이 끌리는 소리가 끽끽거리며 들려왔다. 놈이 마루에 있는 테이블의 위로 올라간 걸까?
'으, 나 죽는 건가요?'

[귓속말]장준후(Indra81) [승희] 아니, 진정해. 동민아…… 그럴 리가 없어.
[귓속말]장준후(Indra81) [승희] 네가 어떤 것에라도 원한을 살 이유가 있을 수 없지…… 너를 해치려고 들어온 건 아닐 거야……. 다만.

'다만 뭐죠?'

[귓속말]장준후(Indra81) [승희] 동민아, 아래층의 그 괴물의 모습을 봤니? 자세히…….

'아뇨. 자세히는 못 봤어요.'

[귓속말]장준후(Indra81) [승희] 잠깐 보았더라도…… 무엇과 닮았다고 생각했지!?

'늑대나 표범 같았어요.'

[귓속말]장준후(Indra81) [승희] 동물의 영이로군! 저런…….

'왜요?'

[귓속말]장준후(Indra81) [승희] 늑대, 표범…… 그런 것의 영들이 너희 집까지 떠돌아 들어올 리가 없어. 큰 개…… 큰 개가 아닐까?

'맞아요. 그럴 수도 있어요.'

[귓속말]장준후(Indra81) [승희] 동민아, 모든 영이나 귀신의 일은 멀

핏 뒤죽박죽인 것으로 보이지만, 실제로는 모든 게 원인과 이유가 있는 거란다.

[귓속말]장준후(Indra81) 【승희】 아니, 사람들 사이의 일보다도 어쩌면 더 정확하고 논리적인 게 영들의 관계일지 몰라.

'무슨 말인지 모르겠어요.'
또 쿵 소리가 들려왔다.

[귓속말]장준후(Indra81) 【승희】 동민아, 너희 집에 혹시 개를 키웠던 적이 없니?

개, 개라…… 요즘은 기르지 않지만, 동민이 어렸을 때에는 참 개를 많이 길렀었다. 쫑, 해피, 히틀러, 점박이, 억쇠…….

[귓속말]장준후(Indra81) 【승희】 작은 개 말고 큰 개? 큰 개를 길렀던 적이 없어?

큰 개…… 그래, 아까 본 파란빛의 덩어리만큼 큰 개…… 그렇다, 쫑과 억쇠가 그만큼 큰 개였다. 지금은 둘 다 죽었을 테지만…….

[귓속말]장준후(Indra81) 【승희】 좋아, 동민아. 중요한 거야. 그 두 마

리의 개가 어떻게 죽었지?

쫑······. 동민이 어렸을 때였다. 쫑은 그때는 참 크게 보였는데, 달릴 때면 흰 털이 마구 휘날리던 큰 스피츠였다. 좀 사납기도 했지만, 그 쫑은 쥐약 먹은 쥐를 잡아먹고 죽었다고 했다. 어머니가 말씀하시기로는······.

[귓속말]장준후(Indra81) [승희] 좋아, 동민아. 시간이 없어. 또 한 마리······ 그러니까 억쇠는?

억쇠······. 맞다. 억쇠는 쫑보다 더 컸다. 그러나 성질은 쫑보다도 훨씬 순했다. 억쇠는 나를 태우고 다니기까지 했다. 나와 정말 친했었다. 내가 북어 대가리를 들고 억쇠에게 주면 억쇠는 그 큰 몸집을 두 발로 세우며 덩치에 걸맞지 않게 재롱을 부리곤 했다. 그걸 보던 아버지와 어머니는 큰 소리로 웃으시곤 하셨다.

[귓속말]장준후(Indra81) [승희] 동민아, 그건 좋아. 그런데······ 그 억쇠는 어떻게 되었지?

억쇠······. 억쇠는 너무 컸다. 동네 사람들은 그렇게 순한 억쇠를 무서워했다. 억쇠가 죽은 것을 나는 보지 못했다. 기억이 난다. 누군가 억쇠를 데려가 버렸다. 그게 누구였더라?

[귓속말]장준후(Indra81) [승희] 그러면 억쇠가 어떻게 되었는지는 모르니?

'몰라요. 이미 오래전 일이니 죽었겠지만…….'

[귓속말]장준후(Indra81) [승희] 억쇠의 생김새는?

'그걸 왜 알려고 하는 거예요?'

[귓속말]장준후(Indra81) [승희] 어쩌면 내가 그 개의 마음도 알 수 있을지 몰라…… 이승에만 있다면…….

동민은 억쇠의 모습을 떠올리기 시작했다. 온순한 성격답지 않게 큰 도사견이었다. 털빛이 누렇고 귀가 축 늘어져 있었다.

[귓속말]장준후(Indra81) [승희] 그 정도로는 안 돼……. 너무 많아…… 특징이 없니?

특징이라……. 그래, 눈매가 축 처졌고…….

[귓속말]장준후(Indra81) [승희] 더! 그것 말고 더!

왼쪽 귀가 오른쪽보다 더 짧았다. 맞다, 짝짝이 귀였다.

[귓속말]장준후(Indra81) [승희] 맡았어!

모니터의 스크롤이 잠시 정지했다. 억쇠의 귀신이 맞는 것일까? 승희 누나가 정말 아래층의 괴물이 억쇠의 귀신인지 알아낼 수 있을까? 그것이 정말 억쇠의 귀신이라면, 억쇠가 무얼 원하는지 알 수 있을까?

승희가 무얼 어떻게 하는지 동민으로서는 알 수 없었지만, 다만 그 짧은 시간이 마치 영원처럼 길게 느껴질 뿐이었다. 다시 쿵쿵거리는 소리가 다가왔다. 놈이 계단을 올라오고 있는 것이 틀림없었다. 이번에는 포기하지 않을 것이다. 아마 틀림없이 이 방문을 긁고, 아니 몸으로 밀고 들어와서는 나를 쥐나 헝겊 인형처럼…….

'도와줘요! 승희 누나, 제발!'

모니터는 정지한 것처럼 보였다. 아마도 승희는 지금 억쇠가 어떻게 되었는지 집중하고 있는 모양이었다.

문을 박박 긁어 대는 소리가 들렸다. 발톱 소리…… 그건 틀림없는 억쇠의 발톱 소리일 것이다. 길고, 날카롭고, 뾰족한 발톱…… 승희 누나는 어찌 된 것일까? 어머니도 아버지도 나를 버리고 떠났다. 부모님을 다시 못 볼 것만 같았다. 승희 누나라고 지금의 내 상황을 어떻게 할 수가 없을 것이다. 모두가 똑같다. 지금 괴물에 밀려 방구석에 처박혀 있는 동민에게는, 이런 일을 겪고 있지 않는 다른 사람 모두가 원망스럽기만 했다. 문을 긁어 대는 소리가 한층 더 커졌다.

[귓속말]장준후(Indra81) [승희] 동민아! 알아냈어! 불쌍하게도…….

'아, 누나다! 누나!'

[귓속말]장준후(Indra81) [승희] 지금 네 앞에 있니? 그건 억쇠가 맞아……. 가엾은.

'예? 가엾다고요?'

[귓속말]장준후(Indra81) [승희] 동민아, 무서워할 필요가 없어.

'무서워 말라니요! 지금 문을 긁어 대고 있단 말예요!'

[귓속말]장준후(Indra81) [승희] 아냐, 그 이유는…….

'날 죽일 거예요! 나를 죽이고 말 거예요.'

[귓속말]장준후(Indra81) [승희] 아냐! 동민아!

'아냐, 다 똑같아! 거짓말이야!'

[귓속말]장준후(Indra81) [승희] 동민이 너.

'누나도 마찬가지야. 내가 없어졌으면 좋겠지? 엄마도 아빠도 마찬가지야. 나만 혼자 버려두고는…… 나 혼자만 놔두고…….'

[귓속말]장준후(Indra81) [승희] 동민아.

'무서워, 무서워 죽겠단 말이야…….'
동민은 다시 훌쩍거리기 시작했다. 눈에는 걷잡을 수 없이 눈물이 터져 나오고, 귓속마저 멍해졌다. 그러나 문을 긁어 대는 소리는 계속 들려오고 있었다.

[귓속말]장준후(Indra81) [승희] 동민아…….

동민은 다시 정신을 차렸다. 문밖에 있는 것이 미웠다. 한없이 미웠다. 저놈이, 저놈이 나를…….

[귓속말]장준후(Indra81) [승희] 동민아! 그러면 안 돼! 미워하는 마음을 가져서는 안 돼!

아무도 없는 밤

'뭐, 뭐라고요?'

[귓속말]장준후(Indra81) [승희] 동민아…… 어머니를 생각해……. 아버지도…….

'흥! 그게 무슨 도움이 된다는 거예요? 지금 난 혼자예요. 아무도 없다고요!'

[귓속말]장준후(Indra81) [승희] 동민아…… 네 곁에 계셔…… 너를 생각하고 계실 테니까…….

'나를 생각한다고요? 흥!'

[귓속말]장준후(Indra81) [승희] 틀림없어…… 미워하지 마……. 그런 생각을 가지지 마…….

'미워하는 건 아녜요. 다만…….'
동민의 코끝에 눈물이 방울져 떨어지기 시작했다. 어디서 그렇게 눈물이 많이 나오는 것인지…….

[귓속말]장준후(Indra81) [승희] 그래그래…… 착하지? 네 마음 알고 있어……. 외롭고 무서우니까 막 그런 생각하는 거지?

'흑……. 나, 나는…….'

[귓속말]장준후(Indra81) [승희] 그래, 울지 마……. 넌 혼자가 아냐……. 힘을 내…….

[귓속말]장준후(Indra81) [승희] 세상에는 말이야.

[귓속말]장준후(Indra81) [승희] 혼자 해결해야 하는 일도 있는 거야.

[귓속말]장준후(Indra81) [승희] 남이 도와주지 못하는 일도 있고, 아무도 모르는 일도 있고.

[귓속말]장준후(Indra81) [승희] 동민아. 무서워하기만 하는 건 아무 도움이 안 돼.

[귓속말]장준후(Indra81) [승희] 동민아. 문을 열렴…….

동민은 그런 글씨가 나타나는 것 자체가 귀신의 장난인 것 같았다. 문을 열라니! 믿을 수가 없었다.

'아니! 못해요! 어떻게, 내가 어떻게…….'

계속 올라가고 있는 승희의 말들은 마치 영화에서처럼 크게 클로즈업되어 비치고 있었다.

[귓속말]장준후(Indra81) [승희] 문밖에 있는 것은 괴물이나 악령이 아니야…….

[귓속말]장준후(Indra81) [승희] 너와 친했던 먹쇠일 뿐이야…….

'아냐, 틀림없이 귀신이었어요! 괴물이라고요!'

【귓속말】장준후(Indra81) 【승희】 물론 억쇠는 죽었어……. 그것도 아주 불쌍하게…….

【귓속말】장준후(Indra81) 【승희】 그러나 억쇠는,

동민은 문 쪽으로 눈을 돌렸다. 과연 승희 누나의 말이 정말일까? 억쇠, 저 억쇠를 과연 옛날의 억쇠로 생각해도 되는 걸까?

【귓속말】장준후(Indra81) 【승희】 네게 악의가 없어……. 또 단순하기 때문에 너에게 달라붙는다거나 빙의되지도 않을 거야.
【귓속말】장준후(Indra81) 【승희】 그리고 무엇보다도,
【귓속말】장준후(Indra81) 【승희】 너를 보기 전에 억쇠는 가지 않을 거야…….
【귓속말】장준후(Indra81) 【승희】 슬픔…….
【귓속말】장준후(Indra81) 【승희】 슬픔이 너무 깊기 때문에…….

슬픔이라고? 귀신도 슬픔이 있던가? 옛날이야기나 무서운 이야기에 나오는, 머리를 풀어 헤치고 피를 흘리며 간을 빼먹는, 그런 것이 아니란 말인가?

【귓속말】장준후(Indra81) 【승희】 동민아. 지금 문을 열고 억쇠를 마주

봐…….

[귓속말]장준후(Indra81) [승희] 옛날과 같은 기분으로 말이야……. 그래야만 돼…….

옛날의 기분……. 그래, 나는 억쇠를 무척 좋아했었다. 억쇠의 넓은 잔등에 올라타면 억쇠는 나를 떨구지 않으려는 듯 조심조심 우스꽝스러운 걸음걸이로 걷곤 했고, 또 그 모습을 본 친구들은 몹시 부러워했었다. 억쇠와 나는 친구였다. 그러나 그건 옛날 일이었을 뿐이다.

[귓속말]장준후(Indra81) [승희] 무섭다고 생각하면 절대 안 돼……. 오히려 억쇠가 놀라서 네가 위험…….
[귓속말]장준후(Indra81) [승희] 아, 아냐……. 그런 생각도 안 돼.
[귓속말]장준후(Indra81) [승희] 내 말을 믿어…….
[귓속말]장준후(Indra81) [승희] 다만 억쇠를 도와준다고만…….
[귓속말]장준후(Indra81) [승희] 가련하게 여기고…….

억쇠……. 어떻게 된 일인지 궁금하기도 했다. 억쇠에게 무슨 일이 생겼단 말인가? 죽은 것은 분명한데……. 가련? 가련하게 생각하라고?

문을 긁어 대는 소리가 그쳤다. 억쇠는 다시 아래층으로 내려간 것일까? 어떻게 해야 할까? 승희 누나의 말대로 억쇠를 마주 볼 수 있을까? 아니면 여기서 문을 닫고 웅크린 채로 아침이 될 때까지 숨어 있을까?

【귓속말】장준후(Indra81) 【승희】 도와줘……. 그 가련한 개를…….
【귓속말】장준후(Indra81) 【승희】 그 개도 하나의 생명체야…….
【귓속말】장준후(Indra81) 【승희】 그리고,
【귓속말】장준후(Indra81) 【승희】 네 친구였잖아…….
【귓속말】장준후(Indra81) 【승희】 네가 해야 해……. 오직 너만이…….
【귓속말】장준후(Indra81) 【승희】 차근차근 얘기해 줄게…….
【귓속말】장준후(Indra81) 【승희】 먹쇠는…….

동민은 몸을 일으켰다. 도대체 어떻게 해야 할지 알 수가 없었다. 나만이 할 수 있다고? 가련하다고? 그러나 귀신인데! 생명체? 그 파랗고 소름 끼치는 빛이? 친구라고? 도와주라고?

갑자기 모니터에 한 줄의 글자가 떠오르는 것을 보고 동민은 자지러지게 놀랐다.

장준후(Indra81) 님이 퇴장하셨습니다.

'아, 안 돼! 승희, 승희 누나!'

마지막으로 남은 말 상대마저 사라져 버렸다. 나쁜 전화…… 분명 전화가 끊어져 버린 것임이 틀림없었다. 이제 모니터에는 왁

자지껄하게 떠들어 대는 농담과 말장난과 심각한 척하는 공허한 논의들이 난무할 뿐이었다. 아무도 동민의 처지를 알지 못했고, 관심을 둘 리가 없었다. 승희 누나가 다시 접속할 수 있을까? 붐비는 시간대…… 문득 쳐다본 시계는 열한 시 이십오 분을 가리키고 있었다.

동민은 잠시 몸을 떨다가 문의 손잡이 쪽으로 천천히 손을 뻗었다. 팔뚝에까지 땀이 뚝뚝 떨어졌다. 이를 악물며 동민은 문고리를 쥐었다.

억쇠, 친구, 개, 무서움, 귀신, 넓은 잔등, 피, 웃음소리, 간, 헝겊 인형, 기억, 쫑, 쇠사슬 소리, 안개, 아버지, 여행, 파란 불빛, 모니터, 승희 누나, 이빨, 발톱, 엄마…… 엄마…….

문이 빠끔 열렸다.

밖에는 아무것도 없었다. 억쇠의 귀신은 계단을 내려가 버린 모양이었다. 동민은 천천히, 마치 꿈속에서 움직이는 것처럼 계단을 내려가기 시작했다. 한 발짝씩 아래로 발을 내디딜 때마다 아득한 시간이 지나는 것처럼 느껴졌다. 다시 한 발…… 저 밑에는 무엇이 있을까? 왜 지금은 아무 소리도 들려오지 않을까? 동민은 무서웠다. 그러나 다시 돌아가 문을 잠그고 틀어박힌다거나 소리를 질러 사람들을 부른다거나 하는 생각은 나지 않았다. 승희 누나는 분명 내가 무언가를 해야 한다고 말했다. 그게 어떤 일이라고는 채 다 말하지 못했지만…….

처음 계단을 내려올 때의 생각과 지금의 생각은 완전히 바뀌어 있었다. 어떤 모습을 보게 되더라도, 그게 원한을 가진 귀신이거나 아니면 억쇠의 모습이거나 그 어떤 것이라도 좋았다. 동민 스스로 일을 해결해야만 했다. 어른의 말을 듣고 하는 것도 아니고, 또 그럴 수도 없었다. 난생처음으로 동민의 눈앞에 벌어진 일을 완전히 제힘으로 해결해야 하는 것이다. 그런 생각이 오히려 동민의 마음을 편안하게 만들어 주었다.

동민은 계단을 내려와 마루 앞에 섰다. 파란 불빛은 아직도 마루를 비추며 엎어진 테이블이며 가구들에 기다란 그림자를 드리우고 있었다.

'내 마음을 아직 읽고 있어요, 승희 누나?'

분명히 그 불빛은 다시 부엌에 가 있었다. 동민은 무서운 생각이 치밀어 오름을 느꼈다. 방금 전까지만 해도 호기롭던 생각들이 어디론가 날아가 버리고, 참기 어려운 무서움이 등줄을 타고 올라왔다. 동민은 억지로 한 발을 내디뎠다. 또 쿵 소리가 들려왔다. 동민은 자신도 모르게 눈을 감고 부엌 쪽으로 몸을 돌렸다.

'승희 누나, 보고 있어요? 볼 수 있다고 했죠?'

무서웠다. 동민의 질끈 감은 눈꺼풀을 뚫고 음산한 불빛이 들어오는 듯했다. 만약 나에게 덤벼든다면? 그 큰 몸집과 이빨과 발톱으로……

'무서워요. 하지만 내가 꼭 해야 한다면……'

동민은 눈을 떴다.

동민의 눈에 시퍼런 빛을 발하고 있는 송아지만 한 모습이 보였다. 처음엔 물컹물컹한 빛 덩어리처럼 보였으나, 차츰 길게 늘어진 쇠줄과 그 끝에 매달려 있는 굵직한 쇠막대기가 눈에 들어왔다. 쇠줄 소리, 그리고 쿵쿵거리는 소리의 정체를 이제야 알 수 있었다. 빛 속에서 형체가 분간되기 시작했다. 송아지만 한 개……틀림없이 동민의 기억에 남아 있던 억쇠의 모습이었다. 그런데 앞발 하나가 보이지 않았다.

"어, 억쇠?"

억쇠가 고개를 돌렸다. 쇠줄이 휘청하면서 흔들리고 쇠막대기가 공중으로 조금 떴다가 다시 땅에 부딪히면서 육중한 소리를 냈다.

"억쇠? 억쇠야……."

고개를 돌린 억쇠의 눈은 푸른빛으로 이글이글 타오르고 있었다. 동민의 눈에 억쇠의 몸이 자세히 들어오기 시작했다.

"어, 억쇠야…… 가, 가엾게도……."

억쇠의 앞발은 무참하게 반쯤 잘려 나가 짓이겨져 있었다. 온몸은 상처투성이였고, 귀도 찢어져 조각만이 남아 있었다. 그리고 몸은 바싹 말라서 갈비뼈가 다 드러나 보였다. 그중 두 개는 흉하게 일그러져 있었다. 억쇠가 낮게 으르렁댔다. 커다란 이빨들이 일그러진 입술 사이에서 번득였다.

"너, 너, 어쩌다가……."

처참한 모습이었다. 그러나 동민은 막상 그 처참한 모습을 보자 오히려 편안한 생각이 들었다. 억쇠가 멀쩡한 모습이었다면 차라리 무서웠을 것이다. 억쇠는 꼬리도 흔들지 않았다. 옛날처럼 고개를 숙이고 슬금슬금 친밀한 눈빛으로 다가오지도 않았다. 다만 항의하는 듯, 시위하는 듯, 노여움과 의문이 뒤섞인 이글이글 타는 눈매로 가만히 동민을 쳐다보고 있을 뿐이었다.

동민은 주저주저하면서 억쇠의 푸른 몸으로 한 발 다가섰다. 억쇠의 영은 움직이지 않았다. 오히려 동민이 만져 주기를 기다리는 듯했다. 동민은 조심스레 억쇠의 몸 주변에 엉겨 있는 푸른 불꽃 같은 것에 손을 대었다. 갑자기 어디서 오는지 모를 영상들이, 막 터널에서 빠져나올 때 보이는 풍경처럼 동민의 머릿속을 어지럽게 휩쓸며 지나가기 시작했다.

가죽점퍼를 입은, 얼굴이 검게 탄 중년 남자가 흉하게 웃고 있었다. 손에는 쇠줄을 쥐고 획 잡아당겼다. 머리에 떠오르던 영상도 그 움직임에 맞추어 획 하고 물결쳤다.

'억쇠가 겪은 일들이구나. 내게 보여 주고 있어. 아마 새로 바뀐 주인인가 보다. 원래 우리가 억쇠를 준 것은 저 사람이 아니었는데……'

이를 드러내고 있는 커다란 개가 보였다. 눈 주위부터 아래턱까지 찢어져 붉은 피를 흘리고 있었고, 눈에는 고통을 가득 담은 채 뒷다리로 흙을 긁어 대며 휘청거리고 있었다. 억쇠의 큰 앞발이 상대 개의 눈언저리를 갈겨 댔고 피가 확 튀었다. 상처를 입은 개는 결정타를 맞은 듯 구슬픈 표정으로 자리에 쓰러져 일어나지 못했고, 그때야 사람들이 아우성치며 좋아하는 모습과 아까의 중년 남자가 기쁘게 달려오는 모습이 보였다. 그러나 억쇠의 시선은 아래로 떨구어져 있었다. 개의 피에 물든 자신의 앞발…….

'투견장에 끌려갔었구나. 여러 번, 벌써 여러 번 억쇠는 다른 개들을 물리쳤다. 이유도 모르고 개들을 죽였어.'

중년 남자의 당황한 얼굴이 들어왔다. 그래, 배가 고팠구나. 먹을 것을 오랫동안 주지 않았던 것 같았다. 허기, 궁핍, 독이 오를 대로 오른 분노…….

동민은 머릿속에 떠오르는 광경을 보며, 마치 자신이 그 일들을 겪은 듯한 생생한 느낌을 전달받았다. 굶겨 놓으면 난폭해진다. 그래서 굶기는 거다. 참을 수 없다. 중년 남자가 욕설을 퍼부으며 곤봉을 꺼내 후려친다. 고통…… 정통으로 맞았다. 갈비뼈 언저리에…… 뼈가 삐죽이 튀어나온 옆구리가 간신히 보인다. 힘이 없다. 바로 코앞에 누런 흙이 깔려 있다. 그 위로 부지런히 기어가는 개미 몇 마리…….

동민은 울먹울먹했다. 참다못해 주인에게 대든 억쇠는 갈비뼈가 부러져 나갈 정도로 얻어맞은 것이다.

답답한 느낌이 그대로 전달되어 왔다. 목이 감겨 더 이상 나아갈 수 없었다. 어지럽게 움직여서 제대로 구별이 안 가는 주위 풍경 사이로 쇠줄을 묶은 쇠 말뚝의 모습이 간간이 비쳐 들어왔다. 뒤편의 커다란 나무가 쓰러지고 있었다. 무섭도록 빠르게 덮쳐 오고 있었다. 그러나 사슬에 매인 억쇠는 멀리 움직일 수 없었다. 뒤틀린 옆구리 때문에 발걸음을 옮길 수도 없었다. 나무둥치가 쓰러지면서 왼쪽 앞발이 공중으로 날아갔다.

'그래서 발이…… 흑, 불쌍하게도…….'

중년 남자가 욕설을 퍼부으며 멀어져 가고 있었다. 아직 억쇠는 살아 있다. 그러나 주인은 먹을 것을 주지 않는다. 목에 맨 사슬을 풀어 주지도 않는다. 상처에서 흘러나온 피가 엉기고 구더기들이 그 상처를 파고든다. 꼼짝도 할 수 없다. 힘이 없다. 말뚝과 쇠줄만이 크게 확대되어 들어온다. 동민의 얼굴도 간간이 섞여 떠오른다. 옛날의 일들이 억쇠의 눈앞을 지나간다. 말뚝과 쇠줄의 모습이 커졌다가 점점 흐려진다. 그러고는 모든 게 흐려진다.

동민은 눈물을 펑펑 쏟았다.

목소리가 되어 나오지 못하는 말들이 동민의 목구멍 속에서 맴돌았다. 억쇠가 원하는 것이 무엇인지 알 것 같았다. 억쇠의 불타는 눈이 왜, 도대체 왜냐고 동민에게 질문하고 있었다.

동민은 떨리는 손을 억쇠에게 내밀었다. 억쇠의 표정이 잠시 망설이는 듯하더니, 서서히 고개를 숙였다. 그가 믿었던 옛 주인, 아니 옛 친구에게로…… 동민의 손은 억쇠를 만지지 못했다. 다만 눈으로만 보이는 억쇠의 머리를 쓰다듬는 시늉을 할 뿐…… 동민은 설움이 왈칵 밀려오는 것을 느꼈다. 열려진 냉장고…… 동민이 손대지 않았던 음식들을 억쇠는 먹으려 했던 모양이다. 그러나 먹을 수 없었던 듯, 음식들은 흩어져 있었으나 그대로 있었다. 동민은 닥치는 대로 먹을 것을 집어 억쇠의 입 쪽으로 내밀려 했다. 그러나 음식들은 억쇠의 입이 보이는 장소를 그대로 통과해 버렸다.

동민은 울음을 터뜨렸고, 억쇠도 슬픈 표정을 지었다. 그러다 갑자기 동민의 머리에 이상한 생각이 떠올랐다.

'억쇠의 몸이 투명하다면 왜 쿵쿵 소리가 나는 거지? 냉장고 문은 어떻게 열었고?'

동민의 손끝이 억쇠의 목 부분을 향했다. 거기 걸려 있는 목걸이와 쇠줄은 진짜였다. 그리고 쇠줄 끝에 달린 쇠막대기도…….

'죽어서까지, 죽어서까지 풀어 주지 않다니…….'

동민은 서둘러 허공에 떠 있는 개 목걸이를 풀기 시작했다. 손이 마구 떨려서 잘되지 않았다.

'조금만, 조금만 기다려…… 억쇠, 억쇠야!'

동민은 눈물을 줄줄 흘리면서 목걸이를 풀고는 묵직한 쇠막대기와 줄들을 집어 던졌다. 쇠막대기에 맞은 창문이 와장창 박살 나고, 그 저주받은 속박의 징표는 마당으로 나가떨어졌다. 억쇠의 눈빛이 되살아나며 온전한 검은색으로 점차 바뀌어 갔다. 동민은 뒤로 물러섰다. 억쇠는 흉한 몸뚱이를 부르르 떨더니 고개를 하늘로 높이 들고 길게 울었다. 처음으로 억쇠의 옛날에 짖던 소리가 울려 퍼졌다. 동민은 마치 아름다운 음악을 듣는 듯 억쇠의 짖는 소리를 들으며 하염없이 눈물을 흘리고 있었다.

억쇠가 머뭇거리며 동민의 눈을 쳐다보았다. 억쇠의 눈빛은 옛날 동민을 태우고 다닐 때의 친근한 눈빛으로 돌아와 있었다. 뭔가 허락을 구하는 듯했다. 동민은 깨달았다. 이제 갈 때가 되었다는 것을…… 동민은 눈물을 흘리면서 환한 미소를 지어 보였다.

"가, 이제 가……. 억쇠야……."

억쇠가 다시 한번 길게 울었다. 금방이라도 다가와 응석을 부릴 것만 같았다.

"아냐, 이젠 가……. 다시는 그렇게 고통받지 말고…… 편한 곳으로, 아주 편한 곳으로……."

동민의 가슴속에서 슬픔인지 기쁨인지 모를 응어리가 올라왔다. 억쇠가 또다시 길게 울었다. 억쇠는 마치 촛불이 꺼지듯 서서히 사라져 가고 있었다.

"잘 가, 억쇠야…… 이제, 이제는 안녕…… 억쇠야……."

이젠 어둠이 무섭지 않았다. 동민은 아버지 방으로 올라와 모니터를 보았다. 다시 접속한 승희도 모든 걸 다 보았던 듯, 동민이 모니터를 보자 짤막한 메시지를 보냈다.

[귓속말]장준후(Indra81) [승희] 장하다……. 동민아…….

[귓속말]장준후(Indra81) [승희] 이제 넌 더 이상 철없는 애가 아냐…….

[귓속말]장준후(Indra81) [승희] 정말 착하고…… 아무튼 잘했어…….

[귓속말]장준후(Indra81) [승희] 이제 억쇠도 편히 쉴 수 있을 거야…….

[귓속말]장준후(Indra81) [승희] 또 조금,

[귓속말]장준후(Indra81) [승희] 넌 조금 더 큰 거야…….

[귓속말]장준후(Indra81) [승희] 안녕…… 나도 좀 시큰해서…… 호호호.

[귓속말]장준후(Indra81) [승희] 메일 보낼게…….

장준후(Indra81) 님이 퇴장했습니다.

 동민은 미소를 지었다. 눈물을 꽤나 흘려서인지 마음이 개운했다. 그리고 정말로 자신이 조금 더 큰 듯한 느낌이 들었다. 물론 키도 그대로일 거고 나이를 더 먹은 것도 아닐 테지만…… 혼자 있는 밤도 더 이상은 무서울 것 같지 않았다. 그리고 어머니 아버지가 원망스럽다는 생각도 들지 않았다.

 그래, 먼 곳에 있던 억쇠도 내 생각을 했었다. 하물며 부모님이야…… 멀리 계셔도 옆에 있는 것과 다를 것이 없지 않은가?

 무엇보다도 억쇠를 풀어 줄 수 있었다는 게 흐뭇했다. 이젠 편안히 쉬기를…… 어느덧 집을 덮었던 안개도 걷히고 구름 사이로 별도 한두 개 빛나고 있었다. 사람은 죽어 별이 된다는데, 개도 그럴까?

 동민은 갈라지는 구름 사이로 하나둘 늘어나는 별들을 보면서 밤이 참 아름답다고 생각했다. 아무도 없는…… 아니, 혼자 있는 밤이어도 말이다.

초치검의 비밀

일러두기
- '일제 시대'는 현재 '일제 강점기'로 명칭이 바뀌었으나 작품의 시대 배경에 맞춰 '일제 시대'로 표기했습니다.

특종을 찾아서

안재민 기자는 오늘도 편집장에게 모진 소리를 듣고 풀이 죽어서 앉아 있었다. 도대체 요즘은 왜 이리 일이 잘 풀리지 않는지 알 수 없었다. 제보 전화를 받고 급히 현장으로 달려가 보면, 다른 언론사의 기자들은 고도의 기동성―노트북에 무선 전화기와 연결된 모뎀으로 바로 원고를 보내는 친구들도 있었다―을 살려 이미 원고를 송부해 놓고 있었다. 가끔 덜렁대기도 했지만, 워낙 바탕이 꼼꼼하고 세심한 성격을 지닌 안 기자인지라 기사를 작성해도 두 번 세 번 내용을 검토해 마음에 들 때까지 도저히 원고를 내밀지 못했고, 그러다 보니 시간을 생명으로 여기는 편집국에서는 안 기자를 별로 탐탁하게 여기지 않았다. 게다가 안 기자는 제정신이 아니거나 편협한 증인의 말만 믿고 방향이 빗나간 기사를 내는 중죄도 몇 번 저지른 일이 있었다. 방금도 안 기자는 편집장에게 '보릿자루'니 '돌하르방'이니 실컷 욕을 먹고 난 뒤였다.

'이거 원 더럽고 치사해서 때려치우든지 해야지.'

애꿎은 담배만 뻑뻑 빨아 대고 있는 안 기자의 옆으로 스크립터 김자영이 일부러 들으라는 듯 캑캑거리며 지나갔다. 그 심보가 고약하게 여겨졌지만, 이 판에 뭐라고 했다가는 괜히 혹을 하나 더 붙이는 꼴이 될 것 같아 안 기자는 그 좋아하던 담배를 억울하게 장초인 채로 요절을 냈다.

'어디 두고 보자. 내가 완전한 특종 하나 잡아 올리고 말 테니까.'

편집장이 "안 기자는 느리니까 천천히 특집물이나 준비해 봐"라고 했던 말이 자꾸만 머릿속에서 뱅뱅 돌고 있었다.

특집이라…… 납량 특집이겠지, 뭐. 이번에는 좀 독특한 기획으로 오 회에 걸쳐 납량 특집을 한다고 했다. 이미 몇 명의 기자들이 뛰고 있는데, 나는 부록으로 따라다니라는 건가? 가만있자. 납량 특집? 그러면 귀신 얘기란 말이지? 안 기자의 입가에 슬며시 미소가 떠올랐다. 그래, 내겐 거기에 딱 알맞은 친구가 있지. 안 기자는 자신감이 가득한 눈으로 편집장을 돌아보았다.

"뭐? 야! 너 제정신이냐?"

현암은 수화기에 대고 소리를 빽 질렀다. 그러나 안 기자의 목소리가 축 처져 있는 게, 농담인지 아닌지 잘 구별할 수가 없었다.

[그래, 나 제정신 아니다. 제정신이면 이런 부탁을 하겠니?]

"원 참. 그게 말이 되냐?"

[넌 그런 쪽과 관련이 있댔잖아.]

"아무리 그래도 이건 안 돼. 못해."

[아냐, 넌 할 수 있어. 원래 그런 쪽에 관심도 많잖아?]

"야, 안재민! 너 진짜 왜 그래? 귀신 많이 나오는 곳 같은 거, 난 몰라."

현암은 조금 긴장하고 있었다. 아무리 안 기자가 자신의 몇 안 되는 절친한 친구라고 할지라도, 자신이 하는 일은 많은 사람들에게 알려지면 정말 곤란한 일이었다.

[거짓말하지 마. 너에 대해 곰곰이 생각해 봤어. 너 그동안 이상한 사건이 생기면 꼭 나한테 물어보고 자료도 달라고 했지? 그런 사건 중에 상식적으로 해결된 사건은 하나도 없었어. 나로선 통 알 수 없는 일들만 잔뜩 일어나고 말이야.]

"이거 생사람 잡네! 그럼 네 눈에는 내가 무당으로 보인단 말이냐? 훠이, 훠이! 잡귀야, 물러가라! 이러면 어울리겠냐?"

[내 눈, 못 속인다. 분명 뭔가 있어. 초자연 현상이나 귀신 같은 것에 대해 아는 것도 많고. 너, 남들 모르는 능력 있지? 초능력 같은 거, 그치?]

"돌아가시겠네. 그런 거 있으면 내가 이렇게 지내겠냐?"

[아냐. 분명 있어. 저번에 현웅 화백의 초상화 사건도 그렇고.]

"아이고, 미치겠네. 내가 그런 힘이 있으면 은행이라도 털지, 이렇게 방구석에서 빈둥거리겠어?"

현암은 애써 웃어넘기려 했지만 입이 굳어지는 것을 느꼈다. 그러나 안 기자는 집요했다. 고교 시절의 별명 '아시아의 큰손'이 말

초치김의 비밀　197

해 주듯 그 큰 손아귀에서 빠져나가기가 영 힘들 것 같았다.

[정 그러면 그냥 알아봐만 줘. 네 주위에 그런 거 잘하는 사람 없니? 분명 누군가 있지?]

오락하다 말고 이쪽을 말똥말똥 쳐다보고 있는 준후가 현암의 시선에 들어왔다.

'그래, 지금 내 눈앞에 있다. 가르쳐 주랴?'

수화기에서 안 기자의 목소리가 계속 흘러나왔다.

[뭐라더라…… 투시력인가 뭔가 하는 것 가진 사람 없어?]

"난 무식해서 투시력이 뭔지도 모르네, 유식하신 기자님."

[그럼 영사는? 그런 거 하는 사람 없어?]

"영사? 영화관에서 필름 돌리는 거?"

[야! 정말 이럴래?]

"내가 뭘?"

[좋다, 좋아! 어디 두고 보자!]

딸깍하고 전화 끊기는 소리가 나자 현암은 그제야 안도의 한숨을 내쉬었다. 십년감수한 기분이었다. 준후는 그것도 모르고 슬슬 다가와서는 현암의 얼굴을 빤히 들여다보았다.

"형, 무서운 전화야? 귀신이 전화한 거야?"

"귀신이 훨 낫다."

"흥! 어디 두고 보자. 치사하고 비겁한 놈! 친구의 부탁을 콧방귀로 흘려?"

안 기자는 공중전화 부스를 나서며 문을 쾅 닫고 싶었지만 닫을 문이 없었다. 안 기자는 욕설을 중얼거리면서 터미널로 발길을 옮겼다. 뭔가 중요한 일이 있으니 닷새만 기다리라고 편집장 책상까지 치고 나왔는데…… 처음부터 일이 꼬이는 것 같았다. 믿었던 현암을 들쑤셔서 엄청나게 무서운 납량 특집 기사를 특종으로 실어 보겠다는 그의 야무진 꿈―편집장이 딱지 놓을 것에 대비해 감동적인 연설문까지 준비해 놓았다―은 이제 어떻게 하라고…….

매표소에는 여기저기 실어다 준다는 곳이 많이도 쓰여 있었지만 정작 안 기자가 갈 곳은 없었다. 터벅터벅 신경질적인 발걸음을 놀리고 있는 안 기자를 사람들은 슬금슬금 쳐다보면서 길을 비켜 주었다. 아마 안 기자가 험악하게 생겨서 그렇다기보다는 등에 멘 카메라와 녹음 장비 등이 왠지 거리낌을 주었기 때문일 것이다. 한참 돌아다니던 안 기자의 눈에 잡지와 신문 등이 꽂혀 있는 진열대가 보였다.

'그렇지! 때는 바야흐로 한여름. 그런 류의 기사들이 많이 나와 있겠지? 일단 거기서 단서를 찾아보자. 재탕되더라도 잘만 캐내면 그럴듯해질 거야!'

마음을 굳힌 안 기자는 여자 사진이 대문짝만하게 박힌 잡지 나부랭이를 한 아름 사 들고 대합실에 앉아 뒤적거리기 시작했다. 화를 가라앉히지 못해 씩씩대면서 잡지를 뒤적거리는 그의 모습은 지나가는 사람들의 눈길을 끌기에 충분했다.

"이거다!"

안 기자는 사진에서조차 퀴퀴한 냄새가 나는 듯한, 백골 무더기가 나온 페이지에 눈을 고정시켰다.

> 강화도 상방리에서 공사 중에 우연히 발굴된 이 백골 무더기는 그 수효가 오백이 넘으며 같이 묻혀 있던 병장기와 갑옷 등으로 볼 때, 아마도 고려조 때 침범했던 왜구들이 집단으로 매장된 것이 아닌가 싶다. 또……

'그래, 이거다. 오백 명이 넘는 왜구들의 죽음. 역시 인과응보는 존재한다는 거지? 그놈들이 우리나라를 침범했다가 산신령 같은 초자연적인 힘으로 몰살당했다는 증거라도 나온다면……'

안 기자의 머릿속에 시나리오가 짜여 갔다. 어차피 아는 사람은 하나도 없을 것이고 적절히 스토리에 맞도록 증거를 수집하면 멋진 기사가 될 수도 있을 것이다.

안 기자는 그 잡지만 빼고 나머지는 쓰레기통에 던져 넣고는 강화도로 가는 차에 몸을 실었다.

낡은 버스 안에서 안재민 기자는 몇 번이고 되풀이해서 잡지의 기사를 읽었다. 기사에 따르면 발굴된 백골들의 옆에는 병장기와 갑옷들이 널려 있는데 그 복식으로 보아 왜구들일 것이라 했다. 그 시기는 '고려조 때'라고만 쓰여 있었다. 고려조? 고려조 무슨 왕 때인지도 써 놓았어야 할 것 아냐? 보아하니 고증도 하지 않고 그냥 급하게 되는 대로 기사를 작성한 모양이었다.

강화도는 일본 쪽에서 보면 상당히 먼 거리를 여행해야 하는 곳이었다. 따라서 그들이 단순한 해적들이었다면 그렇게 먼 거리를 돌아서 강화도로 쳐들어가기는 쉽지 않았을 것이다. 그렇다면?

안 기자는 희미하게 보이는 흑백 사진에 초점을 모아 백골 옆으로 살짝 삐져나온 칼의 모양새를 살폈다. 양날이면 검(劍)이라 하고 외날이면 도(刀)라 한다. 사진에 나온 칼은 끝이 둥그스름하고 가운데가 아닌 한쪽 귀퉁이가 뾰족하게 되어 있는 것으로 보아 분명 일본도였다. 우리나라는 도보다는 검을 주로 사용했고, 중국은 모양이 크고 투박한 도를 사용했으므로 백골들의 정체가 왜구들이라는 이 잡지의 주장은 옳은 듯했다. 그러나 고려조 때라는 것은 어떻게 알았을까?

왜구의 침략[1]은 고려 말에 시작되어 조선조의 임진왜란으로 이

---

[1] 사학자들 사이에서 우리나라에 침입한 왜구의 행태가 왜 그리 가혹했는지 논의된 바가 있다. 단순히 지정학적 위치였기 때문이었을까? 아니면 섬나라의 입장에서 대륙 쪽으로 진출하고자 하는 발로가 뒤틀린 형태로 표현된 것이었을까? 아직 정확한 답은 나오지 않았지만, 유래가 없을 만큼 처절하게 한 나라가 다른 나라를 침략한 것은 이해하기 어렵다. 본문 중에서도 언급이 되지만, 한 나라가 그토록 대규모적인 조직적 침탈을 강행해 수도를 목표로 진군한 기록이 그렇게까지 많다는 것은 상식적으로 납득이 어렵다. 도적은 약탈을 목적으로 하며, 그 욕구가 채워지면 대부분 본거지로 돌아간다. 일국의 수도를 목표로 한낱 도적 무리들, 그것도 근거지가 멀리 떨어진 반고립 상태에 있는 무리들이 진군해 갔다는 수없는 기록들은, 그 뒤에 무언가가 있었을 것이라는 의심을 지우기 어렵게 한다. 일본 조정의 교란책이었을까? 아니면 정말로

어지고 있다는 것은 상식이었고, 고려의 붕괴 원인 가운데 큰 비중을 차지하는 것이 이 왜구들의 잦은 습격으로 인한 사회의 피폐였다는 것 역시 안 기자가 익히 알고 있는 사실이었다. 특히 고려-원나라 연합군이 일본을 공격하다가 소위 가미카제(神風)²라는 태풍을 만나 괴멸된 일은 일본인들에게 자부심을 안겨 줄 정도였다. 그 이후 왜구의 침입은 부쩍 증가해 교동과 강화도까지 침노한 적이 있었다는 내용이 기억났다. 그것이 아마 공민왕 때의 일이었을 것이다.

'그럼 이 글을 쓴 기자도 맞게 추리를 한 셈이군. 하지만……'

안 기자는 왠지 그것만으로는 모자란다는 생각이 들었다. 그 밑

정통성 회복을 위한 봉기의 일종이었을까? 그것도 아니면 백제 왕조의 부흥을 위한 것이었을지도 모른다. 물론 많은 수의 침략의 목적이 모두 동일하다고 볼 수는 없기에 정확한 답을 찾기는 어려울 것이다. 본문의 배경으로 깔리는 일본 역사의 주인공은 고다이고 천황과 주변 인물들로, 언젠가 올라온 바 있는 '신물 찾기 전쟁'의 가설을 토대로 쓴 것임을 밝혀 두며, 모두 상상에 의한 허구임을 밝힌다. 본문에서 언급되는 일본사의 주요 사건들의 시기적 배경은 가마쿠라 막부의 멸망부터 건무의 신정, 남북조의 대립, 남조의 멸망기까지이다. 본문의 내용은 물론 허구이나 주요 역사적 사건은 거의 고치지 않고 그대로 언급하고 있다.

2 몽골 원나라 쿠빌라이 황제 당시 고려와 몽골의 연합군이 일본을 침공하려 했을 때 태풍이 불어 제대로 전투도 하지 못하고 괴멸된 적이 있다. 일설에 의하면 그때 수만에 달하는 고려의 선박과 원나라 병사들이 전멸되었다고 한다. 그러나 기록에 의하면 겨우 수백 명 남짓한 원나라 병사들이 살아남아 놀랍게도 여러 도성과 마을을 함락시키며 거침없이 진군했다고 한다. 이를 보아 만약 태풍에 휩쓸리지 않고 원정군 전체가 일본에 상륙했더라면 역사의 판도가 많이 달라졌을 것이다. 좌우간 그때 기적적으로 일본이 명맥을 유지하게 된 것은 바로 연합군을 수장시킨 태풍 덕분이었고, 이후로 일본인들은 그 태풍을 신풍, 즉 가미카제라 부르며 기념하고 있다.

에 나온 구절 때문이었다.

오백 구가 넘는 백골들은 모두 온전한 상태로 동쪽을 향해 머리를 두고 있었으며 보존 상태도 아주 좋아서 학계의 비상한 관심을 끌 것이라 예상된다.

백골들이 모두 온전한 상태고 보존 상태도 좋다? 칼과 창과 돌로 부수고 때리는 전쟁에서 모든 유해가 온전하다는 것은 이해가 가지 않는 일이었다. 이들은 전투로 인해 죽은 것이 아니란 말인가? 그러면 오백 명이나 되는 난폭한 왜구들, 그것도 먼 길을 돌아 강화도까지 도착할 정도로 능수능란한 기술을 가진 자들을 뼈에 흠집 하나 내지 않고 몰살시킬 수 있는 방법은 무엇이었을까? 혹시 독살? 분노한 민간인들이 음식이나 물에 독을 풀어 원수인 왜구들을 몰살시킨다? 그것도 괜찮은 추리였다. 하지만 그들이 어떻게 해서 한데 묻히게 되었는지, 동쪽으로 가지런히 머리를 두고 매장된 이유가 궁금했다. 민간인들이 매장했다면 원수와 칼이나 갑옷처럼 귀한 쇠붙이를 그냥 같이 묻어 주었을 리가 없었다. 옛날에는 쇠붙이가 귀했으니까.

안 기자는 상상의 나래를 펼쳐 보았다. 일단은 왜구들이 몰려온다. 주민들은 그들에게 복종하는 척하고는 그들을 접대하는 음식에 독을 탄다. 속아 넘어간 왜구들은 모조리 피를 토하며 죽는다. 그런 그들을 주민들은 가엾게 여겨서 죽은 그대로 머리를 동쪽으로 향하게 하고 매장했다면……

"그건 아니야."

너무 낭만적이다. 아니, 말도 되지 않는다. 고려 말에서 조선 초에 이르기까지, 왜구들의 약탈로 입은 우리나라 백성들의 피해는 가히 상상할 수 없을 정도였다. 그런 마당에 왜구들에게 좋은 감정을 품을 리가 없었다. 더군다나 당시의 백성들은 궁핍 때문에라도 칼이나 갑옷 같은 귀중한 기물들을 단지 연민의 감정만으로 함께 묻었을 리가 없다. 그도 그럴 것이 공민왕 때는 외환(外患)이 극심해 나라가 극도로 피폐해진 시기였다. '인상식(人相食)'. 사람이 굶주림에 못 이겨 서로를 잡아먹고, 어린 자식을 차마 죽일 수 없어서 옆집 자식과 바꾸어 잡아먹었다는 기록이 있지 않은가? 아니지, 그건 삼국 시대 이야기던가? 아무튼 곤궁이라는 인류의 적은 시대를 막론하고 비슷한 양상을 띤다. 그런데 그 비싼 칼과 갑옷을 묻어 준다? 침략자에게 연민을 품는다?

"그럴 리가 없지."

공민왕 시대에 홍건적의 1차 침입으로 서경이 함락되었을 때, 홍건적의 수는 물경 사만을 헤아렸다고 한다. 명장 이방실(李芳實)의 지휘로 서경이 탈환되고, 쫓겨서 도망가는 그들을 고려군이 끈질기게 추격해 복수전을 벌인 결과, 사만의 홍건적은 거의 주살되어 삼백 명도 채 남지 않았다. 그만큼 외적에 대한 고려인의 복수심은 강했다. 안 기자는 대학 시절에 역사 강의를 듣다가 이처럼 외적들을 섬멸한 내용이 나오면 아주 통쾌한 기분이 들곤 했다.

어쨌건 몰살된 왜구들을 정성 들여 장사 지내 줬다고는 생각할 수 없었다. 그러면 도대체 어떤 이유로 그들은 전멸하게 된 것일까? 어떻게 깊은 땅속에 파묻히게 된 것일까?

그럴듯한 스토리를 만들어 보려던 생각은 이제 까마득히 지워지고 있었다. 안 기자는 역사의 실마리를 뒤쫓는다는 기분에 젖어 자신도 모르게 흥분을 느끼고 있었다.

'뭔가 비밀이 있을 거야. 꼭 납량 특집이 아니면 어때?'

안 기자는 고개를 들어 좌우로 흔들었다. 오랫동안 숙이고 있어서였는지 목에서 우두둑하는 뼈 소리가 났다. 차 안의 정경이 한눈에 들어왔다. 순간 안 기자는 이상한 느낌을 받았다. 안 기자보다 두 자리 앞에 앉아 있는 네 사람의 행색이 다소 기이했기 때문이었다. 뒷머리밖에 보이지 않았지만 남자들임이 분명했다. 그들은 하나같이 흰 광목천을 머리에 두르고 있었고 머리카락이 치렁치렁했다.

'뭐 하는 사람들이지? 도 닦는 사람들인가?'

넷은 꼼짝도 않고 앉아 있었다. 안 기자는 궁금해 앞으로 가서 자세히 볼까 하고 엉덩이를 들려다가 왠지 쑥스러운 생각이 들어서 그냥 제자리에 앉았다. 그리고 뒤를 둘러보는데 거기에도 역시 눈에 띄는 사람이 있었다.

여자였다. 그녀는 버스의 맨 뒷좌석 가운데에 앉아 있어서 발끝까지 다 보였다. 인상은 싸늘해 보이지만 꽤 예쁜 얼굴에 키가 작고 호리호리한 소녀 같은 느낌을 풍기고 있었다. 그러나 조용히 눈을 감고 있는 얼굴은 자못 엄숙했다. 문득 안 기자의 자칭 '예리한 눈'에 희한한 것이 포착되었다. 그녀는 눈을 감고 자는 듯했으나 고개를 뻣뻣이 세우고 있었고, 자세히 보니 등도 기대지 않았다. 꼿꼿하게 몸을 곧추세우고 있었는데 차가 덜컹거려도 신기하게 상반신은 미동도 하지 않았다.

'어떻게 저럴 수가 있지?'

눈을 돌린 안 기자는 앞에 앉은 네 사람의 머리도 전혀 흔들리지 않고 있다는 것을 깨달았다. 안 기자는 그들이 보통 사람들이 아니라고 생각했다. 더욱이 뒤에 앉은 여자는 족히 일 미터는 넘음 직한 길쭉한 보따리 같은 것을 몸에 기대어 놓고 있었다. 저게 뭘까? 예쁘고 젊은 여자가 들고 다닐 만한 물건이라면…… 얼른 생각이 나지 않았다. 가만, 지팡이? 말도 안 된다. 몽둥이? 엽총? 엽총이라면 개머리판이 있을 것이고 그렇다면 저것보다는 두툼해야 한다. 그렇다면?

안 기자의 상상 속에 떠오르는 물건은 하나밖에 없었다. 안 기자는 까닭 모를 두려움을 품으며 그 여자에게 기대어 있는 보따리 속 물건의 생김새를 찬찬히 응시하기 시작했다.

틀림없었다. 사각형에 가까운 단면에 가느다란 두께, 일 미터가 넘는 길이, 그리고 위에서 한 자가 안 되는 곳에 불쑥 튀어나온 돌기. 그것은 사극이나 무협지에서만 봐 오던 장검이 틀림없었다. 저 가냘프고 호리호리한, 예쁜 투피스를 입은 여자가 장검을 들고 있다니…….

안 기자는 떨리는 시선을 앞으로 돌렸다. 다른 사람들은 안중에도 없었다. 안 기자는 불현듯 이들도 자기와 같은 목적지를 향해 가고 있을지도 모른다고 생각했다.

차는 이제 굽이를 돌아 안 기자의 목적지인 상방리에 거의 다가서고 있었다.

명검과 도인들

안 기자의 예상은 빗나가지 않았다. 상방리에서 내린 사람은 모두 일곱 명. 안 기자와 네 남자, 그리고 뒷자리에 앉아 있던 여인과 늙어서 허리가 구부정하고 평범해 보이는 할머니였다. 네 남자들은 검은색 윗옷에 검은색 바지, 검은 신을 신고 있었고 머리에 질끈 맨 광목천만 흰색이었다. 머리카락은 거의 어깨까지 흘러내렸다. 네 남자는 무표정한 얼굴로 뒷자리에 앉아 있던 여인을 빤히 바라보고 있었다. 여인도 기다란 보따리를 어깨에 둘러멘 채 그들의 시선을 피하지 않고 쏘아보고 있었다. 안 기자는 침을 꿀꺽 삼키며 사 대 일의 눈싸움을 지켜보았다.

'저들은 분명 보통 사람들이 아니야.'

네 남자들의 눈에서 형형한 빛이 뿜어져 나오고 있었고, 고개를 꼿꼿이 세운 여자의 눈빛은 마치 무저갱(無底坑)처럼 모든 것을 깊숙이 빨아들이는 듯했다.

안 기자는 꼼짝도 하지 못했다. 안 기자는 뒷자리에 앉은 여자보다 차에서 먼저 내렸지만 등에 진 장비들을 살피느라 문 근처에서 꾸물거리는 통에 양측의 대치 상태에 휘말리고 말았다. 양측의 인물들이 내뿜는 기이한 느낌 때문에 안 기자는 그 사이를 헤치고 지나갈 수가 없었다.

그때 갑자기 지팡이를 짚고 서 있던 할머니가 흰 보따리를 들고 그들 사이로 걸음을 옮기기 시작했다. 안 기자는 할머니를 말리려 했으나 이미 때가 늦어 버렸다. 불쑥 할머니가 끼어들자 여자가 먼저 한 걸음 뒤로 물러났고 네 남자들도 눈빛을 지우면서 뒤로 두세 걸음 물러섰다. 할머니는 휘적휘적 빠른 걸음걸이로 지팡이를 휘두르며 길로 나서더니 저만치 사라져 버렸다.

안 기자는 무슨 영문인지 알 수가 없었다. 네 남자들은 여인에게 목례를 하고 있었고 여인도 가는 미소를 지으며 눈으로 답하고 있었다.

한 남자가 문득 여인의 등에 얹힌 보따리를 살피다가 놀란 듯 입을 열었다.

"청홍(靑紅)?"

여인이 가볍게 고개를 끄덕였다. 그 남자는 믿기지 않는다는 듯 고개를 설레설레 저으며 말했다.

"놀랍습니다. 어떻게 그런……."

여인은 대답 대신 웃으면서 몸을 돌리려 하고 있었다. 그러자 그 말을 꺼낸 남자가 주춤하며 여자에게 부탁하는 투의 말을 했다.

"저, 잠깐이라도…… 견식을 넓힐 기회를 주시겠습니까?"

안 기자는 곰곰이 생각해 보았다. 청홍? 그게 뭐지? 저 칼을 가리키는 말인 것 같은데…….

여자는 입을 열지 않았다. 다만 어깨의 보따리를 가볍게 한 번 흔들 뿐이었다. 그러자 놀랍게도 방울 소리도 아니고 마치 쇠 쟁반 위에 쇠구슬이 굴러가는 듯한 맑은 쇳소리가 길게 울려 나왔다. 네 남자는 그 소리를 듣자 넋을 잃은 표정이었다. 안 기자도 어안이 벙벙하기는 마찬가지였다. 저건 분명히 칼일 텐데 저런 소리를 내다니…… 희대의 명검이나 명도는 스스로 운다고 했다. 그렇다면 저건 칼이 우는 소리란 말인가?

'청홍검(靑紅劍)[3]이라…….'

안 기자는 예전에 읽었던 소설의 장면을 기억해 냈다. 그리고 상상에 잠겼다.

피바다가 된 싸움터, 여기저기서 철갑을 입은 기마병들이 허약한 반대편 군사들을 도륙하며 우왕좌왕하는 민간인들을 짓밟고 나

---

[3] 『삼국지연의』에 나오는 상산 조자룡이 사용했다는 명검으로 청공검(靑釭劍)이라고도 한다. 원래는 의천검과 함께 조조 집안의 가보였다. 조조가 이 칼을 수신배검장 하후은에게 주었으나, 당양 장판교의 싸움에서 하후은은 조자룡에게 일격에 죽어서 이 칼을 조자룡에게 빼앗겼다. 그 이후 조자룡은 평생 청홍검을 애용했고 조자룡이 죽은 이후에는 어디론가 실종된 것으로 행방을 알 수 없는 바, 소설의 허구성을 살려 여기에 등장시켰다.

아가고 있다. 거기에 온몸에 피를 뒤집어쓴 젊은 장수 하나가 무서운 기세로 돌진하고, 한쪽에서 화려한 무장을 한 새파랗게 젊은 장수가 부하 십여 명을 데리고 달려오고 있다. 피를 뒤집어쓴 젊은 장수는 두려운 기색도 없이 입을 꾹 다문 채 적을 향해 창을 휘두르며 돌진한다. 그가 휘두르는 창에 적들은 대항도 하지 못하고 쓰러지고, 삽시간에 십여 명의 부하들은 땅에 뒹구는 송장이 되어 버린다. 화려한 갑옷을 입은 장수는 너무나 출중한 상대의 무예에 기가 질렸는지 뒤로 말을 돌려 달아나려 하나, 그 역시 창에 맞고 쓰러진다. 갑자기 온몸에 피를 뒤집어써서 악귀 같은 형상이 되어 있던 장수의 얼굴에 놀라움의 빛이 스치더니, 얼른 말에서 내려 방금 자신이 처치한 장수의 등에 메어 있는 장검을 살핀다.

"바보 같은 놈! 이런 좋은 검을 뽑아 보지도 못한 채 죽다니!"

장수는 장검을 떼어 낸다. 그 손길은 약탈이 아니다. 마치 연인을 감싸는 듯한 부드러움으로 젊은 장수는 칼을 집어 든다. 전혀 감정을 내보이지 않던 장수의 얼굴에 격정과 기쁨의 표정이 떠오른다. 장검의 자루에 금으로 새겨진 글자, 청홍!

"청홍검! 청홍검! 아, 이자가 바로 조조의 수신배검장(隨身背劍將) 하후은이었구나! 이 검은 하늘이 주신 것이다!"

미칠 듯 기뻐하는 그 장수는 바로 당양 장판교 싸움의 영웅, 상산 조자룡이었다.

'그러면 저 여자가 가진 칼이 바로 『삼국지연의』의 명장 조자룡

이 썼다는 청홍검이란 말인가!'

 안 기자는 묵직한 충격을 느꼈다. 그 정도의 칼이라면 국보급 이상의 보물, 그런 전설상의 명검을 저 작고 젊은 여자가 지니고 있다니…….

 여인은 조용히 등에 걸쳤던 보따리를 내려 손으로 살며시 들더니 걸음을 옮겨 멀어져 갔다. 남자들은 충격을 받은 듯 잠시 말이 없더니 다시 두런두런 떠들기 시작했다. 안 기자는 손에 들고 있던 잡지를 뒤적이면서 그들의 대화에 귀를 잔뜩 곤두세우고 엿듣기 시작했다.

"근호 형, 그 칼이 진짜 청홍검일까요?"

"틀림없는 것 같아. 그 검이 우는 소리를 들었잖냐?"

"저 여자도 우리처럼 그 왜구들의 무덤을 조사하러……?"

"그럴 거야. 이거 큰일이네. 저런 신병(神兵)을 가지고 올 정도라니."

"그게 왜 큰일이에요?"

"우리가 너무 쉽게 생각한 것 같다. 배후에 아주 심각한 일이 도사리고 있을지도…….'

"경민 형은 뭐 짚이는 게 없수?"

"글쎄, 누가 흑막을 쳤는지 영 투시가 안 돼. 뭔가 심상치 않아."

"그런데 윤섭이, 아까 그 여자의 내력도 대단하던데. 비록 오성(五成)[4]의 힘밖에 안 썼지만 우리 넷의 그걸 눈 깜짝 않고 버틴 것을 보면 말이야."

초치검의 비밀　211

"누가 아니래. 아무튼 우리 현현파(玄玄派) 외에도 여러 사람이 모일 것 같군."

"태현이, 경민이. 그만! 누가 들을라!"

네 명이 떠들던 말을 멈추고 바삐 걸음을 놀려 사라져 버린 뒤에도 안 기자는 후들거리는 다리를 여전히 진정시키지 못하고 있었다.

청홍검, 기공력, 현현파, 투시.

그런 힘을 가진 사람들이 정말로 세상에 있었단 말인가? 그런 사람들이 모여들고 있다니. 그리고 왜구의 무덤? 그들의 목적지도 분명히 그곳이었다. 안 기자는 마음을 다잡고 용기를 냈다. 이번 일은 정말 보통의 일이 아닐 것 같은 예감이 들었다.

'그렇지. 현암이 놈에게도 이 일을 어렴풋이나마 알게 해 주어야지. 그놈이 오는지 안 오는지 두고 보면 그놈이 정말 아무것도 모르는 놈인지, 징그럽게 내숭을 떨었던 건지 알 수 있으렷다!'

안 기자는 전화 부스 쪽으로 걸음을 바삐 옮겨 갔다.

신호는 가는데 아무도 받지 않는 전화. 안 기자는 정말 짜증이 났다. 벌써 삼십 분 이상 현암의 연락처에 전화를 걸고 있었으나 도대체 통화가 되지 않았다.

"제기랄. 관둬라, 관둬. 네가 도사면 어떻고 아니면 어떠냐? 그

---

4 최고의 공력을 사용할 때, 즉 무리를 해서 실제 이상의 힘을 뽑아 쓸 때에 십이성의 공력을 사용한다. 오성의 공력은 약 절반쯤의 힘을 쓰는 셈이다.

렇다고 내 인생이 달라지겠냐?"

홧김에 전화를 끊은 안 기자가 고개를 돌리자 버스가 멈추었다. 안 기자는 움찔했다. 그 버스는 안 기자가 타고 온 버스의 다음 차인 듯했다. 그러나 안 기자가 움찔한 이유는 다른 데에 있었다. 그 버스에서 천천히 내리는 몇 사람의 행색 또한 아까 보았던 사람들과 다르지 않았기 때문이다.

제일 먼저 내린 두 사람은 머리와 수염을 치렁치렁하게 흐트러뜨린 남자들이었다. 때가 껴서 잿빛으로 변한 옷을 걸치고 역시 얼룩덜룩한 회색의 작은 배낭을 메고 있었다. 평상시 같았으면 그저 너저분한 거지로 치부하고 넘어갔겠지만 앞서 내린 사람들을 본 후인지라 이 남자들도 비범해 보였다.

뒤이어 내리는 사람은 머리가 빤질빤질 빛나는 완벽한 대머리로 거대한 체구의 남자였다. 키가 족히 이 미터는 될 듯싶었고, 그 큰 키가 작아 보일 정도로 어깨가 딱 벌어져 있었다. 얼굴 또한 험상궂기 이를 데 없었고 이마에 한일자로 주름이 가 있는 것이—그런 것을 갈매기라고 하던가?— 마치 공포 영화의 주인공 같았다.

'이거 아무래도 내가 못 올 곳을 온 모양이다.'

그다음에 내리는 사람은 생김새가 그다지 특이하지 않았으나 등에 이상한 것을 짊어지고 있었다. 무슨 막대기 같은 것을 가득 담은 화살통 비슷한 것이었는데, 놀라운 것은 그가 차에서 내리면서 어깨를 한 번 흔들자 등에 꽂혀 있던 막대기들이 일제히 부채 모양으로 활짝 펼쳐지는 것이었다.

그 모양을 보고 있던 수염 기른 두 남자와 대머리의 표정이 험악하게 변했다. 도대체 왜들 저러는 걸까? 안 기자는 이해할 수가 없었다.

대강 내렸겠거니 하고 생각하고 있는데 차가 문을 열어 놓은 채, 떠나려 하지 않았다. 얼핏 보니 안에서 누군가 내려야 한다고 호들갑을 떨면서 뛰어나오고 있었다. 저게 누구야? 스크립터 김자영이 아닌가? 여길 어떻게 알고?

"이봐요, 김자영 씨!"

"어머, 안 기자님! 이런 데서 만나게 될 줄은 몰랐는데요?"

그녀의 뒤로 뭉그적거리면서 사진부의 손민구 기자가 장비를 잔뜩 둘러메고 내리는 모습이 보였다.

"여! 손 기자! 손 기자도 왔어요?"

자영이 생글생글 웃으면서 어리둥절해 있는 안 기자에게 말을 붙였다.

'만날 내 담배 연기 싫다고 눈치만 먹여 놓고…… 그래도 객지에서 만나니 반가운가?'

"안 기자님! 우린 상방리의 고분을 취재하러 왔어요."

"예? 아니, 거기는 어떻게 알고?"

"글쎄요. 편집장님이 무슨 잡지인가 보시고 전화를 주고받고 하시더니 가라고 하던데요?"

'정말 도움이 안 되는 편집장. 내가 남몰래 취재하려고 했던 것을 어떻게 냄새 맡고. 그러면 도대체 난 뭘 하라는 거야?'

벌레 씹은 표정이 된 안 기자에게 헉헉거리며 다가온 손 기자가 끼어들었다.

"안 기자! 안 기자는 왜 여기 있지? 납량 특집 취재하러 간 거 아니었어?"

안 기자의 속이 뒤집혔다.

"그래서 여기 와 있는 거 아냐?"

"그래? 우리는 역사 기행 취재 땜에 온 건데. 내일이면 정진욱 기자도 올 거야."

"뭐? 역사 기행? 그럼 난 뭐야?"

자영이 다시 끼어들었다.

"왜요, 안 기자님?"

"여기 상방리 고분 얘기가 내 납량 특집이란 말이오!"

"그건 우리가 역사물로 다뤄야 하는데?"

"관둬요! 나 참…… 난 포기 안 할 거요."

"이런 내용은 역사물에 맞는 거라고요!"

"아니, 납량물이 틀림없다니까!"

안 기자와 자영이 한참 옥신각신하고 있는데 손 기자가 갑자기 정색했다. 둘은 말싸움을 멈추고 손 기자의 시선이 가 있는 곳으로 눈을 돌렸다. 그러고는 입이 딱 벌어졌다.

이마에 갈매기가 있는 대머리의 거한이 손에 든 가방에서 뭔가를 꺼내어 맞추었다. 그것을 하나로 맞추니까 큰 철봉이 되었다. 무게도 엄청난지, 그가 철봉을 땅에 쾅 하고 찧자 요란한 소리와 함께 땅바닥에 주먹이 들어갈 만한 구멍이 뚫렸다. 그 앞에는 등에 이상한 것을 진 남자가 가벼운 웃음을 띤 채 서 있었고, 수염 기른 두 남자는 멀찍이 서서 이 광경을 지켜보고 있었다.

"저, 저 사람들 뭐 하는 거예요? 약 팔려는 건가?"

놀란 자영이 눈을 깜박거렸다. 안 기자가 고개를 설레설레 저으며 대답했다.

"잘 모르면 가만히 있어요. 서로 재주를 겨루는 겁니다."

"재주요? 무슨 재주요?"

"가만히 보라니까. 저 사람들은 보통 사람들이 아니란 말이오."

상대가 별 반응을 보이지 않아 화가 났는지 대머리가 손에 힘을 주자 철봉이 조금씩 땅속으로 밀려 들어갔다. 엄청난 힘이었다. 그래도 상대편은 여전히 미소를 짓고 있었다. 이윽고 그가 입을 열었다.

"뱀을 잡으러 왔으면 뱀 굴로 가야지, 어째서 호랑이와 겨루려고 하나?"

자영이 소곤거렸다.

"저 사람들, 무슨 도사들이에요?"

"글쎄요. 나도 잘은 몰라요."

"뭔가 목적이 있겠죠."

"목적이요?"

안 기자의 머리에 뭔가 스치는 것이 있었다.

"아마, 그 고분과 관계가 있을지도……."

"고분요? 왜구가 오백 구나 발굴되었다는 그……."

대머리가 얼굴을 붉히면서 철봉을 빼내어 등에 짊어졌다. 그러면서 한마디 내뱉었다.

"고다이고 천황의 검은 손대지 마라."

등에 이상한 것을 진 남자는 여전히 냉소를 띠며 답했다.

"지금 그따위 칼이 문제일 것 같은가? 목숨이 아까우면 돌아가는 게 좋을 거야."

빈정거리는 말을 듣자 대머리는 얼굴이 시뻘게지더니 철봉을 빙빙 돌렸다. 허공을 가르는 소리가 울리면서 무거운 철봉이 보이지 않을 정도로 빠르게 회전하기 시작했다. 그때까지 가만히 지켜보고만 있던 두 명의 수염 기른 남자 중 하나가 소리를 쳤다.

"뭐 하는 거요? 일반인들도 있는데!"

그 말을 들은 대머리가 봉을 순식간에 멈추었다. 그러고는 봉을 어깨에 얹고 뒤도 돌아보지 않고 쿵쿵거리면서 걸어갔다. 안 기자 일행은 숨을 죽이고 그 광경을 지켜보고 있었다. 아까 소리를 쳤던 수염 기른 남자가 등에 이상한 것을 진 남자에게 인사말을 건넸다. 남자는 여전히 미소를 지은 채 고개를 돌려 안 기자 일행을 쳐다보았다. 오금이 저린 안 기자가 뒷걸음질을 치려는데 자영이 앞으로 불쑥 튀어 나갔다.

"안녕하세요? 전 ○○지의 김자영 기자라 하는데요. 성함이?"

수염 기른 남자가 곱지 않은 눈매로 자영을 쳐다보았다. 자영은 아랑곳하지 않고 미소를 살살 흘리면서 그 이상한 남자에게 가까이 다가가 이름을 물었다. 남자는 표정을 흐트러뜨리지 않고 대답했다.

"나요? 박상준이라고 합니다."

"아, 네. 혹시 그런 거 말고⋯⋯ 뭔가 특별하신 분 같은데⋯⋯."

남자는 피식 웃고 자못 친절하게 대답했다.

"보통들 주기(朱旗) 선생이라 합니다."

"주귀요?"

"붉은 깃발⋯⋯ 주기요. 그냥 장난들 삼아 부르는 거고. 난 특별한 사람 아닙니다. 미인 기자님. 허허."

"깃발이요? 그러면 등에 메고 계신 게 깃발인가요?"

자영이 물으며 손을 뻗자 수염 난 남자가 움찔하고 몸을 움츠리더니 작게 말했다.

"신경 꺼요. 만지지도 말고."

"네?"

남자의 눈빛이 갑자기 차갑고 조소적으로 바뀌며 비웃는 표정이 되었다.

"부정 타거든?"

"뭐⋯⋯ 뭐요?"

자영의 눈꼬리가 올라갔다. 남녀평등을 외치고 다니는 자영에게 그런 말은 모독이었다. 주기 선생이라고 자신을 밝힌 남자가 소매에서 노란색의 작은 깃발을 꺼내어 한 번 휘두르더니 말을 계속했다.

"하핫. 관심 끄쇼. 구경거리 되는 건 질색이니."

"이보세요!"

"하하하하."

주기 선생은 호탕하게 웃으며 획 돌아서서 걸어갔다. 걷는다고는 하지만 그 걸음걸이가 기묘했고 순식간에 멀어지는 바람에 자영은 더 이상 말을 붙이지도 못했다. 주기 선생이 사라지는 것을 보고 있던 수염 난 남자가 한숨을 쉬며 말했다.

"흠, 힐기보법(詰旗步法)[5]이라…… 오늘 견식을 넓히는구먼."

자영이 힐기보법이 뭐냐고 묻기도 전에 수염이 난 두 남자도 붕붕거릴 정도의 빠른 걸음걸이로 사라져 갔다. 얼이 빠져서 멍청하게 서 있는 자영에게 안 기자가 다가갔다.

"알겠소? 보통 사람들이 아니란 말이오."

"저, 저게, 대체……."

말을 더듬는 사람은 오히려 손 기자였다. 안 기자는 속으로야 어쨌건 겉으로는 태연하게 말을 이어 갔다. 안 기자는 자신이 추측했던 것들을 약간의 과장을 덧붙여 두 사람에게 들려주었다. 이 고분에는 상식적으로 납득이 가지 않는 점이 있으며 초자연적이고 불가사의한 일, 나아가서는 숨겨진 역사의 비밀이 관련되어 있다는 이야기 등등을…… 그러나 두 사람은 안 기자의 이야기를 통

---

5 주기 선생이 사용하는 신묘한 걸음걸이로, 깃발이 나부끼는 것처럼 재빠르게 걸어, 경로를 파악당하지 않도록 복잡하게 이동하는 특징이 있다.

믿지 않는 눈치였다.

"세상에는 과학으로 설명할 수 없는 일들이 많답니다. 저들도 그렇고, 또 우리가 가려 하는 그 고분에도 엄청난 비밀이 있을 거란 말입니다. 그런 의미에서 내가 하나 제안을 하지요."

"뭐죠?"

"나는 급히 오느라 소형 카메라하고 녹음기밖에 가져오지 못했거든요. 근데 그쪽은 손 기자도 있고 또 장비도 많으니 우리 어찌 되었든 간에 공동으로 취재를 하도록 합시다. 그 결과가 역사적인 것이 되든, 납량 특집 쪽으로 가든지 말이에요."

"하지만……."

"방금 봤죠? 전에 저런 사람들 본 적 있어요?"

"없죠, 물론."

"그런데 저런 사람들이 모습을 드러내 모여든다는 사실 자체가 뭔가 불가사의한 일이 일어나고 있다는 증겁니다. 그런 판이니……."

안 기자는 슬쩍 둘의 눈치를 보며 말했다.

"혼자서 다니는 것보다는 힘을 합치는 게 낫지 않겠어요?"

"하지만 난 믿을 수가……."

"믿을 수 없는 일이니까 특종이 되는 것 아닙니까? 한번 캐 보자고요!"

자영도 손 기자도 점차 호기심이 생기는 것은 어쩔 수 없었다. 결국 그들은 안 기자의 제안에 동의하고 말았다. 그러자 안 기자는 은근히 뻐기듯 제안했다.

"자, 그러면 잠시만요. 우선 이 일을 알려 주고 도움을 받아야 할 사람이 있어요."

"누군데요?"

"내 친구죠. 사기꾼인지 숨은 도사인지는 아직 모르지만요."

안 기자는 최후의 시도라는 생각으로 다시 전화기로 걸음을 옮겼다. 막상 큰소리는 쳤지만 내심 불안한 생각이 들었기 때문이었다. 현암이 설혹 엉터리나 돌팔이더라도 적어도 자기보다는 이런 상황에 잘 대처할 것이라는 생각이 들었다.

신호가 가더니 딸칵하고 누군가 전화를 받는 소리가 들렸다. 안 기자는 대단히 반가웠던지 자기도 모르게 입이 크게 벌어졌다.

다행히도 전화를 받은 사람은 현암이었다. 안 기자는 길게 수다를 떨려 했으나, 현암은 별 대답 없이 다만 가능하면 빨리 그리로 가겠다고만 말했다. 그리고 자신이 그리로 갈 때까지는 섣불리 그 고분으로 갈 생각은 말라고 짤막하게 덧붙였다.

"왜? 거기 뭐가 있어서? 뭔가 알지? 그렇지?"

안 기자가 추궁했으나 현암은 무거운 목소리로 똑같은 말을 할 뿐이었다.

[하여간 열 시까지는 정류장에 그대로 있어. 내가 갈 테니까 꼼짝도 하지 마! 이거 농담 아니다. 위험해. 그것도 몹시……]

"아니, 대체 뭐가 위험하다고?"

초치검의 비밀

[아, 짜증 난다. 왜 그런 델 헤집고 다니는 거야?]

"아니, 뭐가 위험하냐고!"

[나, 끼어들기 정말 싫지만, 네가 위험해서 가는 거야. 농담 아니라고! 흙 이불 덮고 자고 싶지 않으면 거기서 꼼짝도 하지 마!]

전화가 끊기고 신호음이 들렸다. 안 기자는 현암의 목소리에서 섬뜩한 느낌을 받았다. 위험하다고? 농담이 아니라고?

안 기자의 머릿속에 아까 대머리가 말했던 '고다이고 천황의 검'이란 말이 떠올랐다. 그 말이 혹 단서는 아닐까? 물론 자신은 그것에 대해 아는 바가 없었지만…… 안 기자는 자영에게 다가갔다.

"김자영 씨, 고다이고 천황이 누구인지 혹시 아세요?"

자영이 골똘히 생각하더니 기억이 났는지 입을 열었다.

"그게…… 들어 본 것 같은데…… 가만……."

"알아요?"

"나, 일본사 전공했어요. 반은 까먹었지만…… 아, 생각났다. 『태평기』에 나오지!"

"그게 뭔데요?"

"일본 역사서요."

"아, 그래요? 역시 엘리트네. 그게 누구죠?"

"그렇지, 술술 생각나네. 나 대단하죠? 천황은 천황인데 비운의 천황이었던 거 같아요. 젊어서 천황에 즉위한 후 막부와 대립해 천황의 정통을 세우려다가 실패하고 여러 번 유배를 당했대요. 나중에 마사시게(正成)라는 명장을 얻어 가마쿠라 막부를 섬멸하고 건무(建武, 고다이고 천황의 연호)의 신정(新政), 그것을 정변이라고 부르는 사람도 있지만, 아무튼 그것을 통해 이상적인 정치를 펴려고 했다나요. 그러나 이 년 만에 호조 다카토키와 같은 편이었던 아시카가 다카우지에게 망해 원한을 품은 채 죽었지요. 그것이 일본 남조의 멸망인데……."

손 기자가 히죽 웃었다.

"자세히도 아시네요."

"저 머리 좋거든요?"

"네, 네."

"정말 좋다고요. 어쨌건, 죽을 때의 모습이 그 책에 나오는데 그 부분이 인상적이에요. 거의 괴멸되다시피 한 남조를 끌고 요시노 산에 갇혀서 오른손에 칼을 들고 왼손에 『법화경』을 쥐고 숨을 거두면서 남긴 말이 '비록 내 뼈는 남산의 이끼에 묻힐지언정 그 영혼만은 언제까지나 북조의 하늘을 노려볼 것이다!'였다더군요. 의지의 인물이었죠."

안 기자가 자영의 말을 중단시키고 말했다.

"잠깐! 카, 칼이라고 했습니까?"

"나, 머리 좋다고 했죠? 인상 깊게 읽은 부분이라 틀림없어요."

고다이고 천황의 검…… 자영의 말이 사실이라면 고다이고 천황은 분명 이루지 못한 평생의 꿈과 의지를 남긴 채 억울하게 죽은 인물이었을 것이다. 그가 최후의 순간까지 놓지 않았다는 검. 혹시 아까 대머리 도인이 말한 검이 『태평기』에 나왔다는 칼이 아닐까? 그렇다고 해도 풀리지 않는 문제는 많았다. 그런 칼이 하필 멀고 먼 우리나라의 강화도에 묻혀 있을 이유가 무엇이며, 그 대머리 남자나 주기 선생이라고 자신을 밝힌 이상한 사람들은 어떻게 그런 사실을 알게 되었을까? 정말로 그들은 무엇이든 꿰뚫어 볼 수 있다는 것일까? 대머리 남자는 확실히 고다이고 천황의 검을 찾으러 왔다고 밝혔다. 하지만 주기 선생은 다른 말도 했었다. 주기 선생은 대머리 남자에게 지금 그따위 칼이 문제가 아니다. 목숨이 아까우면 돌아가라 하지 않았던가? 그러면 더 큰 문제가 있다는 것인가?

안 기자는 자영과 손 기자를 끌고 읍내로 향했다. 자료가 더 필요했기 때문이었다. 현암이 자신이 올 때까지 고분으로 가지 말라고 한 말이 걸리기도 했고, 그 고분의 내력을 알 수 있는 자료를 찾기 위해서이기도 했다. 자료를 찾는 것은 별로 어렵지 않았다. 작은 서점에도 일본 역사에 관한 책은 쉽게 구할 수 있었고 어느 책에나 고다이고 천황의 이야기는 나와 있었다.

자영의 기억력은 정확했다. 그녀가 이야기한 것은 거의 사실이었고 그녀가 묘사한 고다이고 천황의 임종 모습도 그대로였다. 날짜는 1339년 8월 16일.

안 기자는 몇 장을 더 넘겨 보았다. 남조의 마지막 보루라고 할 만했던 마사시게의 아들 구스노키 마사쓰라가 시조나와테에서 일족과 더불어 전멸한 것, 그리고 북조의 대장 모로나오가 고다이고 천황이 머물렀던 요시노산에 불을 질러 모든 것을 태우고 전멸시킨 사건이 일어난 게 1348년. 마사시게의 셋째 아들이었던 마사노리가 남조를 배신하고 북조에 귀순한 것이 1369년. 그리고 마침내 남조가 멸망한 것이 1392년. 그러나 북조도 융성하지 못했다. 1362년 북조의 관위 수여식을 거행할 때 관위를 기재할 종이가 없어서 식을 연기할 정도로 푸대접받고 있었으니까. 결국 천황이라는 것은 무사들의 명분에 지나지 않았던 것이다.

여기서 눈에 띄는 대목이 있었다. 천황의 신기(神器)라고 하는 세 가지의 유물에 대한 것이 그것이었다. 책에는 1392년 남북조의 통합 때에 천황의 신기를 북조에 전했다고 했으나, 앞의 장에는 고다이고 천황 때 이미 대장군 다카우지에게 신기를 양도한 것으로 되어 있었고 그 신기는 위조품이라는 설이 있었다. 또 당시 무로마치 막부를 건설했던 요시미쓰의 명에 의해 신기가 이미 북조로 운반되어 있었다는 이야기도 있다. 그렇다면 혹시? 처음에 가짜 신기를 전달했다면 그 후에도 가짜 신기가 나오지 말란 법은 없었다. 그리고 얼마 뒤 이세(伊勢)의 국사인 미쓰마사가 후남조를 세울 때에 신기를 훔쳤다는 기록도 있었다. 결국 고다이고 천황 이후의 신기는 진짜가 아닐 수도 있었다.

안 기자가 떨리는 목소리로 여기까지의 내용을 자영에게 들려주자 그녀의 표정도 심각하게 바뀌었다.

"비약이 좀 심하지 않은가요? 한낱 왜구들이 그런 것까지……."

손 기자가 끼어들었다.

"그런데 그 세 가지 신기라는 것은 뭐지?"

일행은 다시 책들을 뒤져 나갔다. 맨 앞부분에 그 이야기가 나왔다. 일본에서 알려진 세 가지 신기는 아마테라스 오미카미[6]의 몸을 상징하는 거울, 영혼의 정수를 담았다는 구슬 목걸이(曲玉), 그리고 십이 대 게이코 천황 때의 최고 무장인 야마토 다케루(日本武尊)의 목숨을 구했다[7]는 초치검.

"물론 비약일지도 모르지만……."

안 기자가 입을 열었다.

"고다이고 천황이 천황의 신기를 쥔 채 다카우지에게 내주지 않았다고 가정해 보자고요. 그러면 천황이 임종 시에 쥐고 죽을 만한 칼은? 바로 천황의 신기 중 하나인 초치검이 아니었을까요? 더군다나 고다이고 천황은 자신의 세력을 확립하고자 가장 노력했던 인물이었으니까 말이에요."

자영이 의아하다는 표정으로 안 기자를 쳐다보았다.

"그렇다면 아까 말한 고다이고 천황의 검이…… 실은 삼종 신기(三種神器)[8] 가운데 하나인 초치검이라고요?"

---

6 고대 야마토족이 숭배한 태양의 여신으로 일본 신화 시대의 기록인 『고사기』와 『일본서기』에 따르면 그의 손자가 1대 천황인 진무 천황(神武天皇)이라고 한다.
7 『고사기』와 『일본서기』에 의하면 다케루가 사가미국을 갔을 때 사가미의 호족들은 다케루를 풀숲에 넣고 사방에서 불을 질러 태워 죽이려 했으나 다케루는 그의 백모인 왜희가 준 천총운검으로 주변의 숲을 베고 부싯돌로 맞불을 내어 살아나 사가미족을 멸망시켰다고 한다. 이때 이후 천총운검을 초치검이라 부르고 '삼종 신기'의 하나로 삼았다고 한다.
8 일본의 천황 지위를 상징하는 세 가지 보물(야타의 거울, 구사나기의 검, 야사카니의

"물론 어디까지나 내 추측일 뿐이죠. 하지만 그럴 수도 있는 것 아닐까요? 천황의 삼종 신기는 천황의 즉위에 없어서는 안 되는 물건이죠. 그런데 만약 우리가 이 강화도에서 그 신기 중 하나를 발견했다고 가정해 봐요. 1360년 이후 모든 일본의 천황들은 사이비 신기를 가지고 즉위식을 한 셈이 되죠. 하하하!"

"하지만 아까 그 대머리 도사의 말만 듣고 그렇게 생각하는 건 너무 비약이 심하잖아요?"

"심하면 어떻습니까? 만약 내 짐작이 사실이라면 엄청난 역사적 발견을 하는 셈이에요. 그리고 실패해도 납량 특집 정도는 될 수 있지 않을까요?"

자영은, 머리로는 안 기자의 말이 터무니없다고 생각했지만 마음은 자신도 모르게 조금씩 흥분되었다. 손 기자도 얼굴에 잔뜩 심각한 표정을 지은 채 추리에 골몰하고 있었다.

"아무튼 조사해 볼 필요는 있겠지. 그러나 그런 이상한 사람들

구슬 목걸이)을 말한다. 이는 니니기(아마테라스의 손자)가 천손 강림 때 아마테라스 신으로부터 하사받은 것이다. 일본의 천황은 제위에 오를 때에 옥좌가 있는 단으로 올라가 이 세 가지의 신기를 취해야만 비로소 천황으로서의 정통성을 인정받는다. 남북조 전쟁 때도 남조의 고다이고 천황이 이 삼종의 신기를 가지고 있었으므로 세의 불리함에도 불구하고 오랫동안 북조와 싸울 수 있는 명분을 가지고 있을 수 있었다. 이처럼 삼종 신기는 일본의 실질적인 제위를 상징하는 신물이므로 역대의 천황은 이 보물이 든 궤를 항상 가까운 곳에 두고 반드시 소지하고 다녔다. 전란이 섬나라를 휩쓸던 남북조 시대에 신기를 쟁탈해 자신들의 정통성을 갖추고자 한 남조와 북조 사이의 분쟁은 끊이지 않았지만, 내란이 종식되고 오랜 세월이 흐른 지금은 삼전(三殿)이라는 천황가의 신성한 장소에 보관되어 있다.

이 흘린 말만 가지고 결론을 내리기는 좀 무리 같은데."

 손 기자의 차분한 말로 결국 일행의 잠정적인 행동 방침이 결정되었다. 안 기자는 자신의 위대한 추리를 선뜻 믿어 주지 않는 것이 조금은 불만이었지만, 한편으로 생각해 보면 자신의 추리가 적잖게 과장되었다는 생각도 들었다.

 서점에서 책을 뒤적이고 이런저런 얘기를 나누다 보니 어느덧 약속한 시각이 다 되었다. 안 기자를 선두에 세우고 세 명은 현암과 만나기로 한 버스 정류장으로 향했다. 벌써 사방은 어두워졌고 자영은 아까 본 이상한 사람들이 생각나면서 문득문득 무서운 생각이 들었다.

 길에는 아무도 없었다. 차도 벌써 끊어졌는지 움직이는 물체 하나 없었고 풀벌레와 개구리의 울음소리만이 들릴 뿐이었다. 안 기자는 걸음을 멈추었다. 저만치에 한 무리의 사람들이 보였기 때문이었다. 대여섯 사람, 그중 작은 꼬마도 하나 끼어 있는 듯 보였다. 혹시 현암 일행이 아닐까? 안 기자가 소리쳤다.

 "오, 이현암!"

 "별일 없었구나, 다행이다."

 일행 중 한 사람이 손을 흔들었다. 안 기자는 걸음을 재촉하며 일행을 끌고 그리로 다가갔다. 가까이 가 보니 덩치가 큰 신부, 흰 한복을 입은 작은 꼬마, 노출이 심한 옷을 입은 여자와 노인, 그리고 그 옆에 바싹 붙은 온화한 표정의 여자와 낯익은 얼굴이 있었다. 현암이었다. 안 기자는 반가움에 걸음을 옮기면서도 도대체 어울려 보이지 않는 사람들이 모여 있는 것에 의아함을 감출 수 없었다.

"인사들 나누자고. 자, 이분은 알고 있겠지? 박 신부님이고, 여기는 준후, 그리고 이쪽은 승희……."

현암은 안 기자에게 한 사람씩 소개했다. 뒤따라 자영과 손 기자가 달려오자 현암은 그들에게도 자기 일행을 소개했다. 현암이 옆에 서 있는 노인을 가리키며 말했다.

"이분은 최철기 옹이십니다."

노인은 카랑카랑하고 다소 쉰 듯한 목소리로 자신의 신분을 밝혔다.

"나, 경주에 사는 철기라고 하네. 박수여."

안 기자와 자영의 눈이 다시 한번 휘둥그레졌다.

'이젠 박수무당까지…….'

현암은 아는 듯 모르는 듯 다시 온화한 얼굴의 여인을 가리켰다.

"그리고 이분은 송화암의 지연 보살님이십니다."

박수 최철기 옹이 높은 쳇소리를 냈다.

"우연히 만나서 같이 왔어, 하하하!"

손 기자가 끼어들어 합장했다.

"아! 지연 보살님. 여기에는 어쩐 일로……."

손 기자의 말이 의아한 듯 안 기자가 뒤를 돌아보았다. 손 기자가 원래 불교 신자라는 것은 안 기자도 이미 알고 있던 터였다.

"손 기자, 지연 보살님을 알고 있었어?"

"전에 한 번 은혜를 입은 적이 있지. 지연 보살님은 참 신통하신 능력이 있다네. 보살님이 독경해 주시면 상처가 싹 낫는다고."

자영이 안 기자에게 조그만 목소리로 물었다.

"안수(按手)[9]나 심령 치료[10] 같은 걸 말하는 거예요?"

"비슷한 것 같네요. 손 기자가 저렇게 나올 정도라면 대단한 분인 모양이야."

손 기자는 거듭 고마움을 표시하며 지연 보살에게 합장하고 있었다. 지연 보살은 몹시 수줍은지 얼굴이 빨개져서 철기 옹의 등 뒤로 가서 숨었다. 숨어 봐야 철기 옹의 키는 백오십 센티미터도 안 되었지만…….

"보살님. 전에 저는 정말 죽는 줄 알았습니다. 그때 부러진 다리가 감쪽같이 낫고 나서 정말 감사해 몇 번이나 송화암으로 찾아갔었습니다만 갈 때마다 만나 주지 않으셔서……."

"뭐? 다리가 부러졌었다고?"

---

[9] 기도받는 사람의 머리 위에 손을 얹고 축복을 하는 것을 말하며, 드물게는 몸의 병을 치료해 주는 경우도 있다고 한다.
[10] 심령적인 힘으로 의료 도구나 진단 도구, 약 등을 사용하지 않고 정신력으로 타인을 치료함을 뜻한다. 심령 치료를 행하는 자들은 전 세계적으로 많다고 전해지며, 대부분은 의사나 비슷한 사람들의 영이 빙의되어 치료를 행한다고 믿는다. 물론 사이비나 속임수일 수도 있으나 의료진의 조사를 받아 타당성이 입증된 사례도 많다. 치료의 양상으로는 몸속의 암세포 덩어리를 수술조차 하지 않고 식칼과 맨손으로 제거한다거나, 정신력만으로 상처 입고 부러진 환부를 순식간에 멀쩡하게 낫게 하는 극단적인 경우까지도 있다.

안 기자가 눈을 크게 떴다. 안 기자가 알기에 보통의 안수나 심령 치료라는 것은 내상이나 종양 같은 속병을 치료하는 것이 대부분이었다. 지연 보살이라는 여자는 그 정도를 넘어서는 것 같았다. 부러진 다리가 감쪽같이 나았다니? 다리가 부러지면 최소 입원 팔 주에 치료 십이 주다.

"그만하세요. 여기 훨씬 더 도력이 높은 분들만 계시는데……."

안 기자가 현암을 향해 눈을 흘겼다. 현암은 모른 척하고 옆을 보고 있었지만 긴장하고 있는 게 분명했다. 저 놀라운 능력을 지닌 여자가 자기보다도 도력이 높은 사람이라고? 그런데 그중에 현암도 끼어 있잖은가? 한데 여태껏 내숭을 떨고 있었어? 안 기자가 뭐라고 쏘아붙이려는 찰나에 꼬마 아이가 툭 튀어나왔다.

"보살님, 저희는 그저 구경 온 거예요. 그런데 도력이 뭐예요?"

또랑또랑하게 생긴 꼬마였다. 조금 날카로운 눈매였지만 새까만 눈망울이 눈을 가득 채우고 있어서 무척 귀여워 보였다. 저런 꼬마가 무엇을 알겠나? 성당에 있어야 할 신부가 현암과 같이 나타난 것도 이상했고, 거기다 저 날라리 같은 여자라니. 도저히, 도저히 어울리지 않는 일행인데.

'정말 그냥 놀러 온 건가? 꼴들을 보니 무슨 신통한 힘이 있을 것 같지는 않은데…….'

"자, 자. 아무튼 목적지가 다 같으니 일단 떠납시다. 마침 나하고 현암 군이 차를 갖고 왔으니 그걸 타고 가면 좀 나을 겁니다. 이야기는 가면서 나누죠."

박 신부가 어색한 분위기를 깨며 일행을 갈라놓았다. 안 기자는 일부러 현암과 같은 차를 타려고 했으나 현암이 지연 보살을 자신의 차에 타라고 하자 손 기자가 따라갔고, 그 뒤를 자영이, 그리고 준후라는 꼬마까지 쪼르르 잽싸게 끼어들어서 인원이 꽉 차 버렸다. 안 기자는 내심 고약한 놈, 망할 놈이라고 중얼거리면서 덩치 큰 신부의 차로 갔다. 철기 옹이 뒷자리로 쑥 들어가더니 승희라는 여자가 옆에 타려고 하자 버럭 소리를 질렀다.

"에잇! 새파란 것이 어딜 와! 부정 타!"

승희라는, 좀 놀아 본 것 같은 여자의 눈썹이 위로 올라가면서 입에서 뭔가 한 소리 쏟아지려는 찰나에 박 신부가 급히 앞자리에 타라고 타일렀다. 승희는 곱지 않은 표정을 지으며 앞자리에 탔다. 안 기자는 자리에 관해 자신이 지지리도 재수 없다는 생각을 했다. 하필 해수병자(咳嗽病者) 같은 저런 노인의 옆에 앉게 되다니.

자리에 앉으려던 승희가 킥킥 웃었다. 왜 화를 내다가 갑자기 웃는 것일까? 철기 옹은 박 신부의 차 안이 몹시 불편한지 앓는 소리를 해 댔다.

"아, 뭘 이리 많이 붙였어? 억수로 발랐구먼. 불편해, 불편해. 쯧쯧."

도대체 무엇을 붙여 놓았다는 건지 안 기자는 알 수 없었다. 아무것도 보이지 않는데. 철기 옹은 차 안을 방어하기 위해 박 신부가 숨겨 놓은 성물들과 차에 뿌려 놓은 성수의 기운을 느끼고는 괜히 심통을 부리는 중이었다. 아무리 동행한다 쳐도 애당초 박수

무당인 철기 옹에게 박 신부의 기운은 맞을 리가 없었다.

　차가 출발했다. 안 기자는 목적지가 상방리 고분이냐고 물었고, 박 신부는 그렇다고 대답했다. 뒷자리의 철기 옹은 잠시 눈을 감고 있더니 뭐라고 중얼거리기 시작했다. 현암의 차는 얼마나 속력을 냈는지 보이지 않았다. 그런 것도 아랑곳하지 않고 박 신부는 느긋하게 운전하고 있었다. 안 기자는 좀 불만스러웠지만 잠자코 있기로 했다.

　불쑥 철기 옹이 한마디 내뱉었다.

　"아깝구먼, 아까워!"

　안 기자가 물었다.

　"뭐가요?"

　"저 계집애 말여. 몸 안에 엄청나게 큰 힘이 있는데 십분의 일도 써먹을 줄 모르는구먼. 하긴 차라리 그게 나을 거여. 아마 영영 힘을 다 쓰지는 못할 걸세. 신이 이 세상에 유배 온 거니까."

　안 기자로선 알아들을 수 없는 소리였기에 철기 옹의 얼굴만 멀거니 쳐다보고 있는데, 승희는 '계집애'라는 소리를 듣자 화가 나는지 위로 쭉 째진 눈으로 자꾸만 뒤를 돌아보았다. 그러나 철기 옹은 못 본 척 눈을 감고는 계속 중얼거렸다.

　"좋은 일 혀! 사람들을 많이 구해야 혀! 하늘은 공정한 거여! 좋은 신이 유배 왔으면 악신도 유배 왔을 테니깐······."

　승희는 잠시 생각하는 표정이더니 앞으로 고개를 돌렸다. 그러고는 고개를 끄덕이면서 신부에게 낮은 소리로 뭐라고 혼자 중얼

대고 있었다.

'도대체 왜 그러지? 미쳤나?'

안 기자는 박 신부와 승희의 대화법을 알 리 없었다. 기자라는 위험한 사람을 태우고 있는데 굳이 말로 대화할 필요가 없었다. 마음속으로 생각만 하면 그걸 승희가 읽고는 간단히 박 신부에게 대답만 하면 됐다. 참으로 완벽한 도청 방지가 아닌가?

한참 침묵이 흘렀다. 안 기자는 넌지시 철기 옹에게 아까 본 이상한 사람들의 정체를 물어볼 생각을 했다. 어차피 비슷비슷한 사람들이라면 서로 알고 있을 것 같았다.

"어르신!"

"왜?"

"혹시 주기 선생 박상준이라고 아십니까?"

"아, 그 새파란 놈이 무슨 선생이여? 입만 산 놈이지."

"그럼 아시는군요?"

"아, 쪼간 알지. 재주가 조금은 있는 놈이여. 등에 열두 깃발을 꽂고 다니며 십이지신(十二支神)[11]을 부린다고 큰소리치는 놈이라지? 왜, 그놈도 왔나?"

---

[11] 십이지를 상징하는 수면인신(獸面人身), 십이지 신상을 십이지 생초(十二支生肖)라고도 한다. 이 개념은 중국 은대(殷代)에 비롯했는데, 이를 방위나 시간에 대응시킨 것은 대체로 한대(漢代) 중기의 일로 추측된다. 이를 쥐, 소, 범, 토끼, 용, 뱀, 말, 양, 원숭이, 닭, 개, 돼지(子丑寅卯辰巳午未申酉戌亥)의 열두 동물로 대응시킨 것은 아주 나중의 일이며, 불교의 영향이 크다.

"예. 봤습니다. 이마에 갈매기가 있는 대머리 거한하고……."

"갈매기? 그러면 그놈은 차력파의 병수라는 놈이여! 힘만 센 멧돼지 같은 놈이지!"

"수염하고 머리를 잔뜩 기른 두 명의 흰, 아니 회색 옷을 입은 남자들도 있었습니다."

"그것 가지고야 알 수 있나? 오의파(汚衣派)인 듯한데, 그 이상은 몰러!"

"그러면 혹시 현현파라는……."

"거기도 왔어? 죽지 못해 안달들이 났군. 필경 현현파 두 늙은이겠군."

"어? 아닌데요. 네 명의 청년이던데요."

"그려? 그럼 그 늙은이들은 뒈졌나? 제자들인 게로구먼."

"그리고 청홍검을 멘 여자……."

가만히 앉아 중얼거리고 있던 철기 옹이 눈을 번쩍 뜨면서 몸을 일으켰다.

"뭐? 청홍검?"

"예. 근데 왜 그러십니까?"

안 기자가 어리둥절한 표정을 지었다. 승희는 눈을 치켜뜨더니 뒤를 돌아보았고 박 신부도 당혹스러운 얼굴로 힐끔힐끔 룸 미러로 뒷좌석을 쳐다보았다.

"이런…… 초치검하고 겨뤄 볼 생각이로구먼! 누가, 누가 청홍검을 메고 왔다고?"

"초치검이요? 그러면 일본 천황의 삼종 신기의 하나라는……."

"아, 누가 메고 왔냐니깐! 어떤 여자였어?"

철기 옹은 안 기자의 귀가 먹먹해질 만큼 안 기자 귓가에 바싹 입을 대고 소리를 질렀다. 안 기자는 기겁을 하는 바람에 눈물까지 찔끔 났다.

"예, 체구가 작고 좀 예쁜 젊은 여자였습니다."

"뭐? 무당 할망구 아니었어?"

"아닌데요."

"도지(桃枝)가 아니면…… 제자를 보냈나?"

"그런데, 도지가 누구죠?"

철기 옹은 대답할 생각도 하지 않고 잠시 생각에 잠겼다.

"아냐, 그럴 리가 없어. 청홍검은 분명 도지 무당이 가지고 있었는데, 그걸 빌려줄 리가 없어."

"도지 무당이 누구냐고요?"

"아니. 손주뻘도 안 되는 놈이 말이 짧기도 하네!"

"아. 도지 무당님이 누구신데요?"

"알 것 없어!"

안 기자는 떫은 감 씹은 표정이 되었지만 철기는 다시 거침없이 물었다.

"혹시 그 여자에게 일행이 없던가?"

"예? 없는 것 같던데요?"

"그 여자 주변에 허리가 구부러지고 나처럼 폭삭 삭은 할망구가 없었어?"

"아 참. 할머님이 한 분 같이 내리기는 했었죠. 그러나……."

"이런, 이런! 그 할망구까지도 왔구먼!"

철기 옹은 한숨을 내쉬면서 몸을 의자에 깊이 파묻었다. 안 기자는 일이 어떻게 돌아가고 있는지 도통 알 수가 없었다. 박수 철기 옹, 지연 보살, 주기 선생, 차력파, 오의파, 현현파, 청홍검에 도지 무당이라…… 도대체 쉽게 볼 수 없는 이런 신기한 사람들이 왜 하나같이 상방리 고분으로 향하고 있는지, 또 정말 자신이 추리한 대로 초치검이라는 일본 천황의 신기가 그곳에 있는지, 그리고 그들은 그런 사실을 어떻게 안 것인지, 모든 것이 뒤죽박죽이 되어 머릿속에서 부글부글 끓었다.

그 순간, 현암이 운전하던 차 앞에서는 또 다른 일이 벌어지고 있었다.

밀법진

현암은 말없이 운전대만 잡고 있었고 손 기자는 계속 앞자리에 앉은 지연 보살에게만 떠들어 대고 있었다. 자영은 눈을 깜박거리면서 지연 보살에게서 무슨 말이 나오나만 바라보고 있었으나 지연 보살은 여전히 수줍은 듯이 미소만 짓고 있었다.

준후는 뭔가 말하고 싶은 것이 있는 듯했으나 현암에게서 미리

다짐을 받았는지 눈치를 살피고는 도로 입을 꾹 다물어 버렸다.

현암의 운전은 성격 탓인지 거칠었다. 박 신부가 모는 뒤차는 어느새 보이지 않을 정도로 한참이나 뒤처져 있었다.

"서요!"

준후의 외마디 소리와 함께 차가 우뚝 멈춰 섰다. 차에 타고 있던 사람들은 몸이 왈칵 앞으로 쏠려서 한동안 정신을 차리지 못했다. 가운데 끼어 앉아 있던 준후는 거의 앞창을 뚫고 튕겨 나갈 지경이었으나, 현암이 손으로 막는 바람에 간신히 위기를 모면했다. 손 기자가 시트에 부딪힌 머리를 쓰다듬으며 입을 열었다.

"뭡니까?"

현암은 그 와중에도 고요히 앉은 채 앞만 보고 입을 열지 않았다. 준후가 흥분된 얼굴로 입을 열었다.

"밀법진! 누가 여기에 이런 것을……."

현암이 낮은 목소리로 입을 열었다.

"준후야, 깰 수 있니?"

"해 봐야죠."

손 기자와 자영은 무슨 말인지 알아들을 수가 없었다. 무슨 진이 어떻고 그것을 깨고 지나간다고? 겉보기보다는 박력이 있는 자영이 먼저 입을 열었다.

"밀법진요? 그게 뭔데요? 아무것도 없잖아요?"

지연 보살이 조용히 입을 열었다. 놀란 표정은 아니었지만 안색이 다소 질려 있었다.

"있어요. 보이지 않겠지만요……."

손민구도 끼었다.

"아니, 뭐가 있어요? 그냥 가면…… 어? 내리라고요?"

현암이 차에서 내리라는 손짓을 했으나 손 기자는 여전히 어리둥절한 얼굴로 현암을 쳐다보았다. 일행이 일단 내리자 현암이 착잡한 표정으로 말했다.

"차는 더 못 가요. 아예 붙었어요."

"예? 붙어요? 어디요?"

"땅에요."

"그…… 그런 게 어디 있어요?"

현암은 대답하기 귀찮다는 듯 눈을 돌렸다.

"나도 잘은 모르지만 준후가 그렇다면 그런 거예요."

"그게 어떻게…… 난 못 믿어요."

"아, 못 믿겠으면 가요."

"네?"

"조용히 따르든지 아니면 빨리 가라고요."

"그래도 저런 아이가 뭘……."

"저런 아이 아니에요. 준후가 말하는 건 무조건 따라야 해요. 안 따를 거면 돌아가세요."

"말도 안 따르고 안 가면요?"

"에휴, 뭐 죽든지…… 재수 좋으면 식물인간 정도……."

자영의 눈이 휘둥그레졌다. 아니 저런 아이가 무슨 힘이 있다고.

초치검의 비밀 239

손 기자는 미심쩍은 듯 손을 뻗어 차의 키를 돌려 보았다. 시동이 걸렸다.

"아니, 차가 왜 못 간다는 거죠? 엔진이 돌잖아요?"

"엔진이 돌면 뭐 해요? 바퀴가 붙어 버렸는데!"

"무슨 농담하는 겁니까? 내가 해 볼까요?"

"망가져요!"

현암의 만류에도 손 기자는 현암의 자리에 옮겨 타고 클러치를 힘 있게 떼었다. 순간 잘 돌아가던 엔진이 뭔가에 걸린 것처럼 픽픽거리더니 죽어 버리고 말았다. 정말 바퀴에 뭐가 끼어 있는 것 같았다.

손 기자는 머쓱하기도 하고, 좀 놀라기도 했다.

"어…… 이거 정말 뭐가……!"

"아, 왜 말을 안 들어요, 정말! 하지 말라니까 왜 그래요? 수리비 낼 것도 아니면서!"

"예?"

"에휴. 아녜요. 하여간 이제 안 되겠어요. 다들 그냥 돌아가요. 잘못하면 큰일 납니다."

자영이 현암 앞으로 나서려 했다. 그녀의 얼굴은 심각하게 변해 있었다. 준후가 자영에게 말했다.

"누나! 정말 돌아가는 게 좋아요. 잘못하면 큰일 난다고요. 이건 정신을 흐트러뜨리는 정도의 보통 진법이 아녜요."

"잠깐, 잠깐! 진법? 그러면 『삼국지연의』에 나오는 팔진도(八陣

圖)¹² 같은 거 말이니?"

"그 정도가 아네요! 이건 밀교의 금강계구회만다라(金剛界九會曼陀羅)를 응용한 진 같은데……."

"밀교? 만다라(曼陀羅)¹³? 설명 좀 해 줄래?"

준후는 슬픈 듯 한숨을 쉬었다.

"제대로 설명하려면 잠 안 자고 서너 달 걸리거든요?"

"뭐, 뭐?"

"그냥 가세요."

"난 못 가! 난 취재하러 왔단 말이야! 도대체 앞에 뭐가 있다고 그래?"

자영이 막 발을 내디디려는 순간, 현암이 갑자기 손을 들어 제지했다. 그 인상이 하도 살벌해서 자영은 순간적으로 발을 멈추었다.

"움직이지 말아요!"

현암이 손을 뻗어 옆에 있던 나뭇가지를 하나 꺾어 자영의 앞에

---

12 제갈공명이 창안한 독자적인 진형으로 전후좌우에 각각 여덟 가지 모양으로 진을 친 진법이다.
13 산스크리트에서 '원', '일륜(日輪)', '월륜(月輪)' 등을 의미하지만 탄트리즘(밀교)에서는 원과 사각으로 짜인 틀 안에 불타들이 정연히 늘어선 우주도(宇宙圖)를 의미한다. 밀교에서의 만다라는 크게 태장계(台藏界)와 금강계(金剛界) 두 가지로 나뉘며, 문양의 가장 외측은 여러 겹의 원이 둘러싸여 그 안에는 네 개의 문이 꾸며져 사각형 혹은 원형의 누각으로 이뤄져 있다. 그 누각은 또 나뉘어져 불타들의 방을 이룬다. 이처럼 만다라는 불타와 보살들이 사는 세계도(世界圖)이며, 다시 말하면 개미나 모든 생물이 사는 세계의 축소판이다.

던졌다. 나뭇가지는 와삭하는 소리를 내면서 허공에서 부서지더니 흔적도 없이 사라져 버렸다. 자영이 놀라서 말했다.

"아니, 도대체 뭐죠? 마술인가요?"

"그 나뭇가지처럼 되고 싶어요?"

"아뇨."

"그럼 제발 가라니까요."

"못 간대도요!"

그 광경을 보고 있던 손 기자가 살며시 호주머니에서 볼펜을 꺼내어 던졌다. 볼펜 역시 와작 부서져 버렸다. 손 기자가 신음을 냈다.

"이게 뭐지? 귀, 귀신인가 보다!"

"귀신이 아니라 귀신을 막으러 온 사람들이 친 진일 겁니다."

지연 보살의 말이었다. 놀란 손 기자가 고개를 설레설레 흔들더니 말을 받았다.

"미, 믿을 수 없어. 세상에 어찌 이런 것이…… 어찌……."

준후가 씨익 웃으며 대답했다.

"그러니 가세요. 위험해요."

"준후, 지연 보살님, 어서 가십시다!"

현암은 냉랭하게 말했고, 준후는 가는 눈을 더 가늘게 뜨고서 사방을 살폈다. 자영과 손 기자도 주변을 둘러보았지만 주변에 이상한 낌새는 조금도 느낄 수 없었다.

"현암 형! 수인을 맺어요. 금강계구회만다라! 첫 번째는 항삼세

삼매야회(降三世三昧耶會)예요."

"지연 보살님, 임(臨)자 부동근본인(不動根本印)입니다."

"예. 조금 알아요. 그런데 파괴하진 않나요?"

"이유가 있어서 쳐 놓은 것 같아요. 안에 들어가서 이 진을 쳐 놓은 사람을 만날 때까지는 그냥 통과해 보죠."

"무슨 소리들 하는 거예요?"

현암이 말을 마치자 자영이 소리쳤다. 현암은 뒤도 돌아보지 않고 말했다.

"아직도 안 돌아갔어요? 충분히 경고했으니 내 말 안 듣고 나서 원망 말아요. 우리도 이젠 당신들 신경 못 써 준다고요."

자영은 화가 나서 입술을 깨물고 있었다. 도대체 뭐가 뭔지 알 수 없는데 자기들끼리만 가다니…… 손 기자는 주춤거리며 물러서려고 했다.

"그냥 돌아갑시다, 자영 씨."

"나도 갈 거예요!"

발을 내딛는 자영의 몸에 억누르는 듯한 엄청난 고통이 밀려왔다.

"으악!"

자영은 기겁하며 발을 도로 빼냈다. 그러자 고통은 없어졌다. 눈앞을 보니 세 사람이 이상한 손 모양을 하고 앞선 준후가 뭐라 뭐라 중얼거리며 길옆으로 꼬불꼬불 나아가고 있었다. 자영은 다급한 마음에 발을 뻗었으나 이내 다시 고통이 밀려왔다.

"으악! 아이고!"

하도 아파서 눈물까지 글썽거렸다. 하지만 그럴수록 오기가 생겼다.

'아예 확 뛰어들어? 에고, 그랬다간……'

이럴 수도 저럴 수도 없었다. 바보 같은 손 기자는 눈만 데굴데굴 굴리며 멍청하게 서 있었고 자영의 발은 벌써 심하게 부어오르고 있었다. 정말 무슨 도깨비장난 같았다.

"으앙!"

현암은 고개를 돌렸다. 자영이 주저앉아서 마구 울었고 손 기자는 영문도 모르고 그저 안절부절못하고 있었다. 지연 보살이 고개를 설레설레 저었다. 준후가 눈짓을 했다. 시끄러우니 그냥 데려가는 게 낫지 않겠느냐는 의미 같았다. 하여간 현암은 여자가 우는 건 딱 질색이었다.

현암이 찡그린 얼굴로 되돌아오자 자영은 곁눈질로 현암을 슬쩍슬쩍 훔쳐보면서 더 큰 소리로 울어 댔다.

"아, 그만해요! 다 큰 어른이……"

"으아앙!"

분명히 거짓 울음이지만 어떻게 할 수가 없었다. 상대가 체면을 버리면 대응이 힘들어진다. 현암은 생각했다.

'이런 여자는 귀신보다 짜증 나네.'

"아니, 왜 울고 그래요? 애예요? 떼쓰는 겁니까?"

"취재해야 한단 말예요!"

"이런 걸 취재해서 뭐하려고요? 사람들이 도통 믿지도 않을 거고, 또……."

손 기자도 이제야 눈치를 챘는지 앞으로 나섰다.

"그건 저희가 판단할 문제입니다. 이런 이야기를 기사에 쓰지는 않겠어요. 다만 고분의 역사적 자료를 찾으려는 것뿐입니다."

"고분이요? 그게 어떤 건지나 아시고 하는 말이에요?"

자영의 눈이 반짝 빛났다. 저 현암이라는 사람은 그 고분에 대해 뭔가 알고 있나 보다.

"으아앙!"

"아, 제발 그만……!"

결국 현암은 떫은 감을 씹은 얼굴이 되어 준후에게로 돌아왔다. 간신히 타이르고 어르고 협박까지 해서 두 기자를 떼어 놓고 오는 데는 성공했지만 예감이 이상했다. 특히 그 여기자인지 스크럽터인지가 씹어 먹을 듯한 눈초리로 째려보는 것도 섬뜩했다. 현암은 쓸데없는 생각을 지우고 다시 걸음을 옮겼다. 진 속에서 망상을 갖는 것은 위험했기 때문이다.

일행은 준후의 인도로 항삼세삼매야회, 항삼세갈마회(降三世羯磨會), 이취회(理趣會), 일인회(一印會), 사인회(四印會), 공양회(供養會), 미세회(微細會) 등의 일곱 단계를 임(臨), 병(兵), 투(鬪), 자(者), 개(皆), 진(陣), 열(列)의 수인을 바꾸어 맺으면서 무난히 통과했다.

준후가 잠시 쉬는 동안 설명을 했다. 숲속으로 한참 들어간 다음이었다.

"이 진은 금강계구회만다라를 진으로 옮긴 것으로 아홉 개의 진으로 되어 있어요. 여기까지는 경고용인지, 그다지 강한 방어는 아녜요. 사람이 모르고 들어와도 죽을 정도는 아닌 것 같아요. 다만 겁을 줄 정도죠."

지연 보살이 말을 이었다.

"진을 친 사람이 마음 씀씀이가 깊군요. 그러나 만다라대로라면 삼매야회(三昧耶會)와 근본성신회(根本成身會)의 두 단계가 남아 있지 않은가요?"

"잘 아시네요. 그 두 단계가 문제예요. 대강 보니까, 그 두 진은 퍽 통과가 어려울 것 같아요. 아주 강한 힘이 있어서요. 그리고 여기까지의 일곱 단계도 마지막 두 단계를 잘못 건드리면 변해 버릴 수가 있어요."

현암이 물었다.

"진이 변한다고?"

"예. 그러니까 여기까지는 진법으로 볼 때 사문(死門)[14]은 아녜요. 경문(警門)[15]에 해당하죠. 그러나 이 진은 지금 잠들어 있는 것 같아요. 잘못 건드리면 생문(生門)[16]이 닫히고 모든 입구가 빙빙 돌

---

14 진법에서 들어가면 반드시 죽게 되는 문을 말한다.
15 진법에서 들어가면 죽지는 않으나 호되게 당하고 놀라게 되는 문을 말한다.
16 진법에서 들어갔다가 무사히 나올 수 있는 문을 말한다.

게 되어서 길이 모두 사문으로만 통하게 바뀌고 말아요."

"흠!"

"그리고 또 이상한 게 있는데, 이건 우리나라의 술법이 아녜요."

"아니라면?"

"이건 진언종 같은데……."

"진언종? 그럼 일본 밀교?"

준후가 막 뭐라 대답하려는데, 뒤에서 여자와 남자의 비명이 섞여 들려왔다.

"이건 또 뭐야?"

현암이 짜증을 내자 준후가 말했다.

"그 기자들인데요?"

"에이! 왜 따라오는 거야? 위험하다고 했는데!"

"그래도…… 일단은 구해 줘야 되지 않나요?"

"아, 정말 내버려두고 싶지만……."

현암이 마지못해 몸을 돌리자 준후가 말했다.

"수인은 기억하죠? 전 진을 좀 더 살필게요!"

"염려 마!"

지연 보살도 현암을 따라가려고 몸을 돌렸다. 상처라도 입었으면 도움을 주기 위해서였다. 현암은 다시 수인을 고쳐 맺으면서 뒤로 걸음을 옮겼다. 지연 보살이 그 뒤를 따랐고 준후는 그냥 그 자리에서 기다리고 있었다.

현암이 숲속으로 사라지자 준후는 사방을 꼼꼼히 살피며 앞에

쳐진 보이지 않는 힘의 장막을 거둘 방법을 찾는 데 여념이 없었다. 그러고 있는 준후의 등 뒤로 그림자가 소리 없이 다가오고 있었다.

 현암은 부자연스러운 동작으로 수인을 고쳐 맺으면서 서둘러 발걸음을 옮겼다. 자영의 비명이 계속해서 들려오고 있었다. 그 비명은 이제 흐느낌으로 바뀌어 있었고 이따금 손 기자의 탄식도 섞여서 들려오고 있었다. 분명히 현암의 말을 듣지 않고 제멋대로 뒤를 따르다가 진 속에서 오도 가도 못하게 된 것임이 틀림없었다. 뒤쪽에서 따라오는 지연 보살도 입을 꾹 다문 채 걸음을 빨리 놀리고 있었다.

 마침내 현암은 자영과 손 기자를 발견했다. 두 사람은 아직 멀리 가지 못하고 겨우 이 단계인 항삼세갈마회의 초입 위치에 있었다. 자영의 몸은 허공에 떠올라서 발을 움직여도 나아가지도 물러서지도 못하게 되어 있었고, 손 기자는 코앞에 자영이 있는데도 아무것도 보이지 않는 듯이 허우적거리며 겨우 반경 일 미터쯤 되는 원호(圓弧) 속을 눈먼 쥐처럼 맴돌고 있었다. 그들은 지금 진의 곳곳에 배치된 함정에 빠져 있었다. 자영은 뱅뱅 돌기만 하는 손 기자에게 욕까지 해 대다가 현암이 다가오는 것을 보고는 반가움에 찬 소리를 질렀다. 온몸이 풀에 긁히고 여기저기가 찢겨져 있는 것을 보면, 그나마 약하게 쳐 놓은 초입의 진세를 억지로 비집고 들어오느라 꽤나 고생한 듯했다.

"여기, 여기예요! 도와줘요!"

"정말 도와줘야 할까요?"

"무슨 소리예요! 나 죽어요! 으앙!"

"에휴…… 자! 손가락으로 이렇게 수인을 맺어요! 병!"

현암이 수인을 설명해 주자 자영은 금세 알아듣고 수인을 맺었다. 그러자 자영의 몸이 털썩 땅에 내려앉았고, 헤매고 다니던 손 기자도 자영이 붙잡고 인장법을 일러 주었다. 손 기자도 비로소 눈이 트인 듯 온통 땀범벅이 된 얼굴을 흔들어 댔다.

"어휴, 죽는 줄 알았어요."

현암은 여전히 냉랭하게 말했다.

"내가 안 도와줬으면 당신들 죽을 수도 있었거든요? 그러니 돌아가요. 정말 위험하다고요."

자영이 금세 살아난 듯 대들었다.

"아니, 또 가라고요? 가라는 게 무슨 주문이에요? 우리가 가면 만사형통되나요? 그럴 순 없어요! 우리도 갈래요!"

"어, 말 잘했어요. 가라니까요."

"아니! 돌아가는 게 아니라 따라간다고요! 이제는 취재보다도, 오기가 생겨서라도 그놈의 무덤인지 뭔지 내 손으로 뒤져 봐야겠어요!"

"아, 정말. 아직도 정신 못 차렸어요? 무덤 속 들어가서 후회할 거예요? 이건 초입의 경고 표시판 같은 건데 거기 걸려 버둥거려 놓고 그런 소리가 나와요?"

"안 죽었으면 됐죠, 뭐."

"이봐요, 기자님. 저 안쪽은 훨씬 무시무시하거든요? 그런 걸 그냥 통과하려다가는……."

"뭐 그래 봐야……."

"즉시 사망이에요!"

현암은 손으로 자신의 목을 가로로 긋는 시늉을 하며 대답했다. 그러나 현암의 말에 자영은 겁도 없이 곧바로 대꾸했다.

"뭐 죽기밖에 더 하겠어요?"

현암은 코웃음을 치며 겁을 주었다.

"이봐요. 그냥 죽는 게 아니고 엄청난 고통으로 죽어요. 당신들 죽어도 아무도 거기 못 들어가고. 그냥 허공에 매달린 채 썩어 버릴 거예요. 보기 좋겠죠?"

손 기자는 안색이 변했지만 자영은 겁도 없이 떠들어 댔다.

"여기서 그냥 나간다 해도 난 안달이 나서 죽을 거예요. 기왕 죽을 거라면 나 하고 싶은 대로 하다가 죽을래요!"

"그런 억지가 어디 있어요?"

"현암 씨라고 했나요? 당신이야말로 도대체 무슨 권리로 나를 놓고 오라 가라 하는 거죠? 내가 가고 싶으면 가는 거지, 뭐! 그러니 송장 치우고 싶지 않으면 여기를 벗어나는 방법이나 어서 가르쳐 주세요!"

"뭐, 뭐요? 송장 치운다고요?"

"방금 말했잖아요. 난 무조건 갈 거니까, 내가 허공에 매달린 송장 되면 당신 책임이거든요?"

"그건 억지예요!"

"억지 아니에요! 우리를 떼 놓기 위해서 사지에 내버려두고 방관하겠다는 소리잖아요! 그리고 시체를 아무도 못 찾는다고요? 당신은 우리 죽으면 어디서 죽었을지 알잖아요. 안 그래요?"

현암은 겁 한번 주려다 말꼬투리를 잡히자 답답해졌다. 자영은 계속 시끄럽게 떠들어 댔다.

"흥! 내가 그렇게 죽어 봐요. 그 몰골로 매일 밤 꿈에 나타나서 원망해 줄 거예요! 내가 그냥 죽을 줄 알아요? 복수할 거라고요! 오호홋!"

"아니, 대체 목숨 걸고 들어가겠다는 그 심보는……."

"나 원래 심보 나쁜 여자거든요?"

자영의 눈이 또다시 곱지 않게 되었다. 자영이 현암의 옆구리를 쿡 찌르며 말했다.

"길을 가르쳐 줄래요, 아니면 그냥 여기서 죽을까요?"

억지도 보통 억지가 아닌 데다가 쩡그리고 있는 자영의 눈에 장난기까지 있는 것 같아서 뭐라고 할 수가 없었다.

어쩔 줄을 모르고 있던 현암이 막 입을 열려는 데 뒤쪽에서 껄껄껄 하는 웃음소리가 울려왔다. 철기 옹이 박 신부와 승희, 안 기자를 끌고 수인을 맺으며 들어오고 있었다.

"여보게나, 젊은 친구! 귀찮으니 그냥 데리고 가세그려! 그 안에는 사람들에게 알려 주어야 할 것도 있지 않은가?"

"철기 옹이시군요."

자영은 철기 옹이 자기를 거들며 나서자 반가워서 그쪽으로 다가가려고 했다. 그러나 철기 옹은 그 낌새를 알고서 벼락같이 소리를 질렀다.

"예끼! 가까이 오지 마! 부정 타! 요즘 젊은것들은 왜 저리 법도가 없지?"

자영은 흠칫했으나 까놓고 대들려고 하던 승희보다는 훨씬 사회 경험이 많은 베테랑답게 그 자리에서 꾸벅 인사를 했다.

"죄송합니다, 어르신. 경거망동을 했습니다."

승희는 삽시간에 요사를 떠는 자영이 못마땅했으나 안 기자와 박 신부는 그냥 웃고 있을 따름이었다. 철기 옹은 껄껄 웃으며 말없이 걸음을 옮겨 가기 시작했다. 지연 보살이 그 뒤를 따르면서 자영을 툭 치며 따라오라는 눈짓을 했다. 안 기자가 현암에게 다가왔다.

"이봐, 현암. 이거 정말 믿을 수가 없군. 이런 진법이라는 게 정말 세상에 있다니, 그리고 자네가 고수 중의 하나였다니 말이야."

"그런 소리 말라고. 내가 무슨 고수야, 고수는. 너 여기 오면 안 되는 거였는데. 네가 죽건 말건 따라오는 게 아니었는데……."

"야야, 친구잖아."

"나, 지금 무지 후회 중이다. 어쨌든 입 꼭 다물고 있어."

"그런데 저 노인이 말했던 건 뭐야? 사람들에게 뭘 알려?"

"서두르지 마라. 차차 알게 될 테니."

"아니, 궁금해 죽겠다고. 알게 될 거라면 말해 줘도 좋잖아? 여기 모인 사람들은 분명 뭔가 알아서 온 거 아냐?"

"전부 아는 사람은 없어. 다만……."

"다만?"

"여기가 초치검과 고대의 신물이 얽힌 곳이란 사실 말고는."

"초치검과 고대의 신물? 아니, 그러면 일본 천황의 삼종 신기 중 하나라는 초치검 말고도 다른 고대의 신물이 있다는 건가?"

"그럴 수도. 오백 구가 넘는 왜구들의 시체, 그건 아마도……."

"아마도 뭐지?"

"원정대였을 거야. 우리나라에 숨겨져 있다는 고대의 신물을 찾으러 온 원정대."

현암이 더 말을 이으려는데 갑자기 행렬이 멈추어 섰다. 아까 통과할 때는 없었던 불기둥이 오솔길 위에 이글거리고 있었다. 그 불기둥은 화끈한 열기를 뿜고 있었으나 주변의 것들을 태우지는 않았다.

"저건 또 뭐야?"

"진법이 변했어! 누가 진을 건드린 것 같아."

앞쪽에서 철기 옹의 성난 목소리가 들려왔다.

"어떤 놈이 수작을 부리는 거냐?"

철기 옹은 등에 메고 있던 말굽 모양의 나무 막대를 내렸다. 그 막대를 당겨 줄을 걸자 활이 되었다. 시위를 푼 활을 본 적이 없던 안 기자로서는 그게 무엇인지 잘 몰랐지만, 그 말굽 모양의 나무 막대는 시위를 끌러 놓은 국궁(國弓)[17]이었다. 철기 옹은 수인을 풀고 움직이는데도 일단 활을 잡자 주위의 진법에 영향을 받지 않았다. 철기 옹이 중얼거리는 소리를 읊으면서 활을 쥐자 조그마한 영감 같았던 철기 옹의 몸이 쫙 펴지면서 기운이 넘치는 것처럼 보였다. 철기 옹이 빈 활을 힘 있게 당겨서 줄을 연속으로 탁탁 두 번 튕기자 눈앞의 불기둥이 퍼석하고 흩어져 사라지고, 저쪽에서 조그마한 노란 깃발이 날아오다가 무언가에 부딪친 듯 땅에 툭 떨어졌다. 안 기자는 자신의 눈을 믿을 수가 없었다.

"분명 빈 활인데?"

"영력으로 활을 쏘는 거야. 옛날 조선 태조 이성계나 명장들이 썼던 술수[18]지."

"저 깃발은?"

"그건 나도 모르겠는데……."

철기 옹이 소리를 질렀다.

"썩 나와!"

웃음소리가 들리더니 잠시 후 한 남자가 불쑥 모습을 드러냈다. 주기 선생 상준이었다. 다시 사방에서는 불기둥들이 일어나고

---

17 서양의 활을 양궁, 우리나라의 활은 국궁이라 한다. 예로부터 우리나라는 지형이 험난해 창이나 칼보다 활이 발달했으며, 우리나라의 활은 최고의 성능을 자랑했다. 활은 쓰지 않을 때 시위를 풀어 반대쪽으로 둥글게 말아 보관했다.

18 고려의 태조 왕건, 조선의 태조 이성계 등은 빈 줄로 활을 당겨 솔방울을 떨어뜨리거나 물동이를 뚫는 등의 능력을 가졌었다고 한다.

수상한 회오리바람이 몰아치기 시작했다. 그리고 알 수 없는 힘이 사방을 채워서, 자영과 손 기자는 말도 제대로 이을 수가 없었다.

"철기 어르신, 그간 별래무양(別來無恙)하였소이까?"

"관둬!"

"어르신은 어떤 일로 여기까지 오신 것입니까?"

"네놈이야말로 여긴 뭣 하러 왔느냐? 초치검 때문에?"

"저 같은 놈이 무슨 복이 있어서 그런 귀한 것을 가질 생각을 하겠습니까? 그냥 구경 삼아 나왔습니다."

"이놈, 구경을 온다는 놈이 십이 깃발을 다 메고 왔어?"

철기 옹과 주기 선생이 싸움하듯 떠드는 동안 안 기자가 뒤에서 현암을 쿡 찌르며 말했다.

"저 사람, 도력이 높아? 십이 깃발은 뭐고?"

"십이지신술이란 거야. 저 사람 기술이라던데 나도 처음 봐."

"믿을 수 있는 사람이야?"

"글쎄. 사파에 가까워. 사리사욕을 챙기는 사람 같아."

주기 선생은 뭐라 대꾸하더니 별안간 등에서 깃발 하나를 빼내어 휘둘렀다. 펄럭하고 깃발이 펴지자 마치 부적처럼 이상한 글자가 금색으로 그려져 있었다.

"시간이 없습니다, 어르신. 이 진은 왜놈들이 쳐 놓은 게 분명해요."

"나는 눈이 없을까?"

"게다가 진세가 바뀌고 있어요. 많은 사람이 들어와 진을 부수고 있어서……."

"부숴?"

"예. 현현파, 오의파, 청홍검을 든 여자 모두가 사방에서 진으로 들어오고 있습니다. 이대로는 진이 무너질 것 같습니다. 진세가 곧 발동될 것 같습니다. 우리도 여기서 만나게 되었으니 힘을 합치는 것이 어떨까요?"

"너 같은 녀석은 소용없다! 구경이나 해라!"

철기 옹이 소리를 지르는 순간 저쪽에서 자그마한 아이가 뛰어나왔다. 준후였다. 이제 숲속은 미친 광풍이 휘몰아치고, 금세라도 귀신들이 쏟아져 나올 것 같은 분위기가 되었다. 번뜩이는 불기둥들이 사방에 일어나 돌아다니는 기이한 풍경 속에서 아이가 뛰쳐나오자 안 기자와 자영, 손 기자는 흠칫했다.

"현암 형. 저, 저기!"

현암이 소리를 쳤다.

"뭐니? 준후야?"

"사람들이 싸워요!"

"누가?"

"진을 깨는 사람들과 진을 친 사람들이……."

"아, 벌써……."

준후는 급하게 말을 덧붙였다.

"우리가 아는 사람도 있어요!"

"누구?"

"홍녀 누나!"

그때까지 말이 없던 박 신부도 놀라는 표정을 지었다. 홍녀가 어떻게 알고 여기에 왔단 말인가?

주변에 몰아치는 바람이 이제는 걷잡을 수 없을 만큼 위세가 세졌고, 검은 기류와 불덩이 같은 것들이 날아다니고 있었다. 진이 본격적으로 발동된 것 같았다. 박 신부는 조용히 자영과 손 기자, 안 기자를 자기 뒤에 서도록 손짓하고 기도력을 발했다. 오라가 둥글게 퍼져 나가면서 바람과 다른 힘들을 밀어 내자 진세의 압박이 순식간에 줄어들었다.

"와, 이…… 이거……."

안 기자와 자영의 입이 크게 벌어졌다. 박 신부는 아랑곳하지 않고 현암과 승희에게 눈짓했다. 이제는 진을 깨 버리자는 신호였다.

주기 선생은 깃발을 휘저어 바람을 일으키고 있었고, 철기 옹은 허리를 쭉 편 채 지연 보살을 등 뒤에 숨게 하고 당당히 버티고 서 있었다. 그의 입에서는 나직하게 주문이 흘러나오고 있었다.

사납게 이는 바람에 나뭇가지와 잔돌들이 떠올라 빗줄기처럼 내리쳤다. 이제 진을 통과하든가, 아니면 파괴해야 했다. 현암은 입을 꾹 다문 채 기공력을 모아 아까 돌아섰던 여덟 번째 삼매야회의 진문으로 달려갔다. 승희와 주기 선생이 뒤를 따랐다.

바람이 점점 심해지자 흙먼지를 일으켜 주변이 먼지로 자욱했다. 공기 속에는 검은 안개 같은 것이 차츰 뭉쳐지기 시작했다. 기공으로 몸을 닦은 현암으로서도 점점 버티기 힘들어졌다. 진이 본

격적으로 발동되고 있으니, 이런 상태로는 더 이상 오래 버틸 수가 없었다. 오로지 진을 파괴하는 방법밖에는.

현암은 호신부(護身符)를 쥐고 뒤따라온 준후에게 큰 소리로 물었다.

"어디를 깨야하지?"

준후가 소리를 질렀다. 이제는 옆에 있는 사람의 목소리마저 잘 들리지 않을 정도였다.

"왼쪽! 저쪽에 보이는 소나무요! 그게 삼매야회의 핵이 있는 자리예요!"

눈앞의 검은 기운이 짙어지면서 바람 소리가 귀를 세차게 때리고 있었다. 현암도 덩달아 소리를 질렀다.

"어떻게?"

"삼매야회는 재(在)의 무드라로 나타나요. 자연력을 지배하는 힘이죠! 대일여래의 자제력을 나타내는 중심의 자리! 그 힘이 쎈 게 저 소나무예요!"

"어떻게 하느냐고!"

"꺾어요!"

진은 마치 살아 있기라도 한 듯, 현암이 월향을 꺼내자 먹장과 같은 구름 더미가 밀려와 몸을 덮쳤다. 준후가 뒤에서 황급히 부적 두 장을 꺼내어 허공에 띄우자 공중에서 부적이 확 하고 타오르면서 구름 더미의 위세가 약간 줄어들었다. 현암은 월향을 쥔 오른손에 기공력을 집중했다. 검기가 길게 뻗어 나왔다.

"오, 검기!"

옆에 서 있던 주기 선생이 신음을 냈다. 현암은 월향을 날렸다.

꺄아아악!

귀곡성과 함께 월향은 앞을 가리고 있는 구름 더미를 뚫고 준후가 가리킨 소나무에 박혔다. 그러나 나무는 꺾이지 않았다. 진의 힘이 보호하는 모양이었다. 뒤에서 도움을 주려는 듯 철기 옹이 잇달아 활시위를 튕기자 소나무의 굵은 가지들이 툭툭 부러져 나갔다. 현암은 태극패를 꺼내어 기공을 월향에 비추었고 준후도 승희의 힘을 끌어서 인드라의 뇌전을 발했다.

준후의 손에서 뻗어 나간 두 갈래의 번개와 태극패에 비추어진 현암의 기공력이 월향에게 집중되자 월향이 꽂혀 있던 소나무가 갑자기 화약에 터지는 것처럼 펑 소리를 내면서 산산이 부서졌다. 소나무 가지가 사방으로 후두둑 떨어지면서 광풍과 검은 안개도 언제 그랬냐는 듯 잦아들었다. 그때까지 가만히 지켜보고만 있던 주기 선생이 경망스럽게 박수를 쳤다.

"대단하시오, 대단해. 귀물을 부려서 저 굵은 나무를 꺾다니. 과연 유명한 퇴마사는 명불허전이로군."

현암은 그 소리가 좀 고깝게 들렸으나 접어 두기로 하고 뒤를 돌아보았다. 안 기자와 그 일행이 무사한지 확인하기 위해서였다. 박 신부가 서서히 기도력을 거두고 있었고 셋은 얼이 빠진 듯 와들와들 떨고 있었다. 다행히 다친 사람은 없어 보였다. 자영이 김 빠지는 소리를 했다.

"저, 저 사람들 귀신인가 봐."

현암은 씁쓸하게 웃으며 고개를 돌렸다. 막 발걸음을 옮기려는데 주기 선생이 앞으로 나섰다.

"아홉 번째 근본성신회는 내가 처리하겠습니다. 좀 쉬시지요."

뒤에서 철기 옹이 소리를 질렀다.

"야, 이놈아! 벌써 성신회는 안에서부터 붕괴되었다. 진이 다 뭉개진 것을 몰라? 뻔뻔한 녀석 같으니."

주기 선생의 얼굴이 빨갛게 달아올랐다.

"아니, 몰랐습니다. 철기 어르신, 왜 저를 그렇게 몰아붙이시는 겁니까?"

"아, 없는 재주를 자랑하려는 네 속이 하도 빤해서 그랴!"

"너무하시네."

주기 선생이 씩씩거리며 철기 옹에게 가려는데 준후가 잡았다.

"아저씨, 싸우지 말아요, 예?"

주기 선생은 말똥말똥 자신을 쳐다보는 준후를 바라보더니 한숨을 쉬고는 껄껄 웃으면서 숲속으로 순식간에 사라져 버렸다. 안 기자가 중얼거렸다.

"엄청 빠르네! 힐기보법이라고 했던가? 저 사람을 마라톤 대회에 내보내면……."

현암이 째려보자 안 기자가 얼른 입을 닫았다. 현암은 말없이 일행에게 손짓을 했고 사람들은 진문 안으로 걸음을 옮겼다.

진문의 출구는 숲이 끝나는 지점이었다. 숲에서 나오자 사방이

약 사오백 제곱미터는 됨 직한 붉은 황무지가 운동장처럼 펼쳐져 있었다. 한복판에 십수 명의 사람과 세 사람이 서로 마주 보고 서 있었다. 한편에는 안 기자가 보았던 현현파의 검은 옷을 입은 네 명, 병수라고 하던 대머리 차력사, 오의파의 두 사람, 청홍검의 보따리를 등에 메고 있는 가냘픈 여자와 그 뒤에 서 있는 평범한 노파, 체구가 큰 네 명의 화상과 작은 사미(沙彌)가 한 명, 이렇게 열네 명이었다. 그 반대편에는 남색의 일본식 승려복을 입은 한 거한과 빼빼 마른 노승, 그리고 낯익은 한 여인의 모습이 보였다. 홍녀였다.

청홍검을 멘 여자와 일본 승려복을 입은 거한이 앞에 나서서 서로 눈싸움을 하고 있었다. 그들도 현암 일행이 진문 속에서 우르르 달려 나오자 곧 눈길을 돌렸다. 먼저 간 주기 선생은 어디로 갔는지 그 자리에는 없었다.

준후가 소리를 질렀다.

"홍녀 누나!"

먼발치에서 준후를 알아본 홍녀가 잠시 웃는 얼굴을 짓더니 다시 그녀 특유의 매서운 얼굴로 돌아갔다. 전후 사정을 잘 알 수는 없었지만 아무튼 양편이 대립하고 있는 듯했다. 철기 옹이 앞으로 나서며 카랑카랑한 소리를 질렀다.

"어이! 도야지 할멈! 안 죽고 살아 있었구먼그려!"

청홍검을 멘 여인의 뒤에 있던 노파가 움찔하면서 화난 얼굴로 철기 옹 쪽을 노려보았다.

초치검의 비밀

"저 쭈그렁바가지 영감은 아직도 안 뒈지고 깨적깨적 걸어 다니누먼! 애, 현정아! 저 영감부터 빨리 날려 버려라!"

현정이라는, 검을 멘 여인은 난데없는 노파의 말에 어리둥절해 하고 있었다. 철기 옹은 깔깔 웃으면서 걸음을 옮겨서 노파에게 다가갔다.

"어이, 도지 무당. 도야지라고 혀서 화났나 부지? 깔깔깔!"

노파는 웃지도 않고 얼굴을 돌려 버렸다. 오히려 예기치 못했던 사태에 당혹한 것은 두 일본 승려와 홍녀였다. 박 신부가 우렁찬 목소리로 홍녀에게 인사를 했다.

"홍녀 님! 안녕하셨소? 여기는 또 어쩐 일로?"

"예. 신부님도 안녕하신지요? 현암 상도, 준후 동생도?"

홍녀가 거의 정확한 한국말로 대답했다. 그러나 얼굴은 여전히 긴장한 상태였다.

갑자기 나타난 사람들이 그들과 맞서고 있는 일본인들과 아는 척을 하자, 현현파의 네 사람이 쑤군거렸고, 대머리 도인 병수도 인상을 찌푸렸다. 병수의 이마에 박힌 갈매기가 더 또렷해졌다. 승려들과 오의파의 두 사람은 아무 반응이 없었다. 박 신부는 그들을 무시하고 말을 이어 갔다. 안 기자는 자영과 손 기자에게 자신의 앞을 가리도록 하고서 모여 있는 사람들의 모습을 찍기 위해 주머니 속에 넣어 두었던 소형 카메라 셔터를 눌렀다. 대놓고 사진을 찍다가는 좋지 않은 일이 생길 것 같은 예감 때문이었다.

"같이 오신 분들 소개를 해 주시지요."

홍녀가 뒤의 두 사람에게 일본 말로 뭔가를 중얼거렸다. 그러자 덩치 큰 승려가 먼저 퉁명스럽게 한마디 했다.

"도운(道雲)데스."

그러자 뒤쪽의 빼빼 마른 노승도 합장을 하면서 자신의 이름을 밝혔다.

"스기노방(杉坊)데스."

홍녀가 덧붙였다.

"두 분은 한국말을 전혀 하지 못합니다."

홍녀가 차분하게 말을 전해 주자 사람들 사이의 긴장감이 조금 풀어지는 것 같았다. 청홍검을 메고 있던 현정이 보퉁이를 어깨에서 내려 손에 옮겨 쥐면서 말했다.

"그렇군요. 그런데 여러분들은 왜 남의 나라에 와서 우리의 길을 막지요?"

드러나는 윤곽

홍녀는 당황한 듯한 표정이 되어 현정의 말을 맞받았다.

"아니, 길을 막다니요? 그런 적 없습니다."

"그러면 저 앞의 저 커다란 진은 누가 펼쳐 놓은 것이죠?"

"저희가 한 게 아닙니다. 저희도 여기 도착한 지 얼마 안 됐어요."

"일본계의 수법이던데요?"

"아니오. 저 정도의 진을 치려면 오래 준비해야 합니다. 알 만하신 분들이니 굳이 설명하지 않아도 되겠지요?"

"그런데요?"

"허나 우리가 여기 도착한 지는 두어 시간밖에 되지 않았어요. 그것만은 틀림없는 사실입니다."

인상을 찡그리고 있던 오의파의 두 사람 중 수염을 좀 더 길게 기른 남자가 나섰다.

"오의파의 제자인 고상렬이오. 제가 한 말씀 올리겠소이다."

"말씀해 보세요."

"저는 여러분이 언제 도착했는지 궁금한 게 아닙니다. 여러분이 진을 친 겁니까? 아닌 겁니까? 도착한 지 얼마 되지 않았으니 진을 칠 수 없었다고 생각하라는 건가요? 여러분이 제가 보는 만큼 재주가 좋다면 진 치는 시간쯤은 줄일 수 있을 것 같은데요?"

"그건······."

"빙빙 돌리지 말고 확실히 말씀해 보시죠? 제가 넘겨짚었나요?"

얼굴이며 차림새가 흉악했지만 상렬이라는 오의파 제자의 지적은 논리적이었고 정확했다.

"우리가 설치하지 않았습니다."

"그러시군요."

"저희는 불제자입니다. 거짓을 말하지 않아요."

홍녀가 대답하자 상렬은 말을 이었다.

"말장난 그만두죠? 꼭 여러분이 진을 쳤다고는 하지 않겠습니다. 그러나 설치한 게 아니라 먼저 도착해서 이곳에 설치되어 있던 진을 발동시킨 것이라면…….”

현현파의 맏이인 근호가 끼어들었다.

“이곳에 설치되었던 진이라고요? 그러면…….”

오의파의 다른 제자인 성곤이 대신 답했다.

“우리 오의파는 원래 산천을 떠돌기를 중시합니다. 전에 이곳에 와 본 적이 있죠. 그때는 이 밑에 고분 같은 것이 있으리라고는 짐작조차 하지 못했습니다만, 이곳에 놓인 돌이나 고목들이 일종의 진세를 형성해 자라고 있다는 것을 알고 퍽 의아해 했습니다.”

대머리의 거한인 병수가 어느새 꺼내 든 철봉을 땅에 쿵 놓으면서 소리를 쳤다.

“보나 마나요! 고다이고 천황의 검을 도로 찾아가려고 왜놈들이 술수를 부린 거지! 그 검은 내가 점찍었소! 아무도 손대지 말라고!”

홍녀의 안색이 붉어졌다. 창피하기도 하고 화도 나는 모양이었다.

“고다이고 천황의 검이라니? 저는 잘 모르겠군요!”

현정이 벌컥 소리를 질렀다.

“발뺌은 하지 마시지! 초치검을 찾아온 게 아니라면 밀교의 술사들이 어째서 이런 시골까지 왔지?”

안 기자가 곁에 있던 현암의 옆구리를 쿡 찔렀다. 현암과 박 신부를 비롯한 퇴마사들과 지연 보살은 아직 그들의 언쟁에 끼어들고 있지 않았다.

"이봐, 자꾸 초치검이니 고다이고 천황의 검이니 하는 이야기가 나오는데, 대관절 어떻게 되어 가는 거야? 가르쳐 줘!"

자영도 옆에 있던 준후를 잡고 물어보았다.

"정말, 저 사람들이 모두 어떻게 알고 온 거지?"

준후가 머쓱한 듯 대답했다.

"투시하거나 자기가 모시는 신에게서 들은 거죠. 저도 신을 불러 보았는데, 매우 위험한 일이 벌어질 수 있으니 가서 힘을 합해야 한다는 내용밖에는……."

현암도 입을 열었다.

"지금 이야기하고 있는 게 뭔지는 알아?"

"대강은. 고다이고 천황도, 초치검도 찾아보긴 했는데……."

"그건 일본 천황의 신기야. 천황의 삼종 신기의 하나인 천총운검을 말하는 것이지."

"역시! 두 개가 같은 건가?"

"그러나 아직 속단하기는 일러!"

"그런데 검이 있는 건 어찌 알고? 발굴도 안 했는데……."

현암이 피식 웃었다.

"그 정도 되는 물건이면…… 대강 느껴지는 게 있거든. 아, 일반인은 모르겠지만 저런 사람들이라면 바다 건너에서도 느낄 수 있어."

"저런 사람이 아니라 너도 포함 아냐?"

"난 그런 거 못 느낀다. 진짜."

"아직도 빼냐? 그런데 그건 문화재잖아. 그걸 왜……."

현암은 살짝 한숨을 쉬었다.

"저들에게는 단순히 문화재 이상이거든. 그러나 아직은 그 검이 과연 진짜인지도 알 수 없고. 하물며……."

"하물며 뭐?"

"그 검과 이곳에 묻힌 오백 왜구 시체가 어떻게 연관된 건지 아는 사람은 아무도 없을 거야. 준후나 승희, 철기 옹까지도 신술이나 투시로 이곳의 내력을 알지 못했으니 말이야."

"무슨 말이야? 신통력이 있는데도 알 수 없단 말이야?"

"뭔가 먹장 같은 것이 우릴 방해하고 있어. 엄청난 힘이야. 여기 모인 사람들의 꿍꿍이들은 다 달라. 어떤 이는 천총운검을 뺏으려고, 어떤 이는 호기심으로, 어떤 이는 자기가 모시는 신이 시켜서 온 거지. 우리는……."

"자네 일행은 왜 왔지?"

"불안해서 온 거야. 흉악한 음모가 있을지 모른다고 해서."

"음모를 꾸며? 이들 중 누가?"

"아니, 고대로부터 내려온 흉악한 음모."

"고…… 고대? 그런 게 가능해?"

"나도 잘 모른다니까? 준후와 승희가 그렇게 말했어. 그들이 그렇다면 그런 거야."

준후? 승희? 그러고 보니 승희라 하는 여자는 가만히 서서 눈을 감은 채 양손의 집게손가락을 옆머리에 지그시 대고 생각에 잠겨 있었다. 승희가 일종의 레이더로서, 여기 모인 사람들의 속마음을 읽어 무언가 알아내려 하고 있다는 사실을 안 기자가 알 리 없었다. 준후는 치근거리는 자영에게 질려 거의 포기 상태로 있었다. 준후는 그들 일행과 여기 모인 사람들 모두가 어떻게 천총운검의 자취를 알게 되었는지를 자영에게 털어놓는 중이었다.

"여기 모인 사람들은 나름대로 그 잡지에 실린 기사의 내용을 보거나 다른 사람에게 소식을 전해 들었을 거예요. 이상한 내용인지라 투시를 해 봤겠죠. 투시로는 아무것도 나오지 않았을 거예요. 제게도 하나도 보이지 않았으니까요. 그래서 더 호기심이 생긴 거죠. 투시나 영사가 안 되게 방해하고 있다면 어떤 중요한 물건을 강한 영이 수호하고 있다는 소리나 마찬가지니까요."

안 기자도 준후의 말에 귀를 기울이기 시작했다. 저쪽에서는 일본인 그룹과 오의파, 현현파, 병수와 현정이 한바탕 설전을 벌이고 있었지만, 지금은 이쪽의 이야기가 더 중요하다고 생각했다. 도지 무당과 철기 옹도 핏대를 세워 가며 무슨 이야기를 떠들고 있었다. 그러나 네 명의 우리나라 승려와 어린 사미는 그냥 뒤쪽에 서서 번잡한 일에 말려들지 않으려 하고 있었다.

"그러면 어떤 식으로든 알고 싶어지는 법이죠. 그래서 여러 가지 방법을 쓰게 돼요. 다행히 그 기사에는 대강이나마 시대가 나와 있어요. 역사책을 조금만 조사해 보면 고려조 말기에 강화도에 왜구가 꽤 큰 규모로 쳐들어온 시기가 1363년경부터 1375년경까지였다는 걸 알 수 있고요. 그 정도만 알아도 당시의 다른 것들,

예를 들면 그 근처에서 나온 당대의 유물이나 하다못해 나무, 큰 돌, 산신 등을 통하면 약간의 단서를 얻을 수 있지요. 전 잘 모르지만 산법(算法)¹⁹으로 풀 수도 있고요."

"정말?"

"아주 약간요. 그 결과 아주 강력한 외부의 힘이 들어와 있다는 것을 알았죠. 다른 이들도 그랬을 거예요. 그다음은 사람들의 재주에 달린 셈이죠. 투시로 '천총운검'의 글자가 새겨진 칼의 형상을 본 사람도 있을 것이고 자신이 모시는 신명(神明)을 불러내어 이 고분에 숨겨진 게 바로 천총운검, 즉 초치검이라는 이야기를 들은 사람도 있을 거예요. 또는 고다이고 천황의 검이 있다는 이야기를 들은 사람도 있을 거고요."

"그랬구나. 나는 단순히 역사책을 읽고 추리로 그런 가설을 세웠는데 역시 능력이 있는 사람들은 다른 방법을 택하네."

안 기자는 또랑또랑한 준후의 설명에 고개를 끄덕거렸다. 손 기자는 열심히 수첩에 메모하고 있었고 자영은 준후를 귀엽다는 듯 쳐다보고 있었다.

---

19 수리(數理)를 바탕으로 한 법산(法算)을 통해 자신의 심령을 밝히는 정신 수련으로, 일찍부터 우리 민족에게 전승됐다. 법산을 통한 정신 수련 방법은 예로부터 '36산(算)' 등 많은 방법이 있었으나, 그중에서도 '사시산'은 우리 겨레 고유의 체계를 가진 독특한 방법이다. 중국에도 승문산(乘門算), 보허산(步虛算), 초정산(招丁算), 순적산(旬積算) 등 다른 산법은 다 있어도 이 사시산만은 없다고 한다. 역사적으로 유명한 일급 모사(謀士)나 참모치고 이 법을 수련하지 않은 이가 없을 정도로 예부터 중요시되어 왔다.

"그런데 이런 거 사람들에게 소문나면 안 좋은데요."

준후가 걱정스럽게 말했지만 안 기자는 간단히 무시하고 다시 입을 열었다.

"그런데 여기 묻혀 있다는 고다이고 천황의 검, 아니 초치검, 천총운검은 과연 진짜일까? 투시력으로 그걸 알아낼 수는 없니?"

"못해요. 알 수 없는 힘이 방해하고 있기도 하고, 그런 검이 여기 있다는 느낌을 받기는 했지만 그 검에 대한 내력은 직접 그 검을 본 후에만 알 수 있거든요."

"흠!"

저쪽의 분위기는 한층 험악해지고 있었다. 홍녀는 결국 자신들이 초치검을 찾아왔다는 사실을 인정하긴 했지만, 자기 나라의 유물을 도로 가져가야만 하며 그 이상은 말할 수 없다고 했다. 나머지 사람들, 특히 병수와 현정이 코웃음을 치며 펄펄 뛰고 있었다. 현정이 싸늘하게 말했다.

"흥! 땅에 묻혀 있는 물건이야, 그 땅에 사는 사람이 임자지. 우리나라 땅에서 캐낸 것은 우리 거야!"

병수도 길길이 날뛰었다.

"너희는 역사적으로 우리나라 보물을 수없이 가져갔잖냐? 이 병수 님께서 그깟 칼 하나 가지겠다는데 그게 그렇게도 떫어?"

홍녀가 미처 말하기도 전에 일본 승려 도운이 앞으로 나섰다. 아마 말을 알아듣지는 못했지만, 분위기를 보고 병수 말대로 떫게 생각한 것이 틀림없었다. 도운이 홍녀에게 뭐라고 중얼거렸다. 홍녀는 영 탐탁스럽지 않은지 스기노방이라고 하는 늙은 승려의 눈치를 살폈으나 그는 비웃는 듯한 미소만 빙글거리고 있을 뿐이었다. 홍녀는 한숨을 쉬면서 말을 꺼냈다.

"여러분, 여기 도운 님이 제안을 하셨습니다."

"무슨 제안?"

"많은 분들이 고다이고 천황의 검을 찾으러 오셨습니다. 그게 정말 초치검인지 아닌지는 아직 알 수 없지만요. 여러분들은 수가 많습니다. 그러나 초치검은 하나뿐입니다. 만약 우리가 물러선다 해도, 그러면 그 검은 누가 가질 것입니까?"

사람들은 서로 얼굴을 마주 보았다. 이렇게 사람들이 많이 모여 있지만 정말 그 검을 가지고 갈 사람은 한 명, 또는 한 문파로 정해져야 할 것이었다.

오의파의 상렬이 소리쳤다.

"우리는 그 검에 욕심을 내지는 않소! 우리는 이곳의 기운이 심상치 않아서 알아보려고 온 것뿐이오!"

"그러시다니 다행이로군요. 그럼 다른 분들도 모두 그 검을 탐내서 온 것이 아니라는 말인가요?"

병수는 씩씩거리고 있었고 현정은 입을 꼭 다문 채 홍녀를 쏘아 보고 있었다. 현현파의 네 사람도 검에 욕심이 있기는 마찬가지였다. 그때 내내 가만히 서 있던 정체를 알 수 없는 큰 체구의 승려들이 언쟁에 끼어들었다. 그중 우두머리인 듯한 승려가 합장을 하며 우렁찬 소리로 말했다.

"나무아미타불. 우리는 백제암의 지극, 증장, 다문, 광목[20]이라 하며, 저의 법명은 다문이라 합니다. 저기 있는 사미는 승현이라 하지요. 숨김없이 말씀드리자면, 저희는 그 검을 찾아오라는 어느 분의 부탁을 받았습니다."

지극, 증장, 다문, 광목은 원래 불교의 사대 천왕이었다. 그 이름을 딴 것으로 보아 이 네 사람도 필히 범상한 사람은 아닐 듯싶었다. 다문은 부탁을 한 사람이 누구라는 말은 하지 않았으나 그의 몸짓이나 표정만 보아도 그의 결의는 확고해 보였다.

도지 무당과 언쟁을 하고 있던 철기 옹이 소리를 질렀다.

"병신들 육갑하고 있구먼! 지금 어떤 큰일이 생길지도 모르는 판인데 도대체 뭣들 하는 짓인지."

현현파, 병수, 사천왕, 그리고 현정, 일본 승려 등 도합 열네 명은 철기 옹의 말을 못 들은 척했다. 홍녀가 입을 열었다.

"그러니 우리는 여기서 하나의 약속을 하는 게 어떻습니까? 도력을 겨루어서 가장 뛰어난 능력을 지닌 사람이 그 검을 갖는 겁니다."

병수가 이마의 갈매기를 찌푸리면서 소리쳤다.

"시합? 흥! 뭐 좋지. 방법은 어떻게?"

"일대일로 도력을 재어 보는 겁니다. 방법은 아무거나 좋습니다."

---

[20] 불교의 사대 천왕 이름으로, 이에 해당하는 밀교나 힌두교식의 이름도 있으나 본문에서는 백제암에서 온 네 명의 승려 이름으로 쓰였다.

현정이 말했다.

"밀릴 것 같으니 일대일로 하자고? 호호호! 간사한 방법이로군. 그래도 상관없어. 난 그깟 초치검을 얻으러 온 게 아냐. 다만 이 청홍검으로 그 잘난 칼을 박살 내 주려고 온 거지."

현정이 말을 마치면서 어깨를 흔들자 검을 싸고 있던 천이 흘러내리고 찬란한 검집이 드러났다. 현정이 청홍검을 획 내려서 오른손에 들자 검집에서 뽑히지도 않은 검이 지르릉 하고 울었다. 현현파의 사람들이 쭈뼛했고, 병수의 입이 벌어졌으며, 일본인들도 움찔하면서 뒤로 물러섰다.

안 기자는 바야흐로 절호의 기회가 왔다고 생각했다. 세상에 도력 대결이라니! 요즘 세상에 이런 일이 있을 수도 있구나! 안 기자는 자영과 손 기자에게 눈짓했다. 그들의 눈빛도 떨리고 있었다.

현암과 박 신부는 작은 말로 속삭이고 있었다. 막 투시를 마친 승희와 준후가 그들에게로 다가갔다. 승희가 현암에게 속삭였다.

"이봐, 현암 씨! 저들 대부분은 그 검을 얻으려고 혈안이 되어 있어! 물론 오의파나 철기 옹 같은 사람들은 욕심이 없지만. 홍녀라는 여자와 도운이라는 남자는 그 칼을 찾아오라는 사명을 받은 것 같고, 스기노방이라는 늙은이는 다른 꿍꿍이가 있는 듯해."

"뭐? 꿍꿍이라고? 그게 뭔데?"

"나도 그것까지는 모르겠어. 다만……."

"다만?"

"여기에서 뿜어져 나오는 그 이상한 기운과 비슷한 기운으로 마음을 가리고 있어. 저 스기노방이라는 노승이 말이야."

박 신부가 눈썹을 꿈틀했다.

"음? 이곳의 기운과 비슷한 느낌이라고?"

"누나가 마음을 읽을 수 없을 정도라면 정말 고수네!"

박 신부가 조용히 말했다.

"현암 군, 아무래도 가만히 있어서는 안 될 것 같네. 저들은 그냥 내버려두면 싸움을 벌일지도 몰라. 무슨 방법이 없을까?"

현암은 입을 다물고 있었다. 승희가 눈을 반짝이며 말했다.

"아예 현암 씨가 모두 눌러 버리면 어떨까? 찍소리 못하게 만든 다음에, 검 따위는 생각하지 말고 모두 힘을 합쳐서 검보다도 더 중요한 고분의 비밀을 캐 보면 어떠냐고 하는 거야. 저 사람들, 눌리고 난 다음에는 아무 소리 못 할 거 아냐!"

"눌러 버린다고?"

"말로 해서는 죽어도 안 들을 거야. 그러니 일단 시합을 벌여서 찍소리 못하게 눌러 놓은 다음에 타이르면 들을 거 아냐?"

"근데 왜 꼭 내가……."

"우리 중에 사람과 일대일이라면 현암 씨가 제일 세잖아. 신부님의 기도나 준후의 부적을 사람들에게 쓸 수도 없고."

황당한 소리였지만 박 신부는 고개를 끄덕였다.

"우리 생각이 맞다면 이 고분에 숨겨져 있는 비밀은 초치검 정도가 아닐 거야. 그보다 훨씬 크고 무서운 게 분명히 있을 거야.

그러니 일단 이 상황을 어떻게든 수습해야지."

"그러니 아예 여기서 다른 사람들을 눌러 버리라고! 내가 힘을 보내 주면 현암 씨의 상대는 없을 거야!"

현암은 망설였다. 굳이 이런 쇼를 벌여야 되는 건가? 좀 우스운 일이었지만 마땅한 다른 방법이 생각나지 않았다. 아무튼 속히 이 사람들의 분쟁을 수습해야 했다. 그리고 일본에서 온 승려들도 어떻게든 치워 버려야 했다. 그들은 지금 그 칼의 향방에 관심을 가진 것이 아니었다. 아직 확실한 것은 아니지만 고분에서 나온 오백여 구의 시체들이 더욱 문젯거리가 될 수도 있었다. 그 시체들의 내력이 만약 퇴마사들의 생각대로라면…….

현암은 심호흡을 하고 내키지 않는 표정으로 휘적휘적 걸어 나갔다. 일본인들과 여러 술사들이 이제 막 언쟁을 끝내고 바야흐로 실력대결에 들어가려는 순간이었다.

도운이 등에서 갑자기 여러 개의 철추가 달린 쇠줄을 꺼냈다. 도운의 큰 덩치에 걸맞게 철추들은 꽤 무거워 보였고, 쇠줄 또한 검은 윤기를 발하는 것이 어느 정도 내력이 있는 물건인 듯했다. 도운이 일본 말로 소리치자 홍녀가 그것을 통역해서 여러 사람에게 알려 주었다.

"도운 님은 여러분을 해치거나 상처를 입히시려는 게 아닙니다. 다만 힘이나 도력을 겨루자고 하는 것이지요."

"흥! 힘이라고? 감히 나 병수 님 앞에서 힘을 논한단 말인가?"

병수가 예의 철봉을 들고 앞으로 나섰다. 백제암에서 왔다는 승려들 중 가장 덩치가 좋은 증장도 앞으로 걸음을 내디뎠다.

"아미타불. 빈승 증장, 도력은 얕지만 무식하게 힘쓰는 것이라면 약간 합니다……."

증장의 얼굴은 꼭 노지심[21]처럼 우락부락하게 생긴 사람이었는데도 목소리는 그에 어울리지 않게 높고 부드러웠다. 뒤에서 일본 노승 스기노방이 홍녀에게 뭐라고 지시하자 홍녀가 다시 이를 한국말로 바꾸어서 말했다.

"우리는 셋뿐입니다. 그러니 세 분야로 나누어서 겨루자고 스기노방 님이 제안하시는군요. 일단 한국 측에서 먼저 각 분야의 대표자 세 명을 뽑아서 우리와 겨루기로 합시다. 저희가 요행히 이기면 초치검을 원래의 곳으로 가져가고, 저희가 지면 그쪽의 세 분께 검을 맡기기로 하지요."

병수가 툴툴거렸다.

"우리끼리 먼저 겨룬다고?"

"어차피 초치검에 관심이 있으신 분들이라면 여러분들도 나름대로의 합의가 있어야 하지 않겠습니까?"

현현파의 맏이인 근호가 소리쳤다.

---

21 중국 고전 『수호지』에 나오는 호걸 중 한 사람으로 키가 십 척이고 허리가 열 아름이 되는 거인이다. 본명은 노달로 고급 관리였으나 성질이 급해 사람을 죽인 죄로 중이 됐다. 법명은 지심이나 온몸에 꽃 문신을 새겨서 화화상(花和尙) 노지심이라 일컬었다. 온통 구레나룻을 기르고 육십 근짜리 철선장을 들고 다녔다. 호쾌한 행동을 많이 해 중국에서 인기가 많다.

"그 방법은 공정하지 못해! 당신들의 실력이 우리보다 위라고는 믿지 않지만 우리들끼리 겨루는 데에도 내력이 많이 소모될 것 아닌가? 당신들은 그동안 아무 힘도 쓰지 않고 최후의 지친 사람과 상대해서 쉽게 이기려는 계략이구먼!"

홍녀의 얼굴이 붉어졌다. 스기노방이 계속 눈짓을 보내자 할 수 없이 입을 열었다.

"여러분들끼리의 합의는 어쨌든 필요한 것입니다. 저희는 저희 나름대로 국가적 사명을 띠고 왔으니 일국의 대표라 할 수 있습니다. 여러분에게 꼭 힘을 써서 싸우라는 말은 하지 않았습니다. 다만 어떤 방법으로든 대표자를 뽑아 주시기만 하면 됩니다. 여러분들끼리 상의하셔서 선출해 주시면 그만 아닙니까?"

간사한 방법이었다. 지금 상황으로 볼 때 초치검에 관심을 가진 사람이 보검 획득을 눈앞에 두고 쉽게 물러서서 양보한다는 것은 생각하기 힘들었다. 그러나 알아서 대표자를 뽑으라는 말을 반박하긴 힘든 형편이었다. 병수, 현현파, 사천왕들은 서로의 얼굴을 쳐다보고 있었고, 현정은 말없이 일본인들을 노려만 보고 있었다.

"치사하구먼!"

갑자기 철기 옹이 나섰다. 사람들이 시선을 돌리자 철기 옹과 현암이 보였다. 도지 무당과 오의파 두 사람은 어디로 갔는지 홀연히 사라지고 없었고, 박 신부 일행과 기자단은 저만치 뒤에서 관망만 하고 있었다. 철기 옹이 앞으로 나서면서 말했다.

"왜놈들, 잊어버리려고 해도 계속 밥맛없는 짓만 하는구먼. 난

저 스기노방이란 자를 알아. 저자는 나를 잘 모르겠지만."

스기노방의 눈빛이 약간 떨리다가 이내 평정을 찾았다. 철기 옹은 크게 웃으면서 말을 이었다.

"좋다, 좋아! 내 이 나이가 되어서 네놈의 과거를 들추지는 않겠다. 아무튼 네놈들 수법이 치사하다만 그러고도 네놈들이 진다면 얼굴에 똥칠하는 거겠지? 스기노방 네놈은 원래 강신술에 능하니까 어디 박수인 나하고 붙어 보자! 여기 현암하고 저 얼굴 허연 계집하고 검법으로 겨뤄 봐라! 그러면 나머지 힘쓰는 놈은 어찌 되었든 이 대 일로 우리가 이길 것이니!"

스기노방은 깔깔깔 하고 웃어 젖혔다. 그리고 다시 홍녀에게 뭐라고 했다. 홍녀가 떨리는 목소리로 중얼거렸다.

"스기노방 님은 다른 분들이 그 말씀을 받아들일지 모르겠다고 하십니다."

철기 옹이 웃음을 터뜨렸다.

"하하하! 원래 여기 병수하고 백제암의 중들은 모두 외공을 익힌 아이들이니 저 도운이라는 놈과 붙어야 할 거고, 저 스기노방이란 땡추는 분명 강신술이나 소혼술로 겨루자고 할 테니 지금 이 자리에는 나밖에 없지. 도지하고 오의파 애들은 이런 일엔 안 끼겠다고 했고, 현현파 네놈들이야 내 친구의 제자뻘밖에 안 되니 쑥 빠져 있거라! 홍녀는 보아하니 밀교의 보검을 갖고 있는 듯하니 당연히 검을 쓰는 사람일 텐데 그렇다면 현암밖에 적수가 없지!"

홍녀의 안색이 파리해졌다. 전에 현암 일행의 도움으로 목숨을 구원받고 흡혈마를 잡는 임무를 완수하는데 그들에게 빚을 진 바가 있기 때문이었다. 현암은 그 일을 이미 염두에 두지 않고 있었지만 홍녀의 마음속에 그때의 기억이 자꾸 일어나고 있다는 것을 철기 옹이 눈치챈 것이다. 아까 승희가 읽어 낸 것을 넌지시 물어서 알아낸 결과였다. 승희가 읽어 낸 것에 의하면 홍녀는 보기와는 달리 마음이 약해서 현암과 싸우지 못할 것이란 계산이었다.

홍녀는 손에 든, 막대기처럼 위장한 구마열화검(驅魔烈火劍)을 한번 쳐다보고는 현암이 지니고 다니는 귀검인 월향을 떠올렸다. 그리고 입을 열었다.

"저는 현암 상을 이기지 못합니다. 패배를 인정합니다."

난데없는 홍녀의 말에 도운은 물론 스기노방의 눈마저도 크게 벌어졌다. 홍녀는 조용히 고개를 숙인 채 뒤로 물러섰다. 스기노방은 낮은 목소리로 홍녀에게 빠르게 떠들어 댔다. 질책하는 듯했으나 홍녀는 침울한 얼굴로 대답을 하지 않았다.

현암은 퍽 마음이 무거워지는 것을 느꼈다. 실력으로 말하자면, 홍녀에게 제아무리 구마열화검이 있다 하더라도 자신에게는 그동안 갈고닦아 자유자재로 공중에서 부릴 수 있는 월향검이 있어서 결코 뒤떨어지지는 않을 것으로 여겼었다. 그래서 한번 겨뤄 보겠다는 단순한 생각만 하고 있었는데 느닷없이 홍녀가 기권을 해 버리다니…… 모여 있던 일행들도 현암과 홍녀를 번갈아 보았다. 그들도 뭔가 알아차렸다는 눈빛으로 현암을 보았다. 철기 옹의 계략은 스기노방의 술수를 역이용해 그를 엎어 버린 것이다. 그러나 현암은 계략으로 문제를 해결하는 성격이 아니었다.

"날 그런 눈으로 쳐다보지 말라고요. 홍녀 님, 우리 정당하게 실력을 겨뤄 봅시다! 홍녀 님도 임무가 있지 않습니까?"

홍녀는 고개를 저었다.

"저는 절대 현암 상의 상대가 못돼요. 여러분 중 그 누가 전설로 내려오는 어검술(禦劍術)[22]을 익히고 있습니까? 아니, 보신 적이라도 있습니까?"

여러 사람들이 흠칫 놀랐다. 어검술이라면 원래 중국 전설상의 인물인 팔선(八仙) 중 한 명인 여동빈이 창안한 것으로, 정신력으로 칼을 조종해 멀리 떨어진 사람의 목도 벨 수 있다는 전설적인 기술이었다. 그 때문에 여동빈은 팔선 중에서도 검선(劍仙)이라 불렸고 이것은 인간의 경지를 넘어선 신선들에게나 가능한, 전설상의 이야깃거리일 뿐이었다.

현암은 고개를 저었다. 자신이 비록 월향을 조종하지만 이건 그것과는 근본적으로 달랐다.

"아니, 어검술이 아닙니다. 그런 게 세상에 어디 있습니까? 그냥 간신히 칼을 조종할 수 있을 뿐……."

"그게 그거죠, 이현암 씨!"

또랑또랑한 여자의 목소리가 울려 퍼졌다. 현정이었다.

---

22 칼에 내공을 넣어 손에 쥐지 않고도 마음먹은 대로 칼을 날리거나 돌아오거나 휘두를 수 있는 전설상의 무술로 인간이 가장 도달하기 어려운 최상위의 무술이다.

"저는 스승님인, 그리고 이 청홍검을 물려주신 도지 님의 전인이기도 합니다만, 아미파(蛾眉派)[23]의 검법을 좀 배운 바도 있습니다. 물론 철기 어르신이 내세우신 분이니만큼 제가 구태여 나서지는 않겠습니다만, 현암 씨와 한번 대련해 보고 싶어지는군요!"

느닷없는 말이었다. 현암은 여자가 퍽 당돌하다고 생각했다.

"무슨 대련인가요? 이 판국에."

"제게는 이보다 중요한 일이 없습니다. 어검 능력을 지닌 분을 언제 다시 만나 보겠습니까?"

현정이 겨뤄 볼 상대를 만나 기쁘다는 얼굴로 청홍검을 스르르 뽑아 들었다. 현암은 당혹해했고 철기 옹도 갑자기 사태가 예기치 못한 방향으로 흘러가자 놀란 표정을 지으며 소리쳤다.

"이봐, 이봐! 여자가 그렇게 설치는 거 아냐! 좀 기다려. 일단 이 일본 애들과 일을 마무리한 다음에도 시간은 얼마든지 있으니까!"

현정은 잠시 생각에 잠기더니 돌연 자신의 옆으로 칼을 그었다. 현정의 옆에 있던 큰 차돌 바위 하나가 마치 두부처럼 두 조각이 나 버리자 현정은 다시 칼을 집어넣었다.

"기다리지요. 청홍검은 뽑힌 후 그냥 꽂혀 본 적이 없습니다. 그래서 실례한 것이니 용서 바랍니다."

---

[23] 중국 아미산에 실제로 있는 도교의 한 문파로 다른 도교 문파가 주로 남성들로 이루어진 것과 달리 비구니, 즉 여자 도사들로만 이루어진 문파이다. 무술로서도 여성적인 세밀함이나 정교함 등을 추구해 독특한 경지를 이루었다고 전해진다.

현현파의 태현과 윤섭이 그 돌을 만져 보았다. 그들은 돌의 잘라진 면이 마치 종잇장처럼 매끈매끈한 것을 보고는 탄성을 발했다. 철기 옹은 되었다 싶어서 일단 병수와 증장을 향해 소리쳤다.

"아무튼 지금은 이쪽이 한 번 이긴 걸세. 그리고 자네들은 나와 스기노방이 대적한 뒤에 저 도운인가 하는 아이와 겨루도록 하게. 힘을 아껴야 돼. 내가 이기면 우리가 두 번 모두를 이긴 거니 승부는 이미 끝난 것이고, 혹 내가 지면 그때 싸워도 늦지 않으니."

철기 옹은 말을 마치자마자 등에 졌던 활을 내려 손에 들고 하늘을 향해 주문을 외우며 묘한 몸짓을 했다. 스기노방이 놀란 표정을 지었다. 철기 옹은 그런 스기노방은 신경 쓰지 않고 계속 주문을 외웠다. 철기 옹의 굽은 허리가 쭉 펴지고, 노쇠한 몸에 활기가 돌아오고 있는 것이 눈으로도 보였다. 어깨가 점점 벌어지고 키가 쑥쑥 늘어나고 있었다. 혼을 불러서 스스로의 몸에 씌운 것이 분명했는데, 혼도 보통의 혼이 아니라 아마 유명한 장군의 혼쯤 되는 듯했다. 이윽고 철기 옹의 목소리가 걸걸하고 우렁찬 목소리로 변해서 그의 입에서 터져 나왔다.

"왜놈들! 이건 김덕령 장군[24]의 현신이다. 어디, 재주를 한번 피

---

24 임진왜란 때 의병장으로 활약한 광주 석저촌 출신의 조선조 명장으로 실로 엄청난 장사였다. 십여 살 때 호랑이를 맨손으로 끌고 관아로 들어가 사또를 놀라게 했으며, 화가 나면 눈에서 불이 나와 그것이 십 리 밖까지 보이는가 하면, 아름드리나무를 뿌리째 뽑고 큰 바위를 깨는 등 신력이 엄청났다고 한다. 정기룡, 곽재우 등의 의병장과 함께 많은 공을 세웠으나, 그의 힘이 너무도 강한 것을 시기한 간신들의 모함을 받

워 보아라!"

철기 옹의 눈에서 마치 호랑이의 눈처럼 환한 불빛이 이글이글 타올랐다. 스기노방은 움찔했으나 지지 않고 주문을 외우기 시작했다. 스기노방의 몸도 말라비틀어진 형상이 고무풍선처럼 늘어나고, 얼굴이 검은색으로 물들면서 험상궂은 형상이 되었다.

뒤에서 보고 있던 백제암의 승려 다문과 현현파의 우두머리 격인 근호가 동시에 다급한 소리를 질렀다.

"앗, 마하칼라(Mahakala)[25]다!"

박 신부와 준후는 팔짱을 끼고 관망하면서 주위를 살폈다. 승희는 철기 옹을 돕기 위해 정신을 가다듬고 있었다. 안 기자와 자영은 눈앞에서 벌어지고 있는 믿기 힘든 일에 주목하고 있었는데, 손 기자가 문득 심각한 얼굴로 말했다.

"안 기자, 아무래도 이상해."

"뭐가?"

"초치검 말이야. 그게 왜 여기에 있을까?"

아 역적으로 몰려 옥에서 매를 맞아 죽었다. 그 나이는 겨우 32세였다.

25 힌두교에서 세계의 파괴자로서 시바 신의 또 다른 이름으로 사용되며, 여기서는 대흑천(大黑天), 대흑(大黑)이라고도 불린다. '칼라'라는 이름에서 알 수 있듯이 죽음의 신이기도 하다. 불교에서는 이 신이 호법신으로 많은 활약을 했는데 인도, 네팔, 티베트에서는 주로 피의 의례와 연관돼 잔혹한 면을 지니나, 일본에서는 주로 쌀가마 위에 서서 쌀자루를 짊어진 형태를 지닌다.

초치검의 비밀

"난들 그걸 어떻게 알겠어?"

"문득 생각난 건데…… 왜구들이 여기에 초치검을 들고 올 하등의 이유가 없잖아? 그렇다면 필시 어떤 곡절이 있을 거야. 그걸 알아내면 이 고분의 수수께끼도 풀릴 것 같아."

"왜 초치검을 들고 왔냐고? 그건……."

순간 안 기자의 머리에 어떤 생각이 떠올랐다. 초치검은 강력한 힘을 지녔다는 천황의 상징이었다. 혹시 그 초치검이 아니면 상대할 수 없는 무언가가 여기에 있었던 것은 아닐까? 주술력을 지닌 초치검이 아니면 깰 수 없는 것. 그러니까 일종의 봉인이라고 할 수도 있고…… 가만, 봉인을 깬다고? 지금 무슨 생각을 하는 거지? 도대체 갈피를 잡을 수 없는 생각에 휘말리고 있는데, 갑자기 승희가 눈을 번쩍 뜨면서 소리쳤다.

"알았어요!"

박 신부가 놀라면서 승희에게 물었다.

"뭐지? 승희야, 철기 옹을 도와야 하잖아?"

승희는 얼떨떨한 표정을 지었다.

"안 기자의 생각이 맞아요. 내게 문득 안 기자의 생각이 들어오고 저 스기노방이라는 중의 생각도…… 마치 싸움을 앞두고 잠깐 고삐가 풀려 새어 나온 듯한 생각이었는데, 맞아, 맞아요!"

"뭔데? 승희 누나?"

"초치검이 여기 있는 건 우연이 아냐! 그건, 그건 더 중요한 뭔가를 얻기 위해…… 그래, 바로 봉인을 풀기 위한 거였어!"

"초치검보다 더 중요한 거라고? 아니, 그러면……."

"단군, 단군의 유물이야. 맞아! 저들이 진정으로 노리는 것은 바로……."

미처 아무도 생각하지 못했던 말들이 승희의 입에서 쏟아져 나오자 일동은 아연실색했다. 도대체 뭐가 어떻게 된 것인지 종잡을 수가 없었다.

한편, 저 아래 둔덕에서는 김덕령 장군의 혼을 업은 철기 옹과 마하칼라의 힘을 빌린 스기노방이 막 격돌하려 하고 있었다…….

혼전(混戰)

"저들이 노리는 것은 초치검뿐이 아냐! 스기노방 저자가 노리는 것은 바로 단군의 유물이야!"

승희가 더듬거리면서 말을 잇자 박 신부가 다그치듯 말했다.

"단군? 난데없이 어째서 단군의 이야기가 나오는 거지? 승희야, 틀림없니? 확실해?"

준후는 눈을 동그랗게 뜨다가 자기도 눈을 감고 중얼중얼 주문을 외우기 시작했다.

저쪽에서는 철기 옹과 스기노방이 멀리 떨어져 있는 상태에서 격돌하고 있었다. 김덕령의 혼을 업고 힘을 빌린 철기 옹이 어깨에 걸려 있던 활을 내려 계속 빈 활을 퉁겨 내자, 스기노방도 검은 흑단 나무로 만들어진 카트반가[26]와 흡사한 봉을 뒤에서 뽑아 양 손에 들고는 보이지 않는 기운을 펼쳤다. 보이지 않는 기운과 나무로 된 봉이 충돌을 하는데도 쨍! 쨍! 하면서 불꽃이 튀기고 있었다. 철기 옹의 주위로는 누런 기운이, 스기노방의 주위로는 검은 기운이 몰려 서로 엉기기 시작했다. 주변에 서 있던 사람들은 둘의 굉장한 격돌을 관전하느라 한눈을 팔 수가 없었다. 그런 중에도 먼 곳에 있는 안 기자와 손 기자, 자영만이 승희가 말한 것에 놀라서 이쪽저쪽을 번갈아 쳐다보면서 갈피를 잡지 못하고 우왕좌왕했다. 승희가 말을 이었다.

"틀림없어요. 스기노방 저자의 마음이 잠시 열렸었어요. 단군, 단군의 유물을 찾아야 한다고…… 초치검이 아녜요. 초치검도 중요하지만 그건 단군의 유물을 얻기 위한 수단에 지나지 않아요."

놀란 안 기자가 엉겁결에 소리를 높였다.

"초치검이 수단에 불과하다고? 천황의 삼대 신기인데?"

박 신부는 입을 꾹 다물고 생각에 잠겼다. 승희의 말을 믿지 않을 수는 없었으나 초치검 같은 보물보다 더 중요한 것이 있다는, 그것도 생각지도 못했던 단군의 유물이 그들이 진정으로 노리는 것이라는 말에는 아연할 수밖에 없었다. 손 기자가 도리어 단정하듯 말했다.

---

26 티베트 등지의 마하칼라 상에서 보이는 두개골이나 사람의 머리 형상이 새겨진 지팡이나 봉을 말한다.

"그럴 수도 있어!"

"뭐라고요? 손 기자님?"

"김자영 씨, 생각해 봐요. 칠지도(七支刀)²⁷의 훼손을 말이에요."

---

27 일본 이소노카미 신궁(石上神宮)에 있는 기묘한 모양의 칼로 길이는 칠십오 센티미터이며 도신의 양쪽에는 세 개의 사슴뿔과 같은 가지가 달려 있다. 이 명문을 처음으로 읽은 사람은 1873년부터 1877년까지 신궁의 대궁사였던 간 마사토모(菅政友)로 도신에 덮인 녹을 벗긴 인물이다. 그러나 국내외 학계 일부는 당시 그가 일본에 불리한 일부 글자를 삭제했을 거라는 주장을 하고 있다. 분명하게 나타난 명문 중에 해석의 주요 쟁점이 될 만한 부분만이 알아볼 수 없다는 것은 인공적인 손길이 가해지지 않고는 불가능하기 때문이다. 이러한 배경 때문에 칠지도의 명문 해석은 한일 고대사의 진위를 가리는 데 양국 학자 간에 중요한 쟁점이 되고 있다. 칠지도에 대한 기록은 『일본서기』와 『고사기』에 "신공 52년 백제가 구저가 칠지도와 칠자경을 비롯해 각종의 귀한 보물을 가져왔다"라고 나타나며, 「응신기」에도 "백제 군주 초고왕이 횡도 및 대경을 보냈다"는 기록으로 보아, 이 칠지도는 백제의 근초고왕 때 일본에 전해진 것으로 인정된다. 이 칠지도에 새겨진 명문은 다음과 같다.

〈앞면〉

[泰和四年四月十一日丙午正陽造百練(鐵)七支刀(世) 酸百兵 宜供供候王 □□□□作]

[태화4년 4월 11일 병오 날 중에 백 번을 달군 강철의 칠지도를 만들었다. 이는 나아가 백 명의 군사를 물리칠 수 있으니 후왕들에게 베풀어 공급만 한다. □□□□ 만듦.]

〈뒷면〉

[先世以來夫有此刀百濟王世子奇生聖音, 故爲倭王旨造 傳示(後)世]

[선세 이래로 아직 이러한 칼이 없었던 바 백제의 왕세자 기생 성음이 왜왕 지를 위해 만들었으니 후세에 길이 보전하라.]

물론 이러한 해석도 사실 학자들의 의견이 분분한 상태이다. 그러나 한일 학자 간의 쟁점은 분명하다. 이 칠지도를 백제가 왜에게 '하사했는가', 아니면 왜왕에게 '바쳤는가' 하는 문제이다. 이 해석에는 '후왕(侯王)'이라는 어휘에서 분명하게 나타난다. 후왕이란 제후로 봉해진 왕이므로 백제왕의 수하에 있던 영주를 의미한다. 일본 측 사료에 의해서도 이 칼이 왜에 전해진 것은 백제가 가장 강대하던 근초고왕 대임이 확실하므로 이러한 해석은 한층 개연성을 지닌다. 그러므로 백제의 제후국인 왜에 왕세자가 칠지도는 일본의 국가적 유물로 알려진, 신성시되는 국보 중의 국보였다. 그러나 그 칼에 쓰여 있는 문구를 일본인들은 교묘하게 조작해 마치 그 칼이 하사받은 것이 아니라 공물로 바친 것인 양 꾸미고 선전하고 있다는 사실, 또 그 칠지도가 임나일본부설(任那日本府設)[28]을 입증하는 증거로 사용된다는 생각이 자영의 뇌리를 스쳤다. 그래. 그들은 그러고도 남지. 그런 말을 듣자 자영의 몸에서는 까닭 없이 후끈한 열기가 솟아올랐다. 그 순간 갑자기 준후의 눈이 번쩍 뜨였다.

"어라! 이 누나, 이 누나는 나라 자손······."

준후가 놀란 눈으로 자영을 쳐다보며 말했다. 자영과 안 기자, 손 기자도 무슨 일인가 하여 준후를 돌아보고 있는데 저쪽에서 막 요란한 외침이 들려왔다.

칼을 만들어 하사했다는 한국 학계 주장의 정당성이 입증되는 것이다. 또한 이러한 증거는 국내에서 발굴되고 있는 철기 유물에 의해 더 확연하게 나타난다. 당시 철기란 곧 국력의 우열을 가름하는 열쇠였기 때문이다. 결국 일본은 고대의 유물을 변조하면서까지 자신들의 역사를 미화하고 임나일본부설을 뒷받침해 자신들의 대륙 진출의 역사적 근거로 삼으려 하는 뜻이 있음을 허황된 자신들의 역사로 증명해 보이고 있는 것이다.

28 일본의 야마토왜(大和倭)가 4세기 후반 한반도 남부 지역에 진출해 백제, 신라, 가야를 지배하고, 특히 가야에는 일본부(日本府)라는 기관을 두어 6세기 중엽까지 직접 지배했다는 설을 말한다. 한일 학계에서 첨예한 마찰을 빚고 있는 화두로, 광개토 대왕비 변정이나 칠지도 변정과 같은 비역사적인 문제들의 진실이 미궁 속에 빠져 있다고 해도 과언이 아니다. 역사적 사료로는 전혀 증명될 수 없는 것들로 자신들의 대륙 침략의 이론적 토대를 마련했다는 점에서 그 허구성을 반드시 증명해야 할 것이다.

철기 옹과 스기노방의 힘은 엇비슷했다. 어차피 신력을 빌려 쓰는 것은 신 자체의 힘과는 별 관련이 없으며 그 시전자의 능력 여하에 따라 다르기 마련이다. 철기 옹은 계속 공세를 취하고 있었고 스기노방은 방어에 급급했다. 활을 마구 쏘아 대던 철기 옹이 결국 그의 비장의 무기인 화살을 꺼냈다.

"이놈! 삼천 부적을 모아 만든 화살이다! 네놈의 술수도 이젠 끝이다!"

마하칼라의 힘을 빌고 있던 스기노방이 카트반가의 사람 머리 형상을 한 뚜껑을 잡아뗐다. 그러자 거기에서 돌연 검은 연기가 뿜어져 나와 스기노방이 내뿜고 있는 기류를 타고 화살을 메기고 있던 철기 옹에게로 날아갔다. 철기 옹은 순식간에 밀어닥친 연기를 맡고는 뒤로 휘청거리며 물러서기 시작했다.

"여전히 간사하구나, 이놈!"

철기 옹이 분노의 고함을 치고 있었다. 현암이 소리를 치면서 철기 옹에게로 날듯이 달려가서 철기 옹을 부축했다.

"비겁하오, 스기노방! 독을 사용하다니!"

스기노방은 씨익 냉소를 짓고는 신의 기운을 풀어 본래의 모습으로 되돌아갔다. 그 광경을 보고 있던 병수와 현현파, 사천왕이 그쪽으로 달려가려 했으나 도운이 길을 가로막고 섰다. 성질이 어지간히 급한 병수가 철봉을 들어 도운을 향해 빙빙 돌리자 도운은 철추를 다짜고짜 병수에게 던졌다. 병수가 이를 막자 철추가 철봉에 감겼다. 둘은 서로 자신의 무기를 끌어당기기 시작했고, 그 틈을 타서 사천왕은 스기노방에게로 달려갔다. 그 앞을 막아서는 사람이 또 있었다. 홍녀였다.

"여러분, 여러분! 싸우지 마십시다! 이건……."

"닥쳐라! 치사한 작자들! 정당한 대결에서 독을 사용하다니!"

광목 화상이 소리를 지르며 달려들었다. 홍녀는 어떻게 해야 할지 몰라 망설이다가 뒤에서 스기노방이 소리를 치자 눈을 감고 손을 앞으로 모아 막대기를 둘로 쪼갰다. 맑은 소리와 함께 쌍검인 구마열화검이 모습을 드러냈다. 현암이 소리쳤다.

"홍녀 님! 싸울 셈이요?"

홍녀는 대답 대신 날카로운 기합성을 넣으면서 혼자 사천왕을 향해 뛰어들었다. 사천왕의 승려들은 여자가 덤벼들고 더군다나 손에 들려 있는 칼에서 영기까지 뿜어 나오자 당황한 모습이 역력했다. 그들은 무기를 갖고 있지 않았던 것이다.

사천왕은 홍녀에게 직접 손을 쓰지 않고 일종의 전법 같은 술수를 발휘해 홍녀의 공격을 막아 보려는 것 같았다. 그 순간, 현정이 뛰어들었다.

"이봐! 나는 어때? 칼 대 칼로?"

현정이 소리치면서 청홍검을 꺼내자 스르릉 하고 사람의 가슴을 베는 듯한 검의 울음소리가 들려왔다. 사천왕은 뒤로 물러섰고, 홍녀는 이를 악물면서 기합성을 넣었다.

"발(發)!"

홍녀가 기합성을 발하자 구마열화검에서 붉은 불꽃이 피어올랐다.

현암은 목청을 높여 소리치고 있었다.

"여러분, 그만들 둬요! 싸우지 마세요!"

그러나 이미 현현파의 네 사람은 스기노방에게 달려들고 있었다. 스기노방은 순간적으로 신력을 끌어들여서 다시 마하칼라의 형태로 변해 갔다. 이번에는 그도 긴장한 듯, 카트반가의 봉을 허공에 던지고는 칼트리도(刀)[29]와 방울을 꺼냈다. 스기노방의 뒤에서 거대한 검은 기운이 일어나면서 허공에 던져진 카트반가가 마치 스기노방이 직접 휘두르는 것처럼 붕붕 돌았다. 현현파의 우두머리인 근호가 소리쳤다.

"마하칼라의 사비술(四臂術)이다! 사합술(四合術)을!"

윤섭이 기합을 넣자 그 위에 근호가 뛰어오르고 윤섭이 근호의 양쪽 다리를 잡았다. 양옆에서 태현과 경민이 윤섭의 옆구리에 팔을 끼우자 근호는 길게 소리를 치면서 양손을 가슴 앞으로 교차시키고 후다닥 돌렸다. 태현과 경민도 각각 자유로운 왼손과 오른손을 휘두르면서 마치 네 명이 하나의 거인을 이룬 듯 스기노방을 향해 덮쳐 갔다.

현암은 계속 그만두라고 소리쳤다. 힘이나 주술은 사람과 사람이 맞붙어서 싸우라고 있는 것이 아니었다. 자신의 힘자랑을 위해 있는 것은 더더구나 아니었다.

---

29 티베트의 칼로 사람 고기를 썰 때 쓰인다.

병수가 철봉을 도운에게 빼앗겼다. 도운이 미친 듯 소리를 지르며 병수를 덮쳐 가는데 사천왕이 그 앞을 막았다. 도운이 철추를 휘둘렀으나 사천왕 중의 지국 화상과 증장 화상이 각각 철추를 붙들었다. 도운은 철추를 한 손에 몰아 쥐면서 갑자기 허리춤에서 뭔가를 꺼냈다. 광목이 소리쳤다.

"슈리켄(표창)이다! 화상이면서 그런 지독한 것을!"

도운은 들은 척도 않고 놀라운 속도로 슈리켄을 무더기로 뿌렸다. 다섯은 재빨리 몸을 피했으나 병수의 옆구리에 슈리켄 두 방이 박혔고, 철추를 잡고 있어서 몸을 피하지 못한 지국과 증장도 슈리켄을 한 방씩 맞았다. 광목과 다문은 재빨리 몸을 피했으나 곧 몸의 자세를 가다듬고는 소리를 질렀다. 그들의 눈에는 분노가 이글거리고 있었다.

"이, 이 고약한 놈!"

현정은 얼굴색 하나 변하지 않고 청홍검을 날렵하게 놀려 홍녀를 밀어붙였다. 홍녀는 불이 활활 타오르는 구마열화검을 휘두르며 불꽃을 뿌리고 있었으나, 달빛처럼 싸늘하게 흰빛을 번득이는 청홍검에 감히 칼을 맞부딪힐 엄두를 내지 못하고 있었다. 현정의 검법은 그야말로 물 샐 틈 하나 없었다. 여인에게만 전해져 천 년을 내려왔다는 아미파의 비전을 터득한 듯싶었다. 현정은 대련을 하고 있는 듯한 무표정한 얼굴로 인정사정없이 홍녀를 몰아붙이고 있는 중이었다.

지연 보살이 달려와서는 현암에게서 철기 옹을 넘겨받았다. 철기 옹이 숨이 막히는지 기침을 했다. 독이 지독한 모양이었다.

"괜찮으십니까, 어르신?"

현암의 말에 철기 옹은 찡그리던 얼굴을 애써 가다듬더니 불쑥 한마디를 내뱉었다.

"그저 그렇지, 뭐!"

그러나 철기 옹은 채 말을 잇지 못하고 재차 신음을 냈다. 지연 보살이 철기 옹의 얼굴을 손으로 덮고 중얼중얼 주문을 외우는 것을 보면서 현암은 몸을 일으켰다.

현현과의 네 도인들은 마하칼라의 힘을 업은 스기노방의 무기에 맞서 혈전을 치르고 있었다. 스기노방은 오른손의 칼트리도와 방울을 요란하게 흔들면서 사합진(四合陣)의 양쪽인 태현, 경민과 대적하고 있었고, 근호는 허공에서 날뛰는 카트반가를 맨손으로 막아 내고 있었다.

순간 스기노방이 입을 벌리며 훅 하고 녹색 연기를 뿜어 가운데를 받치던 윤섭을 공격했다. 갑자기 공격을 당한 윤섭이 비명을 올리자 사합진은 재빨리 뒤로 물러섰다. 가운데의 윤섭이 중독된 듯했기 때문이었다. 윤섭의 목말을 타고 있던 근호가 노성을 지르면서 단봉 두 개를 빼 들고 그대로 몸을 날리자, 양쪽의 태현과 경민도 삼재검(三才劍)[30]을 빼 들고는 스기노방을 덮쳐 갔다.

---

30 작은 단검 끝에 쇠줄이 붙어서, 휘두르거나 던졌다가 회수하는 등의 방법으로 사용하는 무기를 말한다.

"죽일 놈의 늙은이! 너를 용서하지 않겠다!"

박 신부와 준후는 미친 듯 사람들이 싸우고 있는 쪽으로 달려 내려갔다. 무슨 수를 써서라도 막지 않으면 자칫 여러 명이 죽거나 다칠지도 모르는 판이었다. 박 신부는 도운에게, 준후는 스기 노방 쪽으로 달려갔다. 사천왕을 따라왔던 승현 사미도 준후 쪽으로 달려오고 있었다.

현암은 홍녀 쪽으로 달려갔다. 현정의 청홍검 앞에 금세라도 홍녀의 목이 떨어질 것 같았기 때문이다. 현암이 월향을 꺼내자 길게 끄는 귀곡성이 울려 나왔다.

지연 보살은 땀을 줄줄 흘리며 철기 옹의 몸에서 독을 빼내고 있었다. 지연 보살의 손이 검게 물들어 가고 의식을 잃고 있던 철기 옹의 입에서는 정신이 드는지 신음이 흘러나오기 시작했다. 승희는 말없이 가부좌를 틀고 현암과 박 신부, 준후에게 힘을 보내려 심호흡하기 시작했다.

자영은 부상당한 철기 옹에게로 달려가고 있었다. 안 기자와 손 기자도 그 뒤를 따랐다.

'이런 걸 찍어야 하는데…… 하지만 아무리 특종이라도 사람의 목숨이 더 중하지!'

안 기자 일행이 정신없이 달려가고 있는데 갑자기 오의파의 두 사람이 튀어나오더니 길을 막았다.

"못 간다! 흐흐흐!"

안 기자 일행은 놀라서 그 자리에 우뚝 멈추어 섰다. 저 사람들이 왜 그러는 걸까? 보기에는 점잖은 사람들인 것 같았는데……
그들의 얼굴을 본 자영이 길게 비명을 질렀다. 안 기자와 손 기자도 그들의 얼굴을 보았다. 그들의 눈은 희게 뒤집혀 있었고 입에는 흉측한 미소를 띠고 있었다.

"초치검을 찾으러 온 자, 아무도 살아서 돌아가지 못한다!"

셋은 얼굴이 새파랗게 질린 채 주춤주춤 뒤로 물러서기 시작했다. 저 두 사람은 뭔가에 씐 것이 분명했다. 도력이 높은 사람들인 것 같았는데 저렇게 되다니. 이곳에 있는 사람들은 지금 저마다 혼전을 벌이고 있거나 상처를 입고 있었고, 세 기자를 도와줄 만한 사람은 아무도 없었다. 그 속에서 오의파의 두 사람, 아니 정체를 알 수 없는 무언가에 씐 두 사람이 히죽히죽 웃으면서 그들에게 다가왔다.

"인술(忍術)[31]? 화상의 탈만 썼지, 살인자로군!"

도운의 슈리켄에 맞은 지국이 소리쳤다. 증장은 이미 독이 몸에 많이 번진 듯 점차 신음이 커지고 있었다. 광목이 두 화상과 차력사인 병수를 돌보는 동안 다문이 분노의 눈을 불태우며 뚜벅뚜벅 걸어 나왔다.

---

[31] 고대부터 중세까지 일본의 비밀 정부 살인 조직의 구성원을 닌자(忍者)라고 불렀는데, 이들이 사용하는 독특한 살인, 침투 등에 쓰이는 괴이한 기술들을 인술이라 한다.

"화상의 흉내를 내며 부처님의 이름을 더럽히는 자, 내 혼을 내주마!"

다문이 기합을 넣으며 획획 허공에 손질을 하면서 기를 모으자 가사 속의 몸이 풍선처럼 부풀어 올랐다. 다문은 기합을 넣으면서 가사를 단숨에 벗어 뒤로 던졌다. 온몸에 강철같이 꿈틀거리는 근육이 보였다. 놀라운 외공력이었다. 긴장한 도운은 이를 악물며 몸을 회전시켜 다시 세 개의 슈리켄을 던졌다. 다문이 기합을 발하면서 한 손으로 그것을 휘어잡았다. 도운이 흠칫하는 사이, 다문이 기합을 넣자 손 안에 든 슈리켄이 종잇장처럼 찌그러져 버렸다.

"내 승려의 몸으로 목숨을 빼앗을 수는 없지만, 요 정도 망가뜨리는 건 부처님도 허락하실 거다."

도운은 무언가 결심한 듯 양미간을 찡그렸다.

홍녀는 더 이상 물러서지 않고 용감하게 구마열화검을 휘둘러서 청홍검을 맞받아쳤다. 챙! 하는 청명한 소리가 울리고 구마열화검의 불똥이 사방으로 튀었다. 현정은 눈 하나 깜짝하지 않고 계속 칼을 휘둘렀다. 구마열화검도 영력을 지닌 보물급이라 청홍검의 격돌에도 어느 정도는 견뎠으나, 한 번 부딪히고 난 후에는 이미 칼에서 뿜어져 나오는 불길이 눈에 띄게 약해졌다. 현정이 청홍검을 잠시 거두어 자세를 취한 다음 외쳤다.

"나는 종교인이 아니다만 자비심은 있다. 목숨은 빼앗지 않을 것이로되 계속 반항하면 팔 하나만 가져갈 것이고 항복한다면 칼만 접수하겠다. 어떠냐?"

홍녀는 얼굴이 하얗게 질렸다. 분명 검술의 조예로 본다면 홍녀가 아미파의 정수를 이어받은 현정의 상대가 되지 못할 것임은 자명한 일, 그렇다고 밀교의 보물인 구마열화검을 내놓을 수도 없었다. 홍녀는 입술을 깨물며 주문을 외우기 시작했다. 홍녀의 뒤에서 기다란 모래 먼지가 일어났다. 달려오던 현암이 소리를 질렀다.

"물러나요! 백귀야행진이오!"

현암의 놀라는 소리에 현정이 문득 뒤로 물러서려는 순간, 누런 기운이 현정을 에워싸고 있었다. 현암은 월향검을 뽑아 들었다.

현현파의 우두머리 격인 근호는 스기노방에게 마구 단봉을 휘두르며 악을 쓰고 있었다.

"더러운 늙은이! 어서 해독제를 내놓아라!"

태현과 경민은 조금 떨어진 곳에서 줄로 조종하는 단검인 삼재검을 무서운 기세로 날려서 스기노방을 공격하고 있었다. 준후는 이상한 생각이 들었다. 마하칼라의 힘을 얻을 정도의 스기노방이 공격도 하지 않고 저렇게 물러서는 것이 이해가 가지 않았다. 현현파의 세 명의 공격도 예사는 아니었지만, 그들의 공격은 주술의 힘을 빌린 것이 아니었다. 몇 가지 주술이면 쉽게 세 명을 제압할 수 있을 텐데 오히려 물러서고 있다니? 갑자기 누군가가 준후의 앞을 막아섰다. 준후와 비슷한 또래로 보이는 동자승인 승현이었다.

"가지 마! 저, 저자는……."

승현은 숨이 차는지 헐떡거리면서 준후의 앞을 막아섰다. 준후는 놀라서 재빨리 걸음을 멈추었다. 승현이 소리쳤다.

"나는 힘은 없지만 저자가 무얼 하는지는 알아! 저자는 여기 잠든 오백 개의 혼령들을 깨우고 있어!"

준후는 놀란 눈으로 스기노방이 물러서고 있는 발자국들을 짚어 보았다. 분명 방위에 맞춘 발걸음이었다. 그리고 뚜렷한 발자국이 깊게 새겨지는 것으로 보아 걸음을 옮기는 발에 힘을 가해서 지기(地氣)를 일시적으로나마 파괴하고 있는 것이 분명했다. 놀란 준후가 막 걸음을 옮기려는 찰나, 뒤에서 날카로운 비명이 들렸다.

"으아악!"

자영의 비명이었다. 준후가 뒤를 돌아보니 오의파의 두 사람이 세 기자를 향해 성큼성큼 다가가고 있었다. 손 기자는 대들다가 이미 한 방 얻어맞았는지 안 기자가 그의 팔을 잡고 있었고, 자영은 계속 소리를 질러 대고 있었다. 영안(靈眼)이 트여 있는 준후의 눈에 오의파의 두 사람 몸에 씐 사무라이 복장을 한 무사들의 영이 투사되었다. 이미 스기노방의 주술이 효과를 발휘하는지 영들이 깨어나고 있었다. 그들이 물러서고 있는 뒤편에는 아무 잡념도 갖지 않고 오로지 힘을 보내는 데에만 집중하고 앉아 있는 승희의 모습도 보였다. 저런 무방비 상태에서 기습을 당한다면······.

"이를 어쩌지?"

준후가 어쩔 줄을 모르고 사방을 두리번거리고 있는데 갑자기 웃음소리가 들리면서 붉은 깃발 두 개가 날아와 스기노방의 뒤편에 꽂혔다. 주기 선생의 것임이 분명했다. 날아와 꽂힌 붉은 깃발들 중 하나에서는 꿈틀대는 불기둥이, 또 다른 하나에서는 울부짖는 듯한 맹수의 형상이 어리기 시작했다.

"하하하! 이 늙은이야! 네가 왜놈들 중에 제일 센 놈이냐?"

숲속에서 주기 선생이 힐기보법으로 날듯이 모습을 나타냈다. 그의 손에는 해묵은 검 한 자루가 들려 있었다. 스기노방이 눈을 부릅떴고 스기노방에게 거세게 달려들던 근호도 놀라 신음성을 냈다. 스기노방이 뒤로 돌아 노한 소리를 지르며 불기둥이 솟는 기 하나를 밟아 버리자 불길은 금세 사그라져 버렸다. 그 광경을 본 주기 선생의 얼굴이 일그러졌다.

홍녀가 불러낸 백귀야행의 기운은 막 대결하려던 다문과 도운까지도 에워싸 버렸다. 도운은 여유 있는 웃음을 지었고 다문은 이상한 분위기를 감지하고 뒤로 물러섰다. 백제암의 사천왕들은 외공 수련을 해 왔기 때문에 주술은 잘 알지 못했다. 백귀의 기운 중에 한 놈의 기운이 뻗쳐 나가 막 다문의 뒤를 덮치려다가 부르르 떨며 튕겨져 나갔다. 박 신부가 뛰어들면서 오라를 발했기 때문이었다. 박 신부가 기합처럼 기도성을 올리자 오라가 둥글게 뻗어 나가면서 쓰러져 있던 세 사람과 광목까지 에워쌌다. 독 기운으로 신음하던 병수가 고통도 잊은 듯 놀란 함성을 질렀다.

"초치검!"

정신없이 뒤엉켜 싸우고 있던 모든 사람이 순간적으로 울려 퍼진 병수의 목소리에 뒤를 돌아보았다. 주기 선생의 손에 들려 있는 낡은 칼. 그 검집에는 분명 '천총운검(天叢雲劒)'이란 네 글자가 쓰여 있었다.

명검은 과연 명검이었다. 청홍검에 어린 선명하고 맑은 기운이 휘둘러지자 백귀들은 감히 다가오지도 못하고 몸을 웅크리고 있었다. 현정은 원래 특별한 영력을 지닌 사람은 아니었지만 주위를 둘러싼 기운이 흉악하다는 것은 눈치채고 있었다. 손을 신속하게 놀려 검망(劍網)을 펼치자 현정의 주변에 수백 개의 칼이 흔들리고 있는 것처럼 방어 막이 생겼다. 아미파의 호신 검술이었다. 현정은 몹시 화가 나 있었다. 홍녀라는 일본 여자가 정당한 무술이 아닌 사악한 술수를 사용해 사람을 해치려 한다고 생각했다. 사실 홍녀는 사람들을 해칠 목적으로 백귀진을 친 것이 아니라 싸움이 벌어지는 사이에 백귀들을 몰아넣어 싸움을 중단시킬 목적이었지만, 현정이 그것까지 분간해 낼 수는 없었다. 현정은 싸늘한 눈매로 검을 휘두르면서 홍녀에게로 차분하면서도 신속하게 걸음을 옮겨 갔다.

한쪽에서는 박 신부가 오라를 발해서 백귀들을 물러서게 만들고 있었고, 그사이 광목은 부상당한 두 동료 화상을 부축하며 뒤쪽으로 물러서고 있었다. 다문은 막 도운에게로 다가서려던 참이었다. 가진 재주가 바닥이 났고 이제 무기도 가지지 않은 도운은 다문에게 몇 수 공격을 해 보았으나 다문이 엄청난 힘으로 도운의 손목을 잡자 힘조차 제대로 써 보지 못하고 입을 딱 벌렸다. 비명을 지를 엄두조차 내지 못하는 것 같았다.

"네 이놈, 오늘 제대로 걸린 줄 알아라!"

손목을 잡힌 도운의 팔에서 우두둑하며 뼈가 부러지는 소리가 났다. 도운의 눈이 고통에 질려 희게 뒤집혔다. 그러나 잠깐 사이, 도운은 아직 자유로운 한 손을 재빨리 품에 넣어서 마지막 남은 슈리켄 하나를 집어 다문의 배꼽치에 박았다. 다른 곳이었다면 외공을 익힌 살갗을 뚫지 못했겠지만, 그곳은 취약했다.

"으윽! 이, 이놈이!"

다문이 노성을 지르며 도운의 팔을 잡은 채 거대한 덩치의 도운을 패대기쳤다. 팔이 완전히 부러지는 것을 느끼면서 도운은 의식을 잃어버렸다. 다문은 슈리켄에 찔린 배를 만져 보았다. 벌써 독이 번졌는지 검은 피가 흐르고 있었다. 다문은 분을 참지 못하고 발을 들어 도운의 목을 밟으려 하다가 멈칫했다. 아무리 화가 나도 살인할 수는 없었고, 또 그것보다는 일단 해독하는 것이 중요했다.

"말세다. 말세. 중이 독을 쓰고 암기를 던지는 세상이라니……."

그 와중에도 다문은 침착하려고 애썼다. 독은 여러 종류가 있다. 닿기만 하면 즉사하는 독도 많이 있는데, 이렇게 효과가 느린 독을 가지고 다니는 것은 살해보다는 협박이나 상대방의 무력화에 목적이 있는 듯했다. 그렇다면 당연히 해독약도 있을 터, 다문은 다짜고짜 도운의 품을 뒤졌다. 벌써 독 기운이 도는지 몸이 저

릿저릿하고 힘이 빠지고 있었다. 도운의 품을 뒤지던 다문은 그의 몸에서 작은 봉지 하나를 찾아냈다.

"됐다!"

그러나 불행하게도 다문이 찾아낸 봉지 안에는 서로 다른 크기와 모양, 색깔을 지닌 약이 삼십여 가지나 있었다.

"아니, 이 중에서 어떻게 해독약을 찾지?"

준후는 품에서 부적 두 장을 꺼내 기자단 일행에게 다가가는 오의파의 두 사람을 향해 던졌다. 부적들은 날아가면서 허공에서 저절로 불이 붙었다. 부적이 두 사람의 등에 달라붙으려 하는 찰나였다.

"어딜!"

눈이 뒤집힌 오의파의 두 남자가 재빨리 몸을 돌리면서 언제부터 들고 있었는지 모를 일본도를 휘둘러서 부적을 허공에서 잘라 버렸다. 준후는 깜짝 놀랐다. 놈들은 두 사람의 몸을 빌려 살아생전에 익혔던 무예까지도 응용하고 있었다. 준후는 안 기자와 자영, 손 기자에게 얼른 피하라는 눈짓을 보내면서 계속 부적을 날렸다. 어지럽게 날아가는 부적을 막아 내느라 오의파의 두 사람, 아니 두 명의 사무라이는 경황이 없었다. 안 기자는 비틀거리는 손 기자를 부축하고 자영의 손을 잡아끌면서 지연 보살이 있는 곳까지 단숨에 달려갔다. 지연 보살의 손은 새까맣게 물들어 있었고 얼굴은 하얗게 질려 있었다.

일단 고비를 넘겼는지 다행히 철기 옹의 숨소리는 고르게 변했다. 안 기자 일행이 지연 보살에게 당도할 때쯤, 지연 보살이 이를 악물며 땅에 손을 갖다 댔다. 손에서 검은 액체 같은 것이 뿜어져 나가며 주위의 풀들이 순식간에 말라 죽어 버렸다. 안 기자는 망연한 중에도 땀을 흘리고 있는 지연 보살의 모습을 몰래 소형 카메라에 담았다. 준후는 기자 일행이 피하는 것을 보고서는 부적을 던지던 것을 멈추고 입술을 깨물었다.

현현파의 세 사람은 스기노방을 주기 선생에게 맡기고 중독된 윤섭을 데리고 물러서려 하고 있었다. 주기 선생이 들고 있는 초치검이 탐나지 않는 바는 아니었으나, 그것 때문에 독에 당한 동료를 버려둘 수는 없었기 때문이었다. 그런데 언제 거기까지 기어 왔는지 병수가 얼굴이 새파랗게 된 채 철봉을 쥐고 헐떡거리고 있었다.

"초, 초치검…… 저걸, 저걸 얻어야 해."

"이봐요! 정신 차리시오! 일단은 당신도 치료를 받아야 해요!"

"초, 초치검! 으흐…… 얻어야 해! 저걸 얻지 못하면!"

"왜 그리 욕심을 내는 거요?"

"고다이고 천황의 검, 난 저걸 얻지 못하면 죽어!"

현현파 사람들이 눈을 둥그렇게 뜨고 있는데, 그것을 아는지 모르는지 주기 선생은 다시 여유를 갖고 스기노방을 노려보고 있었다. 주기 선생은 한 손에 초치검을 들고 한 손으로 등에서 붉은 깃발을 세 개나 꺼냈다. 스기노방은 노한 얼굴로 아까 주기 선생이 던졌던 두 깃발 중 다시 하나의 깃발을 뽑아서 꺾어 버리고 말았다. 주기 선생이 소리쳤다.

"너도 꽤 대단하구나! 십이지신 중 축(丑) 신과 사(蛇) 신의 힘을 그리 쉽게 이겨 내다니! 그럼 좀 더 가 볼까? 신(申)! 유(酉)! 술(戌)!"

주기 선생이 세 개의 깃발을 펄럭이며 한꺼번에 허공에 던지자 깃발들에서 회색의 기류들이 뿜어져 나와 스기노방에게로 덮쳐들었다. 스기노방은 금강저와 카트반가를 휘두르며 뒤로 물러섰다.

"하하하! 도망가는 거냐?"

주기 선생이 웃고 있는데 승현이 고함을 쳤다.

"뒤로, 뒤로 물러서게 하면 안 돼요!"

갑자기 날카로운 소리를 내면서 스기노방의 방울이 승현을 노리고 날아들었다. 때마침 뒤로 후퇴하던 광목이 그 광경을 보고 몸을 날렸다.

"사미! 물러, 억!"

조그마했지만 방울에는 스기노방의 주술력이 실려 있었다. 광목은 주술이 실린 방울을 자신의 몸으로 대신 막았다. 허나 조그마한 방울은 커다란 광목의 몸을 뒤로 거침없이 밀어 냈다. 광목은 뒤에 질린 표정으로 서 있던 승현과 엉켜 우당탕 나뒹굴었다. 구경만 하던 승현까지 말려드는 것을 보고 뒤로 물러서려던 현현파의 세 사람은 다시 이를 갈면서 고함을 지르며 앞으로 달려 나갔다. 주기 선생도 다시 세 개의 깃발을 꺼내 던졌다.

"오(午)! 미(未)! 해(亥)!"

십이지신 중에 세 가지의 힘이 스기노방에게로 덮쳐 갔다. 문득 현현파의 근호가 소리를 쳤다.

"주기 선생! 왜 약한 신들만 부르는 거요? 더 강한 신들을 불러 일거에 끝내 버리시오!"

지금까지 주기 선생이 불러낸 힘은 십이지신 가운데 소, 뱀, 원숭이, 닭, 개, 말, 양, 돼지의 여덟 가지 힘이었다. 신력이 차이가 있는 것은 아닐 테고 뭔가 나름의 이유도 있으리라 생각했지만, 지금까지 주기 선생이 불러낸 동물들이 상징하는 힘은 실제의 전투적인 힘보다는 다른 용도로 사용되는 것이 통례였다. 왜 호랑이나 용 같은 가장 무서운 힘을 지녔을 만한 십이지신의 힘은 사용하지 않는 것일까? 경민이 근호의 말을 이었다.

"당신의 주술 중 가장 강력한 것이 자(子), 인(寅), 진(辰)의 술법이 아니오? 왜 힘을 남겨 두려 하는 것인지 알 수 없군요!"

주기 선생은 대답하지 않았다. 그러고 보니 주기 선생이 많은 수의 힘을 불러냈음에도 스기노방에게 타격을 입히지는 못했다. 현현파의 세 사람은 다시 의아해 하면서도 주기 선생과 함께 스기노방을 상대하기 위해 뛰어들었다. 독이 몸에 퍼지기 시작한 병수가 철봉에 기댄 채 쓰러지고 있었다. 정신을 차린 승현은 신음을 올리는 광목을 붙잡고 울고 있었다. 광목은 외공으로 강철같이 단련된 몸이어서 배에 구멍이 뚫리지는 않았으나, 워낙 타격이 심했던지 신음성만 울리고 있었다.

홍녀는 백귀진을 가다듬으려 애쓰고 있었다. 홍녀의 백귀진은 저번 흡혈마와의 싸움에서 한번 질서를 잃고, 준후의 초일월광에 밀려 많은 수의 영이 흩어졌기 때문에 위력이 예전만 못했다. 또 홍녀가 사람들을 해칠 목적으로 편 것이 아니라서 박 신부의 오라와 현정이 휘두르는 청홍검의 위세에 형편없이 찌그러져 가고 있었다. 사실 홍녀는 현정을 물러서게 할 목적으로 백귀진을 편 것이었는데 막상 보검을 지닌 현정에게는 전혀 효력을 발하지 못하고 있었다. 현정이 검막(劍幕)을 치면서 거의 홍녀에게 접근했을 때 날카로운 소리를 내면서 작은 검이 제비처럼 현정의 앞을 스치고 지나갔다. 현정은 흠칫했다.

"어검술! 정말이군요!"

"그 칼, 함부로 휘두르지 마시오! 사람이 다치잖소!"

현암이 소리쳤다. 현정은 힐끗 현암을 쳐다보더니 망설임 없이 홍녀의 몸에 칼을 내리그었다.

"아아악!"

홍녀가 비명을 지르며 자리에 쓰러졌다. 깊은 상처로 금세 어깨가 붉게 물들었고, 삽시간에 주술이 흩어지자 백귀의 기운도 훨씬 약해져 버렸다. 청홍검의 정순한 기운 앞에 주술의 방어가 전혀 먹혀들지 않는 것을 미처 모르고 홍녀는 주술로 방어하려 했던 것이다. 홍녀는 상처로 인한 고통이 몹시 심한 듯 몸을 몹시 떨고 있었다. 현정이 여전히 무표정한 얼굴로 다가서자 두 번째로 작은 칼이 날아들었다. 현정은 그 칼에 자기를 해칠 의도가 없다는 것을 알고 있는 듯, 몸을 움직이지 않고 그대로 뻣뻣이 서서 월향이 지나가기를 기다렸다. 현정의 눈이 현암을 향했다. 현암은 잽싸게 달려와서 홍녀의 앞을 막아섰고, 오른손을 뻗자 월향검이 날아와 현암의 손에 잡혔다.

"무슨 짓을!"

"죽이지는 않아요. 다만 혼을 내 주려는 것뿐이죠."

"아, 정말…… 잔인하네. 이제 그만두고 물러나요! 어서!"

"아니, 저 칼은 내가 가져가야겠어요, 전리품으로."

현암은 홍녀가 아직도 쥐고 있는 구마열화검을 힐끗 내려다보았다. 밀교의 보물인 그 검을 홍녀가 죽으면 죽었지 내놓을 리가 없었다.

"남의 물건을 왜 가져간다는 말입니까?"

"덕이 있는 자가 가지면 되지, 무슨 주인이 따로 있나요? 내가 세상에서 제일 좋아하는 것이 바로 명검이에요!"

현암은 현정의 얼굴을 잠시 들여다보았다. 오랜 수련을 거쳐야 나올 수 있는 무표정한 얼굴. 아무 욕심이 없어 보였으나, 오히려 그런 사람일수록 자신의 유별난 기호에 맞는 물건을 보면 더욱 탐을 낸다는 사실을 현암은 잘 알고 있었다. 초치검과 구마열화검. 혹시 월향검까지 갖고 싶어 하는 게 아닐까 하는 생각이 들자 현암은 으쓱해졌다. 눈을 돌려 보니 지금은 칼 하나를 갖고 아웅다웅할 때가 아니었다. 주기 선생과 현현파의 사람들이 스기노방과 붙고 있었다. 스기노방은 밀리는 것처럼 보였지만 현암은 그게 술수일지도 모른다는 느낌이 들었다. 때마침 백귀들을 밀어 낸 박 신부가 다가오자 현암은 박 신부에게 홍녀를 맡긴다는 눈짓을 했다. 그리고 현정에게 고함을 질렀다.

"이 여자는 됐으니 제발 그냥 둬요. 여기저기 주변이 급한데, 일단은 정신 나간 일본 노인네를 혼내 주러 가는 게 어때요?"

"내가 말하고 싶은 바예요."

현정은 말을 마치자마자 재빨리 한 쌍의 구마열화검 중 한 자루를 의식을 잃어 가는 홍녀의 손에서 빼앗았다. 현암은 어이가 없었으나 현정은 여전히 무표정한 얼굴로 깜찍하게 소리를 쳤다.

"가자면서요?"

현암은 고개를 끄덕이면서 현정과 함께 스기노방에게 달려갔다.

지연 보살이 비틀거리면서 몸을 일으켰다. 철기 옹을 치료하느라 기운을 너무 많이 쓴 것 같았는데, 어디로 가는지 자영은 의아하게 여겼다.

"어딜 가세요?"

"저, 저기 다친 사람이 많아요. 가 봐야죠."

손 기자가 얼핏 보니 지연 보살의 손은 검은색에서 원래의 색으로 돌아와 있었으나 팔목은 아직도 검은색 그대로였다. 독이 채 빠지지 않은 것이었다.

"지연 보살님!"

지연 보살은 힘들어 하는 얼굴에도 불구하고 희미한 웃음을 띠더니 슬며시 손 기자의 어깨를 짚었다. 놀랍게도 손 기자가 사무라이의 귀신이 씐 오의파에게 얻어맞았던 곳의 아픔이 금세 가셨다.

"아니, 이 판에 저까지…… 저는 별로 다치지 않았는데."

"아녜요. 아픈데…… 아프신데……."

힘겹게 걸음을 옮기려는 지연 보살을 자영이 부축해 여기저기 쓰러져 있는 부상자들에게로 안내했다. 손 기자는 멍하니 그 뒷모습을 바라보다가 안 기자에게 말했다.

"우리는 뭐지? 우리도 뭔가 도와야 할 것 아냐? 세상에 이런 일들이 있다니, 제기랄."

안 기자는 눈을 빛내다가 입을 열었다.

"자, 우리가 할 수 있는 일은 하나뿐이야! 아까 말한 이야기, 단군의 유물이라는 이야기가 있었지? 그 수수께끼를 풀어야 해!"

"무슨 소리야?"

"저들이 목숨 걸고 싸우는데 우리는 할 일이 없잖아! 그거라도 해야지!"

"안 기자, 한가한 소리 하고 있을 거야?"

"잘하면 상황이 바뀔 거야! 저 늙은 왜놈이 가져가려는 단군의 유물이 뭔지, 왜놈들이 무슨 생각을 하는 건지 밝혀 보자고!"

"이런 상황에서?"

"그럼 뭘 하지? 할 수 있는 게 이것 말곤 없잖아!"

안 기자는 어제 샀던 일본사 책을 배낭에서 꺼내 펼쳤다. 손 기자도 힐끔힐끔 사방을 돌아보면서 들은 이야기들을 한데 짜맞추려 안간힘을 쓰기 시작했다.

승희가 눈을 떴다. 이상했다. 수상한 기운들이 주위를 에워싸고 있었고, 마음속의 애염명왕이 경고의 메시지를 보내는 듯했다.

'이, 이건!'

승희의 주변에 수십, 아니 수백이 넘는 기운들이 다가오고 있었다. 놀란 승희는 그들의 마음을 투시하려 했다. 마음, 그들의 마음속에 있는 것을 읽고 승희는 자지러질 듯 놀랐다. 그리고 다른 자, 또 다른 자…… 아니 수백에 이르는 자들의 마음에 있는 소리를 읽자 그것이 마치 합창처럼 승희의 귀로 밀려들었다.

모두 해치운다!

모두 해치운다!

과거의 영광을 회복하라! 나가라! 아마테라스의 후손들이여!

그들은 지박령들이었다. 오백 구가 넘게 매장되어 있던, 그리고 오백 년이 훨씬 넘게 이곳에 잠들어 있던 시체들의 영혼은 승천하지 못하고 모두 지박령이 되어 있었다. 지금 그들은 소리 높여 적의를 불태우며 이리로 다가오고 있었다. 스기노방에 의해 지기가 깨지고 봉인이 풀린 것이다. 승희는 젖 먹던 힘까지 다해 고함을 쳐서 일행을 불렀다.

주기 선생의 십이지신력이 스기노방을 공격하고 거기에 현현파의 두 사람이 멀리서 삼재검으로 공격을 하고 있는 판에도 스기노방은 그들의 공격을 모두 막아 내고 있었다. 그때 승희의 비명이 들려오자 마침내 스기노방은 원하던 것이 이제야 이루어졌다는 듯, 미소를 지으며 허리를 쭉 폈다. 스기노방은 그사이 지기를 깨뜨려서 오백 지박령을 깨우는 데 반 이상의 힘을 할애하고 있었던 것이다. 봉인이 깨졌다는 것을 알자, 스기노방은 이제까지의 수세에서 벗어나 다시 공세를 취하기 시작했다. 경민과 태현이 날린 삼재검을 스기노방이 맨손으로 잡았다. 스기노방이 이상한 주문을 흘리면서 손에 힘을 주자 삼재검에 연결되어 있던 쇠줄들이 실오라기처럼 툭툭 끊어져 버렸고, 경민과 태현도 알지 못할 힘으로 타격을 입은 듯 비명을 지르며 뒤로 넘어졌다. 현현파의 우두머리인 근호가 노성을 지르고 단봉을 휘두르며 몸을 날리자, 주기 선생의 십이지신의 기운 중 세 가닥이 함께 스기노방에게로 덮쳐 갔다. 스기노방의 머리 위에서 혼자 춤추던 카트반가가 근호에 맞서 날아가고, 스기노방은 금강저를 휘둘러 세 가닥의 기운을 차단했다. 그때, 현정이 소리를 지르면서 스기노방에게로 달려가다가 몸을 날렸다. 현정은 일단 들고 있던 구마열화검을 스기노방에게 날카롭게 던지고는 청홍검을 높이 치켜들며 뛰어올랐다. 스기노방은 서둘러 몸을 틀어서 구마열화검을 피했으나, 워낙 많은 사람이 공격해서인지 미처 현정의 청홍검까지 방어할 겨를은 없었다. 현정의 청홍검이 날카로운 소리를 내며 옆으로 그어지려는 순간이었다.

"그만!"

현정의 옆구리로 두 가닥의 기운이 날아들었다. 예상치도 못한 방향에서 기습을 당한 현정은 급히 허공에서 몸을 틀며 청홍검으로 두 가닥의 기운을 막아 냈으나, 몸은 그대로 스기노방을 향해 날아가고 있었다. 스기노방은 그 기회를 놓치지 않고 한 손을 쫙 폈다. 현정의 몸은 날아가다가 벽에 부딪힌 것처럼 튕겨져서 방향을 바꿔 뒤로 날아갔다. 현정은 내려서며 간신히 중심을 잡았으나 무릎이 풀썩 꺾이는 것을 느끼며 청홍검을 땅에 꽂고 몸을 기댔다.

"누, 누가 대체!"

주기 선생이 음울한 얼굴로 현정을 살펴보고 있었다. 현정의 얼굴은 아직도 무표정했지만 그 속에서 은은히 분노의 기색이 떠오르고 있었다. 현정이 입을 열자 입가에 가는 선혈이 흘렀다. 타격이 큰 것 같았다.

"다, 당신이 어, 어째서?"

"사람 죽이려는 걸 말려 줬잖소, 고맙다고 하쇼."

주기 선생이 말하는 순간 찢어질 듯한 귀곡성을 지르면서 월향이 날아들었다. 현암이 월향을 날린 것이다. 월향검이 날아들자 그 귀곡성에 스기노방의 안색이 변했고 주기 선생도 눈을 크게 떴다. 월향검은 이상하게도 평소보다 훨씬 큰 소리를 지르고 있었다. 현암은 월향검이 이상하게 분노하고 있다는 느낌을 받았다.

제비처럼 날아든 월향검은 근호를 허공에서 몰아붙이고 있는 카트반가에게 쏘아져 들어갔다. 챙! 하면서 불꽃이 파파팍 튀자 근호는 뒤로 주춤주춤 물러섰다. 어느새 카트반가는 두 동강이 되어서 땅에 떨어져 버렸고, 월향은 허공에서 방향을 바꾸어 스기노방에게로 덮쳐들었다. 근호의 입에서 더듬거리는 소리가 울려 나왔다.

"어, 어, 어검술!"

다문은 독한 표정을 지었다. 삼십여 종이나 되는 약들 중에는 해독약이 분명히 있을 테지만 효과가 없거나 심지어는 독약이 섞여 있을지도 모르는 일이었다. 다문은 자기가 찔렸던 독 묻은 슈리켄을 집어 들어 정신을 잃어 가려는 도운의 팔에 살짝 그었다. 그리고 도운의 뺨을 때려 정신이 들게 하느라 애썼다. 도운이 자기가 중독된 것을 알고 나면 분명 해독약을 고를 것이기 때문이었다. 그쪽으로 비틀거리는 지연 보살을 안은 자영이 다가왔다.

"다치셨군요! 어서, 어서 상처를!"

다문이 돌아보니 저만치에서 승현이 광목을 잡고 울고 있었다. 병수가 거대한 몸집을 봉에 기댄 채 쓰러져 가고 있는 것도 보였다.

"아미타불. 저는 됐습니다. 나름대로 해독할 수 있으니 저 사람부터 구해 주십시오."

다문이 무심코 손가락으로 광목을 가리키며 지연 보살을 힐끗 보았다. 오히려 치료받아야 할 사람은 지연 보살인 것 같았다.

"보, 보살님! 보살님이야말로!"

지연 보살은 고개를 가로저었다. 그러더니 몸을 돌려 광목 쪽으로 가려고 했다. 자영은 다문이 멍하니 손에 든 푸른빛의 슈리켄과 약봉지를 보고는 다문이 무슨 일을 하려는 것인지 알아차렸다.

"보살님! 해독을 더 이상 하시면 안 돼요! 맞아요! 이 사람을 구해 주세요!"

자영은 도운을 가리켰다. 도운을 치료해 먼저 정신이 들게 하면 해독약을 고를 수 있을 것 아닌가? 그러나 다문이 고개를 저었다.

"이 사람을 보살님이 치료하면 이자의 독 기운마저 없어지게 됩니다. 그러면 이자가 해독약을 골라 줄까요?"

자영은 다문의 얼굴을 쳐다보았다. 옳은 말이었다. 오히려 이자가 정신을 차리면 독이 퍼져 가는 다문에게 공격을 가할지도 모르는 일이었다.

자영은 뒤를 돌아보았다. 홍녀가 정신을 잃어 가고 있는 것이 멀지 않은 곳에서 보였다. 자영에겐 그 모습이 말할 수 없이 측은하게 보였다. 적이긴 했지만 조금 나은 사람으로 보였는데…….

"보살님! 저 여자를 구해 주세요! 약을 쓸 줄 알지도 몰라요!"

묘책이었다. 다문이 알았다는 듯 으음 하는 소리를 내면서 한 손으로 지연 보살을 부축해 올리고, 한 손으로는 정신을 잃은 도운의 거구를 번쩍 들더니 걸음을 옮기기 시작했다. 정말 엄청난 힘이었다. 자영은 혀를 내두르면서 다문의 뒤를 따랐다.

준후는 협박하듯 칼을 휘두르며 점차 다가오는 오의파의 두 사람, 아니 사무라이의 혼령들을 노려보고 있었다. 제아무리 칼을 휘두른다고 해도 멸겁화 한 방만 적중시키면 이길 수 있겠지만,

그런 수를 썼다가는 오의파 사람들이 다치고 만다. 준후는 과거 해동밀교가 망할 때 자기를 길러 준 사람이자 악의 화신이었던 서 교주에게 뇌전을 사용한 이래, 사람에게 주술을 사용한 적이 없었다. 지금도 도저히 사람에게 주술을 사용할 수 없을 것 같았다. 부적은 던져 보았자 놈들의 검술에 막혀 소용없었고 승희가 고함을 지른 것으로 보아 그쪽에도 빨리 가 보아야 했다.

'흥! 혼(魂)은 귀(鬼)로 대적한다!'

준후가 주문을 읊으며 하늘을 가리켰다. 잘 쓰지 않던 술수였으나 지금은 다른 방법이 생각나지 않았다. 하늘에서 두 개의 흰 기운이 엉기기 시작해서 형체를 갖추어 갔다. 과거 해동밀교의 제사 호법이었던 무녀 을련에게서 배운 리매술(魑魅術)[32]이었다. 다가오던 사무라이들이 놀란 표정을 지었다. 두 개의 흰 기운은 뚜렷한 형체를 갖추지는 않았으나 커다란 사람의 형체가 되었다.

"흥! 저놈들을 선량한 사람의 몸에서 빼 버려라!"

준후가 손가락을 가리키며 명령을 내리자 두 리매는 고함을 지르면서 덤벼들었다. 사무라이들은 놀란 듯 칼을 휘둘러 댔으나 물

---

[32] 권오(權鼇)의 『해동잡록(海東雜錄)』을 보면, 정도전이 회율(會律)이라는 지방에 귀양을 갔을 때 그곳에 리매가 출몰해 '사리매문(謝魅文)'이라는 글을 지어 리매를 쫓았다고 한다. 사리매문에는 리매를 '山海陰虛之氣, 草木土石之精, 黨染瀜結' 하면 도깨비가 된다고 적혀 있었다. 이 괴물은 '非人, 非鬼요 非幽, 非明이라' 하는 불가해의 것이라고 한 것으로 보아 정도전은 리매를 귀신과 같은 종류에 넣지 않고 자연 발생으로 생성되는 일종의 물질 또는 생명체, 아니면 정령의 일종으로 본 듯하다. 본문에서는 그런 리매를 부리는 주술이 있다고 설정했다.

질적인 칼은 리매의 몸을 그냥 통과해 버렸다. 그러면서도 리매의 몸은 물리력을 발하는지 오의파 사람의 몸을 꽉 잡고는 흔들어 대고 있었다. 가히 엄청난 힘이었다. 이를 보는 준후의 얼굴에 회심의 미소가 어렸다.

'비인비귀(非人非鬼)요, 비유비명(非幽非明)이라더니 정말 힘들이 좋구나! 귀신에게도, 사람에게도 힘을 미칠 수 있다니, 내 왜 진작 저놈들을 쓰지 않았지? 앞으로는 자주 이용해 먹어야겠다!'

두 리매는 마치 옷을 벗겨 내는 것처럼 오의파의 몸에서 두 사무라이의 영을 끌어내 버렸다. 사무라이의 영들은 반항했으나 원래 그다지 영력이 있는 놈들이 아니어서인지 구름 덩어리 같은 리매에게는 변변히 힘조차 써 보지 못하고 땅에 나뒹굴었다.

"잘한다, 헤헤헤. 못된 왜놈들! 아예 묵사발을 만들어 줘라! 그리고 따라와!"

준후는 리매들이 사무라이의 영을 그야말로 묵사발이 될 때까지 두들겨 패는 것을 기분 좋게 보면서 승희에게 달려갔다. 좋은 장난감을 얻은 듯한 기분이었다.

안 기자는 덜덜 떨리는 손으로 책을 뒤적였다. 손 기자는 이 판에 책을 넘기고 있는 안 기자가 불만스러웠으나 뾰족한 방법이 생각나지 않아서 그냥 보고만 있었다. 갑자기 안 기자가 덜컥 책을 내려놓았다.

"그래, 그거다! 만약 그렇다면……."

"무슨 말이야? 안 기자!"

"단, 단군의 유물! 그, 그건 남조의 권위를 세우기 위한, 망해 가는 남조의 권위를……."

"남조의 권위? 고다이고 천황의 남조 말이야?"

"그래, 고다이고 천황. 그는 남조의 정통성을 주장하고 권위를 세우기 위해 단군의 신물을 노린 거야."

"그게 무슨 말이야? 일본 남조의 정통성하고 단군의 유물이 무슨 상관이 있다고?"

안 기자의 눈이 무섭게 빛났다.

"잘 들어! 이건 정설로 인정된 학설은 아냐. 어디까지나 가설이지. 그러나 나는 전에 들은 적이 있어! 일본인들, 왜구들, 남조, 초치검! 그래! 내 생각대로라면 모든 것이 해석돼! 이 모든 일들이 말이야!"

손 기자는 갑자기 무섭게 빛나는 안 기자의 눈을 보면서 몸을 흠칫했다. 그 순간 누워 있던 철기 옹의 눈이 힘겹게 열리면서 입에서 가는 신음이 흘렀다. 둘은 말을 나누다 말고 철기 옹이 정신을 차린 것을 보고 후다닥 철기 옹의 몸을 일으켜 앉혔다. 철기 옹이 컥컥 하며 몸을 가다듬더니 소리를 쳤다.

"아, 이런! 놈들이, 놈들이 온다! 내 활! 어서 내 활을!"

"어르신, 고정하세요! 우리가 거의 이겨 갑니다! 일본인들은 거의 쓰러졌어요!"

"아니야, 아니야!"

철기 옹의 고집으로 단단하게 얽힌 듯한 얼굴에는 결의와 함께 놀랍게도 공포가 어려 있었다.

"활을! 빨리 활을! 놈들이 와! 단군님! 정말로, 정말로 놈들이!"

안 기자가 철기 옹을 부축하고 있는 동안, 손 기자는 아까 땅에 떨어졌던 줄이 끊어진 활과 이상하게 생긴 화살을 주워 왔다.

백귀의 기운을 모두 몰아낸 박 신부는 승희의 비명을 듣고 그쪽으로 달려갔다. 준후도 열심히 뛰어오고 있었다. 승희는 몸을 덜덜 떨면서 머리의 양쪽에 손가락을 짚고 있었다.

"무슨 일이냐? 승희야!"

"왜 그래요? 승희 누나?"

박 신부와 준후가 온 것을 알고 승희는 눈을 떴다. 승희의 눈에는 두려움이 가득 차 있었다.

"지박령, 지박령들이에요! 어마어마하게 많아요! 그들, 그들이!"

박 신부와 준후도 놀라서 나름대로 눈을 감고 영사를 했다. 무수히 많은 영의 기운들! 하나같이 엄청난 결의와 표독한 심정을 가진 지박령들! 수를 헤아릴 수조차 없는 영들이 그들이 있는 사방을 에워싼 채 빽빽이 몰려오고 있었다. 준후가 입을 떡 벌렸고, 박 신부도 안색이 변했다.

"삼, 삼백 명은 되겠구나!"

"아녜요! 사백, 아니 오백!"

승희가 외쳤다.

"오백 명이에요! 군대에요! 지박령의 군대! 지휘자도 있고, 장수들까지 있어요! 그들의 목소리도 들려요!"

박 신부의 얼굴이 망연해졌다.

"오백…… 그러면 그 고분의 시체들이 모두 다 지박령이 되었다고? 모두가?"

준후가 입을 다물지 못했다.

"세상에! 오, 오백이나 되는 영이 군대처럼 진을 갖추어서 오고 있어요! 완전히 포위됐어요!"

박 신부가 몸을 돌려 보았다. 이쪽의 주술사들도 많았으나 대부분 일본인과의 싸움에서 상처를 입거나 의식을 잃은 상태였고, 성한 사람은 그들 넷과 주기 선생, 현현파의 근호와 승현 등 일곱뿐이었다. 그리고 무력한 세 명의 기자…….

"오십 대 일, 아니 칠십 대 일의 싸움!"

"신부님 어떻게 하면 좋죠?"

준후는 어쩔 줄을 몰라 하고 있었고 승희는 울음을 터뜨릴 기색이었다. 박 신부는 침착하게 생각하려고 애썼다. 이건 전쟁이었다. 그것도 일방적인 전쟁.

"준후야! 현암 군을 도와! 저 스기노방이란 늙은이가 더 이상 발악을 하지 못하게 해야 한다! 그리고 승희는 지연 보살을 도와 다친 사람들이 빨리 회복되도록 힘쓰고! 한 사람이라도 더!"

"신부님은요?"

박 신부의 입가에 결의의 표정이 스쳐 갔다.

"일단 나 혼자 막아 보겠다."

준후가 외쳤다.

"신부님 혼자서요? 안 돼요! 제가 진을 치면 잠시 더 버틸 수 있을 거예요! 저랑 같이 가요!"

승희도 오백이나 되는 원혼들을 향해 단신으로 나가려는 박 신부가 무모하다고 생각했다. 마침 정신을 잃었던 오의파의 두 사람이 깨어나고 있었다. 준후가 다시 리매들을 부르면서 말도 없이 앞으로 쪼르르 뛰어나갔다.

"아니, 준후야!"

"신부님 어서 가세요! 너무 무리는 하지 마시고! 저도 어떻게든 수습해 볼게요!"

박 신부가 잠시 승희를 쳐다보았다. '철없이 멋만 내고 버릇없던 승희가 이제는 어엿하게 한몫을 하는구나' 하는 생각이 들었다. 정신을 차린 오의파의 두 사람도 영사 등으로 상황을 눈치챘는지 박 신부의 뒤를 따라왔다. 박 신부는 힘 있게 승희에게 고개를 끄덕여 보이고는 준후가 가는 쪽으로 달려갔다. 구회만다라진이 파괴되어 활짝 열려 있는, 영들의 예상 침공로를 향해서였다.

현정은 가쁜 숨을 내쉬면서 청홍검으로 땅을 짚어 겨우 몸을 일으켰지만 입가에는 아직도 선혈이 흐르고 있었다. 눈 깜짝할 새에 어떻게 타격을 입었는지 현정으로서는 알 수 없었다. 현정은 입술을 악물며 고개를 들었다. 현암이 먼 거리에서 조종하는 월향검으로 끈질긴 스기노방과 대결하고 있는 것이 보였다. 거기에 지원하는 식으로 주기 선생의 십이지신 기운이 허공을 난무하고 있었다. 현현파의 근호는 어지러운 싸움 중에 미처 끼어들 엄두를 내지 못하고 쓰러져 있는 자신의 동료들을 연신 쳐다보고 있었다.

현정은 다시 고개를 숙였다. 청홍검이 밑에 있는 돌멩이에 쑤욱 박혀 들어가고 있어서 몸이 자꾸 아래로 처졌기 때문이었다. 현정은 다시 울컥하고 선혈을 한 모금 뱉어 내면서 속으로 중얼거렸다.

'나, 난 정말로 죽이려 한 건 아니었어. 누가 봐도 알 수 있었을 텐데. 그런데…… 에잇! 힘을 내자!'

현정이 왼손으로 땅을 짚었다. 그리고 온 힘을 다해 몸을 일으키며 생각했다.

"주기 선생…… 살의가 없다는 것을 알았을 텐데, 왜, 왜 나를 공격했지? 초치검도 얻어 놓고…… 저자의 속셈이 뭐지? 아니!"

갑자기 현정의 눈이 크게 벌어졌다. 어떤 생각이 문득 떠올랐기 때문이다. 현정은 힘껏 몸을 일으켰다. 다급한 생각이 들자마자 알 수 없는 힘이 몸에서 솟아나는 것 같았다. 현정은 멀찌감치 태극패를 꺼내들고 월향을 조종하고 있는 현암을 향해 비틀거리면서 발걸음을 옮기기 시작했다. 현정의 생각이 옳다면 이건 정말 급한 문제였다. 그리고 그녀의 눈에 여기 있는 사람들 중에서 현암이 가장 강하고 믿을 만해 보였다.

현암은 자꾸 짜증이 났다. 월향검은 마치 분노한 것처럼 무서운 속도로 스기노방을 덮치려 하고 있었으나, 주기 선생과는 영 호흡이 맞지 않았다. 주기 선생이 불러낸 기운들은 그리 강한 것 같지도 않으면서도 그 수가 많아서 자꾸 월향의 진로를 막거나 스기노방을 헛되이 밀어붙여서 월향을 빗나가게 만드는 것이었다.

'저놈 뭐야? 돕는 거야, 방해하는 거야? 빨리 마무리를 지어야 할 텐데!'

현암이 옆을 힐끗 보니 주기 선생은 열심히 스기노방을 공격하는 데에만 집중하고 있었다. 현암은 잠시 월향을 스기노방에게서 멀리 떨어지게 하고 뒤를 돌아보았다. 승희가 달려가고 있는 것이 보였다. 현암이 다시 월향을 조종해 스기노방을 공격하면서 승희에게 외쳤다.

"승희야! 힘을! 여기를 빨리 정리하자!"

승희는 현암의 목소리를 듣고 멈칫하면서 그 자리에 섰다. 현암이 고전하고 있는 것처럼 보였다. 승희는 현암이 먼저 싸움을 끝내는 편이 낫겠다 생각하고 선 자세 그대로 눈을 감고 정신을 모았다. 현암의 몸으로 엄청난 기운이 모여들기 시작했다.

"아, 고마워!"

현암이 기를 한 모금 들이켜면서 기운을 모았다. 스기노방의 주술도 꽤 강한 편이었으나, 지금은 카트반가와 방울을 놓쳐서 금강저 하나만 가지고 늙은 몸으로 장시간 싸우고 있었다. 그런 정도의 스기노방이라면 한 방에 보내 버릴 수 있을 것 같았다.

"어디 한번 받아 봐라!"

현암이 소리를 지르고는 충만한 힘으로 사자후의 장소성을 허공에 뿜었다. "어흥!" 하는 소리가 사방에 가득 메아리치면서 마른 나뭇잎들이 우수수 떨어져 내리고, 중후한 울림이 마치 살아 있는 것처럼 주위를 가득 채웠다. 음파에 실린 강한 기운이 퍼지자 스기노방과 주기 선생도 순간적으로 몸을 움츠렸고, 주기 선생이 불러낸 십이지신의 기운마저도 허공에서 부르르 떨었다.

"월향!"

현암이 소리를 치며 오른손에 들고 있던 태극패를 앞으로 쫙 뻗자 허공 높이 솟구쳐 있던 월향검이 귀곡성을 울리면서 스기노방을 향해 수직으로 내리꽂혔다. 엄청난 기세였다. 스기노방은 돌연히 보인 현암의 엄청난 위력에 미처 어떤 행동을 취하지도 못하고 다만 금강저를 머리 위로 밀어 올릴 뿐이었다. 현암은 순간적으로 자비심을 베풀기로 마음먹고는 태극패를 약간 옆으로 비틀었다. 막 내리꽂히던 월향이 살짝 진로를 틀어 금강저마저 박살 내고는 그대로 스기노방의 오른쪽 어깨에 적중했다. 만약 현암이 진로를 바꾸지 않았다면 스기노방은 정수리부터 두 동강이 났을 것이었다. 월향은 스기노방의 오른쪽 어깨에 뼈까지 보이는 상처를 내고 다시 제비처럼 날아 칼날에 묻은 피를 허공에 뿌려 털고는 현암의 손으로 돌아왔다. 스기노방은 멍하니 박살이 난 금강저 자루를 잡은 자세 그대로 굳은 듯 서 있다가, 월향이 현암의 손에 되돌아간 후에야 어깨의 상처를 보고 얼굴이 하얗게 질렸다. 그러고는 찢어지는 비명을 질렀다. 주기 선생마저도 현암의 신기에 가까운 엄청난 위력을 보고는 멍청하게 서 있었다. 현암은 묵묵히 월향검을 왼 팔목에 매어 놓은 검집에 꽂았다. 뒤에서 승희가 깔깔거리며 소리를 질렀다.

"우와! 빅토리 현암 씨! 한 방이네."

현암은 승희를 보고 얼굴을 찌푸려 보이고는 조용히 스기노방에게로 걸어갔다. 스기노방은 헐떡이며 어깨의 상처를 움켜쥐고 있다가 현암이 다가오자 공포에 어린 눈길로 뒷걸음질을 치려 했다. 현암이 딱딱하게 굳은 얼굴로 스기노방의 어깨를 잡았다. 스기노방은 모든 힘을 쏟아야 고통을 간신히 멈출 수 있는 듯, 저항조차 하지 못하고 헐떡이며 현암을 겁먹은 눈초리로 쳐다보았다. 현암은 잠시 멈칫하더니 자신의 윗옷을 부욱 찢어 내어 스기노방의 어깨를 처매 주었다. 스기노방의 눈이 치켜 올라갔다. 현암이 입을 열었다.

"다치게 한 건 미안한데, 당신이 너무 날뛰었어요. 이러지 않고선……"

말을 잇던 현암은 곧 스기노방이 한국말을 못 알아듣는다는 것을 기억하고 입을 다물었다. 그리고 스기노방의 어깨를 대강 싸매고 나서 스기노방에게 손을 내밀었다. 스기노방이 망연히 현암의 얼굴을 쳐다보자 현암은 근처에 쓰러져 있는 윤섭을 눈으로 가리켰다. 해독약을 달라는 뜻이었다.

스기노방의 얼굴이 울음을 쏟을 것처럼 일그러졌다. 그 순간,

"피해요!"

하는 급박한 목소리가 들려왔다. 현암은 뒤를 돌아볼 새도 없이 공중제비로 몸을 뒤로 날렸다. 활활 타오르는 한 가닥의 불기운이 뒤에서 날아와 스기노방의 가슴에 적중했다. 현암이 스기노방을 끌어당기려 했으나 이미 때는 늦어 버렸다. 스기노방은 엄청난 기운을 맞고 공중으로 날아가 한참 뒤에 있는 소나무에 부딪혀 떨어졌다. 그의 승복에는 불길이 번져 갔다.

"누구냐!"

현암이 눈을 부릅뜨고 뒤를 돌아보았다. 현정이 땅에 나뒹굴고 있었고, 좀 떨어진 곳에서 이를 악물고 있는 주기 선생의 모습이 보였다. 주기 선생은 어느새 등에서 새로이 커다란 붉은 기를 꺼내 들고 있었다. 그 깃발에는 금색의 글자로 '辰' 자가 있었다. 십이지신들 중 아껴 두었던 용 신의 깃발이었다.

철기 옹은 손 기자에게서 활과 화살을 넘겨받자 몸을 일으켰다. 그러나 그의 활줄이 끊어진 것을 보자 혀를 차면서 활을 굽혀 활줄을 묶었다. 손 기자가 말했다.

"어르신! 줄 끊어진 활로 어쩌려고 그러십니까? 그걸로 뭘 하시려고요!"

"아녀, 아녀! 한 번은 쏠 수 있어! 적어도 한 번은!"

철기 옹은 지연 보살의 치료로 독은 제거되었으나 아직 몸을 제대로 가누지 못하고 있었다. 철기 옹은 묘하게 생긴 화살을 들어 보이며 더듬더듬 말을 이었다.

"이 화살! 삼천 장의 부적으로 만든 이 화살은 일단 시위에 메기만 하면 어디까지건 따라가서 맞히고야 마는 것이네. 단 한 번이라도 말일세. 왜놈들을, 저놈들을……."

안 기자가 눈을 빛내면서 외쳤다.

"철기 어르신! 어르신은 아시죠? 아시는 것 같은데요!"

"좀 조용히 혀!"

"어르신! 알고 계신 것을 말해 주십시오! 저들의 목적은 무엇이고, 도대체 이곳에 감춰진 비밀은 뭡니까?"

"그건, 그건 하늘의 비밀이여. 단군의 비밀……."

"초치검 말고 뭐가 또 있는 거죠? 그것보다도 더 중요하고 가치있는! 그게 바로 단군의 유물 아닙니까?"

철기 옹은 헐떡이는 숨결을 뿜으며 망연히 안 기자의 얼굴을 쳐다보았다. 안 기자의 얼굴은 긴장으로 온통 굳어 있었으나, 그 눈에는 결의가 불타고 있었다.

"마, 맞네! 내가, 내가 바로 그 신물을 지키는, 이미 수백 대나 내려온 나라 자손의……."

손 기자는 전에도 나라 자손이라는 말을 들은 것을 기억해 냈다. 아까 준후라는 꼬마가 자영을 보고 나라 자손이라 하지 않았던가?

"나라 자손이 뭡니까? 어르신!"

"단군의 피가 내려오는 정통의 자손이 나라 자손이여. 무가(巫家)에서는 이 태생을 제일로 치지. 신과 가장 가까운 적통이라 하여……."

안 기자가 말을 이었다.

"철기 어르신! 저 일본인 중들의 목적은 그 단군의 유물을 빼앗으려는 거죠?"

철기 옹은 고개를 끄덕였다. 안 기자는 몹시 화가 난 목소리로 외쳤다.

"단군의 유물, 남조의 흥망, 초치검! 초치검은 봉인을 풀려고 가지고 온 게야! 봉인을! 철기 어르신, 여기 감춰져 있는 단군의 유물에는 엄청난 봉인이 되어 있지요? 그리고 그것을 풀려면 초치검 같은 신물이 필요하고요."

철기 옹은 허허롭게 웃어 보였다.

"초치검? 그따위로 봉인을 푼다고? 절대로 안 되지. 하하핫! 놈들이 왜 초치검을 가져왔는지 아나?"

"초치검을 왜구들이 가져왔던 이유는 뭐죠?"

"봉인? 그래, 그 봉인은 순순한 나라님의 기운을 쐬어야 열리는 것이야. 그리고 놈들이 그렇게 떠받들고 자랑하던 초치검은…… 하하하!"

철기 옹은 말을 하다 말고 하늘에 대고 커다란 웃음소리를 뿌렸다. 안 기자는 순간적으로 어떤 생각을 떠올렸다. 그는 옆에 있던 일본 역사서를 잡고 뒤지기 시작했다. 초치검…… 천총운검…… 찾았다!

게이코 천황의 셋째 아들인 야마토 다케루가 이즈모(出雲)를 평정한 이후 많은 공을 세워서 본국인 야마토로 개선했으나 쉴 사이도 없이 이번에는 동쪽을 평정하기 위해 그의 아내와 동반해 출정하다. 그는 도중에 이세 신궁(伊勢神宮)에 들러 백모인 왜희(倭姬)를 방문했다. 왜희는 그를 무척 반기며 위로의 말을 보내고는 소중히 간직한 천총운검과 작은 주머니 하나를 건네주며……

"이세 신궁! 이세 신궁! 저 이(伊)와 권세 세(勢)! 이것이 무슨 뜻이겠나? 손 기자!"

"다른 세력, 그러니 그건…… 아니 그렇지만 그건 허무맹랑한 『고사기』와 『일본서기』에 기재되어 있는 내용이잖아!"

"그러나 천총운검, 아니 초치검은 지금 우리의 눈앞에 있어! 이세 신궁, 다른 세력의 신을 섬기는 궁전! 당시 상황을 사실이라 가정해 봐! 다케루는 동쪽을 향해 진군했고, 출정 도중에 왜희를 방문하러 이세 신궁에 들렀다 했지! 그러면 이세 신궁이 있던 곳은 어디겠어? 동쪽, 바로 우리나라의 땅이었어!"

"이봐…… 그건 너무……."

"증거는 또 있어. 그의 백모가 어째서 왜희라는 이름으로 불렸겠는가? 왜희, 바로 왜국(倭國)에서 건너온 여자라는 이름이잖아? 이세 신궁이 일본에 있는 것이라면 그의 백모가 어째서 왜인 여자라고 상징되는 이름으로 불렸지? 모르겠어? 다케루건 진무 천황

이건, 그들 『고사기』의 영웅들은 모두가 이 땅에서 건너간 민족이었다는 뜻이 돼! 초치검도 우리나라에서 만들어진 것일 가능성이 많단 말이야!"

"그, 그건 아닐 거야. 이세는 일본의 지명에 불과……."

"그 지명이 왜 생겼는지 생각해 봐! 다케루는 왜희를 만나 칼을 받은 후에 더 동쪽으로 가서 사가미국(相模國)을 친 것으로 되어 있어! 그런 이름은 모르지만 혹시 사마르칸트나 그 근방이 아니었을까?"

"안 기자! 그게 말이 돼?"

안 기자는 잠시 씁쓸하게 웃다가 다시 눈을 빛냈다.

"비약이지. 증거도 없고. 허나 말이 되건 안 되건, 비약이건 아니건, 이건 중요해!"

"뭐가 중요해?"

"중요하지, 중요하고말고! 지금 모든 것은 그 한 가지에 귀착되는 거야! 바로 단군의 유물! 자, 내 말 들어 봐! 고다이고 천황은 남조의 권위를 세우려 삼종의 신기를 가지고 수없이 전투를 치렀어. 그러나 결국 아시카가 다카우지에 의해 궁색하게 몰려서 죽음을 맞았지. 그에게 천황의 정통성을 부여할 수 있었던 것이 뭐겠어? 초치검, 아마테라스의 거울, 영혼의 목걸이, 이 세 가지 신기로도 다카우지는 눈 하나 깜짝하지 않고 고다이고 천황을 몰아붙였어. 그는 실리주의자였거든. 물리적인 병사나 세력이 절대 부족한 상황에서, 고다이고 천황이 무슨 생각을 했을까?"

갑자기 철기 옹이 아무 말 없이 몸을 일으켜 활을 들고는 뚜벅뚜벅 걸어갔다. 안 기자와 손 기자는 놀라서 입을 다물고는 철기 옹을 빤히 쳐다보았다. 철기 옹의 몸에는 다시 신이 내렸는지, 지친 기운은 보이지 않고 희미한 안개 같은 것이 주위를 에워싸고 있었다. 철기 옹은 박 신부와 준후가 달려간 쪽을 향해 뚜벅뚜벅 걸음을 옮기고 있었다.

지연 보살은 홍녀의 어깨 위에 손을 얹고 정신을 모으고 있었다. 다문은 몸에 독 기운이 많이 번져서 정신이 흐릿해져 가고 있었다. 별다른 힘이 없는 자영은 단지 눈만 빛내면서 사태를 주시하고 있을 따름이었다. 다문이 힘에 겨웠던지 붙잡고 있던 도운의 몸에서 힘을 빼자 도운의 몸뚱이가 털썩하고 떨어지며 땅바닥에 얼굴을 처박았다. 다문은 떨리는 손으로 약봉지를 쥐더니 그 약봉지를 자영의 손에 넘겨주었다.

"왜, 왜 그러시죠?"

다문의 얼굴은 하얗게 질려 있었다. 그의 얼굴 전체에 고통의 표정이 짙게 번져 가고 있었으나, 애써 입가에 미소를 띠려 하고 있었다.

"허허허! 세존께서 부르시는 것 같군요. 이생에서 죄업이 너무 컸다고, 허허……."

"정신 차리세요! 지연 보살님께!"

다문이 힘겹게 손을 들어 자영을 저지했다. 다문의 큰 덩치가 서서히 가라앉고 있었다.

"아, 아닙니다. 일단 살리던 사람부터 구해야죠. 약을 차, 찾으면 제 동료들부터…… 그리고 여기 이자도……."

"이 악인을 뭐 하러 구해 줘요?"

"악인이라도…… 저는 버틸 만합니다. 그, 그리고 이, 이야기를…… 드, 들으세요."

"말씀하지 마세요!"

"아니, 이건 중요한 일입니다. 저, 저희 백제암에서는 사대 천왕을 다 파견했는데 이렇게 많은 사람이 모일 줄은…… 저희의 힘은 약해요. 그러니…… 아, 아가씨에게 부탁……."

"저요? 제게 무슨 힘이 있다고요?"

"아닙니다. 아, 아가씨는 나, 나라 자손…… 승현…… 승현 사미가 말했어요."

"나라 자손이 뭔데요, 대체?"

다문은 가쁜 숨을 몇 번 몰아쉬더니 이를 악물고 눈을 번쩍 떴다. 최후의 힘을 모아 독 기운에 저항하려는 모양이었다.

"자, 잘 들어요……. 만약 우리가 전부 당하게 되면 나라님의 신물을, 신물을 대신 전달해 주세요."

"신물이라뇨? 초치검 말인가요?"

"아, 아니, 그, 그건 단순히 겉에 드러난 것일 뿐…… 다, 단군님의……."

"단군님이요?"

"여기 강화도 마니산은 온 세상의 영기가 모이는 산…… 여기이 부근에 숨겨져 있는 단군의 비기가 있어요……. 그건 상고에서부터 내려오는 것…… 몽골의 침략 때에 이리로 옮겨진……."

몽골의 침략. 그랬다. 고려조 때에 침략해 온 몽골은 전 국토를 유린하기에 이르렀으나 고려 왕조는 강화도에 웅거해 삼십 년이나 항쟁했다. 단군 때부터 내려오는 신물이라니! 만약 그런 것이 정말 남아 있고 고려조 때까지 전해져 내려왔다면 항쟁기에 강화도로 왕이 피신했을 때 빼놓았을 리가 없다고 자영은 여겼다. 그런데 왜 그것을?

자영의 머리에 순간적으로 스쳐 지나가는 게 있었다. 고려는 끈질기게 저항했다. 세계 역사상 몽골의 침입에 맞서서 그렇게 오래 저항한 나라는 없었다. 중국은 물론이고 서쪽에서는 다뉴브강에서 십여만에 달하는 서양의 기사단이 괴멸되었고, 그 사나운 바이킹족도 밀려서 지금의 노르웨이로 쫓겨났다.

삼십 년 동안 세계를 제패한 그런 몽골에 대항해 강화도라는 작은 섬에 웅거해 항쟁한 나라…… 그러나 고려도 결국은 무릎을 꿇었다. 왕은 원 나라 황실의 부마가 되고 수많은 다루가치(원의 파견 관리)가 전국에 배치되었다. 만약 그런 실정을 내다보았다면 강화도에 감춘 단군의 비기를 몽골인에게 발각되지 않도록 그냥 놓아두었던 것이 아닐까? 자영은 그건 사실이 아닐 거라고 고개를 저었다. 안 기자가 했던 말이 맞다면 단군의 신물은 고려조 이전부터 여기에 있었어야 하니까.

다문이 기다릴 수 없다는 듯 다시 입을 열었다.

"일본인들은 그 신물을 노리고 있는 겁니다. 단순히 초치검을 되찾자는 것이 아니에요!"

"그런데 왜 그걸 노리는 거죠? 왜?"

"여기 모인 사람들의 반은 초치검을 욕심내어, 그리고 나머지 반은 단군의 신물을 지키러 온 겁니다. 승현 사미가 말한 것이 틀리지 않다면 나라 자손이 분명해요……. 당신, 오직 당신만이……."

"무슨 소리예요?"

"단군의 신물을 얻을 수 있는 건 당신뿐……. 절대, 절대 남의 말을 듣지 말아요……. 절대로…… 아아, 내가 힘이 되어 줘야 하는데…… 약, 해독약을 찾으면 어서 제 동료인 지국을……."

더 이상 버틸 기운이 없는 듯 다문은 스르르 쓰러졌다. 이미 독이 다 퍼졌는지 다문의 얼굴은 검은색으로 변해 있었다.

자영은 거의 제정신이 아니었다.

'나라 자손? 내가? 아냐, 아닐 거야. 내가 어떻게…… 단군의 신물? 그리고 나만이 그걸 얻을 수 있다고? 아냐, 아냐…….'

지연 보살은 그야말로 억수같이 땀을 쏟으며 몸을 떠는 가운데, 청홍검에 맞은 홍녀의 어깨가 기적처럼 서서히 아물고 있었다. 자영은 다문의 말에 충격을 받아 아직 제정신을 차리지 못했다. 갑자기 자영의 귀에 이상한 소리가 들렸다.

'가만! 이게 무슨 소리지?'

가누나…… 가누나…….

늙은 여자의 목소리였다. 자영은 망연히 주변을 둘러보았으나 늙은 여자는 하나도 없었다. 아니, 한 사람 있었다. 아까 도지라고 철기 옹이 말했던 그 늙은 무당이.

나라님 권세를 잡으사 하늘 힘을 모아 모아 납시시니, 훠어이, 물렀거라 잡것들아! 물렀거라 잡것들아!

굿거리 비슷하기도 하고 사설 비슷하기도 한 소리였다. 어디서 들리는지도 모르는 그 가냘픈 소리는 계속 자영의 귓전에 울렸다. 자영의 몸이 부르르 떨렸다.

현암은 부릅뜬 눈으로 주기 선생을 쳐다보면서 이를 악물었다. 현암의 오른손에 들려 칼끝이 아래로 향한 월향이 우웅 하는 소리와 함께 검기가 세 자나 뻗더니 땅에 펑 하면서 구멍이 뚫렸다. 주기 선생도 인상을 쓰면서 초치검을 허리에 꽂고 다시 하나의 붉은 기를 펴 들었다. 인(寅)의 깃발이었다. 현암은 나직하지만 울리는 소리로 주기 선생에게 물었다.

"너, 왜 그런 짓을 했지?"

주기 선생은 대답 대신 하늘을 보고 커다랗게 웃었다. 막 쓰러질락 말락 하던 현정이 대신 소리를 질렀다.

"저자! 저자는 지금 여기 있는 모든 실력자가 쓰러지기를 기다리고 있어요! 그래서 모든 신물을 다 차지하려고!"

주기 선생은 묘하게 비틀린 어조로 비웃듯 말했다.

"이봐, 헛소리 그만하지?"

"저자는 초치검을 보여서 일본인과 우리를 싸움 붙여 치워 버리고 진짜를 독차지하려고 한 거예요! 그걸 정말 얻었으면 조용히 사라지지 왜 보란 듯이 나타났겠어요?"

현암은 생각을 정리하기 시작했다. 주기 선생은 일행과 같이 오지 않았다. 그렇다면 따로 가서 혼자 초치검을 얻을 수는 없었을까? 간단히 생각하면 그럴 수도 있었다. 그러나 초치검을 그렇게 쉽게 얻을 수 있었다면 나머지 사람들은 왜 여기에 모여 기를 쓰고 있겠는가? 그러고 보니 자신도 정신없이 여기로 오긴 했지만, 원래 고분이 발견된 곳은 구회만다라진이 펼쳐져 있는 이곳과는 좀 떨어져 있었다. 현암의 일행은 다만 강한 영기를 느끼고 여기로 온 것이었고, 오백 구의 왜구 시체가 발견된 고분은 만다라진의 입구 쪽에 있었다. 초치검은 오백 구의 왜구 시체들 속에 묻혀 있는 것이 상식적으로 맞을 것 같았다.

"초치검은 여기 있을 거예요! 우리가 있는 땅 밑에요!"

"그게 무슨 말입니까?"

"생각해 봐요! 이 만다라진은 일본의 술수로 편 진이에요! 금방 칠 수 있을 만큼 쉬운 것이 아니고요! 왜구들이 펴 놓았다가 세월이 지남에 따라 흐트러진 것을, 일본 화상들이 다시 보강해 발동했을 거예요. 일본인들이 무엇을 지키기 위해 만다라진을 폈을까요? 바로 초치검이에요! 주기 선생이 들고 있는 것은 모조품이 틀림없어요!"

현암의 얼굴이 조금씩 일그러져 갔다.

"정말 그렇다면……."

"푸하하하!"

주기 선생이 하늘을 보고 크게 웃었다. 그러더니 상기된 얼굴로 현암과 현정을 쏘아보며 소리를 쳤다.

"아 그래, 네 말이 맞다! 초치검…… 초치검……."

주기 선생은 말을 끊었다가 음산하게 웃으며 다시 중얼거렸다.

"전에 아주 힘들게 얻었는데…… 가짜였어. 목숨까지 걸었는데 말이야. 그러니 난 그걸 가질 자격이 있다고."

"하지만 그건……."

"아, 아. 신물이라느니 역사적인 보물이라느니 하는 소리는 하지 마. 곰팡내 난다. 그냥 내가 갖고 싶은 거야. 그런데 와 보니 너무 사람이 많잖아. 초치검은 하난데 말이지. 그래서 숫자를 줄여야만 했거든. 이해해. 안 그러면 내 것이 안 되니까 말이야."

"못된 놈!"

"아, 욕하는 기분은 알겠는데, 듣기 싫거든? 나 그렇게 못된 놈 아니다. 아무도 죽일 생각 없고. 방해받는 게 싫을 뿐이야. 다들 머리 식히고 입원이라도 해서 쉬란 말이지. 초치검은 내게 맡기고."

"왜 다른 사람의 신물에 욕심을 내는 거지?"

"묻는다고 다 말해 줄 것 같아? 너, 세상 참 편하게 살았구나. 이거나 받고 며칠 병원에서 쉬지?"

주기 선생이 기를 휘두르자 아까 스기노방을 덮쳤던 것과 같은 불덩어리가 솟구쳐 올라와 현암을 덮쳤다. 현암은 월향검을 거두고 오른손에 기공을 모아 덮쳐 오는 불기둥을 그대로 후려갈겼다. 불덩어리는 사방으로 폭발하듯 사라져 버렸다.

"어…… 어라…… 맨손으로 어떻게……."

불덩어리가 맥을 못 쓰고 튕겨져 나가자 주기 선생의 얼굴이 해쓱해졌다. 불덩어리가 사라지고 오른 주먹을 앞으로 내밀고 꼿꼿이 서서 꼼짝도 하지 않고 있는 현암의 표정 없는 얼굴이 드러났다. 주기 선생은 해쓱해져서 말까지 더듬었다.

"너…… 너 누구야? 뭐 하던 놈이기에……."

현암이 살짝 웃으며 말했다.

"너야말로 세상 참 편하게 살았구나. 이런 잔재주 갖고 허풍이나 떨고."

"뭐, 뭐야?"

"왜 신물을 얻으려고 하지?"

주기 선생은 얼굴이 질려서 두 개의 깃발을 한꺼번에 내저었다. 진(辰)의 깃발을 휘두를 때마다 불덩어리가 날았고, 인(寅)의 깃발을 휘두르자 누런 기운의 덩어리가 날아들었다. 현암이 슬쩍 몸을 날려 피하자 그 자리에 불덩어리가 솟구치더니 바위처럼 땅에 깊숙한 자국을 냈다.

'상당한 녀석이군!'

현암은 겉으로는 태연한 척했지만 마음속으로는 경계를 늦추지 않았다. 아까의 한 방은 준후에게 얻었던 피화부 덕에 쉽게 막아

초치검의 비밀　337

낼 수 있었던 것이다.

"월향을…… 아니, 안 돼."

주기 선생의 얼굴이 파랗게 질려 가고 있었다. 자신의 가장 강한 공격 중 하나인 진의 공격을 맨손으로 받아넘겼다는 것을 믿을 수가 없었기 때문이었다. 주기 선생은 공격을 하면서 힐기보법을 폈다. 주기 선생의 몸이 무서운 속도로 움직이기 시작했다.

'다들 왜 저럴까? 맞아야 정신 차리겠군!'

현암은 승희를 돌아보았다. 승희는 다시 현암이 싸움을 시작하자 힘을 퍼부어 주었다. 현암의 손에서 떠난 월향은 무서운 귀곡성을 지르면서 주기 선생의 뒤를 따르더니 대번에 주기 선생이 들었던 깃발 하나를 갈가리 찢어 버렸다.

"어, 아. 이봐, 이봐. 자…… 잠깐!"

주기 선생이 소리를 쳤다. 현암은 속으로 회심의 미소를 지었다.

"말하고 싶어졌어?"

주기 선생이 머뭇거리는 가운데 현정은 맥이 풀린 듯 그 자리에 주저앉아 고개를 숙이더니 가쁘게 숨을 몰아쉬었고, 근호는 쓰러진 스기노방의 품을 뒤지고 있었다. 그러나 해약은 없었고, 스기노방은 뜻 모를 소리만 신음처럼 중얼거리고 있었다.

광목을 붙들고 울던 승현이 고개를 들었다. 광목은 심한 타격을 입어서인지 가쁜 숨만 간신히 내쉬고 있었으나, 잠시 몸을 움직여 승현의 귀에 대고 작은 소리를 중얼거린 다음 고개를 떨구고 의식을 잃었다. 승현이 돌연 목에 염주를 끌렀다. 그리고 염주를 끊고는 염주 알을 하나 땅에 던졌다. 또 하나, 그리고 또 하나.

"저기다!"

승현은 맨손으로 허겁지겁 땅을 파헤치기 시작했다. 세 번째 염주 알이 굴러가다 멈춘 자리였다. 손가락으로는 땅이 잘 파지지 않자 승현은 광목의 허리에 있던 작은 야삽을 꺼내 그것으로 땅을 파헤쳤다. 어디서 힘이 솟아났는지 무서운 속도로 땅을 파헤쳐서 어느덧 두 자가량의 구멍을 만들었다.

같은 때, 홍녀는 막 눈을 뜨고 있었다. 그런데 홍녀는 눈을 뜨자마자 겁에 질린 얼굴이 되었다. 자영이 홍녀가 눈을 뜬 것을 보고는 홍녀에게 다가갔다.

"홍녀 님! 어서, 어서 해약을 골라 주세요!"

"아니, 아니. 안 돼! 이건, 이건!"

"뭐요? 어서 사람들을 구하게 이 중에 해약이 어떤 건지……."

홍녀는 자영의 말은 들은 척도 하지 않고 소리를 질렀다.

"스기노방 상! 안 돼!"

지연 보살이 몸을 일으키려는 홍녀를 붙잡았다.

"왜 그러는 거예요? 왜?"

홍녀의 얼굴은 두려움으로 일그러지고 있었다.

"스, 스기노방! 죽은 자의 몸을 깨우는 주문을! 그건, 그건……."

"으아악!"

승현은 기겁하며 소리를 질렀다. 구멍 안에서 뭔가 움직이는 것 같았기 때문이다. 구멍 속에서 백골이 다 된 손 하나가 튀어나와 승현의 손목을 잡았다. 승현이 찢어질 듯 고함을 치자 책을 뒤지던 안 기자와 손 기자가 놀라서 그쪽으로 달려가려 하는데 갑자기 발밑의 땅이 요동을 치기 시작했다.

"으앗! 이게 뭐야!"

주기 선생의 말을 들으려 하던 현암도, 현정, 근호, 상준 그리고 지연 보살이나 자영, 승희까지도, 승현의 비명을 듣고 모두 시선을 그리로 모았다. 땅이 마구 흔들리면서 갈라지고 있었다. 손 기자와 안 기자는 이쪽으로 달려오려다가 겁을 먹고는 다시 뒤로 물러섰고, 여전히 승현은 계속 비명을 질러 대고 있었다.

이윽고 땅이 갈라지면서 미라처럼 백골이 드러난 손들이 하나씩 땅을 헤집으며 나타나기 시작했다.

자영도 근호도 주기 선생마저도 입을 벌린 채 신음을 냈다.

"저, 저게 뭐야!"

승현이 뒤로 휙 나가떨어지면서 아까 팠던 구멍에서 시커멓게 썩어 해골만 남은 얼굴이 고개를 내밀었다. 동시에 여기저기서 십여 구의 시체들이 서서히 땅속에서부터 기어 나오고 있었다. 어떤 자는 녹슨 칼을 들고 있었고 낫처럼 생긴 무기를 들고 있는 자도 있었다.

현암도 다리가 떨리는 것을 느꼈다. 그러나 현암은 물러서지 않고 현정의 앞을 막아선 다음 승희를 불렀다. 승희는 거의 제정신이 아닌 얼굴로 현암에게 다가왔다. 현암은 침착하려고 애쓰면서 승희를 뒤로 돌리고는 일어서고 있는 시체들을 주시했다. 안 기자와 손 기자는 자영과 홍녀, 지연 보살이 있는 쪽으로 달려갔다. 문득 주기 선생이 소리를 쳤다.

"초치검! 저것이야말로 진짜 초치검이다!"

승현이 팠던 구멍에서 머리를 내민 시체의 한쪽 팔에 얌전히 들려 있는 검. 바로 초치검이었다.

지박령 전쟁

박 신부와 준후는 지금 영들이 몰려오고 있는, 자신들이 들어왔던 구회만다라진의 입구 쪽을 지나 바깥쪽으로 달음질치고 있었다. 박 신부의 뒤로는 오의파의 두 사람이 뒤따라 달려왔고, 준후의 뒤에는 두 마리의 리매가 쿵쿵거리며 뛰어왔다. 박 신부가 달리면서 말했다.

"준후야, 뒤의 저것들은 뭐지?"

"제가 불러낸 리매들이에요! 우리 편이니 염려하지 마세요!"

일행은 어느덧 구회만다라진이 애당초 쳐져 있던 초입에까지 달려갔다. 아직 영들의 기운은 그곳까지는 다다르고 있지 않았다. 마치 군대가 서서히 진격하듯, 그들은 좀 떨어진 곳에서 점차 진열을 갖춘 채 다가오고 있었다. 뒤쪽에서 달려오던 오의파의 두 사람이 박 신부를 소리쳐 불렀다.

"신부님, 신부님!"

"왜 그러십니까?"

오의파의 맏이인 듯한 사람이 앞으로 나섰다.

"신부님, 놈들을 막으려면 보통의 영력으로는 안 됩니다!"

"그게 무슨 말이지요?"

"저희도 어느 정도의 능력은 있다고 자부했습니다. 그러나……"

준후가 끼어들었다.

"그러고 보니 묻고 싶었어요. 아까 어떤 일이 있었기에 사무라이의 영들에게 빙의가 되었었죠? 칼까지 들고 말예요."

오의파의 둘은 멋쩍은 듯 미소를 지었다. 쑥스러운 한편 긴장감이 돌고 있는 얼굴이었다.

"그들, 그들의 고분에 갔었습니다. 도지 님과 함께요."

"예? 그러면 도지 님은 어디 계시죠?"

"아마 혼자 굿을 벌이고 계실 겁니다. 아직도 무사하시다면요."

"아멘! 별 탈 없으면 좋으련만…… 그런데 당신들은 어째서?"

"녀석들은 보통의 지박령이 아닙니다. 몸을 갖추고 일어났습니다. 틀림없습니다."

박 신부와 준후는 놀란 눈으로 두 사람을 쳐다보았다. 뒤에서 리매 두 마리가 으아아아 하는 고함을 질렀다.

"몸? 몸을 갖추다니요? 그게 무슨 말입니까?"

"저들은 군대입니다. 그것도 이상한 주술로 보호되고 있는 군대였습니다. 놈들 중 두 명이 일어났습니다. 그들이 우리를……."

오의파 사람들의 말에 따르면, 그들은 고분을 조사하러 갔을 때 영적인 방어를 펼쳐 몸에 부적을 몇 개나 달고 갔었다는 것이다. 도지 무당은 그곳에 도착하자 영들의 힘을 줄이느라고 혼자서 굿을 벌여 무아지경에 빠져 버렸고, 두 사람의 오의파는 고분들 사이에서 모든 것의 시작이 되는 초치검을 찾아다녔다. 그런데 갑자기 그들은 자신의 뒤에서 물리력에 의한 강타를 당하고 몸에 지닌 부적을 뜯긴 후 기억이 없어졌다는 것이다.

"조금은 기억이 납니다. 일본어로 지껄이는 소리가 들렸죠. 저는 대학에서 일본사를 공부했었기 때문에 약간 알아들을 수가 있었습니다. 그들은 척후를 내보내 대술사 묘운(明雲)이 깨어났는지 보라 했지요."

"대술사? 명운?"

"저희 오의파는 원래 거지와 각설이에서 비롯된 유파입니다. 때문에 남의 마음을 알아내는 것과 잡귀를 물리치는 것에 강하죠. 그러나 이번 경우는 다릅니다. 그것들은 지박령이긴 하지만 절대 보통 잡귀가 아니에요!"

"아까 몸을 갖춘 군대라는 말을 했는데, 그게 무슨 뜻이죠?"

"물리력을 쓸 수 있다는 겁니다. 묘운이 깨어났나 보라는 그 이후에 제가 어렴풋이 들은 말이 있는데, 묘운이 일어나야 자신들이 다 일어난다고 했습니다."

박 신부는 미간을 찌푸린 채 생각에 잠겼다. 묘운이 일어나야 자신들도 일어난다고? 그렇다면 묘운이라는 자가 지박령들을 통제하고 있다는 말인가? 그 묘운이라는 자가 부리는 주술이 어떤 것이기에 그들이 모두 물리력을 행사하게 된다는 말인가?

준후가 부적들을 무더기로 꺼내며 소리쳤다.

"신부님, 이 만다라진을 다시 응용하는 게 나을 것 같아요! 새로 진을 칠 여유가 없으니까요."

박 신부가 고개를 끄덕여 보이자, 준후는 리매들을 시켜 아까 현암이 꺾어 놓은 나무의 자리에 부서진 나무를 다시 세우게 했다. 리매들은 준후의 말에 고분고분 잘 따랐고 힘도 엄청났다. 준후와 리매들이 한참 작업을 하는 동안 박 신부는 오의과 사람들과 계속 이야기를 나누었다.

"그런데 저는 초치검의 이야기가 제일 궁금합니다. 도대체 왜 초치검이 여기에 묻혀 있게 되었는지 말이죠. 초치검의 이야기에 대해 알려 주실 수 있습니까?"

"그것에 대해 제대로 알기는 쉬운 일이 아닙니다. 우선 일본에서 내려왔다던 초치검이 가짜일 수도 있습니다."

"예? 그러면 고다이고 천황이 북조에 내어 준 삼종 신기가 모두?"

"세 개 모두 가짜는 아닐 겁니다."

"어떻게요?"

그 사람의 눈빛은 진지했다.

"고다이고 천황 이전에 가마쿠라 막부가 설립될 때, 그러니까 1180년대가 되겠죠. 그때 다이라의 마지막 후계자 니이노아마가 싸움에 져서 여덟 살짜리 아이였던 안토쿠 천황을 안고 물에 뛰어들어 자결했을 때, 삼종의 신기는 모두 가라앉았습니다. 그 후 거울과 목걸이는 건졌으나 초치검만은 끝끝내 찾지 못했습니다."

"그렇다면 초치검이란 것은……."

"여기 나타난 초치검이 과연 진짜인지, 아니면 그때 이후 물에서 건진 것이 진짜 초치검인지는 아직 모릅니다. 어느 쪽이든 가능성은 있는 거죠."

이야기가 얼마나 복잡한지 박 신부는 감을 잡을 수가 없었다. 박 신부와 퇴마사 일행은 안 기자의 전화를 받고 서울을 떠나기 이전에 강한 영기를 투시했고, 그 기운은 초치검이 여기에 있다는 사실을 알려 주었다. 그런데 그 초치검이라는 것이 아예 가짜일 가능성이 있다니? 도대체 무슨 곡절이 그렇게 복잡하게 얽혀 있는 것인지 박 신부로서는 짐작조차 할 수가 없었다. 오의파 사람이 다시 말을 이었다.

"다이라는 미나모토와의 대결에서 분명 패했습니다. 간몬 해협의 동쪽인 단노우라에서 오백 척의 군선으로 미나모토 요시쓰네의 칠백 척 대군과 결전을 치렀던 일이 사서에 분명히 나와 있고……."

준후의 외침이 들렸다.

"이쪽으로 오세요! 여기 안전지대에서 적들과 대항해야 해요!"

세 사람은 준후가 있는 곳으로 뛰어들었다. 셋이 뛰어들자 준후는 허공에 부적들을 던졌고, 자욱한 안개가 그들의 앞을 가렸다.

"얼마나 버틸지 모르겠어요! 녀석들이 오고 있는 것 같은데……."

 준후의 손짓에 따라 두 마리의 리매가 안개를 뚫고 앞으로 나아갔다. 오의파의 두 사람은 땅바닥을 긁어 이상한 도형을 그리더니 각자 남과 북쪽을 향해 좌정하고 앉았다. 박 신부도 성수 뿌리개와 부적을 꺼내 들었으나 박 신부의 머릿속에는 계속 초치검의 이야기가 맴돌고 있었다.

 안 기자의 전화를 받고 이곳으로 오기 전, 준후는 영사를 행했다. 그 결과 초치검이라는 일본 천황의 신물이 이곳에 있다는 것, 그리고 안 기자의 말을 듣고 판단하건대 우리나라 각지에 숨어 지냈던 주술사들이 대거 그 초치검을 얻기 위해 몰려들고 있다는 것을 알 수 있었다. 그러나 이외의 것은 어떤 투시로도 제대로 보이지 않았다. 그리고 이곳에 펼쳐진 구회만다라진은 일본의 수법이었다. 진은 세월이 지나면서 점점 파괴되어 가다가 일본 승려들의 손에 의해 다시 위력을 갖게 된 것이 분명했다. 하지만 오백 구의 시체가 발견된 고분은 이 진과는 멀리 떨어진 곳에 있었다.

 '이런! 거기에 뭔가 비밀이 있겠구나! 경황이 없다 보니 무턱대고 영기만 느끼고 진 안으로 뛰어들었어!'

 오백 구의 시체가 있는 고분이 아닌 다른 곳에 진이 쳐져 있었다면, 그 진 속에는 뭔가 중요하게 보호받아야 하는 것이 있어야 한다. 그것이 무엇일까?

'초치검!'

오의파 사람이 빙의되었을 때 들었다는 말에 따르면, 묘운이 깨어났는지 척후를 보내서 알아보라고 했다고 한다. 묘운이 깨어야 자신들도 깨어난다고 했다. 그렇다면 묘운이라는 자가 있는 곳은 그 진의 안쪽? 그리고 초치검이 있는 곳도?

'낭패다! 어쩌면 안쪽이 더 위험할지도!'

초치검은? 오의파 사람의 말은 사실인 것 같았다. 다이라와 미나모토의 싸움으로 삼종 신기가 가라앉았고 끝내 초치검을 건지지 못했다면 과연 여기 있는 초치검은 정말 초치검일까? 어떤 자는 그 검을 고다이고 천황의 검이라고도 했다. 그러나 모든 것이 먹장을 친 듯 불확실하게 투시될 정도로 강한 주술이 둘러싸고 있는 판에 유독 초치검의 모습만 투시되었다는 것은 무엇을 의미하는 것일까?

'속임수? 아아, 이럴 수가! 초치검이 여기 있다는 것이 속임수였다는 말인가? 승희의 투시에 의하면 단군 유물의 봉인을 풀려고 가지고 온 것이 초치검이라고 했는데 그게 아니었다는 말인가? 도대체······?'

박 신부가 열심히 추리를 하고 있는데 뒤에서 노성이 들렸다.

"훠어이! 왜놈들은 물러가라! 나라님의 땅이다!"

철기 옹이었다. 때를 같이 하여 준후가 쳐 놓은 안개 장벽 너머로 기괴한 외침과 발소리들이 들려왔다. 준후가 소리를 질렀다.

"놈들, 놈들이 와요! 그런데 리매들은 어째서?"

그러고 보니 척후 삼아 준후가 보냈던 리매들이 돌아오지 않았다. 오의파의 두 명이 긴장된 얼굴로 주문을 외우기 시작하자 주변에 싸늘한 냉기가 돌며 무엇인가 뒤에서부터 스스스 소리를 내며 모여들기 시작했다. 박 신부는 일단 철기 옹을 불렀다. 철기 옹은 줄이 끊어진 활과 이상하게 생긴 화살 하나를 들고 있었다.

"어르신! 어르신은 뭔가 아시는 것이 있습니까?"

"아는 것이 있냐? 알지. 나는 많은 것을 안다네!"

"저는 이 일들이 왜 일어났는지 도무지 모르겠습니다. 초치검은 진짜입니까?"

철기 옹은 긴장된 얼굴로 박 신부를 쳐다보았다. 그리고 입술을 움직이려 하다가 다시 입을 다물었다.

"말할 수 없네!"

"단군의 유물은 정말 여기에 존재하는 것입니까?"

"자네, 그 일을 어떻게 알았나?"

"사태가 급박합니다. 우리가 상대하는 것은 일본 승려들 정도가 아녜요. 오백이 넘는 지박령의 무리가 육체를 갖추어 일어나고 있다고 합니다. 그게 무슨 뜻입니까?"

철기 옹이 이를 악물었다.

"그건 스기노방 놈의 주술이야! 시체를 깨어나게 하는 주술이지. 놈은 이미 그 주술을 폈네!"

박 신부는 경악에 찬 눈으로 철기 옹을 쳐다보았다. 시체를 깨어나게 하다니! 그렇다면 지금 오백의 지박령들은 단순히 영기가 아니라 백골이 된 몸으로 일어나서 우리들에게 다가오고 있다는 말인가?

그 순간 뭔가를 느낀 준후가 크게 소리쳤다.

"리매, 물러나! 어서 물러서!"

안개 속에서 병장기가 부딪히는 쇳소리가 들리며 요란한 고함이 들려왔다. 발자국 소리도 여전했다. 갑자기 안개를 뚫고 한 마리의 리매가 미친 듯한 고함을 지르며 걸레 꼴이 되어서 뛰어나왔다. 귀신도 물질도 아닌 리매가 거의 반쯤은 난도질을 당한 것이다. 준후가 비명을 지르자 오의파의 두 사람이 기합을 넣었다. 아까부터 들리던 스스스 내는 소리가 더 커지고 있었다. 박 신부가 돌아보니 사방에서 수백을 헤아리는 뱀들이 몰려서 앞으로 나아가고 있었다.

"윽! 이건 또 뭐야!"

철기 옹이 소리쳤.

"오의파에서 쓰는 뱀을 부리는 술수네! 아아, 하지만 그걸로 되겠는가!"

뱀들은 빠른 속도로 기어서 안개를 뚫고 앞으로 나아갔다. 다시 저편에서는 병장기 부딪히는 소리와 쿵쾅거리는 발소리가 들려왔다. 박 신부는 어금니를 깨물었다.

"준후야, 안개를 거둬! 우리에게 도리어 불리할 뿐이야!"

다친 리매는 준후의 앞에서 신음하더니 서서히 사라져 갔다. 준후는 눈물을 글썽이면서 박 신부를 돌아보다가 멍하니 주문을 외웠다. 안개가 걷히기 시작했다.

"으앗!"

"헉!"

"이럴 수가!"

걷히는 안개 너머로 서서히 저편의 모습이 보이기 시작하자 모두들 기겁했다. 군대! 그것은 완전히 군대였다. 수백을 헤아리는 백골 군대는 질서 정연한 사각형의 방진을 이루며 녹슨 병장기를 들고 저벅저벅 전진해 오고 있었다. 선두의 창병들이 달려드는 뱀들을 몰아냈다. 백골이 된 몸에 누더기와 녹슨 갑옷 조각과 투구를 얹은, 죽은 자들의 군단이었다. 해골 말을 탄 장수가 뼈뿐인 손을 치켜들자 대열이 정지했다.

박 신부와 오의파, 준후와 철기 옹까지도 눈앞에 펼쳐진 믿을 수 없는 광경에 몸을 덜덜 떨고 있었다. 준후가 더듬거렸다.

"지, 지옥이야. 어찌 이런 일이……."

철기 옹이 소리를 질렀다.

"왜놈들! 죽어서까지 이 땅을 침노하려는 못된 놈들!"

해골 장수의 신호에 따라 대열이 정비되자 방패를 든 앞줄의 해골 병사들 뒤에서 썩어 빠진 활을 든 궁수들이 우르르 나와 이 열로 섰다. 오의파의 두 사람이 소리를 질렀다.

"어이! 활! 놈들이 활을!"

"아니, 수백 년이나 썩은 활이 당겨진단 말인가!"

그러나 해골의 궁수들은 시위를 메기고 썩은 화살을 일제히 발사했다. 박 신부는 순간적으로 기도력을 발휘해 오라 막을 펼쳤다. 오라 막은 순식간에 일행의 주위를 감쌌다.

"모두 조심해요!"

화살은 환영이 아니었다. 오십여 발의 화살이 박 신부의 오라 막에 부딪혀 요란한 소리와 함께 부서져 나갔다. 힘들게 화살을 막아 내던 박 신부는 한 발 한 발의 화살이 오라 막에 꽂힐 때마다 몸이 조금씩 뒤로 밀렸다. 오십여 발의 화살을 다 막아 내는 동안 박 신부는 고통스러운 표정을 지으며 삼 미터 이상 땅에 자국을 남기며 뒤로 밀려 나갔다.

"신부님!"

준후가 소리를 치는데 마지막 화살까지 받아 낸 박 신부가 몸을 떨더니 입에서 왈칵 피를 토해 냈다.

"모, 모두 도망……! 화, 화살에 영력과 물리력이 둘 다……."

준후가 씩씩거리면서 해골 부대를 향해 고개를 돌렸다. 해골 궁수들은 두 번째 화살을 시위에 메기고 있었다. 준후는 앙칼진 소리를 지르며 양손을 미친 듯 휘둘렀다.

"야아앗!"

준후의 왼손에서는 인드라의 뇌전이, 오른손에서는 부동명왕의 멸겁화가 물줄기처럼 뻗어 나갔다. 앞쪽의 궁수 하나가 뇌전을 맞고 마치 항아리가 깨지는 것처럼 폭파되어 버렸고, 두 명의 궁수는 몸이 불덩어리가 되어 땅에 뒹굴며 고약한 냄새를 뿜었다. 준후가 불의 번개를 쏘는데 뒤쪽에 있는 해골 장수가 손을 쳐들었다. 이번에는 널찍한 방패를 든 해골 병사들이 와르르 몰려나와 앞을 막았다. 준후가 내쏜 불길은 방패에 맞고 해골 병사들을 뒤로 몇 걸음 밀려 나게 했을 뿐, 그것으로 끝이었다. 준후의 표정이 울상이 되었다.

"이, 이럴 수가!"

다시 방패를 든 병사들이 고개를 숙이자 그 사이사이로 궁수들이 시위를 메긴 활을 쏘아 댔다. 오의파와 준후, 박 신부와 철기옹까지도 벌떼 같이 날아오는 화살을 보고 비명을 질렀다.

땅에서 솟구쳐 올라온 백골들이 한데 모여들었다. 그 중앙에는 먼지가 가득 끼인 초치검을 안고 있는 녀석이 있었다. 놈들의 얼굴은 만신창이로 썩어 해골에 흙먼지만이 잔뜩 끼어 있는 상태였으나, 그 휑하니 뚫린 눈구멍 속에서는 알 수 없는 적의가 이글이글 불타오르고 있었다.

현암은 모험을 할 때라고 판단했다. 주기 선생의 속셈이 어떤 것인지 불분명하기는 했지만, 지금 십여 구에 이르는 썩은 백골들이 땅에서 일어나고 있는 마당에 사람들끼리 싸울 수는 없다고 판단했다. 지금 현암과 상준, 근호를 제외하면 실질적으로 이 괴물들과 맞붙어 싸울 수 있을 만한 사람은 없었다. 지연 보살은 치유 능력만을 가진 사람이었고 승희도 변변한 힘은 쓰지 못했다. 승현은 너무 어렸고, 그 이외의 사람들은 독에 중독되거나 상처를 입고 쓰러져 있는 상태였다.

현암은 침착하려고 애쓰면서 주기 선생을 쳐다보았다. 주기 선생의 눈매도 떨리고 있었다. 현암이 나직한 목소리로 말했다.

"주기 선생! 우리끼리의 싸움은 좀 뒤로 미루자. 일단 저것들부터 물리쳐야 하지 않겠는가? 찬성하지?"

"너, 너는……."

"일단 사람이 살고 봐야잖는가? 물론 나와 너를 포함해서."

"흠…… 뒤통수가 근지러운데……."

"남자로서의 약속이다. 어떠냐?"

주기 선생은 잠시 눈을 빛내다가 의외로 흔쾌히 답했다.

"좋다. 나도 살고 봐야지. 초치검의 보상금이 아무리……."

주기 선생은 말을 하다가 급히 입을 다물었다. 현암은 날카로운 눈으로 주기 선생을 노려보다가 곧 시선을 돌렸다. 지금은 주기 선생을 다그칠 때가 아니었다. 다만 한마디 덧붙이는 것을 잊지 않았다.

"나는 사람을 죽이는 것은 싫어한다. 그러나 배반자는 사람으로 보지 않는다. 무슨 말인지 알겠나?"

현암의 날카로운 눈빛을 받자 주기 선생은 화난 듯이 소리를 쳤다.

"남아 일언 중천금이다! 잔소리 말고 어떻게 저 괴물들과 상대해야 할지나 생각해 봐!"

현암은 스기노방의 멱살을 잡고 흔들어 대고 있는 근호를 불렀다. 그리고 승희에게 말했다.

"우리가 잠시는 버틸 수 있겠지만, 모두가 사느냐 죽느냐는 너에게 달려 있어. 너의 힘을 모아서 지연 보살님에게 실어 드려라. 일단 모든 사람들을 낫게 해야 해! 최선을 다해서! 알았지?"

"현암 씨, 저 해골바가지들을 그냥 박살 내면 되잖아!"

현암이 입술을 물었다.

"그럴 수 있을지…… 보통 녀석들은 아닌 것 같아. 그러니 나한테 힘쓰지 말고 사람들을 빨리 깨우는 데 최선을 다해! 알았지?"

승희는 고개를 끄덕이면서 지연 보살에게로 달려갔다. 현암은 근호에게 눈짓했다. 근호는 겁을 먹었지만 용기 있게 고개를 끄덕이며 두 개의 단봉을 꺼냈다. 주기 선생도 찢어진 기 하나를 던져 버리고 남아 있던 용 신의 기를 고쳐 잡았다. 아직 그의 등에는 한 개의 기가 남아 있었다.

백골들은 서서히 둥근 형태를 취하고 있었다. 썩은 장검을 든 두 구의 해골이 칼을 땅에 내려치자 녹이 와스스 부서지며 칼 본연의 색을 드러냈다. 긴 낫처럼 생긴 구겸창(鉤鎌槍)[33] 같은 무기를 든 두 구도 마찬가지의 행동을 취했다. 현암은 본능적으로 그들이 곧 덤벼들 것이라는 사실을 눈치챘다.

"선수다! 공격!"

---

[33] 긴 창에 낫과 같은 날이 달려서 주로 사람이나 말 다리를 후려서 베는 데 사용되는 무기를 말한다.

현암이 소리를 치며 월향을 날리자 주기 선생도 깃발을 휘둘러 불길을 뿜어냈다. 근호는 단봉을 기묘한 수법으로 던졌다. 월향검이 귀곡성을 울리면서 날아가고, 공중에서 회전하며 날아가는 두 개의 단봉 뒤로는 주기 선생의 불길이 따랐다.

승희는 지나가는 길에 땅에 뒹굴고 있던 승현을 안고 지연 보살에게로 달음질쳤다. 그곳에서는 홍녀가 자영의 다그침에 못 이겨 약을 고르고 있었다. 홍녀의 얼굴이 울상이 되었다.

"몰라요!"

"아니, 해약을 모르다니! 그게 무슨 말이에요?"

"도운 상이 쓴 게 무슨 약인지는 저도 모르겠어요! 저는 약을 잘 모른다고요. 정말이에요! 이 약들 중 몇몇은 알지만!"

자영은 어쩔 줄을 몰라 하며 소리쳤다.

"정말이에요? 그럼 어떻게 하지?"

지연 보살이 홍녀에게 물었다.

"그러면 홍녀 님이 아시는 약은? 해약이 아닌 것만 일단 골라내 보세요."

홍녀는 어리둥절해하면서 몇 가지 약들을 쓸어 냈다. 그러자 색깔이 서로 다른 다섯 가지의 약이 남았다. 약들은 각각 여섯 개씩이 있었다. 다가온 안 기자와 손 기자도 망연한 눈으로 그 약들을 바라보았다. 지연 보살이 입을 열었다.

"이제 됐어요. 홍녀 님, 홍녀 님은 일본 사람이지요?"

홍녀는 겁먹은 눈으로 고개를 끄덕였다.

"그러나 역시 사람이지요?"

홍녀가 망연히 지연 보살을 쳐다보았다. 다른 사람들도 지연 보살의 땀에 젖은 얼굴을 바라보았다. 지연 보살은 아직도 고통을 느끼는 것 같았으나 그 표정은 온화했다.

"그러면 귀신보다는 사람을 도와주세요. 저리로……."

홍녀의 눈이 지연 보살의 눈과 마주쳤다. 지연 보살의 좀 우직해 보이는 얼굴…… 그러나 그 눈만은 바다같이 깊었다. 홍녀는 조용히 고개를 끄덕이고는 한 자루만 남은 구마열화검을 손에 쥐고 몸을 일으켰다.

자영은 지연 보살을 쳐다보았다. 지연 보살은 다섯 가지의 약을 놓고 생각에 잠겨 있었다. 문득 손 기자가 눈을 돌리니, 지연 보살의 손에 도운의 슈리켄이 들려 있는 것이 보였다. 손 기자는 순간적으로 사태를 짐작했다.

"보살님! 설마 지금 직접 실험하시려는 겁니까? 그러다가 죽어요!"

지연 보살이 아무런 대답 없이 재빨리 슈리켄으로 상처를 내려는 순간, 손 기자가 와락 지연 보살의 손목을 잡았다.

"안 됩니다, 안 돼요! 제가 하겠습니다!"

지연 보살은 고개를 저었다. 손 기자가 다시 소리쳤다.

"괜찮습니다! 약은 겨우 다섯 가지예요! 네 번 실험하면 분명 진짜 약이 무언지 알 수 있다고요! 그다음에 제게 해약을 한 알 주시면 되지 않습니까? 제가 하겠습니다!"

지연 보살이 한숨을 쉬고는 입을 열었다.

"이 다섯 가지의 약 중에 또 독약이 있으면 어쩔 셈이죠?"

"그, 그것은……."

"그러니 제가 해야 해요. 저는 해독을 시킬 수 있을 겁니다."

"아닙니다! 해독을 시킬 수 있다면 저를 해독시켜 주시면 되지 않습니까?"

"아아!"

자영과 안 기자, 승희와 승현은 숨을 죽이고 두 사람을 쳐다보고 있을 뿐이었다. 지연 보살은 달래듯, 그러나 빠른 속도로 말했다.

"생각해 보세요. 남을 해독하는 것보다 제 몸을 해독하기가 훨씬 쉬워요. 그러니……."

"아녜요!"

승희가 외쳤다.

"중독된 상태에서 어찌 자기 몸을 치료하기가 쉽겠어요? 지연 보살님은 아까 한 번의 해독에도 많은 힘을 쓰셨어요! 그래서 해독할 자신이 없으신 거죠? 때문에 스스로 희생할 생각을……."

일동의 얼굴이 하얗게 질렸다. 사실이었다. 승희의 말대로 지연 보살은 해독에 자신이 없어서 스스로 희생하려는 것이었다. 손 기자는 재빠르게 지연 보살이 들고 있던 슈리켄을 빼앗더니 자신의 손에 그것을 찔렀다. 너무 급작스러운 일이라 미처 누구도 말리지 못했다. 손 기자는 씨익 웃으며 알약 하나를 집어 들었다. 안 기자가 더듬거리며 말했다.

"뭐, 뭐 하는 거야? 미쳤어?"

손 기자는 알약을 한 번 쳐다보고는 미소를 지었다. 아마 독 기운이 퍼지기를 기다리는 모양이었다.

"내가 미쳤다고 해도 좋아. 미친놈이 당연히 먼저 가야지. 하하하!"

손 기자가 알약을 삼켰다. 모두 긴장된 얼굴로 손 기자를 쳐다보았다. 짤막한 순간이 마치 영원처럼 느껴졌다.

갑자기 손 기자의 얼굴이 시뻘겋게 물들더니 콧구멍에서 두 줄기의 피가 왈칵 뿜어져 나왔다.

"으악! 손 기자!"

손 기자는 손을 휘휘 내저으며 억지로 미소를 지었다. 그러나 그의 몸은 금방이라도 넘어질 듯 휘청거리고 있었다.

"바보! 이 멍청아!"

귀곡성이 울리며 날아간 월향검을 한 해골이 구겸창을 휘둘러 막으려 했다. 그러나 월향검은 제비처럼 진로를 바꾸어 옆으로 돌면서 해골의 목을 베어 버렸다. 근호의 단봉도 한 개는 칼로 차단당했으나 떨어지지 않고 빙빙 돌면서 다시 근호의 손으로 돌아왔고, 다른 하나는 한 놈의 앙상한 팔뚝을 후려쳐 팔을 부수어 버렸다. 이어 주기 선생의 불길이 휘몰아쳐 백골 한 구를 삼켰다.

근호가 소리쳤다.

"하하하! 놈들아, 맛이 어떠냐!"

근호가 의기양양하게 소리치며 단봉을 거머쥐고 앞으로 몇 걸음을 나아갔다. 현암이 불안함을 느끼고 제지하려 했으나 이미 때가 늦었다.

"반자이(만세)!"

몸이 불길로 뒤덮인 백골이 마치 총알처럼 앞으로 달려 나와 근호의 몸을 감싸안았다. 근호는 놀라서 물러서려 했으나 놈의 뼈만 남은 팔이 근호의 허리를 감자 근호의 몸에도 삽시간에 불이 옮겨 붙었다.

"아니, 저런!"

현암이 당황해 월향검을 재차 날렸다. 날아간 월향검은 근호를 안은 백골의 대가리를 날려 버렸으나 그래도 놈은 근호를 놓지 않았다.

"으아악!"

근호는 소리를 지르면서 백골을 안은 채 데굴데굴 굴렀다. 불에 타고 있던 백골은 바닥에 넘어지면서 그대로 바스러져 없어졌으나 근호의 옷은 너덜너덜해졌고 심한 화상을 입은 듯했다. 현암이 넋이 나간 채 그 참혹한 모습을 보고 있는데 주기 선생이 소리를 지르며 불길을 내쏘았다.

"정신 차려!"

현암이 월향검을 잡으며 몸을 돌리자 외팔이 된 해골이 주기 선생의 일격에 불덩이가 되어 쓰러지는 모습이 눈에 들어왔다. 현암

초치검의 비밀 359

이 다른 곳에 신경 쓰는 틈을 노려 달려들던 녀석이었다.

근호의 단봉에 맞아 뒤쪽에 있던 여섯 놈의 백골들은 끼어들려 하지 않고 한데 모여 기이한 자세들을 취하고 있었다. 그 중앙에 있는 놈은 초치검을 검집째 높이 쳐들었다.

월향이 다시 한 놈의 백골을 꿰뚫자 주기 선생의 불길이 놈을 태워 버렸다. 현암과 주기 선생이 앞으로 달려 나가려는 순간, 갑자기 음산한 바람이 사방에서 일기 시작했다.

"뭐, 뭐야? 이게!"

놀란 주기 선생이 고함을 쳤다. 여섯 명의 백골이 모여 서 있는 곳에 시커먼 안개가 우르르 모이고 있었다. 현암도 방어 자세를 취하며 주춤거리고 있는데 뒤에서 소리가 들려왔다.

"현암 상, 조심해요! 그건!"

홍녀였다. 현암이 태극패를 꺼내려는 순간, 백골들에 모였던 안개가 거대한 짐승의 모양을 이루더니 마치 살아 있는 것처럼 포효하며 현암과 주기 선생에게로 덮쳐들었다.

쓰러지는 손 기자를 자영이 부축해 안았고 안 기자는 눈을 붉혔다. 지연 보살이 입술을 깨물면서 슈리켄에 손을 찌르려 하자 승희가 슈리켄을 빼앗아 버렸다. 승현이 소리쳤다.

"잠깐, 잠깐! 내게 좋은 생각이 있어요! 잠깐만!"

지연 보살과 승희가 승현을 쳐다보았다. 승현은 눈을 반짝거리면서 알약들을 가리켰다.

"몸에 좋은 건 입에 쓰죠?"

무슨 말인지 몰라 일동은 서로 멍하니 얼굴만 쳐다보았다. 그러나 승현은 계속 말을 이었다.

"반대로 독이라면요? 독을 먹이는데 맛이 쓰면 안 되지 않을까요?"

승희의 얼굴에 화색이 돌았다.

"맞아! 독약은 쓴맛이 아닐 거야! 쓰면 희생자가 안 삼킬 테니까! 분명 이상한 맛이 느껴지지 않게 했을 거야. 반대로 입에 쓰다면 해약일…… 보살님! 한번 해 볼게요!"

승희는 재빨리 약들을 집어 혀에 대 보았다. 두 가지는 단맛이 났다. 승희는 약이 혀에 닿기가 무섭게 퉤하고 침을 뱉어 버렸다.

"이 두 가지는 단맛이에요! 의심스러우니 일단 제쳐 놓고……."

다른 한 가지의 약은 좀 의아한 맛이었고 한 가지의 맛은 정말 속이 뒤틀려 버릴 것처럼 쓴맛이었다. 승현이 저절로 찌푸려지는 승희의 얼굴을 보고는 무릎을 쳤다.

"와, 저거다!"

"잠깐, 아직 확실하지는 않아!"

"아녜요! 꼭 필요한 게 아니고서야 그렇게 쓸 리 있겠어요?"

승현은 종알거리면서 승희가 쓰다고 했던 약 한 알을 집어 쓰러져 있던 다문의 입에 밀어 넣었다.

"아앗!"

"앗!"

새카맣게 날아오는 화살들을 보고 거의 체념했던 박 신부와 준후, 오의파와 철기 옹의 앞을 무언가 희뿌연 것이 가로막았다. 날아오던 화살들은 그 희뿌연 것에 맞아 반 이상은 양옆으로 흩어지고 반 정도는 그 희뿌연 것에 후두둑 박혔다.

"리매야!"

그것은 준후가 불러낸 또 다른 리매였다. 리매는 하늘을 향해 어헝 하고 고함을 치며 몸을 돌렸다. 리매는 한쪽 팔이 잘려져 있었고 몸이 많이 상해서 기가 흩어지고 있었다. 수십 개의 화살을 몸에 맞고도 리매는 아직 쓰러지지 않고 있었다. 준후가 소리를 쳤다.

"피해요! 리매가 달아나라고…… 어, 어서요!"

오의파의 두 사람이 후다닥 박 신부를 부축해서 세웠다. 그러나 박 신부는 정신을 차리려는 듯 고개를 흔들면서 두 사람을 밀어 냈다. 철기 옹이 갑자기 하늘을 향해 엄청나게 큰 웃음을 터뜨렸다.

"와하하!"

사방이 찌렁찌렁하게 울리는, 그야말로 엄청난 소리였다. 그 소리에 앞에 도열했던 해골 궁수들의 몸이 마구 떨렸고, 방패를 든 놈들도 웃음이 내뿜는 기운에 압도당했는지 방패로 도열된 진이 흔들렸다. 그와 동시에 저만치 먼 곳에서부터 늙은 여인의 목소리가 들려오기 시작했다.

불쌍한 망제들아, 천고에 맺혔느냐 만고에 맺혔느냐. 천고에 맺혔으면 천

고에 풀 것이고 만고에 맺혔으면 만고에 풀 것인데……

철기 옹이 환한 미소를 지었다.

"도지, 그 할망구다! 이제 좀 대적해 볼 수 있을 게야!"

그러면서 철기 옹은 땅에 떨어져 있던 덩굴을 하나 주워 올렸다.

준후는 일단 리매에게 염을 발했다. 그리고 허공에 손가락으로 이상한 도형을 그리니 리매가 힘을 얻은 듯 어깨를 쫙 폈다. 그러자 리매의 몸에 박혔던 화살들이 우르르 빠져서 땅에 떨어지며 먼지가 되어 바스라졌다. 준후가 손뼉을 쳤다.

"와, 된다, 돼! 살아나는구나! 리매야, 다 물리쳐!"

리매가 포효하면서 앞으로 내달릴 준비를 했다. 아까 없어진 것이 암놈이고 이놈이 수놈인 듯, 이 리매는 덩치도 컸고 힘도 더 세어 보였다. 준후는 뒤에서 리매를 지원해 번개를 몇 방 내쏘려는데 박 신부가 소리를 쳤다.

"준후야, 잠깐!"

"왜요?"

"네가 쏘는 번개는 방패에 막혀서 별 효과가 없어. 차라리 리매의 목말을 타고 나가서 싸워 보아라! 나도 여기 오의파 친구들과 방법을 생각해 볼 테니!"

준후는 박 신부의 말을 듣고 리매를 손짓해 불러서 목말을 탔다. 철기 옹이 계속 광소를 터뜨리고 도지의 망자를 내보내는 가락도 점점 다가오자, 죽은 망자들인 해골 병사들은 우왕좌왕했다. 준후가 덩치가 엄청난 리매의 목말을 타자 말을 탄 것보다 더 높이 위로 솟았고, 방패 너머에 웅크려서 우왕좌왕하는 병사들의 모습이 아주 똑똑히 보였다. 오의파의 두 사람은 뭘 하려는 건지 주변에서 끝이 뾰족한 풀잎들을 모으고 있었다. 철기 옹은 계속 광소를 터뜨리면서 끊어진 활시위를 덩굴로 이었다. 오의파의 한 사람이 풀잎을 한 움큼 들고 허공에 던지자, 다른 한 사람이 크게 소리를 질렀다.

"우리의 땅에서 나고 자란 것은 우리의 것이 아닌 게 없는 법! 우리 땅을 범하는 너희 왜놈들, 산천초목에까지 깃든 이 땅의 정기가 어떤 것인지 한번 보아라!"

오의파의 사람이 품에서 부채를 꺼내 촤악 소리가 나게 부치자 풀잎들이 허공에 날아오르더니 화살처럼 해골 병사들을 향해 쏘아지기 시작했다. 박 신부는 눈을 크게 떴다.

'오, 저런! 풀잎을 화살처럼 사용하다니!'

해골 병사들의 일각으로 풀잎 화살들이 쏟아지자 혼란이 일어났다. 물론 풀잎이 화살만큼 강한 위력을 내지는 못했으나, 아무튼 풀잎들은 해골 병사들의 몸에 군데군데 박혀 들어가 놈들에게 고통을 주었다. 방패를 든 병사들과 궁수들 중 몇몇이 몸에 풀잎이 박힌 채 괴이한 소리를 지르며 땅에 뒹굴자 진의 한 귀퉁이가 와해되기 시작했다. 준후가 마치 말을 탄 장수라도 된 듯 외쳤다.

"나가자!"

리매가 길게 울면서 앞으로 달려 나가고, 그 기세에 땅이 쿵쿵 울렸다. 목말을 탄 준후가 신이 나서 사방에 제석천의 뇌전과 멸겁화의 불길을 마구 뿌려 대자, 높은 곳에서 아래로 내리 떨어지는 불꽃과 번개를 맞은 해골 병사들이 불길에 휩싸이거나 그대로 가루가 되어 버렸다. 박 신부가 오의파 사람들에게 외쳤다.

"풀잎의 위력이 약하오! 내 성수를 뿌려 봅시다!"

박 신부가 허공에 솟구쳐 올라가는 풀잎들에 성수를 뿌리자 풀잎들은 이슬처럼 성수를 머금었다. 그 풀잎들이 다시 해골 병사들에게 내리꽂히자, 아까처럼 그냥 타격만 주는 게 아니라 몸까지 녹아내리기 시작했다.

"좋다! 잘한다!"

철기 옹도 소리를 치면서 덩굴로 만든 급조한 활이나마 튕기기 시작했다. 어설퍼 보여도 영력만 통하면 되니 위력은 강했다. 그 일격에 해골 대결의 일각에 세워 놓았던 방패 하나가 산산이 조각나 버리고 그 사이로 제이, 제삼의 기운이 날아들어 두 놈의 해골 병사들이 박살 났다. 준후를 태운 리매도 소나기 같은 풀잎 화살과 철기 옹의 지원 사격을 받으면서 어느덧 무너져 가는 진의 일각에 도달했다. 몇몇 해골 병사들은 흉포한 리매의 기세에 질려 도망가려다가 준후의 불을 맞고 부서져 버렸다. 리매의 몸에 몇 개의 화살이 꽂혔으나, 리매는 그런 것쯤은 안중에도 없다는 듯 앞에 서 있던 해골 병사 한 놈의 팔뚝을 잡아 번쩍 들더니 통째로 허공에 휘둘러 대면서 돌진해 갔다. 몇 개의 해골 병사가 그놈과 부딪쳐 와지끈 부서지더니 수차례 휘두르고 나자 리매의 손에 잡혔던 병사는 어느덧 팔목 하나만 남기고 가루가 되어 버렸다. 흥

포하게 날뛰는 리매의 주변에는 이제 너저분한 뼈다귀들만 널렸을 뿐, 나머지 해골 병사들은 뒤로 도망치기 시작했다.

"하하하! 어딜 도망가느냐!"

준후가 소리치면서 계속해서 불을 내쏘는데, 갑자기 어디선가 긴 창 한 자루가 날아와 리매의 아랫배에 박혔다. 날뛰던 리매의 몸이 휘청했다.

"어어엇!"

리매가 쓰러지자 준후도 땅에 떨어져 데굴데굴 굴렀다. 아랫배에 정통으로 창을 맞은 리매는 고함을 지르면서 서서히 사라져 갔다. 박 신부와 오의파의 두 사람은 갑작스러운 상황의 변화에 놀라 시선을 돌렸다.

안개 사이로 말발굽이 다각거리는 소리가 들려오더니 이윽고 음침하고 거대한, 말 탄 그림자가 모습을 드러냈다. 오의파 사람들이 중얼거리는 소리가 들렸다.

"이 빌어먹을 건 또 뭐야?"

해골 말을 탄 해골 장수였다. 뒤에 십여 기의 해골 기병을 거느린 해골 장수가 등에서 엄청나게 긴 장검을 빼 들고 달려왔다. 놈이 돌격할 채비를 하려는 순간 철기 옹이 뒤에서 소리를 쳤다.

"두목이여! 조심혀!"

홍녀가 던진 구마열화검이 시커먼 짐승 모양의 형체를 뚫고 지나가자 그놈은 몸을 부르르 떨었다. 현암은 기회를 놓치지 않고 월향을 날렸다. 월향은 귀곡성을 내면서 날아들어 그놈의 양미간을 꿰뚫어 버렸다.

"크아악!"

짐승의 형체는 몸을 떨면서 서서히 사라져 갔다. 홍녀를 보고 현암이 고맙다는 눈인사를 했다. 주기 선생은 신기한 눈초리로 현암의 손에 돌아온 월향검을 쳐다보고 있었다. 현암은 왼손 손목에 검집을 묶어서 언제든지 오른손으로 검을 쉽게 뺄 수 있게 만들어 놓았다. 그래서 던졌던 월향을 받을 때도 왼손 손목만 내밀면 바로 월향이 검집으로 되돌아올 수 있었다.

홍녀가 다시 현암을 향해 외쳤다.

"조심해요! 저건 밀교의 술수예요!"

초치검을 든 자가 앞으로 뚜벅뚜벅 걸어 나오고 나머지 다섯 해골은 뒤에 도열해 음산한 독경 소리를 냈다.

주기 선생은 잠시 몸을 흠칫하고는 화상을 입은 현현파의 근호에게 힐기보법으로 달려갔다. 근호는 몸을 잘 움직이지 못했지만 다행히 생명에 지장은 없어 보였다. 주기 선생이 조그맣게 중얼거렸다.

"도와줄게, 응? 어차피 너 정도는 내 상대도 아니니……."

근호는 잠시 눈살을 찌푸렸으나 대꾸는 하지 않았다.

"여기 잠시 부탁해!"

주기 선생은 현암에게 소리치고는 근호를 부축해 힐기보법으로 승희가 있는 쪽으로 달려갔다.

현암은 돌아보지도 않고 앞으로 나서고 있는 자와 그 손에 들려 있는 초치검만 살피고 있었다. 현암이 월향검을 빼 들고 이번에는 기공력을 주입하자 파란 검기가 월향에 맺히기 시작했다. 돌연 그자가 검을 자신의 앞에 세우자, 주변에 광풍이 불면서 나뭇잎과 기타 잡동사니들이 마구 휘날렸다. 그러더니 놈의 모습이 순간적으로 둘이 되어 버렸다. 그리고 다시 셋, 넷으로 늘어났다. 홍녀가 구마열화검을 주워 들고 소리쳤다.

"저, 저건 밀교의 수법 중에서도 가장 높은 단계라는 방법…… 저자는 틀림없이 보통의 고수가 아닌…… 아아, 대선사님!"

현암은 홍녀의 얼굴을 보았다. 홍녀는 얼굴이 하얗게 질려서 몸을 부들부들 떨고 있었다.

"무슨 일이오!"

"아아, 저, 저건…… 묘운, 묘운 대선사!"

"묘운 대선사라니? 저 해골의 이름이오?"

홍녀는 말할 수 없이 괴로운 표정을 지으면서 악을 썼다.

"아아, 현암 상! 어서, 어서 물러서세요! 어서요!"

"물러서다니! 그럴 수 없소! 길고 짧은 건 대어 보아야……."

현암이 말을 끝마치기도 전에 여덟 개의 분신으로 갈라진 놈이 현암의 팔방을 에워싸고 달려들었다. 현암은 파사신검 중 한 검초를 써서 몸을 팽이처럼 회전시키면서 공격에 대응할 준비를 했다. 그러면서 홍녀에게 외쳤다.

"홍녀 님! 나 혼자로도 충분하니 홍녀 님부터 어서 피하……."

순간 현암은 옆구리에 날카로운 통증을 느꼈다. 옆구리에 댄 왼손에서 선혈이 묻어났다. 현암은 간신히 몸을 수습해 중심을 잡았다. 고개를 돌리는 현암의 눈에 얼굴이 그야말로 새하얗게 질린 채 피에 젖은 구마열화검을 들고 있는 홍녀의 모습이 들어왔다. 현암은 고통보다도 놀라움에 말을 이을 수가 없었다.

"아니, 홍녀 님…… 왜?"

"혀, 현암 상…… 나, 나는…….''

미처 말을 잇지 못하는 홍녀의 뒤로, 그리고 현암의 사면팔방으로 묘운의 분신들이 몸을 날려 공격해 들어왔다.

"와! 성공이다!"

승현이 소리를 지르며 좋아하는 가운데 다문이 천천히 몸을 일으키고 있었다. 승희와 지연 보살, 그리고 자영은 너무 기쁜 나머지 박수를 치면서 재빨리 지국, 증장과 손 기자에게도 해독약을 복용시켰다. 승현은 남은 두 알 중에 한 알을 가지고 쓰러져 있는 병수에게 달려가면서 지연 보살에게 외쳤다.

"보살님, 광목 화상을 구해 주세요! 저 일본 노승에게 맞아……."

"알았어요!"

자영은 나머지 한 알의 해독약을 들고 도운의 시커멓게 변한 얼굴을 쳐다보고 있었다. 승희가 말했다.

"복용시키세요."

"이 악당에게요? 저쪽에도 중독당한 우리 편이 있어요. 그들에게 주어야 하잖아요."

"저쪽에 있는 중독된 사람들은 스기노방의 독에 중독된 거예요. 아무리 악인이라도 이대로 죽게 놔둘 순……."

"……."

"누구에게든 목숨은 소중하잖아요."

승희는 말없이 자영을 쳐다보았다. 자영은 머뭇거리다가 한숨을 쉬고는 마지막 한 알의 해독약을 도운의 입에 밀어 넣었다. 그때 현암이 외치는 소리가 들렸다. 승희가 돌아보니 백골의 분신들이 팔방에서 비틀거리는 현암에게 덮쳐들고 있었다.

'앗! 현암 씨가 다쳤나? 저런!'

승희는 순간적으로 눈을 감고 정신을 모았다. 승희가 현암에게 힘을 보내자 상처를 입어 주춤거리던 현암은 순간적으로 자세를 가다듬고 오른손에 힘을 가해 월향검을 휘돌려 던졌다. 월향은 귀곡성을 울리며 무서운 속도로 파르르 회전하면서 현암의 몸 주위에 바싹 붙어 한 바퀴를 돌며 해골들의 공격을 차단했다.

챙챙챙!

요란한 소리를 울리며 묘운의 분신들이 현암에게 가하던 공격이 월향검에 의해 차단당했다. 그러나 현암의 배후로 덮치던 한 분신까지는 월향의 힘이 미처 도달하지 못했다. 순간, 퍽! 하는 불기둥이 솟으면서 그 분신의 공격마저 차단당했다. 홍녀였다.

현암은 잠시 월향검을 거머쥐고 홍녀를 돌아보았다. 홍녀는 무엇을 어떻게 해야 할지 극도의 번민에 시달리고 있었다.

"현암 상. 나, 나는······."

현암은 홍녀의 사정을 대강은 이해했다. 홍녀는 저 분신이 묘운 대선사라고 했다. 그렇다면 홍녀 입장에서 묘운은 까마득한 사조(師祖)임이 틀림없을 터이고, 그 묘운의 영이 강압적으로 홍녀에게 현암을 없애라는 메시지를 보내자 홍녀는 엉겁결에 현암에게 상처를 냈을 것이다. 그러나 지금은······ 그런 행동을 후회하는 듯 보였다.

"됐어요. 괜찮으니 물러서요."

괜찮기는커녕 현암은 통증이 너무 심해 금방이라도 드러눕고 싶은 심정이었다. 하지만 현암은 이를 악물고 내색하지 않으려 애썼다. 홍녀의 눈이 피를 분수같이 뿜는 현암의 옆구리를 향했다. 그녀의 눈빛이 흐려지고 있음을 현암은 느낄 수 있었다.

공격을 차단당한 묘운의 분신들은 다시 현암과 홍녀의 주위를 둘러싸고 섰다. 포악한 기세가 더 흉흉해졌고 여덟 분신들의 입에서 호통이 터져 나왔다. 홍녀는 그야말로 얼굴이 하얗게 질린 채 온몸을 부들부들 떨면서도 그 호통에 대항해 외치고 있었다. 현암은 이 상태로는 얼마 버티지 못할 것이라고 느꼈다.

'묘운 대선사의 분신들······ 저것들은 분명 허상이다. 그렇다면······.'

갑자기 홍녀가 비명을 울리면서 구마열화검을 떨어뜨렸다. 묘운이 술수를 부려 금제를 발동시키려 하는 것 같았다. 홍녀를 무력화시킨 후 자신을 공격하려는 속셈이었다. 홍녀는 묘운과 같은 밀교의 수법을 익힌 인물이고 묘운이 대선사이니만큼 그가 홍녀에게 술수를 부리는 것은 얼마든지 가능한 일이었다.

현암은 도박을 하기로 했다. 저렇게 많은 수의 분신과 상대한다는 것은 상처를 입은 자신의 몸으로는 무리라고 생각되었고, 또한 홍녀마저도 위험해질 것이 뻔했기 때문이었다. 그렇다면 방법은? 그렇다. 속전속결이다!

"부동심결!"

현암은 월향검을 하늘로 떨쳐 내고는 양손을 마주 쥐고 단전에 힘을 넣었다.

철기 옹이 달려 나가면서 해골의 장수가 던진 창을 주웠고 박 신부는 쓰러진 준후를 안아 들었다. 해골 장수가 무서운 기세로 들이닥쳤다. 뒤에서 오의파의 두 사람이 풀잎 화살을 날렸으나 장수의 갑옷을 뚫지 못하고 모두 튕겨져 나갔다. 철기 옹이 몸에 신을 강신시켰는지 창을 공중에 크게 휘둘렀다. 박 신부는 준후를 안은 채 오라를 발동해 철기 옹의 앞을 방어했다.

"아아앗!"

철기 옹이 창을 휘두르자 해골의 장수는 장검으로 창을 받아넘겼다. 이 합, 삼 합…… 철기 옹과 해골 장수가 맞붙어 싸우는 동안 박 신부는 계속 오라력을 발해 철기 옹의 방패가 되어 주었다. 박 신부의 품에 안겨 있던 준후가 말했다.

"신부님, 저자는 지금 자신의 성명을 밝히고 있어요. 구스노키 마사시게의 아들 마사토키(正時)³⁴라고…… 그가 누군지 아세요?"

"글쎄다. 음…… 가만, 저 장수가 지금 일본 말로 말하는 것이 아니냐?"

"뜻으로만 전달되고 있어요. 알아들을 수 있어요."

"그러면 저 장수에게 일단 싸움을 중지해 달라고 전달할 수 있니? 잠시 휴전을 하자고 말이야."

준후는 눈을 몇 번 깜박거리더니 정신을 집중했다. 그러자 뒤에서 말을 돌려 재차 공격하려던 해골 장수가 주춤하면서 말을 멈추었다. 철기 옹도 대강 준후와 해골 장수 마사토키 사이의 이야기를 알아들었는지 창을 곧추세웠다. 준후가 중얼거렸다.

"모두 길을 비키기만 하면 죽이지는 않겠대요. 자기들은 급히 묘운 대선사와 만나야 한다는데요?"

"묘운 대선사? 그리고 길을 비켜 달라고?"

"꼭 해야 할 일이 있대요. 수백 년을 기다려 왔대요."

박 신부는 긴장했다. 드디어 저들의 목적이 무엇인지 알아낼 때가 된 것인가?

"왜 그들은 여기에 있었지? 이렇게 많은 수의 사람이 어째서?"

준후가 다시 정신을 집중하다가 놀라움에 입을 벌렸다. 준후의

---

34 마사토키의 부친 구스노키 마사시게는 당시 남조의 부흥을 위해 애쓰던 고다이고 천황의 오른팔이다. 일본의 사서인 『태평기』에서는 고다이고 천황이 꿈에서 하늘의 계시를 받은 후 마사시게를 만나게 되었다고까지 할 정도로 지략이 뛰어난 명장, 장수였다.

음성이 떨려서 제대로 말이 나오지 않았다. 준후의 눈에는 어떤 광경이 투시되고 있는 것 같았다. 박 신부도 그 광경을 보기 위해 준후의 이마에 손을 얹었다.

해골 장수는 울분을 터뜨리고 있었다. 이미 칠백 년이나 흐른 지난날의 일들…… 해골 장수의 머릿속에 떠오르는 과거들이 준후를 통해서 박 신부에게 생생하게 전달되어 왔다.

오백 명의 병사는 그대로 도열해 서 있었다. 많은 어려움을 겪고, 고려의 수군과 싸우다 벌써 몇 번이나 잡힐 뻔했는지 모른다. 그러나 결국 여기까지 도달하는 데 성공했다. 허나 지난 전투 때 큰 타격을 입고 남은 것은 오백 군사와 묘운 대선사와 그를 수행하는 십여 명뿐. 묘운 대선사는 먼저 물건의 자취를 탐색하기 시작해 대강은 그 물건이 어느 곳에 묻혀 있는지 알게 되었다. 그러나 고려의 대군이 닥쳐오고 있었다. 수천 명이었다. 이제 우리에게는 식량도 남아 있지 않았고 화살도 거의 다 떨어졌다. 병사들의 사기는 높지만, 오랜 항해로 쌓인 피로가 아직 회복되지 못하고 있었다.

물건? 어떤 물건이란 말인가? 초치검?

묘운 대선사는 우리들의 안위보다는 그 물건을 지키기 위해 사방에 진을 편 다음 우리에게 죽는 순간까지 진을 지키라 말하고 진 안으로 들어갔다. 그리고 설사 우리가 죽더라도 반드시 다시 빛을 보게 해 준다고 말했다.

그러면 지금 저 진 안에는 묘운이라는 자가 또 있다는 말인가?

우리는 마지막 방법을 택하기로 했다. 남조의 영광을 위해서! 우리가 지금 덧없이 전멸해 버리면, 물건을 손에 넣었다 해도 어떻게 전달할 것인가? 누가 살아남아도 어떻게 다시 바다를 건널 것인가? 고려인들은 자신들의 땅에 그 물건이 묻혀 있다는 사실도 몰랐다. 그들에게 물건의 소재를 공연히 가르쳐 줄 필요가 없다. 우리가 싸우면 몇몇은 사로잡힐지도 모르고, 그러면 비밀은 누설된다. 그럴 수 없다. 후일을 기약한다. 묘운 대선사의 법력을 나는 믿는다.

그렇다면 저들은······.

무서운 광경이었다. 오백 명에 이르는 군사들이 차례대로 도열해 벼랑 밑에 앉아 칼을 꺼내어 할복하고 있었다. 장검을 거머쥐고 배에 칼을 찔러 넣고 쓰러지는 자도 있었고, 독한 자는 배를 긋고 다시 칼을 위로 그어 올리는 자도 있었다. 그 누구도 고통을 줄이기 위해 뒤에서 목을 쳐 주지 않았다. 고통을 깊게 하여 원령을 남게 하려는 방법이었을 것이다. 신음을 하며 쓰러진 자는 뒤에 차곡차곡 눕혀 놓고 다음 열이 들어가서 배를 가른다. 몇몇은 도망치려 하나 장수들은 그런 자를 그대로 창에 꿰어 시체 더미에 밀어 넣는다.

세, 세상에! 그러면 여기 묻힌 오백 명의 집단은 모두 할복했단 말인가? 그 물건을 지키려?

장수들은 최후로 자신들의 말을 죽여 시체 더미에 눕힌다. 그리고 자신들은 그대로 시체 더미에 들어가 눕는다. 그리고 줄을 당기자 미리 설치해 놓았던 듯, 머리 위의 벼랑이 허물어지면서 흙더미가 그들의 위를 덮는다. 아무도 그들이 왔었는지, 어디로 꺼져 버렸는지 눈치채지 못하리라.

고려인들에게 물건의 소재를 가르쳐 줄 수는 없다. 그 물건은 남조의 정통성과 권위를 위해····· 먼 훗날이 되더라도 반드시 나 구스노키 마사토키의 손으로…….

도대체 그 물건이 무엇이기에!

박 신부는 눈을 떴다. 준후의 얼굴은 하얗게 질려 있었고, 오의파의 두 사람은 멍하니 서 있었다. 철기 옹…… 그랬다. 철기 옹은 이 모든 일이 어떻게 된 것인지 알고 있었을 것이다. 해골 장수는 묵묵히 서 있었다. 그가 내뱉는 소리가 말이 아닌 마음의 울림으로 모두에게 전달되어 왔다.

이제 길을 비켜라! 길을 비키면 해치지 않는다. 나 구스노키 마사토키의 명예를 걸고 약속한다.

오의파의 상렬이 눈을 크게 뜨면서 소리를 질렀다.

"구, 구스노키 마사토키! 그러면 마사시게의 아들! 1348년에 북조의 군대에 밀려서 남조의 사령관인 형 마사쓰라와 함께 불타는 행궁 안에서 자살했다고 알려진……."

형과 나는 자해하려 했으나 형이 나를 만류했다. 죽은 것처럼 보이게 하는 대신 나에게는 마지막 임무를 남겼다. 그 일을 완수할 때까지, 그 물건들을 되찾아 남조의 영광을 이룩할 때까지 나는 결코 죽을 수 없다. 나는 형 앞에서 맹세를 했다. 맹세를…….

수백 년에 걸친 해골 장수 마사토키의 집념, 그리고 물건…… 그건 초치검이었을까? 아니면 또 다른 무엇인가? 박 신부는 천천히 준후를 내려놓고 철기 옹에게로 발걸음을 옮겼다. 철기 옹은 비장한 표정으로 서 있었다. 박 신부의 얼굴도 비장했다. 박 신부는 비로소 이 일의 전모를 알 수 있을 것 같았다.

초치검의 정체

 햇살과도 같으나 뜨겁지 않고, 달빛과도 같으나 시리지 않은 황금색의 휘황한 빛이 사방을 가득 메우고 있었다. 이제 막 독에서 풀려나 정신을 차리고 일어나던 백제암의 네 승려들과 병수, 자영과 안 기자, 승현과 지연 보살, 주기 선생과 의식을 잃어 가던 근호, 그리고 현정과 승희와 홍녀에 이르기까지 모든 사람은 현암의 몸에서 눈부시게 뻗어 나오는 광채에 제대로 눈을 뜰 수가 없었다. 그러나 그 광채는 사람의 눈을 쏘는 광채가 아니었다. 그것은 어둠을 밝혀 주는 빛만도 아니었다. 그것은 은은하고 차분한, 그러면서도 묵직하고 향기가 도는 듯한 광채였다. 불가뿐 아니라 도가에서도 추구하는 무(無)의 경지, 그러나 결코 공허하지 않은 그런 빛이 잠깐, 아주 잠깐 동안 사방을 감쌌다. 바로 한빈 거사의 최고의 술수였던 '부동심결'이 만들어 낸 빛이었다.

 대선사 묘운의 분신들은 삽시간에 빛에 휩쓸리듯 사라져 버렸다. 뒤쪽에 기이한 진을 펴고 있던 다섯 구의 백골들도 모두 땅에 흩어져 버렸다. 묘운 대선사의 본체만이 좀 삭아 버린 모습을 한 채 검을 안고 뒷걸음질 치고 있었다. 순간 초치검을 안고 있던 묘운의 오른팔이 가루로 변하면서 초치검을 땅에 떨어뜨렸다.

 사람들은 아직도 사방을 가득 메운 엄청난 빛의 잔상 속에서 눈을 뜨지 못하고 현암은 조용히 한 발을 앞으로 내디뎠다. 묘운 대선사의 몰골은 이미 백골이 되었고 강한 빛을 쏘이자 마치 재로 만들어진 것처럼 금방이라도 부스러질 것 같았다.

으으으…… 크아악!

묘운의 백골은 초치검을 주울 생각도 하지 못하고 별안간 사방에 돌풍을 일으키면서 진이 펼쳐져 있는 바깥쪽 출구로 한 줄기의 검은 구름이 되어 휘몰아쳐 사라져 버렸다.

얼마나 지났을까? 시간상 그다지 길지 않았지만 마치 영원과도 같은 순간이 지나자 사람들은 조금씩 눈을 뜨기 시작했다. 탈진한 승희가 헝겊 인형처럼 비틀대기 시작했다.

"후후후…… 양, 양심도 없어……. 호, 혼자만 이렇게 남의 힘까지 다 쓰고는…… 후후후……."

승희는 피식피식 웃음을 흘리면서 그대로 옆으로 고꾸라져 버렸다. 현암의 고개가 푹 떨구어졌으나 몸은 한 발을 앞으로 내민 자세 그대로였다. 가장 먼저 눈을 뜬 주기 선생이 여기저기를 둘러보다가 땅에 떨어져 있는 초치검에 가서 멎었다.

"초치검!"

주기 선생은 아직 충격으로 눈을 뜨지 못하고 있는 근호를 재빨리 땅에 눕혀 놓고 서서히 걸음을 옮겼다. 아직 뻣뻣이 서 있는 현암이 조금은 두려웠는지 조용히 발을 옮기다가, 점차 속도를 내서 힐기보법으로 냅다 달려가기 시작했다.

"저것, 저것만 얻으면!"

초치검에 막 달려들려던 주기 선생의 앞에 갑자기 굉음과 함께 거대한 물체가 날아왔다. 주기 선생은 하마터면 물체에 얻어맞을 뻔했으나 재빨리 몸을 돌려 피할 수 있었다. 그건 병수의 철봉이었다. 저만치에서 병수가 소리를 지르며 달려오고 있었다.

"손대지 마라! 그건 고다이고 천황의 검! 나는 그것이 꼭 필요하다!"

주기 선생은 뒤를 쳐다보면서 씩 웃었다.

"어쩌나? 나도 필요하거든?"

주기 선생은 여유 있게 초치검을 향해 몸을 돌리고는 손을 뻗었다.

"이크! 이건!"

코앞으로 뜨거운 불기둥이 확 솟아오르는 바람에 주기 선생은 기겁하고 뒤로 조금 물러섰으나, 그 뜨거운 열기는 계속 주기 선생의 목덜미를 따라왔다. 어느새 홍녀가 구마열화검을 빼 들고 서 있었다.

"물러서시오. 이건 임자가 따로 있는 물건입니다."

주기 선생은 힐끗 그녀를 쳐다보았다. 홍녀는 창백해진 안색으로 이글이글 타오르는 구마열화검을 들고 서 있었으나, 그 기세는 별로 대단해 보이지 않았다. 주기 선생의 눈이 그 뒤에 있는 현암에게로 향했다. 현암 쪽을 다소 켕기는 눈매로 살피던 주기 선생의 눈이 다시 여유를 되찾았다.

"어, 알았어, 알았어. 손 뗐지? 나 손 뗐다?"

"더 물러서!"

주기 선생은 갑자기 놀란 얼굴을 하며 외쳤다.

"어, 그런데 저기 현암…… 죽은 거 아냐?"

홍녀는 주기 선생의 말에 흠칫하면서 뒤를 돌아보았다. 현암은 눈을 부릅뜨고 얼굴이 딱딱하게 굳은 채로 서 있었고, 홍녀의 칼에 맞은 옆구리에서는 계속 피가 주룩주룩 흘러내리고 있었다.

"아앗!"

홍녀가 방심한 사이에 화끈한 기운이 날아왔다. 불덩이였다. 홍녀는 불덩이를 정면으로 맞으면서 뒤로 밀려 현암의 발치에 나가떨어졌다. 허를 찌른 주기 선생의 용(辰) 깃발의 힘이었다.

"아, 짜증 난다. 다들 어린애들이냐? 아주 바보야, 바보. 왜 이렇게 잘 속냐? 응? 하하. 애들이니 애들답게 놀아 줘야지. 안 그래?"

주기 선생이 빙글거리면서 이를 악문 홍녀를 내려다보았다.

"현암 그 친구, 왜 그리 걱정하셔? 사귀셔? 어, 인상 쓰지 마. 현암 안 죽었거든? 그러니 염려 말고 푹 쉬셔. 그리고 현암아! 바보 현암아! 등신 현암아! 이제 싸움 끝났지? 그러니 내가 칼 갖는다? 약속 어긴 거 아니……."

"이놈! 너야말로 방심했지?"

이죽거리던 주기 선생의 등 뒤로 병수가 무서운 힘으로 몸을 날렸다. 자신의 계략이 들어맞은 것에 희희낙락하던 주기 선생은 미처 달려오고 있던 병수를 생각하지 못했던 것이다. 병수의 거구가 어깨로 등판을 밀고 들어오자 주기 선생은 비명을 지르면서 넘어졌다. 병수의 거구가 달려들던 힘 그대로 주기 선생을 땅에 처박으며 그 위를 내리찍었다. 우두둑하고 뼈 부러지는 소리가 들렸다.

"으윽, 이 자식이!"

병수의 밑에 깔린 주기 선생은 비명을 지르면서도 부러지지 않은 왼팔을 허공에 휘둘러 댔다. 그러자 병수가 깔아뭉갠 주기 선생의 등 뒤에서 요란한 기운이 터져 나왔다. 주기 선생이 등에 메고 있던 마지막 깃발이었다.

이번에는 병수의 몸이 폭발하듯이 뒤로 날아갔다. 주기 선생의 몸도 그 반동을 이기지 못해 땅속으로 한 치쯤 파고들어 갔고, 잠시 후 병수의 거구가 땅을 쿵 울리면서 떨어져 내렸다.

자영은 아까 승희가 썼던 방법대로 손 기자에게 애매한 맛의 알약을 복용시켜서 간신히 그를 구할 수 있었다. 안 기자는 자신이 뭘 하는지도 모르고 포켓 안에서 사진기 셔터를 연신 눌러 댔다. 백제암의 사천왕 중 세 명은 조금씩 독 기운이 가셔서 정신을 차리며 몸을 움직이고 있었고, 한쪽에서는 지연 보살이 광목을 치료하고 있었다. 현현파의 네 명은 아직 치료를 받지 못해 신음을 내고 있었다. 누구도 섬광 같은 빛이 쓸고 지나간 후 돌연히 일어난 정황의 변화에 눈을 돌리지 못하고 있었고, 초치검은 여전히 땅에 떨어져 있었다. 승희도 현암도, 홍녀와 주기 선생, 그리고 병수도 정신을 차리지 못하고 쓰러져 있었다.

그때 갑자기 미친 듯이 초치검을 향해 달려가는 두 명이 있었다. 바로 승현과 언제 정신을 차렸는지 모르는 스기노방이었다. 그 누구도 둘보다 빨리 갈 수는 없었다. 자영은 자기도 모르는 사이에 큰 소리로 외쳐 댔다.

"아기 중아! 빨리, 빨리 그 칼을!"

승현과 스기노방은 거의 비슷하게 초치검을 향해 달려들었다. 두 사람과 초치검과의 거리는 채 삼십 미터도 남지 않았다. 승현은 죽을힘을 다해 달려갔다. 저만치에서 시커멓게 타고 찢어진 흉한 가사(袈裟) 자락을 휘날리며 비틀거리면서도 빠른 걸음으로 스기노방이 달려오고 있었다.

스기노방은 어디서 그런 힘이 솟았는지 달려오는 자세 그대로 손가락을 튕겨 냈다. 염주 알을 내쏘는 것 같았다. 그러나 뛰면서는 조준이 잘 안 되는지 쏘아 낸 염주 알들은 달려오는 승현의 주변에 마치 총알처럼 흙먼지를 풍기면서 박혀 들었다. 승현은 초치검을 향해 힘껏 몸을 날렸다. 승현의 작은 고사리손에 낡은 초치검의 검집이 잡혔다.

"잡았다!"

고개를 든 승현의 눈에 분노해 악귀같이 일그러진 스기노방의 얼굴이 보였다. 승현은 몸을 일으키지도 못하고 초치검을 뒤로 돌리고서 조금씩 뒤로 기어갔다. 공포에 질려 행동을 취하지 못하고 있었다. 스기노방의 악다문 입에서 격앙된 목소리가 흘러나왔다.

"조센진 꼬마! 어서 그걸 내놓아라!"

승현은 스기노방이 한국말을 하자 깜짝 놀랐다. 스기노방이 한국말을? 그러면 저자는 모두를 속이고 있었단 말인가? 그리고 보니 아까 홍녀와 여러 한국인들이 이야기할 때 스기노방은 홍녀가 통역해 대화 내용을 들려주기 전부터 흥분해 소리를 지르고 했었다. 그런데 왜 그 사실을 숨겼을까?

"칙쇼! 어서 내놔! 너 같은 어린것을 죽이고 싶지는 않다!"

스기노방의 전신에서 검은 회오리 같은 것이 일어나기 시작했다. 마하칼라의 힘을 부르고 있는 것이리라. 승현은 총명하기는 했으나 그런 힘에 대항할 능력은 없었다. 스기노방은 검은 기운이 무럭무럭 일어나는 손을 내밀었지만 승현은 입술을 깨물고 고개를 설레설레 저었다. 그 작은 눈에 눈물이 흐르고 있었다.

"이, 이, 바카야로!"

스기노방이 큰 소리를 지르며 손을 들어 올리려 하자 승현은 반사적으로 몸을 일으켜서 스기노방의 쪽으로 달려들었다. 승현이 뒤로 달아날 것으로 생각한 스기노방의 손이 허공을 짚었다. 승현은 몸을 날려서 스기노방의 가랑이 사이로 들어가 있는 힘을 다해 허리를 폈다.

"어어!"

순간적으로 방심한 스기노방은 중심을 잃고 네 활개를 펴며 넘어져 버렸다. 승현은 와락 소리를 지르면서 다람쥐같이 사람들이 있는 곳으로 달려왔다. 이제 어느 정도 정신을 차린 백제암의 다문, 증장의 두 승려가 비틀거리며 앞으로 달려 나갔다. 지국도 달려가려다가 자영이 부르는 소리를 듣고 걸음을 멈추었다.

"잠깐, 잠깐만요!"

"왜 그러십니까?"

"아까 다문 화상님이 지국 화상님에게 물어보라고 하던 말이 있었어요!"

"예?"

"나라님의 신물, 그게 뭐죠? 그건 단군의 신물이라 했어요. 그리고 나만이 그 신물을 얻을 수 있다고…… 왜 그런 거죠? 대체 뭐가 어떻게 돌아가고 있는 거죠?"

지국의 눈에도 놀라움과 당혹감이 흐르고 있었다. 겨우 숨을 돌리기 시작한 손 기자와 안 기자도 지국을 쳐다보았다. 지국은 주변을 둘러보았다. 저편에서 두 명의 백제암 승려가 스기노방을 맞아 싸우고 있었고, 승현은 정신이 든 광목을 불러 지연 보살을 업게 하여 현암과 홍녀가 있는 쪽으로 달려가고 있었다. 당장 급한 일이 벌어질 것 같지는 않았다. 지국의 입술이 미미하게 떨렸다.

"다문, 다문이 그런 소리를…… 아아, 그 친구는 우리가 다 죽을 것이라고 생각했나 보군. 입도 싸지."

"무슨 내용인지 어서 말해 줘요."

자영은 머리를 굴렸다.

"다문 화상인가 승현 사미인가 이야기했어요! 내가 나라 자손이고, 나만이 단군의 신물을 얻을 수 있다고요. 오직 나만이! 그러니 내게 말해 주지 않으면 나도 협조하지 않겠어요! 알겠어요?"

안 기자도 입을 열었다.

"단군의 신물, 그게 우리에게 초치검보다 훨씬 중요한 거예요. 일본인들은 초치검이 더 중요하겠죠. 그런데 일본인들, 아니 저 스기노방이라는 자가 단군의 신물을 욕심내는 까닭이 무엇이죠?"

"그, 그건 저도 다는 모릅니다. 저희는 어느 높은 분의 청탁을 받고 온 거예요. 단군의 신물을 캐내어 찾아 달라는……."

손 기자가 고개를 갸웃하자 자영이 눈을 빛냈다.

"높은 분?"

"그런데 왜 초치검을 그렇게 노렸죠? 아까 초치검을 갖기 위한 싸움 때 당신들은 결코 물러서려 하지 않았어요. 단군의 신물을 찾으면 그만인데 왜 초치검까지 그렇게 가지려 애쓴 거예요?"

지국이 입술을 깨물고 있다가 이윽고 입을 열었다.

"단군의 봉인, 그것을 여는 열쇠 중 하나가 바로 초치검입니다. 그래서 일본인들도 그걸 찾는 것이고, 옛날 왜구들도 그 초치검을 가지고 여기까지 온 거예요."

"어째서 초치검이 단군의 신물을 얻는 열쇠가 되죠?"

"그것까지는 저도 모릅니다. 다만 그들은 고대로부터 내려오는 정통성을 얻기 위해, 그리고 지금은 그것을 국익에 이용하기 위해서……."

안 기자의 머릿속이 빠르게 회전하기 시작했다. 왜구들이 단군의 신물을 얻으러 왔다니! 그 열쇠로 쓰기 위해 초치검을 가지고 여기까지 온 것이라니! 안 기자의 머릿속에 비로소 많은 것이 정리되어 가는 듯했다.

"알았다! 드디어 알았어!"

손 기자가 어리둥절한 눈으로 안 기자를 쳐다보았다. 안 기자는 빠른 말투로 떠들기 시작했다. 잔뜩 엉켜 있던 실타래가 드디어 풀려 가는 듯했다.

"왜구는 보통 도둑 떼로 여겨져 왔어. 그러나 일개 오합지졸인 도적의 무리가 왜 남의 나라의 수도에까지 공격해 들어왔을까? 도둑의 목적은 약탈이야! 해안 일대만 약탈해도 되는데 왜 그리 집요하게 타국의 중심부로 나아가려 했을까? 바이킹도, 중국 해적들도 그런 무모한 짓은 안 했어. 왜 유독 왜구들만이 그랬을까? 그리고 약탈해도 중국에서는 해안만 약탈하는데 우리나라는 왜 그리 집요하게 공격했을까?"

"무엇 때문에 그런거죠?"

"저기 보이는 시체 괴물들이 증거야! 그들은 왜구를 가장한 군대였어! 정치적인 임무를 수행하는 특수 부대 같은 거! 그렇다면 무엇을 찾는 임무였을까? 고대로부터 내려오는 정통성, 바로 그 정통성의 단서가 될 수 있는 신물을 찾는 게 그들의 목적이었다면 말이 되잖아! 그게 단군이 남긴 유물이었고 그것이……."

손 기자와 자영은 둘 다 숨이 막히는 듯했다. 지국이 나직한 목소리로 덧붙였다.

"바로 천부인(天符印)[35]입니다."

---

35 천부인에 대해서 세상의 억측이 구구한 바 있으나 『삼한관경본기(三韓管境本紀)』에는 다음과 같은 말이 있다.
[世傳桓雄天王巡駐於此佃獵以祭風伯天符刻鏡而進雨師迎鼓舞環雲師佰劒陛衛盖天帝就山之儀若是之盛嚴也]

"철기 어르신. 말씀해 주십시오. 저들이 찾으러 온 것은 바로 단군의 신물이 아닙니까?"

철기 옹은 들고 있던 창을 땅에 거꾸로 꽂았다.

"……."

"그렇지요? 저들은 그것을 찾으러 온 것이지요? 초치검은 어떤 필요 때문에 가지고 온 것일 테고요."

"초치검은 아마 단군의 봉인을 푸는 열쇠일 뿐이여!"

"봉인을 풀려는 열쇠? 어째서 초치검이……."

"단군의 봉인은 지금 겹겹이 쳐져 있네. 그러니 아무도 꺼낼 엄두를 못 내!"

"겹겹이 쳐져 있다고요?"

"원래 단군님이 설치하신 봉인! 그리고 신라의 화랑도가 설치한 봉인! 그리고 왜구들이 침노하면서 설치한 봉인! 적어도 세 가지가 있어. 앞의 두 개는 여는 법도 전해졌었는데, 그 이후 고려 때 왜구들이 침노하면서 막은 봉인이 있었던 거여. 여기에 펼쳐진

[세상에 전하는 말로는 한웅 천왕이 이곳에 들러 머무르시며 사냥도 하고 제사를 지냈다고 하는데, 풍백은 천부를 새긴 거울을 들고 앞서서 나아갔고, 우사는 북을 쳐서 울리며 주변을 돌면서 춤추었고, 운사는 백 명의 무사를 데리고 대장의 검으로 호위했으니, 무릇 천제가 산으로 갈 때의 의장 행렬이 이와 같이 성하고 엄중했다]

이를 보아 천부인 세 가지는 바로 거울과 북, 칼이 될 것이라는 설이 있다. 거울에 '천부'를 새겼다는 점을 보아 천부는 상징성과 힘을 지닌 문양이나 고유의 물건일 것이고, 이를 인(印)으로 했다는 것은 그러한 힘을 집약시킨 물건이라 생각해 본문에서는 거울이나 칼, 방울의 이미지로 천부인을 꾸미지 않았다.

초치검의 비밀 387

만다라의 진형을 누가 쳤는지 알지?"

"그러면 저기 묻혀 있다는 묘운이라는 대선사가 원래의 진을……."

"그래! 그들은 이 단군의 신물을 얻으려고 침노했으나, 결국 헛되이 실패했지. 그때 그들은 그들 나름의 수법으로 이곳을 봉해 버린 게야. 자기들이 다음에라도 차지하기 위해서 말이여!"

"그렇다면 그 신물은 무엇이고, 어떤 힘을 가지고 있기에?"

"그것은…… 저게 뭐, 뭐여!"

박 신부에게 말을 하려던 철기 옹이 놀라서 소리를 쳤다. 뒤쪽의 숲 건너편, 사람들이 많이 있는 곳에서 엄청난 빛이 순간적으로 터져 나오고 있었다. 강한 빛은 박 신부와 준후 일행이 있는 이곳에까지 섬광처럼 번뜩였다. 준후가 소리를 질렀다.

"현암 형이에요! 부동심결!"

박 신부도 크게 놀랐다.

"부동심결? 그건 현암 군의 최후의……."

준후가 발을 굴렀다.

"아이고! 어떡해! 싸움 붙었나 봐요! 저 안에 있다는 묘운인지 뭔지 하는 녀석과……."

빛이 터져 나오자 뒤쪽에 조용히 도열해 있던 해골 병사들이 동요하기 시작했다. 멀리서부터 온 빛이지만, 눈깔도 없는 해골 병사들은 현암의 부동심결에서 뿜어 나오는 광채를 보지 않으려고 눈을 가린 채 아우성을 쳤으며, 마사토키가 인솔하던 해골의 기병

대들도 뒤로 몇 걸음 물러섰다. 철기 옹은 긴장된 얼굴로 삼천 부적을 이어 만들었다는 화살을 들어 활을 메기면서 뒤를 돌아보았다. 그때, 갑자기 검은 구름 같은 것이 휙 하면서 안쪽에서부터 튀어나왔다.

철기 옹만이 아니라 박 신부와 준후, 오의파와 두 사람들까지도 갑작스럽게 튀어나온 그림자에 놀라 당황했다.

"요물!"

철기 옹은 무의식적으로 부적으로 만든 화살을 활에 걸고 튕겨 냈다.

새애액!

화살은 무서운 기세로 날아가 쳐들어오던 검은 덩어리에 적중했다. 순간 엄청난 비명을 지르면서 검은 덩어리는 불덩어리로 타올랐고, 그 불덩이로 화한 검은 덩어리는 미처 몸을 피하지 못한 철기 옹에게 덮쳐들었다.

"위험해요!"

박 신부는 기도력을 일으키면서 철기 옹에게로 몸을 날렸다. 간발의 차이였다. 닥쳐오던 불덩이는 철기 옹의 왼쪽 팔에 걸리면서 손에 들려 있던 활과 다시 충돌해 마치 폭탄과 같이 작렬했다. 준후와 오의파의 두 사람도 뒤로 나동그라졌고, 선두에 섰던 해골 병사들도 그 폭발력에 밀려 우르르 뒤로 넘어졌다. 마사토키가 탄 해골 말도 후다닥 뒤로 밀려 났다.

넘어진 준후가 반사적으로 벌떡 몸을 일으켰다.

"신부님!"

저편 구석에 박 신부와 철기 옹이 나뒹굴고 있었다. 그 앞에는 서서히 가루로 변해 가는 백골이 하나 있었다. 백골의 목에는 철기 옹의 활이 얽혀 불에 타들어 가고 있었다. 순간, 해골 장수 마사토키의 입에서 쥐어짜는 듯한 고함이 터져 나왔다.

"묘운!"

준후는 급히 박 신부에게로 달려들었다. 박 신부는 다행히 크게 다친 곳이 없었다. 그러나 철기 옹의 왼팔은 충격을 이겨 내지 못하고 어깨 바로 밑에서부터 잘려져 나가고 없었다.

"으아아! 도와줘요!"

오의파의 두 사람이 준후의 비명을 듣고 달려 나왔다. 그중 상렬이 문득 걸음을 멈추고 겁에 질린 눈으로 해골들의 진영을 바라보았다.

"마, 마사토키! 그, 그가……."

마사토키의 유골은 연신 소리를 질러 대면서 해골 병사들에게 고함을 치고 있었다. 그러자 해골 병사들이 퀭한 눈구멍을 번득거리면서 녹슨 무기들을 고쳐 잡기 시작했다. 그 기세가 흉흉하기는 조금 전과는 비교도 되지 않았다. 상렬의 입에서 두려움이 섞인 목소리가 흘러나왔다. 순간적으로 영사를 통해 그들의 심리를 읽어 낸 것이다.

"대, 대선사 묘운의 영이 소멸해서 저, 저들은 이제 승천도 하지 못하게……. 그 분노가……."

"아저씨, 뭐 해요? 도와줘요!"

준후는 오의파 중 한 명의 도움을 받아 철기 옹과 박 신부를 부축하려는 중이었다. 박 신부는 정신을 조금 차린 듯 준후와 오의파 한 사람에게 기대고 있었고, 철기 옹은 오의파 사람의 등에 업혀 있었다.

"도망쳐! 어서, 어서!"

"예? 왜?"

"저들, 저들은 이제 수단 방법을 가리지 않을 거야! 어서, 어서 여럿이 있는 곳으로 피해!"

상렬은 계속 소리를 지르며 미친 듯 달려와서 박 신부를 빼앗듯이 들쳐 업고 뛰기 시작했다. 준후는 영사를 해 볼 겨를도 없이 오의파의 나머지 사람과 함께 허둥지둥 그 뒤를 따랐다. 등 뒤에서 함성이 들렸다.

"으앗!"

해골 병사들이 물밀듯 밀려오고 있었다. 수백 년을 기다려 온 끝에 비로소 주술로 잠에서 깨어났는데, 묘운의 영이 소멸한 지금 그들을 다시 안식의 길로 보내 줄 수 있는 사람은 없었다. 그들은 이제 복수를 위해 사납게 달려들고 있었다. 전세도 규율도 더 이상 없었다. 노한 함성을 지르면서 수백을 헤아리는 해골의 군대가 정신없이 달아나는 다섯 사람의 뒤를 쫓고 있었다.

홍녀는 조금씩 정신을 차렸다. 주기 선생에게서 받은 타격이 꽤

커서 아직 몸이 자유롭게 움직이지는 않았지만 대강 일어설 수는 있을 것 같았다. 홍녀는 무심코 현암의 다리를 잡고 일어서려고 했다. 그러나 갑자기 손아귀에서 화끈한 열기가 밀려드는 것을 느끼고는 잡았던 손을 놓고 몸을 후다닥 일으켰다.

현암은 아직 살아 있었다. 다만 뻣뻣하게 몸이 굳은 채 움직이지 못하고 그대로 서 있기만 했다. 부동심결로 너무 무리한 힘을 쓴 나머지 그의 몸 안에서는 나머지 기혈들이 들끓고 내력이 통제를 잃어 마구 휘몰아치고 있었다. 자칫하면 다시 주화입마가 될지도 몰랐다. 어쩔 줄을 모르고 있는 홍녀의 옆으로 승현과 광목이 지연 보살을 업고 다가왔다. 이제 지연 보살은 거의 탈진할 지경에 있었다. 보아하니 광목이 지연 보살을 만류하는데도 지연 보살은 자꾸만 현암부터 치료해야 한다고 고집을 부리고 있었다.

"어서, 급해요! 현암 선생을 먼저……."

"이제 거의 다 수습되었습니다. 왜 그리 서두르시는 겁니까?"

지연 보살을 비롯한 모든 사람은 아까 홍녀가 묘운의 압박을 받아 현암에게 상처를 낸 사실을 알지 못하고 있었다. 홍녀는 여전히 자신이 어떻게 해야 하는지 명확한 판단이 서지 않았다. 아니, 생각하기도 싫었다.

"아녜요. 더 큰일이…… 계시, 계시가 있었어요."

다가오던 승현이 걸음을 멈추고 홍녀를 빤히 쳐다보았다. 홍녀는 지연 보살을 부축해 땅에 내렸고 광목은 스기노방과 동료들이 싸우고 있는 곳으로 달려갔다. 지연 보살은 가쁜 숨을 몰아쉬면서 홍녀에게 말했다.

"단군님, 단군님의 계시…… 이, 이곳은 성스러운 장소…… 단군님의 뜻을 이분께 맡기면 어기지 않고 잘할 거예요."

"단군님의 뜻이라고요? 이분에게?"

"어떻게 될지는 저도 잘 몰라요. 다만 이분에게 전해 주세요. 스스로의 의지대로 하라고……."

지연 보살은 더 이상 말하지 않고 힘겹게 몸을 일으켜 서서 현암의 등에 양손을 갖다 댔다. 순간 두 사람은 몸을 움찔하면서 땀을 비 오듯 흘려 댔다. 안절부절못하고 있는 홍녀를 향해 승현이 입을 열었다.

"아, 아줌마는…… 아줌마는 어떻게?"

홍녀는 눈을 돌렸다. 승현이 더듬거리면서도 계속 말을 이었다.

"아줌마도 나라, 나라 자손? 아줌마는 일본인인데 어떻게……."

"뭐라고? 내가? 내가 나라 자손이라고?"

"틀림없어요."

순간 홍녀의 뇌리에 스치고 지나가는 것이 있었다. 홍녀는 어려서부터 이야기를 들었었다. 자신의 성이 권이었다는 것을. 그래서 예전에 흡혈마가 되어 버린 자신의 동생인 오유키, 배다른 동생이었던 오유키를 쫓아 여기에 왔을 때도 그래서 그렇게 아늑한 기분이 들었던 것일까? 그러나 먼 조상 때부터 자신의 일족은 일본에 살았다는데, 어떻게 자신이?

현암의 몸에서 엄청난 힘의 기류가 터져 나와서 지연 보살과 현암의 주위에 소용돌이처럼 퍼지기 시작했다. 지연 보살은 무섭게 몸을 떨었고 코와 귀에서 피가 흘러나오기 시작했다. 홍녀와 승현은 발을 동동 구르고 그 광경을 지켜볼 따름이었다. 그러다가 홍녀는 승현의 손에 무언가 들려 있는 것을 알았다. 초치검이었다.

홍녀가 말을 하려 하는데 엄청난 함성이 들려왔다. 숲속에서 오의파의 두 사람이 철기 옹과 박 신부를 부축해 뛰어오고 그 뒤로 준후가 달려오고 있었다. 오의파의 두 사람은 안 기자가 있는 쪽으로 갔고 준후는 홍녀 쪽으로 달려왔다.

"모두 조심해요! 왜구의 영들, 지박령의 군대가!"

절룩거리면서 누군가 힘겹게 준후의 어깨를 잡았다. 상처를 입었던 현정이었다. 그녀의 손에는 아직도 청홍검이 들려 있었다.

"너, 우리 의모(義母)님을 못 보았니? 그분은 어디 있지?"

그러고 보니 아까 도지 무당의 굿 소리는 들렸었는데 정작 모습은 보이지 않았다. 준후가 망연히 뒤를 돌아보는데 귓전에서 늙은 여인의 목소리가 들려왔다.

아이야, 아이야…… 나는 이미 저놈들의 손에 죽었단다. 오의파의 두 사람이 귀신이 들릴 때 말이다……. 그러나 내 혼백은 죽지 않아서 저들을 막으려고 계속 굿을 했으나 힘이 모자라는구나…….

준후의 귀에만 들려오는 소리였다. 준후는 도지 무당이 죽었다는 사실에 불쌍하고 끔찍한 느낌이 들었으나 더 급한 일은 따로 있었다. 이렇게 죽어서까지 현신해 혼백이 떠나지 않고 뭔가를 알려 주려 한다는 사실은, 그만큼 중대한 알릴 일이 있다는 것을 의미하기 때문이었다. 준후는 마음속으로 대답했다.

어떻게 해야 하죠?

현정이의 청홍검, 그건 적장에서 수없이 적을 벤 무적의 상징이란다……. 그것으로 진을 치면 저들을 일단 막을 수 있단다……. 그리고 단군님의 힘을 깨워서 나라 자손…….

예? 나라 자손요?

나라 자손 세 명의 힘을 모아서…… 아아, 이승에 더 이상 머무를 수가 없구나……. 부디 힘을 모아서…….

잠시만요! 어떻게요?

나라 자손들, 초치검, 그리고 가장 강한 자의 의지를…… 아아, 허무하도다…….

도지 무당의 한 섞인 푸념 소리가 마치 저승으로 빨려 들어가듯 멀어져 가는 것을 준후는 느꼈다. 도지 무당이 이미 죽었다니…… 아까 도지 무당의 굿거리가 다만 소리로만 울려오던 것도 다 이유가 있었던 것이다. 하지만 지금은 상념에 빠져 있을 시간이 없었다. 물밀듯 밀려드는 지박령들을 막아야 했다.

"누나, 그 칼! 청홍검을!"

준후가 말하자 현정이 눈살을 찌푸렸다. 현정은 무술에는 능했지만 영력이 없어서 아직 아무것도 모르고 있었다.

"시간이 없어요! 도지 님의 유지예요! 그 칼을 저 진문의 초입에 꽂아요!"

현정은 준후의 말에 답하기는커녕 도지 무당이 죽었다는 소리에 충격을 받은 듯 멍하니 준후를 쳐다보고 있었다.

"어서요!"

진문을 통해 해골의 병사 몇몇이 뛰어들었다. 준후는 냅다 뇌전을 일으켜서 두어 놈을 갈겼다. 그러나 놈들은 아까와는 달리 한이 더욱 사무쳐서인지 쓰러지지 않고 준후의 뇌전을 버텨 내고 있었다.

"어서, 어서 칼을 꽂아요! 다 죽을지도 모른단 말이에요!"

누군가 현정에게 달려들어 와락 청홍검을 빼앗았다. 현정은 충격을 받아 아무 생각이 없는 멍한 상태에서 무의식적으로 저항하려 했으나, 칼은 이미 상대의 수중에 있었다. 바로 홍녀였다. 준후가 소리를 질렀다.

"홍녀 누나, 뭘 하려는 거예요!"

홍녀는 청홍검을 들고 잠시 준후를 쳐다보았다. 준후는 홍녀가 만에 하나 왜구들의 편을 들면 어쩌나 하는 생각이 들자 너무나도 당황스러웠다. 홍녀가 청홍검을 들고는 말했다.

"이걸로 진문을 막으면 정말 저들이 못 들어오게 될까? 나도 아까 그분의 이야기를 들었다."

"그, 그래요. 어서!"

홍녀의 귓전에 누군가 외치는 소리가 들렸다. 백제암의 승려들과 싸우고 있던 스기노방의 목소리였다. 그리고 대선사였던 묘운의 잔영과 같은 소리도 울려왔다. 현암을 공격하게 했던 묘운의 독한 목소리! 일본의 영광을 위해, 과거의 역사를 묻어 두기 위해 모두를 죽이라 하고 있었다. 그 목소리는 말하고 있었다. 이유는 묻지 말라고…… 권위에 굴복하라고…….

그 칼을 던져 버려! 아니, 꺾어 버려! 지금이 기회야!

홍녀의 머릿속이 뒤죽박죽으로 헝클어지고 있었다. 홍녀는 고개를 흔들었다. 그 앞에 금방이라도 울 것 같은 준후의 얼굴이 보였다. 귀여운 아이, 과거에 자신을 구해 주었던 아이…….

"염려 마라."

홍녀는 있는 힘을 다해 진문 쪽으로 청홍검을 던졌다. 그러면서 큰 소리로 외쳤다.

"나는, 나는 사람이다!"

홍녀가 던진 청홍검은 눈부신 궤적을 그리면서 진문의 바로 앞에 꽂혔다. 홍녀는 계속 소리치고 있었다.

"일본인이건, 한국인이건 그건 문제가 안 돼! 나를 이제 더 이상, 더는 괴롭히지 마라!"

홍녀가 양손에 수인을 맺고 청홍검을 향해 힘을 가하자 힘을 받은 청홍검의 주위로 무서운 열기가 퍼져 나가며 진문을 뚫고 들어온 몇몇 해골들을 순식간에 태워 버렸다. 홍녀의 주특기인 번뇌화였다.

"케케묵은 역사의 망령들! 남조가 뭐고 과거의 영광은 무엇이란 말이야! 다 사라져! 다 사라져 버려! 더 이상 산 사람들을 해치지 마라!"

준후는 홍녀의 말에 기쁨의 함성을 지르면서 부적들을 모두 꺼내어 허공에 날리고는 그 자리에 눈을 감고 앉았다. 부적들은 마치 새들처럼 떼를 지어 허공을 나르며 하나씩 불이 붙은 채 뱅글뱅글 맴돌면서 청홍검의 주위로 맺혀져 들었다. 폭풍우 같은 기운들이 수없이 많은 피를 뿌렸던 무적의 신검, 청홍검의 몸을 타고 다시 사방으로 뻗어 나가면서 달려들던 해골 병사들을 가루로 만들었다.

마사토키의 해골 말이 크게 울부짖으며 진저리를 쳤고, 마사토키의 유골은 진격하던 해골 병사들을 정지시키고 약간 뒤로 물러서기 시작했다.

"바, 바카야로!"

한쪽에서 백제암의 승려들과 대적하던 스기노방은 그 광경을 보고 노한 함성을 터뜨렸으나, 홍녀는 아랑곳하지 않고 휘청하면서 가쁜 숨을 몰아쉬었다. 준후는 행여 진문이 다시 돌파당할까 봐 계속 진문에 온 정신을 집중하고 있었다. 현정은 망연히 홍녀를 쳐다보다가 다시 현암 쪽으로 눈을 돌렸다. 어느덧 현암의 옆구리에서 흐르던 피가 멎고 얼굴에도 조금씩 화색이 돌고 있었다. 지연 보살은 눈이며 귀에서 피를 계속 흘리면서도 현암에게서 손을 떼지 않고 있었다. 현암의 손이 조금씩 떨리며 움직이기 시작했다…….

박 신부는 이제 정신을 완전히 차리고 안 기자와 빠른 목소리로 이야기하고 있었다. 박 신부가 알아낸 것, 그것은 철기 옹에게서 들었던 단군의 신물에 대한 것이었다. 자영이 입을 열었다.

"구스노키 마사토키, 그는 남조의 대들보인 마사시게의 아들이었어요. 마사시게의 아들 마사쓰라의 동생이었죠. 역사에는 북조의 물밀듯 밀려오는 군대를 이기지 못하고 형인 마사쓰라와 시조나와테에서 결전을 벌이다가 둘이 같이 자결한 것으로 되어 있고요."

박 신부가 계속 말을 이었다.

"마사토키는 임무가 있었소! 고다이고 천황의 마지막 유지가 있었지. 그건 고다이고 천황이 명령한 것이고, 마사토키의 형인 마사쓰라가 다시 그에게 맡긴 일이었소. 그 일을 위해 마사토키는 죽음을 가장해 이 땅으로 온 거요! 왜구를 빙자한 정규군 오백 명을 인솔하고서 말이야. 그의 목적은 단 하나!"

지국이 조용히 말했다.

"천부인."

이번에는 안 기자가 흥분해 입을 열었다.

"그래요! 일본의 남조는 힘은 미약했지만 일본 천황의 삼종 신기를 가졌다는, 정통성의 면에서 북조를 이겨 내려고 많은 애를 썼죠. 물론 당시 북조의 일인자인 아시카가 다카우지는 그런 삼종 신기 따위는 거들떠보지도 않았지만요. 그런 다카우지를 승복시키기 위해서, 고다이고 천황은 그보다 훨씬 더 높은 신물이 필요했던 겁니다! 그게 바로 단군의 천부인이었어요!"

의식을 회복한 손 기자가 고개를 저으며 말했다.

"일본인들과 단군의 천부인이 무슨 관계가 있단 말이야?"

"아냐! 일본인의 시조는 바로 이 땅에 있었던 한민족이었고, 그들의 시조 모두가 한민족의 후예였어! 그 시절까지만 해도 그들은 그들의 정통이 한반도에 있다는 사실을 암암리에 수긍하고 있었을지도 몰라. 그래서 그 신물을 내세우면 스스로가 방계가 아닌, 정통성의 대를 잇는 거라고 생각했던 거지."

"방계?"

"맞아! 일본을 처음 개척한 것은 삼국의 유민들이었다고 하는 설이 있어. 원래 일본의 토착민은 아이누족(Ainu)[36]이야. 그러나 현재 일본에 거주하는 일본인들은 아이누족과는 전혀 다른 피를 가졌어. 언제, 어떻게, 다른 민족이 일본을 점령했겠나? 아메리카에서 태평양을 건너서? 해군을 육성한 적이 없는 중국에서? 아냐! 바로 이 땅의 후예들이야! 그들은 이 반도 땅에 살던 사람들의 후예였어. 그래, 식민지 백성! 삼국의 식민지 후예였단 말이야!"

"하, 하지만……."

"식민 사관! 그건 우리가 그들에게 세뇌당한 것이지만 그들 자체 뇌리에 박혀 있는 것이기도 해. 맞아, 지금의 증거로는 부인할 수 없어! 그들은 우리의 방계였고 백제가 망한 뒤 정통성을 찾기

---

[36] 일본의 토착 민족으로 현재 일본 홋카이도와 러시아 사할린에 살고 있다. 인종학상으로는 유럽과 몽골 인종의 피가 섞여 있다. 언어는 형태학상 포합어(抱合語)에 속한다. 눈이 우묵하고 광대뼈가 나왔으며, 몸에 털이 많고 성질은 온화하다. 수렵에서 농업 생활로 들어가면서 일본인이 많이 줄었으며 지금의 생활 방식이나 생김새에 이르기까지 많은 변화가 있었다. 지금은 극소수만이 남아 관광물 정도로만 취급되는 비참한 지경에 처해 있다.

위해 스스로 그 징표인 신물을 찾으려 그리도 자주 침략해 온 거야. 남조 부흥을 꿈꾸던, 그러나 쇠망해 가던 고다이고 천황이 마지막 기대를 건 것도 바로 이런 면이었어. 고대로부터의 정통을 잇는 징표를 보인다면 행여 모두가 복속하지 않을까 하고 말이야."

박 신부의 얼굴이 굳어졌다.

"마사토키는 반드시 수행해야 할 과업이 있다고 했네. 물론 아무도 장담할 수도 없지만 지금 안 기자의 추측이 맞을지도 몰라."

"그것이 사실이라면 이건 매우 중요한 사건이야. 그러나 증거가 없잖아? 나는 여기 오기 전까지만 해도 귀신이니 영이니 주술이니 하는 것은 전혀 믿지 않았어. 지금은 이야기가 다르지만. 하지만 그런 영들의 이야기를 증거로 내세울 수는 없지 않나?"

여전히 신중한 손 기자가 말했다. 아직까지 사실을 받아들이지 못하는 듯했다. 갑자기 안 기자의 눈이 빛나며 소리를 질렀다.

"초치검! 초치검이 있잖아! 거기에 뭔가 비밀이 있을 거야!"

일동은 모두 눈을 돌려 초치검의 행방을 확인했다. 초치검은 이제 먼발치에 있는, 현암의 곁으로 가고 있는 승현의 손에 들려 있었다.

현암은 조금씩 정신이 돌아오는 것을 느꼈다. 아까 부상을 입은 몸으로 부동심결을 시전했던 까닭이었는지 그만 혼절한 상태처럼 되었던 것이다. 꿈, 그리고 그 속에서 오락가락하던 세계. 찰나에 불과한지도 모르고 몇 시간이 경과했는지도 몰랐다. 그 속에서 비치던 눈부신 빛, 빛의 나라, 거기에 있던 그분…….

현암은 눈을 떴다. 갑자기 눈앞에 닥치듯 밀려오는 주위의 풍경이 생경하게 느껴졌다.

'나는 누구지? 그리고 왜 여기에 있지? 여기는?'

고개를 돌린 현암의 눈 끝에 땅에 털썩 쓰러지는 지연 보살의 모습이 들어왔다. 그리고 땅에 쓰러진 채 꿈틀거리는 주기 선생, 조금 먼 곳의 병수와 현정, 홍녀와 땅에 가부좌를 틀고 있는 준후.

'맞다. 그랬었지. 음? 그런데 지연 보살님은 왜?'

현암은 지연 보살이 마지막 기운을 발휘해 자신을 치료해 준 사실을 모르고, 땅에 쓰러진 지연 보살을 부축해서 일으켰다. 지연 보살은 완전히 탈진해 버린 듯 숨을 몰아쉬면서 드문드문 입을 열었다.

"혀, 현암 선생. 저, 정신을 차렸으니 다, 다행…….."

"왜 그러십니까? 왜 이런 모습으로?"

"아, 모, 모든 게 잘될 거예요. 내 명이 길어 할 말은 하고 가는군요."

"가시다뇨? 그런 말 마세요! 무슨 말씀을!"

"아녜요. 아까도 홍녀 님에게 말해 두었지만…… 스스로의 의지를, 스스로의 믿음을…… 그것이 바로 단군님의 뜻…….."

지연 보살의 눈이 서서히 감기고 있었다. 현암의 몸에 돌던 기운을 바로잡기에는 지연 보살의 능력이 모자랐던 것일까? 아니면 너무 많은 사람을 치료했기 때문에 탈진이 정도를 지나친 것일까? 아무튼 지연 보살은 서서히 숨을 거두려 하고 있었다. 죽음의 기운이 그녀의 순박한 얼굴을 덮어 가고 있었다.

"정신을 차리세요! 정신을!"

"아, 모든 사람…… 고통이 없게…… 아직 고쳐 주지 못한 사람들이 있어요. 그들도 잊지 마시고……."

자신의 죽음에 직면해서도 남의 작은 고통을 말하다니…… 현암은 지연 보살에게 거의 소리를 지르다시피 했다.

"눈을 떠요, 눈을! 어서, 어서요!"

"아, 아무도 죽지 않게…… 아무도 고통을 당하지 않게……."

지연 보살의 눈이 닫히면서 몸에서 힘이 빠져나갔다. 현암은 알아들을 수 없는 말들에 충격을 받고 멍하니 입을 벌린 채 초점 없는 눈초리로 먼 곳을 쳐다보고 있었다.

"아저씨, 아니 형!"

현암은 다정하게 귓전을 울리는 소리에 망연히 헤매던 망상의 세계에서 벗어났다. 고개를 돌려 보니 승현이 있었고, 그 뒤에 탈진해 비틀거리는 홍녀가 서 있었다. 준후는 진문을 강화해 해골 병사들이 들어오지 못하게 하느라 온 힘을 다하고 있었고, 현정은 쓰러진 주기 선생과 병수를 끌어 편히 눕히고 있었다. 자기를 해친 자일지라도 보살펴 주는 현정의 세심한 마음씨가 느껴졌다. 사태는 대강 수습이 되어서 죽은 지연 보살과 실종된 도지 무당을 제외하고는 생명을 곧 잃을 것 같은 사람은 없었다. 현현과의 윤섭은 중독된 상태였으나 도운의 몸에서 나온 약으로 간신히 위기를 벗어나고 있었다. 현현파의 네 명은 기자들에 의해 모두 가지런히 먼발치에 눕혀져 있었고, 도운은 그 곁에 쓰러져 있었다.

"현암 상, 이걸 받으세요."

현암은 고개를 돌렸다. 눈앞에 케케묵고 낡은 길쭉한 물건이 승현의 작은 고사리손에 들려 있었다. 바로 '천총운검'의 네 자가 검집에 박혀 있는 초치검이었다.

현암은 놀라서 고개를 들었다. 승현의 환히 웃는 얼굴과 그 뒤에 긴장한 얼굴의 홍녀가 보였다.

"이, 이걸 내게?"

"예. 현암 상이 제일 결단을 잘 내리실 거 같아요. 느낌으로요."

승현이 고개를 끄덕였다. 홍녀가 그에 대한 설명했다.

"현암 상은, 아니 현암 님은 아까 검을 얻기로 내정되었던 분이에요. 약속을 지키는 겁니다. 다만……."

현암은 승현의 마음 씀씀이가 고마웠고 홍녀의 마음도 고맙게 여겨졌다. 스기노방이었다면 그랬을까? 아니다. 당장에 힘없는 승현에게서 초치검을 빼앗았을 것이다.

"저는 염려되는 것이 있습니다. 제게 잠시 검을 견식하게 해 주시겠습니까?"

이상한 말이었다. 현암은 무심코 승현에게서 검을 받아 홍녀에게 내밀었다. 홍녀는 검을 받자 뒤로 돌아서 검집에서 검을 빼 보았다. 그녀의 입에서 나직한 탄성 소리가 터져 나왔다.

"오!"

현암은 영문을 알 수 없었다. 승현 또한 어리둥절한 표정을 지었다. 그때 저편에서 세차게 달려오는 시커먼 그림자가 있었다. 스기노방이었다.

"칙쇼!"

미처 뭐라 할 사이도 없었다. 스기노방은 어느새 백제암의 네 승려들을 뿌리치고 미친 듯 달려온 것이었다. 스기노방의 손에서 검은 기류가 튀었다.

"아아악!"

스기노방의 손에서 떨쳐 나온 기류는 그대로 홍녀의 옆구리에 명중했고, 홍녀는 비명을 울리면서 초치검을 떨어뜨린 채 쓰러졌다. 스기노방은 날듯이 덤벼들면서 초치검을 낚아채려 했다.

"어딜!"

현암은 순간적으로 몸을 날려 왼손으로 초치검을 집어 들며 오른손으로 월향을 꺼내어 던졌다. 모든 것이 순식간에 일어난 일이었다. 쏘아져 나간 월향검은 스기노방의 오른편 반신을 꿰뚫으며 허공에서 큰 원 모양의 궤적을 그렸다. 스기노방은 그 와중에도 초치검의 검집을 잡아챘다. 그러나 현암의 왼손이 초치검의 손잡이를 쥐고 있었다.

"으아악!"

스기노방이 비명을 지르면서 데굴데굴 굴렀다. 그의 손에는 초치검의 검집이, 현암의 손에는 초치검이 들려 있었다. 현암은 순간적으로 일어난 일에 망연해져서 초치검을 다시 들여다보았다.

"겨우…… 이따위 것 때문에?"

잔뜩 녹슨 칼…… 이것이 무슨 신물이고 신검이란 말인가! 허망해졌다. 아무런 영력도 초자연적인 능력도 느껴지지 않았다. 이것이 무엇이기에 일본에서 사람들을 파견하고 여기서 많은 사람이 서로 싸우고 했단 말인가!

데굴데굴 구르던 스기노방의 몸에서 뭔가가 떨어졌다. 푸른색의 조그마한 깃발이었다. 현정의 간호를 받고 몸을 일으키던 주기 선생과 병수가 둘 다 기겁한 소리를 질렀다.

"어!"

"저, 저자가!"

누가 먼저랄 것도 없이 병수와 주기 선생은 동시에 고함을 쳤다.

"너였구나! 날 중독시키고 고다이고 천황의 검을 찾아오라던 놈이……!"

"초치검에 상금을 걸었던 것이!"

말을 내뱉다가 주기 선생과 병수는 서로 쳐다보았다. 둘은 같은 자의 농간에 의해 서로 초치검을 탈취하려고 했던 것이다. 월향검에 적중되어 땅에 쓰러진 스기노방은 이제 다시 힘을 쓰지 못할 것 같았다. 주기 선생이 병수에게 말했다.

"이봐, 잠깐. 그럼 너도 저자에게……? 중독이라고? 그러면 저자가 무슨 수작을 부렸나?"

병수가 씩씩거리며 대꾸했다.

"그래, 며칠 전에 독에 중독됐는데, 병원에서도 모르더라고. 그런데 누가 편지를 보내 고다이고 천황의 검을 해독약과 바꾸자고 하더군. 그게 저자일 줄은 정말……."

"나에게는 현상금을 걸었지. 오억."

주기 선생이 씁쓸하게 대꾸했다.

"솔직하게 말해서, 나는 그다지 좋은 놈은 못 돼. 그래도 말이야. 최소한의 분별은 있어. 왜놈이 시킨 거라면…… 아, 난 정말 그건 몰랐다."

주기 선생이 말을 멈추고 스기노방에게로 다가갔다. 스기노방의 눈빛은 떨리고 있었다.

"쪽발이, 한국말을 잘할 텐데 왜 감추고 있었지? 내게 목소리를 들려주면 걸릴까 봐?"

"그것만이 아닐세!"

뒤에서 칼칼한 목소리가 들려왔다. 승현의 부축을 받고 걸어오는 철기 옹이었다. 철기 옹은 팔이 잘려 나가는 중상을 입은 터라 금방이라도 까무러칠 것처럼 보였으나 목소리만은 아직도 칼칼했다.

"이놈, 나는 이놈을 잘 알지. 이자는 일제 시대 때 이 땅의 맥을 끊으려 동분서주했던 놈이여!"

모두의 얼굴이 일그러졌다. 일제 시대에 한반도의 기를 꺾고 이 땅의 맥을 끊는다고 산천의 곳곳에 쇠 말뚝을 박았다[37]는 이야기는

---

37 풍수지리에 의하면 산천도 인간처럼 맥과 혈이 있다고 한다. 일제 시대 때 총독부

다들 잘 알고 있었다. 바로 이자가 그 장본인 중의 하나였다니⋯⋯.

"이놈도 주술사였지. 옛날에 자기 재주를 자랑하다가 내 박수 형님에게서 호되게 당한 일이 있었어! 그 뒤로 그런 짓들을 저지른 거여! 내 옛일이어서 웬만하면 발설하지 않으려 했지만⋯⋯."

스기노방의 입에서 쉰 소리가 터져 나왔다.

"나는 우리 나라를 위해서 그렇게 한 거다. 너희가 너희 나라를 아끼듯이 나도 우리 대일본을 위하는 거다!"

병수가 코웃음을 쳤다.

"흥! 나라를 위한다고? 그래, 너희 같은 족속은 그렇게 간악한 방법 말고는 나라를 위하는 방법 모르냐?"

"나에게 뭐라고 욕을 해도 상관은 없다. 그러나 그것밖에는 방법이 없었다."

광목이 소리쳤다.

"약하니까 간사한 수단을 부리는 것이지! 우리를 두려워하니까 어떻게든 분열시키고 약점을 들추어내려는 것이지! 그게 옳은 짓인가?"

스기노방은 부들부들 몸을 떨면서 홍녀와 현암이 있는 곳을 돌아보고 있었다.

주관으로 우리 민족의 기를 꺾기 위해 명산과 기가 흐르는 기타 주요한 맥에 쇠 말뚝을 박아서 기를 흩뜨리려 했던 만행이 있었다.

현암은 뭐가 뭔지 알 수가 없었다. 도대체 이 칼이 무엇이기에? 현암이 생각 없이 초치검을 다시 들여다보려고 하는데 홍녀가 현암을 말렸다.

"현암 님! 그 칼을 보면 안 됩니다."

"무슨 소리요?"

"어서, 다른 일보다 중요한 일이 있습니다. 나라 자손의 힘을 모으세요."

현암이 깜짝 놀라 얼떨결에 초치검을 내려놓았다. 바로 그때 엄청난 굉음이 울리면서 가부좌를 틀고 앉아 있던 준후가 뒤로 와당탕 넘어졌다. 해골 병사들이 진을 부수고 있었다. 놀란 박 신부와 기자 일행이 힘껏 달려오기 시작했고, 주기 선생과 병수는 쓰러진 스기노방에게로 다가가고 있었다.

그 순간 어디선가 날카로운 소리가 들렸다. 쇠구슬이 구르는 소리 같기도 하고 철판이 떠는 것 같기도 한 그런 소리였다. 쓰러진 준후에게 달려가던 박 신부와 기자들, 그리고 오의파의 사람들은 귀를 틀어막았다. 현정이 소리를 질렀다.

"청홍검이 버티지 못하고 있어! 이건 검이 지르는 소리야!"

진문의 초입에 꽂혀 있던 청홍검에서 요란한 소리가 울려 퍼졌다. 해골 병사들은 강력한 힘으로 진을 밀어붙이고 있었다. 박 신부가 소리를 쳤다.

"사악하도다! 죽은 자들이여!"

박 신부가 달려들면서 오라의 기도력을 검에 집중하자 진 바깥쪽에서 엄청난 고통의 비명들이 들려왔다. 원래 방어나 사악하게 죽은 자에 대한 영력의 발휘는 박 신부가 퇴마사들 중에서도 으뜸이었다. 박 신부가 눈을 감고 청홍검 앞에 앉아 기도하며 힘을 발하자 오라가 둥글게 퍼져 나가면서 주변을 환하게 만들었다. 바깥쪽의 해골 병사들이 발광하고 있었지만, 잠시는 박 신부의 힘으로 충분히 막을 수 있을 것 같았다. 몸을 일으킨 준후는 그곳을 박 신부에게 맡기고 급히 홍녀의 곁으로 뛰어갔다.

"헉, 현암 님!"

현암은 눈을 부릅뜨고 홍녀를 내려다보았다.

"현암 님, 제발 제 부탁을 들어줘요. 초치검을 보지 마세요. 그보다 더 중요한 일이……."

"홍녀 님, 무엇이 그리도 중요한가요?"

뛰어 들어온 준후가 소리를 질렀다.

"홍녀 누나? 괜찮아요?"

"응, 괜찮아. 하지만 저, 저건……."

홍녀가 박 신부가 버티고 있는 진문을 가리켰다. 진문은 잘 버티고 있었지만, 박 신부의 몸이 미미하게 떨리는 것이 퍽 힘든 모양이었다. 홍녀가 다시 입을 열었다.

"수백의 원혼들, 저들의 수가 너무 많아요. 도저히 우리의 힘만으로는 상대가 될 수 없습니다."

준후가 외쳤다.

"맞아, 도지 님이 그랬어요. 나라 자손 세 명의 힘을 모아야 한다고……."

 도지 무당이 죽어서까지 준후에게 전해 준 말이라면 확실했다. 아니, 그 방법이 아니라면 어떻게 저 수많은 지박령들을 상대로 싸울 수 있다는 말인가? 한둘의 지박령이라면 여기의 어떤 사람도 문제가 되지 않는다. 그러나 저렇게 압도적인, 그것도 군대의 조직을 갖추고 있는 상대라면 문제가 달랐다. 개개인이 아무리 뛰어나도 그 앞에서는 밀릴 것이 뻔했다. 현암은 입술을 깨물었다. 지금 장내의 모든 사람은 우왕좌왕하고 있었다. 스스로의 의지대로 하라는 것이 지금의 상황인지 아닌지는 모르지만, 하여간 뭔가를 해야만 했다. 기자 일행이 뛰어왔다. 짧은 시간 사이에 믿지 못할 일들을 너무나 많이 보아서인지 이제 그들은 무슨 일을 보아도 놀라지 않을 것 같았다.

"그 세 명이 누구누구지?"

"자영 누나하고, 승현 사미, 그리고 철기 옹이 있는데…… 여기 홍녀 님도 나라 자손이지만……."

"그러면 어서 사미하고 어르신을 불러와라! 철기 어르신은 중상을 입으셨으니 괜찮은가 살피고!"

"제가 다녀오죠. 어차피 도움도 안 되니까."

 손 기자가 철기 옹을 부르러 뛰어갔다. 자영이 말했다.

"도움이 될 수 있다면 뭐든지 하겠어요. 살고 싶다고요!"

 안 기자는 현암의 손에 들린 초치검을 갸우뚱하며 쳐다보았다. 홍녀가 휘청이며 몸을 일으켰다. 스기노방에게서 받은 타격이 꽤 큰 것 같았다. 하지만 지금은 시간이 없었다.

"저도 가겠습니다."

"괜찮으시겠습니까?"

"예."

현암은 준후를 돌아보았다.

"그런데 단군의 유물은 어디에 있지?"

"저기…… 뭔가…….”

준후가 조용히 손을 들어 한 곳을 가리켰다. 묘운의 백골이 땅을 뚫고 나온 구멍이었다.

"묘운인가 하는 자가 기어 나오면서 그가 쳐 놓았던 봉인이 깨진 것 같아요. 뭔가 느껴져요."

현암은 고개를 끄덕이며 손에 들린 초치검을 무심코 들어 올렸다. 안 기자가 말없이 현암의 어깨를 탁 치며 초치검을 가리켰다.

"음? 이건?"

현암의 눈에 초치검에 새겨진 문양이 들어왔다. 한문과 이상한 도안 무늬들과 한글 비슷한 것도 섞여 있었다. 현암은 그 무늬를 알아볼 수 없었다.

준후가 현암을 돌아보고 무슨 말을 하려다가 초치검에 검신에 새겨진 문자를 보았다.

"어? 저건 가림토[38]! 그게 왜 여기 새겨져 있지?"

---

38 본래의 어원은 알 수 없으나 '가림토'의 제일 끝 '토' 자는 어조사를 말하는 게 아

"준후야! 너 그 글자를 읽을 줄 아니?"

"예. 밀교에서 배웠어요. 단군 때부터의 글자라고……."

"읽어 봐!"

"아, 안 돼요!"

홍녀가 갑자기 소리를 쳤다. 그리고 눈물을 터뜨렸다.

"왜 그러는 겁니까, 홍녀 님?"

"현암 형……."

준후가 어쩔 줄 몰라 하면서 현암을 쳐다보았다. 현암도 망설이고 있었다. 홍녀는 왜 문구를 보지 말라고 하는 걸까? 홍녀가 눈물을 흘리며 고개를 떨구곤 작게 말했다.

"어차피 알게 될 것이라면 보세요……. 그러나 그 글을 본 다음에 내, 내 말을……."

준후가 호기심을 이기지 못하고 가림토와 고한문 비슷한 글자들을 읽었다. 현암과 기자 일행은 고개를 갸웃했다.

"이게 뭐지? 내용은 알겠는데 의미를 모르겠어요."

"준후야, 무슨 내용이지?"

"마립간이 닭우, 닭우가 맞을 거예요. 닭우라는 장수에게 귀한 칼

닌가 추측하고 있다. 그래서 가림토 한글은 이전부터 있었다고 하지만, 신라 때 설총이 만들었다고 알려진 이두처럼 토 자로 쓰인 것이라 생각한다. '가림'은 사물을 분별한다는 '가림, 가린다'와 같으니 사물이나 뜻을 분명히 해 주는 '토'를 가림토 한글로 쓴 것으로 추측한다. 우리말의 특징은 바로 토 자를 사용하는 교착어에 있는 바, 토 자를 적는 가림토 한글이야말로 중요한 문자의 기능이라 할 것이다.

을 신물로 전달하니 오랑캐들을 평정하는 데 도움이 되라는······."

닭우. 아무 내용도 아닐 수 있었다. 그런데 왜? 갑자기 현암의 머리에서 벼락처럼 번쩍이는 것이 있었다.

"마립간? 틀림없이 마립간이냐?"

"예."

"마립간! 그건 신라의 왕을 호칭하는 말이었어! 그러면!"

안 기자가 소리를 쳤다.

"마립간이라고? 그 문구대로라면 애당초 초치검을 내려 준 것은 바로 신라의 왕이었단 말인가? 『일본서기』에서는 초치검의 기원을 이세 신궁에서 왜희라는 여자가 일본무존(日本武尊)인 다케루에게 전해······."

자영도 무릎을 쳤다.

"다케루! 닭우! 그렇다면 일본무존이라는 다케루가 바로!"

믿기 어려운 일이었다. 그렇다면 일본 전역을 평정했다는 일본 고대의 영웅 다케루가 신라 마립간 휘하의 일개 장수에 불과했다는 말인가? 토벌군의 선봉장에 불과했다는 말인가?

홍녀가 남긴 말

박 신부는 온몸에서 땀을 비 오듯 흘리고 있었다. 놈들이 무슨 수단을 쓰는지 점점 진문을 막기가 어려워지고 있었다. 아마도 마사토키의 집념에 의한 것이리라. 박 신부는 계속 기도문을 외우며 힘을 발출하고 있었지만, 이대로 언제까지나 버틸 수는 없었다. 박 신부는 문득 아까 마사토키와의 영적 대화를 기억해 냈다. 다시 그의 영과 이야기해 볼 필요가 있을 것 같았다.

잠시 이야기를 나누자!

마사토키의 영은 대답하지 않았다. 영사를 통해 희미하게 분노의 느낌만이 전달되어 왔다.

마사토키! 그대의 집념은 나도 이해한다. 그러나 이미 남조는 망했다. 이제 와서 무엇을 어떻게 한다는 말인가?

닥쳐라! 남조의 정신은 아직 망하지 않았다!

그대가 바라는 것은 무엇인가?

초치검과 신물이다. 나는 우리 민족이 다시 정신적인 중심을 갖기를 원한다. 그것이 남조의 정신이다.

정신적인 중심이라고?

우리의 중심은 천황이다! 간악한 자들은 그 권위를 인정하지 않는다. 북조 놈들은 명목상의 천황을 내세우면서도 천황을 일개 수단으로만 여겨 왔다. 나는 안다. 내가 여기서 수백 년을 묻혀 지냈어도 잘 알고 있다. 위대한 고다이고 천황이 승하하신 후, 천황들이 어떤 생활을 했는지 아는가? 노리개! 권력의 노리개일 뿐이었다. 나는 그것이 싫다! 어떤 수를 써서라도 신권(神權)은 다시 세워져야 한다! 그것을 믿기에 나와 나의 부하들은 모든 것을 그에게 바쳤던 것이다!

신권, 신권이라······.

박 신부는 눈을 감았다.

마사토키, 천황이 무엇이라고 생각하는가?

신의 자손이며 일본의 정신적인 지주이다!

그래, 천황은 신의 자손이다. 그러나 당신이나 나, 그리고 모든 사람은 신의 자손이다. 그 후예들이다.

헛소리!

갑자기 진문으로 밀어닥치는 기운이 엄청나게 강해지면서 생생한 분노의 기운이 전달되어 왔다. 박 신부의 몸이 급작스러운 기운에 뒤로 밀려 나자 오의파의 두 사람이 박 신부를 떠받쳤다. 박 신부는 마음속으로 외쳤다.

믿는 바, 스스로 믿는 바가 허물어지면 누구나 고통을 느낀다. 그러나 마사토키! 진실은 받아들여야 한다. 천황이 왜 일본의 정신적 지주가 되었겠는가? 당신들은 그것을 신의 아들이기 때문에, 신의 후손이기 때문에 그렇다고 한다. 그러나 정말 그럴까? 당신이 그렇게 믿도록 길들여진 것은 아닐까? 내 말 듣고 있는가, 마사토키?

닥쳐라! 그러는 너는 너의 신을 섬기지 않는가? 그것도 같은 이유가 아니겠는가?

천황은 인간이다. 어느 인간과 전혀 다를 것이 없는 인간이다. 그것은 천황 스스로도 이미 인정한 바 있다. 왜 그러한 천황을 계속 신격화하려 드는가? 그것은 왜곡이 아닌가? 고대의 신물을 강탈해 얻었다고 정말로 정통성을 회복할 수 있다고 보는가? 신물을 강탈하고 그것을 날조함으로써 얻는 정통성이라면, 그것이 언제까지 유지되리라고 보는가? 그대도 초치검에 쓰여 있는 문구는 알고 있겠지?

그만해라! 그만!

그 때문에 그대들은 진정한 초치검을 분실했다는 이유로 공개하지 않고 모조품을 만들어서 이리저리 혼란하게 만들었지. 천황의 삼종 신기 중에서도 유독 초치검만이 분실과 재발견의 일들을 여러 번 겪은 것으로 알고 있다. 다른 두 가지 신물보다 훨씬 큰 물건이었는데도 찾지 못했다고 했다. 그랬겠지. 정통성과 실리 두 가지를 다 추구하기 위해서는 그 방법뿐이었을 테니까. 대대로 내려온 천황의 보물이면서, 자칫 그 진정한 정체가 공개되면 일본 전체를 한국의 발아래 엎드리게 할 수도 있는 결과를 낳을지도 모르니까…… 나는 아직 초치검에 쓰인 문구를 보지는 못했지만 짐작은 할 수 있다. 초치검의 진정한 정체는 무엇이지? 너는 아는가?

나, 나도 모른다! 몰라! 그 입을 닥쳐라!

진문 밖에서부터 회오리바람이 몰아치면서 진문을 막고 있는 박 신부를 뒤로 두어 걸음 물러서게 만들었다. 문득 박 신부가 발하는 오라 너머로 진 밖에서 아우성치던 해골 병사들이 마사토키를 향해 모여드는 것이 보였다. 오의파의 상렬이 급하게 외쳤다.

"저, 저들! 한데 뭉치고 있다! 오백의 영이 하나로!"

모두 경악을 금치 못하고 있었다. 마사토키가 내지르는 일본어 구령이 하늘 위에서 울려 퍼지듯, 모두의 귀에 또렷이 들려왔다. 해골 병사들은 하나하나 부스러지면서 땅에 쓰러지고 그 영들은 마사토키의 영에 흡수되어 가고 있었다. 해골 병사들이 쓰러질수록 마사토키의 영은 엄청나게 힘이 강해지고 있었다.

상렬은 마사토키의 말을 알아들을 수 있었다. 상렬이 신음하듯이 소리쳤다.

"마사토키가 부하들의 혼에게 명령해서 하나로 뭉치게 하고 있어요!"

박 신부가 이를 갈았다.

마사토키의 해골 주위에는 이제 형언하기조차 힘든 기운들이 안개처럼 막장을 치고 있었고 그의 해골 말조차도 부스러지고 있었다. 마사토키가 발걸음을 옮기기 시작하자 요란한 소리가 울리면서 땅이 흔들렸다. 오백의 영을 흡수한 마사토키의 엄청난 기운이 다가오자 박 신부는 뒤로 주루룩 밀려 났다. 박 신부는 안간힘을 다해 오라를 북돋아 마사토키의 무시무시하게 커져 버린 힘을 막아 내고 있었다.

'죽어도 네 뜻대로 하게 놓아두지는 않겠다!'

쓰러졌던 승희가 의식을 찾기 시작했다. 승희는 눈을 들어 주변을 둘러보았다. 한마디로 난장판이었다. 곳곳에 사람들이 쓰러져 있었고, 그들을 간호하는 사람들이 쓰러진 사람들을 에워싸고 있었다. 진문 앞에는 박 신부가 기도력을 발하며 진문을 막고 있었고, 오의파의 두 사람과 현정이 박 신부의 뒤에서 만약의 사태에 대비했다.

'밖에 있는 것들은 왜구들의 지박령! 큰일이다! 저들이 뭉쳐서 오고 있다!'

승희는 고개를 설레설레 저으면서 정신을 가다듬으려 애썼다. 아직 몸이 말을 잘 듣지 않았고 투시도 잘되지 않았다.

'준후는? 그리고 현암 씨는? 스기노방과 홍녀는?'

철기 옹이 승현과 손 기자와 함께 현암에게로 달려가고 있었다. 그곳에는 일단의 사람들이 모여 있었다. 문득 먼발치에서 스기노방이 사람들에게 둘러싸여 피를 흘리고 있는 모습이 눈에 들어왔다. 주기 선생이 비틀거리면서 스기노방이 잡아챈 초치검의 검집을 내놓으라고 하고 있었다. 스기노방의 생각이 승희의 머릿속에 들어왔다.

초치검의 비밀은 누구에게도 알려져서는 안 된다! 모두, 모두 다 저세상으로……

"미쳤어! 저자는 전부 같이 죽으려고!"

승희가 놀라면서 후다닥 몸을 일으켜 그쪽으로 달려가려 했으나 이미 때는 늦었다. 스기노방의 몸에서 먹장과 같은 기운이 한꺼번에 밀려 나와 마치 폭탄처럼 작렬해 버렸다. 스기노방의 주위를 둘러싸고 있던 사천왕들과 병수, 주기 선생 등은 놀라서 반사적으로 뒤로 물러서려고 했으나 급작스럽게 발출하는 기운에 타격을 받고 뒤로 나가떨어졌다. 주기 선생이 빼앗으려던 초치검의 검집도 산산이 바스러져 없어져 버렸다.

"으아! 저, 저자가!"

스기노방의 몸은 마치 고무풍선이 쭈그러지는 것처럼 급격하게 쪼글쪼글 변해 갔다. 몰려나오고 있는 까만 기운은 바로 스기노방의 혼(魂)과 백(魄)이었다. 승희는 스기노방이 스스로의 목숨을 끊고 생명을 유지하고 있던 최후의 영력까지 모아 모두를 영원히 잠재우려 한다는 것을 알았다. 현암과 준후 일행은 아직 먼발치에 있었고, 박 신부와 다른 사람들은 진문의 입구를 수호하느라 여념이 없었다. 스기노방의 기습적인 공격은 자신의 생명을 바친 것이니만큼 엄청났다. 영력을 별로 갖추지 못한 백제암의 사천왕들과 병수는 이미 다쳤던 터라 기력이 쇠잔해져서 큰 타격을 입었고, 주기 선생은 금방 몸을 일으키기는 했지만 아까 병수와의 다툼에서 받은 타격으로 힘을 쓰기 어려울 것 같았다. 허공에서 스기노방의 목소리가 울렸다.

나 혼자 가지는 않겠다! 일본의 영예를 위해 너희 모두를 데리고 가겠다!

스기노방의 영이 얽힌 기운은 돌개바람처럼 소용돌이치며 진문으로 향했다. 박 신부의 뒤에 있던 상렬이 그 기운을 눈치챘다.

"물러서라!"

상렬은 주문을 읊으며 스기노방의 앞을 막아섰다. 그러자 앞으로 튀어 나가던 스기노방의 회오리가 상렬이 막 불러일으킨 기운과 충돌했다.

"으아앗!"

상렬의 몸이 뒤로 튕겨져 날았다. 오의파의 다른 사람이 상렬의 몸을 받으려 했으나 그들마저도 뒤로 밀려 버렸다. 스기노방은 이제 최후의 영력을 동원해서 그들의 몸을 그대로 밀어붙여 진문을 파괴하려 했다. 거대하게 변한 마사토키 영의 힘을 끌어들여 모두를 해치우기 위해…… 그들이 밀려 나는 곳은 청홍검의 검신이 힘을 뻗치고 있는 중앙이었다. 박 신부는 고함을 질렀다.

"안 돼!"

지금 박 신부가 발하고 있는 힘은 괴물이 된 마사토키의 힘을 간신히 막아 내고 있을 뿐이었다. 발산되는 힘의 중앙에 저 두 사람이 부딪힌다면? 박 신부는 이를 악물었다. 여기서 마사토키의 저 엄청난 힘을 막지 못하면 모두 죽을지도 모른다. 그러나 그대로 두면 저 두 사람은 그냥 죽게 된다. 박 신부는 탄식을 발하면서 힘을 거두었다.

"아아, 야훼여! 어찌 우리를……."

박 신부가 뻗쳐 내는 힘이 순식간에 풀리자 오의파의 두 사람은 진문에 꽂혀 있던 청홍검을 쓰러뜨리면서 땅에 넘어졌다. 박 신부가 입술을 깨물며 중얼거렸다.

"그러나 당신의 뜻대로 하소서……. 그저 저는 최선을 다하겠나이다!"

모두, 모두 죽어야 한다! 입막음을 위해! 대일본 제국을 위해!

스기노방의 영력이 흩어지면서 허공에 여운을 남겼다.

오백 개의 영을 업은 마사토키의 해골은 갑자기 진문이 열리자 잠깐 주춤했으나 곧 거침없이 걸음을 옮기기 시작했다.

오의파의 두 사람은 넘어졌지만 황급히 일어나 몸을 피했고, 현정이 날듯이 달려들어 청홍검을 손에 거머쥐었다. 마사토키는 육중하게 땅을 뒤흔드는 굉음과 함께 걸어 들어오고 있었다. 박 신부는 숨을 깊게 들이마시고는 십자가를 꺼내 들었다.

"주여, 힘을!"

뒤에서 정신을 차린 주기 선생과 병수가 승희와 함께 달려왔다. 백제암의 사천왕들은 스기노방에게 가까이 있었고, 또 외공 이외에 영력은 별로 없었기 때문에 다시 정신을 잃고 있었다. 승희는 재빠르게 현암의 마음속을 읽어 내고 사태를 파악했다. 그리고 소리를 질렀다.

"현암 씨! 어서 단군의 신물을! 여긴 우리가 어떻게든 해 볼게!"

현암은 새로운 사실을 알아내고 망연해 있었다. 그러나 지금 진문이 깨어지고 상황은 급박하게 변해 있었다. 언뜻 준후가 진문 쪽을 보고는 비명을 질렀다.

"앗! 놈들이!"

준후의 눈에는 보였다. 지박령들이 마사토키를 중심으로 진문을 뚫기 위해 한데 모였다가 다시 분산되기 시작한 것이다. 이제는 해골들이 육신을 빌지 않고 있었기 때문에 상대하기가 더욱 어려울 것이었다. 마사토키는 아직 해골 형상을 한 채 가운데에 서 있었다. 박 신부는 승희의 힘을 받아 오라를 증폭시키고 있었고 주기 선생은 병수, 현정과 함께 대치했다. 오의파의 상렬과 다른 한 사람도 주술을 펴고 있었다.

"형, 어서 가요! 나도 막아 볼 테지만 서둘러요!"

"준후, 너도 같이 가자!"

"나는······."

"가림토 글자를 알아볼 수 있는 건 너뿐이잖니!"

현암은 진문 쪽도 염려되었지만 준후가 꼭 필요할 것 같았다.

자영이 두려움에 가득 찬 눈으로 입을 열었다. 자영의 눈에는 지박령들이 보이지는 않았지만, 진문 앞에 있는 사람들을 볼 때 사태가 어떻다는 것을 쉽게 알 수 있었다.

"단군의 신물을 얻는다고 일이 해결될까요?"

자영이 물었다. 현암은 도지 무당과 지연 보살의 말을 떠올렸다. 그리고 지금은 그것 이외의 방법은 없다고 생각했다.

"그 수밖에 없습니다."

철기 옹이 비틀거리며 다가왔고, 입에선 탄식이 흘러나왔다.

"감히 나라님의 신물을 캐다니······ 그건 그 자리에 있어야 하는 건데."

"왜죠?"

"단군님의 천부인을 지키는 것이 내 소임일세. 벌써 수십 대를 이어 왔어······. 그러나······."

철기 옹이 정신없이 싸움이 벌어지고 있는 진문 쪽을 살펴보았다.

"왜놈들에게 빼앗기느니 차라리!"

철기 옹의 인도로 일행은 묘운이 뚫고 나온 구멍으로 향했다. 아마도 바위를 밀치고 나온 듯 깊은 구멍이 뚫려 있었다.

"아무도 모르지만, 이 밑에 석실이 있고 거기에 봉인되어 있어.

봉인을 잘못 건드리면 천부인은 절대 찾을 수 없는 거여."

"어째서요?"

"스스로 자리를 옮겨 버리고 큰 벌을 내리거든! 천부인은 영이 깃들어 있는 신물 중의 신물이여! 그래서 누구도 봉인을 감히 깨려 한 적이 없었지. 잘 지켜 왔기 때문이기도 하지만 잘못 건드리면 그야말로 큰 해를 입고 말아. 신물은 군신(軍神) 치우(蚩尤)[39]의 힘으로 보호되고 있다고 배웠어!"

일행은 좁은 구멍을 통해 석실로 내려갔다. 얼마나 오래되었는지 짐작조차 하기 힘든 석실. 안 기자가 라이터로 불을 밝혔다.

"여기에…… 천부인이?"

석실은 무척 어두웠고 사방이 석벽으로 둘러싸여 있었다. 오래되어서인지 그 석벽들은 거의 자연 동굴처럼 보였다.

"아악! 이게 뭐야!"

자영이 비명을 질렀다. 발밑에는 수십 구에 달하는 삭아 버린 백골들이 굴러다니고 있었다. 백골 중 어떤 것은 그야말로 오래

---

[39] 중국 전설에 등장하는 악신으로 고대 중국의 황제 헌언과 수없이 싸워 연전연승했으나, 결국은 황제의 지남차(指南車) 위력으로 패사했다고 알려진 중국 전설의 괴물이다. 중국에서는 근래까지도 무덤에 연기가 나며 난리가 나는 것을 '치우의 깃발'이라 칭하며 치우를 숭배하고 있다. 우리나라에도 치우를 모시는 고대 사당이 여러 곳 남아 있다고 한다. 치우는 중국 전설에 나오는 괴물이 아니라, 힘의 상징인 고대 제왕으로 이해해 보면 좋을 것이다.

묶어서 건드리면 먼지로 부스러질 것 같은 것들도 있었고, 그리 오래되어 보이지 않는 것도 있었다.

"무서워!"

자영이 질겁하자 철기 옹이 버럭 나무랐다.

"이깟 게 무서워? 저 밖에는 우리를 죽이려고 하는 흉악한 백골들이 우글대는데, 이깟 보통 뼈다귀가 뭐라고 그려?"

현암이 조심스럽게 입을 열었다.

"이제 어떻게 해야 하죠?"

"나도 몰라. 여기 들어온 건 나도 처음이야!"

홍녀는 승현의 손을 잡고 입을 다문 채 우울한 눈초리로 서 있었고, 다른 사람도 아무 말이 없었다. 안 기자가 손이 뜨거워졌는지 라이터 불을 끄자 준후가 야명주를 외워 방 안을 그런대로 환하게 밝혔다.

지금은 머뭇거리거나 망설일 때가 아니었다. 현암은 날카로운 눈매로 석실 안을 둘러보았다. 벽화도 있었지만 워낙 낡아서 하나도 알아볼 수가 없었다. 찬찬히 살피던 현암의 눈에 어떤 문구가 들어왔다. 그 문구는 그다지 오래되지 않아서 대강 읽을 수도 있을 것 같았다. 현암은 준후를 불렀다.

박 신부는 십자가를 눈 근처로 끌어 올렸다. 십자가에서 푸른 영적인 불길이 이글이글 일어나 박 신부의 눈을 쏘았다. 눈이 화끈했으나 보이지 않는 지박령들을 성령의 힘으로 보려면 다른 방법이 없었다. 눈을 뜨자 지박령들의 모습이 들어왔다. 엄청난 숫자였다. 아까 싸움을 통해서 적잖은 놈들을 소멸시켰을 텐데 지금도 그 숫자는 엄청났다. 그들은 조심스럽게 마사토키의 주변을 떠돌면서 바싹 밀착하고 있었다.

"죽은 자들이여, 그대들의 갈 길로 가라!"

박 신부가 서서히 앞으로 걸음을 옮겼다. 물리력이 없는 영혼들은 비록 수가 많았지만 어떻게 해 볼 수 있을 것 같다는 생각이 들었다. 박 신부가 푸른 불길이 이글거리는 십자가를 내밀며 다가오자, 지박령들이 동요하기 시작했다.

오의파의 두 사람은 박 신부의 뒤에서 같이 지박령들을 노려보면서 긴장하고 있었으나, 영적인 투시력이 없는 현정과 병수는 주위를 두리번거리고 있었다. 승희는 주기 선생과 가까이에 있었다. 승희가 순간적으로 마사토키의 마음을 읽어 내고 소리를 쳤다.

"조심해요! 저들은 몇 패로 갈라져서 신물의 무덤으로 가려 하고 있어요!"

주기 선생은 몇 번이나 타격을 입은 뒤라 헐떡이고 있었으나 승희의 외침을 듣자 등에서 마지막 깃발을 꺼내어 휘둘렀다.

"아, 제길. 이것까지 쓰게 해? 더러운 놈들! 이거 하나 만들려면 얼마나 드는지 알아? 이 망할······."

그러면서 주기 선생이 크게 깃발을 휘둘렀다.

"십이지신 중 최고에, 제일 비싼 술수다! 아, 아까워! 작은 것이 큰 것을 이긴다! 십이신장의 맏이인 자(子) 신이여!"

주기 선생이 깃발을 휘두르자 사방에서 소란스러운 소리가 들려오면서 조그마한 아지랑이 같은 기운들이 새까맣게 몰려들기 시작했다. 쥐! 그 이름답게 쥐 떼를 방불케 하는 술수였다.

박 신부의 앞에 있던 마사토키 유골의 뒤에서 수십의 지박령들이 열 개의 집단을 이루어 사방으로 쏟아져 나갔다. 각 그 지박령들의 집단은 모두를 향해 달려들었다.

"조심해!"

박 신부는 소리를 지르면서 기도력을 펼쳤다. 오라가 둥글게 퍼져 나가자 달려들던 녀석들 중 몇몇이 뒤로 튕겨져 나갔다.

병수와 현정은 서로 등을 마주 대고 섰다. 병수는 무작정 철봉을 빙빙 돌리면서 소리를 쳤다.

"우라질! 뭐가 보여야 싸우지!"

"보이지 않기는 나도 마찬가지예요!"

현정은 휘청하면서 입술을 깨물었다. 현정은 사실 몸을 움직이기가 아직 어려운 상태였다.

"눈을 감아요! 눈을!"

"무슨 소리요?"

"어차피 보이지 않는 적들! 마음으로 보아야 싸울 수 있어요!"

현정은 날카롭게 외치고는 눈을 감고 조용히 심호흡을 했다.

"청홍이여! 무적의 상징이여!"

현정의 손에 들린 청홍검이 달빛에 희게 빛나고 있었다. 병수는 고개를 젓다가 눈을 감았다. 그러나 마음이 산란한 듯 다시 눈을 뜨고는 봉을 휘두르는 속도를 높였다. 병수가 휘두르는 봉에 보이지 않는 것이 부딪쳐서 쨍하며 불꽃을 튕겼다.

"놈들이다!"

현정은 검을 오른쪽에서 왼쪽으로 내리그었다.

"횡소천군 직췌만마(橫掃千軍 直悴萬馬)!"

쨍하는 소리와 함께 무언가 허공에서 떨면서 사라져 갔고 부러진 낡은 칼이 땅에 툭 떨어졌다. 위기를 모면한 현정이 안도의 숨을 내쉬는 순간, 좌우에서 동시에 어떤 기운이 닥쳐오는 것을 느꼈다.

"헛!"

현정은 순간적으로 오른쪽을 향해 검을 휘둘렀다. 다시 금속성 소리와 함께 뭔가 잘려 나갔고, 현정의 왼쪽 어깨에 시큰한 통증이 왔다.

"으악!"

병수도 마찬가지였다. 있는 힘을 다해 철봉을 돌려서 대강 방어하고 있었으나 전신을 방어하기는 어려웠다. 놈들은 사방에서 칼질을 해 대고 있었다. 재빨리 몸을 피하려 애썼으나 병수의 온몸에는 삽시간에 상처가 늘어 갔다.

현정은 이를 악물고 느껴지는 기운들을 어김없이 일검에 하나씩 그어 가고 있었으나, 그때마다 몸에 두어 군데씩 상처도 늘었다. 그에 따라 통증은 심해져 견디기 어려웠다.

오의파의 두 사람은 부적도 사용할 줄 알았다. 처음에는 승승장구였다. 한 사람이 허공에 부적을 휘두르면 갑자기 허공에 불덩어리가 타오르고 그다음은 다른 사람이 다른 부적으로 그 불덩어리를 짓눌러 버렸다. 그러나 그것도 잠시 열 번 정도 사용하자 부적이 바닥났다. 두 사람은 허공에 손가락으로 부적 모습을 그리면서 대항하려 했으나 그런 임시방편은 위력이 반도 되지 않았다.

주기 선생이 불러낸 기운이 몰아닥쳐 왔다. 그러나 그 앞을 막아선 무리도 있었다. 두 기운들은 어지럽게 엉켰다. 자(子)의 기운의 막강한 위력은 그 수가 많다는 데 있었다. 그러나 적들도 다수여서 쉽게 승부가 나지 않았다. 더구나 그 외에도 지박령의 소대들은 여럿이 있었다. 주기 선생은 눈을 번득이며 하나 남은 진(辰)의 깃발을 들고 사방을 둘러보고 있었다. 언뜻 보기에 오십이 넘는 놈들은 주기 선생의 주술이 조금은 두려운지 감히 다가서지 못하고 주위를 뱅뱅 둘러싸고 있다는 것을 승희는 느꼈다. 그 상태는 언제 깨질지 몰랐고 놈들이 무더기로 덤비면 주기 선생도 대적이 안 될 게 뻔했다. 하지만 승희로서도 어쩔 도리가 없었다.

박 신부는 강한 타격을 느꼈다. 마사토키가 직접 박 신부에게 덤벼들고 있었다. 대부분의 지박령들은 사방으로 풀려나고, 백여 명 정도의 힘이 다시 마사토키에게 엉켜 든 모양이었다.

"으윽!"

마사토키가 휘두르는 팔의 힘은 그야말로 엄청났다. 그 앙상한 팔목이 박 신부가 뿜는 오라 막을 후려갈기자 박 신부는 와당탕 뒤로 넘어졌다.

"이…… 이런!"

성스러운 오라에 닿은 마사토키의 팔이 조금씩 녹아내렸다. 그러나 마사토키는 아랑곳하지 않았다.

"모두 물러서라! 다 죽는다! 혼마저도 소멸시켜 버리겠다!"

"너희야말로 이승과 저승, 두 세계의 질서를 어기는 만행을 그만두어라!"

"나는 내 임무가 있다! 승천하지 못하더라도 이 일만은 반드시!"

마사토키가 다시 박 신부의 오라 막을 후려갈겼다. 박 신부는 기도력을 극한까지 끌어올렸다. 마사토키의 팔은 오라에 밀려 마치 바나나 껍질이 벗겨지는 것처럼 거의 부스러져 없어졌다. 그러나 막대기처럼 가늘어진 백골 손가락 하나가 오라를 뚫고 들어와 박 신부의 옆구리에 박혔다.

박 신부는 뜨거운 통증을 느끼면서도 이를 악물고 기도를 계속했다. 옆구리에 박힌 마사토키의 손가락뼈는 흩어져서 없어져 버렸지만 박 신부의 상처는 심했다. 이번에는 마사토키가 하나뿐인 팔로 땅에서 커다란 돌을 집어 들었다. 박 신부는 마사토키를 노려볼 수밖에 없었다. 얼마나 더 버틸 수 있을지 알 수 없었다.

'현암 군! 어서, 어서!'

"여기에는 신령하고 밝으신 단군님이 어지심을 베풀기 위해 남기신 신령한 물건이 있는 곳이니 마땅히 예를 차릴 것이오. 그 어지심과 넓으심에 감복해야 하리라. 사람 되지 못한 자, 단군님이 남기심을 뵈올 자격이 없는 자니, 예를 갖추지 못한 자, 공을 세우지 못한 자, 마음을 갖추지 못한 자, 어여삐 여김이 없는 자는 들어가지 못하리라. 이는 높고도 높으신 남기심을 지킴이로서 갖추어 남긴 것이니 명심하리라…… 해석하면 이렇게 되는데요."

준후는 떠듬거리면서 글자들을 읽어 나갔다. 다른 사람들은 무슨 말인지 제대로 이해하기가 어려웠다. 그러나 철기 옹은 고개를 끄덕였다.

"지킴이, 단군님의 유물을 지키는 지킴이시지. 나의 먼 선조님이시여. 아마 신라 때 새겨 놓으신 걸 게야."

"신라 때요?"

"그려, 우리 집안에 전해지는 바로는 삼국 모두 단군님의 유물을 얻으려 애썼지. 그걸 얻는 데 성공한 것이 바로 신라였으나, 뒤에 삼국을 일통한 후는 불교를 더 받아들였어. 거기에 분노한 선조님께서 단군의 유물을 캐어 아무도 모르게 이곳에 안치하고 대대로 후손들을 지킴이로 삼으셨지."

이번에는 안 기자의 눈이 빛났다.

"신라? 그래요, 그래!"

손 기자가 물었다.

"왜 그런가? 뭔가 짚이는 것이 있어?"

"신라가 진흥왕 때에 북한강 유역을 점령한 이후부터 신라의 왕관에는 출(出) 자[40] 형태가 새겨지기 시작했지. 그것의 의미는

---

40 자세한 건 본문에서 언급하고 있으나 굳이 신라의 왕관에서만 '출' 자의 모습이 발견되는 것은 역사적인 신물이 정말 존재하고 신물을 신라에서 얻었던 것으로 해석하는 학설이 있기 때문이다. 본문에서 언급된 대로 외부의 잦은 침략이나 기타 여러 일들을 정체를 알 수 없는 '고대의 신물'에 원인을 두는 건 아직까지 정설로 인정이 되

초치검의 비밀 431

바로 신라가 고대로부터 내려오는 신물의 쟁탈전에서 승리했다는 것을 보여 주는 증거라 할 수 있어."

"정말?"

"그런 학설이 있는 정도지만…… 난 그럴 수 있다고 믿어. 신라의 무덤은, 석실로 되어 있는 고구려의 무덤과도, 단순한 토총인 백제의 무덤과도 달라. 도굴을 방지하기 위해 가능한 모든 수단을 다 쓴 구조야. 흙, 자갈, 모래, 석회, 돌. 신라의 고분을 만든 사람들은 왜 그렇게 도굴을 겁냈을까?"

"흠……."

"대개 삼국의 생활 양식은 그다지 다르지 않았던 것으로 알려져 있어. 왕실의 보물이라고 해도 삼국이 크게 차이가 나지는 않았을 거야. 그런데 얼마나 중요한 보물을 가지고 있었기에 유독 신라는 도굴당하는 것을 그리도 싫어했을까? 도대체 도굴당하면 안 되는 어떤 물건을 가지고 있었던 것일까?"

"그러면 이것 때문이라고?"

"그럴 것 같아. 고대로부터 전해지는 상징인 천부인을 지키기 위함이었을 거야."

현암은 기자들 말에는 신경 쓰지 않았다. 대신 철기 옹에게 물었다.

지 않고 있으나 하나의 역사적 과정으로 생각되어 본문에서 인용되는 내용들은 그 학설을 소재로 사용했다.

"이제 어떻게 하면 되죠?"

"나도 몰러! 나는 이곳을 지키는 사람이니 여는 법을 알려 줄 순 없어. 여기 이상은 나는 못 가. 가도 도움도 안 되고."

자영이 소리쳤다.

"안 돼요!"

"또 왜 그러느냐, 계집애야?"

"지금 사태가 얼마나 중요한지는 아시잖아요?"

"중요? 껄껄껄!"

철기 옹은 크게 웃고 말했다.

"그래, 너희에게는 중요할 거여. 허나 여기에 모신 단군님의 유지만큼 중요한 거여? 이것 때문에 옛날에는 수십 번의 전쟁이 일어났고 수없이 많은 사람이 목숨을 바쳤어. 그런데도 지금 사태가 그렇게 중요혀?"

"하지만……."

"자네들 잘 들어. 내가 만약 아까 도지 할망구가 죽어서 한 말을 듣지 못했다면, 그리고 지금 저 왜놈들이 이곳을 더럽힐지 모르는 상황만 아니라면, 나는 절대 이곳을 가르쳐 주지 않았을 거여. 그 늙은 할망구가 자네들에게 맡기면 결국은 단군님의 뜻대로 이루어질 거라고, 뒈지고 난 다음에도 나에게 지껄여 대는 바람에 내가 이곳을 가르쳐 주는 거여. 여기에 있는 백골들이 다 무엇인지 알어? 모두가 왜놈들과 욕심을 부린 도둑들의 것이여!"

"여기에도 위험이 있다는 말인가요?"

철기 옹이 씁쓸히 웃으면서 백골 하나를 밟아 가루로 만들었다.

"그래! 나라 자손! 세 명 이상의 나라 자손이 같이 들어오지 않으면 이곳은 발을 들여놓자마자 이런 꼴이 돼. 우리 선조님의 작품이지. 선조님들 도력이 얼마나 높은지 알기나 혀? 그분은……."

현암이 무겁게 입을 열었다.

"저는 단군님의 유물을 꼭 보고 싶은 생각은 없습니다. 그러나 아까 여러 선배들께서 오로지 이곳에만 길이 있다 했기에 들어온 것입니다. 우리 모두가 살아나는 것, 그것이 중요합니다."

"하하핫! 초개 같은 목숨이 뭘 그리 중요혀."

"중요합니다."

"자네의, 아니 밖에 있는 자들의 목숨이 그리도 아까운 거여?"

현암은 잠시 말을 끊었다. 그러나 눈은 몹시 빛나고 있었다. 현암이 다시 말을 이었다.

"아깝습니다. 모든 목숨은 아깝습니다. 너무도 아까운 것입니다. 이미 두 분이 목숨을 잃었습니다. 더 죽어야 하겠습니까?"

"세상에는 수많은 목숨이 죽기만 기다리고 있어. 발길에 차이는 것이 사람이고 서로를 못 잡아먹어 안달하는 것도 사람이여. 그런데도 그들의 목숨이 아까운 거여?"

"단군님도 사람이었습니다."

철기 옹은 얼굴이 붉어지면서 소리를 지르려다가 애써 평정을 되찾는 모습이 역력했다. 현암은 눈 하나 깜짝 않고 철기 옹의 얼굴을 쳐다보고 있었다. 철기 옹은 다시 말하려다가 입을 다물었다. 현암이 나직하게 말을 이었다.

"어르신의 심정은 이해가 됩니다. 저희가 해 보겠습니다. 운이 있다면 성공할 터이고 아니라면 여기 백골들처럼 되겠죠."

"나를 약 올려서 길을 알려는 거여? 내가 말할 것 같어?"

"아닙니다. 어르신이 이곳을 알려 주신 것만도 감사하게 생각하고 있습니다. 이제부터는 인연에 맡기겠습니다."

"잘못 들어서면 죽어. 그걸 몰러?"

"단군님의 뜻을 믿습니다."

철기 옹은 조용히 서 있었다. 그러더니 조용히 땅에 앉았다. 준후가 소리쳤다.

"할아버지, 안 돼요!"

"왜 그러니, 준후야?"

"하, 할아버지, 저분은 이제 몸에 불렀던 신을 거두려고…… 그러면 돌아가시는데!"

중상을 입은 철기 옹이 여태껏 활동할 수 있었던 것은 강신술을 써서 힘을 늘렸기 때문이었다. 삽시간에 철기 옹의 몸이 오그라지며 평범한 노인처럼 되었다. 철기 옹의 입에서 말이 흘러나왔다. 알아듣기 어려운 말이었다.

"내 명은 다했어. 나는 자손도 없으니 이젠 지킴이도 이을 수 없고…… 자네 뜻대로 혀. 원래 나는 저기의 관문을 건드려서 천부인을 풀고 스스로가 옮겨 가게 하려 했지만…… 자네의 말도 옳고 도지 늙은이의 말도 일리가 있구먼."

초치검의 비밀 435

"어르신!"

"자네, 잘혀. 착한 사람이니까 잘하겠지. 허허…… 나는 성질이 못돼 먹어서 평생을 후회했는데 결국 마지막까지 후회할 짓을 하는구먼."

철기 옹이 가리키는 곳에 문고리처럼 생긴 작은 손잡이가 달려 있었다. 지금 말을 한 것을 후회한다는 것인지, 아니면 이곳을 가르쳐 준 것을 후회한다는 것인지, 아니면 관문을 건드리지 않은 것을 후회한다는 것인지, 현암으로서는 짐작할 수 없었다.

"저 손잡이, 당기는 것처럼 생겼지? 허나 당기면 죽어. 그러니 밀어야 혀. 손잡이를 힘주어 뽑아내면 석실은 무너지고…… 무너지고…… 천부인은…… 다른 곳으로…… 스스로……."

철기 옹의 목소리는 점점 작아지고 있었다. 철기 옹은 손짓으로 현암을 불렀다. 현암은 귀를 철기 옹에게 댔다.

"천…… 천부인은 말을 할 줄 알어. 가, 가까이 가면 자네에게 물을 거여. 솔직하게…… 그리고 착한 마음으로……."

갑자기 말을 멈추었다. 현암은 의아해서 고개를 돌렸다. 철기 옹은 앉은 채로 이미 숨져 있었다. 현암은 조용히 몸을 일으켰다.

일동은 숙연해져 아무 말도 하지 못했다. 현암은 조용히 떨리는 손으로 철기 옹의 눈을 감겼다. 그리고 손잡이 쪽으로 걸음을 옮겼다. 준후는 뒤쪽에서 숨을 거둔 철기 옹을 보면서 눈물을 주르륵 흘렸다. 준후의 입에서는 스스로에게 묻는 듯한 혼잣말이 흘러나오고 있었다.

"예를 갖추지 못한 자, 공을 세우지 못한 자, 마음을 갖추지 못한 자, 어여삐 여김이 없는 자는 들어가지 못하리라. 들어가지 못하리라……."

준후는 지금 이 무덤에 설치된 관문이라는 것에 대해 생각하느라 여념이 없었다. '공을 세운다'는 초치검과 관계가 있을 것 같았다. 신라의 장수 닭우가 정말 초치검으로 일본을 평정한 것이라면 이 관문 역시 신라 때 만들어진 것이고, 초치검이 열쇠라는 말이 있었던 만큼 초치검은 공을 상징하는 열쇠일 것이다. 그러나 나머지 세 가지는 모두 수수께끼였다. '예와 공과 어여삐 여김'이라는 것은 무엇을 상징하는 것일까? 현암은 조용히 손잡이를 밀고 재빨리 뒤로 물러서자 석실의 한 귀퉁이가 서서히 올라가기 시작했다. 그 건너편에는 오래되었으나 그다지 낡지 않은 휘장이 쳐져 있었다. 휘장에는 어떤 사람의 모습이 그려져 있었다. 그리고 주변에는 조그마한 사람의 모습들이 몸을 쭉 뻗어 엎드려 있는 것이 희미하게 보였다. 오체투지(五體投地)[41]의 자세였다. 잔뜩 긴장했던 일행은 문이 올라가기만 기다리고 있었다. 느릿하게 문이 올라가기 시작했다. 뒤편의 휘장도 점차 똑똑히 그들의 눈에 들어왔다. 아직은 상체까지만 보이는 커다란 사람의 주위로 세 명의 작은 사람이 떠 있었다. 그들은 칼과 거울과 방울을 들고 있었다.

---

41 불교에서 유래된 경례하는 법 중 하나로, 먼저 두 무릎을 땅에 꿇은 후에 두 팔을 땅에 대고 머리가 땅에 닿도록 절을 하며 최고의 경의를 표하는 방법이다.

준후가 나직이 중얼거렸다.

"풍백, 운사, 우사. 단군. 단군님의 화상이구나!"

사람들은 초조하게 문이 다 열리기를 기다리고 있었다. 안 기자는 그냥 허리를 굽힌 채 들어가려 했으나 현암이 그를 제지했다. 예감이 이상해서였다. 홍녀와 자영, 승현은 그들의 옛 조상의 그림을 숙연하게 바라보고 있었다. 서서히 그림 속 사람의 수염이 보이기 시작했다.

순간 준후의 머릿속에 떠오르는 것이 있었다.

'예! 예를 갖춘다! 단군님은 고대의 제황! 제황에게 드리는 예를 갖추려면……'

준후는 반사적으로 사방을 둘러보았다. 사방의 돌벽에서 느껴지는 것이 있었다. 준후가 몸을 날리면서 큰 소리로 부르짖었다.

"모두 엎드려요! 얼굴도 들지 말고! 단군님의 얼굴을 보면 안 돼요!"

준후의 소리를 듣고 자영이 제일 먼저 엎드렸고 홍녀가 승현을 누르면서 몸을 쓰러뜨렸다. 그러나 손 기자와 안 기자는 머뭇거리고 있었다. 사방의 벽에 갑자기 수없이 많은 구멍들이 열렸다. 현암이 머뭇거리는 두 기자 쪽으로 몸을 날림과 동시에 사방의 벽에서는 짧은 화살들이 빽빽하게 쏟아져 나왔다.

"으윽!"

박 신부는 마사토키가 던진 바윗덩이가 오라 막에 부딪히자 몸에 큰 충격을 받고 뒤로 주르륵 밀렸다. 비록 간신히 바위를 튕겨 내기는 했지만, 놈의 힘은 너무도 강했다. 박 신부의 눈앞이 아찔해지면서 다리가 휘청거렸다. 언뜻 정신을 차리려고 애쓰면서 고개를 돌려 보니 오의파의 두 사람과 병수, 현정도 몸에 많은 상처를 입고 뒤로 밀리고 있었다. 박 신부는 입술을 깨물면서 현암 일행이 들어간 구멍 쪽으로 몸을 돌려 뛰었다.

"모두들 이쪽으로! 이 무덤을 지켜야 해! 여기로 모여!"

박 신부의 고함을 들은 현정을 비롯한 네 사람은 간신히 몸을 떨쳐서 박 신부 쪽으로 뛰어왔다. 그러나 포위되어 있던 주기 선생과 승희는 그럴 수 없었다. 승희가 주기 선생에게 힘을 보내야겠다고 생각했다.

'이 사람의 힘을 늘려 주면 우리도 일단은 빠져나갈 수 있겠지!'

승희는 눈을 감고 주기 선생에게 힘을 집중했다.

"어어…… 이거 뭐야! 무, 무슨 짓이야!"

주기 선생은 고통에 찬 비명을 지르면서 들고 있던 깃발을 떨어뜨려 버렸다. 승희와 주기 선생은 영의 파장이 맞지 않아 승희가 보내는 힘이 도리어 주기 선생의 힘과 충돌해 버린 것이다. 승희는 깜짝 놀라서 힘을 보내던 것을 멈추었으나, 둘의 주위를 둘러싸고 있던 지박령들은 그 틈을 놓치지 않았다.

"너, 나 죽이려고 한 거야? 엉? 이 망할!"

"아…… 아니…… 아악!"

승희와 주기 선생은 온몸에 무수한 타격을 입고 땅에 뒹굴었다.

그러더니 두 사람의 몸이 허공에 떠올랐다. 그들 둘을 포로로 사로잡은 것 같았다. 두 사람의 몸은 허공에 들린 채 마사토키에게로 서서히 운반돼 갔다. 주기 선생이 정신을 잃자, 그나마 한편에서 지박령의 많은 수를 붙잡아 두고 있던 쥐의 기운마저도 사그라져서 그쪽의 지박령들마저도 다가오고 있었다. 박 신부는 입술을 깨물었다.

"오, 이런! 하느님!"
"괘, 괜찮아?"
"당연히 괜찮지!"

현암은 퉁명스럽게 안 기자의 말에 대답하면서 몸을 일으켰다. 안 기자를 내리누르느라 현암의 몸은 바닥에 딱 붙어 있지 못하는 바람에 등에 화살이 여러 개 스치고 지나가서 옷이 찢어지고, 붉은 핏줄기가 마치 채찍에 맞은 듯이 죽죽 그어져 있었다. 안 기자가 몸을 떨면서 입을 열려고 하자 현암은 그냥 무표정하게 뒤로 돌아섰다.

단군의 휘장은 언제 위로 말려 올라갔는지 사라지고 건너편에는 또 하나의 작은 석실이 있었다. 준후가 먼저 안으로 들어갔다. 일행이 쭈뼛거리며 다음 방에 들어가자 준후는 벌써 벽에 쓰여 있는 문구를 읽고 있었다.

"천부인은 여러 단군님의 덕과 힘과 영험을 모은 물건이라. 그 힘을 얻으면 수월히 이루지 못하는 일이 없으리라. 그러나 이미 여러 번, 마음이 올바르지 못한 자들이 천부인을 얻고 그 힘을 써도 천부인의 너그러움은 누구에게나 덕을 베푸시었다."

안 기자가 중얼거렸다.

"혹시 신라가 가장 열세이면서도 삼국을 통일할 수 있었던 것이 천부인의 힘을 얻었기 때문이 아니었을까?"

손 기자가 고개를 저었다.

"안 기자, 자네의 비약은 정도를 넘었어."

"하지만 비약하지 않고 눈앞에 보이는 것을 어떻게 설명해!"

"그래도 흥분하지 말라고. 아무리 영험한 것이라도 물건 하나가 나라의 운명을 좌지우지하기는……."

둘이 중얼거리는 동안에도 준후는 읽기를 계속하고 있었다.

"물건의 지킴이로서 그릇된 일에 인(印)이 사용되는 것을 두고 볼 수는 없는 일, 나는 마음이 넓지 못하다. 그래서 관문을 설치한 것, 여기 두 번째의 관문이 있다. 그대들이 여기에 왔다는 것은 나라 자손 세 명과 함께 있다는 것이 분명하다. 그리고 그대들이 천부인의 힘을 얻으려 한다는 것은 생사나 국운이 걸린 중대한 일 때문이라는 것일 터, 그대들의 성의를 보여야 한다."

"어서 더 읽어 봐!"

"신라의 왕은 백제를 공격해 이 방의 열쇠가 되는 천총운검을 빼앗았다. 그리고 그것을 왜(倭)를 징벌하는 데 보냈다고 하니 그 검을 지녀야 하리라."

안 기자가 무릎을 쳤다.

"그래서 천총운검이 일본으로 갔구나! 신라의 마립간은 천총운검을 빼앗았지만, 혹시나 그것을 되빼앗겨 백제가 천부인의 힘을 사용하면 어쩔까 염려했을 거야! 천부인이 있는 이곳은 당시 백제의 땅이었으니! 그러나 그 천총운검을 가져간 장수 닮우는 무슨 이유에서인지 일본에 그냥 남아 일본의 영웅이 되었고, 천총운검은 초치검으로 바뀌어서 그곳의 신물이 되었을 거야."

준후는 계속 읽어 갔다.

"이 방의 문을 여는 방법은 나라 자손 한 명이 천총운검으로 스스로 피를 바치는 것이다."

일행의 얼굴이 휘둥그레졌다. 글을 읽던 준후마저도 얼굴이 파래졌다. 현암이 소리쳤다.

"준후야! 제대로 해석한 거야? 잘못 읽은 거 아냐?"

준후는 다시 글이 쓰여 있는 데로 눈을 돌려 빠른 속도로 중얼거리면서 읽었다.

"나라 자손 한 명이 천총운검을 써서 자발적으로 목숨을 바쳐야……."

사람들은 저마다 얼굴이 해쓱해진 채 서로의 얼굴을 번갈아 쳐다보았다. 나라 자손의 목숨이라고? 자영, 승현 사미, 그리고 홍녀…… 현암이 소리를 질렀다.

"그건 안 돼! 안 돼, 준후야! 더 읽을 필요 없다. 어서 나가자!"

안 기자가 중얼거렸다.

"그러나 지금의 상황에서는……."

"입 다물지?"

현암의 얼굴이 험악해졌다.

"우리는 사람 살리러 온 거야. 죽이려고 온 게 아냐! 근데 뭐? 사람을 제물로 바치라고? 말도 안 돼!"

홍녀가 조용히 앞으로 나섰다.

"하지만 그러지 않으면 모두 죽습니다."

현암이 거칠게 절규에 가까운 소리를 질렀다.

"싸우자고! 이기면 될 거 아냐! 자, 어서 나가! 전부 나가!"

승현이 조용히 앞으로 나왔다.

"저, 저……."

"맞기 전에 비키지?"

현암이 험악하게 소리를 지르자 승현은 움찔해서 뒤로 물러섰다. 자영은 그 큰 눈을 토끼처럼 뜬 채 오들오들 떨고 있었다. 안 기자와 손 기자, 준후도 아무 말도 하지 못했다. 현암은 제정신이 아니었다.

"뭐? 조상님? 후손 죽이라는 조상도 있더냐? 그래, 이놈의 벽을, 모조리 깨부수고……!"

현암은 기공을 끌어올려서 한쪽 벽을 냅다 후려갈겼다. 그러나 돌벽은 쇳소리를 내면서 현암의 공격을 가볍게 튕겨 냈다. 두 번, 세 번…… 그러나 마찬가지였다. 홍녀가 앞으로 나섰다.

"그만, 소용없어요. 결단을……."

"지금 뭐라고 했죠? 저 헛소리를 믿는 거예요?"

"그…… 그러나 방법이……."

"방법? 방법? 하하하!"

현암은 미친 듯 웃었다. 그의 눈에서는 물기가 반짝였다.

"현암 님, 저라도…… 어차피 모두 죽을 바에야……."

"물러서시죠?"

현암이 정색을 하며 초치검을 꺼내 들었다. 일행은 긴장했다. 현암의 얼굴이 파르르 떨리면서 초치검에 기공이 주입되는 듯 푸른 검기가 일어나기 시작했다. 준후가 소리를 질렀다.

"혀, 형! 뭐 하는 거예요!"

"목숨을 바치라고? 흥! 우리가 안 해도 칼이 남아 있다면 어느 놈인가는……."

기공을 받은 초치검의 낡은 검신에서 녹이 우르르 떨어져 나가면서 시초의 모습을 보였고 검기가 두 자를 넘어서기 시작했다. 그러나 현암은 계속 기를 써서 공력을 늘리고 있었다.

"나라 자손의 피를 바쳐서라도 신물의 힘을 얻으려 하겠지? 그건 싫거든?"

힘을 과하게 받은 초치검에 금이 쫙 퍼졌다. 안 기자의 눈이 크게 떠졌다.

"뭐, 뭐 하는 거야? 그, 그건 중요한 물건이라고!"

원래 현암은 영력이 깃든 월향을 통해서만 넉 자의 검기를 만들어 낼 수 있었으나, 지금 극도로 흥분한 현암은 평범한 초치검을 통해서도 석 자가 넘는 검기를 만들어 내고 있었다.

"중요한 게 아니라 망할 물건이야! 야아압!"

현암의 고함이 좁은 석실 안에서 쩌렁쩌렁 울리면서 검기를 이겨 내지 못한 초치검이 폭발해 굉음을 울리며 가루로 변했다.

일행은 순식간에 일어난 사태에 어안이 벙벙해서 쇳가루로 변해 버린 초치검의 작은 조각들이 사방으로 튀는데도 피하지 않았다. 현암의 손에는 칼자루만 남아 있었으나 현암은 그것마저도 기공력으로 뭉개 버렸다. 현암의 얼굴에는 알 수 없는 미소가 어렸다.

"이제 됐지? 힘이니 희생이니 무슨 빌어먹을……."

안 기자가 비로소 정신이 든 듯 소리를 질렀다.

"자네, 그게 무슨 짓인가! 그건 역사의 유물이야!"

"그냥 흉물이야."

"꼭 피를 보지 않더라도! 그건 우리나라 사람들에게 엄청난 용기를 심어 줄 수 있는 물건이란 말이야! 역사적인 증거로!"

"그 대신 누가 죽을지 모르지. 힘을 얻으려는 누군가에 의해서 말이야."

"그런 짓은 안 하면 되지…… 그리고 모든 민족에게……."

현암이 안 기자의 멱살을 움켜쥐었다. 그의 눈이 불타는 듯했다.

"잘 들어! 민족 전체를 위해 한 사람이 목숨을 바치는 건 영광스러운 일일지도 모르지! 그러나 민족 전체가 그걸 핑계로 한 사람을 희생시키는 건 추악한 일이야! 한 사람을 살리기 위해 민족이 조금 손해를 보면 안 되나? 유물이 많은 사람에게 용기나 정신적인 위안을 줄지는 몰라도, 한 사람에게는 생명이 걸린 문제라고! 너를 한번 바쳐 볼까? 웃으며 승복할 수 있어?"

안 기자는 대답할 수 없었다. 현암은 멱살을 놓았다.

"자, 뭐 해? 죽으러 가자고……."

허탈하게 웃으면서 현암은 발걸음을 옮겼다. 아니, 옮기려고 생각했다. 자기가 무리한 공력을 썼다는 것을 잊고 있었기 때문에…… 현암은 정신이 핑 도는 것을 느꼈다. 등의 상처도 말할 수 없이 쑤시고 아팠다. 현암은 석실이 왜 갑자기 빙글빙글 도는지 생각하면서 의식을 잃어 갔다. 결국 흙바닥이 와락 얼굴을 덮쳤다.

모두 길을 비켜라! 그러지 않으면 이 둘을 갈가리 찢어 버리겠다!

박 신부와 오의파, 현정과 병수는 구멍을 둥글게 에워싸고 몸을 떨고 있었다. 마사토키의 해골은 정신을 잃은 승희와 주기 선생을 들고 있었고, 주변에는 수없이 많은 지박령들이 웅웅거리며 보이지 않는 소용돌이처럼 떠다니고 있었다.

박 신부가 외쳤다.

풀어 줘!

길을 비켜라!

박 신부가 한숨을 쉬었다.

"모두 비키세."

현정이 소리쳤다.

"안 돼요! 저들에게 단군의 신물을 내주면!"

"길을 내주게. 목숨보다 중요한 건 없어."

"무슨 소리예요!"

"어서 비키라고!"

"못 비켜요!"

박 신부는 고개를 저으면서 오라를 밀어 냈다. 현정은 오라에 주루룩 밀려 저만치까지 뒷걸음질 쳤다. 오의파의 두 사람은 조용히 자리를 옮겼고 병수는 철봉을 쥔 채 몸을 떨고 있었다. 박 신부가 조용히 말했다.

길을 막진 않겠네. 그러나 안에 들어갔던 사람들이 나올 때까지는 기다려 주게.

안 돼! 놈들이 먼저 천부인을 얻으면 나는!

박 신부가 눈을 부릅떴다.

뭐? 그렇다면 안에 있는 사람들을 해치겠다는 건가? 마사토키, 그건 안 된다!

그러면 여기 둘은 죽어도 좋은가?

허공에 뜬 주기 선생의 몸이 사방에서 심한 힘으로 당겨졌다. 정신을 잃고 있던 주기 선생이 비명을 질렀다.

"그, 그만해! 그만!"

병수의 몸이 마사토키의 허리를 껴안았다. 그리고 현정이 마사토키의 목이 있는 곳을 향해 청홍검을 휘둘렀다.

"으악!"

"아악!"

마사토키가 한 번 손짓을 하자 병수의 팔이 우두둑 소리를 내면서 길게 늘어져 버렸고, 현정은 허공에서 뭔가에 부딪혀 뒤로 떨어져 뒹굴었다. 오의파의 둘이 주문을 외우려 했으나 그들마저도 폭풍처럼 밀어닥친 기운에 우르르 넘어져 버렸다. 박 신부가 오라를 뿜어 보호하려 했으나 사방의 놈들이 가로막고 있는지 오라가 퍼져 나가지 않았다.

"이, 이놈들!"

박 신부는 노한 호통을 지르면서 양팔을 움츠렸다가 벼락같이 폈다. 박 신부의 오라를 압박하고 있던 지박령들이 무더기로 튕겨져 날아가면서 오라가 좌악 퍼져 나갔다.

마사토키, 멈춰!

박 신부가 마사토키를 향해 달려 나가려 했다. 그때 무엇인가 박 신부를 향해 다가오는 것이 눈에 들어왔다.

"어엇!"

그들은 정신을 잃고 쓰러져 있던 현현파의 네 사람이었다. 백제암의 사천왕, 그리고 도운까지도 함께 달려오고 있었다. 그러나 그 아홉 명의 눈은 모두 풀려 이상한 기운을 발산하고 있었다.

마, 마사토키! 이 지독한 놈! 부상자들을 빙의시키다니!

이제는 박 신부 혼자였다. 오백 대 일.

어서 물러서라! 도저히 너는 상대가 되지 않는다!

나는 혼자여도 하느님이 함께 하신다!

물러서라!

박 신부는 물러서기는커녕 구멍 바로 앞에 무릎을 꿇고 앉았다.

'주여, 함께 하소서……'

마사토키의 목소리가 마음속으로 들려왔다.

죽여라!

준후는 조용히 현암을 일으키면서 말했다.

"모두 나가요, 이젠."

누구도 입을 열 수 없었다. 초치검이 가루가 되어 없어진 이상, 관문을 돌파할 수는 없었다. 묵묵히 일행이 몸을 돌리는데 별안간 자영이 소리를 질렀다.

"으악! 저, 저기!"

놀란 준후가 고개를 돌렸다. 뒤에는 홍녀가 벽 쪽을 향해 무릎을 꿇고 앉아 있었다. 그런데 그녀의 몸이 부르르 떨리고 있었다.

준후는 눈을 부릅뜨고 홍녀에게 다가갔다. 달음질쳐서 가고 싶었지만 몸은 느린 그림처럼 움직여지지 않았다.

"아악! 누나!"

홍녀는 구마열화검으로 자신의 배를 깊이 그었다. 피는 바닥을 흥건히 적시고 있었다. 홍녀의 얼굴은 고통에 못 이겨 하얗게 질려 있었으나 입은 간구하는 듯 조용한 미소를 머금고 있었다. 준후는 홍녀가 마음으로 기원하는 소리를 들을 수 있었다.

천부인이시여. 모르고 있었으나 저도 당신의 후손이라 합니다. 검은 이미 없어졌으나 마지막으로 기원을 들어주소서. 힘을 베푸소서. 제발 힘을…… 모두를 살리기 위한 힘을…….

"누나! 뭐 하는 짓이야! 그만!"

준후는 악을 썼다. 준후에게로 홍녀의 목소리가 전달됐다.

나는 내가 일본 사람인 줄로 알고 있었어. 죄를 많이 지었지. 현암 님에게 미안하다고 전해 줘. 아까 내가 칼질한 것…… 그러나 현암 님은 내게 왜 그랬냐고도 묻지도 않았어.

"그만, 그만둬요! 제발!"

준후가 외치는 사이에도 홍녀의 메시지는 폭포수처럼 준후의 마음속에 흘러 들어갔다.

그러나 나도 바라는 것이 있었어. 나는 일본인이 불쌍하다고 생각해. 그들은 진실이 바로 앞에 있는데도 진실을 받아들일 만큼 속이 넓지 못해. 그렇게 살아왔으니까. 가엾은 족속이야. 나라는 부강하지만 그들의 생활은 그렇지 못해. 하지만 그들은 착해. 일본이 죄를 많이 지었지만 모든 일본인이 그런 것은 아니야. 실은 아까 초치검을 그냥 빼앗아 없애려 했었어. 그래서 여기로 들어온 거였어. 일본을 위한다는 좁은 생각으로…… 그러나 현암 님이, 그분의 마음 씀씀이가 더 넓었어……. 전해 줘, 꼭…… 언젠가는 모든 것이 밝혀질 터이니, 언젠가는…… 현암 님은 현명했던 거야……. 지금 천부인의 목소리가 들려. 너도 들리지? 지킴이의 관문은 그냥 있지만 천부인은 내 소리를 들었어. 그리고 말을 걸고 있어. 너도 들려? 들려? 들…….

홍녀의 몸이 서서히 식어 가고 있었다. 준후의 눈에서는 하염없이 눈물이 쏟아져 나왔다. 순간, 석실 전체가 우르릉거리면서 흔들리기 시작했다. 지진이 난 것처럼 천장부터 바닥까지 흔들려서 일행은 모두 제대로 서 있지 못하고 바닥에 주저앉거나 무릎을 꿇었다. 어디선가 장엄한 목소리가 울렸다.

매무새를 다듬고 무릎을 꿇어라.

홍녀가 마주 보고 있던 석실의 벽이 서서히 사라지기 시작했다. 거기서 언뜻 보인 것은 밝은 광채였다. 아무도 눈을 뜰 수 없었다. 눈을 감아도 그 광채는 그대로 눈을 파고들듯이 비쳐 들어왔다.

나는 한님의 목소리고 한님의 밝음이며 한님의 마음이로다.

자영과 승현만이 눈을 조금씩 뜰 수 있었다. 그러나 눈앞의 광채가 어떤 물건인지는 볼 수 없었다.

그대들은 지킴이의 시험을 모두 이겨 냈구나. 그대들은 이제 한님의 뜻대로 다 이룬 것이다.

자영은 놀랐다. 그러면 천총운검을 부순 것, 홍녀가 무모하다는 것을 알면서도 자결한 것이 모두 다 계획된 일이었단 말인가?

준후에게는 다른 목소리가 들렸다.

나는 이곳의 관문을 처음 만든 지킴이다. 이곳의 관문은 내가 설치한 것이 아니며 천부인에 욕심을 내고 힘을 얻은 자들이 그때마다 관문을 늘렸다. 그 관문들은 바로 천부인이 세상에 나가는 것을 막고 힘을 가두어 자기들만이 이용하려 한 사악한 것들이었다. 나는 내 힘을 다해 그 관문들을 없애려 했으나 천총운검을 찾을 수 없었고, 또 나라 자손 한 명의 희생이 필요했다.

준후는 비로소 모든 것을 깨달았다. 천부인이 이 땅에 묻혀 있는 것은 옳지 않았다. 천부인은 한님의 목소리, 한님의 밝음, 한님의 마음이지 물건이 아닐지도 몰랐다. 그러나 그 힘을 자기의 것으로만 하려는 자들이 천부인을 봉인했고, 지킴이는 그 봉인을 다시 봉인한 것이었다. 결국 지킴이의 봉인은 봉인을 깨기 위한 역

봉인이었고, 그 원래의 봉인을 깨기 위한 열쇠가 초치검과 나라 자손의 희생이었던 것이다. 지킴이의 글은 그 봉인을 해소시키기 위한 방법을 원래의 뜻을 감춘 채 적어 놓은 것이었다.

현명하구나, 어린아이야. 너희는 내가 생각한 것보다 더 잘해 주었다. 원래 천총운검으로 나라 자손이 해를 입으면 검은 그냥 부서지게 되어 있었다. 그러나 내 생각보다도 너희의 착한 마음이 더 좋은 쪽으로 해결을 보았구나. 이제 천부인은 세상에 나갈 것이다. 널리 모든 사람을 위해 주고 모든 사람에게 희망과 용기를 심어 줄 것이다. 한님의 뜻은 하나의 나라나 작은 일들에 편협하게 쓰이기에는 너무 크다. 모든 이들에게, 비록 적이나 모르는 자들에게도 멀리 미쳐 고루 퍼질 것이리라.

광채가 형언할 수 없을 정도로 밝아졌다. 그리고 천둥과 같은 울림이 느껴지더니 광채는 순식간에 사라져 버렸다. 준후의 마음에 다시 지킴이의 목소리가 들려왔다.

이제 천부인은 갈 곳으로 가셨다. 너희에게는 문제가 있었지? 그건 내가 도와주마. 그리고 나도 쉬러 가련다. 얼마 만인가. 하하하…….

엄청난 폭풍 같은 바람이 소용돌이치며 퍼져 나갔다. 그러나 그 바람은 일행이 땅에 엎드려 있는 곳을 교묘하게 피해 가고 있었다. 또다시 목소리가 울렸다.

치우의 바람이 사방을 잠재우리라.

준후가 혼잣말로 중얼거렸다.

"치우의 삭풍!"

돌연 박 신부의 뒤쪽 구멍에서 엄청난 바람의 소용돌이가 왈칵 밀려 나왔다. 박 신부는 피할 사이도 없이 앉은 채로 앞으로 거꾸러져 흙에 반쯤 묻혀 버렸다. 폭풍과 같은 바람은 마치 속에 날카로운 발톱을 수없이 감춘 듯 거칠 것 없이 쓸고 나갔다. 나무에 닿으면 나무가 톱밥처럼 없어져 버렸고, 돌에 닿으면 돌이 모래처럼 갈리면서 사라져 버렸다. 그러나 사람의 몸만은 다치지 않았다.

으아악!

아악!

어억!

수백을 헤아리던 지박령들은 그 엄청난 바람에 삽시간에 휘몰려 정신없이 흩어져 뱅글뱅글 돌았다. 빙의되었던 사람들과 승희, 주기 선생 등 사람들의 몸도 마치 가랑잎처럼 날아갔고, 땅에 흩어져 있던 백골들마저도 가루로 변했다. 마사토키의 백골은 몸이 조금씩 닳아져 없어져 가면서도 억지로 버티면서 앞으로 나오고 있었다.

아아아…… 신물, 신물! 나, 나, 나는!

마사토키, 이제 너의 임무는 끝났다. 실패로 끝나고 말았다. 이게 바로 천부인의 힘이다.

아, 아냐! 나는, 나는 죽어도!

너는 이미 죽었다. 편히 쉬어라.

박 신부는 놀라움에 크게 아가리를 벌리고 있는 마사토키의 백골을 향해 십자가를 갖다 댔다. 지박령들이 흩어져 버린 마사토키는 크게 힘을 쓰지 못했다. 비명을 지르면서 마사토키의 백골에 집요하게 달라붙어 있던 영들은 서서히 무저갱으로 빨려 들어갔다. 마사토키의 백골도 가루로 변해 바람에 흩어졌다.

마사토키의 백골이 흩어지자 박 신부는 한숨을 내쉬면서 몸에서 힘을 뺐다. 그러자 박 신부의 몸도 바람에 밀려 날아가기 시작했다. 박 신부는 꼼짝도 하기 싫었다. 아무래도 좋았다. 이젠 오직 쉬고 싶다는 생각뿐……

현암은 정신을 차리고 홍녀를 부축했다. 준후는 울먹이면서 홍녀가 남긴 말들과 그간의 일들을 일행에게 이야기해 주었다. 아무도 입을 열지 않았다. 이미 숨을 거둔 홍녀의 얼굴에는 미소가 떠올라 있었다. 홍녀는 숨이 지기 전에 천부인과 직접 이야기를 나누었던 것일까? 모든 것을 깨달았다는 듯 홍녀의 얼굴은 평온했다. 정말로 그지없이 평온한 얼굴이었다.

일행은 굴 밖으로 나왔다. 현암은 마지막으로 나가기 전에 관문의 손잡이를 뽑아 버렸다. 현암이 구멍에서 나가자 땅이 흔들리면서 흙더미가 구멍을 메웠다.

박 신부가 현암에게 물었다.

"천부인은 찾았나? 어디에 있지?"

준후가 손가락을 들었다. 마침 아침 해가 떠오르고 있었다. 해는 곱디고운 황금색과 붉은색을 영롱하게 발했다. 준후의 얼굴이 환한 미소로 빛났다.

"저기, 저기에 있어요."

박 신부는 흙먼지 낀 안경을 치켜 준후가 가리키는 아침 해를 쳐다보았다. 현암도, 승희도, 기자들과 정신이 든 다른 사람들도…… 서서히 올라오는 아침 해의 광명은 그야말로 세상을 고루 밝혀 주며 환하게 온 누리를 물들여 가고 있었다. 박 신부가 흐뭇한 미소를 지으며 중얼거렸다.

"그래, 잘됐어! 모든 것이 잘됐어!"

사람들은 각자 갈 길로 흩어졌다. 아무것도 얻은 게 없었으나 준후의 설명을 듣고 난 모두의 마음은 흡족했다. 주기 선생과 병수는 그동안 사리사욕을 위해 살아 왔던 지난 일들을 뉘우치고 남을 위해 살도록 애쓰겠다고 약속하며 떠났고, 현정은 도지 무당의 시신을 수습하고 그 와중에도 언젠가 현암과 꼭 대련하자는 말을 남기고 청홍검을 멘 채 떠났다. 현현파는 철기 옹의 시신을, 백제암의 승려들은 지연 보살의 시신을 각각 수습했다. 고인이 믿던 바에 맞게 장례를 치러 주려는 것이었다. 일본승 도운에게는 오의파의 상렬이 설명을 해 주었고, 도운은 말없이 떠났다. 도운이 홍녀의 시신을 가져가려 했으나, 준후가 홍녀는 이 땅에 묻어야 한다고 고집을 부려서 퇴마사들이 홍녀의 장례를 치러 주기로 했다. 모두 다 떠나고 이제는 기자들만이 남게 되었다. 안 기자에게 현암이 다가와서 손을 내밀었다.

"줘."

"음? 뭐…… 뭘?"

"자네가 계속 비밀 카메라로 우리들 모습을 사진 찍었다는 거

알고 있어. 필름 줘."

"그, 그건……."

"이런 일을 세상 사람들이 알아서 좋을까?"

"하, 하지만 역사적인 사실은 밝혀져야 할 게 아냐! 일본과의 관계도 그렇고 또……."

"증거는 하나도 없어. 아무도 믿으려 하지 않을 거고."

"그렇지만……."

현암은 고개를 저으며 하늘을 가리켰다. 해는 여전히 환하게 비추었고 산허리에서 내려오는 바람도 맑았다. 상쾌한 날씨였다.

"구름이 낀다고 해가 없어지는 건 아니야. 금방 다시 나타나는 법이지. 진실도 마찬가지야. 억지로 밝히려 할 필요가 없어."

현암은 어느새 안 기자의 비밀 카메라를 꺼내 들고 있었다. 그리고 주저함 없이 필름을 빼내어 확 펴 버렸다.

"이, 이봐!"

안 기자가 뭐라 말을 하려 했으나 현암은 빈 카메라를 돌려주고는 뒤로 돌아섰다.

"재민아, 꿈 한번 잘 꿨지? 개꿈이니 다 잊어라, 하하하!"

현암은 껄껄 웃으며 차 쪽으로 걸음을 옮겼다. 왜구들이 쳤던 만다라의 진은 치우의 삭풍에 쓸려 완전히 없어져 버렸고, 사방은 고요한 아침 풍경을 자아내고 있었다. 자영과 손 기자는 멀어져 가는 현암 일행을 향해 계속 손을 흔들었다. 자영이 외쳤다.

"담에 술 한잔 사요!"

저쪽에서 승희가 대꾸하는 소리가 들렸다.

"우린 술 끊었어요!"

안 기자는 중얼거리더니 볼멘소리를 냈다.

"손 좀 그만 흔들어요! 제기랄! 자기만 잘난 척하고!"

자영이 해맑게 웃었다.

"왜요? 특종을 놓쳐서 아쉬워요? 호호호!"

"놓쳐요? 아직 안 놓쳤어요! 바보 같은 놈! 두고 봐라!"

안 기자가 품에서 필름을 한 통 꺼냈다. 자영과 손 기자의 눈이 휘둥그레졌다.

"아까 카메라 필름을 갈았다고요! 이게 진짜인데, 괜히 생필름을 버려 놓고."

안 기자는 필름을 들고 조용히 뭔가를 생각했다. 자영과 손 기자는 둘 다 말을 못하고 조그만 필름을 들여다보고 있었다. 안 기자가 중얼거렸다.

"망할 놈! 필름은 여기 있단 말이다! 모두 다 찍었어! 이걸, 이걸 밝혀서는 안 된다고? 정말? 난 기자란 말이다! 필름을 버릴 수 없어! 절대로 버릴 수 없다고!"

자영과 손 기자가 머뭇거리는 사이 안 기자는 갑자기 벼랑으로 달려가서 있는 힘을 다해 필름을 냅다 집어 던졌다. 필름은 멀리 날아가 바닷속에 자그마한 파문을 남기고는 쏙 들어가 버렸다. 안 기자가 다시 볼멘소리로 뭐라 중얼거리더니 돌아와서 말했다.

"실수로 필름을 떨어뜨렸어, 어쩌지?"

밤은
그들만의 시간

법의학자이자 검시관인 장창열 박사는 요즈음 골치 아픈 일이 계속 몰아닥쳐서 제대로 정신을 차릴 수가 없었다. 시신을 검시하는 일 자체가 그리 쾌적한 일은 아니었으나, 장 박사는 무뚝뚝한 성품으로 웬만한 일 정도는 눈 하나 깜짝하지 않고 지나갔었다. 그의 조수들이나 친구들은 그러한 장 박사를 '부처'라고 불렀다. 물론 좋은 뜻으로 석가모니라 해석한다면 자비심이 많다는 뜻이 될 테지만, 영어로 하면 'butcher', 즉 '도살자'를 의미했다. 물론 장 박사가 사람을 해친다는 것은 아니었지만, 어떤 때는 피에 뒤엉킨 사체를 이리저리 유심히 들여다보는 장 박사의 무심한 손길에서 섬뜩한 느낌을 받는다는 사람들도 꽤 많았다. 검시관이라는 직함을 갖고 있으면 오만 가지 시체를 다 접해야 하니 웬만한 사람으로서는 그 이름만으로도 기가 질려 버릴 일이기도 했다. 불에 타 까맣게 숯이 된 시체에서 중요한 단서가 될 수 있는 냄새—방

화냐, 우연히 발생한 화재냐를 놓고 고민하는 수사관을 위해, 장 박사는 아직도 김이 모락모락 나고 있는 시신에 코를 대다시피 하고 냄새를 맡아 톨루엔으로 불을 지른 방화라는 사실을 확인해 준 일이 있었다——를 맡는다거나, 개에게 갈기갈기 찢긴 살덩어리를 일일이 살펴서 토양 샘플을 채취하는 등의 일—과거에 장 박사는 개떼에게 찢겨 거의 넝마가 된 시신의 조각조각에서 흙 알갱이들을 꼼꼼하게 하나하나 골라 모음으로써 시신의 사인이 개에 의한 것이 아니고, 다른 곳에서 살해된 후 옮겨져 개에게 물려 죽은 것처럼 위장된 것이라는 사실을 밝혀, 수사관들로 하여금 개가를 올리게 해 주었다——은 아무나 할 수 있는 일이 아니었다. 더군다나 돌덩어리 같은 그 특유의 딱딱한 표정은 직업의 이미지와 결부되어, 보는 사람에게 매우 특이한 이미지를 갖게 했다.

그러나 실제 장 박사는 누구보다도 선량한 사람이라고 해야 할 것이다. 전에 그야말로 끔찍한 사체가 들어온 적이 있었는데, 제자 하나가 저걸 어찌 태연히 만지느냐고 묻자, "가엾잖아. 그러니 나라도 돌봐 줘야지"라고 해서 사람들의 고개를 끄덕거리게 했다. 기실, 장 박사는 마음 씀씀이가 섬세한 사람이어서 예전에 동료 의사였던 박 신부의 말마따나 "원래는 의사가 되지 못할 친구"였는지도 모른다. 의사라면 응당 환자에게 감정을 개입해서는 안 된다. 친구나 가족 등 아는 사람을 의사들이 제대로 진단하지 못하는 이유도 거기에 있다. 그러나 장 박사는 그러지 못했고, 그 때문에 많은 번민을 했다. 결국 그는 생명이 붙어 있지 않는 시체들을 다루는 쪽으로—그쪽이 산 사람을 다루는 것보다는 낫다고 생각했던 것이다— 전공을 바꾸었고, 그 일을 제대로 수행하기 위해 딱딱한 사람이 되어 버린 터였다.

그런 그가 시달리고 있는 문제는 요새 들어 통 잠을 이룰 수가 없다는 것이었다. 그런 날들이 벌써 일주일 이상이나 계속되고 있었다. 그러면서도 이 우직한 의사는 새로 들어온 익사 시체를 무리하게 검시하다가 피곤함에 못 이겨 시체의 갈라진 몸속에 코를 박고 졸도해 버렸다.

마침 오랜만에 한가한 시간을 맞은 박 신부는 장 박사가 입원했다는 소식을 듣고 옛 친구의 문병을 나서는 길이었다. 준후가 쫄래쫄래 따라왔고, 현암도 잠깐 볼일을 보고 나중에 병원으로 찾아가겠다고 했다. 승희는 또 머리를 바꾸러 미용실에라도 갔는지 연락이 되지 않았다. 하긴 승희는 장 박사에 대해서 이야기를 들은 적은 있었지만, 아직 장 박사의 얼굴을 본 적은 없었으니 괜히 따라오라고 하기도 좀 멋쩍은 일이었다.

"꽃을 사 가는 게 좋지 않을까요?"

준후가 병원 맞은편에 있는 화원을 가리키며 박 신부를 쳐다보았다. 박 신부는 웃으면서 고개를 저었다.

"아니, 그 친구에겐 영 어울리지 않아. 해골바가지라면 모를까. 하하하."

준후가 입을 삐쭉했다. 박 신부는 다시 껄껄 웃으며 말을 이었다.

"먹을 거나 사자꾸나. 과로로 그렇게 되었다니까. 이번 기회에 살이나 좀 찌게."

박 신부는 근처 횟집에 들어가서 큼지막한 초밥 꾸러미를 사 들고 나왔다. 준후는 얼굴을 찌푸렸다. 해동밀교에서 수행한 준후는 날고기는 딱 질색이었다.

"네가 먹을 것도 아닌데 왜 그러니? 하하하."

병원으로 들어간 둘은 쉽게 장 박사의 방을 찾을 수 있었다. 어느새 밖에는 땅거미가 짙어 가고 있었다.

한쪽 팔에 링거를 꽂은 장 박사는 마치 동상처럼 얼굴이 파리해진 채 허리를 꼿꼿이 세우고 침대에 앉아 있었다. 박 신부는 웃으며 인사를 건네려다가 장 박사 얼굴을 보더니만 깜짝 놀랐다. 원래 바싹 마르고 키만 길쭉하게 큰 사람이긴 했지만, 지금의 장 박사 몰골은 그야말로 해골바가지 같았다. 게다가 안색까지도 파리한 것이 이건 산 사람의 몰골이라고 할 수 없었다. 박 신부와 마지막으로 만난 뒤로 오랜 기간이 지난 것도 아니고 그 후에도 별다른 일이 있었다는 소리는 듣지 못했는데 이전과는 너무나도 판이해져 버린 장 박사의 모습에 박 신부는 어안이 벙벙할 뿐이었다.

"왔나?"

장 박사의 퉁명스러운 목소리만은 여전했다. 박 신부는 눈시울이 뜨거워지는 것을 느끼며 조금 떨리는 목소리로 말을 건넸다.

"괜찮은가?"

준후가 애써 명랑한 태도로 인사를 했다.

"안녕하세요, 장 박사님."

준후를 힐끗 쳐다본 장 박사가 슬며시 미소를 지었으나 말투는 여전히 무뚝뚝했다.

"너도 왔구나. 원 칠칠치 못하게 이런 곳에 애까지 끌고 오다니……."

말투만은 여전하다고 생각한 박 신부의 입가에 웃음이 떠올랐다. 박 신부는 가져온 초밥을 꺼냈다.

"이거 받게. 자네 같은 악덕 의사들 때문에 병원 밥이 얼마나 시원치 않은지는 내가 잘 아니깐."

장 박사는 천천히 꾸러미 쪽으로 고개를 돌렸다.

"뭔가? 비린내가 나는구먼."

"자네가 좋아하는 걸세."

"그래, 고맙구먼. 하지만 좀 있다가 먹지."

박 신부는 한쪽 구석에 있는 테이블을 쳐다보았다. 거기에는 저녁밥으로 날라다 준 것이 틀림없는 병원의 식사가 손도 대지 않은 채 놓여 있었다.

"자네, 식사를 통 안 하나?"

"먹으면 잠이 오거든……."

준후가 고개를 갸웃했다. 뭔가 이상했다. 그러고 보니 장 박사는 누우려고 하지 않고 계속 허리를 꼿꼿이 편 채 앉아 있었다. 과로로 입원한 환자라면 으레 누워 있어야 하는데, 장 박사 뒤편의 베개는 눌린 흔적이 전혀 없었다. 준후는 박 신부의 옆구리를 쿡 찌르고 눈으로 베개를 가리켰다. 박 신부도 곧 눈치를 챘다. 박 신부가 심각한 목소리로 물었다.

"자네, 왜 그러나?"

장 박사는 여전히 표정 하나 변하지 않고 고개를 들었다. 박 신부가 말을 이었다.

"자네는 지금 환자야. 의사가 아니라고."

"알고 있네. 그래서 이렇게 주사도 맞고 있지 않은가? 사실 이런 건 필요도 없는데……."

"과로로 입원했으면 잘 먹고 푹 쉬어야지. 집에 뭐 감춰 놓은 금덩어리가 있다고 앉아서 청승인가?"

"……"

"자, 어서 그거 다 먹고 드러누워서 푹 자게나. 명령이네."

장 박사는 웃는지 우는지 알 수 없는 표정을 지었다. 박 신부는 흠칫했다. 장 박사가 저런 표정을 짓는 것을 박 신부는 한 번도 본 적이 없었다. 장 박사는 쓸쓸히 창밖을 내다보면서 혼잣말처럼 중얼거렸다.

"어두워졌구먼. 또 밤이 찾아왔어."

장 박사에게서 이상한 느낌이 전달되었는지 준후가 몸을 부르르 떨었다. 몹시 쓸쓸한 절망의 냄새 같은 것이 느껴졌다. 장 박사가 멍한 시선으로 중얼거렸다.

"또 밤이야. 잠을 자야지…… 그러나 잠을 자서는 안 돼. 그럴 수는 없어!"

장 박사는 거의 실성한 것처럼 보였다. 박 신부는 입을 반쯤 벌린 채, 장 박사의 핏기 없는 얼굴을 쳐다보았다. 장 박사의 눈은 시뻘겋게 충혈되어 있었다. 그의 목소리는 냉정해지려 애쓰고 있었지만, 마치 머릿속이 텅텅 빈 듯 그의 말은 혼란스러웠다. 장 박사는 오랫동안 잠을 자지 못한 것이 분명했다.

"그들이 올 거야. 그러니 잠을 자서는 안 돼!"

"정신 차리게! 제발 정신 차려!"

"무서워. 잠만 들면……."

박 신부가 힘껏 소리를 질렀다.

"간호사! 간호사!"

장 박사가 펄쩍 뛰었다.

"아, 안 돼! 또 수면제를 맞을 수는 없어! 그러면 나는 죽을 거야! 제발!"

문밖에서 간호사들의 잽싼 발걸음 소리가 들려왔다. 장 박사가 박 신부의 사제복 자락을 잡았다.

"이봐, 가짜 신부! 나를 믿어 줘! 제발! 난 잠들어서는 안 된단 말이야!"

박 신부는 장 박사의 눈을 들여다보았다. 장 박사의 눈은 공포에 질려 있었다. 이 사람 좋은 친구가 어쩌다가…… 박 신부는 서둘러 장 박사를 눌러 침대에 눕히고 이불을 끌어 올렸다.

간호사들이 방문을 열고 들어섰다.

"무슨 일이죠?"

"아, 저희가 아닙니다. 옆방에서 누가 소리를 치던데요?"

영악한 준후가 박 신부보다 앞질러서 천연덕스럽게 말하자 간호사들은 고개를 갸웃거리며 방을 유심히 둘러보았다. 그러나 장 박사는 고개를 창 쪽으로 돌리고 이불을 쓴 채 얌전히 누워 있었고, 그 앞에 박 신부가 기도하는 자세로 앉아 있는 것밖에는 별문제가 없어 보였다. 간호사들은 자꾸 고개를 갸웃거리면서 안을 둘레둘레 살폈다. 준후가 그들의 앞을 가로막으며 말했다.

"기도 중이세요. 자리를 좀……."

간호사들은 의아한 표정을 지으며 방문을 나섰다. 준후가 문을 꼭 닫았다. 장 박사가 다시 용수철처럼 몸을 일으켜 세우자 박 신부는 고개를 가로저었다.

"자네, 도대체 무슨 일인가? 왜 잠을 자면 안 되는 거지?"

장 박사는 금방이라도 울음을 터뜨릴 것 같았다.

"꿈이……."

"꿈?"

"나를 괴롭히네. 그 꿈들이……."

박 신부가 재차 고개를 저었다. 꿈이라니? 얼마나 지독한 꿈이기에? 박 신부는 혹시 사악한 기운이 있는가 하여 잠시 정신을 집중해 보았으나 아무것도 느껴지지 않았다. 준후도 잠시 눈을 감았다 뜨고는 고개를 저었다. 이 병실이나 장 박사의 몸에 악귀는 보이지 않았다.

"도대체 무슨 꿈이기에 그렇게 무서워하는 건가?"

"날마다 달랐지. 그, 그러나……."

"꿈은 꿈일 뿐이야. 마음을 편히 갖도록 하게. 기도해도 좋고."

장 박사가 고개를 세차게 저었다.

"그게 아니야! 꿈이 아니었어! 세상에 어떤 꿈이 그렇게……."

박 신부가 긴장하면서 장 박사의 입을 쳐다보았다.

"내가 왜 이렇게 비참한 꼴이 되었는지 아나? 잠을 못 잤기 때문이 아니야! 꿈, 빌어먹을 그 꿈을 꾸고 나면……."

장 박사가 잠시 말을 끊고 심호흡을 했다. 그러고는 작은 음성으로 박 신부를 쳐다보며 말했다.

"믿어 주겠나?"

박 신부가 힘 있게 고개를 끄덕였다.

"어떤 일이라도 믿네."

장 박사가 한숨을 내쉬었다.

"꿈을 꾸고 나면 몸에 기운이 없어져. 자지 않는 것보다 더 피곤하게 체중이 줄어 있는 거야."

꿈을 꾸었다고 체중이 줄었다는 이야기는 박 신부로서도 처음 듣는 말이었다.

"아멘! 그럴 수가……."

장 박사는 누군지 모를 대상에 대해 분노를 터뜨렸다. 앙상한 두 주먹에 힘이 불끈 들어가며, 목소리가 높고 날카로워져 갔다.

"나 자신도 믿을 수 없네. 내 체중은 원래 육십삼 킬로그램이었어. 그런데 그다음 날은 오십칠 킬로그램이 되어 있더군. 그리고 그다음 날은 오십사 킬로그램. 나는 잠을 자지 않기로 했어. 그러나 엿새밖에 견디지 못했지. 결국 졸도해 버렸다네. 병원에서는 주사를 놔서 나를 억지로 잠들게 했지. 아아, 지금의 내 체중이 얼마인 줄 아는가? 지금 나는 일어서지도 못한다네. 사십이 킬로그램이야! 이제 내 몸은 그야말로 뼈와 가죽만 남아 있다네. 한 번만, 한 번만 더 잠들면 그때는!"

장 박사는 절규하다시피 소리를 지르다가 이내 힘이 빠지는지 헉헉거렸다.

"나는 믿지 않아. 내게 이상이 있는 걸까? 아냐. 나는 아직 건강하고 냉철하다고 스스로 믿고 있네. 내가 이상한 게 아니야. 나를 괴롭히는 것이 있어. 뭔지는 모르지만, 놈들이 있어."

박 신부가 장 박사를 부축해서 눕혔다. 박 신부의 눈동자는 형형히 빛나고 있었고, 흥분한 탓인지 오라가 희미하게 발하고 있었다. 장 박사가 잠시 헐떡거리다가 박 신부의 오라를 보고는 평상시의 말투로 말했다.

"가짜 신부. 내가 죽을 때가 됐나 봐. 자네가 이상하게 보이네."

박 신부는 미소를 띠면서 힘 있게 고개를 저었다. 박 신부의 얼굴은 신념 같은 것으로 가득 차 있었다.

"그런 소리 말고 푹 쉬게. 내가 지켜 주겠네. 맹세하지."

장 박사는 망설이는 듯했다. 아직도 잠들기를 꺼리는 것 같았다.

"내가 잠들면 그들이 오네. 밤은 그들의 시간이야. 악몽 속에서 그들은……."

"밤은 휴식의 시간이고, 고요하고 성스러운 시간이라네. 나를 믿고 쉬게나."

장 박사의 눈이 점점 감겼다. 그의 입에 희미한 미소가 어렸다.

"자네를 보고 맨날 이상한 사람이라고 욕했었는데 정말 자네를 믿어도 되겠는가? 하하하…… 그래, 나는 지쳤어. 그 녀석들 맘대로 하라고 그러지."

장 박사는 알아듣기 힘든 소리로 중얼대다가 눈을 감고 침대에 몸을 깊이 파묻었다. 박 신부는 곰곰이 생각하다가 준후에게 고개를 돌렸다. 준후도 어두운 표정을 짓고 있었다. 그러나 박 신부가 돌아보는 무언의 질문에 준후는 고개를 저을 뿐이었다.

"아무것도 느껴지지 않아요. 사악한 영의 기운이 전혀 없어요, 전혀."

박 신부는 고개를 끄덕였으나 여전히 깊은 생각에 잠겨 있었다. 이윽고 박 신부가 입을 열었다.

"밤이 되면 그들이 온다고 했어."

준후가 눈을 빛냈다.

"그러면 몽마[1]?"

"맞다. 십중팔구 그런 종류의 놈들에게 걸려들었을 거야."

---

[1] 꿈속에 나타나는 악마로 앞일을 알려 주거나 모르는 것을 가르쳐 주기도 하지만 주로 악몽을 꾸게 만들어 서서히 생명을 빼앗아 간다. 서양의 전설에 나오는 몽마는 암수의 구분이 있어 수컷을 인큐버스, 암컷을 서큐버스라 한다.

"몽마에 대해서는 저도 말로밖에 들은 것이 없어요. 직접 겪어 본 일은 없는데……."

"사람들의 꿈을 흐트러뜨리고 원기를 빼앗는다는 악령들이야. 수컷이 인큐버스(Incubus), 암컷을 서큐버스(Succubus)라고 하는 것들이지."

"그런데 왜 그놈들이 느껴지지 않죠?"

박 신부가 대답했다.

"그놈들은 사람들의 꿈속에 나타나는 존재들이지. 그러니 잠을 깨면 사라져 버리는 거야. 그래서 장 박사도 잠을 자지 않으려 했을 거야. 꿈속에서만 존재하고, 꿈속에서만 활동할 수 있는 것이 틀림없어. 준후야, 주의 깊게 보자꾸나. 장 박사가 이제 잠이 들기 시작했다!"

둘은 잠들어 있는 장 박사를 초조하게 지켜볼 수밖에 없었다. 주술이나 영능력도 보여서는 안 되었다. 장 박사를 괴롭히는 것의 정체가 몽마인지 아닌지 확실하지 않기 때문이기도 했지만, 설불리 무슨 수를 쓰다가는 몽마가 아예 겁을 먹고 나오지 않을 수도 있었기 때문이었다. 둘이 긴장한 채로 서 있는데, 뒤에서 문을 여는 소리가 들렸다. 박 신부가 놀란 얼굴로 뒤를 돌아보았다. 현암이 어리둥절한 얼굴로 꽃다발을 들고 서 있었다.

"늦어서 죄송합니다."

"쉿! 조용히!"

영문을 몰라 하는 현암을 박 신부가 구석으로 끌고 가서 간략히 자초지종을 설명해 주었다. 준후는 초조히 장 박사의 동태를 살피고 있었다. 아직은 아무 일도 일어나지 않는지 장 박사의 숨소리는 규칙적이었다. 박 신부의 설명이 거의 끝나 갈 때쯤 준후가 중얼거렸다.

"이럴 때『몽몽결』이 필요한데……."

현암이 눈썹을 꿈틀거렸다.

"『몽몽결』? 그거 예전에 네가 빌려주었던 책 아냐?"

"그 책에 있는 동몽주의 주문이 필요할 것 같아요. 만약 우리가 짐작한 대로, 상대가 몽마라면 우리도 지금 상태로 그들과 싸울 수는 없을 테니까요. 꿈속에서만 나타나는 놈들이라면, 꿈속에서 상대해야……."

"아직도 그 주문을 외우고 있어!"

현암은 예전에 김윤영이라는 여자의 악몽을 고쳐 주기 위해 준후에게 그 책을 빌려 동몽주를 익힌 후, 아직 기억하고 있었다. 준후는 매우 반가운 표정을 지었다.

"다행이네요! 나는 그 주문을 외우진 않았거든요. 지금 가르쳐 줘요."

동몽주의 주문은 삼사십 자 정도 되는 주문이었다. 현암이 준후에게 세 번을 반복해서 들려주자 영리한 준후는 다 외웠다고 고개를 끄덕였다. 박 신부는 원래 그런 주문 종류는 별로 좋아하지 않는 편이라, 아무 소리 없이 한쪽 구석에 서서 장 박사만 지켜보고 있었다.

현암이 말했다.

"준후야, 일단 내가 장 박사님의 꿈속으로 들어가 보마. 그래서 몽마인지 뭔지를 쫓아내도록 할게. 만약 월향이 울면, 내가 못 당해 내는 것이니 네가 들어와서 도와주고."

현암이 문득 말꼬리를 흐렸다.

"그런데 꿈속에서도 주술이나 공력을 사용할 수 있을까?"

"아뇨. 모르겠어요. 꿈은 단지 상상의 세계일 뿐이니까…… 현암 형은 전에 이 술법을 써 본 적이 있잖아요? 몰라요?"

현암은 난처한 표정을 지었다. 예전에 현암이 동몽주를 사용한 것은 꿈속의 상황을 살피기 위함이었다. 의식이 들어가서 상황을 보는 것일 뿐, 육체가 직접 들어가는 것이 아니니 공력이나 주술을 사용하지는 못할 것 같았다. 공력이나 검기를 사용하지 못한다면, 현암도 보통 사람과 다를 것이 없지 않은가.

"아무튼 해 봐야겠어. 장 박사님은 그대로 놔두면 산 채로 백골이 되어 버릴 것 같아. 준후야, 일단 내게 맡겨라."

현암은 왼팔에서 월향을 풀어 탁자 위에 놓았다. 탁자 위에 놓인 월향에서 나직한 신음이 들려왔다.

"왜 벌써? 아무 기색도 없는데?"

준후가 놀라며 정신을 집중해 보았으나 아무것도 느껴지지 않았다. 현암이 장 박사의 얼굴을 보았으나 장 박사는 미소까지 머금으며 편히 자고 있을 따름이었다. 박 신부가 소리쳤다.

"몽마다! 놈이 지금 이 친구의 꿈에 들어와 있어!"

현암과 준후는 어리둥절해 장 박사의 얼굴과 박 신부의 얼굴을 번갈아 가며 쳐다보았다. 장 박사는 즐거운 표정을 짓고 있었다. 박 신부가 말을 이었다.

"저 친구는 원래 잘 웃지 않아! 악몽은 꼭 무서운 것만이 아닐 수도 있어. 깨었을 때의 기억은 악몽이더라도, 꿈을 꿀 때의 상황에서는 안 그럴 수도 있을 거야."

현암은 정신이 번쩍 들었다. 꿈은 무의식의 세계. 그렇다! 꿈속에서는 모든 것이 가능하다. 꿈을 꾸는 상황에서는 본래의 모습이 다르게 나타나는 것도 태연하게 받아들일 수 있다. 꿈속에서는 즐겁게 보이는 일일지라도 잠이 깨고 나면 끔찍하게 느껴지는 악몽도 있다. 아니, 적어도 악몽 직전의 편안함일지도 모른다.

현암이 중얼거렸다.

"이 몽마라는 것들, 보통내기가 아니군!"

현암은 급히 결가부좌를 하고 정신을 모았다. 준후가 서둘러 말했다.

"현암 형, 절대 꿈속에서 장 박사님을 직접 건드려서는 안 돼요! 잘못하면 둘 다 큰일 나게 돼요! 정말 몽마의 짓이라면, 장 박사님의 의식이 모르게 처치해야 해요!"

"염려 마! 칼이 방금 운 것으로 보아 월향검이 신통하게 꿈속의 일까지도 알 수 있는 듯하니, 월향검을 잘 보고 있다가 여차하면 장 박사님을 깨워라. 아마 나 혼자서도 처리할 수 있을 거야!"

"나는 뭘 해야 하지?"

박 신부가 묻자 준후가 답했다.

"지금 의식이 나간 상태에서 현암 형을 건드리면 큰일 나요! 신부님은 사람들이 못 들어오게 조치를 취해 주세요!"

박 신부는 자기 친구의 일에 한낱 문지기 역할(?)을 하게 된 것이 불만스러웠으나, 곧 문 앞에 버티고 섰다. 현암은 이제 장 박사의 몸에 댄 손가락 끝을 통해 의식을 집중시키고 있었다. 박 신부가 외쳤다.

"조심하게!"

불안하기는 현암도 마찬가지였다. 아무런 힘도 능력도 없는 상태에서 몽마와 싸우러 가는 것이 마음에 걸렸지만, 그렇다고 아이에 불과한 준후를 보낼 수는 없었다. 장 박사의 꿈속에 무엇이 있을지 몰랐기 때문이다. 꼭 몽마가 아니더라도, 준후 같은 아이들이 보아서 좋을 것이 없는 일들도 많을지 몰랐다.

현암의 의식은 어느덧 장 박사의 몸속으로 흘러 들어가기 시작했다.

'장 박사의 의식이라······.'

현암은 의식을 이동시켜 장 박사의 꿈의 세계를 여행하기 시작했다. 하얗고 밝은 세계. 눈이 부실 정도로 환한, 마치 설원과 같은 백색의 세계였다.

'으쓱하긴 하지만, 그래도 이 정도면 양호하군. 내 악몽과는 달라. 아니, 장 박사는 악몽이라고 느끼지 못할지도 모르지.'

현암은 여기저기를 헤매고 다녔다. 한 곳에서는 번득이는 의료 기구들이 익살스럽게 둥둥 떠다니고 있었고 현암이 알지 못하는 많은 얼굴들이 위편에서 나타났다가 스러졌다. 그런 것들도 무섭다기보다는 유머러스해 보였다. 현암은 장 박사가 보기와는 달리 속으로는 유머 감각이 풍부한 사람이라는 생각을 했다.

'가만, 그러고 보니 나는 몽마가 있더라도 그 기운을 느낄 수가 없잖아. 제길, 그렇다면 이렇게 무턱대고 헤맬 수야 없지!'

현암은 자신이 직접 몽마를 찾으려던 행동 목표를 수정했다. 몽마의 존재를 직접 느낄 수 없다면, 먼저 장 박사를 찾는 것이 나을 듯했다. 몽마가 박 신부에게서 들은 대로 장 박사의 몸을 갉아 먹고 있다면, 놈은 분명 장 박사의 부근에 있을 것이 틀림없었기 때문이었다.

'근데 장 박사는 어디 있지?'

그 순간, 눈앞의 풍경이 바뀌었다. 산골짜기들과 비슷하게 거대하게 솟아오른 이상한 색깔의 봉우리들이 사방을 막고 있는 계곡 위에 현암의 의식이 떠 있었다. 현암은 어리둥절했다.

'어라? 내가 왜 이리로 옮겨졌지?'

아래를 내려다보니 흰 가운을 걸친 장 박사가 마구 달려가고 있었다.

'음? 장 박사의 의식? 그러고 보니 이것 참 편하군! 생각만 하면 그쪽으로 옮겨 갈 수 있으니. 꿈속의 세계란 무척 편리하구나.'

현암은 바로 몽마에게 갈까 하다가 장 박사가 무엇에 쫓기고 있는 것인지 궁금해 뒤를 돌아보았다. 장 박사의 뒤로 수많은 그림자가 따라오고 있었다.

현암은 의식을 집중해 좀 더 가까이 다가갔다. 그러자 장 박사의 뒤를 와글와글 쫓아오는 사람들의 모습이 또렷하게 보였다. 그들은 산 사람들이 아니었다. 시체들이었다. 불에 검게 타서 금방이라도 허물어질 것 같은 시체, 물에 팅팅 붇고 눈이 붉어져서 반쯤 튀어나온 시체, 갈기갈기 찢겨 너덜거리면서 달리고 있는 시체들.

어지간한 현암으로서도 눈을 가리고 싶었다. 장 박사가 외치는 소리가 들렸다.

"그만, 그만해! 6748번, 나는 네 원수를 갚고 죄인을 잡기 위해 그랬던 거야! 8872번, 너의 사인을 알아야 했어! 그만, 그만!"

현암은 알 것 같았다. 지금 장 박사를 추격하고 있는 저 시체들은 모두 숫자가 적힌 꼬리표를 달고 있는 것으로 보아 장 박사가 검시관 생활을 하면서 해부한 시체들인 것이 분명했다. 그 수는 정말 지긋지긋할 정도로 많았다. 현암은 망설여졌다.

'저들이 왜? 장 박사는 좋은 의미로 남이 마다하는 일을 한 것인데. 왜 저들이 원한을 품고 쫓고 있을까? 아니지, 여긴 생시의 세계가 아니야! 저건 분명 장 박사가 만들어 낸 영상이 아니야! 몽마의 장난일 거야!'

장 박사의 꿈 자체의 내용에 간섭해서는 안 된다는 말이 현암의 뇌리에 떠올랐다. 현암은 안타까웠으나 참고 주시하는 수밖에 없었다. 도망치던 장 박사가 나뒹굴었다. 시체들이 장 박사에게 우르르 덮쳐들었다. 오디오의 전원이 켜진 것처럼 시체들의 아우성이 갑자기 들려왔다.

내 눈! 내 손! 내 다리! 내 심장! 코! 혀! 네가 잘라 냈어! 내놔, 내놔!

현암은 부르르 떨었다. 막 달려 나가려다가 다시 준후의 경고를 생각해 내고 간신히 몸, 아니 의식을 정지시켰다. 그러면서 장 박사가 의식을 차리기를 빌었다. 저런 상황에서는 누구라도 공포에 못 이겨 잠을 깨기 마련이었다. 그러면 저 시체들의 손아귀에서 벗어날 수 있을 텐데.

장 박사는 그러지 않았다. 장 박사가 고통스럽게 외쳤다.

"그래, 다 가져가라! 필요하면 다 가져가!"

현암은 충격을 느꼈다. 장 박사는 스스로 의식을 차리려 하지 않는 것일지도 몰랐다. 몸을 내주고 있었다. 시체들의 탐욕스러운 손아귀가 장 박사의 몸을 이리저리 긁어내기 시작했다. 왜 저렇게 당하고만 있을까? 그들에게 베풀겠다는 것인가? 저렇게 꿈속에서 당하면서, 장 박사의 몸 그리고 생명의 에너지도 실제로 갉아 먹히는 것이 분명했다. 현암은 더 보고 있을 수가 없었다. 만약 지금 장 박사가 당함으로써 생명이 소진된다면, 장 박사를 구하기 위해서라도 약간의 위험은 무릅써야 했다. 그리고 저 시체 중에 분명 몽마 놈이 숨어 있을 것이었다.

"멈춰!"

현암의 의식은 쏜살같이 아래로 쏟아져 나갔으나, 동시에 당혹스러운 생각이 들었다.

'내가 힘을 쓸 수 있을까? 여긴 장 박사의 꿈속인데.'

현암은 곧 그런 걱정 따위는 잊어버리고 허공을 쏜살같이 가로질러 시체들을 향해 덮쳐들었다. 장 박사의 몸이 갈기갈기 찢어질 판이었다. 눈을 빼내려는지, 한 놈이 장 박사의 얼굴을 더듬고 있었다.

현암의 의식이 장 박사의 의식 속으로 들어가자, 준후와 박 신부는 초조하게 현암의 잠든 듯이 굳어진 얼굴과 월향검, 그리고 장 박사의 얼굴을 번갈아 살피고 있었다.

"어엇, 신부님!"

준후가 소리를 쳤다. 월향이 소리를 높여 울고 있었기 때문이었다. 박 신부는 급히 달려가 장 박사의 안색을 살피려는데, 갑자기 준후가 날카로운 비명을 지르며 박 신부에게로 와당탕 부딪치면서 넘어졌다.

"왜 그러냐? 앗!"

박 신부도 다급한 소리를 질렀다. 준후를 집어 던진 것은 현암이었다. 그의 눈은 아직 감겨 있었으나 이상하게 얼굴 전체에 요사스러운, 마치 여자와 같은 분위기가 감돌았다. 월향의 소리가 커지다가 저절로 공중에 솟아올랐다.

꺄아아악!

박 신부와 준후가 어쩔 줄을 모르고 서 있는 사이에, 현암의 몸이 서서히 일어났다. 월향은 귀곡성을 울리며 현암의 주변을 맴돌았으나, 차마 현암의 몸을 건드리지는 못하고 있었다.

"호호호!"

현암의 입에서 난데없는 여자의 웃음소리가 새어 나왔다. 박 신부와 준후는 소름이 쫙 끼치는 것을 느꼈다. 준후는 눈에 띌 정도로 후들후들 떨고 있었다.

"혀, 현암 형! 형이 의식을 비운 사이에 다, 다른 녀석이 현암 형의 몸에……."

박 신부가 이를 갈았다.

"틀림없다. 암컷 몽마, 서큐버스!"

준후는 재빨리 현암의 손가락이 장 박사의 몸에서 떨어졌는지 살펴보았다. 현암, 아니 의식이 빠져나간 틈을 탄 현암의 몸에 숨어든 서큐버스는 왼손으로 준후를 집어 던졌는지 굳어 있는 듯한 오른손은 아직 장 박사의 몸에 닿아 있었다.

"저 손! 손을 몸에서 떼면 큰일 나요!"

준후가 소리치면서 현암의 오른손을 침대에 찍어 눌렀다. 현암의 몸에 들어간 서큐버스는 왼손으로 급히 옆에 뒹굴던 빈 병 하나를 집어 들었다. 아직 현암의 몸에 완전히 적응하지 못했는지, 오른손은 다행히 힘을 쓰지 못하는 것 같았다. 병이 준후의 머리를 내리치려는 순간, 박 신부가 현암의 왼손을 잡고 매달렸다.

"요사한 것! 썩 나와!"

월향이 쌔액 날아서 병을 스치고 지나가자 병은 왼손에 잡힌 목

부분만 남기고 깨끗이 잘라지며 땅에 떨어져 산산이 깨졌다. 박 신부는 오라를 뺄어 냈으나 현암의 몸을 조종하는 몽마는 아무 반응을 보이지 않고 도리어 웃어 댔다.

"바보 같은 것! 이자는 지금 꿈을 꾸고 있다. 어떤 술수도 내겐 통하지 않아. 이자가 자는 동안에는!"

박 신부는 입술을 깨물며 전력을 다해 현암의 몸을 움직이지 못하게 하고 있었으나, 언제까지 이렇게 버틸 수는 없었다. 준후가 소리를 쳤다.

"신부님 오른손을 대신 잡아 주세요! 조금만 더 버텨 주세요!"

박 신부가 엉겁결에 안간힘을 다해 준후가 누르고 있던 현암의 오른손을 대신 잡아 누르자 준후는 이글이글 타는 눈으로 소리쳤다.

"꿈은 너희들이 장난치라고 있는 것이 아니다! 내 혼을 내 주마! 형체도 없고 존재할 이유도 없는 사악한 것들!"

준후는 곧 손가락을 현암의 몸에 대고 주문을 외웠다. 이번에는 현암의 의식 속으로 준후의 의식이 들어간 것이다. 박 신부는 이를 악물고 점점 힘을 더해 가고 있는 현암을 막아야 했다.

'서둘러라, 준후! 나는 늙어서 얼마나 더 버틸 수 있을지 몰라!'

"물러서라!"

현암은 소리치며 장 박사에게 덤벼드는 시체들의 앞을 막아서며 소리를 쳤다. 시체들의 기분 나쁜 감촉이 느껴졌다. 비록 불쾌

하기는 했지만 느낌이 오는 것으로 보아 장 박사의 꿈속에 들어간 의식만의 상태에서도 힘을 쓸 수는 있을 것 같았다. 한편으로는 이런 생각도 떠올랐다.

'장 박사의 의식이 나를 알아봐서는 안 되는데.'

현암은 장 박사에게 달라붙어 그의 몸을 뜯어내려는 두 놈을 집어 던졌다. 장 박사는 아무것도 눈치채지 못한 듯했다. 정신이 없어서일까? 현암은 다행이라 여기면서 시체들을 향해 싸울 자세를 취했다.

시체들은 어지간히 당황하는 것 같았다. 갑자기 시체들이 한군데로 모여들기 시작하면서 그들의 몸뚱이가 마치 밀가루 반죽처럼 붙어서 하나로 뭉쳐졌다. 현암은 메스꺼움을 느끼면서도 물러서지 않고 장 박사의 앞을 막아선 채 자세를 흐트러뜨리지 않았다. 뭉쳐진 시체들은 점점 거대한 넝마 더미 같은 추악한 형태의 괴물로 변해 갔다. 놈의 키는 이삼십 미터 이상은 되어 보였다. 놈이 버럭 소리를 질렀다.

"웬 놈이냐? 왜 방해하는 거냐? 보아하니 저 늙은이의 꿈과는 다른 존재인데?"

현암이 지지 않고 되받아쳤다.

"그러는 너야말로 이 사람의 꿈속 존재가 아닌데, 왜 그를 괴롭히는 거냐? 썩 물러가라!"

"크헤헤!"

괴물이 포효하자 사방이 우르르 울렸다. 현암은 긴장하지 않을 수 없었다. 놈은 정말 무시무시했다. 자신은 의식뿐인 존재라 공력을 사용할 수 없을 텐데…… 시험 삼아 몸에 기를 돌리려 했으나 역시 아무 반응도 없었다. 괴물이 다가섰다.

"네놈까지 같이 먹어 주마. 어떻게 나타났는지는 모르겠지만, 꿈은 나의 세계다. 여기에서는 내가 신(神)이다!"

"헛소리 마라! 꿈의 주인은 그 꿈을 꾸는 사람이다! 너 같은 몽마 따위가……."

"크헤헤! 어리석은 것!"

괴물은 여유만만했다. 그 추악한 손아귀에 잡히면 공력이 없는 현암으로서는 버티기 어려울 것 같았다.

"인간들은 자신의 꿈을 알지 못하고 있다. 모두 꿈을 무가치한 것이라 여기며 꿈을 잊으려 하고 있지. 스스로가 주인임을 포기한 꿈의 세계에서 나를 막을 수 있는 자는 아무도 없다. 꿈을 꾸는 시간 동안에는 내가 전지전능한 존재다."

"그러면 장 박사도 꿈이 없는 사람이란 말이냐?"

"크헤헤! 이 녀석은 누구보다도 더욱 좋은 목표였다. 이 녀석은 속마음을 아무에게도 알리지 않는, 남에 대한 동정심으로 가득 차 있는 바보 같은 놈이지. 그래서 내가 놈의 기력을 빼앗기 훨씬 쉬웠다. 고집불통이어서 여간해서는 잠을 깨려고 하지 않거든!"

현암이 노한 소리를 질렀다.

"너처럼 남의 마음에 기생해서 사는 놈에게는 그게 우습고 바보 같아 보이겠지! 너는 백 번 죽었다 깨어나도 그런 고귀한 마음을 알 수 없을 거다! 지옥으로나 꺼져라, 이 기생충아!"

현암이 노성을 지르며 습관대로 왼팔을 내뻗었으나, 자신의 왼팔에 월향이 달려 있지 않다는 데에 생각이 미쳤다. 이건 어디까지나 의식 속에서의 싸움이었기 때문이다. 괴물은 웃어 젖혔다.

"크헤헷! 여기서는 내가 왕이다! 네놈이 여기까지 들어온 것을 보니 너도 한가락 하는 놈인 것 같다만, 영 잘못 짚었다."

괴물이 이상한 몸짓을 하자 사방이 불바다로 변하며, 현암의 발밑이 끈끈한 거미줄 같은 것으로 삽시간에 뒤덮였다. 현암은 자신의 눈을 믿을 수가 없었다.

'아니, 세상에! 아무리 의식 속의 세계라지만 이런 말도 안 되는 주술들이 있다니!'

괴물은 쿵쿵 땅을 울리며 다가오면서 고래고래 소리쳤다.

"산산조각을 내 주마."

"어디 있느냐!"

준후는 처음 와 보는 현암의 의식 세계 속을 누비고 다녔다. 몽마의 암컷 서큐버스는 아마도 현암의 무의식 가운데 중요한 부분에 자리 잡고서 현암의 온몸을 지배하려 하는 것이 틀림없었다. 그러나 현암의 무의식 어디에 그 중요한 부분이 있는지 알 수 없었다. 준후는 의식을 몽마에게 집중시켰다. 곧 준후의 의식은 순간적으로 이동되어 주변의 환경이 갑자기 바뀌었다. 어리둥절한 기분으로 떠 있는 준후 앞에 한 기이한 사람의 모습이 나타났다.

피부색도 괴이했고 흉악해 보이는 인상을 한 여자였는데, 옷을 입고 있지 않은 상태였다. 준후는 질겁하며 얼굴이 화끈 달아오른 채 뒤로 주춤 물러섰다. 몽마는 기분 나쁜 미소를 흘리면서 서슴없이 준후에게 다가왔다.

"에잇, 부끄러운 줄도 모르고! 썩 현암 형의 몸에서 나가라!"
"호호호!"
"가까이 오지 말고 썩 꺼져!"

몽마가 다가와서 준후의 팔을 잡았다. 준후는 너무 당황한 나머지 피하지도 못한 채 소리를 쳤다.

"옷이라도 입고 얘기하자! 놔, 놔!"

순간 준후는 깜짝 놀랐다. 어느새 몽마의 몸에 흰 천이 둘러져 있었기 때문이었다. 그러나 몽마의 얼굴에는 표정의 변화가 없었다.

'어째서 내 말대로…… 윽!'

깊이 생각할 겨를이 없었다. 몽마가 준후의 목덜미를 움켜잡았기 때문이었다. 날카로운 손톱이 차갑게 파고들자 준후는 그 손아귀에서 벗어나려 발버둥을 쳤다. 하지만 몽마의 손은 꼼짝도 하지 않았다.

"호호호! 지금 너는 꿈속에 있다. 이건 악몽이야. 네 마음대로는 아무것도 되지 않아. 절대 여기서 벗어나지 못한다!"

준후는 속으로 외쳤다.

'현암 형, 제발 정신 차려! 아니지, 현암 형은 딴 데 있지. 아이고, 신부님!'

준후는 정신을 가다듬으려고 애썼으나 잘되지 않았다. 준후는 박 신부를 마음속으로 소리쳐 불렀다.

박 신부는 현암의 몸에서 힘이 빠져나가고 있는 것을 느꼈다. 현암의 얼굴은 식은땀이 줄줄 흐르고 있었으며, 안에서 무언가가 요동을 치는 것처럼 실룩실룩했다. 장 박사의 안색은 변화를 보이지 않았다. 월향검은 진정하지 않고 계속 희미한 소리를 울리면서 주위를 불안하게 날아다니고 있었다.
"도대체 어떻게 되어 가는 거지?"
박 신부는 더 이상 참지 못하고 현암의 머리 위에 손을 얹었다. 기도력을 집중해 보려는 것이었다.

준후는 사방이 거세게 뒤틀리며 요동치는 것을 느꼈다. 온 사방이 연녹색으로 빛나면서 밝은 광채를 발했다. 그러나 그 느낌은 매우 친근한 것이었다.
'신부님이다!'
한편으로는 이상한 생각이 들었다. 지금 이 빛은 분명 박 신부의 오라력이었다. 그러나 아까 박 신부가 기도력을 발했을 때는 몽마에게 아무런 영향을 미치지 못했지 않은가.
몽마가 놀란 신음을 내며 고개를 들었다. 그러나 준후는 움직일 수 없었다. 몽마가 다시 준후에게 고개를 돌렸다. 시퍼런 눈이 불타오르고 있었다. 몽마가 입을 열었다.

"의식도 없는 놈이 왜!"

몽마의 배에서부터 가슴까지 쫙 갈라지더니 갈라진 부위에 이빨 같은 것들이 번득였다. 준후는 비명을 지르려 했으나 아무런 힘도 쓸 수가 없었다. 몽마가 준후의 의식을 아예 통째로 삼켜 버리려 하는 것이었다.

"호호호! 내 아기가 되어라."

준후는 발버둥을 치려고 했으나 몸을 꼼짝할 수가 없었다. 직접적인 물리력으로 타격을 입은 것은 아니었지만 목에 손톱이 파고 들어 오는 그 고통은 생시의 것과 너무도 비슷했다.

'아아!'

준후는 거의 포기 상태에 이르렀다. 그런데 갑자기 준후의 귓전에 맑은 목소리가 들려왔다.

포기하면 안 돼요. 당신 역시 꿈을 꾸고 있는 거예요. 자신의 꿈을 되찾으세요.

준후는 퍼뜩 정신이 들었다. 그렇다. 자신은 꿈을 꾸고 있는 것이다. 그렇다면 지금 이 몽마가 주는 고통도 꿈속의 고통에 불과한 것이리라.

'나가자!'

그런 생각을 하는 순간 준후는 고통에서 벗어날 수 있었다. 그리고 자신의 의식으로 돌아가고 있음을 발견했다. 아직 몽마가 남아 있다는 생각이 들었으나, 지금의 자신은 너무도 기진맥진해 있었다. 현암의 몸에서 빠져나가려는 준후의 귀에 다시 아까의 맑은 목소리가 들려왔다.

안녕하세요. 오빠는 꿈이 많은 사람이에요. 그리고 저는 오빠의 생각 속에 있는 그림자랍니다. 바깥의 어느 분의 힘을 제가 대신 받았어요.

'그러면 이분은 현암 형의 동생인 현아 누나?'

오빠는 저를 지켜 주고, 저에게는 자신을 지켜 달라고 부탁했지요. 저는 오빠가 지니고 있던 기억일 뿐이랍니다. 안타깝고 애절한 기억 말이에요. 오빠가 붙잡아 두지 못하고 자기도 모르게 남겨 두고 간 기억이랍니다.

준후는 더 이상 들을 수 없었다. 준후의 의식은 마치 소용돌이에 휘말린 것처럼 자신의 몸으로 돌아왔다.

현암은 위기일발의 상황에 놓여 있었다. 괴물은 그 거대한 몸을 현암의 바로 앞까지 들이밀고 있었다. 그리고 끊임없이 소리를 질렀다.

"너의 발밑에 깔린 꿈의 거미줄에서는 절대로 달아날 수 없다! 그리고 악몽의 불덩이가 너를 태워 버리고, 회한의 얼음 송곳이 너의 온몸을 꿰뚫을 것이다. 크헤헤!"

'얼음 송곳이라고?'

깜짝 놀란 현암이 위를 보자, 아득한 곳에서부터 엄청난 수의 날카로운 고드름 송곳들이 빽빽이 내려오고 있었다. 불덩어리들이 마치 살아 있는 것처럼 현암의 주위를 맴돌고 있었고, 현암의 발을 붙잡고 있는 거미줄은 달라붙는 정도가 아니라 아예 아래쪽을 향해 무서운 힘으로 잡아당기고 있었다.

'이거 정말 야단이구나!'

현암은 그 와중에도 순간적으로 머리를 굴렸다. 아까, 생각만으로도 장 박사의 의식이 있는 곳으로 몸이 이동되었다는 사실이 생각났다. 혹시?

'몽마의 뒤쪽!'

현암의 다리에서 거미줄의 느낌이 없어졌다. 순간적으로 현암은 몽마의 뒤쪽으로 옮겨진 것이다. 현암이 있던 자리에 얼음 송곳이 우르르 박히고 불덩어리들이 요란하게 부딪쳐 흩어지는 것이 보였다. 몽마가 뒤를 돌아보았다.

"제법이구나! 의식 속에서의 이동법을 알아내다니!"

'그렇구나! 여기는 의식의 세계. 생각만 하면 그곳으로 의식을 옮길 수 있다. 맞아! 내 의식은 자유롭게 날아다닐 수 있어. 일방적으로 놈에게 당하지는 않겠군!'

현암은 자신이 생겼다. 현암은 단단히 힘을 모으고 의식을 끌어모았다.

'몽마의 머리 위!'

현암은 순간적으로 몽마의 정수리가 보이는 곳으로 옮겨졌다. 현암은 아래쪽을 향해 있는 힘을 다해서 일격을 가했다.

"어엇!"

현암이 주먹을 내리치려는 순간, 몽마의 머리가 엄청나게 큰 바윗덩어리로 변했다. 현암은 주먹을 거두려 했으나, 주먹은 어느새 그 바위 같은 몽마의 머리에 명중하고 말았다.

"크헤헤! 네놈의 손은 산산조각이 났을 것이다!"

현암은 놀라서 자신의 오른손을 들여다보았다. 현암의 오른손은 어느새 짓뭉개져서 없어져 버렸다.

"으아악!"

몽마가 이죽거리면서 다시 괴물의 모습으로 돌아갔다.

"바보 같은 놈! 단지 이동하는 단순한 방법을 하나 알았다고 꿈 세계의 신인 나를 이길 수 있을 것 같으냐?"

현암은 극심한 고통이 밀려오는 것을 느꼈다. 그때 현암의 앞에 머리를 풀어 헤친 여자의 모습이 나타났다. 현암이 상대하던 몽마와 비슷한 느낌이었다.

'서큐버스구나! 저것까지 나타나다니!'

괴물로 변한 몽마, 인큐버스가 소리쳤다.

"너는 왜 왔느냐? 저 젊은 놈의 빈 몸을 가지랬더니."

"지키는 자가 있었어. 저놈이 남겨 둔 기억이……."

여자 몽마는 잠시 말을 끊었다. 실언했다고 생각하는 모양이었다. 그 몽마는 자신의 몸을 반으로 갈랐다. 목 아랫부분부터 배까지 끔찍스럽게 쫙 갈라지자 거기서 놀랍게도 날카로운 이빨이 드러났다.

"호호호! 네놈을 내가 통째로 삼켜 주지!"

현암은 순간적으로 몸을 이동시켜 몸 전체가 아가리가 되어 버린 서큐버스의 공격을 피했다. 오른손마저 없어진 상황에서 두 마리의 몽마를 상대하다니. 현암은 이를 악물었다.

'포기하지 않는다! 분명 저놈들이 저렇게 강해진 비밀이 있을 것이다. 그걸 알아내야 한다.'

아래에서 괴물 몽마의 소리가 들렸다.

"크헤헤! 그놈은 네가 맡아라. 나는 이 늙은 놈부터 먼저 해치워야겠다!"

괴물로 변한 몽마가 장 박사를 집어 올렸다. 현암은 다급하게 소리쳤다.

"안 돼!"

현암이 몸을 날려 내려가려 하는데 뒤에서 간드러진 웃음소리가 들려왔다.

"네놈은 내 차지다!"

뒤에서 서큐버스가 와락 현암을 껴안았다. 현암은 순간적으로 이동을 생각했다. 의식은 이동되었지만 뒤에서 잡은 몽마도 팔을 풀지 않고 따라오는 것이었다. 아마도 '현암이 있는 곳으로'라고 생각하고 있는 모양이었다. 기분 나쁜 끈적거리는 촉감이 현암의 몸을 감싸고 들어왔다.

'큰일이구나!'

박 신부는 현암의 몸이 안정 상태로 돌아가자, 영문을 모르면서도 안도의 한숨을 내쉬었다. 잠시 후 준후의 손가락이 현암의 몸에서 떨어지더니 준후가 푸욱 한숨을 내쉬면서 옆으로 피식 쓰러졌다. 박 신부는 놀라서 준후에게 몸을 돌렸다. 준후는 의식이 돌아오면서 꿈속에서 받은 상처와 피로까지 같이 가지고 온 것이다. 준후의 안색은 푸른빛을 띠고 있었고, 목에는 푸르고 붉은 손가락 모양의 멍이 들어 있었다. 꿈에서 생긴 멍이 현실에도 남는 경우가 있는데, 동몽주를 이용해 남의 의식 속으로 들어갔을 때는 평소의 의식이 그대로 살아 있는 터라 상처와 피로가 함께 따라오기 쉬웠다. 박 신부는 그런 사정을 대강 눈치챌 수가 있었다. 준후는 가쁜 숨을 몰아쉬면서 가물가물해지려는 정신을 애써 추스르고 있었다.

"준후야, 잘했다! 수고했어!"

준후가 간신히 고개를 저었다. 퇴마사 일행이나 준후 자신까지도 가끔 망각하는 일이지만, 아무리 도력이 높아도 준후는 기껏 열네 살짜리 아이에 불과했고 정신력은 아직 부족했다. 강한 힘을 쓰고 나면, 곧 지쳐서 정신을 잃거나 잠들어 버리는 것이 보통이었다. 준후는 지금 몽마와의 싸움에서 하도 놀란 터라, 정신적으로 거의 탈진한 상태에 있었다. 준후가 눈이 감기는 것을 억지로 참으며 중얼거렸다.

"아녜요. 이대로는 몽마를 이길 수가 없어요. 나도 상대가 안 되었어요. 스스로의 꿈이 없으면……."

"무슨 소리냐?"

"잊고 싶지 않은 현아 누나에 대한 기억…… 현암 형의 몸에서 전 그걸 보았어요. 그 기억이 몽마를 물리쳐 주었지요."

"그러면 장 박사는? 그 친구도 그런 기억이 있을까?"

"아아, 만약 그게 없으면······."

잠이 들려는 준후의 뺨을 박 신부가 톡톡 쳤다. 쉬게 두고 싶었지만 준후가 알아낸 사실을 듣기 위해서는 어쩔 수가 없었다.

준후의 눈이 다시 스르르 열렸다. 준후도 안간힘을 쓰고 있었다.

"현암 형도 지금 그대로는 상대가 안 돼요. 의식의 세계에서는 불가능한 것이 없어요. 그 사실을······."

준후의 몸이 풀썩 늘어져 버렸다. 박 신부는 고개를 들고 최대한 머리를 회전시키려고 애썼다.

'그래! 현암 군은 장 박사의 몸으로 들어가기 전에 자신의 공력을 그 속에서 발휘할 수 있는지 의심하고 들어갔다. 꿈속의 세계! 거기에서는 불가능한 것이 없다고 했지! 그러나 스스로에 대한 의심을 가지게 되면!'

박 신부는 곰곰이 생각했다. 준후 정도 되는 아이가 저토록 고전을 할 정도로 강한 놈은 그리 흔하지 않다. 문제는 그들이 들어간 의식 세계의 문제였다. 준후는 그 의식의 세계를 불안하게 여겨 능력을 발휘할 수 있을지 의심했을 테고, 그 때문에 아무 힘도 쓰지 못한 것이 분명했다.

'큰일이다! 준후는 그나마 현암 군의 기억에게 도움을 받았지만, 장 박사는 현암 군에게 도움을 줄 만한 기억이 없을 거야. 현암 군이 매우 위험해!'

박 신부는 서둘러 장 박사를 바라보았다. 그리고 잠든 채 장 박사의 몸에 손가락을 짚고 있는 현암을 보았다. 장 박사의 얼굴은 아까보다도 더 말라 가고 있었다. 이제는 눈가가 퀭하니 일그러지고, 완전히 해골상이 되어 있었다. 박 신부는 다급했다. 현암이 몽마를 잘 막아 내지 못하는 것이 분명했다. 현암의 몸마저도 풍선에서 바람이 빠지듯이 줄어들어 가고 있었다.

'할 수 없다. 이렇게 된 바에야……'

안경 속의 박 신부의 눈이 번쩍 빛났다.

"놔라! 이거 놔!"

현암은 의식을 이리저리 옮겼으나 암컷 몽마인 서큐버스는 집요하게 현암의 의식에 달라붙어 점점 깊숙이 현암의 몸을 삼켜 갔다. 현암은 절망적인 상태에 놓여 있었다. 현암의 오른손은 몽마의 몸속으로 녹아들어 거의 어깨 뿌리까지 없어졌고, 허리 아래에서부터 하반신 또한 거의 삼켜진 상태였다. 감각이 사라지고 있었다.

'내가 이렇게 되다니! 이럴 수가……'

현암은 몽마의 수컷 인큐버스가 장 박사의 몸을 움켜쥐고 장난치는 것을 바라보았다. 장 박사는 완전히 정신이 나간 듯, 몸을 축 늘어뜨리고 아무 저항도 하지 않고 있었다. 아마 장 박사는 꿈속에서 지독한 암흑을 헤매고 있는 것 같았다.

'이렇게 된 바에는!'

현암은 이를 악물었다.

'의식을 집중하면 아무 곳이나 갈 수 있다고 했지?'

현암은 눈을 꽉 감았다. 일단 뒤에서 자신을 움켜쥐고 있는 서큐버스에게서 풀려나야 했다.

'서큐버스의 머릿속!'

순간 사방이 캄캄해지면서, 질긴 벽이 현암의 몸에 엄청난 압박으로 조여 왔다. 현암은 회심의 미소를 지었다. 서큐버스의 머릿속으로 현암의 의식이 이동된 것이다.

'제아무리 따라온다고 해도 자기 자신 속으로 들어갈 수는 없다! 스스로의 몸을 스스로의 몸속으로 넣는다는 것은 모순이고, 너도 그 사실을 알고 있을 테니까! 이만 죽어라!'

현암은 있는 힘을 다해서 사지를 뻗었다. 서큐버스의 머리 가죽으로 이루어진 사방의 벽이 움찔하더니 단단하게 버텼다. 현암은 기합을 발하면서 양팔과 다리를 쫙 폈다.

굉음과 함께 서큐버스의 크게 늘어난 머리가 산산조각으로 부서져 버렸고 현암의 몸은 밖으로 튀어나와 다시 허공을 밟고 섰다.

'설마 살아나지는 못하겠지! 머리가 부서졌으니!'

현암은 바로 다음 행동을 취했다. 이번에는 인큐버스를 저지해야 했다.

'인큐버스의 머릿속!'

현암은 인큐버스의 머릿속이 너무 넓다는 생각이 들었다. 이미 괴물로 변해 있는 인큐버스의 머리는 현암이 들어가서 활동하기에도 충분할 것 같았다. 그때 누군가 뒤에서 현암을 덮쳤다. 현암은 비명을 질렀다.

"앗! 너, 너는 죽었을 텐데!"

머리가 박살 나서 산산조각이 된 서큐버스가 현암을 뒤에서부터 붙잡은 것이었다. 힘도 전혀 줄어든 것 같지 않았다. 서큐버스의 박살 난 조각이 다시 모여들면서 원래의 모습으로 돌아갔다.

"호호호! 잔 수를 쓴다고 될 것 같으냐? 여기는 꿈의 세계! 우리에게 불가능은 없다!"

현암은 기가 질렸다. 밖에서는 인큐버스가 아가리를 벌리고 장박사를 꿀꺽 삼키려는 참이었고, 현암의 반쯤 녹아 버린 몸은 다시 서큐버스의 몸 안으로 빨려 들어가고 있었다.

"이제 너는 가망이 없다. 포기해라!"

'안 돼! 난 포기할 수 없다!'

현암이 하나밖에 남지 않은 왼손으로 발버둥을 치려 하자 서큐버스가 요란한 웃음을 터뜨렸다. 서큐버스의 팔은 쇠뭉치 같았다.

"호호호! 뜨거운 맛을 보여 주어야 포기하겠느냐?"

현암을 반쯤 소화하고 있던 서큐버스의 몸이 시뻘겋게 달아올랐다. 새빨갛게 불길이 일어나다가 다시 노란색으로, 파란색으로, 그러다가 거의 백열(白熱)의 상태로 변했다. 현암의 몸이 지글지글 타올랐고 서큐버스의 팔과 몸이 현암의 몸을 태우며 깊숙이 파고들어갔다. 현암이 비명을 질렀다.

"아아악!"

"포기해라! 그러면 적어도 고통은 없을 것이다. 포기해!"

현암의 얼마 남지 않은 몸이 후들후들 떨렸다.

"안 돼! 나는 포기하지 않는다! 포기하지 않아!"

그때 현암의 머릿속으로 누군가의 음성이 들렸다. 박 신부의 음성이었다.

현암 군, 현암 군! 괜찮은가? 정신 차리게!

시, 신부님이 여길 어떻게!

나는 익숙하지 못하네! 그리로 갈 수는 없어! 자네에게 꼭 알려 줄 말이 있네! 어서 의식을 차려! 그리고 상상을!

사, 상상이라뇨? 어떤 상상?

의식의 세계. 지금 자네 또한 꿈을 꾸고 있는 거야! 꿈속에서는 뭘 믿는지, 상상하는 것은 무엇이든 가능해! 아아, 나는 이런 주술을 더 계속하지는 못해! 어서 정신을!

박 신부의 목소리가 메아리처럼 점점 멀어져 갔다. 어떻게 박 신부가 장 박사의 의식 속으로 들어왔는지는 모르겠지만, 하여간 원래 주술을 쓰지 않는 사람이라 적응하지 못하고 의식 바깥으로 되돌아가는 모양이었다.

신부님! 제가 이제 어떻게…… 제 몸은 이미 박살이 났는데…….

마지막으로 아련한 목소리가 울려왔다.

현암 군, 집착하지 말게! 자네는 의식 속에 있어. 불가능은 없어. 자네의 의지로!

현암의 머리에 여러 가지 생각이 벼락같이 스치고 지나갔다. 맞다. 그의 의식은 맨 처음 스스로 가고자 하는 곳까지 그냥 옮겨 갔다. 하다못해 몽마의 머릿속으로까지. 몽마도 술수를 부릴 때는 필요 이상으로 자신의 수법에 대해 구차한 설명을 늘어놓았다. 왜 그랬을까? 자신을 자랑하기 위해? 아니다. 현암의 의식에서 몽마가 말하는 것들을 받아들이게끔 하기 위해서였다. 현암의 몸은 이제 거의 조각밖에 남지 않았다. 생시의 일이었다면 벌써 현암은 죽었을 것이다. 그러나 현암이 포기하지 않고 있기 때문에 현암의 의식은 거의 머리와 팔 하나만 남은 상태에서도 살아 있다. 왜 그걸 알아차리지 못했을까? 몽마는 그 사실을 알고 있었다. 그래서 서큐버스는 머리가 산산이 부서졌어도 아무 일도 없었다는 듯 다시 살아났다. 그렇다면 나도 할 수 있다!

현암은 고함을 쳤다. 그와 동시에 서큐버스의 몸에 거의 빨려 들어가 조그만 조각이 되어 버린 현암의 몸은, 고열로 달아올라 몸을 시커멓게 태우고 있던 서큐버스의 팔이 원래 없었던 허상인 것처럼 스르르 빠져나왔다. 서큐버스가 소리쳤다.

"네, 네놈이 꿈의 비밀을!"

현암은 조용히 공중에 떴다. 어느새 망가지고 부서져 녹아 버렸던 현암의 몸은 원래대로 멀쩡하게 돌아와 있었다. 현암이 멀쩡하게 돌아온 자신의 오른손을 힐끗 보며 미소를 지었다.

"이제 알았다!"

현암에게 변화가 일어난 것을 알고는 아래쪽의 인큐버스까지도 겁을 먹은 듯 장 박사를 내려놓고 뒤로 물러서고 있었다. 서큐버스도 아까의 기세등등하던 모습에서 갑자기 쭈그러들어 왜소해진 것처럼 보였다.

현암은 왼팔을 들어 가만히 살피며 나직하게 중얼거렸다.

"너희는 상상력이 없어. 꿈이 없는 존재들, 항상 남의 꿈과 상상력에 기생하는 존재들이지. 너희가 나를 해치려 한 수법들, 그리고 그 환상들, 모두가 내가 먼저 생각했던 것들이었어. 지레 겁을 먹고, 염려하고, 머리를 굴리고……."

현암은 처음 장 박사의 몸속으로 올 때부터 자신의 힘이 통할 수 있을까 염려하고 걱정했었다. 무의식적으로 월향을 발출하려 했을 때도 월향을 가지고 오지 않았다고 생각했고, 몽마의 머리를 칠 때도 그 모습이 바위 같아 보인다고 생각했었다. 몽마는 스스로 생각해 내는 힘이 없었다. 현암의 걱정, 현암의 지레짐작을 읽어 내어 그것으로 현암을 놀라게 하는 허상을 보이게 한 것이었다. 포기 상태로 몰아넣고 조금씩 그 사람을 갉아먹는 것이 분명했다.

"이제 너희가 겁나지 않는다. 나는 생각할 수 있고 구속되지도 않는다!"

현암이 나직이 말하자 현암의 왼손에 월향검이 나타났다. 월향검은 남이 듣기에는 좀 쭈뼛하지만, 현암에게는 아름다운 노랫소리로 들리는 귀곡성을 조용히 울리고 있었다. 현암은 고개를 갸웃하며 환한 웃음을 지었다.

"이제 너희가 무섭지 않아. 나의 의식에서는 내가 주인이다. 주인은 바로 나야!"

인큐버스의 거대하던 몸이 풍선처럼 찌부러져 갔다. 인큐버스는 미친 듯이 고함을 치고 발버둥을 치려 했으나, 그 몸은 마치 거대한 손에 짓눌려지는 것처럼 계속 찌그러지고 있었다. 서큐버스의 몸은 반대로 양쪽에서 당겨지는 듯, 고무줄처럼 가늘어지면서 늘어났다. 머리에서 발목에 이르기까지 계속 그 길이가 늘어나면서, 폭이 계속 가늘어져 마치 실처럼 줄어들었다.

현암이 직접 손을 쓸 필요도 없었다. 현암은 단지 조용히 월향이 반사하는 빛을 보면서 미소를 짓고 있을 따름이었다.

"여기에서 모든 것은 생각에 달렸지. 도망치고 싶은가? 그러나 못 간다. 못 가고 말고. 꿈속이 아니고서는 너희는 존재할 수 없거든. 꿈의 주인이 너희에게 속지 않고 정신을 차릴 때, 너희는 정말 가없은 존재가 되는 거야."

이번에는 두 몽마의 몸이 고무줄처럼 마구 뭉쳐지면서 실타래를 꼬듯이 뒤틀리기 시작했다. 두 몽마는 비명도 지르지 못하고 종이처럼 구겨지고 있었다. 그러나 현암은 좋은 꿈을 꾸는 기분이 들었다. 잔인하게 몽마들을 벌할 생각도 하지 않고 있었다. 지금의 생각은 현암이 수련했던 부동심결의 상태와 흡사한 것이었다.

"내가 좋은 것들을 생각하고 좋은 꿈을 꿀 때 너희는 고통받겠지. 지금 이러고 있는 것도 그런 이유 때문이야. 그러나 아마 내 힘도 그것뿐일 거야. 이 꿈의 진짜 주인은 내가 아니니까."

현암은 묵묵히 왼손의 월향검을 쳐다보았다. 월향검은 조용히 검집에서 빠져나와 명령을 기다리듯 현암의 코앞에 떴다.

"월향. 장 박사님에게 알려 줘. 모든 것이 꿈이었다고. 좋지 않은 꿈은 꾸지 않도록 하라고. 자신의 의지로 다 되는 거야. 알겠지?"

월향이 오색영롱한 빛을 뿌리며 의식을 잃고 쓰러져 있는 장 박사에게 날아갔다. 그리고 장 박사의 머리를 뚫고 들어갔다. 해치는 것이 아니었다. 지금은 모든 것이 현암의 마음대로였으니까. 지금 월향은 귀검이 아니라 의식의 전령이었다.

장 박사의 의식이 돌아오고 있었다. 어느새 월향이 들어가자, 장 박사의 난도질당한 몸도 원래대로 멀쩡하게 돌아와 있었다.

현암이 기쁘게 소리쳤다.

"악몽은 없어요! 몽마는 존재하지 않습니다. 장 박사님, 스스로의 의지로 일어나세요!"

장 박사의 의식이 잠에서 깨어난 듯 눈을 떴다. 꿈속의 꿈에서 깨어난 것이다. 장 박사는 아무것도 기억나지 않는 듯, 마치 잠에서 깨면서 누군가가 들려주던 자장가 구절을 읊조리듯 무의식적으로 중얼거렸다.

"악몽은 없어. 그들도 없는 거야."

뭉쳐지고 쪼그라들어서 엉망이 된 두 몽마의 몸이 폭죽처럼 허공에서 터졌다. 비명 같은 공허한 굉음이 사방을 가득 메우다가 역시 여운도 없이 사라져 버렸다. 몽마들은 사라졌다. 의식 세계의 주인이 그들의 존재를 부정하자 그들의 존재는 다시 무(無)로 돌아간 것이다. 현암은 흐뭇한 미소를 지었다. 이제 장 박사 스스로가 자신이 주인이라는 사실을 망각하지 않는 한, 몽마들은 다시는 범접하지 못할 것이다. 아니, 생겨나지도 않을 것이다.

이제 갈 시간이 된 것 같았다. 현암의 의식이 장 박사의 의식 속에서 대신 난리를 피웠다는 것을 알면, 주인이 좋아하지 않을 것은 뻔한 일이었다. 현암은 동몽주를 쓸 때 주의하라는 말의 의미를 비로소 알 수 있었다. 현암은 마음속으로 중얼거렸다. 물론 장 박사가 듣지 못한다고 생각하면서…….

'이제 갑니다, 장 박사님. 다시는 악몽에 시달리지 않으실 겁니다. 나쁜 기억은 모두 잊어버리세요.'

현암의 의식은 장 박사의 의식을 남겨 두고 서서히 길을 떠났다. 장 박사가 미소를 짓고서, 시체 더미 속에서 시체들을 하나씩 손보고 정성스럽게 매장해 주는 모습이 언뜻 비쳤다. 다른 사람에게는 악몽으로 보일 만한 그 일이 장 박사에게는 좋은 꿈으로 여겨지는 모양이었다. 아까 장 박사가 좋은 꿈을 꾸다가 느닷없이 악몽으로 바뀐 것도 이해가 갔다. 정성스럽게 매장해 주고, 안식을 찾게 해 주려던 시체들이 별안간 장 박사를 공격한 것이었으리라. 자신의 의식으로 돌아가던 현암은 장 박사라는 사람을 조금은 이해할 수 있을 것 같았다. 현암은 빙긋이 웃었다.

아직 준후는 정신을 차리지 못하고 있었다. 퍽이나 놀랐던 듯했다. 박 신부가 현암을 반갑게 맞아 주었다.

"현암 군, 수고했네! 정말 수고했어!"

"뭘요. 신부님이 도와주시지 않았다면, 남의 꿈속에서 꼼짝없이 죽을 뻔했습니다. 하하하!"

"그래도 자네의 의지와 준후의 지혜가 아니었다면, 아마 큰일 났을 거야. 준후가 안간힘을 다해 일러 주었기에 나도 의식 속에서의 일을 짐작할 수 있었지. 아까 자네의 몸에서……."

현암이 눈을 크게 떴다.

"예? 제 몸요? 저 안에 있는 동안 제게도 무슨 일이 있었나요?"

박 신부가 껄껄 웃었다.

"아니네! 나중에 천천히 이야기하도록 하지."

박 신부는 흐뭇한 눈초리로 장 박사의 누워 있는 모습을 보았다. 여전히 앙상하기는 했지만 평온한 얼굴로 미소를 띤 채 정말 편안히 잠들어 있었다.

"이제 악몽에 시달리지는 않을 겁니다."

박 신부도 고개를 끄덕였다. 그런데 현암의 머리에 문득 한 가지 생각이 떠올랐다.

"그런데 신부님, 물론 덕분에 위기를 넘겼습니다만, 아까 어떻게 장 박사님의 의식 속으로 들어오셨죠? 서툴기는 했지만, 그건 동몽주를 외워야 하는 건데."

박 신부가 희극적으로 넓은 두 팔을 들어 올렸다.

"나도 외웠거든!"

"아니, 항상 주술은 안 된다, 안 된다 하시던 신부님이 주문을 다 외우고, 게다가 주술을 실제로 부리기까지 하셨다고요? 오, 아멘!"

현암의 장난기 섞인 말에 박 신부도 억지로 심각한 표정을 지으려고 애쓰면서 고개를 휘휘 저었다.

"일부러 외운 것은 아니네. 아까 자네가 준후에게 주문을 일러 줄 때 그냥 귀에 들어오더군."

"아니, 겨우 세 번, 그것도 먼발치에서 듣고 다 외웠다고요? 신경을 쓰고 듣지 않았으면 불가능한데⋯⋯."

"뭐, 내 머리가 돌인 줄 아는가? 이래 뵈도 어렸을 땐 신동 소리를 들었단 말이야! 하여간 걱정이군. 얼마나 고행하고, 기도를 올려야 이 죄가 씻어질지. 야훼 하느님이시여, 이 죄 많은 신부를 용서하소서!"

현암은 웃으며 창밖을 보았다. 이제 밤은 이슥해져 있었으나 더 이상 요사하거나 우울해 보이지 않았다.

"밤은 그들의 시간이라고 몽마들이 그랬던가요? 하하하!"

박 신부가 엄숙하게 말했다.

"아니지. 밤은 휴식의 시간이지. 그것을 공포의 시간으로 만드는 것은 사악한 어떤 존재들보다도 오히려 사람들 각자의 죄와 걱정과 의심하는 마음일 거야."

둘은 말없이 창밖의 어둠을 감상하듯 바라보고 있었다. 그 사이에 준후는 쌔근거리며 자고 있었고, 장 박사는 이제 코까지 드릉드릉 골며 편안하게, 정말 편안하게 자고 있었다.

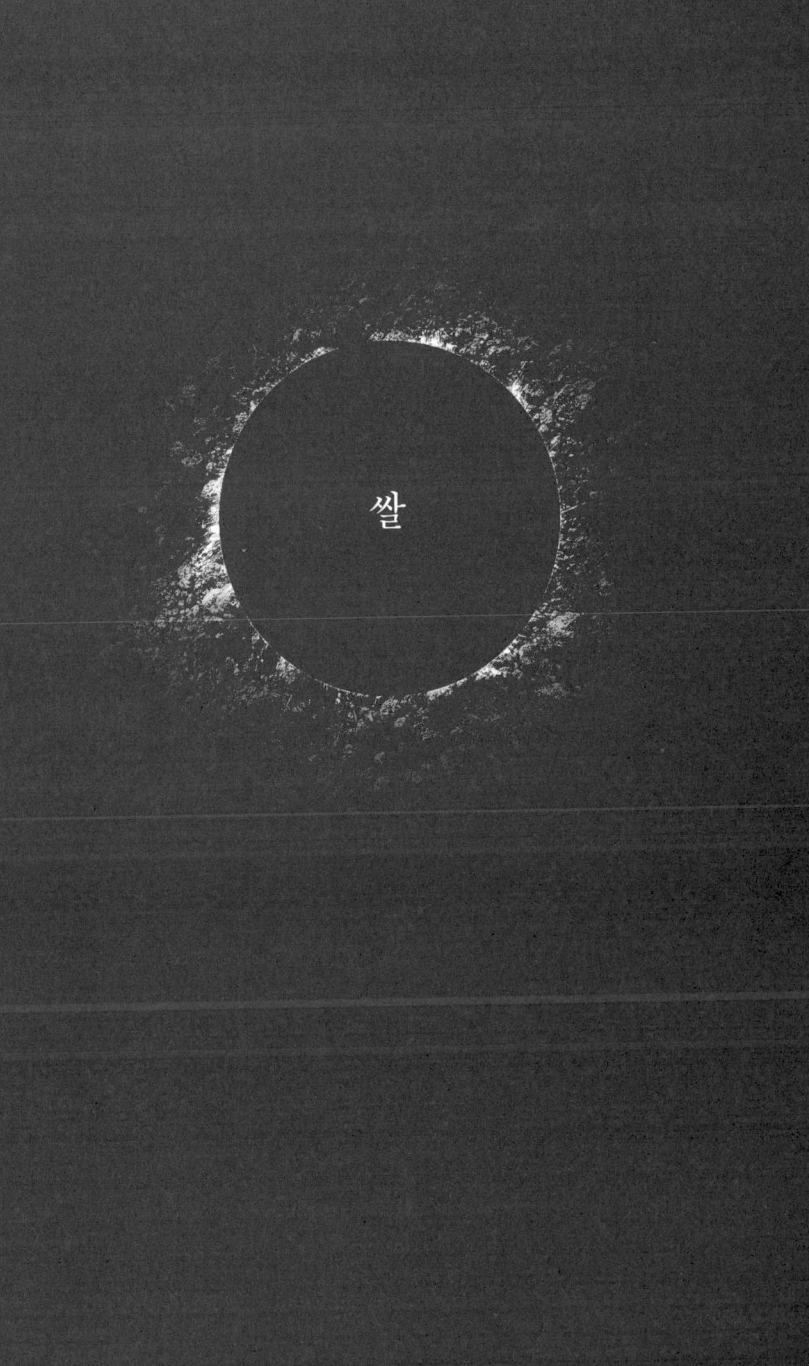

김경돈 의원은 식은땀을 흘리며 잠에서 깨어났다. 방금 꾼 꿈이 정말 악몽이었기 때문이다. 어둠 속에서 김 의원은 호텔의 내부를 둘러보았다. 호텔의 특실 안은 자신이 잠들기 이전에 비해 하나도 달라진 것이 없었다. 김 의원은 한숨을 내쉬며 참 이상한 꿈을 꾸었다고 생각하고는 머리맡의 휴지로 이마의 땀을 훔쳐 냈다.

 김 의원은 자신의 선거구인 모 지역에서 연설하기 위해 전날 밤 늦게 내려갔다. 이 지방은 곡창 지대여서 농사를 짓는 사람들이 많았고, 다음 선거를 기약하기 위해서는 자신의 입장을 선거 구민들에게 미리 밝혀 놓아야 뒤탈이 생기지 않을 것이라는 생각에서였다. 아니, 그런다 해도 일이 풀리게 될지 아닐지는 장담할 수 없었다. 쌀 수입 개방으로 인한 여파 때문이었다. 김 의원은 평소 "내 국회에서 죽는 한이 있어도 쌀 개방은 저지하겠다"라는 말을 줄곧 해왔다. 난데없이 쌀 시장을 개방한다는 말을 들었을 때, 김 의원은 자신이 의원임에도 불구하고 어떻게 대처해야 할지 판단이 서지 않았다. 자신의 선거구에서 표밭을 주로 형성하는 것은 분명 농민들이었고, 그들은 자신에 대한 실망을 금치 못하고 있을 것이 눈에 훤했다. 이대로라면 다음번 선거에서의 결과는 불 보듯 뻔했다. 그렇다고 지금 일이 벌어진 마당에 자신이 뭐라고 떠들어 보아야 분명 당의 높으신 분들에게 미움만 사는 꼴이 될 터이니…….

김 의원은 이런저런 궁리를 해 가면서 일단 선거구로 내려온 참이었다. 무어라도 속히 변명해서 사람들을 진정시켜야 했다. 벌써 자신이 내려오자마자 농민 대표며 지방의 좀 알려진 단체의 장들이 면담을 요구하며 몸으로 밀고 들어와 항의하려 했지만, 평소 잘 알고 있던 경찰서 서장의 도움으로 대강 몸을 피해서 무마한 터였다.

그런 일이 있고 나서 뒤숭숭해서였던지, 영 기분이 좋지 않은 악몽을 꾸게 된 것이다.

"도대체 그 이상한 남자는 누구지? 본 적도 없는 놈이 꿈에 나타나서 호통을 치다니……."

꿈에 나타난 이상한 남자가 서슬이 퍼런 칼을 들고 나타나서 자신에게 호통을 치고 있었고, 그의 손에는 무섭게도 수많은 사람의 대가리들이 들려 있었다. 몸에도 해골바가지들을 치렁치렁 엮어 걸고 있었으며 그놈의 등 뒤로는 시뻘겋게 불이 타오르고 있는 게 아주 끔찍한 형상이었다. 놈이 서 있는 바닥은 뭔가 새까만 모래 같은 것으로 깔려 있었다.

"그놈이 뭐라고 했더라? 입을 찢어 버린다고 했던가? 에구, 원

더러워서!"

김 의원은 냉수를 한 잔 마시고 다시 잠자리에 들었다. 그런 쓸데없는 악몽은 다 잊기로 하고…… 국회 의원까지 된 처지에 꿈 같은 걸 가지고 무서워해서는 안 되니까…….

"음? 뭐라고? 연설할 장소가 바뀌었다고?"

김 의원이 비서를 향해 눈을 흘겼다. 비서는 어쩔 줄 몰라 쩔쩔맸다.

"아, 예. 의원님. 그…… 원래 연설하기로 한 마을의 회관에 어젯밤부터 시위대가 들이닥쳤습니다. 그래서 아무래도 그곳은……."

"그렇다고 야외에서 연설하란 말인가? 이 추운 날씨에?"

"죄송합니다. 미처 예기치 못한 일이라서……."

"알았어, 빌어먹을 놈들. 난들 어떻게 하란 말이야. 한 사람 힘만으로 할 수 없는 일이잖아. 왜 나를 갖고 못 잡아먹어서 안달들인지, 원……."

김 의원은 피우던 담배를 힘을 주어 눌러 뭉개 버렸다. 비서는 마치 자신이 뭉개지는 것처럼 인상이 구겨졌다.

"그럼 어디야? 연설할 곳이?"

"아, 좀 넓은 터가 없어서요. 백제 시대 때의 군창(軍倉)[1] 터가

---

1 삼국 시대 말 백제에서 군용으로 쌀을 쌓아 놓았던 자리이다. 병화(兵禍)로 말미암아 검게 탄 자취만 있고 지금까지 탄화된 쌀 부스러기 등이 나온다.

있습니다. 원래 군창 터라면 쌀을 보관했던 창고이니, 뭔가 의미도 있을 것 같고……."

비서의 아이디어가 꽤 그럴듯하게 들렸다. 군창 터…… 옛날 군량미를 보관했던 자리란 말이지? 그래, 쌀을 쌓아 놓으면 뭐 하는가, 외국과의 관계가 좋지 못하면 이렇게 한낱 재로 되어 버릴 수도 있는 거다, 역사가 말해 주는 것이다, 제법 말을 꾸미면 호소력이 있을 것도 같았다.

"좋아. 그러면 그리로 가자고."

김 의원은 퉁명스럽게 말을 내뱉으며 다시 담배를 한 대 꺼내 물었다. 어젯밤에 통 잠을 자지 못해서 기분이 영 좋진 않았다. 그 이상한 놈이 계속 꿈에 나타나 세 번씩이나 놀라서 깨어나는 바람에…… 김 의원은 그 정체 모를 꿈속의 남자인지 귀신인지를 향해 속으로 욕을 퍼부어 댔다.

날씨는 흐릿했으나 모여든 사람은 꽤 많았다. 참석자 대다수가 농민들이라 김 의원을 보는 눈빛은 별로 곱지 않았다. 김 의원은 좀 켕기는 기분이 들었다. 농민들의 시선보다도 눈 아래 보이는 땅의 흙빛이 검정색이었기 때문이다. 어제 꿈에 나타난 그 땅의 색깔과 비슷한 것이 영…….

"이봐, 이거 흙 색깔이 왜 이렇지?"

비서가 답했다.

"군창 터라서 그렇지요. 여기 쌓아 놓은 쌀들을 당나라의 군대가 쳐들어올 적에 온통 태워 버렸다더군요. 그때 타 버린 쌀과 재가 일대에 퍼져 있어서 흙빛이 검다고 합니다만, 천 년도 더 된 재가 그대로 남아 있겠습니까? 그냥 지형이 그래서 그렇겠지요."

"아는 것이 많아 참 좋겠어?"

김 의원이 무안을 주자 비서는 다시 얼굴을 붉히면서 뒤로 물러섰다. "저 비서 놈, 다음번엔 갈아 버려야지, 맨날 잘난 척만 하고 말이야." 김 의원은 무거운 마음으로 검게 깔린 흙을 바삭바삭 밟으면서 연단으로 향했다. 김 의원이 연단에 올라가자마자 군중들 속에서 구호를 외치는 소리가 들려왔다.

"해명하라! 쌀 시장 개방에 대해 해명하라!"

"그렇게 쉽게 태도를 바꿀 수 있는 것인가? 해명하라!"

"대책을 말해라! 말해라!"

김 의원의 비서와 경찰들이 군중을 휘젓고 다니며 조용히 하라고 악을 썼고, 김 의원도 마이크에 대고 큰 소리로 말했다.

[여러분! 진정하세요! 진정! 이 김경돈이가 해명해 드리겠습니다!]

한참을 고생하고서야 분위기는 조금 가라앉았다. 그러나 구호 소리가 조금 작아졌을 뿐이지 사람들이 쳐다보는 눈초리는 여전히 싸늘했다. 이미 일당을 주고 바람잡이들을 많이 고용해서 군중 속에 박아 놓았는데도 별 효력이 없었다. 김 의원은 바람잡이들에게 뿌린 돈이 아깝다는 생각이 들었으나 어쨌건 연설을 해야 했다. 김 의원은 자기도 놀랄 만큼 당찬 목소리로 연설을 해 나가기 시작했다. 원래 군중이란 당당한 태도를 가진 사람 앞에서는 주눅이 들게 마련이니까.

김 의원이 한참 쌀 개방의 당위성에 대해 떠들어 대자 사람들은 웅성거리기 시작했고, 욕설도 조금씩 나오고 있었지만 이제야 심어 둔 바람잡이들이 제 역할을 하는 듯, "맞다!", "그렇다!"는 소리가 사방에서 들리자 사람들은 그러려니 하고 고개를 끄덕이는 것 같았다. 그러나 그것들은 진정한 이해가 아니었다. 할 수 없으려니, 으레 다 그렇게 되는 것이려니 하는 체념과 슬픔이 뒤섞인 감정이었다. 김 의원은 약간 켕기기는 했지만 자기로서는 어쩔 수 없다고 생각했다.

'나라고 좋아서 이 짓 하나? 모가지 보존하려면 할 수 없잖아?'

열변을 토하고 있던 김 의원의 눈앞에 갑자기 이상한 것이 보이기 시작했다. 몰려 있는 군중들 너머로 키가 큰 녀석 하나가 걸어오고 있었는데 그 형상이 괴이했다.

[여, 여러분은 정부가 하는 일에 절, 절대적 신뢰……]

김 의원은 말을 더듬기 시작했다. 저건, 저건 어제 자신이 꿈에서 보았던 그 몰골의 남자, 아니 괴물이었다. 그 괴물이 나타나다니! 그것도 이런 연설장에!

[정부도 나름의…… 나름의 방책을 강…… 강구…….]

김 의원의 말은 이제 덜덜덜 떨리고 있었다. 비서들과 경찰들은 의아한 생각이 들어 사방을, 그리고 김 의원이 홀린 듯 주시하는 쪽을 바라보았지만 아무것도 없었다. 군중들도 동요하기 시작했다. 그러나 그 알 수 없는 형체는 손에 긴 환도를 들고, 다른 손에는 미라같이 말라 버린 사람 머리를 들고, 목에는 해골을 주렁주렁 매단 채 흉하게 인상을 일그러뜨리고 뚜벅뚜벅 김 의원을 향해 걸어오고 있었다. 군중들이 많이 모여 있었으나 그 형체는 마치 투명한 물체처럼 사람들의 몸을 뚫고 걸어오고 있었고, 이제 어리둥절해하는 비서와 경찰들마저 통과해 다가오고 있었다.

[으, 으아…… 으아아아악!]

김 의원은 더 이상 버틸 수가 없었다. 연설이고 뭐고 할 처지가 아니었다. 공포는 모든 것을 잊게 했다. 의원으로서의 체면도, 다음 선거에 대한 기약도, 행하던 연설마저도 모조리 잊은 채 김 의원은 단상에서 달려 내려갔다. 미처 무슨 일인지 몰라 눈이 휘둥그레진 군중들이 웅성거리더니 "켕기더니 도망가나 보다"라며 떠들기 시작했다. 김 의원은 운전사를 부를 새도 없이 자신의 차를 잡아타고 시동을 걸었다. 비서가 재빨리 단상으로 올라가 군중들에게 변명을 늘어놓기 시작했고 경찰들이 호각을 불며 군중들을 진정시켰다. 김 의원은 뒤를 돌아보았다. 그 흉측한 모습은 여전히 다가오고 있었다. 연설을 위해 쳐 놓은 줄까지 스르르 통과하면서…….

"으아아아악!"

김 의원은 비명을 지르면서 있는 힘을 다해 액셀러레이터를 밟았다. 차가 끼이익 소리를 내며 미끄러져 갔다. 막 맞은편에서 달려오던 고물차 한 대가 급히 중앙선을 넘어 유턴해 김 의원의 차 뒤를 쫓기 시작한 것도 의식하지 못한 채…….

'이건 악몽이야! 이럴 수는 없다고! 지금 세상에 귀신이라니…….'
김 의원은 스스로에게 중얼거리면서 계속 차를 몰고 있었다. 놀란 가슴도 좀 진정이 되었고 자기가 헛것을 본 것이 아닌가 하는 생각이 슬며시 고개를 들었다.
'그렇다면 이거…… 아이고, 연설은…… 이거 망했네!'
김 의원은 일단 차를 세웠다. 아직도 떨리는 가슴을 일단 진정시키기 위해서였다. 심호흡을 한 뒤, 김 의원은 어제의 악몽 때문에 잠을 못 자서 헛것을 본 게 아닌가 하고 스스로를 타일렀다.
'그래, 헛것이었을 거야. 다른 사람은 하나도 그 귀신을 본 것 같지 않던데. 흠흠, 이거 나잇살이나 먹어 가지고…….'
그런 생각을 하고 있던 차에 난데없이 옆에서 뭔가가 부스럭거리는 소리가 들렸다. 김 의원은 기겁하며 옆을 돌아보고는 까무러칠 듯 놀랐다.
언제 들어왔는지 차의 뒷자리에는 연설장에서 김 의원이 봤던 그 사람이 앉아 있었다. 그 사람은, 아니 그 귀신은 오른손에 들고 있던 말라비틀어진 사람의 머리를 김 의원 쪽으로 내밀었다. 그 대가리는 퀭한 눈을 번득이고 아가리를 벌리면서 살아 있는 것처럼 김 의원에게 달려들었다.
"으…… 으아아아악!"
김 의원은 데굴데굴 차 밖으로 굴러떨어졌다. 너무 급하게 뛰쳐나오느라고 중심을 잃은 김 의원의 통통한 몸집이 찻길에 마구 나뒹굴었다. 너무 마음이 다급했던지 몸도 잘 움직여지지 않았다. 놈이 차 밖으로 걸어 나왔다. 반투명한 몸을 그냥 일으켜서 상반신이 차 지붕 위로 솟았다. 놈은 차 문을 열지도 않고 그대로 통과해 김 의원에게 뚜벅뚜벅 걸어왔다. 그 모습을 보고 김 의원은 옴 짝달싹할 수도 없었다. 입가에서 침이 흘러내리고 아랫도리가 축축해졌다. 귀신은 막 다가들면서 성난 얼굴로 환도를 치켜들었고…… 김 의원은 눈을 질끈 감았다.

까아아악!

순간 여자의 비명 같은 것이 울려 퍼졌다. 김 의원은 눈을 번쩍 떴다. 뭔가 작은 것이 번쩍거리면서 귀신 주위를 빙빙 돌고 있었고, 귀신은 주춤거리면서 물러서고 있었다. 저게 뭘까? 또 다른 귀신인가? 멍하니 얼이 빠져 있는 김 의원의 귀에 다시 호통이 들려왔다.

"그만하시오!"

소리 나는 곳을 돌아보니 웬 청년과 꼬마가 보였다. 꼬마가 말했다.

"그만둬요! 그 마음은 알겠지만, 이승과 저승의 경계가 유별한 법. 사람을 해쳐서는 안 돼요!"

김 의원은 귀신을 보았을 때만큼이나 놀랐다. 저 사람들은 귀신과 이야기하고 있다는 것인가? 무섭지도 않은가? 귀신은 아직 성난 얼굴을 하고 있었으나 자신의 주위를 계속 맴도는 칼이 두려운 듯, 주춤거리기만 하고 앞으로 나오지는 못하고 있었다. 꼬마가 청년의 얼굴을 한 번 쳐다보자 청년은 결코 곱지만은 않은 눈으로 김 의원을 쳐다보았다. 김 의원이 소리를 질렀다.

"날…… 날 좀 도와주시오! 나는 국회 의원 김경돈이오!"

"아, 높으신 분이군요."

청년의 말투는 공손했으나 어딘가 쌀쌀맞은 기운이 감돌았다.

"날 도와주시오! 저, 저 흉악한 귀신이 보입니까? 저놈을 좀!"

"보이냐고요? 아, 물론이지요. 귀신의 말도 들립니다. 준후야, 저 높으신 분도 들으실 수 있게, 다 알게 해 드려……."

준후라는 꼬마가 품에서 누런 종이 두 장을 꺼내더니 눈을 감고 뭐라고 중얼거리자 부적에서 저절로 불이 확 타올랐다. 그러더니 그 불붙은 부적은 김 의원에게로 살아 있는 듯 날아왔다.

"에구! 이게 뭐, 뭐야?"

미처 피할 사이도 없이 부적 한 장은 김 의원의 귀에, 또 다른 한 장은 입에 달라붙었다. 금방 꺼져서 재가 된 듯 뜨거운 느낌은 느껴지지 않았다. 대신 벼락같은 소리가 귓전을 세게 때렸다.

이노오오옴!

김 의원은 깜짝 놀라 무릎을 꿇었다. 바로 눈앞에서 귀신이 소리치는 것이 이제는 똑똑히 들렸다. 귀신의 모습도 똑똑히 보였다. 꿈에서와 똑같이 그 귀신의 등 뒤로는 불길이 이글거리고 있었다. 아니, 그 귀신의 등 뒤에 이글거리는 불길 속으로 뭔가 파노라마처럼 영상이 계속 지나가는 것도 보였다. 마치 스스로의 기억을 돌아보듯, 아주 많은 이야기를 담은 영상이 놀랄 만큼 짧은 시간 동안에 김 의원의 눈으로 들어왔다. 김 의원은 마치 현장에 있는 것처럼 그 광경들을 그대로 볼 수 있었다.

커다란 창고. 군관 복색을 한, 바싹 여윈 사나이가 서 있다. 그 앞에 끌려온 일가족인 듯한 세 명의 사람. 너무나 바싹 말라서 마치 미라처럼 보이는 남자와 아낙, 그리고 열댓 살쯤 된 소년. 군관이 환도를 꺼낸다. 그리고 일격에 남자의 목을 날린다. 다음엔 아낙을, 그다음엔 소년의 목을…… 군관의 눈에는 눈물이 흐른다. 가혹한 손길로 세 명을 죽였지만, 그 군관의 마음에도 그들이 가엾다는 생각이 휘몰아친다. 군관의 마음이 신기하게 김 의원의 마음에도 떠올랐다. 이미 열두 명째다. 나라에서 쌓아 놓은 군량미. 기근에 못 이겨 훔치려다가 자신에게 적발되어 죽은 백성이 이미 열둘. 슬프다! 그러나 어쩔 수 없다. 쌀을 반드시 지키라는 명령을 받은 자신으로서는…… 가엾은 백성들. 그들이 살 방도가 없다는 것은 그도 안다. 그도 배급받은 식량을 남들에게 나누어 준 지 이미 오래다. 그러나 동정은 동정일 뿐, 그에게는 임무가 있다. 피가 쏟아진 백성의 머리를 놓고 그 군관은 참았던 오열을 터뜨린다.

김 의원은 너무나도 잔혹한 광경에 고개를 돌리려고 했다. 그러나 청년의 음성이 고막을 때렸다.

"계속 보시오!"

군창 터가 훨훨 불타고 있다. 아까의 그 군관이 허망한 얼굴로 횃불을 들고 서 있다. 그의 얼굴에는 아무 생각도 없는 듯하다. 당나라 군대는 이미 백강을 건넜고, 백제 군사들은 괴멸되었다. 그럼에도 그는 이 창고를 지키라는 명을 받았다. 그리고 그 명령 때문에 기근에 못 이긴 가엾은 백성을 열두 명이나 처형했다. 누구를 위해서였단 말인가! 누구를 위해 이 쌀들을 쌓아 놓았단 말인가! 상부에서는 불을 지르라고 했다. 모조리 태우라는 엄명을 받았다……. 왜 태우는가? 왜 없애야만 하는가? 나는 모든 명령을 지켰다. 생각도 해 보지 않고 무조건 그 명령에 따랐다. 나라에서 하는 일은 모두 옳다고 여겼고, 나라님을 위하는 것만이 최고라고 믿었다. 그러나 이건 또 무엇인가. 왜 이 쌀을 태워야 하는가. 태워 버릴 것이라면 내가 열두 명의 목숨을 끊어 내면서 지켜야 했던 것은 무엇이란 말인가. 불, 그리고 쌀. 왜 내 칼은 피로 물들었는가? 왜 쌀을 지켜야 했는가? 도대체 무엇이 무엇이며 어떤 것이 어떻게 되었단 말인가? 군관의 몸이 망연하게 불 속으로 걸음을 옮겨 가고 있었다. 이제 나라는 망했다. 그런데도 쌀을 태우는 것이 스스로를 더 괴롭히는 이유는 무엇일까? 왜 몸에 붙은 불들이 아무 고통을 주지 않는 것일까? 쌀이 타는 불이라서 그럴까? 쌀이란 무엇일까? 백성들이 살기 위해 가장 근본적으로 필요로 했던 것…… 그 때문에 수없이 사람이 죽기도 했다. 나라를 망하게도 흥하게도 한 그 작고 하얀 낟알들…….

귀신의 눈에서 피 같은 눈물이 흐르고 있었다. 김 의원은 비로소 이 귀신이 바로 그때의 군관이었다는 것을 알 수 있었다. 천 년 이상이나 군창 터를 떠돌며 불에 탄 쌀을 떠나지 못하고 계속 파수(把守)를 봐 오던 그 군관…….

준후라는 꼬마가 남몰래 눈물을 흘리며 이상하게 손가락을 얽고 주문을 외우자 귀신의 손에 들려 있던 세 개의 해골에 살이 붙더니 점차 몸이 만들어지기 시작했다.

그들은 바로 아까 그 군관이 목을 쳤던 일가족의 모습이었다. 불에 탄 쌀알들이 여기저기 흩어져 있었던 듯 땅바닥을 뚫고 검게 그을린 쌀알들이 땅바닥을 뚫고 솟구쳐 올라 세 명의 일가족에게 흡수되어 갔다. 마치 먹지 못하고 죽은 한을 풀려는 듯.

귀신이 소리쳤다.

아이야! 고맙다! 저들이 이제야 하늘로 가는구나!

생김새와는 다르게 귀신의 마음은 퍽 고왔다. 귀신의 몸에 붙어 있던 아홉 개의 다른 해골들도 앞의 사람처럼 검게 탄 쌀알들을 흡수해 사람의 형체가 되어 가기 시작했다. 귀신의 몸에서 해골들이 떨어져 나간 자리는 마치 그 무엇에 파 먹힌 것처럼 끔찍한 상처들이 있었다.

김 의원이 뭐라 말을 하려 하자 준후가 중얼거렸다.

"저 아저씨…… 자신이 죽인 사람들이 아귀(餓鬼)[2]가 되어 저 아

---

[2] 범어로 Preta를 옮긴 것으로 죽음이란 뜻을 지녔다. 귀(鬼)라고 번역되며, 굶주린

저씨의 몸을 갉아먹으면서 붙어 있었던 거예요. 자신은 그 죄를 치르려고 스스로 승천하지 않고 여기 남은 것이고요……."

열두 명의 아귀의 혼은 이제 하늘로 올라갔다. 그 모양을 바라보는 귀신의 얼굴도 밝아졌다. 현암이 고개를 끄덕였고, 준후가 다시 귀신에게 말했다.

"아저씨…… 이제 갈 곳으로 가세요. 파수 보는 일은 그만하시고요."

아니야, 아니야!

귀신이 고개를 가로저었다. 그러더니 얼이 빠져 있는 김 의원을 보고 호통을 쳤다.

말끝마다 나라, 나라…… 나라의 근본은 백성이고 백성은 먹어야 사는 법, 네 어찌 나라의 일이란 핑계를 대고 백성의 근본인 쌀을 무시하는 소리를 했느냐! 그것이 얼마나 중요한가는 삼척동자도 아는 일이거늘…….

"그, 그건…… 그러니까……."

요사스러운 변설은 듣기 싫다! 입만 놀리고 행할 줄은 모르는 것들…… 내 오랫동안 깊이 생각해 보았다. 나라는 백성을 위해 주는 것이어야 마땅한데, 어찌 나라라는 핑계를 대어 백성을 괴롭히려는 것인지 모르겠구나. 나라라는 것은 한없이 높고 귀한 것이지만, 그렇게 귀한 것일지라도 사악한 자들의 사리사욕을 핑계로 이용되면 또 그리도 벗어나기 힘든 일이 되는 것이

귀신을 뜻한다. 아귀는 배가 수미산만 하고 목구멍은 바늘구멍처럼 작아 항상 굶주려 있으며 먹을 것을 극도로 탐하는 불쌍한 귀신이다.

니…… 살아 있는 사람들은 조심할지어다. 겉으로 능수능란한 언변일수록 다시 한번 의심해 보아야 하는 것이고 장래의 그럴듯한 계획이나 감언에 현재를 희생해서는 안 되는 것이야……. 나와 같은 후회는 하지 말아라.

귀신은 잠시 회상에 잠기는 듯했다. 그의 형체가 희미해져 갔다.

아아! 내 이제 죽은 지 오래된 몸으로 어찌 세상에 간섭하겠느냐. 그러나 정녕 통탄스럽도다, 통탄스러워…….

귀신의 목소리는 이제 기근에 못 이겨 죽어 간 수많은 원혼의 목소리처럼 들리기도 했고, 농민들의 한이 섞인 푸념 소리 같은 것도 섞여 있는 듯했다.

내 죄를 받아 지옥으로 끌려갈지언정 이곳이나마 지키련다. 아아, 세상은 대체 어찌 되려는가. 어찌 되려고 이러는가…….

이름 모를 귀신의 푸념과도 같은 소리가 조용히 사방에 메아리 같은 여운을 남기는 속에 귀신은 다시 환도를 걸쳐 메고 조용히 사라져 갔다. 그를 묵묵히 바라보는 청년의 얼굴도, 어쩔 줄 모르면서 울고 있는 꼬마도, 아직 몸을 일으키지 못하고 멍하니 귀신의 뒷모습만 바라보고 있는 김 의원조차도 아무 말도 하지 못했다. 그러고 보니 이곳도 저 군창 터처럼 땅이 검었다. 처참하게 불에 탄 쌀알들을 머금은 듯…….

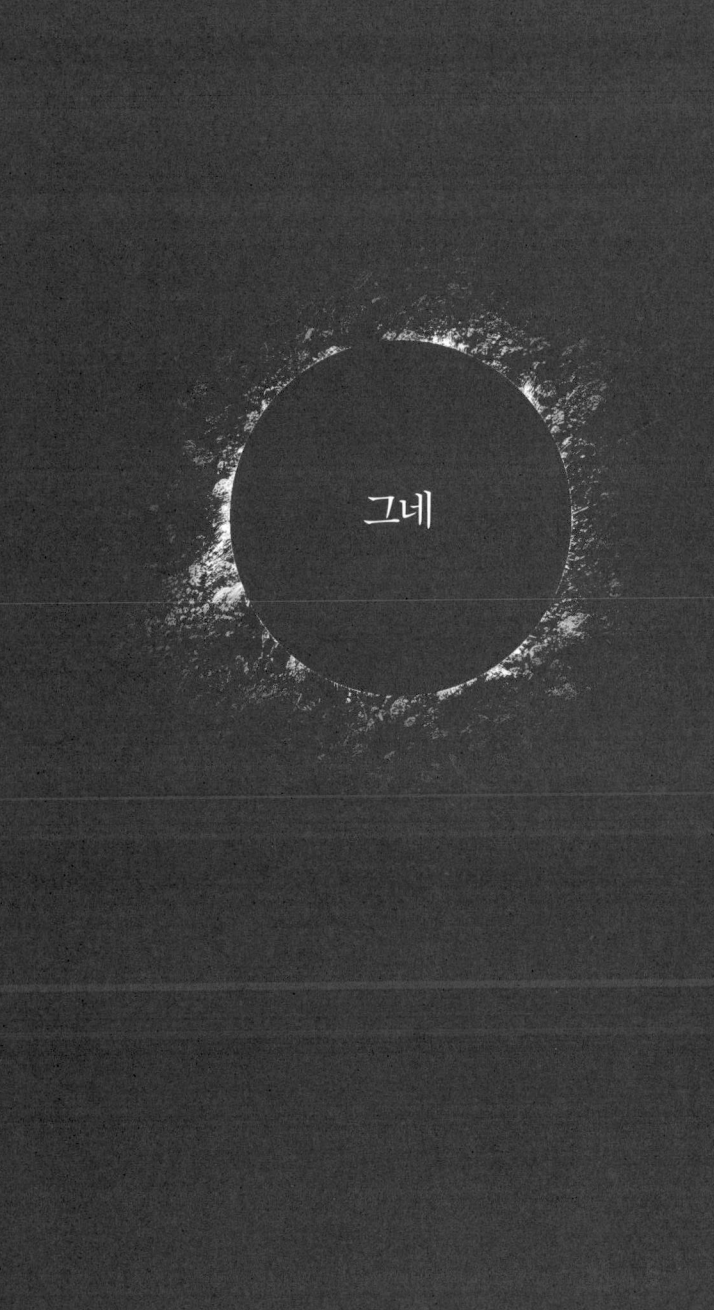

일러두기
· '국민학교'는 현재 '초등학교'로 명칭이 바뀌었으나 작품의 시대 배경에 맞춰 '국민학교'로 표기했습니다.

엄마, 엄마. 나 죽거든, 뒷산에다 묻어 주······.

현주는 고무줄놀이를 하다 말고 흠칫 놀랐다. 뜀을 뛰고 있던 성희가 지금까지와는 다른 이상한 노래를 했기 때문이다.

"얘, 그게 무슨 소리니?"

현주가 묻자 성희는 멍한 눈초리로 현주를 쳐다보았다.

"뭐가?"

"얘, 기분 나쁜 노래를 부르고 그래?"

"내가 언제?"

"방금 말이야. 죽으면 뒷산에 묻고 어쩌고······."

"내가 언제 그랬어?"

"어머, 얘 좀 봐!"

"너 헛것 들은 거 아냐?"

"아냐! 분명히 들었어!"

성희는 피식 웃으면서 다시 고무줄 위에서 깡충깡충 뛰었다.

"쓸데없는 소리 하지 마. 월계 화계 수수 목단 금단 초단 일! 공주 마마……."

지긋지긋한 수업 종이 울렸다. 현주는 성희와 헤어져서 자기 반으로 돌아갔다.

와자지껄하던 학교의 운동장은 언제 그랬냐는 듯 삽시간에 조용해졌다. 바람도 없는데 그네가 삐걱거리며 조금씩 흔들렸다.

이제 해는 중천에 떠올라 사방을 밝게 비치고 있었다. 조금만 더 있으면 저학년 아이들은 재잘거리면서 집으로 돌아갈 것이고, 고학년 아이들은 점심을 후다닥 해치우고 운동장에서 요란스럽게 뛰어놀 것이다. 오전 수업이 막바지에 다다르고 있었다.

그네는 하염없이 앞뒤로 흔들리고 있었다. 미는 사람도 없고 바람도 불지 않는데 계속 흔들리고 있었다. 그 흔들리는 폭은 점점 커지고 있었다.

'으아, 지겨워!'

산수는 정말 싫었다. 특히 동그라미며 사다리꼴이니 뭐니 나오는데 머리가 나빠서 그런지 도대체 알아먹을 수도 없고, 아예 그 생김새들마저 지긋지긋했다. 현주는 또 한 자루의 연필을 자근자근 씹어서 곰보로 만들어 놓고 있었다. 집에 가면 엄마에게 또 혼날 일이지만, 지금 당장 졸지 않으려면 이럴 수밖에 없었다. 그러고 보니 오늘 하루도 연필을 세 자루나 씹어서 흉악하게 만들어

놓았구나. 빨리 수업 시간이 끝나야 고무줄놀이도 할 텐데…… 전에는 별로 재미를 못 느꼈었는데 이모에게 이야기를 듣고 고무줄놀이를 시작했다. 그런데 하고 보니 정말 재미있었다. "운동도 되니 날씬해지고 좋지 않니?" 이모는 그렇게 말했었다. 헤헤, 내가 나이가 얼마라고 벌써부터…… 아니지, 예쁘고 날씬해져서 나쁠 게 뭐가 있어? 적어도 소영이만큼은…….

소영을 생각하자 현주는 우울해졌다. 소영은 도대체 어디로 없어진 걸까? 소영은 학교에 갔다가 집에 돌아오지 않았다고 했다. 그날 소영과 같이 놀았었는데…… 소영과는 같은 반이었다. 소영은 무척 예뻤지만 부끄럼을 잘 타서 남 앞에서는 거짓말 하나 안 보태고 한마디도 할 줄 모르는 아이였다. 인신매매범에게 잡혀간 것일까? 소영은 아버지도 안 계셨다. 그리고 소영이 없어진 이후로 소영의 어머니는 거의 실성하다시피 됐다고 한다. 너무 안됐지 뭐야. 그러고 보니 소영이 없어진 지도 벌써 두 달이나 지났다.

"이현주! 무슨 생각해!"

현주가 놀라서 그만 후다닥 일어나 버렸다. 급한 나머지 입에 연필을 물고 있다가, 일어나고 나서야 입에서 연필을 뺐다. 애들이 와르르 웃었다.

"정신 차려, 정신!"

으이구, 징글맞은 담임 선생님! 4반 담임 선생님은 좀 못생기기는 했지만 그래도 착한 여선생님이고, 1반 담임 선생님은 멋있게 생긴 분인데 왜 우리 반은 하필 '북어'가 걸리냐!

아이들에게 북어, 좀 심하면 노가리, 통북어로 알려져 있는 5반 담임 선생님이 현주를 앞으로 불러냈다. 뻔하다. 또 교탁 옆에 서 있으라는 거겠지. 정신 차릴 때까지…… 으아, 창피해!

현주는 속으로 구시렁거리면서 교탁 옆에 가서 섰다. 차라리 몇 대 맞고 몸으로 때우는 게 낫지, 이렇게 사람 피를 말리다니…… 그러니 여태 장가를 못 갔지.

"그러니까 평행 사변형이란……."

북어야, 북어야. 뭐 하니…… 정말 아무리 뜯어봐도 눈도 북어 눈이고 얼굴색도 제사상에 올라온 북어와 똑같다. 황달인가 하는 병이 있다던데 그거 아닐까?

속으로 오만 가지 욕을 다 하고 있던 현주가 문득 창밖을 내다 보았다. 운동장엔 아무도 없었다.

순간, 현주의 눈이 커졌다. 아무도 없는데 그네가 흔들리고 있었다. 현주가 내다보는 것을 안다는 듯, 그네는 더 크게 흔들리기 시작했다.

"서, 선생님!"

현주가 큰 소리를 지르자 온 반의 아이들과 북어 선생님까지도 고개를 돌렸다.

"저, 저 그네!"

그네는 이제 앞뒤로 세차게 흔들리고 있었다. 바람에 밀려서는 저렇게 크게 움직일 수가 없었다. 설령 육 학년 남자아이가 그네를 타도 저렇게 크게 움직일 수는 없는 일. 그네는 거의 백팔십 도의 궤적을 그리고 있었다. 아니, 백팔십 도를 넘어가고 있었다. 빈 그네가! 아이들이 창가에 달라붙기 시작했고 여자아이들은 소리를 질러 대기 시작했다. 우는 아이들도 있었고 겁 없이 떠들어 대는 남자아이들도 있었다.

"그네에 귀신이 붙었다! 귀신이!"

그네는 꼭대기를 넘어서서 쇠줄을 위의 철봉에 감고 있었다. 그네가 거꾸로 뒤집힌 것이다. 옆 반까지 여파가 번져 갔고 순식간에 아이들이 아우성을 치기 시작했다.

두 바퀴를 한쪽으로만 돌아서 줄이 짧아진 그네가 저절로 뒤에 풀리기 시작했다. 반대로 돌기 시작한 것이다. 북어 선생님의 눈도 경악에 질려 있었고, 아이들의 악쓰는 소리가 온 교정에 울려 댔다. 그네는 멈출 줄 모르고 계속 돌아갔다. 용기를 낸 수위 아저씨와 남자 선생님 두어 명이 그네를 향해 달려가는 모습이 보였다. 그러자 그네가 멈추면서 원상태로 돌아왔다.

수위 아저씨와 선생님들이 그네의 줄을 잡고 확인하는 듯했으나 그것으로 그만이었다. 각 반에서는 선생님들이 아이들을 달래느라 진을 빼고 있었다.

뭐가 어떻게 되었는지 알 수가 없었다. 수업은 엉망이 되었고, 선생님들의 그럴듯한 해명이 한참이나 수업을 대치했다. 그러나 아이들은 선생님들의 말을 믿지 않았다. 아이들은 귀신이 나왔다고 믿었다.

현주는 밥도 먹지 못했다. 점심시간이 되어서도 운동장에 나가는 아이들은 적었다—특히 여자아이들은 하나도 안 나갔다—. 그네는 수위 아저씨가 줄을 묶어 움직이지 못하게 해 놓았고, 아이들은 그네 근처에서 기웃거리기는 했지만 감히 다가서는 아이들은 없었다. 구석에서 소곤거리는 아이들이 많았다.

그럭저럭 시간이 흘러 아이들은 집으로 돌아갔다. 벌써 다 잊어먹은 듯 쾌활하게 뛰어가는 아이들도 많았고, 무서움에 쭈뼛쭈뼛 발걸음을 옮기는 아이들도 있었다. 현주는 누군가 소영이 없어진 것도 귀신이 잡아갔기 때문일 거라고 떠드는 소리에 고함을 질러 묵살해 버리고는 마구 뛰어갔다. 막 교문을 나설 때였다. 현주의 귀에 이상한 소리가 들려왔다.

엄마, 엄마. 나 죽거든, 뒷산에다 묻어 주…….

"아아악!"

현주는 공포에 휩싸여 미친 듯 달려가기 시작했다. 그런데 누군가 현주의 어깨를 꽉 잡았다.

"꺄악!"

현주는 비명을 지르면서 몸부림을 치려고 했으나, 어깨를 잡은 손은 마치 돌덩어리 같았다.

"얘야. 왜 그러지?"

현주가 고개를 돌려 보니 거기에는 어떤 청년 한 사람과 흰 한복을 입은 꼬마가 서 있었다.

"이름이 뭐지?"

"혀, 현주요. 이현주."

현주가 말을 잇지 못하고 있는데 한복 입은 꼬마가 말을 던졌다.

"너도 그 소리가 들리니? 엄마, 엄마, 나 죽거든 하는 것 말이야."

"아악! 싫어!"

현주는 아이의 입에서 그 끔찍한 소리가 나오자 비명을 울리면서 도망치기 시작했다. 청년은 흠칫했으나 현주의 뒤를 쫓지 않고 대신 다른 아이들에게 물었다. 현주라고 하는 아이는 바로 맞은편에 보이는 아파트에 살고 있었다.

"준후야, 뭔가 이상한 일이 벌어지는 것 같다. 지금도 들리니?"

"이젠 안 들려요. 저 아이에게 자초지종을 들어 봐야 감이 잡힐 것 같아요."

현암은 한숨을 내쉬었다.

"국민학교에서 이게 웬일이람?"

현암과 준후는 현주라는 아이의 집을 알아냈다. 그러고는 근처의 제과점에서 시간을 보냈다. 지금 그 집으로 가면 현주가 흥분해 있을 것이어서 말을 묻기가 어려울 것 같았기 때문이다.

시간이 지난 뒤 그 집으로 가 보았지만 현주는 도무지 문을 열어 주지 않았다. 오히려 현주의 어머니까지 가세해서, 현암을 이상한 사람으로 몰아붙였다. 현암은 준후에게 귓속말로 뭔가를 지시했다. 준후는 좀 난처한 표정을 짓더니 결국은 고개를 끄덕였다. 현암은 잠시 후 국민학교로 오라는 말을 남기고 먼저 학교를 향해 걸음을 옮겼다.

잠시 기다리다가 준후가 벨을 누르자 현주의 어머니가 나왔다.

"안녕하세요, 현주 어머님!"

"누구니?"

"현주 반 친구예요. 현주에게 뭣 좀 빌릴 게 있어서 왔어요."

현주 어머니는 의아한 눈초리로 준후를 바라보았으나, 준후는 순진한 표정을 지은 채 시치미를 뗐다.

"현주는 지금 몸이 안 좋은데…… 불러 줄까?"

"아녜요. 제가 들어갈게요. 그래도 되겠죠?"

준후는 현주가 방에 있다는 말을 듣자 성큼 안으로 들어갔다. 현주 어머니는 어깨를 한 번 으쓱하더니 문을 닫아걸었다. 준후는 현주의 방문으로 다가갔다.

"어? 너!"

"쉿! 조용해. 물어볼 게 있어서 왔어."

"빨리 나가! 엄마를 부를 거야! 엄마! 아빠!"

준후에게는 대비책이 있었다. 간단한 부적으로 문에 주술을 걸면, 안에서 나는 소리가 밖으로 새어 나가지 않게 하는 방법이 있었다. 다만 이렇게 하면 밖에서 부르는 소리도 들리지 않는 단점이 있었다. 현주는 소리를 높여서 엄마와 아빠를 불렀지만, 준후는 여유 만만했다.

"오늘 학교에서 무슨 일이 있었는지 가르쳐 줘. 중요한 일이니까."

밤이 되었다. 하필이면 오늘이 북어 선생님의 숙직 날이었다.

다른 학교에서는 웬만하면 선생님들이 숙직을 잘 안 선다는데, 이 학교는 교장 선생님이 워낙 꼼꼼한 분이어서 선생님들에게 학교 기자재를 일일이 챙길 것을 요구했고 그만큼 숙직도 잦았다. 낮에 괴이한 일을 직접 두 눈으로 본 북어 이영록 선생은 왠지 마음이 켕기는 것을 느꼈으나, 그렇다고 정해진 일을 안 할 수는 없는 노릇이었다. 할 수 없이 이 선생은 수위와 함께 잡담하며 시간을 보내고 있었다.

"선생님, 슬슬 순찰을 돌아야 하지 않을까요? 불도 다 꺼졌는지도 봐야 하고……."

이 선생은 내키지 않았으나 곧 몸을 일으켰다.

"예, 가야죠."

수위는 랜턴 하나를 이 선생에게 건네주었다.

"저는 학교 문도 잠그고 운동 기구들도 손봐야겠으니 선생님은 기자재들을 돌아보세요. 이따 소주라도 한잔합시다요. 헤헤."

수위는 무서운 것을 아는지 모르는지 태연하게 밖으로 걸어 나갔다. 이 선생은 자기가 그 무서운 그네 옆으로 가지 않게 된 것을 다행으로 여기면서 뭉그적뭉그적 발걸음을 옮기기 시작했다.

사람이 모조리 빠져나간 뒤의 학교만큼 허전한 곳이 있을까? 낮에는 그토록 시끌벅적하다가도 밤만 되면 마치 바닷속처럼 고요해지는 곳…… 이 선생은 순찰을 돌 때마다 쓸쓸함을 느끼곤 했다.

학교에서 좀 쓸 만한 기자재는 음악실과 자연 실습실에 모여 있었다. 자연 실습실에 포르말린 병에 담겨 있는 갖가지 동물들의 사체가 오늘따라 여간 신경이 쓰이는 것이 아니었으나 이 선생은 눈을 딱 감고 획획 지나쳐 버렸다. 어디선가 바람이 불어오고 있었다. 이 선생은 소름이 쫙 끼치는 것을 느끼면서 랜턴으로 창문을 비춰 보았다. 창문 하나가 열려 있었다. 이 선생은 한숨을 내쉬며 창문을 닫고 저도 모르게 흘러내리는 식은땀을 닦았다.

순간, 쉭 하고 물이 흐르는 소리가 들려왔다. 복도 구석에 붙은 화장실에서 들리는 소리 같았다.

'이 늦은 시간에 누가?'

이 선생은 소리가 들리는 복도 끝을 향해 걸음을 옮겼다.

한동안 애를 써서 현주를 진정시키느라고 준후는 잔재주까지 부려야 했다. 그 보람이 있었는지 현주는 어느새 무섭다는 생각도 잊어버리고 눈이 휘둥그레진 채 준후의 설명을 듣기에 여념이 없었다. 속으로 안도의 한숨을 내쉬면서 준후는 조심스레 본론을 꺼내기 시작했다.

"너희 학교에서 요즈음 이상한 일이 벌어진 적이 많지? 그렇지?"

"글쎄, 별로 그런 일은……."

"너 왜 그 노랫소리를 듣고 놀랐지?"

현주는 다시 몸을 움츠리며 겁먹은 표정을 지었다. 준후는 재빨리 조용히 하라는 신호를 보냈다.

"몰라. 아무튼 무서워졌어. 그 노래, 들었어."

"언제?"

"성희가 오늘……."

"성희?"

"내 친구들이야. 소영이하고도 친했는데…… 근데, 소영이는?"

"소영이? 소영이가 어떻게 되었는데?"

"소영이는 두 달 전에 없어졌어."

준후의 표정이 심각하게 바뀌었다.

"좀 더 자세히 말해 줘. 그 소영이라는 아이에 대해서."

이 선생은 조심스레 화장실로 들어가서 물소리가 나는 쪽을 향해 랜턴을 비추었다. 아무도 없었다. 다만 수도꼭지에서 물이 흘러내리고 있었다.

'누가 물을 틀어 놓고 나갔나? 아까까지만 해도 물소리가 들리지 않았는데…….'

이 선생은 수도꼭지를 잠그고 화장실을 나섰다. 그러나 뒤로 돌아선 순간 다시 물이 쏴 하고 쏟아져 나오자 소스라쳐서 자기도 모르게 랜턴을 떨어뜨리고 말았다. 랜턴은 데구루루 구르면서 전구가 깨졌는지 불이 꺼져 버렸다. 이 선생은 털썩 주저앉았다. 이 선생의 눈에 희끄무레한 형체가 세면기 앞에 서 있는 모습이 보였다. 이상한 노랫소리도 들려왔다. 정말로 들리는지 아니면 들리는 것처럼 생각되는 것인지, 마치 꿈결에서 듣는 소리 같았다.

씻어야 해. 깨끗이, 깨끗이……

엄마, 엄마. 나 죽거든, 뒷산에다 묻어 주…….

흥얼거리는 것도 같고, 우는 것 같기도 한 소리가 나직하게 울렸다. 이 선생은 거의 정신을 잃을 지경이었다. 그 목소리는 귀에 익은 소리였다.

갑자기 어떤 물체가 번쩍이는 섬광을 뿌리면서 날아왔다. 그 물체는 이 선생의 눈앞에 서 있는 희끄무레한 형체를 직접 덮치지는 않았으나, 그 주위를 협박하듯이 빙빙 돌았다. 그와 동시에 여자의 비명이 요란하게 울려 퍼졌다.

'저, 저건 또 뭐야! 어이쿠!'

뒤에서 누군가가 어깨를 잡았다. 이 선생은 까무러칠 뻔하다가 뒤에서 들려오는 나직한 목소리에 가까스로 정신을 가다듬었다.

"뒤로 물러서시오."

"소영이는 참 예쁘고 말이 없는 아이였어. 친구들하고도 말은 별로 하지 않았지. 혼자 흥얼흥얼 노래하기를 좋아했는데, 목소리가 아주 고왔어."

준후는 눈을 빛내면서 현주의 이야기에 온 정신을 기울였다.

"우리들과도 그다지 잘 놀지는 않았어. 괜히 사람을 슬슬 피하는 것 같았어. 그리고 혼자 구석에서 아무 노래나 흥얼거리곤 했어. 노래를 말이야."

갑자기 현주의 몸이 부르르 떨렸다.

"그래! 맞아, 그 노래야! 내가 왜 잊고 있었을까!"

"어떤 노래지? 혹시 그……."

"응! 엄마, 엄마, 나 죽거든……."

현주는 덜덜 떨면서 말을 잇지 못했다. 준후는 가만히 듣고만 있었다. 현주가 소리를 쳤다.

"소영이에게 무슨 일이 생긴 거야! 틀림없어! 그래, 바로 그 노래야. 소영이가 우울하게 부르던 노래! 소영이가 없어지던 날에도 그 노래를 불렀었어! 근데 왜 까마득하게 잊고 있었을까?"

"기억하고 싶지 않았겠지…… 이젠 대강 알겠어."

준후는 눈을 감고 손으로 수인을 맺으며 정신을 모았다. 잠시 후 준후는 눈을 번쩍 떴다.

"큰일이네! 현암 형과 지금!"

준후는 어쩔 줄 몰라 하는 현주를 남겨 둔 채 벌떡 몸을 일으키고는 밖으로 달려 나갔다. 현주 어머니는 그 모습을 보며 어리둥절해서 말을 걸지도 못했다.

준후는 영사를 통해서 소영이라는 여자아이에 대해 대강 읽어 낸 것이다. 더군다나 그 아이의 영은 지금 현암과 맞부딪친 것 같았다. 현암은 영의 내력을 읽어 낼 능력을 갖추지 못했다. 자칫하면 가엾은 아이의 영 하나를 그냥 소멸시키게 될지도 몰랐다. 시간이 급했다.

"누, 누구요?"

이 선생의 어깨를 잡은 청년은 말없이 앞으로 나서면서 손을 내밀었다. 그러자 번쩍거리며 날아다니던 것이 청년의 손에 잡혔다. 작은 칼이었다. 눈앞에 보이는 희끄무레한 영은 이상하게도 바들바들 떠는 것 같았다. 새처럼 날아다니는 칼이 나타나도 놀라지 않던 영이 이 청년이 나타났다고 놀라다니?

이상한 것을 느낀 것은 현암도 마찬가지였다. 현암은 우선 영이 학교 선생님으로 보이는 이 남자에게 덤벼들지 못하게 조금 멀리서 월향을 날린 다음, 국민학교를 시끄럽게 만드는 귀신을 한 방에 날려 보낼 생각이었다. 그러나 오히려 영 쪽에서 현암이 나타나자 먼저 겁에 질린 태도를 보이는 것이 이상했다. 현암의 내력은 깊이 갈무리되어서 쉽게 알아볼 수 없을 텐데…… 월향을 보고도 별로 놀라지 않던 영이 자신을 보고 놀라다니?

영의 소리가 나직이 울렸다. 신음 같은 소리였다.

안 돼, 무서워요! 깨끗이, 더 깨끗이…….

현암의 귀에도 그 소리가 들렸다. 현암은 고개를 갸우뚱하면서 일단 월향을 칼집에 꽂아 넣었다.

"무슨 소리지? 너는 누구냐? 대답해!"

안 돼, 안 돼! 아아…….

영은 삽시간에 공기처럼 투명해지며 어둠 속으로 녹아드는 듯 사라져 버렸다. 뒤에서 이 선생이 불을 켜자 화장실의 하얀 풍경이 눈에 들어왔다. 현암은 이 선생을 쳐다보았다. 이 선생의 얼굴은 백지장처럼 질려 입을 열지 못했다. 현암이 걸음을 옮기려는데, 헐레벌떡 다른 사람이 나타났다. 역시 얼굴이 새파랗게 질려 있었지만, 아직 삼십 대가 되지 않은 젊고 꽤 잘생긴 미남자였다. 이 선생이 간신히 입을 열었다.

"유, 유 선생! 당신도 들었나요?"

유 선생이라는 남자는 고개를 끄덕이면서 중얼거렸다.

"깜빡 놓고 온 것이 있어서 다시 들어왔는데, 여자 비명 같은 이상한 소리가 들려서 올라왔어요."

유 선생이 덜덜 떨며 다시 입을 열었다.

"정말 그 형체가 귀신일까요? 그런데 이 사람은 누구죠?"

현암은 이상한 생각이 들었다. 이 남자는 여자의 비명 같은 것을 들었다고 했다. 그런데 형체가 나타난 것을 어떻게 알았고, 그것이 귀신이냐고 묻는 것일까? 그가 올라왔을 때는 이미 불이 켜진 뒤였는데 말이다.

"유 선생이라고 했던가요? 저는 지나가던 사람입니다. 여기서 이상한 일이 벌어지는 것을 알고 들어와 봤지요. 한데……."

유 선생의 안색이 흐려졌다.

"유 선생님은 전부터 그 영의 모습을 보아 왔던 게 아닙니까?"

"무, 무슨 소리요?"

유 선생은 놀라운 표정을 감추지 못하면서 뒤로 한 발짝 물러섰다. 현암은 확실하지는 않지만 뭔가 짚이는 것이 있었다.

"유 선생님, 당신은 그 영의 정체를 알고 계시죠?"

유 선생은 휘청하면서 벽에 몸을 기댔다. 현암은 계속 말을 이어 갔다.

"알고 계시다면 말씀해 주십시오. 무서워하지 말고요. 영들은 대부분 가엾은 존재들입니다. 저는 원래 그런 가엾은 영들과 인간들을 위해 약간 노력을 하는 사람입니다. 방금 나타났던 그 영은 절대 사악하지 않았습니다. 뭔가 사연이 있어 보였어요. 아마도 이 학교에 있었던 사람인 것 같고, 목소리로 보아서는 여학생인 것 같군요."

이 선생이 외쳤다.

"맞아! 나도 그렇게 들었어요!"

현암이 다시 말했다.

"여기 유 선생님은 영을 보시지 않고서도 그 영에 대해 잘 아시는 것 같더군요. 이미 여러 번 보신 게 틀림없지요? 자, 유 선생님, 제게 가르쳐 주십시오. 그 영은 누구의 영입니까? 그리고 여기에 왜 자꾸 나타나는 것입니까?"

유 선생의 얼굴은 납빛으로 창백해졌고 몸은 와들와들 떨고 있었다. 그러면서도 이를 악물고는 무슨 생각을 열심히 하고 있었다. 현암은 미소를 지으며 나직한 목소리로 다시 말했다.

"아무에게도 피해가 가지 않을 겁니다. 염려 마십시오. 저는 다만 그 영을 편안히 승천시키려 하는 겁니다. 믿어 주세요."

유 선생의 눈이 빛났다.

"저, 정말입니까? 당신에게 그런 능력이 있습니까?"

"믿으세요. 약간의 능력이 없었다면 여기에 불쑥 나타나지도 않았을 겁니다."

"정말 그 귀신을 곱게 보내 줄 수 있습니까?"

"평안하게 쉴 수 있도록 도와줄 수는 있습니다."

이 선생이 말했다.

"유 선생! 뭔가 아는 게 있다면 말을 해요! 이분은 정말 대단한 분인 것 같습니다. 도와드리세요! 지금 같아서야 이거 어디 애들이 배우는 학교라 하겠습니까?"

유 선생의 얼굴이 많이 가라앉아 있었다. 유 선생은 몇 번이나 망설이다가 입을 열었다.

"아마도 저, 저 귀신은 전에 실종된 소영이인 것 같습니다."

이 선생이 흐흑 하면서 입을 가렸다. 유 선생은 빠른 소리로 말을 이었다.

"소영이가 틀림없어요. 그 아이는 죽은 것 같습니다. 저렇게 귀신이 되어 자꾸 나오니까요. 그리고 이유도 없이 나를 협박하고 있어요. 나를 자꾸 유인해 냅니다. 밤에 학교로……."

현암이 눈살을 찌푸렸다.

"유인한다고요?"

"밤만 되면 내 꿈에 나타납니다. 그리고, 그리고 나를 죽이겠다고 자꾸 협박합니다."

이 선생은 유 선생의 이야기에 몸을 떨고 있었다. 현암은 의아했다. 영계란 인과율이 분명한 세계인데 보통 아이의 영이 특별한 이유 없이 사람을 해한다?

"이유가 있나요?"

"이유요? 내가 어떻게 압니까? 그건 귀신이라고요! 터무니없이 날 해치려고 해요. 나는 그 애를 퍽 예뻐했는데, 아마 그 때문에 내게 달라붙으려고 하는 걸 거예요. 틀림없어요. 제발 나를 살려 주세요! 그 귀신을 없애 주세요! 흑흑!"

유 선생은 눈물을 흘리고 있었다. 현암은 입술을 깨문 채 서 있었고 이 선생은 유 선생을 달래고 있었다. 현암은 자신이 느낀 영이 그렇게 사악해 보이지 않았다는 것이 영 개운치가 않았다. 그때였다. 갑자기 운동장에서 남자의 비명이 들려왔다.

"으악!"

"수위 아저씨다!"

현암은 서둘러 교실 문을 열고 들어가 운동장을 내다보았다. 그네가 흔들리고 있었다. 그네 위에는 희뿌연 형체가 앉아 있었고 그 앞에 수위가 쓰러져 있는 것이 보였다.

"이런!"

현암은 몸을 날려 계단을 내려왔다. 이 선생과 유 선생도 현암의 뒤를 허둥지둥 따라왔다.

계단에서 뛰어내리다시피 몸을 날려 운동장으로 접어든 현암의 눈에 흰옷을 입은 사람이 수위를 일으키는 모습이 보였다. 준후였다.

현암은 그네 쪽을 유심히 살피면서 일부러 걸음을 늦춰 준후에게로 다가갔다. 준후는 수위의 몸을 다시 눕히고 있었다.

"준후야. 이 사람은 어때?"

"기절한 것뿐이에요. 에구, 술 냄새…… 별일은 없으니 안심해도 돼요."

수위는 어디선가 술을 한잔 걸치고 오는 길에 흔들리는 그네를 보고 기절한 것 같았다. 차라리 이럴 때는 기절해 있는 것이 도와주는 일이었다. 현암은 그네를 타고 있는 영 쪽으로 눈을 돌렸고 준후가 그 앞으로 갔다. 영과 대화를 나누기 위해서였다.

이 선생과 유 선생은 사시나무 떨듯 떨면서 현암이 있는 쪽으로 다가왔다. 현암이 조용히 있으라는 신호를 보내고 준후가 말을 마치기를 기다렸다. 그러나 준후의 표정으로 보아서는 이야기가 잘 진행되는 것 같지 않았다.

"왜 그러니, 준후야?"

"무슨 소리인지 알아듣기가 어려워요. 횡설수설하고, 제정신이 아닌 것 같아요."

"제정신이 아니라고?"

유 선생이 불쑥 끼어들었다.

"맞아요! 제정신이 아니에요. 까닭 없이 날 괴롭히는 걸 보면!"

준후가 힐끗 뒤를 돌아보았다.

"저 남자를 무서워하고 있어요."

"무서워한다고?"

현암은 갈피를 잡을 수가 없었다. 유 선생의 말이 사실일 수도 있다. 그런데 준후의 말에 의하면 오히려 영 쪽에서 유 선생을 무서워하고 있다는 것이 아닌가?

"자, 준후야, 차근차근히 내 말을 전해 줘."

준후가 고개를 끄덕였다.

"저 애 이름이 소영이가 맞나 물어봐."

준후가 잠시 눈을 감더니 고개를 끄덕였다.

"맞대요."

"이미 죽었겠지? 사람들은 그 사실을 모르고 있고…… 맞니?"

"예."

"그러면 자신이 죽은 사실도 알고 있나 물어보렴."

준후가 조금 힘들어 하는 것 같더니 입을 열었다.

"처음에는 몰랐지만 지금은 알 것 같대요."

"그러면 이제는 갈 곳으로 가야 하지 않느냐고 물어봐."

준후가 고개를 갸우뚱했다.

"학교에 계속 나오고 싶대요."

"학교는 더 다닐 필요가 없어. 학교 친구들도 당분간 만날 수 없을 테고. 그러니 어쩔 수 없다고 얘기해."

"아니래요. 매일 친구들을 볼 수 있는데 왜 만날 수 없느냐고 묻는걸요?"

"친구들은 자신을 보지 못한다고 전해."

"아니래요. 자기가 그네를 타면 모두 봐 준대요. 아주 신기해하면서요. 더 크게 그네를 탈 수도 있대요."

"아아!"

뒤에서 이 선생이 나직이 말했다.

"소, 소영이는 워낙 수줍음을 타서 체육 시간에도 그네를 제대로 타지 못했어요. 그래서 아이들에게 놀림을 당하기도 했는데…… 아, 가엾은 것……."

고개를 끄덕이는 준후의 눈에 눈물이 고이기 시작했다. 현암도 가슴이 뭉클해지는 것을 느꼈다. 그러나 현암은 아직 궁금증이 풀리지 않았다.

"소영이에게 왜 자꾸 노래를 부르냐고 물어봐."

"그건……."

준후가 고개를 갸우뚱했다.

"엄마가 들으라고 부르는 거래요."

"엄마가 들으라고? 왜? 무슨 일이 있었는데?"

준후가 흠칫했다.

"이야기를 안 해요!"

"말하라고 해!"

"싫대요!"

유 선생이 또다시 나섰다.

"이제 됐어요. 왜 아이를 괴롭히는 거요? 당신, 능력이 있다면 빨리 저 귀신을 보내 버려야 할 것 아니오?"

준후도 고개를 끄덕였다.

"이제 그만해도 될 것 같아요."

현암이 고개를 저었다. 현암의 눈이 빛났다.

"아직 안 돼. 왜 죽었지?"

"그건……."

"왜?"

"뒤, 뒷산에서……."

"제발 말하라고 해!"

"굴러떨어졌대요! 그게 다래요! 현암 형, 울려고 해요!"

현암을 쳐다보는 준후의 눈에 노여움이 깃들어 있었다. 현암은 심호흡을 했다.

"준후야, 비록 당장은 고통스러워도 꼭 알아야 할 것은 알아야 하는 거란다."

"하지만 저 애는……."

"내가 직접 저 아이와 이야기할 수 있게 해 주겠니?"

뒤에서 유 선생이 외쳤다.

"그만하면 충분하지 않소! 이제 그만! 그만하시오!"

현암은 천천히 뒤를 돌아보았다.

"이유 없는 행동은 없습니다. 특히 영의 경우에는…… 저는 아직 몇 가지 궁금한 것이 남아 있습니다."

"다 들었지 않소? 저 아이가 그네를 타서 사람들을 놀라게 한 이유, 노랫가락인지 뭔지 흥얼거렸던 이유, 그리고 죽은 원인, 다 나오지 않았소?"

이 선생이 중얼거렸다.

"그래요. 가엾은 것…… 혼자 조용히 지내고, 놀림당하고, 거기에 실수로 뒷산에서 떨어지다니, 쯧쯧…… 내일이라도 뒷산을 조사해 봐야겠군요. 거기에 분명 소영이의 유해가 있을 겁니다."

현암은 확고한 어조로 말했다.

"물론 그렇습니다. 제 생각도 그래요. 그러나 그게 다가 아닙니다. 그냥 절벽에서 떨어져 죽은 아이는 이런 영의 모습으로 잘 나타나지 않아요."

"자기가 죽은 사실을 알리려 한 것이라 하면 그만이지 않소!"

"아니, 나는 다른 것도 보았습니다. 깨끗이 씻는다고 했죠? 그 이유가 뭘까요?"

이 선생은 불길한 생각에 가슴이 철렁했다. 유 선생의 얼굴도 파랗게 질렸다. 현암은 매서운 눈초리로 준후에게 시선을 돌렸다.

"준후야, 내게 맡기렴. 부적을 주고 너는 물러서렴."

"싫어요! 내가 있으면 안 되나요?"

현암이 미소를 지었다.

"아직 너는 어려!"

"내가 뭐가 어려요? 열네 살이나 먹었는데!"

"말 들어."

현암이 조용히 쳐다보자 준후는 구시렁거리면서 걸음을 옮겼다. 준후가 먼발치로 물러서자 현암은 부적에 불을 붙였다.

예쁘게 생긴 여자아이의 모습이 현암의 눈에 또렷이 비쳤다. 국민학생인데도 키도 꽤 크고 성숙한 편이었다. 조용히 그네 위에 앉아 조금씩 그네를 앞뒤로 흔들고 있는 모습이 무척 슬퍼 보였다. 현암은 아이가 놀랄까 봐 조용히 물었다.

"소영이, 소영이가 맞지?"

네.

"뒷산에서 떨어졌다고 했지?"

네…….

"왜 떨어졌지? 혹시…… 누가?"

아녜요! 혼자 떨어졌어요. 너무 놀라서 그만…….

영이 비명을 지르자 사방에 싸늘한 바람이 몰아쳤다.

아무 일도 없었어요. 아무것도 아니었다고요.

현암은 눈 하나 깜짝하지 않고 조용히 소영의 영을 향해 입을 열었다.

"그래그래, 믿는다. 그런데 뭣 땜에 그리 놀랐지?"

그, 그건…….

"무엇이 너를 그렇게 놀라게 했지? 무엇이 너를 뒷산으로 올라가게 했고, 거기서 떨어질 정도로 놀라게 한 거야?"

소영의 영이 금방이라도 꺼져 버릴 듯 희미해지면서 몹시 슬픈 얼굴을 짓고 있었다. 아니, 뭔가를 부끄러워하는 것처럼 보였다. 자기도 모르게 뭔가를 잊고 싶은 자신의 기억 속으로 빨려 드는 것 같았다.

"말을 해. 말하는 것이 옳은 거야. 솔직하게."

안 돼요, 안 돼요…….

"내 생각이 틀리지 않다면, 너는 피해자야. 가여운 것은 너야. 목숨을 잃은 것도 너고, 혼자 남아서 고통받고 계신 것도 너의 어머님이야!"

뒤에서 유 선생이 돌진해 왔다.

"그만둬! 무슨 짓을 하는 거야! 저 애는 이미 죽었어!"

현암은 눈 하나 깜짝하지 않았다. 현암이 오른손으로 가볍게 건드리자 달려오던 유 선생은 땅바닥에 뒹굴었다. 그것을 본 이 선생이 소리쳤다.

"뭐 하는 거요! 왜 사람을 치는 거요!"

유 선생도 떠들어 댔다.

"귀신을 잡는다면서 사람을 치다니!"

현암이 눈살을 찌푸리면서 이를 악물고 말했다.

"나는 주로 악한 영을 다루지만, 때에 따라서는 사람이 그보다 더 악하기도 하더군요."

"무슨 소리를 하는 거야!"

현암은 유 선생의 발악에도 아랑곳하지 않고 소영을 향해 고개를 돌렸다. 소영은 그네에서 내려 뒷걸음질을 치고 있었다. 그 얼굴은 뭐라 말할 수 없는 경악과 슬픔, 부끄러움으로 가득 차 있었다. 소영은 두 팔로 몸을 가리려 애쓰고 있었다. 마치 자신이 벌거벗고 있기라도 한 것처럼. 현암의 입에서 탄식이 흘러나왔다.

"아아, 역시……"

소영의 영은 그 자리에 웅크리고 있었다. 마치 궁지에 몰린 짐승처럼 온몸을 덜덜 떨면서. 현암은 그 동작이 무엇을 의미하는지 알았다. 소영의 영은 제정신이 아니었고, 아직 완전히 죽은 것을 인식하지 못한 채 생전에 겪었던 일들을 무의식적으로 반복하고 있었다. 아이들이 놀려 대던 그네를 타고, 노래를 부르고, 몸을 씻고, 그리고 지금은…… 현암은 자기의 상상을 믿기 싫었다. 그러나 믿지 않을 수도 없었다.

"소영아, 무서워하지 마라. 왜 너는 왜 몸을 씻으려고 하지?"

그, 그건…….

"왜 그랬지? 무엇이 묻어서?"

소영의 영이 고개를 저었다. 금방이라도 울음을 터뜨릴 것 같았다.

"그래, 알았다. 그런데 너는 누구를 무서워하는 거지?"

소영의 영이 우는 듯했다. 그러나 영이 눈물을 흘릴 수는 없으니 단순히 우는 듯한 동작만을 되풀이할 뿐이었다.

"자, 너는 아까 그네도 타고 수도꼭지도 혼자 틀었지? 이 칼을 보고도 놀라지 않았어. 그런데 지금은 무서워하고 있어. 누구지? 아까는 없었던 사람, 여기 유 선생님이 무서운 거지? 맞지?"

넘어져 있던 유 선생이 신음을 내며 재빨리 몸을 일으키려 했다. 이 선생이 유 선생을 잡았다. 둘에게는 소영의 모습도 희미한 안개로밖에 보이지 않았고 목소리도 들리지 않았다. 그러나 현암의 목소리에서 많은 것을 알아낼 수 있었다.

"맞니, 소영아?"

소영의 멍하고 큰 눈이 현암을 향했다. 현암은 자기도 모르게 고개를 약간 비틀었다. 그도 격정을 이기지 못하고 몸이 떨려 오고 있었다. 저 순진한 아이를 더 괴롭혀야 하는 것일까?

"맞니?"

소영의 고개가 위아래로 끄덕이면서 소영의 영이 희미해지기 시작했다.

별안간 현암이 몸을 날렸다. 그러고는 놀라운 힘으로 유 선생의 멱살을 잡고 위로 끌어 올렸다. 유 선생은 발버둥을 쳤다.

"무, 무슨 짓이야!"

현암의 눈은 새빨갛게 충혈되어 금방이라도 눈물을 쏟을 것 같았다. 얼굴은 분노에 가득 차서 마치 악귀처럼 변해 있었다.

"너, 너…… 소영이에게 무슨 짓을 했어, 말해!"

이 선생이 미처 만류할 틈도 없이 현암은 유 선생의 꽤 큰 덩치를 그대로 집어 던졌다. 유 선생의 몸은 십여 미터를 날아가 담벼락에 육중한 소리를 내면서 처박혔.

현암은 날 듯이 달려가서 다시 유 선생의 멱살을 잡았다.

"너 무슨 짓을 했어, 이 짐승만도 못한……!"

유 선생의 몸이 다시 공중을 날아 아까의 자리에 처박혔다. 멀리서 준후가 달려오고 있었다. 현암은 지금 제정신이 아니었다. 소영이라는 아이는 저자에게 욕을 당한 것이 분명했다.

유 선생은 아직도 대답하지 않았다. 현암은 이를 갈면서 또 다시 유 선생을 들어 올렸다. 이 선생과 준후가 말리려 애썼다.

"전부 말하지 않으면 넌 내 손에 죽는다. 지금 당장!"

"안 돼요, 형! 그런 짓은!"

"말해!"

순간, 현암의 눈에 흰 섬광 같은 것이 보였다. 아니, 이번에는 이 선생과 유 선생의 눈에도 보이는 것 같았다. 소영의 영이었다. 소영이 외치고 있었다.

그만해요! 우리 선생님을 때리지 말아요. 그래도 선생님인데…….

현암은 으아아 하고 괴성을 지르며 그네가 달려 있는 철 기둥을 있는 힘을 다해 후려쳤다. 두꺼운 쇠 파이프로 된 기둥이 구부러지면서 그네가 와당탕 무너져 버렸다. 준후도 아무 말을 하지 못했다. 땅에 떨어진 유 선생의 입에서 짐승이 울부짖는 듯한 소리가 흘러나오고 있었다.

"소, 소영아…… 내가…… 으흐흐흐…… 내가 잘못했다. 내가……."

이 선생의 표정이 변했다. 갑자기 찰싹하면서 이 선생이 유 선생의 따귀를 갈기는 소리가 들렸다. 유 선생은 쓰러진 채 계속 울부짖었다.

"내가…… 으흐흐…… 내가 잘못했어……. 내가 미쳤어……. 으흐흑!"

이 선생이 현암의 옆으로 다가갔다. 이 선생의 목소리가 떨리고 있었다.

"선생님, 죄송합니다. 이런 일이 있을 수 있다니…… 유 선생의 일은 제가 책임지고 대가를 치르게 하겠습니다. 소영이의 수습 문제도요."

현암도 감정을 억눌렀다. 울거나 더 이상 소리치지 않으려고 악문 현암의 입술에서 피가 한 방울 떨어지고 있었다. 현암은 고개를 간신히 끄덕이는 것으로 대답을 대신했다. 이 선생은 밤하늘을 쳐다보며 탄식했다.

"아아, 세상이 어찌 되려는 것인지. 어째서 이런 일들이 생기는 것인지……."

이 선생이 다시 말을 이었다.

"이제 모든 것이 밝혀졌으니 소영이를 편히 쉬게 해 주세요. 부탁드립니다."

준후가 고개를 끄덕였다. 이 영리한 꼬마는 먼발치에 있으면서도 대강의 사정을 안 것 같았다. 준후의 눈에도 눈물이 언뜻 비쳤다. 수위는 아직도 정신을 차리지 못하고 그대로 누워 있었다.

오열하는 유 선생과, 멍하니 하늘을 쳐다보는 이 선생, 그리고 현암이 보는 가운데 준후의 인도로 소영의 영은 서서히 희미해지기 시작했다. 소영이가 다시 웃을 수 있을까? 현암은 쓸쓸한 기분을 지울 수가 없었다. 그러나 얼빠진 것처럼 보이던 이 선생의 북어 같은 모습이 조금은 든든해 보였다.

잠시 후 현암과 이 선생은 그들이 후려쳐 넘어뜨린 그네가 달린 쇠기둥을 다시 세웠다. 찌그러지긴 했지만 아직 그네는 아이들을 태우고 구를 수는 있을 것 같았다.

— 국내편 완결

퇴마록 국내편 2

초판 1쇄 발행	2025년 4월 2일
초판 4쇄 발행	2025년 4월 11일
지은이	이우혁
책임편집	양수인
편집 진행	북케어
디자인	studio forb **본문 조판** 정유정
책임마케팅	최혜령, 박지수, 도우리
마케팅	콘텐츠 IP 사업본부
해외사업팀	한승빈
경영지원	백선희, 권영환, 이기경, 최민선
제작	제이오
펴낸이	서현동
펴낸곳	㈜오팬하우스
출판등록	2024년 5월 16일 제2024-000141호
주소	서울특별시 강남구 테헤란로 419, 11층 (삼성동, 강남파이낸스플라자)
이메일	info@ofh.co.kr

ⓒ 이우혁

ISBN 979-11-94654-47-6 03810

* 반타는 ㈜오팬하우스의 출판브랜드입니다.
* 이 책은 저작권법에 따라 보호받는 저작물이므로 무단전재와 무단복제를 금지하며,
  이 책 내용의 전부 또는 일부를 이용하려면 반드시 저작권자와 ㈜오팬하우스의 서면동의를
  받아야 합니다.
* 책값은 뒤표지에 표시되어 있습니다.
* 잘못된 책은 구입하신 서점에서 바꿔드립니다.